L'INDOMPTABLE

PHILIP SHELBY

L'INDOMPTABLE

FRANCE LOISIRS
123, boulevard de Grenelle, Paris

Titre original :
This Far from Paradise

Traduit de l'anglais par Renée Tesnière

Édition du Club France Loisirs, Paris,
avec l'autorisation des Presses de la Cité

PROLOGUE

Tout comme sa célèbre maîtresse, il représentait une légende, et sa silhouette dominait l'horizon, entre l'océan bleu indigo et le ciel où se mouraient des tons jaunes et orangés, un ciel qui s'étendait, par-delà la caye de Windemere, jusqu'aux Caraïbes du Nord.

Sa beauté était façonnée de courbes et de contours confondus. Mais, sous ses atours raffinés, battait un cœur impatient de prendre la route.

Les marins qui l'apercevaient de loin, même s'ils le connaissaient bien, étaient saisis par sa splendeur. Ces eaux étaient son domaine depuis trente ans, et il les avait généreusement partagées. Mais, en ce jour d'octobre déclinant, tous l'évitaient avec soin.

Ce soir-là n'était pas comme les autres. Ce soir-là, la légende attendait, guettait, épiait.

Rebecca McHenry se dressait à l'avant du *Windsong* *. Elle avait, le mois précédent, fêté son vingt-neuvième anniversaire sur ce navire qui était sa maison flottante.

Lorsqu'elle se penchait vers l'eau, le soleil couchant changeait sa peau cuivrée en bronze sombre, dessinant avec précision l'arête de son nez, accusant le relief de ses lèvres pleines, entrouvertes.

Le vent, par rafales, montait des vagues, voilait de sel sa longue chevelure noire. D'un geste distrait, Rebecca rejeta en arrière les mèches rebelles, effleurant du bout des doigts les sillons et les rides minuscules qu'avaient laissés derrière elles les années écoulées, telle l'empreinte d'une aile d'hirondelle sur un sable éblouissant. Ses yeux gris continuaient à scruter l'horizon avec impatience.

Elle crut voir quelque chose lancer un éclair sur l'eau. Ses doigts longèrent la chaîne d'or qui pendait à son cou, pour venir se refermer sur l'hippocampe. Elle pressa la petite figurine, et les

---

* Le chant du vent.

diamants qui formaient l'épine dorsale s'enfoncèrent cruellement dans sa paume. Mais rien ne bougeait sur la houle, sinon de dansantes crêtes d'écume, et le vent, soudain glacé, qui glissait sur ses pieds chaussés de sandales et montait le long de ses jambes nues. Rebecca frissonna, ramena plus étroitement sur ses épaules sa veste de coton.

Sois patiente. Tu l'entendras bien avant de le voir. Il émergera du soleil, du côté où tu es aveuglée, comme il l'a toujours fait. Mais il est quelque part là-bas. Il arrive.

Si elle l'avait souhaité, Rebecca aurait pu faire localiser dans l'instant le bateau encore invisible. Le *Windsong* ne représentait pas seulement une centaine de pieds de teck, d'acajou et d'alliages précieux. Au-dessus des quatre doubles cabines de luxe qui formaient l'appartement de la jeune femme et du grand salon qui constituait le centre nerveux de son empire commercial, se trouvait un pont où étaient rassemblées les toutes dernières trouvailles de l'électronique. Ramon Fuentes, le capitaine du *Windsong*, était en mesure de repérer tout ce qui se mouvait sur ces eaux ou audessous d'elles.

Mais Rebecca tenait à flairer sa proie, à l'entendre venir et, enfin, à la voir se diriger vers elle. Elle avait trop longtemps attendu cette confrontation pour la gâcher à présent. Elle continua de scruter la mer autour d'elle.

Au nord se trouvait la caye de Windemere, le croissant de sable sur lequel, il y avait de cela une éternité, elle avait édifié son premier centre de villégiature, un groupe de *palapas* primitives qu'elle avait baptisé « Les Flots ». En l'espace de dix ans, ces huttes avaient donné naissance à un empire touristique qui avait essaimé à travers le monde, de la côte mexicaine sur le Pacifique et des Caraïbes jusqu'à la Méditerranée et aux rivages de l'Afrique du Nord. Les Flots représentaient maintenant l'une des cinq cents plus importantes sociétés internationales, dont on se disputait âprement les actions – lorsqu'il s'en trouvait de disponibles.

Toutefois, la sécurité qu'ils offraient aux investisseurs n'était pas le seul attrait des Flots. Ils possédaient autre chose : une aura de prestige, une sorte de patine magique qui leur conférait une irrésistible séduction. Certains attribuaient ce charme au fait que Les Flots étaient la seule société de tout premier rang qui avait pour siège social un yacht luxueux. Pour d'autres, il émanait de Rebecca McHenry elle-même.

Rebecca se contentait de sourire de ce genre de conjectures. Certes, cette qualité indéfinissable existait bien, mais peu nombreux étaient ceux qui la reconnaissaient pour ce qu'elle était vraiment. Les Flots étaient l'arme de la jeune femme, une arme forgée au cours de dix longues années. Elle s'en était servie impitoyablement par le passé et, aujourd'hui encore, elle l'avait tirée du fourreau. L'arme était toute prête à être utilisée une dernière fois.

Le regard de Rebecca se tourna vers le sud-est. Aucun signe, aucune trace, m'apparaissait à la surface de l'eau. La jeune femme pourtant le savait aussi sûrement qu'elle sentait battre son cœur : là était l'endroit précis où elle avait livré aux profondeurs le corps de son père. L'homme qu'attendait Rebecca devrait, comme elle l'avait voulu, passer au-dessus de cette tombe anonyme. Il lui paraissait juste que l'assassin de son père rendît ainsi hommage à sa victime.

A cet instant, Rebecca eut la certitude d'entendre le bruit qu'elle guettait. Ce n'était pas le frisson d'air produit par un poisson volant, ni le lointain jaillissement de la baleine faisant surface, ni le sifflement de faux causé par la nageoire dorsale d'un requin. Le son, celui d'une proue puissante fendant les vagues, vint se nicher au creux de son oreille, y résonna longuement.

Sur le pont, le capitaine Ramon Fuentes guettait son signal.

Tu as attendu dix ans ce moment! Dix années de travaux et de projets, de souffrances et d'espoirs. Cette fois, il va falloir qu'il paye!

Elle leva le bras. Immédiatement, les deux moteurs Diesel s'éveillèrent dans un grondement. Le *Windsong* se redressa.

Au moment où son navire piquait droit vers l'ouest, Rebecca mit sa main en auvent sur ses yeux pour les protéger du soleil rouge sang, à l'horizon. Il grillait les nuages légers, les incendiait. Elle avait vu mille fois le soleil se coucher sur les Caraïbes, mais, au plus profond d'elle-même, ce spectacle devenait autre : un enfer dévastateur, déchaîné par l'homme qui, en un clin d'œil, avait changé à tout jamais le cours de sa vie.

PREMIÈRE PARTIE

LES ANGELINES
1962-1963

1

L'homme avait presque atteint le sommet du dernier obstacle qui le séparait de sa destination, une crête où s'alignaient des kapokiers, droits comme des soldats à la parade. Il marchait depuis minuit et, bien que le ciel demeurât embrasé de constellations, il pressentait l'aurore dans l'air attiédi. Traverser à pied et de nuit les jungles des Monts Mayas était une entreprise téméraire. Mais il avait, au cours du dernier quart de siècle, sillonné des centaines de fois l'intérieur des Angelines. Il savait où résidaient les dangers, comment les éviter et, au besoin, les affronter. Cette piste, qui s'enfonçait dans les forêts à la manière d'un cours d'eau aux multiples méandres, était invisible, sauf aux yeux de ceux qui en connaissaient l'existence. Pour cet homme, elle était aussi familière que l'allée qui menait à sa propre maison.

Maxwell McHenry – Midas Max, comme on l'avait surnommé d'un bout à l'autre des Angelines – ne mesurait qu'un mètre soixante-trois, et pourtant c'était un géant. Le torse massif était ancré sur des jambes vigoureuses, puissantes ; les bras musclés avaient la solidité de la pierre ; les mains calleuses, la rugosité du roc auquel il avait arraché sa fortune. Son visage, qui reflétait la ténacité héritée d'une lignée enracinée en Nouvelle-Angleterre, ressemblait à une antique tablette de grès, sur laquelle se lisait toute son histoire. Le nez aquilin dominait une mâchoire obstinée, mais les yeux, surtout, étaient remarquables. Des yeux d'un gris de silex, dont les profondeurs révélaient la détermination de celui qui avait découvert les plus importantes réserves d'or de tout l'isthme d'Amérique centrale.

Avec un grognement d'effort, Max McHenry plongea dans la masse des dernières broussailles et grimpa péniblement jusqu'au sommet de la crête. Brutalement, ses yeux, habitués à l'obscurité, furent éblouis par les lumières disposées en cercle sur le plateau qui s'étendait au-dessous de lui. Au centre de ce cercle, une cité tout entière émergeait de la jungle défrichée, telle une apparition d'un autre monde.

– Je t'ai redonné vie, murmura Max.

Le regard qu'il promenait sur les ruines et les temples silencieux exprimait un religieux respect.

Il reprit sur ses épaules son havresac et sa carabine, s'engagea sur la piste qui descendait vers la ville. Ses doigts, refermés sur le petit sac accroché à sa ceinture, pétrissaient les pierres à travers le cuir souple.

Il y avait de cela mille ans, Pusilha avait été le centre royal de la civilisation des Mayas aux Angelines. Dix-neuf ans plus tôt, quand Max McHenry l'avait découverte par hasard, la cité appartenait à la jungle, ses trésors et ses pyramides dissimulés aux yeux du monde par une impénétrable voûte de feuillage. A présent, tout en suivant le *sache*, la voie rituelle des Mayas, Max avait l'impression de voir Pusilha telle qu'avaient dû la connaître les grands prêtres et les nobles seigneurs.

Près de deux décennies de fouilles méticuleuses avaient mis au jour des merveilles architecturales. Il y avait ainsi la Place des Mille Colonnes, dédiée à l'élite des guerriers, l'Observatoire Caracol, dont les inscriptions gravés par des astronomes mayas retraçaient le mouvement des corps astraux; la Plate-forme des Aigles, ornée de fresques peuplées de serpents à plumes et de figures humaines qu'on appelait les « Atlantes ». Autour de ces monuments principaux, on trouvait des temples plus petits, ainsi que de mystérieux ossuaires et des palais fantomatiques.

En traversant ces lieux ressuscités, Max rendait grâce en lui-même aux centaines d'hommes qui, avec patience, avec amour, avaient fait revivre Pusilha. Les millions dépensés pour soutenir leurs efforts n'étaient rien à ses yeux.

Il passa devant l'Observatoire et pressa le pas. Par-delà le Temple des Jaguars, disposés plus ou moins en demi-cercle, se groupaient les logements des archéologues et des ouvriers, la cuisine, les douches, les remises qui abritaient les réserves et un laboratoire rudimentaire. En dépit de sa fatigue, Max brûlait du désir d'annoncer qu'il avait enfin atteint le but vainement poursuivi vingt ans durant : il avait résolu l'énigme du lieu où se trouvait la femme qu'il avait aimée et perdue; la femme qu'il avait cherchée des années durant afin de la ramener d'abord à Pusilha et ensuite à sa fille qu'elle n'avait jamais connue.

Max palpait les pierres lisses.

Finalement, pensa-t-il, je connais la vérité. Et Rebecca pourra la connaître, elle aussi.

Près du périmètre des fouilles, il découvrit une nouvelle excavation. C'était un *cenote*, un puits destiné aux sacrifices rituels. Max s'approcha du bord. En son absence, constata-t-il, ses équipes avaient déjà avancé de six mètres. Il se demandait quels trésors le *cenote* avait livrés jusqu'à présent, quand il sentit la terre céder sous ses pieds.

L'orage qui, deux jours plus tôt, avait entravé la marche de

Max, avait rendu meuble le terrain généralement dur, autour du puits. Il perçut le bruit caractéristique d'une chute de sable et de graviers, se retourna, se jeta à quatre pattes, tentant d'agripper le bord du *cenote*. Alourdi par son havresac et sa carabine, il perdit prise, et se sentit catapulté dans le puits. Il poussa un hurlement, sans parvenir toutefois à croire qu'il tombait. Brusquement et sans raison, le ciel et les étoiles furent pris dans un tourbillon dément. Puis il atteignit le fond, six mètres plus bas. Le havresac protégea son dos, amortit le choc, mais son crâne heurta violemment une pierre tranchante qui affleurait.

La dernière vision de Max McHenry fut celle des cieux qui se refermaient sur lui, tandis que les pierres polies s'élevaient dans la nuit, échappant à jamais à son atteinte.

A plus de trois cents kilomètres de là, vers le sud, à Angeline City, Andrew Stoughton jeta son crayon sur les papiers qui jonchaient son sous-main et se laissa aller contre le dossier du grand fauteuil de cuir à l'ancienne mode.

Le directeur général des Entreprises McHenry était un homme de trente-trois ans, grand et mince, aux cheveux blonds pâlis par le soleil tropical. Sa peau sombre formait un contraste saisissant avec ses yeux verts. La *guyabera* blanche lui collait à la peau.

Il alluma un cigare, évalua son travail de la nuit. Il avait rédigé le brouillon d'une réponse au télex de l'Hôtel des Monnaies du district de Franklin, qui avait besoin d'or pour une nouvelle série de pièces. Il avait préparé une lettre à l'adresse du Comité de l'exposition mondiale de Montréal, à propos des épreuves des médailles commémoratives pour l'exposition de 1967. Il avait examiné la commande d'une importante firme d'équipement médical, dont le nouvel appareil pour la recherche sur le cancer demandait trois fois la quantité normale d'or en lingots. Restaient les expéditions mensuelles aux grandes maisons de joaillerie : Bulgari à Rome, Cartier à Paris, Tiffany à New York, Asprey à Londres... ainsi que les commandes des gros fournisseurs de la Défense américaine : General Dynamics, McDonnell-Douglas et Hughes.

Andrew travaillait depuis cinq ans pour les Entreprises McHenry mais il demeurait, comme aux premiers jours, fasciné par la société, par la façon dont elle attirait à elle le monde entier à cause d'un seul élément : l'or. L'or arraché par Max à la terre cachée par la jungle. L'or qui lui avait permis de se tailler un puissant empire qui forçait l'estime.

En s'attaquant au reste du courrier, Andrew eut l'impression de ne pas seulement diriger une gigantesque machine mais d'en être, de quelque étrange manière, une partie intégrante. Travailler pour une légende comme Max n'était pas un emploi, c'était une vocation.

La sonnerie stridente du téléphone le fit sursauter. Il jeta un coup d'œil à son agenda : il n'attendait aucun appel transatlantique. Qui diable pouvait bien appeler le bureau à quatre heures du matin ?

La communication était mauvaise, criblée de parasites. Par deux fois, Andrew demanda à son correspondant de répéter son message. Même alors, il ne parvint pas à croire ce qu'il entendait.

Trois heures plus tard, l'hydravion qui ramenait Max McHenry amerrit dans la baie d'Angeline et avança au ralenti jusqu'à la jetée privée où attendait une ambulance. Pour Andrew Stoughton, le temps s'était traîné sans fin.

Il avait maîtrisé l'inquiétude qui le rongeait pour puiser des forces dans une discipline de fer. Il avait ordonné à Pusilha de ne pas donner sur les ondes d'autres détails sur l'accident de Max. Trop d'oreilles pouvaient par inadvertance capter la transmission. Il s'était assuré de l'endroit où il pourrait trouver le Dr Bishop, médecin personnel de Max, mais il ne l'avait pas appelé avant d'être lui-même sur le point d'aller accueillir l'hydravion. De même, l'ambulance avait été commandée à la dernière minute.

Andrew était bien décidé à garder secret l'accident jusqu'au moment où il serait pleinement informé de la gravité des blessures de Max McHenry. Une fois la nouvelle connue, les répercussions à travers les Angelines et la communauté financière du monde entier seraient énormes. Andrew avait besoin de temps afin de préparer une stratégie pour la protection des Entreprises McHenry.

Il y avait encore autre chose qui devait être fait immédiatement.

Dès que l'hydravion fut amarré à la jetée, le médecin monta à bord pour examiner son patient avant de le déplacer. Max, toujours inconscient, fut installé dans l'ambulance. A ce moment, Andrew attira le Dr Bishop à l'écart.

– Il me faut une minute seul à seul avec lui.

– Impossible ! Je dois le faire transporter immédiatement à l'hôpital.

– Alors, laissez-moi l'accompagner, dit Andrew d'une voix plus dure.

Le médecin lui jeta un coup d'œil, puis haussa les épaules.

Ce qui se produisit ensuite le scandalisa. A peine l'ambulance eut-elle démarré qu'Andrew Stoughton entreprit d'explorer les poches du blouson et du pantalon de Max.

– Que faites-vous ? questionna Bishop.

Sans répondre, Andrew poursuivit ses recherches. Quand l'autre homme voulut l'écarter, il s'en prit à lui.

– Max faisait une expédition dans l'intérieur. Peut-être a-t-il découvert un nouveau gisement. Peut-être en a-t-il noté les coordonnées ou même dressé une carte. Il s'agirait là d'une information confidentielle qui appartient à la société. Je ne supporterai pas que des infirmières ou des aides-infirmiers fouillent ses vêtements et découvrent ce qui ne les regarde pas !

Impuissant, le médecin regarda Andrew empocher des papiers, un petit carnet, le portefeuille de Max. Tout ce qu'on lui avait raconté à propos de ce garçon semblait se vérifier. D'année en année, Andrew Stoughton s'était acquis une réputation de loyauté envers Max qui touchait à l'obsession. Tout ce qui risquait de nuire à l'entreprise était liquidé, rapidement, sans hésitation... sans scrupules, parfois.

C'est peut-être un sale bâtard, pensa Bishop, *mais c'est le sale bâtard de McHenry.*

En dépit de tous les efforts d'Andrew, la nouvelle de l'accident survenu à Max se répandit en moins d'une journée de long en large des Angelines. Mais, si l'air vibrait de commentaires de toutes sortes, les détails étaient rares. Andrew Stoughton s'était assuré que seuls des médecins et des infirmières triés sur le volet s'occuperaient de Max. Encore leur fit-il jurer le secret. Lui-même ne quitta l'hôpital qu'une fois, pour aller à la rencontre d'un spécialiste qu'il avait fait venir par avion de Miami.

— Je ne peux rien faire, déclara à Andrew le neurochirurgien.

Il avait soigneusement examiné Max, avait étudié les radiographies, les notes du médecin traitant.

— Dans quatre-vingt-dix-neuf cas sur cent, deux choses peuvent se produire quand un homme tombe de six mètres sur une surface dure. Ou bien il se rompt le cou ou bien il s'en tire avec une simple commotion. Si seulement Mac n'avait pas heurté de la tête cette arête tranchante... C'est probablement ce choc qui a délogé l'embolus maintenant localisé près du cerveau.

— Aucune chance d'opérer ? demanda Andrew.

Le spécialiste secoua la tête.

— Rien d'autre à faire qu'attendre. S'il émerge du coma, ce ne sera pas grâce à une quelconque ressource de la médecine.

Il hésita, puis ajouta :

— Vous devriez, je crois, faire venir sa proche famille, à tout hasard.

2

Sur la côte californienne, la mi-septembre était la plus belle époque de l'année. Les vents de l'océan, chargés de sel, dissipaient la chaleur de l'été, apportaient des journées langoureuses, des soirées fraîches. Assise sur l'entablement de la fenêtre, dans sa chambre d'internat, Rebecca voyait se briser sur la côte déchiquetée le Pacifique d'un bleu de glacier. En cet instant, elle ne désirait se trouver dans aucun autre endroit du monde.

Elle contempla le vert émeraude de la cour carrée limitée par les bâtiments néo-gothiques du collège de jeunes filles le plus recherché des États-Unis. Organisé sur le modèle suisse, Briarcrest soumettait les candidates à l'examen d'entrée le plus ardu de tout le pays. Chaque année, des milliers de candidates, venues du monde entier, sollicitaient leur admission. Une centaine seulement se voyaient acceptées. Rebecca se demandait souvent ce qu'elle serait devenue si elle ne s'était pas trouvée parmi les heureuses élues.

On était au début du semestre d'automne, et le domaine, en pleine effervescence, était envahi d'élèves, nouvelles et anciennes. Rebecca regardait les filles en chemisier blanc, jupe grise et veste verte soutachée de blanc parcourir à pas pressés les allées asphaltées qui reliaient les différents bâtiments. Elle remarqua un groupe de nouvelles arrivantes, des « douze ans », qui suivaient timidement l'une des administratrices, comme une troupe d'oisons derrière Ma Mère l'Oye.

Je n'avais tout de même pas cette allure-là, se dit-elle, avant de sourire. *Non, j'étais sans doute encore pire.*

– Tu t'ennuies déjà de la maison, hein ?

D'un bond, Rebecca abandonna la fenêtre.

– Bix !

Elle s'élança vers sa meilleure amie, qui était aussi sa compagne de chambre, lui jeta les bras autour du cou.

– Quand es-tu arrivée ?

– A l'instant même. Aide-moi avec ça, tu veux ?

Rebecca saisit l'énorme valise de Bix et la traîna jusqu'au lit.

– Qu'est-ce que tu as mis là-dedans ? Ton dernier petit ami ?

– Si seulement tu disais vrai, grogna Bix, qui tirait à l'intérieur la malle-cabine restée dans le couloir, avant de refermer la porte d'un coup de pied.

Elle s'affala sur la malle, s'adossa au lit.

– Oh, Bix, ça me fait tellement plaisir de te voir ! souffla Rebecca.

Fille d'un amiral de la Marine américaine, Beatrice Ryan débordait d'une irrépressible énergie. Légèrement plus petite que Rebecca et plus âgée d'un mois, Bix possédait une crinière d'un roux flamboyant. Elle avait le visage couvert de taches de rousseur d'un farfadet et la silhouette d'une Junon. Rebecca l'avait vue boire jusqu'à faire rouler sous la table les jeunes gens qui l'accompagnaient, elle l'avait entendue user d'un langage à faire rougir l'amiral lui-même. Bix était capable de faire du surf une journée durant sans se froisser un muscle et de danser ensuite jusqu'à l'épuisement de son dernier partenaire. Dans le monde entier, il n'existait personne comme elle.

– Comment était Newport ? demanda Rebecca. Il faut tout me raconter.

Bix, qui fouillait dans son sac, en extirpa une brosse et tenta de remettre un peu d'ordre dans une chevelure digne de Titien.

– Rien ne change. Maman a bu et joué au bridge. Papa a passé le plus clair de son temps à Washington et à Norfolk. Moi, j'ai fait de la voile et je suis tombée amoureuse d'une comte italien. Il parlait de son *palazzo* à Venise, sur le Grand Canal.

Sous la nonchalance des mots, Rebecca perçut la souffrance de son amie. La mère de Bix était d'une vieille famille de Newport, son père était un héros de la guerre. Ils menaient des existences séparées qui n'avaient jamais laissé de place à une fille née trop tard dans le mariage. La farouche indépendance de Bix tenait au fait qu'elle avait dû se débrouiller seule dès son plus jeune âge. Rebecca l'en admirait d'autant plus.

– Irons-nous lui rendre visite à Venise? s'enquit-elle. T'a-t-il demandé de l'épouser?

Bix accrocha les pouces aux poches de son jean.

– Le *Principe* Massimo Sabatini s'est montré un amant parfait et a su me divertir magnifiquement. Malheureusement, c'était par ailleurs un ignoble salaud qui a tenté de me voler mes bijoux. Quand je l'ai quitté, il profitait de l'hospitalité de la prison de Newport, et j'espère bien qu'il y pourrira!

Bix marqua une pause.

– Et toi, Becky, comment s'est passé ton été?

– Formidablement bien!

Rebecca, sans reprendre haleine, dévida la liste de toutes ses occupations, depuis les plongées effectuées dans la mer de Cortès lors d'une expédition de biologie marine, jusqu'aux concerts donnés au bord de l'océan par un nouveau groupe qui s'était baptisé « Les Beach Boys ».

Bix dévisagea son amie d'un air soupçonneux.

– Allez, ma grosse, que s'est-il passé d'autre? Tu as la mine du chat proverbial après la disparition du canari.

Rebecca s'adossa à la tête du lit, les genoux entre les bras.

– Andrew est passé en août, pendant mon séjour chez les Wright, dit-elle. Il avait des affaires à régler à Los Angeles et à San Francisco. Nous avons dîné trois fois ensemble au restaurant!

– Et après?

– Après quoi?

– As-tu finalement couché avec lui?

– Bix!

– Becky, Becky! gémit Bix. Tu es folle de ce type. Alors, fais quelque chose, bon sang de bois! Que va devenir ma réputation, si je te laisse quitter Briarcrest avec ta virginité intacte?

Toutes les deux se mirent à rire à l'évocation d'une menace contre la réputation de Bix, fondée sur ses escapades amoureuses. Mais elles reprirent leur sérieux pour aborder le projet d'un voyage en Europe pendant les vacances de Noël.

– A vrai dire, déclara Bix, tout en dépliant un prospectus qui décrivait Saint-Moritz, paradis des skieurs, j'aimerais assez aller dans un endroit où il fait chaud, cette année.

Elle regretta aussitôt ses paroles. Rebecca retournait rarement aux Angelines et elle n'avait jamais invité personne à l'accompagner. Seule Bix savait pourquoi.

– Becky, je te demande pardon. Je ne cherchais pas...

Rebecca ébaucha un sourire.

– Ne t'en fais pas. C'est moi qui ne suis pas raisonnable.

A l'arrivée de Rebecca à Briarcrest, par un jour venteux de février, cinq ans plus tôt, le nom de McHenry avait immédiatement suscité commentaires et commérages. Certaines des élèves, dont le père occupait un poste élevé dans le gouvernement ou l'industrie, avaient entendu prononcer ce nom chez elles. D'autres se rappelaient avoir lu à la rubrique mondaine des journaux les récits détaillés des réceptions extravagantes données au bénéfice des œuvres charitables par « Midas Max » McHenry dans son extraordinaire propriété. Une « grande », qui venait de Palm Beach, apporta une information d'un autre genre. Elle se rappelait un après-midi où, à l'heure du thé, sa mère avait déployé toute son éloquence pour parler de la femme de « Midas », morte si jeune, et de ce pauvre homme qui ne s'était jamais remarié. Toute cette fortune, et personne avec qui en profiter...

Rebecca n'avait pas encore mis les pieds à Briarcrest que tout le monde était déjà en possession des éléments les plus importants de sa biographie. Son père était fabuleusement riche. Elle était fille unique, ce qui faisait d'elle, d'ores et déjà, une héritière. Le fait de n'avoir pas de mère lui conférait une aura vaguement tragique. Et, de surcroît, elle vivait dans un paradis des Caraïbes. On lui accordait aussi une intelligence certaine. Jamais, au grand jamais, on n'avait accepté une élève au beau milieu d'un trimestre, sauf si les professeurs s'accordaient à penser qu'elle serait capable de suivre les cours.

Les griffes s'aiguisèrent quelque peu lorsqu'on découvrit que Rebecca possédait un autre avantage : la beauté.

En dépit de la curiosité qu'elle éveillait, Rebecca fut rapidement acceptée. Si elle n'était jamais allée en Californie, elle avait visité avec son père les États du Sud et du Nord-Est. Les filles qui venaient de ces régions apprirent que Rebecca en connaissait les endroits les plus fameux et toutes les personnalités marquantes. Sa popularité s'accrût lorsqu'elle se montra disposée à tout partager, depuis ses produits de toilette aux marques les plus réputées jusqu'au tout dernier numéro de *Mademoiselle*. Moins d'un mois après son arrivée, elle devint la championne de natation du collège. Quand elle fut sélectionnée pour les finales nationales, l'école tout entière se rendit à Los Angeles pour la voir remporter une médaille d'or dans les finales régionales. Après sa victoire, tout le monde tomba d'accord; Rebecca McHenry était une vraie fille de Briarcrest. Tout le monde, à une exception près : Béatrice Ryan.

Impétueuse, franche, impulsive, Bix était exactement la

compagne de chambre qu'avait souhaitée Rebecca, une fille trop occupée d'elle-même et de ses propres affaires pour avoir du temps à consacrer à quiconque. Elle ne tarda pas à découvrir que Bix était bien autre chose.

Au cours de ses premiers mois à Briarcrest, Rebecca souffrit de fréquents et cruels maux de tête. C'était parfois un tel supplice qu'elle avait toutes les peines du monde à sortir de son lit pour se rendre à ses cours.

— A ce train-là, tu vas creuser prématurément ta tombe, remarqua Bix, un matin. Pourquoi ne veux-tu pas parler de ce qui te tracasse ?

— Tout va bien, répondit Rebecca, la main tendue vers l'aspirine.

Le lendemain, elle s'évanouit au gymnase.

— Tu sais, ma vieille, fit Bix, assise au bord du lit de Rebecca, à l'infirmerie, tu as peut-être réussi à convaincre l'infirmière que c'était à cause de tes règles, mais moi, je ne marche pas. Tu es un tout petit peu trop parfaite, Becky. Tu t'amènes à Briarcrest, et, l'instant d'après, tout le monde te mange dans la main. Personne ne sait d'où tu viens ni pourquoi tu es ici.

— Quelle blague, dit Rebecca d'une voix faible. Tout le monde sait que je vis aux Angelines...

— Pour ça, oui, répliqua Bix d'un ton sarcastique. Et nous savons toutes qui est ton père, que tu as fréquenté l'établissement de miss Potter, l'école la plus chic de toute la création... et bla-bla-bla, et bla-bla-bla. Mais *toi*, Becky ? Qui es-tu ? Que fais-tu ici, en réalité ? Peut-être que personne d'autre ne l'a remarqué, mais tu te promènes sous un couvercle vissé à bloc, si bien qu'il m'arrive de frissonner à l'idée de ce qui se passe à l'intérieur.

Plus Rebecca faisait d'efforts pour éluder les questions de Bix, et plus celles-ci se multipliaient. En même temps, les maux de tête se faisaient de plus en plus violents.

— Dieu du ciel, Becky, tu ne comprends donc pas ? continua Bix. Ce n'est pas toute l'école qui a besoin de savoir ce qui te tourmente, mais moi seule. Accorde-toi une chance. Parle-moi.

Rebecca avait bien promis de ne jamais souffler mot à quiconque de l'humiliation subie chez miss Potter, mais elle finit par ne plus pouvoir endurer seule les douloureux souvenirs. Elle avait eu beau y revenir maintes et maintes fois dans son journal, ils gardaient le pouvoir de la faire souffrir. Même en abandonnant les Angelines, elle n'avait pas trouvé la paix. Cependant, le plus obsédant n'était pas la souffrance, mais son incapacité à comprendre pourquoi on l'avait prise pour victime.

Sans l'insistance de Bix, Rebecca aurait peut-être trouvé le moyen de préserver les apparences, de se conduire le jour en élève modèle pour retrouver la nuit son enfer personnel. Lentement, avec la patience d'une sainte et l'obstination d'un bouledogue, Bix encouragea son amie à lui confier la vérité. Quand tout fut dit,

Rebecca se sentit terriblement vulnérable. Bix avait un remède pour ça aussi.

– Je sais qu'il va te falloir un bout de temps pour comprendre ce qui s'est passé, lui dit-elle. Mais rappelle-toi une chose, Becky, ceux qui t'ont fait du mal sont des ordures.

Après cela, toutes deux devinrent inséparables. Amusée par l'attitude rougissante de son amie devant tout ce qui concernait le sexe, Bix la soumit à un programme accéléré de lecture qui comportait les ouvrages de Henry Miller et d'autres auteurs interdits. Sur les routes en lacet de la côte, elle apprit à une Rebecca terrorisée à conduire comme aux Vingt-Quatre heures du Mans. Ce fut Bix qui trouva le moyen de sortir en cachette de Briarcrest et d'y rentrer de même. Elle fit connaître à Rebecca les relais de routiers enfumés, au long de l'autoroute du Pacifique, où des musiciens noirs venaient faire une « jam » aux premières heures du matin. Ensemble, elles se rendirent malades à boire de la bière, s'étranglèrent sur des cigarettes, apprirent les pas de toutes les nouvelles danses.

Leurs aventures se poursuivaient durant chaque été. Bix emmenait Rebecca chez elle, à Newport, lui enseignait la voile sur l'Atlantique brutal. Elles passaient des semaines à rendre visite aux innombrables parents de Bix, éparpillés sur la côte, à explorer les musées de Boston, à découvrir sur les rivages du Massachusetts des baraques où l'on vendait de sensationnelles huîtres frites avec des rondelles d'oignon.

Quelque part en chemin, elles découvrirent aussi entre elles une amitié profonde et durable.

Toutefois, Rebecca, tout en partageant tant de choses avec Bix, ne l'invitait jamais aux Angelines. Et Bix, malgré son désir de connaître les lieux où son amie avait grandi, n'insistait pas. Rebecca n'avait pas encore accepté ce qui lui était arrivé là-bas. D'ailleurs, elles avaient toute la vie devant elles...

– Becky, tout va bien? demanda Bix.

Tirée de sa rêverie, Rebecca lui sourit.

– Très bien. Je pensais seulement à tout ce que nous avons fait au cours de ces cinq merveilleuses années... A tout ce que tu as fait pour moi, ajouta-t-elle, après une pause.

– Bof! fit Bix, qui renifla sans élégance. A nous deux, je suppose, nous formions une combinaison imbattable. Il ne me reste plus qu'à te mettre entre deux draps avec Andrew.

– Tu es obsédée, ma vieille! Tiens, regarde donc un peu ces brochures.

Durant la demi-heure qui suivit, elles se perdirent dans la contemplation des images éblouissantes de plages espagnoles baignées de soleil et d'idylliques îles grecques.

– Qu'est-ce que c'est que tout ce ramdam? demanda Bix, la tête penchée vers le bruit.

Rebecca s'approcha de la fenêtre, et Bix se glissa près d'elle.

Les deux jeunes filles, stupéfaites, regardèrent l'hélicoptère qui se posait dans la cour.

– Ça, c'est quelqu'un qui est ou bien très, très important, ou bien complètement dingue! déclara Bix. D'une seconde à l'autre, on va voir la vieille Wright se précipiter pour découvrir...

– Oh, mon Dieu, Bix... regarde qui c'est!

Rebecca se cramponna au bras de son amie.

Bix vit alors une haute silhouette émerger de l'appareil, ses cheveux blond argenté ébouriffés par les remous du rotor.

– Tiens, tiens, tiens, fit-elle, en regardant Andrew Stoughton courber sa haute taille sous les pales en mouvement. Si ce n'est pas le Prince Charmant venu enlever sa princesse! Becky, espèce de sale cachottière! Pourquoi ne m'as-tu pas dit que l'amour de ta vie arrivait?

Rebecca rougit violemment, mais son regard restait fixé sur Andrew Stoughton.

– Pourquoi est-il ici?

– Mais pour toi! Nom d'un chien pelé, Becky! Il a fini par revenir au sens des réalités. Il va t'emmener loin de tout ça.

Rebecca regarda Andrew passer en courant devant un groupe de jeunes filles abasourdies et disparaître dans le bâtiment de l'administration. Quelques minutes plus tard, il se dirigeait rapidement vers l'internat, suivi de miss Penelope Wright, la directrice, qui marchait vaillamment à son pas.

– Ils viennent ici!

Rebecca dévisageait Bix d'un air inquiet. Son amie lui prit la main.

– Ne commence pas à te faire des idées. Il est littéralement tombé du ciel pour te voir, voilà tout.

Mais les mots sonnaient creux, même aux oreilles de Bix.

– Veux-tu que je te laisse?

– Non, s'il te plaît.

Une éternité leur parut s'écouler avant qu'elles entendent enfin des pas pressés sur le vieux parquet. Sur un coup bref frappé à la porte, miss Wright entra. Son teint habituellement coloré était pâle.

– Elle est là, monsieur Stoughton, dit-elle.

Rebecca se retrouva devant le regard douloureux d'Andrew. Il dit d'une voix rauque :

– Rebecca, c'est Max... Il y a eu un accident. Il faut que vous rentriez tout de suite.

3

Ce qui se passa par la suite demeura à jamais confus dans le souvenir de Rebecca. Un instant, elle secouait violemment la tête en hurlant « Non! Non! Non! » L'instant d'après, Andrew était près d'elle, un bras passé autour de ses épaules, et lui parlait d'une voix assourdie, rapide.

– Il faut vous calmer et m'écouter, Rebecca. Max se trouvait sur un site de fouilles où travaillait Dallas Gibson. Il était au bord d'un puits, et la terre a cédé sous ses pieds. Dans sa chute, Max s'est blessé à la tête.

– Gravement blessé?

– Son état est stable, mais il n'a pas repris conscience, dit prudemment Andrew. Je l'ai fait admettre à l'hôpital d'Angeline City... Il a besoin de vous, Rebecca, ajouta-t-il après une pause. Il a besoin de vous dès maintenant.

Bix s'agenouilla devant son amie, lui prit les deux mains.

– Va, Becky! Je vais mettre l'essentiel dans ta valise. Ne t'inquiète pas du reste. Je m'occuperai de tout pour toi. Pars, c'est tout!

Rebecca se leva, très droite. Ses yeux avaient l'éclat de pièces d'or à peine sorties de la frappe.

– Il ne mourra pas, articula-t-elle très nettement.

– Non, il ne mourra pas, répondit Andrew, avant de comprendre qu'il ne s'agissait pas d'une question.

Non, bien sûr, il ne mourra pas, se disait Rebecca. Max est indestructible. Il suffit de penser à tout ce qu'il a traversé. Jamais il ne ferait rien qui pût me faire souffrir.

Le souvenir de la vigueur de son père la galvanisa. Elle eut honte d'avoir songé à sa propre souffrance.

Comment peux-tu te montrer aussi égoïste? Pour la première fois de ta vie, les rôles sont renversés. C'est lui qui a besoin de toi!

– Vous vous sentez bien, Rebecca? demanda la directrice avec inquiétude.

La jeune fille leva son regard vers elle, puis le baissa sur sa tenue.

– Oui, miss Wright. Mais je ne peux guère aller retrouver mon père dans mon uniforme de Briarcrest, n'est-ce pas? Vous m'accordez un instant pour me changer, Andrew?

– Ne vous inquiétez pas, Rebecca. Nous avons tout le temps.

Il crut d'abord qu'elle ne l'avait pas entendu. Distraitement, elle choisit une ravissante jupe de toile rouge et blanche et la blouse paysanne assortie. Avant de disparaître dans la salle de bains, elle s'adressa à Andrew :

– Et mon père? A-t-il tout son temps, lui aussi?

Il se courba et enfouit son visage dans ses mains.

– Oh, Jésus! murmura-t-il.

Les Entreprises McHenry avaient été parmi les tout premiers clients de Bill Lear à acheter son nouveau jet luxueux. Dès que l'appareil eut quitté la piste de San Diego, Andrew Stoughton appela le steward et lui demanda un verre d'eau.

– Je veux que vous preniez ceci.

Il tendait le verre à Rebecca, en même temps qu'une minuscule pilule blanche.

– Qu'est-ce que c'est ? s'enquit-elle.

– Un tranquillisant. Il vous aidera à dormir.

La jeune fille plongea son regard dans les yeux insondables et rougis par la fatigue de son compagnon.

– Je suis heureuse que vous soyez venu me chercher, dit-elle.

– Tout ira bien, fit Andrew d'un ton apaisant. Allons, prenez ce comprimé.

– Non, Andrew. Je ne veux pas me dérober à la réalité. Vous êtes ici, avec moi. Je n'ai besoin de rien d'autre.

Il entrelaça ses doigts à ceux de la jeune fille, les pressa étroitement. Les réacteurs poursuivaient leur grondement hypnotique. Le crépuscule naquit à l'horizon. Andrew sentit l'étreinte de Rebecca se relâcher. Sa respiration se fit moins profonde, sa tête vint s'appuyer légèrement à l'épaule de son voisin. S'il n'avait pas vu des larmes ruisseler sur ses joues, il aurait pu croire qu'elle dormait.

Elle avait grandi en enfant de la mer, et son berceau avait été le creux d'eau peu profonde formé entre la plage et le récif par un croissant de rochers.

Rebecca se revoyait dans l'eau; allongée sur le ventre, soutenue par deux mains vigoureuses, elle agitait bras et jambes pour apprendre à nager. L'homme qui la tenait ainsi était son père, un géant rieur qui la tournait et la retournait entre ses bras, la plongeait dans l'eau, la soulevait de nouveau pour la lancer en l'air. Il la rattrapait, la faisait tourner vertigineusement, et, la tête rejetée en arrière, elle criait de joie. Dans ses bras, elle ignorait la peur. Celle-ci venait seulement lorsqu'il la quittait.

Dès son enfance, Rebecca avait compris qu'elle devrait compter avec les absences répétées de son père. Elle apprit à reconnaître le changement qui se faisait en lui, quand il s'apprêtait à partir ; son pas plus rapide à travers la maison, la surexcitation sensible dans son regard, dans sa voix. Toujours, elle s'efforçait de le retenir par des larmes, par des prières. Un soir, même, elle attendit qu'il fût allé se coucher et défit la moitié de ses bagages, jusqu'au moment où, à bout de force, elle s'endormit au beau milieu du fouillis.

Chaque fois, son père promettait solennellement de revenir, mais cela ne suffisait pas à rassurer Rebecca. Elle se rappelait le jour où, pour la première fois, Max lui avait parlé de sa mère. Le plus simplement, le plus gentiment possible, il lui avait expliqué qu'elle était partie un jour et n'était jamais revenue. Dès lors, l'image de cette inconnue qui s'éloignait sans se retourner une seule fois avait hanté Rebecca, et la première nuit qui suivait chaque départ de son père était noyée dans des larmes amères.

Le seul recours de l'enfant était Jewel, une Noire maternelle, dont le rire découvrait l'éclat d'une dent en or et résonnait à la manière d'un carillon de tubes agités par le vent. Lorsqu'elle marchait, tout son corps se balançait. Rebecca n'avait jamais connu la vie sans Jewel et, tout en sachant qu'elle n'était pas sa mère, elle lui prodiguait un amour d'enfant. Cet amour lui était rendu amplement. Jewel était toujours là pour enseigner à Rebecca les coutumes des îles, explorer avec elle la beauté naturelle des Angelines, l'aider à comprendre les merveilles qu'elle découvrait jour après jour. Plus tard, quand Rebecca eut grandi, Jewel la conduisait à l'école et, l'après-midi, l'aidait à confectionner de petits cadeaux qu'elle offrait à son père, à son retour : une empreinte de sa main, les doigts bien écartés, coulée dans le plâtre et peinte d'un bleu vif, ou bien une sculpture sur bois qui valait à l'enfant des écorchures et des estafilades sans nombre. Rebecca accumulait ses trésors jusqu'au moment où elle entendait dans la maison le pas caractéristique de son père. Elle courait alors le retrouver, l'entraînait jusqu'à sa chambre. Son père examinait soigneusement chacun des présents, comme il l'aurait fait d'une pierre précieuse, avant de serrer sa fille dans ses bras et de l'embrasser.

Au fil des ans, un rite agréable s'établit, pour le premier soir du retour de son père. Après le dîner, lorsqu'il sortait sur la terrasse avec sa pipe allumée, Rebecca grimpait sur ses genoux. Ensemble, ils regardaient le soleil se coucher, et il lui contait de merveilleuses histoires sur les pays qu'il avait visités, les spectacles qu'il avait vus. Il lui mettait au creux de la main une pépite d'or encore dans sa gangue, lui décrivait les brillantes montagnes du Nord, les longs jours nécessaires pour les atteindre par bateau et à pied. Il parlait à Rebecca de toutes les créatures rencontrées dans la jungle : l'habile araignée-globe dorée, dont la toile était assez solide pour prendre au piège de jeunes chauves-souris; le patient margay, le chat sauvage qui vivait au sommet des arbres; le superbe papillon melanea, qui perdait son caractère inoffensif sitôt qu'il se nourrissait de plantes vénéneuses et devenait lui-même immangeable.

Ces histoires fascinaient Rebecca, comme la fascinaient les descriptions que lui faisait son père des camps miniers et les récits de ses premières explorations. Elle partageait son émotion quand il parlait de la rude camaraderie qui existait entre ses hommes, du vacarme des lourdes machines, des cris des mineurs tandis qu'ils travaillaient sous un soleil torride, de la lueur des gigantesques fondeuses qui, la nuit, éclairait le ciel. En l'écoutant, Rebecca voyageait jusqu'aux toundras gelées du Yukon et de l'Alaska où, au début des années 20, Max avait commencé à chercher de l'or. Elle sentait l'eau glacée couler à flots dans les lits de graviers de la Californie, elle éprouvait la chaleur dévorante des territoires intérieurs de l'Australie, vainement sillonnés en tous sens par Max durant dix années. Elle était à ses côtés lorsqu'il arrivait aux Angelines, sans argent, sans espoir, jusqu'au jour où il avait rencontré

Jewel qui lui avait avancé l'argent nécessaire à une toute dernière expédition.

Pourtant, malgré tout l'amour, tout l'enthousiasme que percevait Rebecca dans les paroles de son père, elle y sentait en même temps vibrer une note de tristesse. Plusieurs années s'écouleraient encore avant qu'elle comprît la raison profonde qui poussait Max à poursuivre ses expéditions dans les jungles des Angelines.

Noël représentait une source de joie pour Rebecca. D'une part, son père était toujours présent à cette occasion. D'autre part, la vaste demeure, si vide la plupart du temps, s'emplissait alors d'invités, de musique et de rires. L'année de ses huit ans fut particulièrement mémorable. Son père lui avait permis de veiller avec les adultes. L'arrivée du catalogue F.A.O. Schwarz, expédié d'un grand magasin de New York, annonçait déjà Noël. Rebecca et Max passaient des heures à l'étudier, et l'enfant dressait soigneusement la liste des jouets qu'elle désirait. La lettre qui en résultait était toujours adressée au Père Noël, mais Rebecca soupçonnait fortement la tante Lauren et l'oncle Ramsey d'apporter les cadeaux de New York.

Le vingt-trois, les invités commencèrent d'arriver, certains dans de grands bateaux qui jetaient l'ancre dans la baie, au-dessous de la maison, d'autres par avion. Vêtue d'une robe rouge cerise garnie de dentelle blanche, avec des chaussettes blanches et des souliers vernis noirs, Rebecca se tenait sur le seuil à côté de son père, pour accueillir les arrivants et leur offrir de porter les brassées de présents jusqu'à l'arbre de Noël qui, du haut de ses six mètres, dominait le grand salon.

Elle était très fière de voir avec quelle sollicitude son père la présentait aux centaines de personnes qui circulaient dans la maison. Elle était impressionnée par leur visible désir de s'entretenir avec lui, par le respect qu'on lui témoignait. Le meilleur moment de la fête arriva après le réveillon. L'orchestre installé sur la terrasse se mit à jouer, et son père l'entraîna pour la première danse.

Épuisée comme elle l'était, Rebecca aurait dû dormir tard, en ce matin de Noël. Mais il faisait encore nuit quand elle se leva et, sur la pointe des pieds, traversa la maison pour admirer encore l'arbre. Elle vit alors la porte entrebâillée et le faisceau lumineux qui provenait de la bibliothèque de son père.

Max était assis à son bureau, le dos tourné à la porte. Rebecca pensa d'abord qu'il contemplait la vue panoramique sur l'océan. Mais elle remarqua que les rideaux qui couvraient d'ordinaire le mur étaient ouverts, révélant un objet qu'elle n'avait jamais remarqué.

Au mur était accroché le portrait en pied, grandeur nature, d'une femme maya d'allure royale, debout devant des ruines partiellement enfouies dans la jungle. Elle semblait poser directement sur Rebecca un regard serein, rassurant. Il y avait sur ses lèvres l'ombre d'un sourire. Le souffle retenu, la fillette, comme hypnotisée, s'approcha du portrait. Il existait entre cette femme et elle une indéniable ressemblance. Quand elle se tourna vers son père, elle vit se refléter dans ses yeux la profonde tristesse qui se lisait dans ceux de la femme.

Max jeta un coup d'œil vers sa fille. Rebecca, frissonnante, grimpa sur ses genoux.

— Elle s'appelait Apho Hel, dit son père, sans détourner son regard du portrait. C'était ta mère et la seule femme que j'aie jamais aimée...

Sa voix se brisa sur les mots qui suivirent :

— Oui... je t'ai dit qu'elle était partie. Et c'était vrai. Mais je le sais maintenant, aussi sûrement que je sais que je t'aime, elle est morte.

Il sombra dans un silence que Rebecca n'osa pas rompre. Son cœur, pourtant, se gonflait de questions. Les yeux plongés dans ce regard douloureux, elle éprouvait soudain le besoin de tout savoir de cette femme : qui elle avait été, à quelle époque son père l'avait rencontrée, ce qui s'était passé entre eux. Rebecca regardait le portrait avec haine. De quel droit cette femme avait-elle fait si profondément souffrir son père, d'abord en le quittant et ensuite en mourant ?

Elle leva les bras, les noua au cou de son père, serra de toutes ses forces. Elle devait lui faire comprendre qu'elle ne le quitterait jamais. Jamais elle ne mourrait, jamais elle ne le ferait pleurer. Ils étaient tout l'un pour l'autre, à présent. Cette nuit de Noël, la question qu'elle posa si longtemps après ne lui vint pas à l'esprit. Qu'avait donc découvert Max pour se convaincre que la mère de Rebecca était morte ?

Et, quand je lui ai posé cette question, il ne m'a pas répondu. Il retournait sans cesse dans cette sacrée jungle, il y cherchait quelque chose dont il ne m'a jamais parlé. Est-il trop tard, à présent, pour qu'il me dise de quoi il s'agissait ?

Le sifflement des turbines, la pression qui s'accentuait sur ses tympans au moment où l'avion entamait sa descente tirèrent Rebecca de sa rêverie. Elle se tourna vers Andrew et fut envahie de reconnaissance pour sa présence.

— Nous sommes arrivés ?

Il lui tendit un verre de jus d'orange glacé, et elle but avec gratitude.

— Regardez vous-même.

La déformation produite par le hublot de plexiglas ne parvenait pas à amoindrir la beauté qui se déployait sous le ciel. Rebecca put voir le bleu nuit du Grand Sillon faire place à des teintes plus claires, jusqu'au moment où le vert des récifs s'y mêla pour donner un ton plus doux d'aigue-marine. Elle reconnaissait la ligne blanche écumeuse qui marquait la limite extérieure du récif, le scintillement argenté des plages au long des grandes cayes, Chapel, Corker, Paradise. Plus loin, au-delà d'une autre étendue liquide, commençait la partie continentale des Angelines. Cent soixante-quinze kilomètres de long, quatre-vingts de large, répartis entre une plaine marécageuse au nord, un plateau peu élevé à l'est et un massif montagneux, la Chaîne Maya, au sud. Le jet amorça l'arc qui le ramenait vers la terre, et Rebecca distingua pour la première fois les tons de rouille et de blanc crémeux des maisons des îles.

– Vous êtes sûre de vous sentir bien ?

– Oui, Andrew, vraiment.

Elle se dupait elle-même.

Le Lear roula jusqu'à l'emplacement désigné, puis stoppa. Rebecca se retrouva dans l'éclat d'un après-midi angelinien, et la chaleur sèche l'enveloppa comme un nuage. Elle consulta sa montre.

N'a-t-il vraiment fallu que trois heures ? Trois heures pour me transporter dans un autre pays, dans un autre temps ?

Alors, elle vit Jewel. Jewel, la tête couverte de l'habituel madras jaune, avec aux oreilles les anneaux étincelants sous le soleil, et la dent en or en évidence. La jeune fille se sentit happée par des bras maternels. Elle baissa les yeux sur le visage en larmes dont les plis et les rides ressemblaient à ceux d'une pomme cuite.

– Grâce à Dieu, vous êtes de retour, murmura Jewel.

Et, à ces mots, les larmes de Rebecca coulèrent enfin.

– Nous ne pouvons rien faire de plus pour lui, Rebecca.

Le petit médecin qui, au bout de vingt ans, connaissait chacune des cicatrices qui marquaient le corps de Max McHenry fit cette déclaration d'un ton sans appel. Pour Rebecca, c'était une sentence de mort.

La chambre d'hôpital avait été récemment repeinte en blanc, et l'éclat de cette blancheur était presque douloureux quand le soleil entrait à flots. Derrière les lames des persiennes, la jeune fille entendait l'appel de l'hirondelle des Angelines.

Max McHenry était étendu dans son lit, les bras allongés sur la couverture. Il avait les yeux clos, et son expression était sereine, comme s'il dormait d'un sommeil paisible. Le bandage qui lui enserrait le crâne semblait dénué de sens.

Une bulle d'air. Pas plus grosse que la pointe d'une épingle. Après toutes les épreuves auxquelles il a survécu, il est tué à petit feu par quelque chose qu'il ne peut même pas voir.

– On n'a absolument aucun moyen de savoir quand il reprendra connaissance ? demanda Rebecca.

Le Dr Bishop secoua la tête.

– J'aimerais pouvoir vous dire le contraire, mais c'est impossible. Nous avons, M. Stoughton et moi, appelé en consultation un grand spécialiste des États-Unis. Il est du même avis. Le coma peut se prolonger pendant quelques heures seulement, mais il peut aussi durer des années.

Des années! Qu'adviendrait-il de lui après « des années », si en deux jours son corps, qui avait paru indestructible, était déjà diminué?

– M. Stoughton fait venir par avion le meilleur équipement médical qui puisse se trouver. Votre père aura besoin de la surveillance constante d'une infirmière. Toutes les dispositions ont déjà été prises, m'a-t-on dit. Rebecca, nous pourrons le maintenir en vie indéfiniment.

Cramponnée au métal glacé du lit, Rebecca luttait pour conserver son sang-froid.

– Si vous ne pouvez rien faire de plus pour lui ici, puis-je le ramener à Skyscape?

A sa vive surprise, le médecin ne souleva pas d'objection.

– Rien ne s'y oppose. Mais vous devez être sûre de le vouloir vraiment. Avoir un invalide chez soi peut être très pénible.

– Ce n'est pas un invalide! C'est mon père.

Bishop inclina la tête.

– J'en parlerai à M. Stoughton. Nous prendrons ensemble les dispositions pour le transfert.

Rebecca se retrouva seule avec son père. Elle prit entre ses paumes la main dure et calleuse.

Il y a tant de choses que je veux te dire, tant de choses que nous devons faire ensemble. Je t'ai promis de ne pas mourir pour ne jamais te quitter. Pourquoi, maintenant, me joues-tu un tour pareil?

Le grincement de la porte vint arracher Rebecca à son angoisse. Elle releva la tête. Un homme de vingt-cinq à trente ans se tenait sur le seuil. Un peu plus grand qu'elle, un mètre soixante-quinze environ, il avait une peau presque aussi foncée que ses cheveux châtains. Il était en tenue de brousse – pantalon et blouson de coton épais – et il portait sous son bras un grand feutre australien taché de sueur. Ses yeux noisette exprimaient une souffrance que ne suffisait pas à justifier son bras gauche fracturé. Il fit un mouvement pour partir.

– Je vous demande pardon. Je ne pensais pas qu'il y aurait quelqu'un.

– Attendez!

La jeune fille se leva d'un bond, alla refermer la porte derrière Dallas Gibson. Elle l'avait rarement rencontré et, de prime abord, ne l'avait pas reconnu. C'était l'archéologue engagé par son père juste avant son propre départ des Angelines.

– Je suis Rebecca McHenry, dit-elle. Sans doute ne vous souvenez-vous pas de moi.

– Oh, mais si, fit-il sourdement.

Il baissa les yeux devant le regard furieux de Rebecca.

– Je suis absolument navré de ce qui s'est passé...

– Que s'est-il passé précisément? questionna-t-elle.

Dallas plongea son poing fermé dans la poche de son blouson. Il parla d'une voix neutre, celle d'un homme qui ne parvient pas à croire à ses propres paroles.

— Personne ne s'attendait à voir Max émerger de la jungle au beau milieu de la nuit. Mais il a toujours été l'homme de l'inattendu. Au moment où je l'ai vu, il longeait le *cenote*. C'est...

— Je sais ce que c'est!

Devant la fureur qu'exprimait la voix de Rebecca, Dallas eut un mouvement de recul. Sa voix se fit plus sourde encore.

— Je faisais un tour sur le terrain, le temps de fumer une cigarette. J'allais rentrer quand je l'ai vu, debout au bord du puits. Avant que je n'aie eu le temps de l'appeler, il avait disparu... comme si la terre l'avait englouti. Dès que j'ai compris ce qui s'était passé, j'ai appelé à l'aide. J'ai dégringolé dans le puits après lui et je me suis cassé le bras.

— Comment avez-vous pu le laisser approcher si près du bord? murmura la jeune fille. Pourquoi le puits n'était-il pas protégé par une corde tendue?

— Miss McHenry, vous ne comprenez pas, protesta Dallas avec désespoir. Là où il était, Max ne courait aucun danger. Les environs du puits étaient bien éclairés. La terre n'aurait jamais dû céder, si loin du bord.

— Vous auriez dû imaginer que c'était possible, monsieur Gibson, lança durement Rebecca. C'était vous, l'expert, sur le site! Vous étiez responsable de la sécurité de tous ceux qui vous entouraient! Vous étiez responsable de mon père!

Toute la peur, toute la souffrance lovées au cœur de Rebecca se déchaînaient. Elle ne se rendait même pas compte qu'elle martelait de ses poings la poitrine de Dallas Gibson. Elle essayait toujours d'extirper la terreur qui l'habitait, quand Andrew Stoughton fit irruption dans la chambre, s'interposant entre eux et éloignant la jeune fille.

Deux jours plus tard, Rebecca ramena son père chez eux. La longue veille, dont personne ne pouvait prévoir la fin, commençait.

4

Située dans la partie continentale des Angelines, sous le vent, la vaste demeure baptisée « Skyscape » s'étendait au bord de la falaise qui surplombait à pic les plages. Bâtie sur deux étages, la maison épousait les contours du terrain, et ses différents segments semblaient reliés les uns aux autres par des angles incongrus. Vue du ciel, la structure ressemblait à l'épine dorsale désarticulée de quelque monstre préhistorique.

Pourtant, quand Max McHenry avait entrepris la construction de Skyscape, il savait fort bien ce qu'il faisait. Même ce côté protégé des Angelines se trouvait sur la route des ouragans. Les plus violents pouvaient n'apparaître qu'une fois en dix ans mais, lorsqu'ils survenaient, les rivages sans protection étaient impitoyablement maltraités. Solidement ancré, dans la terre et le roc, Skyscape avait survécu à tous.

De la fenêtre de la chambre de maître, à l'étage, Violet Lhuiller, l'infirmière, contemplait les arpents de jungle défrichée qui avaient donné naissance aux jardins de Skyscape. Des lampes éclairaient la grande allée d'accès et les sentiers qui se faufilaient au milieu des pelouses soigneusement entretenues. La tiède nuit d'octobre vibrait faiblement aux rythmes du *balché*, la fête annuelle célébrée à Angeline City, à quatre kilomètres de là.

Violet, petite femme mince de quarante-cinq ans, au teint couleur de caramel, aux sombres yeux d'Indienne, jeta un coup d'œil à sa montre. L'empois de sa blouse blanche crépita, quand elle s'approcha pour vérifier l'équipement médical qui entourait le lit à colonnes surmonté d'un baldaquin. Le réservoir d'oxygène, le respirateur, l'électrocardiographe, l'installation de perfusion intraveineuse, tout fonctionnait parfaitement. Sur le tableau quotidien, Violet nota l'heure, onze heures, et inscrivit l'observation qu'elle portait depuis vingt et un jours : aucun changement dans l'état du patient. Et il y avait bien peu de chances pour que cela se modifiât.

Violet approcha du lit un tabouret, plongea un linge dans l'eau tiède et se mit en devoir de baigner le visage de Max, autour du masque à oxygène. La peau, sur les os, avait un aspect presque translucide. Tout en travaillant, l'infirmière faisait du regard le tour de la somptueuse chambre à coucher, des tapisseries et des tableaux magnifiques qui ornaient les murs. L'opulence même de la pièce semblait tourner en dérision la silhouette réduite à un semblant d'homme. Tous les millions de Max, dont il n'avait dépensé qu'une bien faible part pour ses plaisirs personnels, étaient maintenant impuissants à le sauver.

Tout en rinçant le linge, Violet regarda la crédence d'ébène sur laquelle était disposées des photos encadrées d'argent.

Il y en avait une de Max. On l'y voyait dans sa première mine, son panama déformé – sa marque de fabrique – incliné sur le visage, tenant entre ses mains un gros morceau de minerai.

J'avais vingt ans, alors. Vingt ans quand on m'a dit que je n'aurais jamais d'enfants. Je ne savais même pas qui était Max. Personne ne le savait...

Quelques mois plus tard, cette même photographie était reproduite dans les journaux du monde entier. C'était la première apparition d'un personnage qui ne tarderait pas à devenir l'un des hommes les plus riches de la terre.

Un autre cliché, pris environ dix ans après, montrait Max à

bord du *Windsong*. Une petite fille de trois ou quatre ans s'accrochait des deux mains à sa cuisse.

C'est l'année où mon Charlie est mort. J'étais folle de chagrin, j'étais sûre que ma peine ne finirait jamais. Max est venu me trouver, il m'a dit que j'allais partir pour l'Amérique, pour y faire des études d'infirmière, comme j'en avais toujours eu envie. Savait-il déjà qu'il aurait besoin de moi un jour ?

Violet rinça soigneusement le linge dans la cuvette, sécha le visage de Max McHenry dont la peau avait l'aspect du crêpe. Le coma, elle le savait, pouvait se prolonger des années. A soixante-cinq ans, Max possédait le cœur et la constitution d'un homme dans la trentaine. En vérifiant une fois de plus l'équipement, elle lui fit une promesse silencieuse. Elle resterait à son chevet aussi longtemps qu'il y aurait de l'espoir.

Mais, s'il doit mourir, que ce soit à un moment où je serai près de lui. L'autre infirmière ne le connaît pas comme moi. S'il y a une amie près de lui à la fin, il le saura.

Violet descendit l'escalier vers la galerie tortueuse qui reliait les unes aux autres les différentes sections de la maison. Une fois dans la cuisine, elle fit glisser le panneau vitré qui donnait sur la terrasse. Les échos de la musique du *balché* l'apaisaient.

Elle fit couler de l'eau fraîche pour se faire du thé. Tout en attendant le sifflement de la bouilloire, elle tapait du pied au rythme de la musique lointaine. Pour elle, ce n'était pas là un sacrilège. Si elle n'avait pas été de service ce soir-là, elle serait allée danser dans les rues. Le *balché* était une affirmation de la vie, une célébration qui remontait aux anciens rites mayas destinés à appeler la faveur de Chac, le tout-puissant dieu de la Pluie. Tout comme en ce temps-là, on préparait pour le festin des poules et des dindes, on les tuait, on les plumait, on les enveloppait de feuilles de plantain pour les faire cuire dans des fours souterrains appelés *pibs*. Les femmes confectionnaient d'énormes quantités de gâteaux, avec de la farine de maïs et des épices ; les hommes brassaient le breuvage traditionnel, le *balché*, à partir de maïs fermenté, d'écorce de *balché*, de miel et d'eau.

Au cours des siècles, la fête du *balché* avait absorbé la musique et la danse d'autres cultures qui avaient pris racine et prospéré aux Angelines. Les Indiens, les Noirs des Caraïbes, les *mestizos* avaient tous apporté leur contribution, et le *balché* avait fini par prendre la forme d'une folie aussi déchaînée, aussi pittoresque que le Mardi-Gras de La Nouvelle-Orléans ou le carnaval de Rio.

Violet écoutait le rythme obsédant de la conga et du bongo, elle voyait en imagination le cortège joyeux se dérouler à travers les rues d'Angeline City. L'aube venue, la parade viendrait jusqu'à Skyscape, et la musique battrait sous la fenêtre de la chambre de Max. Pour les Angeliniens, la musique, la danse, la fête exprimaient le même pouvoir, la même émotion que n'importe quelle prière. Il y aurait tout le temps pour les larmes quand, finalement, la mort viendrait.

Violet mit deux cuillerées de feuilles dans la boule à thé en argent, la laissa tomber dans la théière, versa l'eau bouillante. Elle sentit plus qu'elle n'entendit un mouvement derrière elle. Elle se retourna, ne vit qu'une ombre. Elle perçut alors un sifflement faible, insistant, comme si un moustique bourdonnait à son oreille. Une fraction de seconde après, le rythme frénétique du *balché* lui parut exploser à l'intérieur de son crâne.

Immobile, comme en suspens, l'assassin de Violet Lhuiller la regarda s'effondrer sur le sol. L'extrémité de la barre de fer qu'il tenait était rouge de sang. Il n'eut pas besoin de toucher l'infirmière pour savoir qu'elle était morte.

Le tueur passa sans bruit sur la terrasse. Quand il revint, il tenait un bidon d'essence dans chaque main et serrait un paquet sous son bras droit. Il posa les bidons près de Violet, s'éloigna dans la galerie. Parvenu à l'autre bout, il ouvrit le paquet qui contenait deux douzaines de bougies. Il en alluma une, laissa un peu de cire couler sur le parquet de teck. Il y assujettit fermement la bougie, puis répéta cette opération tout au long de la galerie.

Il monta ensuite à l'étage et pénétra dans la chambre de Max McHenry, ferma l'arrivée d'oxygène, arracha l'aiguille de la perfusion. McHenry allait maintenant mourir lentement. Si ses poumons affaiblis ne cédaient pas avant, la fumée finirait bien par le suffoquer.

Lorsqu'il revint à la cuisine, le meurtrier était essoufflé. Il tira de sa poche un tournevis, souleva les deux bidons d'essence pour les poser sur une table, y perça rapidement une série de trous à la base. Un bidon dans chaque main, les bras prudemment écartés, il parcourut lentement toute la galerie, l'oreille tendue au bruit du liquide qui s'écoulait peu à peu sur le parquet ciré. Il prenait tout particulièrement soin de ne pas laisser l'essence atteindre les flammes tout en s'assurant cependant qu'elle se répandait bien autour de la base des bougies.

Il examina très attentivement son ouvrage. Les bougies allaient mettre une demi-heure à se consumer. Alors, Skyscape deviendrait un enfer. Mais lui serait déjà loin.

A reculons, il gagna les portes coulissantes de la cuisine et sortit. Les crapauds-buffles, les grillons, les oiseaux de nuit reprirent leurs litanies nocturnes, sur le fond musical du *balché*.

Le climatiseur, qui s'efforçait de rafraîchir la brise humide de la nuit, absorbait en même temps la musique tapageuse. Andrew Stoughton était installé dans le cadre familier de son bureau des Entreprises McHenry, ses longues jambes étendues, ses pieds sur la table de travail. Il tenait sur ses genoux un verre à demi plein de whisky. Ce soir, Andrew n'éprouvait pas le moindre scrupule à négliger toute la paperasse qui réclamait son attention. Il avait laissé bien loin derrière lui les exigences de la société.

Il ferma les yeux. Le whisky écossais relâchait peu à peu la tension dans ses entrailles. Soudain, il se retourna d'une pièce.

– Bon sang, c'est vous ? Vous m'avez fait une peur bleue. Que se passe-t-il ? C'est Max ?

– Je n'arrivais pas à dormir, dit Rebecca. J'ai vu de la lumière chez vous et... Je regrette de vous avoir fait peur.

Lentement, Andrew se détendit. La pendule ancienne, au-dessus de sa table, sonna une heure. Cinq heures plus tôt, Rebecca et lui avaient dîné à bord du *Windsong*. Ils avaient mangé du homard froid, bu du vin blanc, et, pour la première fois depuis des semaines, Andrew avait vu la jeune fille sourire. Quand elle lui avait dit qu'elle allait passer la nuit à bord, il l'avait approuvée. Une nuit loin de Skyscape, au milieu de l'eau, la calmerait, l'apaiserait. L'attente, l'ignorance de ce qu'allait devenir Max commençaient à laisser des traces. Une mince ride, qu'Andrew n'avait encore jamais vue, barrait maintenant le front lisse de la jeune fille et, sous les immenses yeux gris, les paupières se gonflaient, comme de larmes retenues.

– Venez vous asseoir, proposa-t-il en lui offrant son fauteuil.

En passant devant elle, il respira son parfum, « Diorissimo », sentit les seins libres sous la tunique de batik. La fille timide, farouche, qu'il avait rencontrée pour la première fois cinq ans auparavant, avait disparu. A dix-huit ans, Rebecca était une femme dans toute l'acception du terme.

Andrew s'assit au bord de la table de travail, croisa les jambes, alluma un cigare.

– C'était la musique qui vous tenait éveillée ?

Elle hocha la tête.

– J'avais oublié la folie du *balché*. On l'entend à des kilomètres à la ronde.

– Je manque à tous mes devoirs, reprit Andrew. Puis-je vous offrir quelque chose... du café ou bien... du whisky ?

Elle releva la tête. Il vit la marque légère à la racine de son nez, là où le cartilage avait été brisé après une chute de cheval. Elle refusa d'un signe.

Non, je ne veux pas de café. J'ai envie de prendre ta main, de presser tes doigts contre ma joue, de les serrer si fort que tu ne pourras plus te dégager. Je veux sentir tes bras autour de moi, tes lèvres contre mon oreille, je veux t'entendre dire que tout finira bien. Je ne veux pas rester seule...

Au cours des trois semaines écoulées, depuis qu'elle avait ramené Max à Skyscape, Rebecca avait essayé de programmer plus ou moins son existence. Mais tout ce qu'elle aimait – nager, plonger, parcourir les pistes sur sa jument arabe – n'avait plus aucun sens. En dépit des conseils du médecin, qui ne voulait pas la voir se perdre dans la tragédie de son père, la jeune fille l'abandonnait rarement plus de quelques heures. Et, chaque fois, elle emportait avec elle l'image de Max, cloué au lit, impuissant. Toujours, à la manière d'un aimant, cette image la ramenait au domaine. Elle croyait entendre le respirateur gonfler les poumons de son père. Ce bruit lui remettait continuellement en mémoire ce qu'elle avait perdu, et il lui faisait horreur. Pourtant, elle se sentait terrifiée à l'idée qu'elle pourrait un jour entrer dans la chambre et ne plus l'entendre.

Le temps perdait forme. Les jours semblaient s'étirer à l'infini. Toutes les fois que Rebecca portait son regard sur cette route, le paysage était le même, des heures vides, silencieuses, qui la prenaient au piège aussi sûrement qu'elles avaient piégé son père. Seuls Jewel et Andrew – Bix aussi, qui lui téléphonait quotidiennement de Briarcrest – lui rappelaient qu'elle n'était pas seule.

Dieu seul sait ce que j'aurais fait sans eux.

– Vous êtes bien sûre que je ne peux rien vous proposer?

Doucement, Andrew rompait le silence.

– Vous m'accompagnerez jusqu'à la maison, à l'aube? A ce moment-là, le cortège du *balché* sera arrivé à Skyscape. Nous pourrons écouter la musique en prenant notre petit déjeuner.

– Oui, bien sûr. Mais l'aube est encore loin.

– Je vais m'installer sur le canapé. Je serai si sage que vous ne vous apercevrez même pas de ma présence. Je ne vous gênerai pas dans votre travail.

– Je ne travaillais pas, dit Andrew, péniblement.

Il était épuisé, elle le comprenait au léger accent écossais qui pointait dans sa voix. Sans réfléchir, elle lui prit la main, en massa tendrement la paume.

Durant ces dernières semaines, Rebecca avait eu l'occasion d'apprécier tout ce que faisait Andrew pour l'entreprise. L'image qu'elle s'était forgée de lui – l'homme d'affaires de tout premier plan, qui parcourait le monde dans son avion personnel, descendait dans les hôtels les plus luxueux, dînait dans les restaurants les plus sélects – disparut à jamais. En réalité, c'était un homme qui passait dix-huit heures par jour à son bureau, qui restait toujours à portée du téléphone. Un homme qui jonglait en permanence avec une centaine de choix, dont les décisions touchaient plusieurs milliers de personnes, mais qui, pourtant, trouvait le temps de venir à Skyscape. Rebecca était confondue d'admiration devant le courage et l'assurance d'Andrew. Près de lui, elle se sentait protégée, rassurée. Sans lui, elle était saisie d'affolement devant l'ampleur des Entreprises McHenry.

Max ne peut pas mourir. S'il s'en va, je ne saurai que faire. Je suis incapable de faire même semblant de comprendre tout ceci!

– Peut-être ferions-nous bien de prendre un peu de repos, proposa Rebecca.

Au même instant, la sonnerie du téléphone retentit. Des années plus tard, Rebecca se rappelait encore l'expression d'Andrew, tandis qu'il écoutait son correspondant. La légère irritation qui se changeait en incrédulité, puis en épouvante. Elle n'eut pas le temps de prononcer un mot, Andrew l'avait prise par la main, et, déjà, ils sortaient en courant vers le parc de stationnement. Avant d'obtenir une réponse à toutes les questions qu'elle ne cessait de lui lancer à la tête, Rebecca dut attendre que la Jaguar fût lancée à toute allure sur la grand-route qui sortait d'Angeline City.

– Il y a le feu à Skyscape. Un chalutier a vu les flammes et a prévenu les garde-côtes par radio. Les voitures de pompiers sont en route.

Andrew prenait les virages à la corde. La jeune fille, les pieds calés sous le tableau de bord, s'accrochait à l'accoudoir de son siège. Plus haut que le hurlement du moteur, que le crissement des pneus, elle entendait son cœur battre à tout rompre. Chaque battement était pour elle l'écho d'une prière silencieuse : *Il n'a rien! Il n'a rien! Il n'a rien!*

Elle sentit l'odeur de la fumée avant de pouvoir la distinguer. La Jaguar bondit par-dessus une petite éminence, et elle vit le ciel s'éclairer à l'est. Mais ce n'était pas l'aurore. Quand ils atteignirent le mur de pierre qui entourait la propriété, des flammèches volaient déjà au-dessus de la voiture.

La vaste maison brûlait, les flammes formaient un hideux serpent jaune qui semblait ramper d'une extrémité à l'autre de l'édifice, tout le long du rez-de-chaussée. Avant même que la voiture fût arrêtée, Rebecca sauta à terre, trébucha, s'élança en courant à travers l'étendue de la pelouse. Brusquement, ses pieds quittèrent le sol, elle se sentit soulevée, ramenée en arrière.

– N'allez pas plus loin! cria Andrew. Restez ici et dites aux pompiers que je suis allé chercher Max!

Elle n'eut pas le temps de protester qu'il s'était déjà débarrassé de sa veste et courait vers le bâtiment en flammes. Rebecca leva les yeux vers la chambre de son père, à l'étage. Les fenêtres restaient sombres, il ne semblait pas y avoir de fumée. Elle se mit à prier pour Max... et pour Andrew.

Quand les pompiers arrivèrent, ils furent stupéfaits de trouver devant la bâtisse une jeune femme dont le visage noirci de suie se tendait vers le brasier. Ils furent plus surpris encore lorsqu'elle se débattit quand ils voulurent l'entraîner. Ils entendirent alors un fracas de verre brisé. Une silhouette franchit une porte-fenêtre, dans l'aile la plus éloignée. L'homme portait quelque chose dans ses bras, quelque chose qu'il avait enveloppé d'une couverture.

– O mon Dieu, non! Je t'en prie, pas ça!

Rebecca s'arracha à l'étreinte d'un pompier et fonça à travers le gazon, emportée par un élan qui faillit l'amener à heurter Andrew. Dès qu'elle vit ses yeux, sa poitrine qui se soulevait convulsivement, elle eut un mouvement de recul.

– Ce n'est pas lui! chuchota-t-elle. Ce n'est pas mon père!

Doucement, Andrew déposa le corps à ses pieds. Avant qu'il ait pu l'arrêter, la jeune fille avait écarté le tissu, elle avait vu le visage de son père, la bouche encore grande ouverte comme s'il cherchait son souffle. Elle rejeta la tête en arrière et se mit à hurler. Ses cris montaient dans la nuit. Elle clamait sans repos le nom de son père.

D'un geste tendre, Andrew posa la main sur la sienne, lui détacha les doigts du visage de Max.

– Non, je vous en supplie... je dois rester avec lui. Tout ira bien si je suis avec lui.

Avec une infinie douceur, Andrew reposa sur le gazon la tête de Max McHenry, la recouvrit de la couverture. Il passa un bras autour des épaules de Rebecca, tentant de la mettre debout.

Telle une danseuse qui s'efforce d'exécuter un mouvement impossible, Rebecca se sentit tomber, pour fuir la souffrance et la terreur éveillées par cette image monstrueuse, par ce visage qui avait naguère appartenu à son père.

5

L'aube du troisième jour qui suivit la mort de Max McHenry marqua la fin du *balché*. Les quais d'Angeline City auraient dû grouiller d'activité, au moment où les éventaires du marché ouvraient d'ordinaire pour recevoir les pêcheurs qui rentraient avec leur butin. Ce jour-là, ils demeurèrent clos. Les bateaux ancrés dans la baie se balançaient doucement au gré du reflux. Derrière le marché aux poissons, la grand-place, où s'assemblaient les marchands de fruits et de légumes, était déserte.

Toute la ville était silencieuse, mis à part le glas sonné par les cloches des églises; les habitants et tous les Angeliniens du territoire rendaient les derniers hommages à un homme qu'ils avaient aimé comme aucun autre.

De toute sa vie, Rebecca n'avait jamais porté de noir. Pour elle, ce n'était pas une couleur mais une humeur, et elle détestait l'une et l'autre. La veille des obsèques de Violet Lhuiller, célébrées un jour avant celles de Max, Rebecca découvrit qu'elle ne possédait rien qui se prêtât à la circonstance. Jewel dut passer une grande partie de la nuit à coudre.

La robe et les cheveux de la jeune fille frémirent au vent quand le *Windsong* s'engagea dans la *quebrada,* le chenal profond qui reliait à la pleine mer les eaux tranquilles à l'abri du récif. Le soleil, au-dessus de l'horizon, créait devant le bateau un chemin de rose, d'or et d'orangé. Rebecca sentait le vent chasser les larmes aux commissures de ses yeux. Sa main vint se poser sur le cercueil placé près d'elle, comme pour y chercher un soutien qui n'existait plus.

– Ce serait un bon endroit, ici, suggéra Jewel.

La jeune fille glissa son bras sous le sien.

– Encore un peu plus loin. Je ne veux pas qu'il soit dérangé. Jamais.

– Il dormira du sommeil du juste.

Ensemble, les deux femmes regardèrent les eaux sur lesquelles filait le *Windsong* passer par tous les tons qui séparaient le vert pâle d'un bleu nuit scintillant, souligné par les deux faux d'écume blanche dessinées par la proue. Quand Rebecca estima qu'ils se trouvaient bien au-dessus du Grand Sillon, profond de deux mille mètres, elle ordonna au capitaine de couper les moteurs.

Bien que son père n'eût pas été un homme religieux, Rebecca, d'accord avec Jewel, s'était assuré la présence d'un ministre du culte. Le vieil Angelinien noir s'avança, le reste des assistants se forma en demi-cercle derrière le cercueil. Il y avait là Andrew, qui avait veillé à tous les détails, précisément selon les vœux de la jeune fille ; Bix, qui avait fini par obtenir une réponse de Rebecca à ses coups de fil affolés et qui était immédiatement arrivée par avion ; Ramsey Peet, le meilleur ami de Max, son avoué et son conseiller juridique, venu de New York.

Andrew avait même fait en sorte d'inclure le gouverneur général des Angelines dans le cortège funèbre, sans que sa présence déclenchât un scandale. Sir Geoffrey Smythe, petit et corpulent, était en grande tenue : uniforme bleu nuit d'officier de marine, surchargé de médailles et de rubans, avec de disgracieuses pattes d'épaules galonnées d'or, le tout sommé d'un tricorne trop grand qui glissait sans cesse en avant. Max, Rebecca le savait, n'avait éprouvé que mépris à l'égard de ce bouffon pompeux, et elle eut grand-peine à se montrer polie lorsqu'il lui murmura ses condoléances avec une haleine empestée de whisky. Mais, comme le lui chuchota Andrew, sir Geoffrey représentait officiellement le peuple des Angelines, même s'il n'était qu'un idiot fieffé. Le protocole exigeait qu'il fût là.

La dernière prière dite, deux membres de l'équipage, dont les brassards noirs formaient un contraste saisissant avec le blanc et l'or de leur uniforme, vinrent se placer de chaque côté du cercueil. Rebecca se pencha pour poser une seule orchidée, parfaite, sur le drapeau angelinien, bleu et jaune, avec une étoile filante rouge dans l'angle supérieur gauche.

– *Grâce merveilleuse...*

La belle voix de soprano de Jewel montait vers le ciel. Le vent se saisit des paroles, les emporta sur les vagues. Rebecca écouta les autres assistants se joindre au chant, elle retrouva enfin sa propre voix. La beauté, l'irrévocabilité du vieux negro spiritual l'emplissaient d'une intolérable tristesse.

Quand les dernières notes moururent, les deux marins soulevèrent une extrémité de la planche. Sous le drapeau qui frémissait, le cercueil glissa par-dessus bord. La jeune fille entendit à peine le bruit qu'il fit en plongeant. Lorsque le *Windsong* reprit sa route, elle demeura tournée vers l'arrière; elle s'efforçait de graver dans sa mémoire l'endroit exact où reposait son père, afin de pouvoir revenir rendre visite à son invisible tombeau. Elle vit alors un spectacle qui lui coupa le souffle.

Aussi loin qu'elle pouvait voir, l'océan était couvert de bateaux, du plus petit des dinghies sur lesquels les enfants des îles apprenaient à naviguer jusqu'aux bateaux de pêche rouges, verts, turquoise ou jaunes et jusqu'aux énormes navires de croisière, aux yachts, dont les immatriculations évoquaient tous les ports des Caraïbes.

A l'insu de Rebecca, cette flotte avait suivi silencieusement le *Windsong,* en maintenant une distance discrète. A présent, chacun décrivait un cercle autour de l'endroit où Max McHenry avait été confié aux abîmes, jetant au passage des guirlandes de fleurs, qui firent rapidement flamboyer l'océan de couleurs.

– Becky, ça va aller?

Rebecca se tourna vers Bix, parvint à esquisser une ombre de sourire.

– Tu as pris un coup de soleil, murmura-t-elle. Tes taches de rousseur sont devenues folles.

– C'est l'histoire de ma vie. Dis-moi que tu vas bien.

– Ça ira.

Bix plongea son regard dans les yeux de sa meilleure amie, pour tenter d'y trouver la vérité. Durant deux jours et deux nuits, elle n'avait pas quitté Rebecca. Par la douceur, par la tendresse, parfois par la brutalité, elle lui avait arraché les détails de ce qui s'était passé. Elle avait été anéantie par le torrent de souffrance et d'horribles détails qui s'était finalement échappé des lèvres de son amie. Mais elle avait continué de harceler Rebecca jusqu'au moment où, la dernière goutte de poison sécrétée, la jeune fille avait fini par sombrer dans un sommeil agité.

Sans Jewel, qui avait assisté à tout, Bix n'aurait jamais songé à quitter Rebecca.

– Je suis désolée, Becky, murmura-t-elle. Je resterais bien, si c'était possible, mais...

– Tu en as déjà bien assez fait, répondit son amie. Sans toi, je n'aurais pas tenu le coup.

La petite annexe du *Windsong,* qui allait ramener à Angeline City Bix et le pasteur, vint heurter la plate-forme, à l'arrière.

– Promets-moi de me téléphoner.

– C'est promis. Rentre vite passer cet examen de latin.

Les deux jeunes filles s'étreignirent. D'un mouvement brusque, Bix se détourna, se dirigea vers l'arrière, où Andrew l'aida à s'installer dans l'annexe. Avant qu'il largue l'amarre, elle lui dit d'un ton farouche:

– Prenez soin d'elle... et cessez de vous conduire comme un satané idiot!

Le *Windsong* décrivait un arc majestueux pour reprendre à son tour la direction de l'ouest, vers Angeline City. Rebecca descendit se réfugier dans sa cabine. Elle avait six ans quand son père avait fait entièrement redécorer cette cabine tout exprès pour elle. Les parois étaient tapissées d'un tissu vert menthe et rose, assorti au canapé et aux fauteuils. La commode, la coiffeuse, les petites tables étaient gris tourterelle. Les gravures de Matisse, toutes signées, toutes originales, étaient mises en valeur par des cadres d'un noir mat.

Rebecca adorait cette cabine, mais elle l'aurait préférée en bleu et vert, ses couleurs préférées. Pour ne pas peiner son père, elle ne le lui avait jamais avoué. Et maintenant, il ne le saurait jamais.

Elle se débarrassa de la robe noire, la jeta dans un coin. Elle ne voulait plus la voir. Pendant une vingtaine de minutes, elle resta sous la douche cinglante, les yeux clos, priant pour que l'eau glacée engourdît son désespoir. Elle avait tant à faire, tant à apprendre. Pleurer représentait un luxe qui devrait attendre le moment où elle se retrouverait tout à fait seule.

Vêtue d'un pantalon bleu marine et d'un jersey de marin bordeaux, elle entra dans le grand salon. Les deux hommes assis près de la table basse se levèrent d'un même mouvement. Andrew et Ramsey Peet étaient stupéfaits de voir Rebecca aussi calme. Son visage frais, dépourvu de maquillage, avait un éclat rayonnant. Ses cheveux, relevés en queue de cheval, brillaient sous l'éclairage indirect.

Elle fit du regard le tour du salon, avec ses fenêtres rectangulaires à double vitrage, ses panneaux recouverts de glaces, la représentation, sculptée dans le cristal, du *Windsong* en pleine course. A l'autre extrémité du tapis bleu marine, souligné de touches beiges, se trouvait le bureau de son père, large de près de deux mètres ; toute une série d'appareils téléphoniques et de boutons dont Rebecca ignorait l'usage marquaient la surface d'ébène.

– Cette pièce était celle que mon père préférait, dit-elle. J'ai pensé qu'il serait approprié de nous y entretenir.

Mais ce n'est pas vraiment la vérité. Skyscape n'existe plus. Les bureaux d'Angeline City sont assiégés par les journalistes. Il n'y a pas d'autre endroit.

Ramsey Peet se pencha, grignota une tranche de papaye fraîche, choisie dans la coupe disposée par Jewel. Petit et mince, il avait une cinquantaine d'années, des yeux d'un bleu électrique qui allaient mal avec son attitude courtoise, détendue. Rebecca se rappelait avoir entendu son père dire de Peet : « Ne te fie pas à son sang plus bleu que le plus bleu, ni au cabinet hyperdistingué que son père lui a laissé à Wall Street. Ramsey est un fauve. Mais il dévore discrètement ses rivaux, avec les meilleures manières du monde. »

Ramsey Peet avait été l'avoué de Max McHenry depuis le jour

où il avait fondu son premier lingot. Rebecca les connaissait, lui et sa femme, Lauren, depuis des années. A voir l'expression de ses traits tirés, elle comprit que la mort de son père avait profondément affecté le patricien new-yorkais.

– Êtes-vous sûre de pouvoir supporter cette épreuve ? demanda Ramsey.

Il tapotait du bout des doigts un dossier épais d'une trentaine de centimètres posé sur la table.

Rebecca contempla cette montagne de paperasses et frissonna de dégoût. La vie d'un homme se réduisait-elle à cela ? Aussitôt Andrew se retrouva près d'elle.

– Ça peut attendre, Rebecca, dit-il.

Elle lui effleura le poignet.

– Je veux en finir maintenant. Il ne saurait y avoir meilleur moment.

Elle espérait que sa voix était aussi ferme qu'elle se plaisait à l'imaginer.

Elle s'assit entre les deux hommes, perçut leurs odeurs différentes. Ramsey Peet portait toujours la lotion que lui avait offerte Lauren, dix ans plus tôt, un parfum net, viril. La peau d'Andrew sentait la sueur, la résine des branches de pin qui avaient servi à confectionner les couronnes mortuaires.

– Pour commencer, nous devons voir le testament, déclara Ramsey, en prenant sur le dessus du dossier un document d'aspect juridique. Max, pour une fois, a suivi les conseils pour lesquels il me payait, il s'est contenté d'un texte très simple. Mis à part un legs substantiel à Jewel, il y a plusieurs versements à faire en argent liquide à quelques personnes qui l'ont servi longtemps et fidèlement. Vous reconnaîtrez leurs noms, j'en suis sûr.

Rebecca parcourut des yeux le feuillet.

– Y a-t-il un moyen de venir en aide aux parents de Violet ? demanda-t-elle. Je voudrais m'assurer qu'ils n'auront pas de soucis financiers tout le reste de leur vie.

– Je peux instituer un fidéicommis, dit Peet.

Il inscrivit quelques hiéroglyphes avec un stylo d'or.

– Et une sorte de bourse, ou de fonds, au nom de Violet, pour les jeunes filles qui veulent faire des études d'infirmière, ajouta Rebecca.

– Reposez-vous sur moi.

Ramsey Peet revint au testament.

– Après un certain nombre de dons à diverses fondations artistiques ou charitables, à des hôpitaux et à des associations de bienfaisance, l'ensemble des biens vous revient, y compris le *Windsong,* le jet, le domaine de Skyscape, les mille hectares dont Max était propriétaire dans les Angelines et toute l'opération minière. Évidemment, le tout est enregistré au nom des Entreprises McHenry. Les droits de succession n'existent pas aux Angelines. Vous êtes donc, d'ores et déjà, libre de disposer de votre héritage comme il vous plaira.

– A combien tout cela peut-il s'élever ? demanda calmement Rebecca.

– En tenant compte de la nécessaire estimation des biens immobiliers, je dirais environ deux cent cinquante millions de dollars.

La jeune fille se laissa aller au fond de son fauteuil. Son regard passa de Ramsey Peet à Andrew, et elle émit un rire étranglé.

– Deux cent cinquante millions de dollars... Mais c'est absurde ! Je n'arrive pas à imaginer une telle fortune !

– Peu de gens au monde le pourraient, répliqua Peet. Cela n'en représente pas moins la valeur d'ensemble des avoirs de Max. Tout ce qu'il a édifié est maintenant à vous.

– Mais je n'y connais rien ! s'écria Rebecca. Je n'ai jamais participé aux activités de mon père. Jamais il... il ne m'a demandé si j'avais le moindre désir de m'initier à tout ça.

– Voilà pourquoi j'ai tenu à la présence d'Andrew, dit Peet. Il en sait plus que quiconque sur les Entreprises McHenry et sur les projets de Max.

Les longs doigts soignés d'Andrew se joignirent à leurs extrémités.

– Rebecca, commença-t-il, la situation n'est pas aussi compliquée qu'elle peut vous apparaître. Max était à lui seul les Entreprises McHenry. Certes, il avait un conseil d'administration, mais... avec tout le respect que je vous dois, Ramsey... ce conseil existait purement pour la forme.

– Je suis bien placé pour le savoir, acquiesça l'avoué. C'est moi qui lui avais conseillé de l'établir.

– Max pouvait faire ce que bon lui semblait des Entreprises McHenry, poursuivit Andrew. Leur faire prendre la direction qui lui plaisait sans en référer à personne. Tout ce que vous voyez autour de vous – les bureaux, les employés, les milliers de dossiers – représente l'infrastructure établie par Max pour assurer le fonctionnement de la société.

– N'est-ce pas vous qui l'avez en grande partie organisée ? interrompit la jeune fille.

– J'y ai plus ou moins contribué, fit Andrew, avec un petit geste négligent. En fait, au jour le jour, Max laissait l'entreprise se diriger elle-même. Il employait les meilleurs collaborateurs. Il leur faisait confiance et les laissait s'acquitter de leur tâche.

Andrew marqua une pause.

– Ce qui m'attriste le plus, c'est que Max n'a pas vécu assez longtemps pour voir son rêve prendre forme.

– Vous avait-il dit ce qu'était ce rêve ?

La question de Rebecca le prit par surprise. Il crut percevoir dans sa voix une pointe de jalousie.

– Laissez-moi commencer par le commencement...

Il choisissait soigneusement ses mots.

– Max m'a engagé parce qu'il se rendait compte que la base de sa fortune, les mines d'or, commencerait à s'affaiblir au bout de quelques années. Un fort pourcentage du minerai facilement accessible avait déjà été extrait. Ce qui restait se révélait difficile à atteindre, et cela augmentait considérablement les coûts de production. Jusqu'alors, Max avait réinvesti ses bénéfices dans les opérations minières. Le surplus se répartissait entre l'acquisition de terrains et les bonnes œuvres qu'il soutenait aux Angelines. Mais les filons étaient si riches que Max disposait de trop de capitaux improductifs, des capitaux qui auraient pu servir à l'expansion des Entreprises McHenry quand l'or serait finalement épuisé. Il m'a fait entrer au conseil d'administration non seulement pour gérer le présent mais aussi pour organiser l'avenir.

– Et qu'avez-vous préconisé, Andrew ?

Stoughton jeta un coup d'œil à Ramsey Peet qui eut un signe d'encouragement.

– Deux orientations principales, dit-il. En ce qui concernait la diversification, j'ai suggéré que la société s'intéressât à ce qu'on nomme la haute technologie. L'an dernier, le président Kennedy a engagé les États-Unis à envoyer un homme sur la lune. Cette promesse signifie que des milliards de dollars vont couler à flots dans des entreprises périphériques. Notre société, qui procure aux fournisseurs de l'armée américaine un métal stratégique, est remarquablement bien placée pour s'impliquer dans cette haute technologie. Il s'agit simplement d'examiner les petites compagnies d'ordinateurs et de matériel électronique qui poussent comme des champignons en Californie et au Texas, de voir lesquelles possèdent le plus grand potentiel, de les acheter et de les développer pour en faire des fournisseurs de premier rang. Max était plus familiarisé avec la seconde orientation, continua Andrew. Ses possibilités l'intéressaient. Cette technologie de pointe dont je parlais tout à l'heure nécessitera de nouveaux matériaux, de nouvelles méthodes de production. Il va falloir trouver d'autres minéraux, ou augmenter les quantités de ceux que nous avons déjà découverts. Nous étions d'accord, Max et moi, pour penser que, grâce à sa formation géologique, l'isthme de l'Amérique centrale était riche en minéraux divers. Personnellement, je conseillais de mettre sur pied des équipes de géologues et de les envoyer en expédition. Max, qui connaissait la région mieux que personne, aurait assuré la coordination de leurs efforts. De cette manière, conclut-il, nous aurions tenu les deux bouts du bâton. Nous aurions fourni les matériaux bruts tout en assurant la fabrication des instruments les requérant. J'envisageais pour nous, à plus ou moins long terme, la possession du bâton tout entier. L'expédition, le raffinage et même nos propres services de recherche...

Rebecca percevait la surexcitation qui transparaissait dans la voix d'Andrew. Par deux fois, il s'était repris et, au souvenir des circonstances, s'était efforcé de modérer son enthousiasme, sans grand succès.

Il aime ce qu'il fait, songea-t-elle. Il a l'entreprise dans le sang. Max n'aurait pu faire meilleur choix.

— Et que faut-il penser des Entreprises McHenry en leur état actuel? demanda-t-elle.

Sentant le malaise d'Andrew, Ramsey Peet répondit à sa place.

— Ces dernières années, Max avait tendance à consacrer de plus en plus de temps à ses projets archéologiques, Andrew a donc pris en main le contrôle entier de la compagnie. Mais Max ne pensait jamais à sa propre mort. Il possédait une énergie, une volonté que je n'ai jamais connues à personne d'autre. Il était même parvenu à me convaincre de son immortalité. Par voie de conséquence, il n'a jamais pris de dispositions pour désigner officiellement son successeur, que ce fût Andrew ou quelqu'un d'autre.

L'avoué marqua une pause avant de poursuivre:

— A mon avis, il faut laisser les choses en l'état. Andrew a fait une sacrée bonne besogne, en qualité de directeur général. Vos employés travailleront pour lui avec la même ardeur qu'ils travaillaient pour Max. Nous devons aussi assurer la continuité des affaires. Andrew connaît vos clients. Il sait jusqu'à quel point on peut leur faire confiance, et quand il est bon de marchander avec eux. Nous ne voulons donner à personne l'impression qu'on peut tirer avantage des Entreprises McHenry. En ce qui concerne les fouilles archéologiques, Dallas Gibson, je pense, pourrait vous mettre au courant...

Ramsey Peet s'aperçut que Rebecca ne lui prêtait plus attention. Son regard était devenu vitreux; elle serrait si violemment ses doigts croisés que les jointures blanchissaient.

— Je ne veux plus jamais entendre le nom de Dallas Gibson, dit-elle sourdement. Nous parlerons plus tard des fouilles et de ce que nous devrons en faire.

Andrew et Ramsey Peet avaient eu beau lui affirmer l'un et l'autre à plusieurs reprises que le jeune archéologue ne portait aucune responsabilité dans l'accident survenu à son père, Rebecca demeurait convaincue du contraire. Elle avait repoussé toutes ses tentatives pour la rencontrer, elle avait donné des ordres stricts pour qu'il ne fît pas partie du petit groupe d'invités à bord du *Windsong*. Elle n'avait pas la moindre intention de lui présenter des excuses pour son comportement à l'hôpital.

La jeune fille se tourna vers Andrew. Elle sentait son cœur battre furieusement. Elle allait prendre sa première décision en qualité d'héritière de son père.

— Andrew, j'aimerais beaucoup que vous conserviez votre titre de directeur général, dit-elle.

— Certainement, répondit-il. Je vous sais gré de votre confiance, Rebecca.

— Ramsey, y aura-t-il des difficultés? Avec le conseil d'administration, je veux dire.

— Aucune, assura l'avoué. Vous avez pris la bonne décision, je

45

crois, Rebecca. Toutefois, il nous faudra tôt ou tard procéder à l'élection d'un nouveau président.

– Pourquoi pas vous ?

Peet sourit.

– Je suis flatté mais, non, je ne pense pas. C'était la société de votre père. Elle portait son nom. Le vôtre aussi.

Lorsqu'elle saisit l'allusion, elle se sentit désemparée.

Moi ? Présidente ?

Elle se revit à Briarcrest avec Andrew lorsque, avant de partir, elle avait échangé son uniforme de pensionnaire contre une tenue de voyage.

Je ne savais pas, alors, qu'une partie de ma vie prenait fin, qu'une autre commençait... que je ne porterais plus jamais cet uniforme.

– Je veux apprendre, prononça-t-elle lentement. Je veux tout savoir des Entreprises McHenry, essayer de comprendre ce dont je fais partie. Je dois bien cela à mon père.

– Je prendrai plaisir à vous instruire... commença Andrew.

Il fut interrompu par l'arrivée du capitaine du *Windsong*.

– Miss McHenry, messieurs, l'inspecteur Ainsley, de la police des Angelines, vient de monter à bord. Il dit que l'affaire est urgente.

– Faites-le entrer, dit Rebecca. Ramsey, Andrew, vous êtes au courant ?

Les deux hommes secouèrent la tête négativement.

Les portes du salon étaient hautes de près de deux mètres, mais l'inspecteur Robert Ainsley dut baisser la tête pour les franchir. Un crâne rasé et luisant dominait un visage qui aurait pu servir de modèle à un ancien masque tribal africain, ponctué par deux yeux qui étincelaient comme des fragments d'onyx.

Il était en uniforme de parade, veste de toile blanche aux pattes d'épaules noir et or, pantalon noir galonné de rouge sur les coutures extérieures, demi-bottes impeccablement cirées. Rebecca remarqua qu'Ainsley portait un brassard noir au bras droit.

– Pardonnez-moi de venir vous importuner ainsi, miss McHenry, dit-il, d'une voix de basse profonde. Mes condoléances pour votre deuil... notre deuil à tous.

– Merci, Inspecteur. J'aimerais vous présenter à M. Peet, l'avoué de mon père, et à M. Stoughton, le directeur général des Entreprises McHenry.

Les hommes échangèrent des poignées de main. La jeune fille sentit que le policier hésitait à poursuivre.

– Le capitaine m'a parlé d'une affaire urgente, Inspecteur.

– Qui vous concerne personnellement.

– S'agit-il de mon père ?

– Oui.

– Alors, vous pouvez parler sans réserve devant ces messieurs. Je n'ai pas de secrets pour eux.

Ainsley, après avoir examiné sa casquette, posée sur ses genoux, releva la tête.

46

– Miss McHenry, vous savez que la police mène une enquête sur les causes de l'incendie à Skyscape ?

– Oui, je le sais, fit-elle d'une voix étranglée. Avez-vous découvert comment il s'était déclaré ?

– Nous possédons une partie de la réponse. Une autopsie a été pratiquée sur le corps de votre père, avant qu'il vous soit rendu.

La paume de Rebecca vint frapper la surface en verre fumé de la table basse, sonnant comme un coup de feu.

– Qui vous en a donné l'autorisation ?

– Je regrette, miss McHenry, répondit Ainsley. Nous n'avons pas besoin d'autorisation quand nous soupçonnons un acte criminel.

– *Un acte criminel ?*

– Plus précisément, un homicide.

– Inspecteur, en ma qualité d'avoué de miss McHenry, je vous suggère de vous expliquer, intervint Ramsey Peet.

Les épaules du géant fléchirent, comme s'il portait un fardeau trop lourd, même pour lui.

– C'est le chef des services d'incendie qui nous a alertés, reprit-il. On a trouvé des traces d'essence dans les débris calcinés du parquet de la galerie. Cela seul constituait l'indice d'un acte criminel et nécessitait une autopsie. Mais nous avons ensuite découvert autre chose. Des traces de bougie dans les joints des dalles de marbre. Nous ne sommes pas encore sûrs du lien entre ces deux facteurs, mais je serais prêt à parier ma pension qu'il en existe un.

Le policier se tourna vers Rebecca, chercha un moyen d'atténuer le coup.

– Je vous en prie, comprenez qu'en de telles circonstances, nous avions le devoir de pratiquer l'autopsie.

La jeune fille hocha la tête sans mot dire. Ainsley continua :

– Il existe aussi des signes laissant supposer que M. McHenry serait mort avant le début de l'incendie.

– Que nous dites-vous là, Inspecteur ? protesta Andrew.

Robert Ainsley ne parut pas l'entendre.

– Nous avons retrouvé la bouteille d'oxygène près du lit de votre père. Au cours du sauvetage, nous le savons, M. Stoughton aurait dû ôter le masque du visage de M. McHenry et retirer de son bras l'aiguille de la perfusion. Mais M. Stoughton jure que M. McHenry *ne portait pas le masque* lorsqu'il a pénétré dans la chambre. Mieux encore, il jure qu'il n'a pas touché le robinet de la bouteille. Pourtant, quand les pompiers sont entrés dans la pièce, la première chose qu'ils ont remarquée, c'est que le robinet *avait été fermé* !

– Que dites-vous ?

Rebecca crispait les poings sur ses genoux.

– Votre père est mort de suffocation, miss McHenry, précisa doucement l'inspecteur Ainsley. Lui et Violet, son infirmière, ont été assassinés par une ou plusieurs personnes encore inconnues.

La jeune fille secoua la tête en gémissant. Andrew la prit dans ses bras, la serra contre lui.

– Mais Violet? murmura-t-il. Que lui est-il arrivé?

– L'assassin l'a abandonnée dans la cuisine, monsieur Stoughton. Il est ensuite monté à l'étage pour tuer M. McHenry. Avant de partir, il a versé de l'essence dans la galerie et l'a enflammée. L'incendie était destiné à détruire tout ce qui pourrait révéler comment les deux victimes étaient mortes. Malheureusement pour l'assassin, le feu n'a pas atteint la chambre de M. McHenry. Max McHenry nous a parlé du fond de son tombeau.

6

Au moment même où l'inspecteur Ainsley se trouvait à bord du *Windsong,* des rumeurs furieuses se répandaient dans les Angelines. Max McHenry n'était pas mort par accident. Non, un homme gravement blessé, incapable de se défendre avait été brutalement assassiné.

Les journalistes locaux et internationaux, venus « couvrir » les obsèques de McHenry, attendaient l'inspecteur en chef, lorsqu'il débarqua de la vedette de la police à Stann Creek Town, sur la caye de la Chapelle. Ainsley n'en fut pas surpris. Il avait lui-même laissé filtrer l'annonce du meurtre. La presse avait flairé un scandale, elle avait défait ses valises, ressorti les machines à écrire portables. L'inspecteur utilisait les journalistes à ses propres fins ; plus on parlerait du crime dans les journaux, et plus il aurait de chances de voir se présenter un témoin.

– C'est vrai, cette histoire, Inspecteur? Le meurtrier était-il un étranger?

– D'où venait-il? Pour le compte de qui a-t-il agi?

– Inspecteur, avez-vous informé miss McHenry que son père avait été assassiné? Quelle a été sa réaction?

Sans un mot, Ainsley plongea dans la foule. Les reporters du *Gleaner,* un journal des Angelines, lui ouvrirent aussitôt le passage. Leurs confrères étrangers à la région se retrouvèrent les quatre fers en l'air.

Ainsley se cala non sans peine sur le siège avant de sa voiture et quitta dans un rugissement de moteur l'élégante marina. A Bye Street, la rue principale de Stann Creek Town, il prit à gauche, en direction de la partie nord de la Caye de la Chapelle. En passant devant les blanches colonnes de l'édifice qui abritait la Cour suprême, il se jura que Max McHenry serait vengé. Même s'il n'avait pas été policier, Ainsley s'en serait chargé.

Orphelin, élevé chez des missionnaires mennonites, il avait passé toute sa vie aux Angelines, sans jamais s'aventurer au-delà de la mer des Caraïbes. A douze ans, son physique lui avait permis de travailler aux docks d'Angeline City. Plus tard, il s'était fait pêcheur et, en saison, il avait sué sang et eau, quatorze heures par jour, dans les champs de canne à sucre. C'était alors un garçon tranquille, aimé de tous et craignant Dieu. Généreux à l'excès, il laissait sa porte ouverte à tout être dans le besoin. Cela causa sa perte. Il avait seize ans, et on l'avait surnommé Bones parce qu'il avait un jour écrasé le crâne d'un jaguar entre ses mains nues, quand il fut arrêté pour avoir prétendument violé une jeune fille blanche.

Les Angelines étaient alors une colonie britannique, et c'était la loi anglaise qui y était en vigueur. Mais, alors que Londres avait aboli la peine de mort, sauf pour les crimes les plus abominables, le nœud coulant, aux Angelines, demeurait le châtiment infligé pour des délits mineurs. Et le viol d'une Blanche par un Noir était pire qu'un meurtre.

Bones Ainsley ne possédait ni l'argent ni l'influence nécessaires pour s'assurer une défense efficace. Tous ses efforts pour démontrer son innocence, tous les témoins de moralité auraient été inutiles, il aurait fini sur la potence, s'il n'y avait eu Max McHenry.

Midas Max s'était entretenu avec Ainsley, il s'était convaincu de son innocence. En quelques jours, les meilleurs hommes de loi, les meilleurs détectives s'étaient mis à l'œuvre. Bones Ainsley ne parut jamais devant le tribunal. Les détectives découvrirent que la fille en question avait cherché à le séduire. Il l'avait éconduite, et elle avait décidé de le détruire à force de mensonges.

L'annonce à Rebecca McHenry du meurtre de son père avait été, se disait Ainsley, ce qu'il avait jamais eu à faire de plus pénible. En la regardant pleurer en silence, à la fin de l'entrevue, il avait été tenté de lui offrir un certain réconfort en lui promettant de trouver l'assassin. Mais il ignorait s'il pourrait tenir parole.

Vingt ans après avoir été innocenté, Ainsley était toujours l'objet de la haine de la communauté blanche, les « naufrageurs ». Ceux-ci contrôlaient toutes les nominations aux postes des services civil et judiciaire. Ils avaient acheté très cher la loyauté de sir Geoffrey Smythe et tenaient dans une poigne de fer le premier parti du pays. Mais les naufrageurs avaient commis une erreur, une seule : en témoignage d'attachement à la démocratie, ils avaient décidé que le poste d'inspecteur de police serait électif. Jamais ils n'avaient imaginé qu'un Noir remporterait l'élection. Ni que ce Noir serait Bones Ainsley...

En quittant Stann Creek Town, Bye Street devenait une route côtière qui suivait toutes les dentelures de la caye. L'animation de la capitale faisait place à la paix des enclos vert émeraude cernés de barrières blanches. Ainsley distinguait au loin les premières grandes demeures, disposées en demi-cercle à partir de la résidence du gouverneur général. Elles appartenaient aux plus anciennes familles blanches de l'île.

Ainsley, qui passait maintenant devant les arbustes sculptés, les jardins où explosaient les bougainvillées, les hièbles jaunes, les *allamandas,* percevait la puissance et l'arrogance de la haute maison à pignons qui dressait ses trois étages juste en face de lui. Là vivait Silas Lambros, dont la fille avait tenté d'anéantir Ainsley par ses mensonges.

Le belvédère s'élevait au milieu de la pelouse, derrière l'habitation, et dominait l'océan. A l'intérieur, assis bien droit dans un grand fauteuil de rotin qui prenait des allures de trône, Silas Lambros attendait l'arrivée de l'inspecteur. A peine le policier avait-il débarqué à Stann Creek Town que Lambros avait su qu'il venait le voir. Il se faisait un devoir de toujours maintenir un doigt posé sur le battement des artères angeliniennes, si faible fût-il.

Il se versa un autre verre de Montrachet. Le vin représentait l'un de ses rares points faibles, dans une vie par ailleurs ascétique. A soixante-quinze ans, il conservait une minceur musclée, entretenue quotidiennement par la natation et l'équitation. Son visage témoignait d'une ascendance caraïbe que les années passées à Londres n'avaient jamais pu effacer. La peau couleur de brou de noix se tendait sur les pommettes, le front haut, la mâchoire volontaire se fendaient de plis profonds. Mais, sous le costume fait à Londres, les chaussures sur mesure et l'eau de toilette au parfum subtil, Lambros restait fidèle à sa lignée. Les yeux immobiles, d'un bleu pâle, étaient ceux d'un pirate.

Ses ancêtres, dont le sang était une extraordinaire mixture obtenue par mariages entre Anglais, Espagnols et Hollandais, avaient été les premiers naufrageurs, des déserteurs et des pirates qui avaient trouvé refuge aux Angelines. Après y avoir établi un empire de hors-la-loi, ils y prospérèrent en attirant sur les récifs, par des feux qui prétendaient les guider, des bateaux égarés dont ils pillaient ensuite les cargaisons. Quand, au XVIIIe siècle, Londres finit par conclure la paix avec eux, les naufrageurs se muèrent en négociants pour transporter toutes les marchandises qui pouvaient rapporter un profit quelconque, du rhum aux esclaves. Ils juraient pour la forme fidélité et obéissance à la Couronne mais rôtissaient gaillardement les magistrats et les gouverneurs britanniques dont les vues juridiques n'allaient pas exactement avec les leurs. A l'aube du XXe siècle, six familles tenaient entre leurs mains tous les transports, la pêche et la production de canne à sucre des Angelines. A leur tête, on trouvait l'orgueilleuse maison Lambros qui possédait le joyau de la Couronne : Tyne & Wear.

Tyne & Wear était la base du pouvoir de Silas Lambros. Lorsqu'il avait pris les rênes, trente ans plus tôt, la corporation avait déjà la mainmise sur la compagnie d'assurances qui garantissait toutes les cargaisons au départ des Angelines et les banques qui finançaient les navires. Elle possédait le monopole de la production de sucre et réglementait la vente des prises des pêcheurs.

Sous la direction de Lambros, Tyne & Wear commença de se développer, d'abord dans les autres nations des Caraïbes, en absorbant ses concurrents, puis à travers le monde. Quand vinrent les années 50, Tyne & Wear faisait des affaires dans trente pays différents, et son siège social avait été installé à Londres, dans un immeuble qui, fort à propos, faisait face à la fois au Stock-Exchange et à la Banque d'Angleterre.

Silas Lambros se plaisait à Londres mais il n'en maintenait pas moins son étreinte de fer sur le pays de ses pères. La contribution apportée par Tyne & Wear au bien-être des Angelines fut publiquement reconnue quand la Couronne céda un vaste terrain adjacent à la résidence du gouverneur général, pour permettre à Silas Lambros d'y édifier sa nouvelle demeure. La même année, Lambros fut l'objet d'un nouvel honneur lorsque l'Église protestante des Angelines, à laquelle il appartenait, fit de lui un conseiller presbytéral. Silas Lambros avait atteint le but dont ses ancêtres n'avaient fait que rêver : la légitimité.

Il ne prit pas la peine de se lever quand Ainsley fut guidé jusqu'à lui par le maître d'hôtel gallois.

– Inspecteur, quelle agréable surprise. Asseyez-vous. Un verre de vin, peut-être ?

– Non, je vous remercie, monsieur Lambros.

Bones Ainsley sourit en lui-même. Lambros, en dépit de ses séjours à Londres, ne pouvait effacer de son élocution les rudes cadences des îles. C'était aussi évident que sa haine pour Ainsley.

– Il s'agit donc d'une visite officielle.

– C'est à propos du meurtre de Max McHenry.

L'inspecteur ne fut pas surpris de l'expression paisible avec laquelle Lambros accueillit ces mots. Le franc-parler constituait une arme redoutable dans les relations avec la plupart des naufrageurs qui considéraient la dure réalité comme une ordure collée à la semelle de leurs chaussures. Mais Lambros était différent. Ainsley se rappelait avoir entendu dire que personne n'avait vu Lambros verser une larme quand son fils aîné, Nigel, qu'il avait adoré, avait péri en mer. Et il n'avait pas hésité à protéger son autre fils de la commission d'enquête qui avait alors été formée, en l'expédiant en exil et en interdisant qu'on prononçât jamais son nom dans la maison.

Non, pensait l'inspecteur, pas même un meurtre ne saurait toucher ce qui subsiste de l'âme de Silas Lambros.

– J'ignorais que M. McHenry eût été assassiné, affirma calmement Lambros. L'incendie s'est déclaré accidentellement, n'est-il pas vrai ?

– Quelqu'un a mis volontairement le feu. Celui qui s'en est chargé pensait que les flammes détruiraient toutes les preuves.

– Et l'assassin a-t-il réussi dans sa tentative ?

Ainsley comprit que Lambros connaissait déjà les réponses à ses deux questions. Les indicateurs qu'il entretenait chez les pompiers et dans le bureau du coroner avaient dû s'empresser de lui fournir tous les détails.

Il veut savoir ce que je sais.

– Non.

– Alors, Inspecteur, votre travail s'en trouve facilité, je pense.

– Monsieur Lambros, où étiez-vous, la nuit du *balché* ?

Les yeux de Lambros étincelèrent. Ainsley vit ses ongles blanchir quand ses doigts se crispèrent sur le gobelet de cristal.

– Je donnais ici une grande réception, comme je le fais chaque année. Je peux, si vous y tenez, vous montrer la liste de mes invités. N'importe lequel d'entre eux vous dira que j'étais ici. Vous ne suggérez pas, par hasard, que je fais partie des suspects ?

– Dans toute investigation à propos d'un meurtre, un policier doit se poser la question évidente : *Qui bono ?* Qui profite du meurtre ou qui avait un motif pour le commettre ? Vous ne vous aimiez pas particulièrement, M. McHenry et vous ?

– C'est vrai, reconnut Lambros. Mais l'antipathie ne constitue pas un mobile valable pour tuer un individu.

– Votre mutuelle antipathie était connue de tous. Chacun de vous aurait été idiot de vouloir tuer l'autre.

– Je suis bien soulagé de vous l'entendre dire, je vous assure, fit Lambros avec ironie.

– Néanmoins, Max McHenry était très populaire parmi mes compatriotes, reprit l'inspecteur. Pour eux comme pour moi, il est inconcevable qu'un Angelinien de race ait pu le tuer. Pour ces deux raisons, les gens vont suivre très attentivement mon enquête. Ils vont attendre des résultats rapides. Si ceux-ci ne se manifestent pas, ils poseront des questions. Et, quand le peuple se fâche, monsieur Lambros, tout le monde en pâtit.

– C'est à vous de veiller à ce qu'il ne se fâche pas.

– Pour cela, j'ai besoin de votre aide, dit Ainsley en souriant. Vous êtes l'un des citoyens les plus en vue de notre pays, et votre influence s'étend à de nombreux domaines. Vous entendez bien des choses, on vous en dit aussi. S'il vous arrivait d'apprendre un détail – si absurde, si insignifiant qu'il paraisse – à propos de la mort de M. McHenry, vous auriez intérêt à m'en faire part. Rapidement. De cette façon, je pourrais informer tout le monde que vous collaborez à mes investigations.

Ainsley attendit l'effet de ses paroles. Mais Lambros ne semblait pas l'avoir entendu. Même en costume trois-pièces, dans la grande chaleur de midi, l'empereur non officiel des Angelines ne transpirait pas.

– J'apprécie votre franchise, Inspecteur, dit-il enfin, d'une voix neutre. Naturellement, si j'apprends quelque chose d'intéressant, je vous en ferai part immédiatement. Et de votre côté, j'espère, vous me rendrez la politesse.

Bones Ainsley se leva sans répondre à la question sousentendue. Il avait montré à Lambros le gant de velours en lui

52

demandant sa coopération dans des milieux où lui-même ne pouvait évoluer librement, et la main de fer en lui laissant entrevoir ce qui pourrait se passer aux Angelines si Lambros dissimulait la vérité. Restait maintenant à attendre, à guetter. Et à écouter, car Ainsley avait, lui aussi, semé des oreilles dans le château du naufrageur.

– Ainsley!

Le nom siffla comme un coup de cravache.

– Ne vous laissez pas aller au daltonisme, cria Lambros. Vous ne pouvez pas être sûr qu'un indigène n'a pas tué ce salaud.

– Presque sûr, répondit Ainsley. Je peux en être presque sûr.

– Comment? lança Lambros, comme un défi.

– Il n'est pas question de se demander qui a pu assassiner Max McHenry, mais qui aurait osé le faire.

Le soleil qui pénétrait à travers les croisillons de lattes du belvédère jetait sur le visage de Lambros un damier fait de losanges d'ombre et de lumière. Le naufrageur ferma les yeux. Il s'était attendu à entendre Ainsley lui notifier son accusation. La menace de l'inspecteur ne faisait que souligner sa détermination de découvrir l'assassin de McHenry. Ainsley, Lambros le savait, était en quête de vengeance, pas de justice.

Il n'aurait ni l'une ni l'autre. Peu importait le soin avec lequel il mènerait son enquête, jamais il ne prendrait l'assassin, Silas Lambros en était sûr.

7

La révélation sur les circonstances de la mort de son père détruisit les dernières forces de Rebecca. Elle avait fait de son mieux pour accepter la tragédie de Skyscape et elle avait réussi à se convaincre que l'incendie avait représenté, d'une certaine manière, un acte de miséricorde divine. Voir son père dépérir jour après jour, mois après mois, pris au piège d'une vie dispensée par des machines et qui ressemblait trop à la mort, aurait été intolérable. Lors des obsèques, elle avait cru que l'incendie les avait libérés l'un et l'autre.

Les paroles bouleversantes de l'inspecteur Ainsley avaient tout changé. Il n'y avait pas d'issue, pour Rebecca, au fait que Max McHenry avait été assassiné. Et elle ne savait pas non plus comment vivre avec cette révélation.

Le *Windsong* devint pour elle une forteresse. Au début, des journalistes tentèrent de se présenter sur le bateau pour l'interviewer. Ceux qui parvinrent jusqu'au yacht eurent à faire face aux pêcheurs qui avaient formé un cercle protecteur autour du *Wind-*

song. Impossible d'acheter ces hommes furieux et silencieux qui accueillaient les visiteurs indésirables avec des gaffes et des couteaux bien affûtés.

Ne pouvant se permettre de négliger sa clientèle new-yorkaise, Ramsey Peet était reparti à regret. Mais Jewel s'était installée à bord pour prendre soin de la jeune fille. Elle faisait de son mieux pour s'assurer que Rebecca mangeait normalement et dormait suffisamment. Mais, trop souvent, les repas préparés avec amour revenaient intacts à la cuisine, et, au milieu de la nuit, Jewel s'éveillait au bruit des sanglots qui provenaient de la cabine voisine.

Rebecca demeurait enfermée la plus grande partie de la journée. Elle s'aventurait rarement sur les ponts supérieurs. Chaque matin, deux heures durant, elle s'obligeait à s'asseoir au bureau de son père, dans le grand salon, pour remercier les correspondants du monde entier qui avaient envoyé leurs condoléances. Elle s'efforçait aussi de répondre aux centaines de lettres envoyées par des Angeliniens. Bon nombre d'entre elles étaient rédigées sur des bouts de papier, dans un style à peine compréhensible. Il y avait même quelques courts billets écrits par des écoliers qui joignaient à leur envoi des portraits naïfs du père de la jeune fille. Rebecca se sentait profondément émue par ces témoignages de chagrin, tout simples mais sincères. Elle y trouvait la preuve des innombrables amitiés que son père avait suscitées et de l'amour dont il avait été entouré.

Après ces séances, elle prétextait la fatigue pour regagner sa cabine où, souvent, elle dormait tout l'après-midi. Tel fut son emploi du temps durant les deux premières semaines.

Le soir seulement, quand elle attendait la visite d'Andrew ou de l'inspecteur Ainsley, Rebecca sentait une petite flamme de vie se réveiller en elle.

Elle ne tarda pas à se prendre d'une chaleureuse affection pour le gigantesque policier qui, durant la première semaine, revint chaque soir au *Windsong*. Jewel lui avait rappelé que Max avait défendu Ainsley avec une inébranlable fermeté quand il avait été injustement accusé, et que la gratitude et le respect de l'orphelin s'étaient peu à peu changés en un profond attachement. Rebecca comprit que Bones Ainsley avait reporté sur elle ses sentiments pour Max et elle renonça aussitôt à toute cérémonie entre eux.

Apparemment, il connaissait tout le monde aux Angelines. Il s'était entretenu avec les dockers et les pêcheurs, il avait questionné les prostituées et les tenanciers des débits de boissons. Il s'était rendu dans les vastes plantations de canne à sucre pour y parler aux contremaîtres et leur demander de passer le mot à leurs ouvriers. Bones Ainsley voulait savoir si quelqu'un avait vu ou entendu quelque chose d'insolite au cours des jours qui avaient précédé la fête du *balché*.

Rebecca avait l'impression que le pays tout entier travaillait pour lui. Tous ces efforts ne devaient laisser à l'assassin aucun moyen de s'échapper. Vers la fin de la seconde semaine, quand les rapports d'Ainsley se firent de plus en plus brefs, elle commença à perdre confiance.

– Et les naufrageurs? lança-t-elle à l'inspecteur, en manière de défi. Ils haïssaient mon père. Tous avaient les meilleures raisons du monde pour l'abattre!

– Je leur ai parlé, dit-il. Croyez-moi, je vous en prie, s'il y a quelque chose à apprendre de ce côté, je le saurai.

La colère qui perçait dans la voix de la jeune fille avait blessé Ainsley au vif. Il aurait aimé lui parler de ceux qu'il avait « plantés » chez les naufrageurs. Les serveurs sourds-muets qui travaillaient au Jockey-Club avaient appris à lire sur les lèvres chez ces mêmes Mennonites qui avaient élevé Ainsley. Les cuisinières, les femmes de chambre représentaient de précieux relais des commérages qui circulaient parmi les maîtresses des grandes demeures. A la marina, les garçons qui coupaient les appâts et préparaient les cannes des amateurs de pêche comptaient pour rien aux yeux des hommes arrogants qui n'interrompaient leurs conversations que pour maudire leur négligence.

Bones Ainsley n'ignorait pas grand-chose de ce qui se passait dans le ghetto doré, à l'extrémité nord de la caye de la Chapelle. Ce qui l'avait d'abord intrigué et qui, maintenant, le troublait, c'était l'attitude des naufrageurs. Ils n'avaient pas versé une larme pour McHenry mais ils semblaient aussi déroutés – et aussi effrayés – par le meurtre que le reste de la population.

En novembre, Rebecca n'avait toujours pas recouvré ses forces. Bien au contraire, elle perdait du poids avec une inquiétante rapidité, et cela malgré tous les soins de Jewel. Son teint doré pâlissait, ses mains tremblaient d'épuisement. Elle avait des crises de larmes incontrôlables. Le seul être qui, sans cesse, la sauvait d'un total effondrement était Andrew.

Il avait passé la première nuit à bord du *Windsong*. Le jour suivant, il ne s'éloigna guère de la jeune fille. Il la laissait seule quand il pensait qu'elle avait besoin de solitude mais il se retrouvait à ses côtés toutes les fois qu'elle perdait pied. Il interceptait tous les appels téléphoniques et permit seulement à Bix et à Ramsey Peet de lui parler.

A mesure que s'écoulaient les jours, chacun plus chargé d'incertitude que le précédent, Rebecca en vint à attacher le plus grand prix au temps qu'Andrew lui consacrait. Il passait, elle le savait, d'innombrables heures dans les bureaux des Entreprises McHenry qui réclamaient tout son temps. Mais il la surprenait constamment en trouvant une heure pour venir déjeuner avec elle ou pour lui rendre une brève et tardive visite, le soir.

Toutes les fois qu'elle le voyait, elle se sentait un peu plus amoureuse de lui. Mais cet amour avait changé de nature. Ce n'était plus la passion d'écolière qu'elle avait éprouvée pour lui durant les années passées à Briarcrest. C'était plutôt, pensait-elle, le bonheur de voir chaque jour l'être aimé, de lui parler de choses sans importance, de se trouver entre ses bras... même si le contact ne durait que quelques secondes.

Le bonheur d'appartenir à quelqu'un.

Peu à peu, la tension et la colère causées par l'assassinat de Max McHenry commencèrent à s'apaiser. Les journalistes s'en allèrent. On se mit à penser à Noël, à faire des projets pour les réunions de famille. Bones Ainsley ne passait plus qu'une fois par semaine, comme s'il avait honte de voir son enquête piétiner.

Rebecca ressentait douloureusement la frustration du policier. Ainsley se battait sur deux fronts en même temps. Il avait étendu ses investigations à d'autres îles des Caraïbes, dans l'espoir que ses contacts, parmi les services chargés de l'application de la loi, pourraient découvrir une filière dans leurs territoires. Mais tous ces interrogatoires ne donnaient rien.

L'inspecteur consacrait également de longues heures à passer au peigne fin les affaires personnelles et professionnelles de Max McHenry. On avait méticuleusement fouillé les ruines de Skyscape pour le cas où un indice déterminant aurait échappé à l'incendie. Avec l'assistance de Ramsey Peet, Ainsley avait fait ouvrir le coffre bancaire de Max, et le contenu avait été expédié par avion aux Angelines. Un examen attentif ne révéla que des souvenirs personnels, un vieux marteau de prospecteur, le premier, sans doute, que Max eût jamais acheté; une enveloppe contenant les photos jaunies d'une famille depuis longtemps disparue; des cartes chiffonnées, maculées, du Yukon, de l'Alaska, de l'Australie, du Grand Nord canadien, toutes les régions où Max avait besogné des années durant, avant son expédition aux Angelines.

L'inspecteur remit ces souvenirs à Rebecca, qui s'empressa de les enfermer à double tour. Elle n'était pas prête à se souvenir d'expéditions partagées longtemps auparavant avec Max, à revoir des images qui lui rappelaient le temps où elle s'était sentie si proche de lui. En s'appuyant sur la connaissance intime que possédait Andrew Stoughton de l'homme et de son entreprise, Ainsley passa en revue toute la correspondance qu'avait reçue Max avant d'être assassiné. Il examina ses plus récents projets, dressa la liste de ceux qui s'y trouvaient intéressés. Aucun ne semblait relever de son enquête.

Ensemble, Andrew et lui examinèrent les dossiers des employés, concentrèrent leur attention sur ceux qui avaient été congédiés ou qui pouvaient en vouloir à Max. Même quand les motifs de renvoi semblaient insignifiants, Ainsley rechercha les employés en cause, les interrogea jusqu'au moment où il fut convaincu de leur innocence.

Plus il approfondissait ses recherches et plus le policier

reconnaissait que les notes et les dossiers retrouvés dans le bureau de Max à Angeline City ne lui avaient rien appris. Les documents privés qui se trouvaient dans la bibliothèque de Skyscape avaient été réduits en cendres.

Qui bono? se répétait Ainsley. Qui allait bénéficier de la mort d'un homme qui se trouvait déjà en coma profond et qui, sans doute, ne se serait jamais remis?

Il avait l'impression de lutter contre des fantômes qui tournaient en dérision tous ses efforts pour les saisir. Le soir où il fit part de cette impression à Rebecca, elle répondit :

– Oui, je les entends se moquer de moi, moi aussi.

Un matin de la mi-novembre, Rebecca monta sur le pont pour y trouver Andrew. Elle ferma les yeux en recevant un baiser prolongé sur la joue.

– Qu'est-ce qui vous amène si tôt? demanda-t-elle, en le dévorant du regard.

Elle vit ses yeux pétiller de malice. Il fit signe à un steward qui apporta à la jeune fille une douzaine de roses rouges à longues tiges, parfaites et si fraîches que des gouttes de rosée emperlaient encore leurs pétales.

– Andrew, elles sont ravissantes!
– Pensiez-vous que j'allais oublier votre anniversaire? dit-il.

Déjà, il débouchait une bouteille de champagne. Un fin brouillard monta du goulot. Andrew emplit une flûte pour Rebecca, leva la sienne.

– Heureux dix-neuvième anniversaire, Rebecca. Et beaucoup, beaucoup d'autres, ajouta-t-il en souriant.

Elle se surprit à pleurer mais, en même temps, pour la première fois depuis des semaines, elle entendit le son de son propre rire.

– Merci, Andrew, murmura-t-elle. Merci de tout cœur!
– Je crois qu'il y a quelque chose de caché parmi les fleurs.

Elle écarta les tiges avec soin, découvrit un écrin de joaillier. Elle le prit, regarda Andrew.

– Je peux l'ouvrir... tout de suite?
– Oui, tout de suite.

Sur le capiton de velours bleu roi signé Tiffany était posé un parfait hippocampe d'or, de la taille de son petit doigt. L'épine dorsale et la queue étaient cloutées de minuscules diamants de l'eau la plus pure; les yeux étaient faits de deux pointes de rubis flamboyants. Soudain muette, Rebecca prit la fine chaîne d'or, et l'hippocampe tournoya au soleil.

Andrew ouvrit le fermoir, lui agrafa la chaîne autour du cou, avant de faire un pas en arrière pour la contempler avec une évidente admiration.

– Magnifique, même si ce n'est pas à moi de le dire.

La jeune fille se retint à grand-peine de se jeter dans ses bras.

– Merci de ne pas avoir oublié, dit-elle à voix basse. Vous n'auriez rien pu faire de plus merveilleux pour moi.

Il s'approcha d'elle et lui prit la main.

— Rebecca, je vais m'absenter quelque temps.

Il la sentit se contracter et continua rapidement :

— Je me rends simplement à la Jamaïque. Un de mes amis me loge dans sa villa, près de Montego Bay. Je suis surmené. Je sais très précisément jusqu'où je peux aller sans que mon travail en souffre... et j'ai franchi ce seuil. Ne vous souciez de rien. Au bureau, ils sont au courant de tout ce qu'il faut faire. J'ai laissé un numéro où l'on pourra me joindre jour et nuit.

— Vous serez longtemps absent ?

— Une semaine. Dix jours peut-être.

Pourquoi ne pas m'emmener avec vous ?

Andrew tendit à Rebecca une feuille de bloc-notes.

— Voici le numéro de téléphone. Le domestique sera là si je n'y suis pas. Il saura où me contacter en cas d'urgence.

Vous allez retrouver une femme, là-bas !

— Rebecca, tout ira bien pour vous, vous en êtes sûre ?

— Tout à fait, s'entendit-elle répondre. Je veux que vous passiez un bon séjour, Andrew. Vous le méritez bien.

— L'hydravion vient me prendre à sept heures, à Angeline City. J'essaierai de passer vous voir avant de partir.

Elle le regarda se diriger vers l'arrière, puis disparaître dans l'annexe qui l'attendait. Elle réprima l'envie de courir derrière lui, de le rappeler. Ses doigts se crispèrent sur l'hippocampe. Elle ne parvenait pas à croire qu'il la quittait vraiment.

Jewel comprit qu'il se passait quelque chose quand, pour la première fois depuis des semaines, Rebecca, au déjeuner, vida son assiette et même se resservit. Sans faire de commentaire, Jewel attendit de voir ce qui allait se passer ensuite.

Cet après-midi-là, Rebecca arpenta le pont du *Windsong* à la manière d'une panthère en cage. Elle essaya de lire, abandonna Anna Karenine à ses tribulations au bout de deux chapitres. Elle avait assez de ses tourments personnels.

Incapable de tenir en place, elle alla mettre un maillot de bain et passa l'heure suivante à nager autour du *Windsong*, poussant à la limite son corps resté longtemps inactif. Vingt minutes après être remontée à bord, elle reprenait ses allées et venues.

Quand, à six heures et demie, elle vit qu'Andrew ne se montrait toujours pas, Rebecca demanda au capitaine d'amener le *Windsong* dans la baie, devant Angeline City. Elle arriva juste à point pour voir l'hydravion rouge et blanc s'amarrer aux docks. Grâce à ses jumelles, elle regarda Andrew, un sac de voyage à la main, sauter lestement du quai dans la cabine. L'instant d'après, l'hydravion quittait la baie sur ses flotteurs et passait devant le *Windsong*. Rebecca le suivit d'un regard glacial.

Amusez-vous bien !

Elle disparut dans la salle à manger. Après trois cocktails, elle aurait volontiers étranglé Andrew Stoughton.

Ce soir-là, Jewel prépara le dîner sur le barbecue installé sur le pont supérieur. Au milieu des jarres plantées d'hibiscus et de lauriers-roses, dans la pénétrante odeur de mesquite, Rebecca observait Jewel poser sur le gril un énorme poisson.

— Il est vraiment superbe, ce pendentif, remarqua la Noire.

La jeune fille souleva l'hippocampe d'un doigt négligent.

— Je préfère ton cadeau.

Elle portait une robe portefeuille indigène, nouée sur une épaule, dont le tissu flamboyait d'énormes fleurs peintes à la main ; le cadeau d'anniversaire de Jewel.

Jewel, tout en ajustant son madras, demanda laconiquement :

— Ah oui ? Ou bien dites-vous ça parce que votre homme est parti ?

Rebecca lécha sur ses lèvres la pulpe de fraise. Le cocktail était délicieux.

— S'il était mon homme, il ne m'aurait pas laissée seule, répondit-elle d'un air sombre.

Le grand rire de Jewel couvrit les crépitements et les sifflements du barbecue.

— Enfant, vous vous en voulez parce que vous n'avez rien fait pour le retenir.

— Ce n'est pas vrai !

— Vous vous rappelez mon Benjamin ?

Rebecca hocha la tête. Le mari de Jewel, un marin, avait péri en mer trois mois après leur mariage.

— Je ne vous ai jamais dit que Benjamin était déjà marié quand on s'est connus ?

— Non !

— Eh bien, il l'était. Ce paillard-là, il s'était attiré des ennuis avec une fille, quand il était encore plus jeune que vous. Alors, il a fait ce qu'il fallait. De toute manière, sa femme l'a quitté deux ans après. Faire ce qu'il faut, ça rend quelquefois malheureux. M. Andrew a fait ce qu'il fallait.

— Comment peux-tu dire une chose pareille ? protesta Rebecca.

— Petite, dit doucement Jewel, il y a quelqu'un pour chacun de nous, sur cette terre. Et on a beau tout avoir, on n'est jamais complet sans cette personne-là. Avoir l'amour, c'est ça, être complet. Être incomplet, c'est souffrir, être malheureux. Benjamin était mon homme, j'en étais sûre comme je suis sûre que le soleil se lève. Et lui aussi. Ensemble, on était complets. Je l'ai gardé pour un peu de temps seulement, mais j'ai tellement aimé, tellement reçu d'amour, que j'en serai contente pour le reste de mes jours. M. Andrew vous aime, enfant. Je l'ai observé, je le sais. Mais, à sa manière de penser, il a fait ce qu'il fallait, en s'en allant tout seul. Même s'il avait bien envie de vous emmener avec lui.

— Mais pourquoi devait-il agir ainsi... s'il m'aime ?

— Parce que c'est un homme bien, un homme convenable. Vous pensez que je n'ai pas vu comment il vous regardait, que je ne sais pas combien de fois il est allé vous voir quand vous étiez loin d'ici? Max le savait aussi, oui, pour sûr. Et il était fier que vous ayez attiré un homme comme lui. Mais M. Andrew aimait Max comme un père. Il était plus loyal envers Max que tous ceux qui ont jamais travaillé pour lui. A présent, Max est parti, et M. Andrew essaie de vous aider, de vous protéger parce que, pour lui, c'est ce qu'il faut faire.

– Mais pourquoi ne vient-il pas me dire en face qu'il m'aime? Si c'est vrai.

– Parce qu'il ne veut pas profiter de la situation, dit Jewel. M. Andrew est un homme d'honneur.

Rebecca sentait la tête lui tourner, et ce n'était pas seulement l'effet des cocktails. Était-ce possible? Andrew pouvait-il avoir été amoureux d'elle depuis tout ce temps?

– Je l'ai aimé dès la première fois où je l'ai vu, dit-elle, le regard perdu sur l'océan. J'avais un tel désir qu'il m'aime en retour. Quand j'avais besoin de quelqu'un, il était toujours là. Mais, en même temps, j'avais l'impression qu'il restait sur la réserve, qu'il me tenait à l'écart.

– Vous étiez la fille de votre père, et il travaillait pour Max, lui rappela Jewel.

– Rien de plus?

– Pour M. Andrew, c'était assez.

– Et, maintenant, il a peur de venir à moi parce que Max est mort, parce que je le pleure.

Elle sauta sur ses pieds, se mit à arpenter le pont.

– Jewel, mon père...

– Max vous en voudrait-il de pouvoir aimer tout en continuant à le pleurer? Non, petite. Je le connaissais trop bien pour ça. Il s'accrochait à la vie et à tout ce qu'elle lui donnait. Il vous aimerait davantage pour les larmes que vous versez sur lui mais, au bout d'un temps, il dirait : Assez. Tu as la vie devant toi. En avant!

Rebecca s'efforçait d'accepter les paroles de Jewel. Il lui fallait une certitude. Comme si la Noire avait lu dans ses pensées, elle reprit :

– Comment pourrez-vous jamais savoir, si vous n'essayez pas? Donnez-vous un peu de temps avec lui. C'est la seule façon. Max vous aurait bien donné sa bénédiction à tous les deux.

– Et toi?

– Je crois que vous feriez bien de ne pas laisser M. Andrew vous échapper. Les hommes sont les plus bêtes des créatures de Dieu, et c'est à nous, les femmes, de les amener à faire ce qu'on veut.

Rebecca se jeta au cou de Jewel. Cinq minutes après, elle était en communication sur le radiotéléphone avec l'agence de location de l'hydravion.

La villa qu'on appelait «Les Tamarins» se nichait parmi les vertes collines qui dominaient Montego Bay. Basse et pleine de coins et de recoins, faite de bois et de stuc, elle était l'objet des commentaires du voisinage depuis l'époque où elle avait été construite, dans les années 30. Personne ne savait exactement qui en était propriétaire. Le terrain avait été acheté aux héritiers d'une star du cinéma muet. La construction avait été confiée aux soins des architectes et des entrepreneurs locaux.

Au fil des ans, nombre de visiteurs avaient séjourné aux Tamarins. Quand on leur posait la question, ils affirmaient aux chauffeurs de taxi ou aux capitaines des bateaux qu'ils louaient, qu'ils n'étaient pas les propriétaires. On retrouvait rarement les mêmes visages, et les gens des environs n'avaient aucune chance d'aller plus loin dans leurs investigations. Même le vénérable domestique, M. Smith, qui servait aux Tamarins depuis que la villa avait été édifiée, ignorait l'identité de ses maîtres. Chaque mois, c'était réglé comme une pendule, ses gages étaient déposés directement à son compte en banque, en même temps qu'une somme généreuse pour les dépenses de la maison. Après trois décennies de bons et fidèles services, M. Smith savait mieux que personne que la villa ne livrerait jamais son secret.

Pour la première fois depuis des mois, Andrew avait dormi d'un sommeil sans rêves. A quelque trois cents kilomètres des Angelines, cette retraite semblait cependant se situer à l'autre bout du monde. Après l'humidité oppressante d'Angeline City, la brise jamaïquaine était un don du ciel, qui purifiait, apaisait. Le lendemain, à son réveil, Andrew se sentit impatient de commencer la journée.

Après un petit déjeuner composé de jus d'ananas, de galettes de banane fraîches, piquetées de noix pilées, et de café noir, il se dirigea vers le quai où l'attendait le bateau de pêche à moteur qu'il avait loué. Ce fut seulement quand il se retrouva sur l'eau, bien calé dans le fauteuil mobile, à regarder vibrer la pointe de sa canne, que ses pensées revinrent à Rebecca.

Andrew savait qu'il avait bien fait de partir. Il avait travaillé sans relâche tout l'automne, il s'était assuré que toutes les commandes prévues pour Noël seraient livrées à temps. Il n'avait aucun scrupule à s'absenter du bureau durant quelques jours.

En ce qui concernait Rebecca, c'était bien autre chose. Dès sa première rencontre avec l'adolescente de treize ans aux longues jambes, Andrew avait reconnu en elle une qualité unique. Il lui fallut un certain temps pour définir ce qui l'attirait en elle : elle était dépourvue de tout artifice. Aussi primitive – et parfois aussi imprévisible – que l'océan et la terre qui l'avaient formée.

Il aurait dû être aveugle et sourd pour ne pas discerner les sentiments de Rebecca à son égard. Trop souvent, alors qu'elle ne se savait pas observée, il l'avait surprise à poser sur lui des yeux de femme emplis de désir. Lorsqu'elle le touchait, ses doigts s'attardaient en caresse. Quand elle lui parlait, chaque mot contenait un sens caché.

Tout en ayant conscience de ce qui se passait, jamais Andrew ne permit à la jeune fille de voir à quel point il avait été près de répondre à son appel inconscient. La tentation, parfois, menaçait d'être la plus forte. Mais, toujours, Andrew recourait à une discipline de fer pour résister au désir qu'elle éveillait en lui. Maintenant surtout, quand elle était si vulnérable. Un mot de travers, un geste imprudent, et il la perdrait pour toujours.

A cet instant, le poisson mordit. La ligne, en se déroulant, fit chanter le moulinet. Andrew resserra sa prise sur le manchon de liège de la canne, et se bloqua sur les appuie-pieds. Toute son attention était concentrée sur le poisson quand celui-ci bondit hors de l'eau pour la première fois. Il ne vit pas l'hydravion rouge et blanc descendre du ciel suivant une courbe qui l'amena dans la baie.

8

Rebecca avait brièvement rencontré Andrew quand il avait commencé à travailler pour les Entreprises McHenry, mais ce fut seulement après son départ des Angelines qu'il entra dans sa vie.

Il avait été décidé que l'adolescente, alors âgée de treize ans, irait poursuivre ses études en Californie. Max McHenry lui avait promis de faire avec elle le voyage par avion, afin de l'installer à Briarcrest. Rebecca, qui était virtuellement devenue une recluse à Skyscape, avait hâte de quitter les Angelines. Les événements survenus à l'école qu'elle fréquentait à Stann Creek Town l'avaient laissée désemparée. Au fond d'elle-même, elle se sentait trahie. Max avait beau lui répéter qu'elle n'était en rien responsable de ce qui s'était passé, la souffrance et la honte refusaient de se dissiper. Elle comptait les jours qui la séparaient du moment où Max accomplirait la promesse qu'il lui avait faite.

Le matin du départ, ce fut Andrew qui se manifesta à l'aéroport.

— Il s'est produit un effondrement dans l'une des mines, expliqua-t-il d'un ton bref. Votre père travaille avec les équipes de secours. Il m'a demandé de faire le voyage avec vous.

— Mais il avait promis! s'écria Rebecca.

— Pour l'amour du ciel, ma petite! lança Andrew. Il y a des vies en jeu! Et maintenant, embarquez.

Les yeux pleins de larmes, elle s'assit dans un fauteuil. La promesse de son père avait eu pour elle une importance capitale, mais il s'était dédit, l'avait abandonnée à la garde d'un homme qui était presque un étranger. Jamais elle ne s'était sentie aussi seule, jamais elle n'avait été aussi effrayée.

Andrew, à côté d'elle, bouclait sa ceinture. Rebecca lui lança un coup d'œil furieux.

Pourquoi n'était-ce pas lui qui était resté ? pensait-elle. Après tout, cela faisait partie de son travail !

Elle attendait des excuses de sa part, mais ils n'avaient pas encore décollé qu'il ouvrait sur ses genoux son porte-documents et se plongeait dans ses paperasses. Durant tout le vol, ils n'échangèrent pas une parole.

Lorsqu'ils atterrirent à San Diego, Andrew, toujours sans un mot, la fit passer à la douane, puis l'aida à monter dans la limousine qui les attendait.

Il a hâte de se débarrasser de moi !

— Ce n'est pas le chemin pour aller à Briarcrest, remarqua Rebecca, quand le chauffeur abandonna l'autoroute.

Elle avait enfin remis Andrew Stoughton à sa place. La victoire était maigre mais tout de même satisfaisante.

— Je sais, répliqua-t-il. J'aimerais vous emmener dîner, avant de vous déposer au collège. Il y a à La Jolla un très bon restaurant où l'on déguste des fruits de mer.

Elle en resta bouche bée.

De l'extérieur, La Table du Capitaine ressemblait à une vieille grange dont le sel de l'océan avait argenté les murs de bois. A l'intérieur, l'atmosphère de la salle était la plus romantique qu'eût jamais connue Rebecca. De chaque table, on avait vue sur le ressac qui martelait le rivage. Des filets de pêcheur se drapaient au plafond, l'argenterie luisait à la lumière de lanternes rouges, bleues et vertes. Andrew commanda du vin qui arriva sur un lit de glace, dans un casque de scaphandre en bronze poli.

Andrew passa la commande pour eux deux, mais la jeune fille ne se rappela jamais ce qu'elle avait mangé. Elle était trop occupée à écouter son compagnon, les histoires, les anecdotes qu'il lui contait sur ses voyages. Apparemment, il avait fait le tour du monde et connaissait toutes sortes de personnages intéressants.

— Je vous dois des excuses pour la façon dont je me suis conduit au départ, dit-il quand on leur eut servi le dessert. Je sais que vous auriez préféré la compagnie de Max. Ce n'était pas possible, voilà tout... Je le regrette d'autant plus, ajouta-t-il après une hésitation, que je sais pourquoi vous venez à Briarcrest.

Rebecca laissa tomber sur ses genoux une cuillerée de glace. Andrew gagna son affection en faisant mine de ne rien voir lorsqu'elle replia subrepticement sa serviette sur les dégâts.

— Ne voudriez-vous pas me parler un peu de vous ? demanda-t-il. Après tout, je vous connais à peine.

Elle n'en avait pas la moindre envie mais elle était incapable de se dérober à ce regard direct. D'une voix hésitante, elle se mit à lui parler de Jewel et se surprit bientôt à se remémorer toutes les merveilleuses aventures qu'elles avaient connues ensemble. D'abord prête à croire qu'il cherchait à la ménager, elle oublia vite ses soupçons en le voyant sincèrement intéressé.

La soirée terminée, quand la voiture les amena à Briarcrest, elle accueillit avec surprise le baiser qu'Andrew lui posa sur la joue.

– Vous êtes une jeune fille remarquable, l'entendit-elle lui dire. Un jour, vous rendrez un homme très heureux.

En regardant la limousine s'éloigner, elle sut, avec toute la conviction d'une fille de treize ans, qui serait cet homme.

A peine avait-elle posé le pied sur le quai de Montego que Rebecca fut prise de panique. Elle avait commis une terrible erreur en venant là. Andrew n'avait aucun désir de la voir. Il était en Jamaïque pour être seul – ou seul avec une autre. Il serait furieux qu'elle vînt troubler cette solitude.

Un moment elle fut tentée de reprendre l'hydravion pour retourner d'où elle venait.

Il y a quelqu'un pour chacun de nous, sur cette terre. Et on a beau tout avoir, on n'est jamais complet sans cette personne-là. Avoir l'amour, c'est ça, être complet.

Elle n'avait plus personne à retrouver aux Angelines. Elle passa à son épaule la courroie de son sac et se dirigea vers l'autre extrémité du quai où attendait un vieux taxi vert et jaune.

– Les Tamarins, dit-elle au chauffeur.

Le taxi asthmatique se fraya un chemin par les rues étroites de Montego Bay, entama la montée de la route tortueuse ménagée parmi les collines verdoyantes de la Jamaïque. Malgré elle, Rebecca se sentait envahie d'une paix, d'un calme qui étaient presque douloureux. Tous les événements survenus aux Angelines auraient tout aussi bien pu se passer dans un autre monde. Les terribles images qui hantaient ses rêves – le visage déformé de son père, le squelette calciné de Skyscape, l'expression douloureuse de l'inspecteur Ainsley quand il lui avait appris l'assassinat de son père – n'avaient pas leur place en ces lieux. Elle avait l'impression d'être passée à travers un miroir, dans un autre temps, où rien ni personne ne pourrait plus jamais lui faire de mal.

C'était à cause d'Andrew, elle le savait. Avec lui, elle était complète. Et elle l'aimait parce que, dès le début, il lui avait donné cette impression de sécurité.

En juin, à la fin de son premier semestre à Briarcrest, Andrew revint la chercher.

– Pouvons-nous aller déjeuner à La Table du Capitaine ? demanda Rebecca, quand la limousine quitta dans un glissement feutré la cour de l'école.

– Pas aujourd'hui, répondit Andrew. Nous avons un emploi du temps chargé.

Elle fit de son mieux pour dissimuler sa déception. Au cours de ces cinq derniers mois, elle avait gardé précieusement le souvenir de la merveilleuse soirée passée avec Andrew. Et il semblait maintenant avoir tout oublié.

Elle essaya d'engager la conversation, mais, absorbé dans ses sales paperasses, il lui répondait par monosyllabes. De toute évidence, il se souciait comme d'une guigne d'une soirée passée avec une gamine de treize ans, se dit-elle. Elle se méprisait. Comment avait-elle pu être assez stupide pour imaginer qu'il s'en souviendrait ?

Ils volaient depuis une heure quand Andrew leva enfin les yeux de son travail.

— Savez-vous ce que c'est, là, en bas ? demanda-t-il.

Rebecca, à travers le léger voile de nuages, aperçut le pont magnifique qui enjambait la baie en forme de fer à cheval.

— Impossible ! s'écria-t-elle. Le Golden Gate !

— Je comptais bien vous surprendre, fit Andrew en souriant. Je devais venir à San Francisco pour affaires. Vous pourriez peut-être courir les magasins pendant que je traite celles-ci. Nous visiterons la ville ensemble.

Au comble de la joie, Rebecca lui jeta les bras autour du cou et lui posa un baiser sur les lèvres.

— Doucement...

Il rit, se dégagea gentiment.

Elle s'en moquait bien ; elle était sûre d'avoir senti ses lèvres répondre aux siennes.

Les deux jours suivants furent pour elle le paradis. Andrew prit deux appartements contigus au luxueux Sir Francis Drake Hotel, près de Union Square. Après avoir conduit Andrew à ses rendez-vous, le chauffeur de la limousine fit faire à Rebecca le tour des magasins. Elle acheta pour son père un stylo en or et le porte-mine assorti. Pour Jewel, des pièces de tissu. Quand Andrew la retrouva au Fairmont Hotel pour y prendre le thé, elle lui fit présent de boutons de manchettes en or et platine.

Le dîner à Chinatown représenta pour elle une expérience unique. Dans une pièce exiguë, au deuxième étage d'un immeuble sans ascenseur, elle découvrit des plats exotiques, assez épicés pour lui faire venir les larmes aux yeux. Au début, le contenu de son assiette semblait avoir une volonté propre, mais Andrew lui enseigna à manier convenablement ses baguettes. Après quoi, ils jouèrent les touristes.

Complètement épuisée, à la fin de cette nuit, Rebecca ne parvint cependant pas à trouver le sommeil. Elle ne cessait de penser à l'homme qui reposait dans l'appartement voisin, l'homme qui, elle le savait, serait un jour son mari. De toute sa vie, elle n'avait jamais eu de certitude plus absolue.

Le taxi poursuivait son chemin par la Grotte du Diable, la caverne creusée par la mer au flanc des collines. Rebecca se rappelait comment, après San Francisco, Andrew avait continué de surgir dans sa vie aux moments les plus inattendus.

À la fin de sa deuxième année à Briarcrest, alors qu'elle passait l'été à Newport avec Bix, Andrew survint et les emmena toutes les deux aux essais de l'*America's Cup*. Cet hiver-là, quand l'équipe de natation du collège remporta le championnat national, Rebecca reçut au vestiaire une immense gerbe de fleurs. La carte qui l'accompagnait disait : « Nous sommes très fiers de vous, Max et moi. Tendresses. Andrew. »

Rebecca partagea les fleurs avec les autres filles de l'équipe mais garda la carte pour elle, la cacha avec tous ses autres souvenirs d'Andrew.

Jamais celui-ci n'oubliait son anniversaire. Pour Noël, il lui envoyait toujours un cadeau original – comme l'éléphant de jade, venu de Hong Kong, évidé afin de pouvoir faire office de tirelire. Quand il téléphonait, c'était, semblait-il, au moment précis où Rebecca s'ennuyait de lui le plus cruellement.

Pourtant, avec le temps, elle prenait de plus en plus conscience de la distance qu'il maintenait soigneusement entre eux. Elle pensait parfois que c'était à cause des quinze ans qui les séparaient. A d'autres moments, elle était convaincue qu'il ne l'aimait pas, qu'il ne pourrait jamais l'aimer, qu'il se montrait simplement prévenant.

Sans doute vais-je bientôt connaître enfin la véritable réponse.
– Mademoiselle ?

L'homme qui ouvrit la portière du taxi devait être au moins centenaire, sembla-t-il à Rebecca. Ses cheveux crépus étaient couleur de cendre, sa moustache, une brosse de pur argent. Le visage d'ébène se plissait en une expression à la fois bienveillante et intriguée.

– Je... je cherche M. Stoughton, bégaya la jeune fille.

Les yeux d'un brun cacao la regardèrent pensivement.

– Vous devez être miss McHenry.

Rebecca sentit son cœur bondir. Peut-être Andrew l'attendait-il, après tout ! Elle sourit.

– Comment l'avez-vous deviné ?

– Tout le monde vous connaît, mademoiselle, dit le domestique d'un air sombre. J'ai été bien triste d'apprendre la mort de Midas Max. C'était un brave homme.

Rebecca fut à la fois touchée et déçue. Elle s'était imaginé qu'Andrew avait laissé des instructions strictes pour qu'on l'informât immédiatement de son arrivée.

– Allons, entrez. Je m'appelle M. Smith. M. Andrew, il est parti pêcher. Il sera là dans deux, trois heures.

Avec une tranquille dignité, M. Smith insista pour porter le sac de Rebecca et la fit entrer dans la maison.

L'immense pièce en façade, séparée en deux par quelques marches, coupa le souffle à la jeune fille. Une paroi tout en verre ouvrait la maison sur le magnifique panorama des Caraïbes. La partie la plus élevée était un bureau, dont le centre d'intérêt était constitué par une table de travail de style Louis XIV. Au niveau inférieur, c'était le salon, meublé de vastes canapés en rotin garnis de coussins recouverts de batik. Des tapis aux gais coloris étaient épars sur les dalles fraîches aux tons de rouille.

– Andrew... M. Stoughton... attend-il quelqu'un? demanda prudemment Rebecca quand le domestique revint. Je veux dire... a-t-il des invités?

– M. Andrew vient toujours seul, dit M. Smith.

Son sourire révéla un râtelier couleur de vieil ivoire.

– Voulez-vous que je vous prépare quelque chose à manger?

– Non, répondit Rebecca. Je vais aller nager.

C'était pour elle le seul moyen de patienter durant les trois heures à venir.

L'espadon ne battait pas de records mondiaux mais, à près de cinq cents kilos, c'était un géant pour les Caraïbes. Andrew avait dû lutter avec lui pendant cinq pénibles heures. Par deux fois, le poisson avait failli se décrocher de l'hameçon, mais, tenace, Andrew avait continué de le fatiguer en le laissant filer longuement, en eau profonde. L'animal était devenu autre chose qu'un possible trophée. Il mettait à l'épreuve toute la vigueur, toute la ruse que pouvait posséder Andrew. Quand le grand bleu avait enfin capitulé, il avait les paumes à vif, les muscles du torse et des épaules douloureux à crier. Mais il y avait longtemps qu'il ne s'était senti vivre aussi intensément.

Une fois le bateau rentré à Montego Bay, l'espadon fut pesé, mesuré, puis on prit les photos officielles. Andrew s'arrangea pour que l'animal fût naturalisé, avant de boire quelques bières avec le capitaine et les matelots. Au moment où le coucher de soleil étalait ses couleurs sur les eaux, il sauta dans son petit hors-bord et prit la direction de l'anse discrète des Tamarins, à trois kilomètres vers l'ouest.

Il crut tout d'abord à un mirage, né du soleil déclinant et de sa propre fatigue. Il prit des jumelles, braqua les puissantes lentilles sur la silhouette solitaire dans le canot bleu et blanc. Il eut alors l'impression d'être assez près pour la toucher rien qu'en tendant le bras.

Il regarda Rebecca se débarrasser de son tee-shirt, révélant ainsi des seins ronds, parfaitement dorés, ponctués de mamelons roses. Elle ôta son short et, en un saut arrière, disparut par-dessus le bordé. Le soleil donnait droit dans les yeux d'Andrew. Il put croire un instant qu'elle n'avait jamais été là.

A six mètres de profondeur, c'était une apparition qui glissait dans un monde de rêve de châteaux à tourelles, de promontoires à degrés, de temples incrustés de joyaux multicolores. Tout en nageant dans la direction opposée, Rebecca eut cependant conscience d'une autre présence dans l'eau. Elle fit volte-face, et ses yeux s'élargirent sous le masque en reconnaissant Andrew. L'espace d'un instant, le choc la paralysa. Mais il n'y avait aucune possibilité de fuite – ni pour elle, ni pour lui. Il était trop tard.

Lentement, sans se soucier de sa nudité, elle nagea vers lui. Ses cheveux flottaient derrière elle, comme la queue d'une comète magique. Elle fit signe à Andrew, lui prit la main pour l'entraîner dans son royaume.

Tout le long de la muraille extérieure du récif, le corail s'étageait en plaques superposées qui atteignaient presque la surface. D'autres formations affectaient la forme d'arbres pétrifiés entre les troncs desquels se faufilaient de minuscules poissons à la queue fourchue. De chaque côté des nageurs, des algues se balançaient doucement au gré du courant, comme pour leur faire signe d'avancer. Poussés par la curiosité, des anges de mer s'enhardissaient parfois jusqu'à venir planter un baiser brutal sur le verre de leurs masques.

Andrew se sentait ensorcelé. Il ne comprenait pas l'impulsion qui l'avait poussé à amener son hors-bord près du canot de Rebecca et à se dévêtir pour plonger à sa suite. Il ne savait qu'une chose : il voyait là une femme sur laquelle il n'avait encore jamais posé le regard. Entre Rebecca et la mer, il existait un lien invisible, presque mystique. Dans cette communion parfaite qu'elle partageait avec lui, il voyait le reflet de l'amour qu'elle lui portait. Dans cet univers, elle était chez elle et elle s'offrait à lui comme aucune femme ne l'avait jamais fait, elle tissait un réseau de séduction auquel il était incapable de résister.

Lorsqu'il retrouva pied, Andrew, sans un mot, attira Rebecca contre lui. Les masques glissèrent de leurs visages, et ils furent soudain serrés l'un contre l'autre. A chaque vague, l'océan soudait plus étroitement leurs deux corps. Andrew tenait entre ses mains la tête de la jeune fille. Ses lèvres passaient de son front à ses yeux, à sa joue, à sa gorge.

Quand la langue d'Andrew plongea dans sa bouche, Rebecca s'accrocha à lui. Sous la surface de l'eau, elle appliqua les deux mains sur les fesses de son compagnon, changea de position pour ouvrir les cuisses. Ce fut ainsi qu'il la souleva, les jambes de Rebecca nouées autour de sa taille, et la porta jusqu'à la soie brillante de la plage. Doucement, il la déposa sur le sable, et ses lèvres prirent tour à tour possession de ses seins, de son ventre brun et plat, de la saveur salée du plus secret de son corps.

Elle perdit tout contrôle d'elle-même. Elle ne savait plus si c'était le flot écumeux ou bien Andrew qui la faisait frissonner. Les cris qu'elle entendait pouvaient provenir aussi bien des oiseaux de mer que de sa propre gorge, le poids qui l'écrasait était peut-être celui d'Andrew ou peut-être celui du ciel de pourpre tyrienne qui lui semblait si proche. Quand il la pénétra, sa tête s'agita violemment d'un côté à l'autre. Mais les lèvres d'Andrew, tout près de son oreille, murmuraient des mots d'amour si tendres que la douleur disparut pour faire place au pressant désir de lui rendre cet amour.

Elle se livra alors tout entière à l'élan conjugué de leurs deux corps. Lorsqu'elle cria, une seule image s'imposa à elle, en une sorte d'explosion. Son âme lui échappait, planait au-dessus d'eux, pour les regarder en souriant danser comme les vagues sur l'océan.

9

Je rêve. Rien de tout cela n'est arrivé. Je vais ouvrir les yeux, pour me retrouver aux Angelines.

Rebecca roula sur elle-même dans le grand lit, vit Andrew qui, assis au bord, l'observait.

— Je ne rêve pas, dit-elle sourdement.

— Bonjour, mon amour.

Il se pencha pour l'embrasser tendrement.

— Tu as bien dormi ?

— Merveilleusement bien. Que fais-tu debout si tôt ?

— Il est près de midi.

— C'est très tôt !

— Le petit déjeuner nous attend sur la terrasse. Pourquoi ne pas t'habiller et venir m'y rejoindre ?

Elle perçut dans sa voix une note discordante.

— Andrew, est-ce que tout va bien ?

Il la regarda, lui accorda son sourire légèrement de biais.

— Tout va très bien.

Il sortit, et Rebecca le suivit des yeux. Son cœur se recroquevilla. Il y avait quelque chose d'affreux, et le mensonge d'Andrew en faisait partie. Lorsqu'elle baissa les yeux, elle découvrit qu'elle avait remonté le drap sur ses seins, comme si elle avait eu honte de se montrer nue devant lui.

La journée était magnifique. Le ciel bleu s'étendait à l'infini, sans la moindre trace de nuage.

Le petit déjeuner, préparé par M. Smith et servi par lui avec une tranquille délicatesse, était un festin. Il y avait des omelettes, fourrées de mangues et de petits dés de poivrons très forts, du jambon grillé, des biscuits à peine sortis du four et une salade d'endives assaisonnée à la crème aigre. Le café de la Montagne Bleue était tenu bien au chaud dans un samovar qui comportait son propre petit brasero. L'odeur des mets, mêlé aux senteurs qui montaient du jardin, aiguisait l'appétit de Rebecca. Néanmoins, elle fut incapable d'avaler plus de quelques bouchées. Elle ne cessait de se demander pourquoi Andrew était silencieux, presque distant. Elle passait en revue chaque détail de leur nuit, essayait de découvrir quelle erreur elle avait bien pu commettre. Certes, elle n'avait pas l'expérience de l'amour, mais il s'était montré si patient, si prévenant...

Apprends-moi! Apprends-moi, et je ferai n'importe quoi pour toi! Non, décida-t-elle, il ne s'agissait pas de cela. Mais la seule autre éventualité qui se présentât à son esprit lui glaçait le sang. Se pouvait-il qu'Andrew eût déjà une femme? Se pouvait-il même qu'il fût secrètement *marié*?

Quand elle rêvait à Andrew, elle n'avait jamais permis à l'image d'une autre femme de venir troubler son rêve. Dans son imagination, il n'appartenait qu'à elle.

C'est parce que tu ne l'as jamais vu avec quelqu'un d'autre! Crois-tu donc qu'il ait mené une vie monacale, depuis le temps que tu le connais? Il y avait naturellement quelqu'un auprès de lui, pendant que tu te promenais à Briarcrest dans ce ridicule uniforme!

— Andrew, je t'en supplie, dis-moi ce qui ne va pas! dit-elle, tout à trac.

Les yeux verts d'Andrew s'emplirent d'une tristesse qui lui serra le cœur.

— Je te demande pardon, fit-il. Veux-tu venir marcher un peu avec moi?

Il l'entraîna jusqu'à la plage et lui prit la main pour la faire entrer dans le ressac dont l'eau tiède vint clapoter autour de leurs chevilles. Ses doigts s'entrelacèrent étroitement à ceux de la jeune fille. Quand il prit la parole, il tint les yeux fixés droit devant lui sur quelque point invisible.

— Je suis originaire de la classe ouvrière, dit Andrew. Si elle m'entendait l'avouer, ma mère s'en retournerait dans sa tombe. Papa était un employé de la compagnie d'assurances Lloyds. Aux yeux de ma mère, sa position nous plaçait au-dessus des commerçants et des vulgaires ouvriers. Pendant la guerre, comme beaucoup de Londoniens, nous sommes restés à la campagne, maman et moi. J'étais heureux de ne plus être à Londres, moins heureux de fréquenter une immense vieille école où tous les garçons portaient l'uniforme et vivaient dans la terreur des grands chargés de la discipline. Le danger passé, ma mère a trouvé le moyen de me faire rester dans cette école.

— Tu ne t'y plaisais vraiment pas? demanda Rebecca, qui pensait à Briarcrest.

— Pas particulièrement. Mais, si je n'avais pas continué, je n'aurais sans doute pas obtenu de bourse pour Cambridge. J'étais en seconde année quand, malheureusement, mon père est mort. Ma mère était incapable de travailler. J'ai donc été obligé de me mettre à la besogne. Par une ironie du sort, la seule compagnie qui a accepté de m'employer, pendant la dépression qui suivit la guerre, fut la Lloyds.

— Je suis désolée, murmura Rebecca.

— Je ne rechignais pas à la tâche, mais la Lloyds ne me plaisait fichtrement pas. Je n'ai jamais compris comment mon père avait pu supporter cette compagnie pendant près de quarante ans. Moi, je n'ai pas tenu plus de deux, avant d'aller chercher ailleurs.

Il se baissa pour dégager du sable un petit coquillage rond et plat, le lava, le tendit à Rebecca.

— C'est considéré comme un porte-bonheur, par ici, m'a-t-on dit.

Elle accepta le présent sans rien dire. Andrew faisait un effort terrible pour en venir là où il voulait. Elle se demandait si, à la fin, elle allait souffrir, elle aussi.

— J'ai alors été engagé par le Severn Group, une société internationale qui avait la haute main sur de nombreuses mines en Amérique du Sud, en Afrique et en Australie. Je suis devenu pour eux une sorte de médiateur. Je m'informais sur les investissements possibles, j'examinais les opérations en cours et je veillais à maintenir les pots-de-vin à un niveau tolérable. J'étais particulièrement doué pour repérer les voleurs, poursuivit-il d'un ton méditatif. Ma mère est morte pendant que je travaillais pour le groupe. C'est alors que j'ai rencontré ton père, et que tout a changé pour moi.

Ils avaient atteint la limite de la propriété. Ils grimpèrent sur la jetée qui s'avançait en mer sur une trentaine de mètres. Andrew entra dans la remise où l'on gardait le compresseur pour les plongées, les outils, les pièces de rechange pour le moteur. Il en rapporta une couverture grossière sur laquelle ils s'assirent.

Il alluma un cigare, le regard fixé sur les eaux presque immobiles.

— Je ne sais pas trop ce que Max a vu en moi, reprit-il doucement. Au début, j'étais émerveillé à la pensée que, parmi tous ceux qu'il aurait pu choisir pour l'aider à mener les Entreprises McHenry, c'était à moi qu'il avait offert ce poste. J'ai compris par la suite qu'il respectait le travail que j'avais accompli et, ce qui est plus important, me croyait capable de faire mieux encore. Max était exceptionnel. Il appuyait son jugement par l'action et la confiance. Il me lâchait la bride dans toute la mesure du possible, et, quand il me sentait prêt à sombrer, il était là, avec ses quarante années d'expérience, pour m'aider.

Il se tourna enfin vers Rebecca.

— Ton père m'a aidé à devenir ce que je suis aujourd'hui. Mais il a fait davantage. Il m'a offert la chance de faire partie d'une famille, il m'a inclus dans la réalisation de son rêve. Je ne travaillais pas *pour* Max, je travaillais *avec* lui. Et ça faisait toute la différence.

Il s'interrompit un instant.

— Toute la différence entre toi et moi, Rebecca. Je suis tombé amoureux de toi il y a des années. Je ne voulais pas y croire, mais c'était vrai. Je ne voulais pas le montrer et, en ce sens, j'ai réussi. Parce que j'aimais Max aussi. J'avais peur qu'il ne puisse pas comprendre... pas quand tu étais en jeu.

Elle tendit la main vers lui, mais il la refusa.

– Non, laisse-moi finir. A la mort de Max, je me suis juré de faire tout mon possible pour te protéger. Cela signifiait en partie que le rêve de Max devait continuer à vivre. Je me suis imposé ce travail dément pour faire honneur à mes engagements envers lui... et parce que je ne pouvais me permettre de me trouver seul avec toi.

– Mais alors, que s'est-il passé, la nuit dernière ? questionnat-elle d'un ton farouche.

– La nuit dernière, tout ce que j'ai jamais ressenti pour toi a fait explosion, murmura Andrew. Chacun des mots que j'ai toujours voulu te dire, chacun des rêves que j'ai faits pour toi... pour nous... tout s'est réalisé. Il n'y a qu'une chose que je ne t'ai pas dite : Rebecca, veux-tu m'épouser ? Ici ? Maintenant ?

Elle passa les doigts dans la chevelure décolorée par le soleil, s'y agrippa.

– Oui, mon amour. Je veux t'épouser. Ici. Maintenant.

Il l'embrassa, et la joie qui emplissait Rebecca jaillit en une unique et triomphante pensée :

Oui, les hommes peuvent être les plus grands idiots sous le ciel de Dieu !

Le mariage eut lieu le lendemain après-midi aux Tamarins, dans le jardin débordant de poincianas et de gardénias parfumés.

Rebecca avait mis sens dessus dessous toutes les boutiques de Kingston pour découvrir la toilette qui convenait ; elle était resplendissante dans un tailleur de soie crème créé par Oleg Cassini. Les cheveux couverts d'un voile aussi léger qu'un souffle d'enfant, elle portait un unique bijou : l'hippocampe offert par Andrew.

– Vous me faites regretter de ne pas avoir eu d'enfants, soupira M. Smith en la conduisant à l'autel.

– Il n'est jamais trop tard, fit Rebecca, taquine. Je n'ai personne d'autre à qui lancer mon bouquet.

Andrew était particulièrement séduisant, dans son costume gris clair... et, remarqua joyeusement Rebecca, particulièrement nerveux. Et pourquoi ne l'aurait-il pas été ? Aucune femme n'était parvenue à se l'attacher, en trente ans.

Près de lui se trouvait le patron du bateau qui l'avait aidé à ramener le grand espadon. Rebecca lui trouva bon air, avec sa veste bleu marine et son pantalon de coutil blanc – n'était le cigare qu'il conservait perpétuellement au coin des lèvres. M. Smith remédia à cette négligence au moment où le pasteur arrivait.

Rebecca s'était montrée surprise quand Andrew lui avait parlé du pasteur.

– Je suis très démodé, ma chérie, avait-il dit en riant. Sans doute même un vieil agnostique comme moi reconnaît-il que certaines occasions ont besoin d'une bénédiction. Cette cérémonie et toi, vous en faites partie.

Le révérend, un jeune homme d'aspect anémique, avec des lunettes cerclées de fer et un nez à la Pinocchio, appartenait à l'Église réformée angelinienne et exerçait son ministère au bénéfice d'un petit troupeau, en Jamaïque.

C'était bien d'Andrew, pensait Rebecca en écoutant la voix nasale du pasteur, d'apporter un peu des Angelines même en ces circonstances.

L'idée d'un mariage aux Tamarins était venue de lui, mais, un peu plus tard, il avait proposé de regagner les Angelines pour la cérémonie. Tendrement, il avait rappelé à Rebecca l'existence de Jewel qui pourrait se froisser de n'avoir pas assisté au mariage.

— J'aime Jewel de tout mon cœur, déclara Rebecca. Et je trouverai une compensation à lui offrir. Mais je ne veux pas rentrer tout de suite. C'est absurde, je sais bien, mais j'ai l'impression que nous sommes protégés par quelque charme magique. Si nous partons d'ici, nous perdrons tout.

— L'essentiel est que tu sois heureuse, mon amour, murmura Andrew...

A cet instant, Rebecca s'entendit répondre « Oui », et Andrew lui passa au doigt un simple anneau d'or.

C'est fait! Je suis vraiment Mme Andrew Stoughton!

Elle ne pouvait se décider à lâcher Andrew qui, sur le conseil du pasteur, embrassait la mariée. Elle savourait ses lèvres, se laissait tout entière envahir par lui. Enfin, elle fit volte-face, laissa tomber son bouquet entre les mains de M. Smith.

— Bonne chance!

— Si vous voulez bien avoir la bonté de me suivre, madame, dit le centenaire avec un bel aplomb. Le photographe vous attend.

Rebecca retint son souffle devant la terrasse complètement transformée. Une tente rayée de jaune et de blanc avait été érigée au-dessus des dalles. Derrière se trouvait une longue table chargée d'une douzaine de mets près de laquelle deux serveurs se tenaient prêts à remplir leur office. M. Smith conduisit Rebecca et Andrew jusqu'à l'unique petite table ronde placée sous la tente dont un côté s'ouvrait sur l'océan. Il versa un champagne de grand cru et s'éloigna.

— A nous, dit Andrew.

— A nous, pour toujours et à jamais! ajouta Rebecca, tandis que le photographe prenait cliché sur cliché.

Tout en buvant le vin à petites gorgées, elle examinait le service de Limoges et l'argenterie georgienne qui brillait devant elle.

— Andrew, d'où vient tout cela?

— Je n'en ai pas la moindre idée, répondit-il gravement. Mais je soupçonne M. Smith d'en être responsable.

Rebecca n'eut pas le temps de prendre à part M. Smith, le déjeuner était servi. Le vieux domestique apporta d'abord aux nouveaux mariés de fins rouleaux de saumon mariné fourrés de caviar. Cette entrée fut suivie de cailles désossées dans une sauce à l'orange et d'un sorbet aux groseilles et aux cassis. Vinrent ensuite un homard farci, accompagné de cœurs d'artichauts frais, et des poires assaisonnées de vin blanc sec et de gingembre.

– Si ça continue, tu vas avoir une épouse un peu trop dodue, gémit Rebecca qui avait savouré chaque plat avec gourmandise.

– Nous n'avons pas encore abordé le meilleur.

Elle perdit le souffle en voyant les serveurs apporter une pièce montée très victorienne.

– Oh, Andrew!

Elle prit le long couteau que lui tendait M. Smith et se pencha vers son mari pour murmurer :

– Tu te trompes, mon chéri! Il y a meilleur encore!

Après deux jours de lune de miel, pendant lesquels Rebecca s'arrangea pour qu'Andrew ne songeât pas une seconde aux affaires, le couple, en route vers New York, fit un bref passage à Angeline City.

Andrew s'était offert à accompagner la jeune femme chez Jewel, mais elle insista pour le déposer aux bureaux des Entreprises McHenry.

– Jusqu'à ce que tu te sois assuré que tout est en ordre, tu seras invivable, lui dit-elle.

La route qu'elle devait emprunter passait devant les ruines de Skyscape. Elle s'était préparée à ce moment, mais, alors qu'elle approchait à vive allure des ruines calcinées, elle freina brutalement, et fit marche arrière. Elle franchit les grilles grandes ouvertes, contempla le spectacle. L'amour d'Andrew avait fait fondre la sensation d'horrible vide avec laquelle elle avait vécu. Il ne restait que la rage.

– Sois heureux pour moi! murmura-t-elle à un père qu'elle ne pourrait plus jamais atteindre. Je peux te promettre que je trouverai qui a commis ce crime. Et, quand je l'aurai trouvé, il paiera!

La maison modeste mais confortable de Jewel, qu'elle avait tenu à conserver tout en vivant à Skyscape, se trouvait à quelques centaines de mètres. Rebecca commença de regretter sa décision de venir seule. Elle comprenait soudain combien elle s'était montrée égoïste en n'informant pas Jewel de son mariage. Elle ne méritait pas cela.

Quelques instants plus tard, lorsqu'elle eut trouvé le courage de montrer son alliance à Jewel, la jeune femme pleurait des larmes de joie.

– Peux-tu me pardonner de ne pas t'avoir fait venir?

Le visage noir et rond ruisselait de larmes.

– Ma petite fille, qu'y a-t-il à pardonner? Il s'est produit un événement merveilleux qui devait arriver. Oh, Rebecca, je suis si heureuse pour vous! Maintenant, racontez-moi tout.

Ce soir-là, Rebecca et Andrew eurent droit à un autre festin, composé de plats angeliniens et préparé par les mains aimantes de Jewel. Quand ils se retrouvèrent seuls dans leur chambre, la jeune femme se blottit contre son mari, posa la tête sur sa poitrine pour écouter battre son cœur.

— Si jamais tu me trompes, murmura-t-elle, ton cœur me le dira. Ce sont les paroles de sagesse de Jewel.

— A vous deux, j'en suis sûr, vous me maintiendrez dans le droit chemin.

Elle lui enfonça son coude dans les côtes.

— As-tu expédié les télégrammes ?

— Oui, les deux. Je donnerais cher pour voir la tête de Lauren et de Ramsey quand ils apprendront la nouvelle.

— Et celle de Bix, dit rêveusement Rebecca. J'espère bien qu'elle pourra venir nous rejoindre à New York.

Il la fit taire d'une caresse.

Dès que le jet eut franchi la côte atlantique, Rebecca remarqua l'épaisse couche de nuages. Lorsque le Lear amorça sa descente, elle vit la neige.

— Andrew, je ne sais comment t'annoncer ça, mais il y a une tempête de neige, en bas, et tu m'as si bien affolée que j'ai oublié de prendre un manteau de fourrure.

Il jeta par le hublot un coup d'œil distrait, ramena son regard sur sa femme qui portait encore l'ensemble dans lequel elle s'était mariée.

— Oui, c'est vrai, dit-il, avant de se replonger dans ses papiers.

Elle posa sur lui des yeux furieux, sans résultat. De quel droit se montrait-il si détaché ?

Dès qu'ils eurent passé la douane à Idlewild, Andrew entraîna la jeune femme vers le salon réservé aux passagers de marque. Il dit quelques mots à l'hôtesse. L'instant d'après, un homme en livrée, un grand carton sous le bras, se hâtait vers eux. Dans un silence glacial, Rebecca regarda Andrew ouvrir le carton. Niché dans un lit de papier de soie se trouvait un manteau de zibeline.

— Essaie-le, suggéra-t-il en souriant. J'avais envoyé tes mesures, mais on ne sait jamais...

Le manteau lui allait à la perfection. Le temps de retrouver leur limousine, Rebecca avait très précisément décrit à son mari la manière dont elle comptait le récompenser de sa prévenance.

Il se déroba à ses baisers.

— Je le regrette, mais nous devons faire un arrêt avant de nous rendre à notre hôtel, dit-il. Il n'y en aura pas pour longtemps, c'est promis, mais je tiens à ce que tu sois là. Et, je t'en prie, pas un mot de notre mariage.

Intriguée, elle accepta.

La voiture suivait lentement la Cinquième Avenue, et New York eut le temps d'envoûter Rebecca.

— Nous y sommes, dit Andrew, au moment où la limousine venait s'arrêter le long du trottoir.

— Qui allons-nous voir ? demanda-t-elle.

Il l'avait prise par le coude pour traverser le hall de marbre du gratte-ciel.

— Un de nos plus gros affréteurs, fit Andrew, l'air sombre.

Les bureaux des Star Lines se trouvaient au vingtième étage. Andrew, au moins, était attendu, remarqua Rebecca. La jolie hôtesse aux cheveux sombres avait visiblement gardé le souvenir de précédentes visites; le baiser dont elle le gratifia pour lui souhaiter un joyeux Noël fut un peu trop appuyé au goût de la jeune femme. En même temps, ce pincement de jalousie l'emplissait de bonheur.

Il est à moi !

Wendell Coltraine, propriétaire des Star Lines, était un géant bien en chair, avec un nez qui avait l'air d'avoir été écrasé par un coup de poing et une claudication marquée, résultat d'une carrière de footballeur au collège.

— Andy, comment allez-vous ? Vous avez une mine superbe ! Et qui est l'heureuse jeune personne, cette fois ? Bon sang, vous m'avez l'air en pleine forme ?

— Vous n'êtes pas mal, vous non plus, Wendell, fit Andrew en souriant. Rebecca, puis-je vous présenter Wendell Coltraine, président des Star Lines, qui se charge de la majeure partie des cargaisons des Entreprises McHenry ?

Rebecca se laissa secouer la main, comme si Coltraine amorçait une pompe au beau milieu d'un incendie.

— Ravi de vous connaître, Becky. Sensationnel, ce manteau. Ma bourgeoise tuerait pour en avoir un pareil ! Je peux vous offrir quelque chose à boire, tous les deux ?

— A vrai dire, je suis simplement passé à cause de votre lettre, déclara Andrew.

Il examinait la maquette compliquée d'un voilier sur le bureau de Coltraine.

— Si je comprends bien, vous désirez annuler notre accord ?

— Andy, vous savez ce que c'est, fit l'autre d'un ton cordial. Les temps changent.

— Vous vous occupez des expéditions des Entreprises McHenry depuis plus de quinze ans, répliqua calmement Andrew. En fait, c'est à nous que vous devez votre expansion.

— Tout ça est vrai, Andy, dit Coltraine en hochant sa grosse tête. Mais le vieux McHenry n'est plus là, maintenant. Je ne peux pas continuer à travailler pour vous aux tarifs sur lesquels nous nous étions mis d'accord, Max et moi. Je dois penser à ma famille, à mon gosse qui me succédera à la tête de l'affaire.

— Et à la maîtresse que vous entretenez dans la 79e Rue Est.

Un éclair de colère passa dans le regard de Coltraine, mais il se reprit aussitôt.

— Faut bien s'amuser un peu, Andy. Je ne savais pas que vous vous connaissiez, elle et vous.

— Nous ne nous connaissons pas, fit Andrew d'un ton bref. Je comprends votre position, Wendell, et je suis conscient de vos soucis.

— Je le savais bien! dit Coltraine, radieux. Vous ne voulez vraiment rien prendre, vous et la jeune dame?

— Et j'exposerai vos raisons à Lewis à la prochaine séance du conseil d'administration.

— Quel Lewis? Lui expliquer quoi?

— Lewis Stehem, le sous-secrétaire d'État, qui fait partie du conseil d'administration des Entreprises McHenry, répondit Andrew d'une voix neutre. Il voudra savoir pourquoi notre affréteur nous fait faux bond, et je devrai lui dire que la Star s'est engraissée en faisant des affaires avec Cuba.

Coltraine est au bord du coup de sang, pensa Rebecca.

— Écoutez, Andy, vous ne pouvez pas répandre ce genre de bruit.

— Mais c'est vrai, non? Dans le cas contraire, rien ne vous empêche de nous intenter un procès en diffamation.

Coltraine ne soutint pas longtemps le regard de son visiteur.

— Qui d'autre est au courant? demanda-t-il.

— Personne, en dehors de cette pièce.

— Et la souris?

— A votre place, je ne m'en préoccuperais pas.

— Andy...

Andrew l'interrompit.

— Peu m'importe que vous vous chargiez de transports pour le compte de Fidel, au beau milieu d'un embargo américain. D'autres ne seraient pas aussi compréhensifs. Mais ils ne sauront rien, aussi longtemps que vous prendrez nos cargaisons.

— Moi et Max, on se connaissait depuis longtemps, fit pieusement Coltraine. Vous avez ma parole, Andy. Mes bateaux seront à votre disposition.

— Je ne saurais vous dire combien j'en suis heureux, Wendell. A propos, passez un très joyeux Noël.

Lorsqu'ils se retrouvèrent seuls dans l'ascenseur, Rebecca fit face à Andrew.

— Qu'est-ce que cette histoire? Pourquoi voulait-il nous quitter?

— Coltraine est un chacal, déclara froidement son mari. Il a gagné une fortune avec Max et, maintenant que Max est mort, il croit pouvoir renier nos accords.

— Mais ne pouvons-nous trouver un autre affréteur?

— Pas aux mêmes tarifs. En outre, pour ce que j'ai en tête, les Entreprises McHenry ont besoin d'un accord garanti pour transporter leurs cargaisons.

— Même si nous devons recourir au chantage?

– C'est l'un des aspects les plus déplaisants des affaires.

Il n'y avait pas l'ombre d'une excuse dans la voix d'Andrew.

En rejoignant la voiture, Rebecca songeait qu'elle avait beaucoup à apprendre de son mari. Et sur lui.

L'accueil qui leur fut fait à l'appartement en terrasse de Lauren et de Ramsey Peet, sur Park Avenue, répondit pleinement à l'attente de Rebecca. Les lumières de New York formaient une extraordinaire toile de fond, de l'autre côté des vastes baies vitrées. Rebecca avait l'impression de flotter au-dessus de la ville.

Pendant que Ramsey préparait les cocktails, la jeune femme raconta par le menu son mariage à Lauren. Quand Bix arriva, maudissant la neige qui avait retardé son vol de deux heures, elle dut reprendre son histoire du début.

– Es-tu heureuse, Becky? demanda Bix. Je veux dire, vraiment heureuse?

– Oui, indéniablement, superlativement!

– Alors, mon obstination a fini par payer, je suppose, fit la jeune fille avec un sourire malicieux.

Elle prit la main de son amie, examina l'anneau d'or.

– Hé, Andrew! appela-t-elle. Vous le couvrez de joyaux, le grand amour de votre vie!

– Bix! chuchota Rebecca, horrifiée. Il n'a pas eu le temps...

– Bof! Il aurait dû acheter un diamant depuis des années... à tout hasard.

Andrew s'approcha.

– En fait, Bix, pour une fois vous avez raison, je crois.

– Andrew, elle ne parlait pas sérieusement...

– Tais-toi, femme!

Il tira de sa poche un petit écrin de velours.

– Ceci serait peut-être plus indiqué.

Le silence se fit quand Rebecca souleva le couvercle. Monté sur un large anneau d'or scintillait un diamant rose, aussi large que l'extrémité d'un bâton de rouge à lèvres. D'autres diamants, plus petits mais non moins étincelants, l'encerclaient.

– Allons, murmura doucement Andrew. Passe-le.

Il était juste à la taille du doigt de la jeune femme. Elle ne trouvait rien à dire. Elle se contenta de lever vers son mari un regard éperdu d'amour.

– Et voici notre cadeau, à Lauren et à moi, annonça Ramsey.

C'était une grande sculpture sur verre de Steuben, deux oiseaux magnifiques, emportés dans une étreinte ailée.

– Des hérons de nuit couronnés de noir, souffla Rebecca.

– C'est exact, dit Lauren. Quand ils s'unissent, c'est pour la vie, ajouta-t-elle, en pressant la main de Rebecca.

Les toasts portés, Rebecca entraîna Ramsey à l'écart.

– J'aimerais que le conseil nomme Andrew président des Entreprises McHenry. Je veux qu'il détienne une totale autorité, comme c'était le cas pour Max.

Ramsey Peet fit tomber la cendre de son cigare.

– C'est curieux, mais ça ne me surprend pas, fit-il. Et je m'en tiens à ce que je vous ai déjà dit. Andrew a fait de l'excellent travail pour la compagnie. Il est éminemment qualifié pour la diriger.

Au souvenir de la confrontation avec Wendell Coltraine, elle en tomba silencieusement d'accord.

– Toutefois, reprit l'homme de loi, vous devriez, je crois, garder un droit de veto sur ses décisions.

– Que voulez-vous dire ?

– La McHenry, Rebecca, c'est vous. Peu importe qui en est le président, la société est à vous, et la responsabilité vous appartient, en dernier ressort.

– Mais je n'y connais rien !

– A bord du *Windsong*, vous avez dit que vous vouliez apprendre, et Andrew a offert d'être votre professeur. Je veux que vous me promettiez de vous tenir à vos intentions.

– Je m'y tiendrai, Ramsey, c'est promis, dit-elle, profondément touchée par sa sollicitude.

– Alors, je ferai ratifier la nomination d'Andrew par le conseil avant le début de l'année.

Alors que les deux couples et Bix se préparaient à se rendre au théâtre, Ramsey Peet prit Andrew à l'écart.

– Avez-vous l'intention de vous installer aux Angelines ? demanda-t-il négligemment.

Andrew secoua la tête.

– Un jour, oui, certainement. Mais nous allons passer encore quelques mois au moins en Jamaïque.

– Mais Skyscape...

– Rebecca ne vous a donc rien dit ? Sa décision est prise. On ne touchera pas aux ruines de Skyscape. Elle veut que la maison reste dans son état actuel, une ruine calcinée, jusqu'au jour où l'on aura mis la main sur l'assassin de Max. C'est sa façon de montrer qu'elle n'oubliera jamais, quoi qu'il arrive.

10

Les deux mois qui suivirent furent pour Rebecca les plus paisibles depuis la mort de Max. Son amour pour Andrew devint le roc sur lequel elle était bien décidée à bâtir une vie nouvelle.

Après le dîner de Noël avec Lauren, Ramsey et Bix, les nouveaux époux regagnèrent les Tamarins. Andrew profita de la trêve des affaires entre Noël et le Nouvel An pour établir un emploi du temps qui lui permettrait de passer trois jours par semaine en Jamaïque. En entamant des négociations avec la compagnie de location, pour s'assurer les services de l'hydravion entre les Tamarins et Angeline City, il fut consterné par le montant du contrat. Le lendemain, Rebecca achetait la compagnie, en conservant la direction et les pilotes.

– Ce n'est pas cher payer pour être sûre de t'avoir à dîner, dit-elle à son mari.

Après une célébration intime de la Nouvelle Année, où un télégramme de Ramsey leur confirma la nomination d'Andrew au titre de président des Entreprises McHenry, celui-ci reprit son emploi du temps rigoureux. Il quittait les Tamarins le lundi à l'aube et revenait en fin d'après-midi, le jeudi. Pendant le week-end, quand il n'était pas au téléphone, il interrogeait Rebecca sur le travail qu'il lui avait laissé.

Il avait dressé un programme d'études qui couvrait toutes les activités de la compagnie fondée par son père. Elle se familiarisa ainsi avec tous les principes de l'exploitation minière. Elle devint capable de donner avec précision le poids total d'or extrait par les principaux pays producteurs du monde – le Canada, l'Afrique du Sud et la Russie – et d'expliquer comment le marché était réglementé par les lois de l'offre et de la demande. Elle apprit par cœur la liste des industries qui avaient besoin de lingots pour leurs opérations et se trouva amenée à imaginer des voies permettant aux Entreprises McHenry de conquérir de nouveaux marchés.

Plus elle avançait dans ses études et plus elle se sentait proche de son père. Elle s'attristait en même temps qu'il ne l'eût jamais initiée à son univers.

Devant sa mélancolie, Andrew lui dit :

– Max serait très fier de toi, ma chérie. Tout ce qu'il te fallait, c'était l'occasion de t'instruire.

Son amour pour lui grandit encore à ces mots.

Quand son mari revenait à la maison, Rebecca se mettait en frais pour lui faire oublier le bureau. Ils passaient ces journées sur l'océan, à plonger, à pêcher ou, tout simplement, à jouir du plaisir d'être ensemble. Environ deux fois par mois, Jewel venait les retrouver, et les Tamarins s'emplissaient des senteurs paradisiaques qui émanaient de la cuisine où M. Smith et elle échangeaient des recettes. Le soir, Andrew emmenait Rebecca danser à Montego Bay ou à Kingston, et, souvent, quand la nuit était trop belle pour rentrer, ils la passaient dans un hôtel.

Le dimanche après-midi, ils se consacraient à d'autres occupations. En sa qualité de propriétaire des Entreprises McHenry, Rebecca conservait le droit exclusif d'approuver ou non toutes les décisions majeures qui pouvaient affecter la société. Andrew lui avait expliqué dans le détail ce qu'il se proposait de faire de la compagnie, durant le premier trimestre de 1963, et elle l'avait pleinement approuvé. Il était temps de donner aux Entreprises McHenry une certaine expansion, et elle était convaincue que les petites sociétés d'ordinateurs et d'électronique qu'Andrew projetait de racheter représentaient de bons placements.

– Il faudra pour cela trouver de l'argent ailleurs, l'informa-t-il. Mais j'ai obtenu le financement d'un consortium basé à Londres, à d'excellentes conditions.

– Pourquoi pas avec la Walker Bank? demanda Rebecca.

C'était la banque new-yorkaise à laquelle s'était toujours adressé son père.

– Nous parlons ici d'un crédit qui dépasse trois cents millions de dollars, répliqua Andrew. La Walker n'est pas en mesure de couvrir de tels montants. En outre, en ce moment, les banques anglaises veulent à tout prix faire des affaires. Jamais plus nous n'obtiendrons un taux d'intérêt aussi réduit.

Rebecca examinait le projet de financement.

– Ramsey a vu ça?

– Voici sa lettre.

Ramsey, sur le papier à lettres gravé en or aux noms de Peet, Burroughs & Calhoun, souscrivait fermement aux propositions d'Andrew.

Tout était donc pour le mieux, pensa Rebecca, qui signa les documents donnant tous pouvoirs à son mari.

Mais elle se trompait. La nouvelle qu'elle apprit six semaines plus tard éclipsa tout l'intérêt qu'elle avait pu porter au programme lancé par Andrew.

Les premiers signes furent assez innocents. Le matin, quand elle allait nager, Rebecca se fatiguait au bout d'un quart d'heure passé dans l'eau. Lorsqu'elle en sortait, le soleil lui semblait insupportable – et pourtant, elle frissonnait.

C'est un microbe. Si je m'en occupe toute de suite, je serai rétablie pour l'arrivée d'Andrew.

Cet après-midi-là, Rebecca dormit. Au dîner, elle eut grand-peine à avaler quelques bouchées. Encore fut-elle prise de vomissements durant la nuit. Le lendemain, au réveil, elle était encore en proie aux nausées. Tout son corps était douloureux, comme si on l'avait rouée de coups. Quand M. Smith apporta le petit déjeuner, elle ramena le drap sur sa tête.

– Laissez-moi tranquille, marmonna-t-elle.

Dans la journée, on fit appeler un médecin de Montego Bay. Cet homme petit et carré avait les mains les plus douces qu'eût jamais connues Rebecca. Le Dr Honoré de Grise assura à la jeune femme qu'en soixante années de pratique, il avait vu tout ce que pouvait révéler le corps humain.

– Mais pas le mien, gémit Rebecca. Pouvez-vous annuler les prochains jours de ma vie?

Avec un petit gloussement, le Dr de Grise prit la température de Rebecca, examina son nez, ses oreilles, sa gorge. La mince spatule de bois dont il se servit pour lui abaisser la langue lui donna un haut-le-cœur.

– Combien de temps me reste-t-il à vivre? demanda-t-elle.

– Soixante-dix ans au moins, déclara de Grise. Mais, pour être plus précis, j'aimerais faire quelques examens dans mon cabinet. De préférence dès maintenant.

Le ton de sa voix persuada Rebecca qu'il ne se laisserait pas éconduire. Pour la première fois, elle eut peur. Avait-elle vraiment quelque chose de grave? Elle prit les premiers vêtements qui se présentèrent.

Le lendemain, le médecin appela de bonne heure, la tirant d'un sommeil agité.

– Je suis heureux de pouvoir vous dire que vous vivrez, annonça-t-il joyeusement.

– Pour la première fois en soixante années de pratique, vous vous trompez!

– Pas du tout. En fait, étant donné votre parfaite condition physique, vous pourrez avoir autant d'enfants qu'il vous plaira.

– Autant d'enfants... Voulez-vous dire...

Dès qu'elle sut qu'elle était enceinte. Rebecca sentit l'énergie affluer en elle. Elle essayait de prendre pleinement conscience de ce qui lui arrivait. Elle avait l'impression d'être montée dans un train dont la destination lui demeurait un mystère. Certes, au bout du voyage, elle deviendrait mère. Mais, entre-temps, qu'adviendrait-il d'elle? Dans quelle mesure son corps se modifierait-il et, en même temps, ses émotions? Elle se sentait tiraillée entre l'émerveillement, l'inquiétude et la peur. Particulièrement en ce qui concernait Andrew.

Elle avait terriblement envie d'annoncer la nouvelle à son mari, qui était à New York, mais elle ne parvint pas à en trouver le courage. Il ferait un excellent père, elle le savait intuitivement. Mais désirait-il un enfant dès maintenant, alors qu'il avait tant à faire? Était-il prêt à accepter la présence d'un être dans leur vie commune, alors qu'ils en étaient encore à se découvrir mutuellement?

Toutes ces questions obsédaient Rebecca. M. Smith, qui veillait strictement à l'observance de son nouveau régime, proposa une solution.

– Quand rentre M. Andrew?

– Dans cinq jours.

– Alors, vous vous reposez maintenant et vous faites tout ce que le docteur a dit. Quand je sais pour sûr que M. Andrew est revenu, je vous le dis. Alors, vous allez le trouver et vous lui dites dans l'oreille qu'il est papa.

Rebecca s'émerveilla d'une telle sagesse.

Ayant décidé de garder son secret, elle eut toutes les peines du monde, au cours de la semaine suivante, à ne rien dire à son mari lorsqu'il téléphona. Dans son effort pour éviter le sujet, elle se surprit à jacasser à tort et à travers et ne comprit pas pourquoi Andrew se montrait soudain soupçonneux.

– Tu es sûre que tout va bien, Rebecca ? répétait-il.

– Tout est parfait, mon chéri. Dépêche-toi de rentrer, je t'en prie. Tu me manques terriblement.

– Lundi, ça n'est pas si loin. Je t'appellerai dès que je serai de retour à Angeline City.

Non, c'est moi qui te verrai là-bas !

Elle prépara son voyage à Angeline City avec toute la minutie d'un chef de guerre. Elle fit promettre au pilote de l'hydravion que son appareil serait prêt aux premières heures du matin. Elle prit les dispositions nécessaires pour qu'une voiture confortable la conduisît à Montego Bay. Elle téléphona à Jewel, l'informa négligemment qu'Andrew et elle seraient à bord du *Windsong* le lundi soir. Voulait-elle venir dîner avec eux ? Finalement, elle demanda au Dr de Grise de lui assurer qu'un trajet d'une heure en avion ne ferait aucun mal au bébé. A la vérité, il y prendrait probablement plaisir. Elle avait déjà décidé que son premier-né serait un garçon.

Le lundi matin arriva enfin. Rebecca, l'estomac serré, était convaincue qu'il allait survenir quelque chose. Elle arpentait la maison en tous sens, et M. Smith se montra soulagé quand l'aéroport d'Angeline City annonça que le vol de Carib-Air en provenance de Miami était attendu à l'heure prévue. Oui, M. Stoughton était à bord.

Après s'être changée trois fois, Rebecca se décida finalement pour un pantalon confortable et une *guyabera* imprimée de couleurs vives. M. Smith eut beau lui répéter qu'elle était ravissante, elle se sentait énorme.

Je vais devenir tellement grosse qu'Andrew ne pourra plus me supporter !

Durant tout le voyage, elle garda les doigts crispés sur l'hippocampe qu'il lui avait offert.

Dès que l'hydravion fut à quai, elle appela les bureaux des Entreprises McHenry. Elle apprit qu'Andrew déjeunait au Perchoir et partit aussitôt.

Le Perchoir était l'un de ses restaurants préférés, situé tout au bout de la plage publique d'Angeline City, assez loin du port. La salle à manger était construite sur pilotis au-dessus de l'eau, et, à la nuit tombée, les projecteurs attiraient des milliers de petits poissons qui faisaient bouillonner l'eau quand on leur lançait une croûte de pain. Rebecca aimait la rude clientèle de marins et de dockers qui fréquentaient Le Perchoir, le soir, en compagnie de leurs femmes. Son père avait souvent rompu le pain avec eux. De jour, les clients étaient tout aussi intéressants ; c'étaient des hommes d'affaires qui ne juraient que par les langoustes grillées d'Ole, le propriétaire du restaurant.

Rebecca arriva au Perchoir à l'heure où la salle commençait à s'emplir. Elle se faufila entre les clients qui attendaient, chercha Andrew du regard. Elle aperçut aussitôt sa crinière blanche. Elle allait l'appeler, mais sa voix s'étrangla soudain dans sa gorge ; la femme assise en face de lui avait tendu la main pour lui caresser la joue. C'était Celeste Lambros.

– Miss Rebecca, vous vous sentez bien?

La voix asthmatique d'Ole, le monumental restaurateur, ramena brutalement la jeune femme à la réalité. Affolée, elle regarda autour d'elle. Sans même s'en rendre compte, elle était sortie de la salle à manger et se retrouvait appuyée au bar.

– Je vais tout à fait bien, Ole, vraiment, parvint-elle à dire.

Elle eut brusquement conscience qu'autour d'elle, tout le monde la regardait. L'image de Celeste était imprimée en traits de feu dans son esprit. Elle entreprit de longer le bar, pressa le pas, finit par courir. Elle se heurtait aux clients sans prêter attention à leurs exclamations.

Andrew va entendre le tumulte, il va se lancer à ma poursuite, pensait-elle dans son affolement.

Elle priait pour qu'il fût seulement à quelques pas derrière elle, prêt à la prendre dans ses bras pour tout lui expliquer. Quand, hors d'haleine, elle se trouva enfin dans la rue, elle se retourna. Personne ne l'avait suivie.

Elle monta en trébuchant dans un taxi et demanda au chauffeur de la conduire au port. Là, le pilote de l'hydravion, qui achevait de faire le plein de kérosène, reçut l'ordre de partir immédiatement.

Assise à l'arrière de la cabine, les poings crispés contre ses dents, Rebecca lutta désespérément contre la panique qui menaçait de s'emparer d'elle. Elle comprenait maintenant que sa fuite avait été une erreur. Andrew était son mari! Elle avait eu tous les droits du monde d'aller le trouver, d'exiger des explications. Sans aucun doute, il lui aurait fourni une raison valable pour son rendez-vous avec Celeste.

L'ennui, se dit-elle, c'est que je ne parviens pas à imaginer quelle pourrait être cette raison.

Mais tu l'aimes, tu as confiance en lui! Comment peux-tu le croire capable de te faire souffrir, alors qu'il ne t'a jamais montré que de l'amour?

Certes, elle ne *voulait* pas le croire. Elle se rappelait la première fois qu'Andrew l'avait amenée à Briarcrest, les excuses qu'il lui avait faites après lui avoir parlé trop brusquement.

Je sais pourquoi vous venez à Briarcrest, Rebecca.

La voix, le regard avaient convaincu Rebecca; Andrew était au courant de ce qui s'était passé chez miss Potter.

Mais alors, que faisait-il avec Celeste? Que pouvait-elle bien représenter pour lui?

Durant tout le vol jusqu'à Montego Bay, la question tortura Rebecca. Elle pleurait sur Andrew et sur elle-même. Elle pleurait aussi parce qu'elle savait que, en fuyant, elle avait permis à Celeste de l'humilier une fois encore.

11

A onze ans, Rebecca avait épuisé les ressources de l'école d'Angeline City. Où allait-elle poursuivre ses études ? Ce fut le sujet de l'une des rares discussions qu'elle eût avec son père.

Les Angelines se flattaient de posséder l'un des meilleurs collèges privés pour jeunes filles de toutes les Caraïbes, à Stann Creek Town. Rebecca, après une seule visite à l'école, s'en était toquée.

Max, a priori, ne pouvait guère soulever d'objections à propos de l'établissement de miss Potter. Le collège avait des exigences très strictes. Ses professeurs, triés sur le volet dans le monde entier, étaient de premier ordre ; la perspective d'émoluments généreux et d'un mode de vie agréable les attirait à Stann Creek Town.

Mais, si l'école se conformait à la lettre aux lois antiraciales, elle en ignorait l'esprit. Quatre-vingt-dix pour cent de ses élèves étaient de race blanche. L'élite venait des familles des naufrageurs, y compris Celeste, la petite-fille de Silas Lambros. La seconde part, la plus nombreuse, était formée des filles issues de familles blanches très en vue sur d'autres îles. A l'échelon le plus bas, on trouvait la vingtaine d'élèves noires, indiennes ou mulâtres venues de toutes les îles des Caraïbes grâce à des bourses accordées par le collège.

Une structure aussi ouvertement raciste mettait Max en fureur, mais, lorsqu'il voulut en parler à Rebecca, elle refusa de céder.

– Je suis Angelinienne, insista-t-elle. Je suis comme toutes les autres filles.

Mais les craintes de Max avaient une origine plus profonde. Il nourrissait une haine inexpiable contre les naufrageurs et tout ce qui avait un rapport avec eux. Au cours des ans, il avait boycotté leurs banques, leurs compagnies de navigation, leurs entrepôts, leurs magasins. Il avait dédaigné leurs invitations et avait évité comme la peste leur domaine réservé, le Jockey-Club. A sa manière inimitable, Max avait bien fait comprendre que leur politique et leurs préjugés lui faisaient horreur. Tout riche et puissant qu'il fût, jamais il ne deviendrait l'un d'eux. Et sa fille non plus.

Pour échapper à l'esprit de clocher ancré à Stann Creek Town, Max avait envoyé Rebecca à l'école communale d'Angeline City. Là, fièrement, il l'avait regardée grandir parmi des enfants qui étaient Angeliniens de naissance. Mais, déjà, il trichait. La fillette était remarquablement intelligente, et des professeurs venaient chaque jour lui donner des leçons particulières à Skyscape.

Je suis Angelinienne. Je suis comme toutes les autres filles.

Rebecca avait raison, pensait Max. Elle était Angelinienne. Mais il l'avait emmenée au-delà des Caraïbes, aux États-Unis, il lui avait fait visiter des lieux, lui avait fait connaître des gens qui se situaient à des années-lumière de la vie simple des Angelines. Sa fille, il le savait, considérerait toujours les Angelines comme sa patrie mais elle serait bientôt prête à goûter à tout ce qu'offrait le monde. Et il s'en réjouissait.

Mais Rebecca était différente aussi sur un autre plan. Stann Creek Town pourrait bien le lui apprendre, et Max redoutait cette révélation.

Il avait bien d'autres solutions que l'établissement de miss Potter. Aux États-Unis, une douzaine de collèges seraient heureux de recevoir sa fille. Il n'y avait qu'une difficulté : il n'était pas sûr de supporter d'être séparé de son enfant bien-aimée.

Rebecca, de son côté, ne pouvait nier l'attirance magique de Stann Creek Town, si différente de l'atmosphère de ville-frontière d'Angeline City.

Les maisons qui bordaient Bye Street étaient construites dans la grande tradition. Chacune avait au moins deux étages, un porche en façade, une véranda sur le côté, des volets et des colonnes peints en noir et vert soulignés de blanc. Les pelouses étaient tondues à ravir, les jardins étaient peuplés de centaines de fleurs différentes aux couleurs éclatantes.

Au long de la large promenade aux parterres bien entretenus déambulaient des femmes en jupes et robes multicolores, coiffées à la dernière mode. Dans les restaurants et les cafés, les serveurs en veste blanche apportaient le thé et les petits fours sur des plateaux d'argent, tandis que les conversations coulaient sur les notes légères d'un quatuor à cordes. Le soir, des jeunes hommes de haute taille, au visage tanné par le soleil, entraînaient des dames dans Regent Park, et le parfum des fleurs, supposait Rebecca, devait être aussi troublant que les mots doux murmurés à l'oreille.

– Mais où vivras-tu ? demanda Max.

Il saisissait le premier prétexte venu pour ne pas céder aux prières de sa fille.

– En dortoir, avec les autres, répondit gentiment Rebecca.

Il en fut horrifié.

– Non, dans un appartement. Je trouverai quelque chose de bien pour toi et Jewel. Rien de somptueux, une douzaine de pièces...

– Papa, je serai obligée d'être interne. C'est le règlement.

Max était hors de lui. Il alla chercher un appui auprès de Jewel. Elle prit le parti de Rebecca.

– Je sais ce qui vous fait peur, Max, lui dit-elle doucement. Mais vous ne pourrez pas toujours protéger Rebecca. Stann Creek Town fait partie des Angelines. Elle doit explorer, apprendre à tout connaître. Vous n'y pouvez rien.

Max savait reconnaître une défaite.

– C'est une satanée conspiration, voilà tout.

Rebecca s'élança vers lui pour l'embrasser.

— Papa, murmura-t-elle, je t'en prie, n'aie pas peur. Je ne te quitte pas. Je ne te quitterai jamais.

Quand il l'écrasa contre lui, elle sut qu'elle avait gagné.

Miss Potter était arrivée en 1925 à Stann Creek Town pour y fonder l'école. Plus de trente ans après, elle en était toujours la directrice. Minuscule et irascible, l'Écossaise ne cédait de terrain à personne, quelle que fût sa condition sociale. Ce qu'elle pouvait penser de ses élèves noires, elle le gardait strictement pour elle. A ses yeux, quand une postulante avait franchi les obstacles qu'elle plaçait sur son chemin – un examen d'entrée écrit et oral, un entretien personnel et une entrevue avec ses parents –, elle était sur le même rang que toutes ses condisciples.

Par malheur, miss Potter n'était jamais parvenue à instiller sa propre tolérance chez certaines de ses élèves. Les préjugés, elle l'avait appris au fil des ans, s'absorbaient avec le lait maternel.

Une fois leur enfant acceptée au collège, les parents les plus influents n'avaient aucun droit de regard sur les différents aspects de la vie ou du comportement à l'intérieur des murs de brique. Beaucoup étaient heureux que miss Potter interdît sévèrement toute communication entre parents et enfants durant les périodes scolaires. Certaines filles réputées capricieuses, obstinées ou proprement insupportables réapparaissaient, aux vacances de Noël, sous l'aspect de jeunes personnes polies, assagies. Il y avait naturellement des exceptions.

Celeste Lambros, dont les cheveux blonds et bouclés, les lèvres boudeuses et la silhouette déjà épanouie agrémentaient souvent la chronique mondaine du *Gleaner*, avait trois ans de plus que Rebecca. Elle était, sans discussion possible, la meneuse du groupe des filles de naufrageurs.

Celles-ci restaient entre elles et travaillaient tout juste assez pour passer d'une classe dans une autre. Elles compensaient un si bel effort par des heures de bavardages à propos des garçons de Saint-Michael, à l'autre extrémité de l'île, des échanges de vues sur les toutes dernières modes de Londres et de New York et d'éternelles discussions sur la valeur réelle de la virginité.

Sans l'avoir désiré, Rebecca devint le point de ralliement des boursières. Elle s'entendait bien avec elles, comme si elles s'étaient connues toute leur vie. Comme elle, ces filles-là excellaient dans les activités sportives et, en équipe, elles étaient imbattables.

Les élèves blanches qui n'avaient aucun espoir de jamais entrer dans le cercle magique de Celeste Lambros, adoptaient deux attitudes différentes à l'égard de Rebecca. Certaines essayaient effrontément de cultiver l'amitié de l'héritière McHenry. D'autres, nourries dès le berceau de préjugés bourgeois contre les amies boursières de Rebecca, évitaient froidement celle-ci.

Les boursières travaillaient plus dur que les autres. Pour se maintenir à leur niveau, Rebecca se mit à exceller en histoire, en géographie et en latin. Elle se perfectionna en espagnol, suivit sans effort les cours de français et de littérature anglaise. L'algèbre, elle s'en serait volontiers passée.

La première année chez miss Potter s'écoula sans incident, et il en alla de même de la seconde, jusqu'à Noël. Cette année-là, Rebecca, qui avait eu treize ans en novembre, supplia son père de la laisser assister au bal de Noël de l'école. Elle avait vu peu de garçons durant les trimestres scolaires et elle fut surprise et ravie du flot d'invitations qui déferla sur Skyscape. Presque tous les élèves de Saint-Michael se montraient ardemment désireux de l'avoir à leur bras.

Ses amies trouvaient du mérite à chaque candidat. Max, lui, dès qu'il entendait prononcer un nom, se lançait dans une entreprise de démolition du personnage. Au bout de deux jours de discussions pénibles, Rebecca renonça.

– En principe, il est question d'une soirée de plaisir! s'écriat-elle.

Sur quoi, elle accepta l'invitation d'un ami d'enfance, Thomas Berry, un Angelinien noir, boursier à Saint-Michael, dont le père était contremaître dans l'une des mines de Max.

Le soir du bal, Max dut enfin reconnaître – en secret – que sa fille grandissait. Un seul regard sur Rebecca, dans sa longue robe d'un orangé pâle, ceinturée de blanc, les cheveux relevés semés de minuscules diamants, suffit à le convaincre. Ses yeux se voilèrent de larmes en voyant à quel point elle ressemblait à sa mère.

Le bal avait lieu au Jockey-Club, un édifice tout de marbre et d'acajou, qui fleurait le cuir bien entretenu, le tabac aromatique et le porto de grand cru. Rebecca eut le souffle coupé devant les murs bleu pâle, les parquets luisants et les corniches illustrées de scènes tirées de la mythologie grecque, de la salle de bal. Six lustres inondaient de lumière les immenses portraits de naufrageurs, de gouverneurs et de souverains depuis longtemps défunts. Tout au bout de la salle, sur une galerie protégée par une grille ornementale, se trouvait l'orchestre.

Rebecca devait se rappeler chaque détail de la soirée. Les heures s'écoulèrent sans qu'elle y prît garde, parfois entre les bras de Thomas Berry, qui se révélait excellent danseur, parfois à l'une des tables où huit couples faisaient de leur mieux pour se comporter en adultes et ne pas dévorer les mets savoureux produits dans les célèbres cuisines du club. Même les visites au cabinet de toilette étaient une aventure, l'occasion de s'entretenir des tragédies et des joies connues dans la salle de bal.

– Puis-je avoir cette danse?

Rebecca se retourna et se trouva devant Emmett Simpson, fils du président du club. Emmett, à dix-huit ans, était grand. Il possédait une chevelure d'un noir de jais et des yeux bleus rieurs qui faisaient fondre les résolutions les plus solides. Rebecca hésita.

D'une part, la demande du garçon l'impressionnait, d'autre part, il était de notoriété publique qu'Emmett Simpson était le petit ami attitré de Celeste Lambros. Il faisait partie des rares jeunes gens qui n'avaient pas envoyé d'invitation à Rebecca.

– Je ne mords pas, vous savez... contrairement à ce qu'on a pu vous raconter, fit-il en riant.

Avant d'avoir eu le temps de réfléchir, elle se retrouva entre ses bras. L'odeur de sa lotion lui montait à la tête, et, en dansant, elle sentait la poitrine du jeune homme lui frôler les seins. Elle entendait à peine ses propos, y répondait par des mots qui n'avaient aucun sens. Au-dessus d'elle, les lustres tournoyaient, faisaient des danseurs un kaléidoscope dément.

La musique se tut. Emmett, les yeux rivés sur Rebecca, demanda :

– Voulez-vous venir vous joindre à notre groupe avec votre compagnon ?

– Je... non, je ne pense pas, répondit-elle.

Elle avait saisi un coup d'œil furieux de Celeste.

– Je ferais bien d'aller rejoindre mes amis.

Mais Emmett ne voulait pas la lâcher. Il se pencha vers elle, lui caressa l'oreille de son souffle tiède.

– Je vous en prie. J'aimerais beaucoup que vous veniez.

Rebecca secoua la tête, sans toutefois s'écarter.

– Puis-je vous appeler chez vous pendant les vacances ? insista-t-il.

– D'accord, répondit-elle.

Elle se sépara d'Emmett, au moment précis où Celeste faisait son apparition aux côtés du jeune homme, lui posait sur le bras une main possessive.

– Un peu jeune pour ton goût, non ? questionna-t-elle, en regardant Rebecca battre en retraite.

– Pas vraiment, riposta-t-il, l'air pensif.

– Ne sois pas rosse, protesta-t-elle avec une moue boudeuse.

Et elle glissa son bras sous le sien.

L'instant d'après, ils avaient rejoint leurs amis et riaient d'une plaisanterie lancée par Emmett. Mais, derrière le regard étincelant de Celeste, le monstre aux yeux verts, la jalousie, clignotait. Elle n'était pas près d'oublier ni de pardonner cette intrusion sur son territoire.

Quand débuta le nouveau trimestre, l'image d'Emmett Simpson s'effaçait déjà de l'esprit de Rebecca. Il avait appelé à trois reprises pendant les vacances, mais elle avait refusé de lui parler. Elle avait connu une sensation merveilleuse entre ses bras, mais il appartenait à Celeste et il n'était pas obligé de vivre au collège de miss Potter. Ne plus le voir, se disait-elle, représentait un bien léger sacrifice quand il s'agissait de maintenir la paix. Mais, comme le révéla la suite des événements, elle se trompait.

Quelques jours après la rentrée, Rebecca, qui était en retard pour un cours, coupa par le terrain de sport. L'orage de la nuit avait trempé l'herbe, et, par endroits, le sol était boueux. Mais elle préférait mouiller ses chaussures plutôt que d'encourir un reproche glacial de la part de M. Sergent, le professeur de latin.

Elle courait et elle avait presque atteint le perron lorsqu'elle se heurta à Celeste Lambros, flanquée de cinq de ses amies.

Celeste lui bloqua le passage.

– Tu t'es bien amusée au bal ? demanda-t-elle.

– Oui, beaucoup, répondit Rebecca, haletante. Écoute, je vais être en retard au cours.

Celeste ne bougea pas d'une ligne.

– As-tu vu Emmett, pendant les vacances ?

– Non, bien sûr que non !

– Mais il t'a téléphoné, n'est-ce pas ?

Rebecca regarda les sourires affectés des amies de Celeste qui avaient formé un cercle autour d'elle.

– N'est-ce pas ?

– Oui, reconnut tranquillement Rebecca. Mais je ne l'ai pas vu.

La poussée que lui donna Celeste n'était pas bien forte, et Rebecca n'aurait pas perdu l'équilibre si quelqu'un, derrière elle, ne lui avait fait un croche-pied. Elle tomba en arrière, dans la terre qui s'amassait le long des plates-bandes. Elle n'eut pas le temps de se relever, les autres filles, déjà, lui immobilisaient bras et jambes.

Elle était certainement la plus forte de toutes mais, contre quatre, elle n'avait aucune chance. Celeste s'agenouilla près d'elle, ramassa une poignée de terre boueuse.

– Et comment était ce nègre avec qui tu étais ? demanda-t-elle doucement. L'as-tu laissé te toucher ? C'est vrai, ce qu'on dit, qu'ils sont montés comme des étalons ?

– Laissez-moi partir ! hurla Rebecca.

Une gifle de Celeste lui rabattit la tête sur le côté. Tout de suite après, elle sentit qu'on lui frottait le front de boue.

– Nous savons pourquoi tu aimes tellement les nègres, Rebecca, gloussa Celeste, qui s'en prenait maintenant aux joues. C'est parce que ta mère était une petite putain indienne, hein ? Ton père l'avait ramassée dans la jungle, et, *presto!* neuf mois plus tard, il avait sur les bras un bébé moricaud. Tu as l'air d'une Blanche, Rebecca, mais, en réalité, tu es noire comme l'as de pique. Ce n'est pas vrai ?

Rebecca, les paupières étroitement fermées, sentait sur son visage la boue se mélanger aux larmes. Elle ne sut pas combien de temps elle était restée là. Quand la pluie se remit à tomber, elle se releva en chancelant et, lentement, ramassa ses livres. Encore en état de choc, les oreilles sonnantes à l'écho des paroles cruelles de Celeste, elle ouvrit les portes de l'école. Ses pas laissaient des traces boueuses sur le linoléum luisant. Arrivée devant sa classe, elle entra tout droit dans la salle et se demanda pourquoi ses camarades se mettaient à hurler à sa vue.

L'après-midi de ce même jour, le *Windsong* vint s'amarrer au quai proche du collège. Max McHenry, encore en vareuse et bottes de mineur, son vieux panama enfoncé jusqu'aux yeux, pénétra à grands pas dans le bâtiment de l'administration. On eût dit le cinquième cavalier de l'Apocalypse. Un quart d'heure plus tard, il en ressortait, Rebecca serrée contre lui au creux de son bras.

— Tout est de ma faute! jura-t-il à mi-voix. Jamais je n'aurais dû te laisser entrer dans cette satanée école!

— Non, murmura la jeune fille. Je tenais à y venir. Je... je croyais que j'y aurais ma place...

La voix de Rebecca se brisa. Elle se mit à sangloter. Ce n'était pas à cause de l'humiliation qu'elle avait subie mais parce que la merveilleuse image qu'elle s'était faite de sa mère avait été profanée. Tout ce que Max lui avait dit d'Apho Hel avait presque rendu la vie à celle-ci. Souvent, Rebecca demandait à son père de lui redire ces histoires et, chaque fois, elle se sentait fière d'être de la race d'une prêtresse de sang royal. A présent, elle n'avait qu'un désir : fuir, emportant avec elle les débris de son rêve brisé.

Ce vœu, Max l'exauça instantanément. Quelques semaines plus tard, sa fille était en route vers la Californie...

M. Smith n'attendait pas Rebecca. Elle dut lui téléphoner pour lui demander de venir la chercher au port. Quand le vieux domestique arriva dans la voiture, elle avait retrouvé un semblant de sang-froid.

— Mon mari a-t-il appelé en mon absence? demanda-t-elle.

Andrew, elle en était convaincue, avait dû vouloir la joindre dès son arrivée à Angeline City. Mais Rebecca était déjà en chemin. Comme elle avait fait jurer à M. Smith le secret sur son départ, Andrew n'avait eu aucun moyen de savoir qu'elle se rendait, elle aussi, à Angeline City. Alors, il avait...

Il avait fait... quoi?

— Non, M. Andrew n'a pas appelé, répondit le vieux domestique, inquiet. Vous allez bien, miss Rebecca? M. Andrew est bien arrivé?

Elle se sentait prise de vertige.

— Oui, il est bien arrivé, répéta-t-elle machinalement. Je vous en prie, ramenez-moi à la maison.

Il n'a même pas pris la peine d'appeler! Il s'est rendu tout droit à son bureau et, de là, au Perchoir, pour y retrouver Celeste. Est-il même passé par son bureau?

L'incertitude la rongeait comme un cancer. Prise de nausées, elle comprit qu'elle n'était pas seule à souffrir.

Ce n'est pas possible! Rien ne fera de mal à mon enfant, je ne le permettrai pas!

Sitôt arrivée aux Tamarins, se dit-elle, elle téléphonerait aux bureaux McHenry. Si Andrew n'était pas là, elle exigerait qu'on allât le chercher immédiatement. Elle lui demanderait alors pour quelle raison il s'était trouvé en compagnie de Celeste Lambros.

Sa décision prise, elle se rejeta contre les coussins, regarda défiler le paysage en contrebas de la route de montagne. Les mains croisées sur son ventre, elle s'efforçait de chasser toute autre idée de son esprit pour se concentrer sur l'enfant qui vivait en elle.

Tout ira bien, lui promettait-elle. Et elle se forçait à le croire, elle aussi.

Ils n'étaient plus qu'à un bon kilomètre des Tamarins quand Rebecca entendit des coups d'avertisseur, derrière eux. Elle se retourna, vit une puissante voiture noire qui gagnait rapidement du terrain. M. Smith, aussitôt, amena son véhicule au plus près du bord de la route étroite, laissant toute la place nécessaire au passage de l'autre véhicule.

Quand la voiture noire arriva à sa hauteur, il secoua la tête.

– C'est un fou! Il se tuera, à conduire comme ça.

Rebecca allait abonder dans son sens, mais sa voix se perdit dans le crissement aigu du métal frottant le métal. Elle sentit la voiture frémir, faire une violente embardée, tandis que M. Smith luttait de toutes ses forces pour rester sur la chaussée.

Le second choc précipita brutalement la jeune femme contre la portière. Étourdie, elle remonta péniblement sur le siège, dévisagea d'un regard horrifié le conducteur anonyme, aux traits cruels et impassibles.

– Qui êtes-vous? hurla-t-elle. Pourquoi...

M. Smith tenta vainement de se dégager en accélérant. La limousine noire le rattrapa aisément, l'aborda par le travers. Durant quelques secondes, les deux véhicules roulèrent de concert, comme soudés l'un à l'autre. M. Smith vit soudain se matérialiser devant lui le virage en épingle à cheveux. Il tourna le volant dans un effort pour rester sur la route.

– Couchez-vous, miss!

Rebecca entendit en même temps le cri du domestique et le craquement sinistre de la barrière qui se brisait. Le moteur hurlant, la voiture sortit du virage, s'envola, pour plonger dans le ravin. Elle tomba dans les broussailles sur ses quatre roues, et Rebecca heurta violemment le toit. Elle vit le pare-brise se désintégrer en une fine toile d'araignée. En même temps, le choc la projetait contre les dossiers des sièges avant. Suspendue en équilibre sur la pente, la voiture semblait s'accrocher au flanc de la colline. Mais, inexorablement, la loi de la pesanteur la fit basculer. Après avoir roulé par trois fois sur elle-même, elle atteignit le fond, s'immobilisa. Ses roues continuaient à tourner follement, face au ciel.

Quand le tueur de la limousine noire vint regarder au bord du gouffre, il vit pendre à l'une des portières un bras de femme, immobile et ensanglanté. Il fut très satisfait de son travail.

12

La lumière semblait très lointaine, à peine une pointe d'aiguille, en fait, mais si brillante que Rebecca ferma étroitement les paupières.

— Allons, laissez-moi vous regarder un peu.

La voix lui paraissait familière, mais elle était incapable de l'identifier. La lumière s'était rapprochée, elle paraissait danser à la manière d'une luciole. La vision brouillée de Rebecca se fixa enfin, elle vit le visage du Dr Honoré de Grise flotter devant elle.

— La voiture... cria-t-elle faiblement.

— Chut.

Sa voix était apaisante, sa main massait doucement celle de la jeune femme.

— Vous êtes dans ma clinique, à Montego Bay. Vous vous rappelez, n'est-ce pas, Rebecca ? C'est là que je vous ai examinée.

— Mon bébé... La voiture qui nous poursuivait...

— Vous êtes en sûreté, maintenant, murmura le médecin. Vous allez vous rétablir. Je veux que vous vous reposiez.

Elle sentit la piqûre de l'aiguille, et son cri lui revint en écho du fond de la nuit.

— Depuis combien de temps suis-je ici ?

Rebecca était assise dans son lit. La petite chambre était baignée de soleil. Sur la table de chevet, un vase débordait de soucis au cœur sombre.

— Deux jours, dit le Dr de Grise. Vous les avez pratiquement passés à dormir. Comment vous sentez-vous ?

Rebecca jeta un coup d'œil sur son bras bandé. Tout son corps était douloureux, comme si elle avait été battue, et elle éprouvait une douleur lancinante à la hanche gauche. Les sédatifs lui laissaient la bouche sèche, mais son esprit était clair, sur le qui-vive.

— Comme si quelqu'un avait essayé de me tuer, répondit-elle calmement.

— Vous avez une chance incroyable, reprit de Grise. L'entaille à votre bras est ce qu'il y a de plus grave. Les bleus et les bosses résultent des chocs subis à l'arrière de la voiture. Dieu merci, les dossiers des sièges avant étaient hauts. C'est ce qui vous a préservée d'être projetée à travers le pare-brise.

Elle revit la glace fracassée en toile d'araignée.

— M. Smith... ?

Le médecin secoua la tête.

— Il est mort sur le coup.

Elle se couvrit la bouche de sa main et, penchée en avant, se mit à pleurer silencieusement. Le Dr de Grise la laissa s'abandonner à son chagrin. Il priait pour qu'elle ne s'informât pas du bébé. Pas tout de suite.

– La police a quelques questions à vous poser, reprit-il. J'ai dit qu'ils pourraient vous voir dès que vous seriez assez forte.

Ils étaient deux, l'agent chargé du poste de police de Montego Bay et un inspecteur de la Division d'investigations criminelles, à Kingston. Rebecca leur retraça ce qui s'était passé sur la route et fit de son mieux pour décrire l'homme qui se trouvait au volant de l'autre voiture.

– Vous êtes en Jamaïque depuis quelque temps, madame Stoughton, dit l'inspecteur. Aviez-vous déjà vu cet homme? Avait-il quelque chose de familier?

– Absolument rien. Croyez-moi, je m'en serais souvenue.

L'inspecteur prit des notes sur tout ce qu'avait fait Rebecca, tous les endroits où elle s'était rendue, depuis son arrivée dans le pays.

– Nous commencerons par questionner les gens avec lesquels vous êtes entrée en contact, expliqua-t-il. Peut-être donneront-ils un nom à l'homme que vous avez décrit.

– Comment suis-je arrivée ici? demanda Rebecca.

– Des ouvriers agricoles avaient vu ce qui s'était passé sur la route. Ils vous ont sortie de la voiture. Malheureusement, ils n'ont vu ni le conducteur de l'autre véhicule ni le numéro d'immatriculation.

L'inspecteur marqua une pause.

– Avez-vous la moindre idée de la raison qui aurait pu pousser quelqu'un à vous faire ça?

Elle secoua négativement la tête.

– J'ai informé l'inspecteur Ainsley, à Stann Creek Town, annonça le policier. Il m'a assuré de sa totale coopération. Il m'a dit aussi qu'il irait voir une amie à vous, Jewel, pour lui dire que vous alliez bien.

– Merci.

Le Dr de Grise rentra dans la chambre, adressa un regard significatif au policier.

– Une dernière chose, madame Stoughton, ajouta l'inspecteur. Nous avons essayé de prendre contact avec votre mari, à Angeline City. Il n'y a personne, semble-t-il, aux bureaux des Entreprises McHenry. J'ai appelé votre bateau, mais il ne s'y trouve pas non plus. Y a-t-il un autre endroit où pourrait être M. Stoughton? A l'étranger, peut-être?

Andrew était à Angeline City! Je l'ai vu avec Celeste. Il a sûrement appris ce qui s'était passé... Pourquoi n'est-il pas ici?

– Madame Stoughton?

Elle remarqua que le détective l'examinait d'un regard pénétrant.

– Mon mari est à New York pour affaires, murmura-t-elle. Il devrait être de retour aujourd'hui.

– Alors, je veillerai à ce qu'on l'informe dès son arrivée. En attendant, un policier restera en faction devant votre porte. Soyez assurée que celui qui vous a agressée ne trouvera pas une autre occasion.

Le Dr de Grise parvint enfin à faire sortir les deux hommes.

— Je veux que vous vous reposiez, maintenant, dit-il, tout en préparant un sédatif.

Au moment où il faisait la piqûre, il entendit la voix froide, vide de Rebecca.

— Mon enfant est mort, n'est-ce pas?

Il répondit d'un signe affirmatif.

— Et c'était un garçon, n'est-ce pas?

— Oui.

Rebecca dormit jusqu'à la fin de l'après-midi. Quand l'infirmière arriva avec le plateau du dîner, elle apportait aussi une petite valise.

— Le Dr de Grise vous a fait apporter des Tamarins quelques vêtements.

Elle accrocha la jupe et le chemisier, rangea dans la commode les sous-vêtements et une paire de sandales.

— Vous les trouverez quand vous serez prête à rentrer chez vous.

Tout en grignotant sans appétit, la jeune femme songea de nouveau aux vêtements. Lentement, une idée germa. Quand l'infirmière revint prendre le plateau, Rebecca feignit de dormir. Sitôt la femme sortie, elle se glissa hors du lit, fit quelques pas hésitants. Sa hanche était encore très enflée, mais, si elle pouvait en chasser l'ankylose, tout irait bien. C'était surtout son bras qui la faisait souffrir. Si elle le laissait pendre à son côté, elle éprouvait une douleur lancinante. Il lui faudrait une écharpe.

Elle ouvrit la porte du placard pour examiner la jupe et le chemisier. C'était exactement ce qu'il lui fallait. Restait une difficulté, elle n'avait pas d'argent. Son sac devait être enfermé quelque part.

Il devait bien y avoir un moyen de contourner cet obstacle.

A quatre heures, le matin suivant, on n'entendait d'autre bruit dans le couloir que le choc des dominos d'ivoire contre le bois. L'infirmière et le policier de faction, assis l'un en face de l'autre, manipulaient vivement les pièces tout en combinant le coup suivant. L'infirmière abattit un domino blanc qui bloqua le jeu du policier.

— Trois parties pour moi!

— Encore une, fit-il.

Il retourna les dominos, les mélangea.

Elle hésita. Le Dr de Grise avait laissé des instructions explicites. Sa patiente devait être contrôlée toutes les deux heures. La dernière fois que l'infirmière était entrée dans la chambre de Rebecca McHenry, elle l'avait trouvée profondément endormie. Le sédatif donné à la pauvre petite faisait pleinement effet.

– Vous n'allez pas vous sauver sans me laisser une chance de rentrer dans mon fric? demanda le policier, avec un sourire carnassier.

Elle se laissa retomber sur sa chaise. Elle était assez superstitieuse pour croire que, si elle abandonnait la table maintenant, sa chance tournerait.

Quand la lumière entreprit de changer le noir en violet et le violet en un rose timide, Rebecca se trouvait à Montego Bay, sur le quai.

Il lui avait fallu plus d'une heure pour couvrir la courte distance qui séparait la clinique de la baie. Chaque pas avait été une torture, jusqu'au moment où elle avait trouvé une branche tordue qui lui avait servi de canne. Elle avait mis son bras en écharpe à l'aide d'une taie d'oreiller.

Le meilleur moyen de se rendre à Angeline City serait, elle le savait, l'hydravion. Mais, dès que l'infirmière s'apercevrait de son départ, l'alerte serait donnée. La police avait le pouvoir de renvoyer l'appareil à Montego Bay, et Rebecca ne voulait pas courir ce risque. Elle devait retourner aux Angelines. Elle ne connaîtrait pas le repos avant d'avoir retrouvé Andrew et obtenu les réponses aux questions qui la tourmentaient.

Elle longea le quai et parvint enfin au bateau que, dans une autre vie, semblait-il, Andrew avait loué pour aller pêcher l'espadon. Prenant grand soin de maintenir son équilibre, Rebecca enjamba le plat-bord. L'odeur de café se mêlait à celle des appâts fraîchement coupés.

– Qui est là?

Le patron, qui avait été le témoin d'Andrew à leur mariage, émergea d'une écoutille. Comme à la cérémonie, il avait un cigare fiché entre les dents. Elle eut l'impression que c'était le même.

– Madame Stoughton! Qu'est-ce que vous faites là?

Il la regarda de plus près.

– Dieu du ciel! Vous devriez être à l'hôpital. J'ai entendu...

– J'ai besoin que vous m'emmeniez à Angeline City.

Rebecca se laissa tomber sur les coussins recouverts de skaï blanc, étendit sa jambe où les élancements se faisaient de plus en plus douloureux.

– Maintenant?

– Oui, immédiatement.

– Je ne peux pas, protesta le capitaine. Regardez-vous! Il faut que vous retourniez à l'hôpital.

– Il faut que j'aille à Angeline City.

– Mais j'ai un client...

– Je vous paierai ce que vous voudrez, une fois arrivée.

Il s'assit près d'elle.

– Oh, madame, ce n'est pas une question d'argent. Vous ne supporteriez pas la traversée. La mer est grosse.

– Capitaine, dit Rebecca, mon mari a disparu. Je vous demande... je vous supplie de m'emmener là-bas.

Il la dévisagea en secouant la tête.

– Le docteur sait que vous êtes partie?

– Non.

– Alors, on ferait bien de larguer les amarres avant qu'il soit au courant. A une condition...

– Dites.

– Vous descendez vous reposer. Avec ce temps, nous aurons de la chance si nous arrivons à Angeline City en six heures.

Il en fallut huit, et Rebecca vomit par trois fois. Quand le bateau franchit le chenal qui menait au port d'Angeline City, elle brûlait de fièvre et transpirait abondamment. L'aspirine que lui avait fait prendre le capitaine était sans effet sur la souffrance qui torturait son bras et sa hanche. Dans les intervalles où elle reprenait conscience, elle se maudissait de n'avoir pas emporté des sédatifs de la clinique de Montego Bay.

Lorsqu'elle sentit le flanc du bateau heurter le quai capitonné de vieux pneus, elle se leva sur des jambes tremblantes, se dirigea vers l'écoutille. Une gigantesque silhouette lui barra la route. L'inspecteur Bones Ainsley secoua la tête.

– Rebecca, vous faites une satanée petite idiote! A quoi avez-vous pensé, en vous sauvant ainsi? Le Dr de Grise est fou d'inquiétude.

– Je suis partie de mon plein gré. Ce n'est pas un crime, dit-elle faiblement.

– La stupidité n'en est pas un non plus! riposta-t-il. Venez, qu'on vous sorte d'ici.

Rebecca s'appuya lourdement sur lui pour quitter le bateau.

– Comment avez-vous su où me trouver?

– Dès que la police jamaïquaine m'a informé de votre disparition, j'ai su que vous reveniez ici, répondit-il d'un ton aigre. Restait à découvrir comment.

Il la prit fermement par le coude, l'entraîna vers sa voiture.

– Il faut que je paye le capitaine, protesta-t-elle.

– Plus tard. Pour le moment, vous allez à l'hôpital. C'est là qu'est votre place.

Rebecca s'obstina. Elle fit appel aux maigres forces qui lui restaient, s'accrocha à l'épaule d'Ainsley, l'obligea à lui faire face.

– La police jamaïquaine m'a dit qu'on n'avait pu prendre contact avec Andrew, dit-elle, le plus calmement, le plus raisonnablement possible. Je sais qu'il est ici. Je l'ai vu au Perchoir, il y a quelques jours.

Elle reprit longuement son souffle.

– Je veux retrouver mon mari, Bones.

Elle saisit, dans le regard du policier, une fugitive lueur douloureuse.

– Vous savez où il est, n'est-ce pas, Bones?

Ainsley comprit qu'il s'était trahi. Toutefois, il secoua obstinément la tête.

– Ça ne vous vaudra rien en ce moment... commença-t-il.

– Bones!

Le désespoir qu'exprimait la voix de Rebecca lui fit mal. Tendrement, il lui posa les mains sur les épaules.

– Il est parti sur le *Windsong* pour la caye de la Chapelle, murmura-t-il, comme pour n'être entendu de personne d'autre. Le bateau est amarré dans le bassin des Lambros.

Rebecca détourna brusquement la tête, fixa les yeux au loin, sur quelque point invisible, comme si la seule force de son regard pouvait arrêter les larmes. Il n'en fut rien.

– Alors, c'est là-bas que nous allons, chuchota-t-elle.

L'hélicoptère de la police, appelé par radio par Bones Ainsley, arriva dix minutes plus tard. Ils atteignirent la caye de la Chapelle en moins de cinq minutes. Ainsley ordonna au pilote de se poser près de la résidence du gouverneur général, où une voiture de police les attendait.

– Que se passe-t-il encore? gronda Ainsley, lorsqu'ils stoppèrent devant les grilles de la propriété des Lambros.

Un autre véhicule de police était parqué sur le bas-côté de la route, et deux agents s'y adossaient. Tous deux se mirent au garde-à-vous en voyant Ainsley s'extirper de son véhicule.

Rebecca tendit l'oreille pour entendre les propos échangés, mais Bones, délibérément, lui tournait le dos, lui cachant ainsi les deux hommes. Elle vit ses épaules s'affaisser. Lorsqu'il se retourna vers elle, son visage était un masque sans expression. Elle se sentit pesée, jugée, comme si Bones Ainsley était aux prises avec une terrible décision.

Elle sortit de la voiture, lui cria :

– Qu'y a-t-il, Bones?

Elle entendit alors la tendre et ravissante musique qui flottait dans la paisible atmosphère de la propriété. Un instant, elle sourit en reconnaissant le thème de Mendelssohn. Mais, tout aussi brusquement, son sourire s'évanouit. Elle poussa un cri, franchit les grilles en courant.

Elle poursuivit sa course, sans se soucier du fait que son souffle haletant lui déchirait les poumons, sans prendre garde aux pas lourds, aux appels d'Ainsley derrière elle. A mesure qu'elle approchait, la musique se faisait plus forte, plus majestueuse, prenait un sens plus définitif.

Chancelante, elle passa l'angle de la façade arrière de la demeure et, soudain, s'arrêta net. Là, sur la pelouse sans défaut, se tenait un groupe réunissant les importantes familles de naufrageurs, en grande tenue. Le belvédère où les invités étaient rassemblés s'ornait de roses et de grands nœuds de satin. Et le quatuor à cordes reprenait *la Marche nuptiale*.

Horrifiée, Rebecca regarda les jeunes époux se tourner vers leurs amis. A travers la pluie de riz et de confetti, elle vit Celeste Lambros, tout de blanc vêtue, descendre les marches du belvédère.

Près d'elle, le marié était Andrew Stoughton.

DEUXIÈME PARTIE

NEW YORK
L'EUROPE
LES ANGELINES
1963

13

Le lendemain matin, comme un buveur ramassé ivre mort, Rebecca ne gardait aucun souvenir, ni de son retour à Angeline City ni de ce qui s'était passé ensuite. Elle savait seulement que la journée de la veille n'avait pas été un simple cauchemar. A la une du *Gleaner* s'étalait une grande photo d'Andrew Stoughton et de sa nouvelle épousée.

– Comment vous sentez-vous?

Rebecca leva les yeux, vit Ramsey Peet au seuil de la cuisine de Jewel. Elle courut se jeter dans ses bras, l'étreignit farouchement.

– Qu'y a-t-il, Ramsey? Que s'est-il passé? Pourquoi êtes-vous ici?

– Chut. Une question à la fois, dit-il en la ramenant vers la table.

Dans le coin de la pièce, Jewel, devant le fourneau, préparait une infusion. Lorsqu'elle apporta la théière, la jeune femme vit ses mains trembler.

– Buvez, petite, murmura-t-elle. Ça vous fera du bien.

Le regard de Rebecca alla de l'un à l'autre. Elle repoussa la tasse.

– *Que se passe-t-il?*

– Je suis arrivé par avion hier au soir, expliqua l'homme de loi, d'une voix hésitante. Dès que l'inspecteur Ainsley m'a appelé...

– Et alors?

– Rebecca, je désire que vous m'écoutiez très attentivement. Je n'ai pas eu le temps d'examiner tous les faits, mais, d'après les documents que j'ai vus, Andrew a présenté une demande en annulation de votre mariage deux jours avant son départ pour New York...

– C'est impossible!

– Rebecca, écoutez-moi! Vous avez été mariés par un ministre de l'Église réformée angelinienne. D'après les règles de cette

Église, un mariage peut être déclaré non valide si l'une des parties découvre que l'autre est d'ascendance mêlée... non blanche. Dans la demande qu'il a présentée, Andrew prétend que vous ne lui avez jamais dit que votre mère était de race maya. Il a présenté pour preuve votre certificat de naissance aux conseillers de l'Église qui lui ont accordé l'annulation. Son remariage avec Celeste Lambros était parfaitement légal...

Rebecca bondit sur ses pieds.

– C'est faux! cria-t-elle. Andrew savait qui était ma mère. Et il est toujours mon mari! Je portais son enfant! J'étais la seule femme qu'il aimait... Il me l'a dit...

Jewel la rattrapa au moment où ses jambes cédaient sous elle. Elle serra la tête de la jeune femme contre son sein, la berça en lui caressant les cheveux.

Jewel et Ramsey avaient été l'un et l'autre bouleversés quand Bones Ainsley, après un entretien avec le Dr de Grise, leur avait appris la grossesse de Rebecca et la fausse couche qui avait suivi l'accident. A leurs yeux, la conduite d'Andrew Stoughton n'en était que plus méprisable.

– Je vais faire appeler un médecin, proposa Ramsey.

– Ce n'est pas la peine, répondit Jewel d'une voix brisée. Je peux prendre soin d'elle. Le pire est passé.

L'avoué secoua la tête.

– Si seulement vous disiez vrai...

Une heure plus tard, les journalistes qui avaient fini par découvrir où se trouvait Rebecca McHenry commencèrent à appeler. Au début, Jewel se montra polie. Elle répondait que Rebecca ne souhaitait parler à personne.

Quand elle vit que les communications se succédaient, elle décrocha le téléphone.

Nullement découragés, certains, plus entreprenants, décidèrent de se présenter en personne. Jewel les accueillit avec un vieux fusil qui, comme elle sut le leur démontrer, était en parfait état de fonctionnement.

Ce soir-là, l'inspecteur Ainsley fit savoir que tout individu surpris près de la maison de Jewel serait arrêté pour violation de propriété. Il renforça sa décision en postant une voiture en haut du chemin sans issue qui, de la maison, menait à la route d'Angeline City.

Il s'abstint de mentionner qu'il allait passer ses nuits sur un lit pliant, dans le lanai fermé de stores. Quelqu'un avait tenté de tuer Rebecca McHenry en Jamaïque. L'assassin avait manqué son coup. Il pourrait effectuer une autre tentative. Ainsley l'espérait ardemment parce que, s'il attrapait le conducteur de cette voiture, il tiendrait presque certainement l'homme qui avait assassiné Max McHenry.

104

A nous.

A nous pour toujours et à jamais.

On a porté ce toast à mon mariage, pensait Rebecca.

Le temps, pour elle, perdit toute signification. Elle dérivait entre une semi-inconscience et un profond sommeil, et les deux petites phrases, tels des fantômes, ne cessaient de danser dans sa tête.

Où est Andrew ? Pourquoi n'est-il pas ici, avec moi ? Ah oui, c'est vrai... Andrew est mon mari mais il a épousé Celeste...

Elle éclatait alors d'un rire dément qui se changeait bientôt en hurlements, et Jewel se précipitait dans la chambre pour l'apaiser entre ses bras...

Un jour, elle s'éveilla, quitta son lit et passa calmement dans la pièce de séjour. Elle décrocha le téléphone, composa un numéro. Quand l'opératrice lui apprit que la ligne avait été débranchée, Rebecca raccrocha, recommença l'opération. Une fois. Deux fois. Trois fois.

Comme c'est curieux. Andrew ne m'a pas parlé de faire débrancher le téléphone chez lui. Il doit être au bureau.

Mais elle n'obtint pas non plus de réponse aux bureaux des Entreprises McHenry, à Angeline City. Quand Jewel apparut enfin, ramenée du marché par l'un des policiers qui veillaient sur Rebecca, elle trouva le combiné décroché et la jeune femme assise près du téléphone, dans une immobilité de statue. Jewel ne quitta plus la maison.

Le délire provoqué par la fièvre se prolongea plus d'une semaine. Parfois, Rebecca était parfaitement lucide et protestait quand Jewel l'obligeait à prendre ses médecines aux herbes. A d'autres moments, dont elle perdit à jamais le souvenir, elle était baignée d'une sueur abondante, et Jewel devait la frotter tout entière à l'alcool. Parfois aussi, des frissons incontrôlables la secouaient sans merci. Elle ne trouvait de répit que dans le sommeil.

Le neuvième jour, la fièvre céda. Ce matin-là, Rebecca persuada Jewel de l'emmener faire quelques pas sur la plage. Le soleil et l'air salin étaient les meilleurs reconstituants qu'on pût trouver.

Au retour, la jeune femme demanda à voir les journaux de la semaine précédente.

— Je les ai jetés, déclara carrément Jewel.

— Alors, je vais me rendre aux bureaux du *Gleaner* pour me procurer les numéros manquants.

Devant l'intonation décidée, Jewel soupira. La petite ferait comme elle disait, et Jewel ne voulait pas la voir approcher d'Angeline City. Elle alla chercher les journaux dans sa chambre.

La photographie d'Andrew avec Celeste n'avait ni disparu ni changé. Et elle conservait le pouvoir de déchirer le cœur de Rebecca. Mais la manchette du lendemain la laissa abasourdie.

Elle passa en revue les premières pages de tous les exemplaires suivants, en lut les gros titres. Tous n'étaient que des variantes du premier :

TYNE & WEAR ACHÈTE LES ENTREPRISES McHENRY.

Rebecca se souvint subitement que Ramsey Peet était là. Il était venu par avion à l'appel de Bones Ainsley. Ou bien son voyage avait-il eu une autre raison ?

Elle maîtrisa son affolement, dit à Jewel :

– Trouve-moi Ramsey, veux-tu. Dis-lui que je dois lui parler immédiatement !

Depuis un quart de siècle qu'il pratiquait la loi, Ramsey Peet n'avait jamais connu d'acte de piraterie plus habile, plus dépourvu de scrupules que celui qu'avait commis Andrew Stoughton contre Rebecca et les Entreprises McHenry. Il restait confondu tout à la fois par l'ampleur du crime et par sa brillante exécution. La gigantesque escroquerie perpétrée par Stoughton rappelait à l'avoué la définition donnée de la Russie par Winston Churchill : une devinette enveloppée d'un mystère à l'intérieur d'une énigme. Maintenant encore, après ses propres efforts titanesques aux Angelines et ceux de trois assistants et d'une demi-douzaine d'enquêteurs financiers basés à New York, Peet était conscient d'avoir reconstitué seulement une image générale de ce vol éhonté.

Et le pire, c'est que Stoughton se tirera probablement d'affaire.

Cette seule idée jetait Ramsey Peet dans un abîme de remords. Dans une large mesure, il avait été l'architecte de cette horreur. Toutes les fois qu'il se rappelait son adhésion sans réserve à Andrew Stoughton, il redécouvrait à quel point il avait trahi Rebecca.

Ramsey examina attentivement la jeune femme assise en face de lui. Elle semblait amaigrie ; l'attaque de fièvre lui avait brouillé le teint. Son regard était clair, mais il y avait en elle une immobilité qui inquiétait l'homme de loi.

– Il s'agit uniquement là d'un rapport préliminaire, commença-t-il.

Il regardait la lumière filtrée par les stores du lanai colorer le visage de la jeune femme.

– Je ne possède pas encore toute les données...

Elle l'interrompit gentiment.

– Ramsey, je vous en prie, pas de tergiversations. Dites-moi la vérité, toute nue.

C'est tout ce qui reste, je suppose, pensa-t-il tristement.

– Pour autant que je puisse en juger, Andrew combinait cette manœuvre depuis des années, dit-il. La clé en était les petites sociétés d'électronique et d'ordinateurs qu'il prévoyait d'acheter. En sa qualité de directeur général, il avait le pouvoir d'entamer n'importe quelles négociations pour le compte des Entreprises

McHenry. Il s'est montré très méthodique. Pour commencer, il a dressé une liste de sociétés qu'on pouvait reprendre. Ensuite, il a fixé le montant nécessaire pour le rachat. Enfin, il s'est adressé à l'extérieur pour le financement. Cette dernière démarche était indispensable. La somme globale s'élevait à trois cents millions de dollars. Tout l'actif des Entreprises McHenry n'atteignait que deux cent cinquante millions.

Ramsey Peet reprit sa respiration.

— Andrew a offert cet actif en garantie à la Foster-Swann Bank de Londres en échange du capital nécessaire. Ce que personne ne savait alors, c'était que la Foster-Swann était — et est toujours — sous le contrôle de Tyne & Wear.

Rebecca pâlit.

— Continuez, dit-elle à voix basse.

— Andrew a fait exactement ce qu'il avait annoncé. Il a acheté ces petites sociétés pour le compte des Entreprises McHenry. Mais il a versé des sommes énormes pour des opérations qui n'offraient aucune garantie. Ces compagnies n'étaient guère que des coquilles vides. Sur le papier, elles possédaient un potentiel intéressant. En réalité, très peu d'entre elles auraient donné des dividendes.

— Mais j'ai vu les rapports financiers et les bilans, protesta Rebecca. Ces sociétés étaient solides.

— Uniquement selon l'interprétation d'Andrew, et nous n'en avions pas d'autres.

Elle ferma les yeux.

— Quelle est leur valeur réelle?

— Cinq millions, peut-être.

— *Andrew a acheté trois cents millions ce qui en valait cinq?*

— Les acquisitions ont toutes été faites dans les formes légales, déclara Peet. Les contrats sont irrévocables.

— Mais n'est-ce pas là une escroquerie?

— C'est un manque de jugement en affaires. On ne peut pas mettre un homme en prison pour ça.

— Que s'est-il passé ensuite?

— Une fois les sociétés vendues aux Entreprises McHenry, Foster-Swann demanda immédiatement le remboursement de son prêt de trois cents millions de dollars. Évidemment, la masse active des sociétés récemment acquises n'approchait pas, et de loin, ce montant, ce que Foster-Swann n'ignorait pas. En l'espace de quelques heures, la banque obtenait un ordre de saisie sur tous les biens McHenry, afin de recouvrer son prêt.

— C'est alors qu'ils ont fermé les bureaux...

— Et ils en avaient légalement le droit. Par l'entremise de Foster-Swann, Silas Lambros et Tyne & Wear ont désormais la haute main sur tout ce qui vous appartenait : les mines, les terrains, le *Windsong*...

— Comment Andrew a-t-il pu...

Les mots s'étranglèrent dans la gorge de Rebeca. C'était elle qui avait donné à Andrew le pouvoir de faire ce que bon lui semblait. Elle le lui avait offert à bord du *Windsong*, le jour des obsèques de son père. Elle l'avait confirmé à New York, quand elle avait demandé à Ramsey de faire approuver par le conseil d'administration la position d'Andrew. Elle avait supplié Andrew de prendre les clés du royaume, et il y avait consenti.

— Ramsey, comment Andrew a-t-il pu ourdir un complot contre les Entreprises McHenry, après toutes ces années de loyauté envers Max ? Quel mobile pouvait-il avoir ?

— J'ai des enquêteurs qui fouillent actuellement les antécédents professionnels d'Andrew, répondit Peet. Jusqu'à présent, ils n'ont rien découvert qui suggère un lien avec Lambros et les naufrageurs. N'oubliez pas, Rebecca, Max lui-même n'a sûrement pas manqué de se renseigner sur la carrière d'Andrew, avant de l'accepter dans la compagnie. S'il avait eu le moindre soupçon d'une loyauté partagée, il l'aurait jeté dehors immédiatement. Naturellement, mes enquêteurs vont poursuivre leur besogne.

Elle se souvint des confidences d'Andrew, un matin, sur la plage de Montego Bay, juste avant qu'il lui demandât de l'épouser. Son histoire avait été si simple. Si poignante. Un tissu de mensonges ?

— Je ne laisserai ni Andrew, ni Lambros, ni personne d'autre me voler ce qui m'appartient, dit-elle.

C'était le moment qu'avait redouté Ramsey Peet.

— Il va être très difficile de l'empêcher. Il m'a fallu des semaines de manœuvres juridiques pour obtenir l'accès à une faible partie seulement des dossiers dont nous aurons besoin. Silas Lambros détient sur le gouvernement angelinien et sur son appareil judiciaire un pouvoir extraordinaire. Les tribunaux nous contraignent à présenter une demande séparée pour chaque bout de papier. Ils traînent les pieds devant chaque requête. Entre-temps, les Entreprises McHenry peuvent être mises à sac...

— Que voulez-vous dire ?

— En ce moment même, Tyne & Wear peut agir à son gré avec votre société. La vendre en partie, en épuiser l'actif, l'utiliser en nantissement. Je dois vous en avertir, Rebecca, il se pourrait que nous n'ayons plus rien à récupérer.

— Bien qu'Andrew ait délibérément créé cette situation ?

— Nous ne pouvons le prouver. Nous ne possédons aucune preuve tangible qui associe Andrew à Tyne & Wear avant le moment où il s'est adressé à leur banque, Foster-Swann. Nous n'avons aucune preuve d'entente délictueuse, du moins pour l'instant, de la part de Silas Lambros. Notre seul espoir est de parvenir à découvrir une relation entre ces petites sociétés et Tyne & Wear.

L'homme de loi fit une pause.

— Étant donné toute la réflexion, toute l'organisation qu'a requises l'élaboration de cette filouterie, il est fort possible que ces sociétés aient été créées, il y a des années, par Tyne & Wear. Elles auraient reçu des investissements tout juste suffisants pour les faire paraître viables. Une sorte de cheval de Troie, conçu dans un seul but : nous faire croire à quelque chose qui n'existait pas.

Rebecca leva une main.

— En Jamaïque, Andrew m'a montré une lettre, rédigée sur papier à en-tête de votre étude et portant votre signature. Vous y déclariez que vous aviez contrôlé toutes les sociétés qu'Andrew se proposait d'acheter.

— Jamais je n'ai écrit une telle lettre! protesta Peet, le regard flamboyant. Andrew ne m'a jamais fait parvenir d'analyses détaillées sur ces sociétés. Cette lettre, vous l'avez encore?

— Il me l'a montrée et l'a rangée ensuite. Je ne l'ai jamais revue.

Rebecca vit toute couleur abandonner le visage de Ramsey Peet.

— Jamais je n'ai écrit cette lettre, je vous le jure, dit-il. C'est au moins un remords qui m'est épargné.

Il s'interrompit, posa sur elle des yeux égarés.

— J'ai travaillé vingt ans avec Max. Il me faisait implicitement confiance, et j'ai trahi cette confiance. Au moment où vous aviez le plus besoin de moi, je n'étais pas là. Après votre mariage avec Andrew, j'ai dû me rendre pour affaires en Europe et en Orient. Les choses se sont compliquées. Tout prenait plus de temps que je ne l'avais prévu. Je travaillais comme un forçat... Rebecca, je vous ai négligée. Toutes les fois que j'appelais au bureau, on me disait que vous alliez bien. Je n'avais aucune raison de soupçonner que la situation se détériorait.

Rebecca s'approcha de lui et lui prit les mains.

— Andrew savait-il que vous alliez vous absenter?

— Je le lui avais dit en passant, reconnut Peet, avant d'ajouter d'un ton amer : Tout le monde, à l'étude, connaissait Andrew. Il lui aurait été facile de se procurer mon itinéraire, de découvrir où je me trouvais et combien de temps je pensais rester absent.

— Et il lui était non moins facile de prendre quelques feuilles de votre papier à lettres, d'imiter votre signature et de me convaincre qu'il vous tenait au courant des opérations en cours, dit-elle.

— Si nous avions cette lettre, nous pourrions prouver l'escroquerie, la contrefaçon et une bonne demi-douzaine d'autres délits, déclara Peet. Mais elle ne devait servir qu'une fois... pour vous. Elle n'est plus maintenant que cendres froides. Si nous la réclamons, Andrew en niera l'existence. Ce sera sa parole contre la vôtre.

Rebecca suivait du bout d'un doigt la mince cicatrice, sur son bras gauche. Les blessures de son corps étaient à peu près guéries, seul son cœur restait brisé.

— Ramsey, reprit-elle, il faut que vous me trouviez Andrew. Je veux lui parler face à face. Il est le directeur général des Entreprises McHenry...

Elle s'interrompit en voyant l'homme de loi secouer la tête.

— L'étude a reçu la démission d'Andrew il y a quelques heures. Le document portait la date et l'heure, certifiées devant notaire. Elles correspondent précisément au moment où la banque Foster-Swann a réclamé le remboursement de son prêt.

— Il... il a tout abandonné? Comme ça?

— Il a mis la plus grande distance possible entre lui-même et les Entreprises McHenry. Il comptait bien être parti depuis long-temps quand vous apprendriez la vérité. Voilà pourquoi il s'était arrangé pour que sa démission nous parvînt seulement mainte-nant. Ce qui est venu troubler ses projets, c'est le fait que vous l'ayez vu en compagnie de Celeste Lambros.

— Et vous ignorez où il est? demanda la jeune femme, d'une voix monocorde.

— Oui. En outre, nous n'avons aucun recours contre lui. Nous ne pouvons demander à Ainsley de l'arrêter, il n'a commis aucun crime. Il a manqué de scrupules, de probité, il s'est conduit comme un bandit. Tout ça, assez ironiquement, ne fait pas de lui un criminel.

Rebecca poussa vers Peet les journaux posés sur la table.

— Je ne suis pas la seule qu'Andrew s'efforce de détruire. Tyne & Wear ferme certaines des mines, Ramsey. Ils réduisent des mil-liers d'ouvriers au chômage. Je ne peux pas les laisser piétiner ainsi les Angeliniens.

— Rebecca...

— Dès demain matin, je désire que vous preniez rendez-vous avec le Premier ministre, poursuivit-elle. Nous nous battrons par tous les moyens!

Elle ne lut pas la résignation dans le regard de Peet.

Tant mieux, pensa-t-il. Il sera bien assez tôt demain pour la mettre au fait du reste...

A huit heures, ce soir-là, le gouverneur général des Angelines, sir Geoffrey Smythe, convoqua l'inspecteur Ainsley à son bureau, au palais du Gouvernement.

Issu de l'une des plus anciennes familles d'Angleterre, sir Geof-frey, qui avait dépassé les soixante-dix ans, avait jadis partagé son temps entre le domaine ancestral du Suffolk et son siège à la Chambre des lords. Quand ses diatribes contre le socialisme et le déclin de l'Empire finirent par embarrasser jusqu'aux pairs de son parti, quelqu'un suggéra au roi George VI de nommer sir Geof-frey au poste, alors vacant, de gouverneur général des Angelines, étant entendu qu'il recevrait un traitement généreux. Traitement dont il avait un urgent besoin.

Cette proposition venait de Silas Lambros.

Depuis vingt-deux ans, sir Geoffrey avait fait en sorte d'accor-der la volonté de Silas Lambros et celle de la Couronne. Il vivait parmi les naufrageurs et considérait le reste du pays avec une bienveillante indifférence. Ce sentiment à l'égard d'un peuple dont il était responsable lui avait valu le mépris d'Ainsley.

— Cette sentence d'exil est immédiatement exécutoire, déclara sir Geoffrey, un doigt pointé vers l'épaisse enveloppe qui reposait sur son bureau de style Chippendale.

Ainsley décacheta l'enveloppe. Il se demandait qui avait bien pu offenser Silas Lambros.

— Le sentence concerne Rebecca McHenry, continua sir Geoffrey. Vous la remettrez à son avoué, Ramsey Peet. Et je désire que vous vous trouviez demain matin à l'aéroport, afin de vous assurer qu'elle prendra le premier vol hors de ce pays.

Ainsley le dévisagea d'un air incrédule.

— Vous ne parlez pas sérieusement! Miss McHenry est une citoyenne...

— Elle l'était, corrigea le gouverneur, avec un plaisir évident.

— Que voulez-vous dire? Qu'avez-vous encore manigancé contre elle, espèce de s...?

— Ne prononcez pas de paroles que vous pourriez regretter, Inspecteur. Rebecca McHenry détient la double nationalité, américaine et angelinienne...

— Et alors?

— Ce privilège est accordé jusqu'à l'âge de dix-neuf ans, poursuivit le gouverneur général, d'un ton suave. Ce moment venu, l'individu en question doit renoncer à l'une des deux nationalités au profit de l'autre. Vous vous rappelez peut-être que miss McHenry a eu dix-neuf ans en décembre dernier. Le délai de quatre-vingt-dix jours, qui lui était accordé afin d'opter pour une pleine citoyenneté, est maintenant expiré. Miss McHenry doit donc quitter le pays.

— Mais c'est là une formalité purement technique! rugit Ainsley.

— C'est la loi! Et vous avez l'obligation de la faire observer.

Le policier n'en croyait pas ses oreilles.

— Mais vous devez apporter la preuve d'un juste motif!

— Nous l'avons. Ce n'est certes pas votre affaire, mais miss McHenry est, dans toute l'acception du terme, une indigente. Elle n'a pas de résidence fixe, pas de sources de revenus, pas de permis de travail.

Le gouverneur général sourit.

— En un mot, elle n'a aucune raison de demeurer plus longtemps dans ce pays.

Ainsley dut faire appel à tout son sang-froid pour ne pas effacer d'un coup de poing l'expression satisfaite de sir Geoffrey.

— Ne lui avez-vous pas déjà fait assez de mal? Lambros n'a-t-il pas obtenu tout ce qu'il voulait? Pour l'amour du Ciel, elle est chez elle, ici!

— Je compte avoir, une heure après le décollage de l'avion, votre rapport certifiant son départ, trancha sir Geoffrey.

Il rappela Ainsley, qui lui avait déjà tourné le dos, s'apprêtant à sortir.

— Et n'oubliez pas, Inspecteur, de me rapporter son passeport angelinien, dûment visé par les services de l'immigration. Elle possède un passeport américain qui lui permettra d'entrer aux États-Unis.

— Cet enfant de salaud a-t-il le droit de faire ça?

Ainsley se tourna vers Jewel.

— Excusez mon langage.

Ramsey Peet repoussa les documents étalés sur la table de la cuisine.

— En un mot, oui. Les papiers sont parfaitement en règle. Je pourrais évidemment faire opposition... Et, si je disposais de six ou sept mois, gagner. Mais c'est inutile.

— Inutile? répéta Ainsley, indigné.

— Rebecca n'a plus aucune raison de rester ici. Il y a encore dix jours, elle avait un mari, elle était enceinte de ses œuvres, elle avait toutes les raisons de vivre. Tout s'est évanoui. Elle est encore incapable d'y croire, je le sais, et plus encore de l'accepter. Ce n'en est pas moins vrai. Vous savez ce qui se passe. On parle d'elle, on se moque d'elle, certains même la tiennent pour responsable de ce qu'il est advenu des Entreprises McHenry. Combien de temps, à votre avis, supporterait-elle une telle situation?

Jewel posa une main sur le bras d'Ainsley.

— Il a raison, dit-elle doucement. Les gens ne comprennent pas combien elle souffre. Les Angelines ne sont plus un endroit pour elle.

— Qu'avez-vous l'intention de faire? demanda Bones Ainsley.

— Il y a un jet qui part demain matin pour Miami. Nous nous rendrons dès l'aube à l'aéroport. Je veux lui épargner le plus d'embarras possible.

Ainsley entoura de son bras les épaules de Jewel qui pleurait.

— Lauren et moi, nous veillerons sur elle, promit l'avoué. Nous essaierons de l'amener à accepter ce qui s'est passé...

— Et en ce qui concerne Stoughton et Lambros? demanda l'inspecteur.

Ramsey Peet marqua une hésitation.

— Les gens de Tyne & Wear se sont empressés de vider tous les comptes en banque. Ils ont ensuite fait virer chez Foster-Swann toutes les rentrées prévues. Je me battrai contre Lambros le plus longtemps possible. Je dois bien ça à Max. Mais les ressources...

Rebecca, étendue dans son lit, les yeux grands ouverts sur l'obscurité, écoutait la conversation par la porte entrouverte de sa chambre. Chaque mot la perçait d'un coup de poignard, et elle luttait pour ne pas laisser échapper un cri. C'était monstrueux, pensait-elle. Quelle sorte d'hommes étaient donc Silas Lambros et sir Geoffrey Smythe pour la chasser ainsi du pays qui l'avait vue naître? Et pourquoi personne ne pouvait-il rien faire?

Rebecca se retourna sur le côté, enfonça ses ongles dans l'oreiller. La perte de son enfant, la double trahison d'Andrew avaient eu raison de ses dernières forces. Il ne lui restait rien pour lutter contre Lambros et Smythe. Pas pour l'instant, du moins...

Je me battrai contre Lambros le plus longtemps possible.

Nous nous battrons, se promit-elle. Il lui faudrait du temps, d'abord, pour comprendre pleinement ce qu'on lui avait fait, ensuite, pour trouver les moyens de redresser les injustices accumulées contre elle. Et pas seulement pour elle-même. Elle devrait combattre pour tout ce qu'avait accompli son père, tout ce en quoi il avait cru. Pour la façon dont il avait vécu, la façon dont il était mort.

14

Silas Lambros, derrière la vitre teintée de vert de la tour de contrôle, à l'aéroport d'Angeline City, observait le jet solitaire, immobile sur la piste. Il était là depuis une heure et il avait assisté au ravitaillement en kérosène. Il avait vu l'équipage faire, comme à l'habitude, le tour de l'appareil. Le moindre détail s'était à jamais gravé dans son esprit. Silas Lambros attendait ce moment depuis des années, il avait bien l'intention de le savourer jusqu'à la dernière goutte.

Lorsqu'il vit Rebecca McHenry apparaître sur le tarmac, son triomphe fut complet.

— Bon débarras! murmura-t-il, assez fort pour que les deux contrôleurs fissent mine de ne pas l'avoir entendu.

Rebecca, flanquée de son homme de loi, de Bones Ainsley et d'une Noire qui devait être la gouvernante des McHenry, s'avançait lentement vers l'appareil, et Lambros se prit à penser qu'il aurait été plus satisfait encore s'il avait vu McHenry lui-même quitter le pays.

De tous les adversaires qu'il avait jamais affrontés, des hommes avec lesquels il avait joué au plus fin, qu'il avait dupés, bernés, pour finir par les anéantir, McHenry, il devait se l'avouer, avait été le plus redoutable. McHenry – mais cela, il ne le reconnaîtrait jamais – aurait même pu le vaincre...

Trente ans plus tôt, quand Max avait émergé de la jungle, Lambros ne savait même pas qui il était. Il ne tarda pas à l'apprendre. McHenry avait dépensé ses derniers sous à faire enregistrer ses droits sur ses concessions minières. Il ne lui restait rien pour en entreprendre l'exploitation. Il s'adressa à la Island Royal Bank de Lambros pour obtenir un prêt, mais le prospecteur dépenaillé n'alla jamais plus loin que le seuil de l'établissement.

Néanmoins, Lambros était un homme prudent. Il ne sous-estimait jamais personne. Il fit promptement vérifier les concessions de McHenry et les rapports géologiques établis à leur sujet. Il lui suffirait, découvrit-il alors, d'attendre l'expiration des délais d'exploitation pour être en mesure de faire réenregistrer à son nom les gisements les plus riches des Angelines.

Deux jours avant la date d'expiration, McHenry lui enleva une fortune au nez et à la barbe. Il était parvenu à se procurer quelque part l'argent nécessaire pour conserver ses concessions et entamer une opération minière parfaitement légale. La guerre était déclarée.

Dès le début, Silas Lambros fut convaincu que leurs différends étaient aussi profonds qu'irrévocables. McHenry était un Américain qui se souciait peu d'héritage et de traditions, moins encore d'allégeance à la Couronne. Son dédain des mœurs et coutumes des naufrageurs devint péniblement évident lorsqu'il refusa d'entrer en affaires avec eux. Il tirait de la terre une véritable fortune mais, au lieu de la dépenser, il la réinvestissait dans la terre et devenait plus riche encore.

De l'avis de Lambros, si McHenry n'avait été qu'un petit prospecteur chanceux, il aurait fini par commettre une erreur qui l'aurait entraîné au désastre. Au lieu de quoi, il devint une menace. Non seulement il vivait au milieu des indigènes angeliniens et les faisait profiter de sa fortune, mais il en vint à se faire aimer d'eux. Mieux encore, il achetait des hectares et des hectares de terre aussi vite qu'il le pouvait et à quiconque était disposé à vendre.

D'autres naufrageurs persistaient à ignorer McHenry. Lambros, lui, le voyait pour ce qu'il était. D'abord, un affront, mais aussi, dans un proche avenir, une menace pour la manière de vivre qui était chère à Lambros. Sa mort était devenue inévitable.

– Bonjour, Silas.

Lambros ne se retourna pas.

– Un bon jour, en effet, n'est-ce pas ?

Andrew Stoughton glissa ses lunettes de soleil dans la poche intérieure de sa veste fauve. Debout près de Silas, il laissait ses yeux verts s'attarder sur Rebecca qui étreignait Jewel.

– Touchant, fit-il ironiquement.

Lambros ébaucha un sourire. Il s'était demandé par moments si Andrew aurait assez de force, de courage et – oui... – assez de foi pour accomplir la besogne dont il avait été chargé. Vivre un mensonge cinq années durant, être un espion au cœur même du camp ennemi, ce n'était pas une tâche aisée. Mais Andrew avait dépassé ses espoirs les plus fous. Incroyable, se disait Lambros, la façon dont il avait mené à bien la séduction de Rebecca McHenry au fil des années... la façon dont il l'avait enveloppée d'une toile d'araignée dont elle n'avait jamais soupçonné l'élaboration. Et cet enlèvement, en fin de compte ! Un coup de maître, digne d'un naufrageur !

– Avez-vous bien profité de votre lune de miel à Nassau ? demanda Lambros.

Il regardait Rebecca McHenry monter à bord de l'appareil.

– C'était splendide. Celeste vous envoie toute son affection.

Andrew, lui aussi, observait Rebecca. Il eut l'impression qu'à ce moment, elle fixait son regard sur lui, comme si elle le savait dans la tour. C'était absurde. Sous les premiers rayons du soleil, les vitres teintées prenaient un éclat opaque.

Andrew n'éprouvait ni pitié ni remords à l'endroit de Rebecca. Il avait été l'instrument choisi par Silas Lambros pour détruire McHenry. Ce qu'il avait dû faire pour y parvenir n'avait concerné que lui. Dès l'instant où il avait pris conscience de l'engouement de Rebecca, il avait su qui serait pour lui l'instrument de cette destruction.

En songeant au passé, il s'émerveillait de la magnificence de sa fourberie. Chacun de ses actes, depuis ce premier dîner à La Jolla jusqu'au jour où il avait risqué sa vie pour sortir de la maison en feu le corps de Max, avait été calculé pour s'attacher Rebecca. Pas à pas, il l'avait attirée vers lui. Et elle était venue, apportant avec elle la fortune des McHenry.

Il n'avait connu qu'un seul moment de doute, à la Jamaïque, après leur mariage. Époux de Rebecca, Andrew le savait, il détenait un pouvoir considérable. S'il allait trouver la jeune femme pour lui avouer que, durant les années où il avait été le collaborateur de Max, il avait en secret travaillé pour Tyne & Wear, peut-être – « peut-être » seulement – lui pardonnerait-elle. Dans ce cas, la fortune et l'influence de Rebecca, jointes à sa propre position dans les Entreprises McHenry, le mettraient à l'abri de la fureur de Lambros et de ses représailles.

Beaucoup de « si » et de « peut-être »...

Tout bien réfléchi, Andrew avait décidé que les inconnues du problème étaient trop nombreuses. Rebecca aurait très bien pu réagir dans un tout autre sens. Elle aurait pu lui enlever la présidence des Entreprises McHenry aussi aisément qu'elle la lui avait donnée. Sa confession aurait pu tuer la confiance et l'amour de la jeune femme, détruire tout ce qu'il avait eu tant de mal à édifier. Si elle s'était retournée contre lui, il aurait été dépouillé de tout.

Andrew ne pouvait se permettre de faire confiance à l'amour. Il avait commis cette erreur des années plus tôt et il avait failli tout perdre. L'amour, pour lui, était une arme, et il avait appris à s'en servir en expert.

Notre seule erreur, pensait-il maintenant, c'est de la laisser partir.

Il savait combien Silas Lambros était fier de ses capacités à jauger l'adversaire. Cet orgueil, à présent, l'aveuglait. Les cinq années passées par Andrew aux côtés de McHenry lui avaient apporté une compréhension exceptionnelle de l'homme... et une très précise appréciation de son influence. Max n'était plus mais il avait connu la mort d'un martyr. Ce fait conférait un prestige nouveau à un nom qui exerçait déjà un immense pouvoir sur les Angeliniens. Et ce nom, Rebecca le portait aussi.

Même si, à présent, elle nous paraît très affaiblie, se disait Andrew, nous devons songer à la menace qu'elle peut représenter. On ne doit pas laisser en vie l'enfant d'un ennemi. Si les Anciens massacraient des enfants, ce n'était pas par cruauté mais par prudence.

Il s'étonnait d'un tel aveuglement chez un homme comme Lambros. Un tel défaut dans son armure pourrait un jour avoir de fâcheuses conséquences.

Le jet commença à rouler sur la piste. Andrew Stoughton et Silas Lambros quittèrent la tour de contrôle pour gagner une issue ménagée dans la clôture. Là les attendait la voiture découverte de Lambros.

La vue du véhicule, couvert d'un vernis noir souligné de filets d'or et garni de sièges de cuir rouge, ne manquait jamais de faire sourire Andrew. Tirée par deux beaux chevaux aux harnais luisants, la calèche avait naguère appartenu à un cousin de la reine d'Angleterre. De l'avis d'Andrew, elle convenait parfaitement à son propriétaire actuel, chef de la plus grande famille des Angelines.

Le domestique en livrée aida Silas Lambros à monter, et Andrew s'assit près de lui.

— Silas, j'ai récupéré les rapports sur ces sociétés d'ordinateurs, dit-il. Nous avons là certaines perspectives excellentes.

Silas Lambros laissa tomber sa main sur l'épaule de celui qu'il appelait son gendre. Le geste était cordial, l'étreinte était celle d'un étau.

— Andrew, ne me gâtez pas mon moment de plaisir. Je vous l'ai déjà dit, je n'éprouve pas le moindre intérêt pour les ordinateurs, les composants électroniques ni le reste de ce conte de fées que vous avez imaginé pour McHenry.

— Ce que j'ai imaginé pour McHenry était peut-être un conte de fées, répliqua Andrew, blessé par cette attitude condescendante. Mais ce que j'ai appris en étudiant la question me dit que nous ne pouvons négliger cette technologie nouvelle. L'avenir...

— ... sera tel que je le voudrai, déclara Lambros, les yeux étincelants. Vous m'avez procuré ce que je désirais, les terres et les mines de McHenry. Ce qu'il me faut savoir, c'est, parmi celles-ci, lesquelles produisent encore, et pour combien de temps. Quand l'or sera épuisé, nous reparlerons de vos jolis joujoux.

Il considérait son gendre avec attention.

— Vous avez fait des merveilles, Andrew. Ne présumez pas trop de vos talents. N'oubliez jamais d'où vous êtes sorti, ni la reconnaissance que vous me devez encore pour vous en avoir tiré. Le fait que vous ayez épousé Celeste ne change rien entre nous.

Andrew refoula la réponse qui lui montait aux lèvres.

— Excusez-moi, Silas. Comme vous le dites, le moment viendra.

Lambros lui tapota le bras, puis demanda :

— Ainsley ne vous a pas posé d'autres questions sur cet incident en Jamaïque, hein ?

— Il n'y a aucune raison. Je me trouvais à Angeline City quand... l'accident s'est produit. J'étais dans un lieu très public, sous le regard de nombreux témoins.

— Bien sûr. Simplement, je ne tenais pas à voir Ainsley bouleverser Celeste en se présentant à la maison... C'était bien un accident, n'est-ce pas, Andrew ? En dépit de tous les bruits qui courent ? Il n'y a aucun lien avec vous ni avec Tyne & Wear ?

— En ce qui me concerne, oui, c'était un accident.

Andrew tourna son regard vers les vitrines gaiement colorées qui bordaient Bye Street mais il ne les vit pas, non plus que les passants qui se retournaient au majestueux passage de la calèche. Il se félicitait de pouvoir dissimuler, derrière ses lunettes noires, le mépris qui aurait pu se lire dans ses yeux.

Espèce de salaud hypocrite ! pensait-il. Depuis des années, je fais le sale boulot à ta place. Et, maintenant que j'ai tué pour toi, tout ce qui te tourmente, c'est ta chère réputation, ta chère compagnie !

Il s'efforçait de dompter sa rage. Il n'aurait pas dû être surpris par les allusions de Silas Lambros. Au fond de son cœur, il savait que, pour protéger sa famille et ses intérêts, le vieux naufrageur était prêt à sacrifier n'importe qui, même son propre gendre.

Tu n'as jamais eu le courage de tremper tes propres mains dans le sang, pensait amèrement Andrew. Au cours de toutes ces années où McHenry constituait pour toi une menace, tu n'as pu te résoudre à l'éliminer. Non, tu attendais un homme de mon genre, un homme auquel tu pourrais constamment parler de la nécessité de détruire McHenry, sans jamais donner d'instructions directes, mais à coups de sous-entendus, d'insinuations... Et j'étais tout juste ce qu'il te fallait, n'est-ce pas ? J'étais celui qui t'était redevable. Quelqu'un qui, s'il se faisait prendre, ne pourrait jamais pointer sur toi un doigt accusateur. Personne n'accorderait crédit à la parole d'un ex-employé mal noté de la Lloyds, de préférence à celle du tout-puissant Silas Lambros !

Tandis que la luxueuse voiture suivait son chemin à travers Stann Creek Town, vers le ghetto doré du naufrageur, Andrew étudia soigneusement la balance entre ce qui avait été payé et ce qui restait dû.

Pour la mort de Max McHenry, Silas Lambros l'avait généreusement rétribué par une tranche d'actions de Tyne & Wear. Sans doute Andrew aurait-il pu prétendre à une récompense égale si son tueur stipendié n'avait pas manqué l'assassinat de Rebecca sur cette route côtière accidentée de Jamaïque. Mais ce n'était pas suffisant. Ni les actions, ni le pouvoir accru dans la compagnie, ni même Celeste. Le vieux naufrageur refusait, il refuserait toujours d'abandonner le seul avantage que convoitait Andrew : sa liberté.

Mais cela aussi m'appartiendra bientôt.

A la longue, il avait fini par découvrir chez Silas Lambros une faiblesse née d'une perte dont il ne s'était jamais remis. Lentement, prudemment, Andrew avait exploité cette faiblesse. Dans une certaine mesure, il avait déjà réussi ; au sein de Tyne & Wear, on le considérait comme l'héritier présomptif. Il s'était assuré qu'il n'y aurait aucun autre prétendant à ce titre. Restait à se faire couronner par le vieux naufrageur.

Cela aussi arrivera, se dit-il. Plus tôt qu'il ne le croit !

Il y avait en effet un aspect de la personnalité d'Andrew Stoughton que son maître ignorait totalement. Il vouait à d'autres une loyauté plus grande qu'il n'en accordait à Silas Lambros. Ceux à qui allait cette allégeance l'avaient déjà aidé, silencieusement, discrètement. Le moment venu, Andrew ferait appel à eux pour le libérer, une fois pour toutes.

A son réveil, Jewel, ce matin-là, avait découvert l'absence de Rebecca. Angoissée, elle se précipita dehors. Elle vit alors, silhouettée sur la lumière grise d'un jour nouveau, la jeune femme, plongée jusqu'aux genoux dans les vagues du reflux.

— Ne crains rien, lui cria Rebecca. Je n'ai pas l'intention de faire une folie.

Sur la plage, elle vit le visage affolé de Jewel. Elle serra la gouvernante dans ses bras.

— Je te demande pardon de t'avoir fait peur. J'ai tout entendu, hier au soir. Je sais que je dois partir.

— Oh, ma petite fille ! murmura Jewel.

— Chut ! Tu ne peux rien y faire. Personne n'y peut rien. Pas tout de suite. Viens te promener avec moi. Il nous reste si peu de temps.

Bras dessus bras dessous, les deux femmes se mirent à marcher sur la grève. Aucun mot n'aurait pu traduire les émotions, les pensées qu'elles se transmettaient par ce simple contact.

Tout ce que j'ai aimé, tout ce qui m'a été précieux m'est arraché. L'homme à qui j'ai fait confiance, à qui je me suis donnée, m'a trahie. Les ennemis de mon père ont fini par réussir à détruire son œuvre. Ils ne peuvent plus rien me prendre. Cela, en soi, doit constituer une sorte de force.

En regardant l'aurore colorer l'océan, Rebecca sentait ses sens s'aiguiser. Chaque parfum, chaque son lui semblaient neufs, essentiels, comme si elle les percevait pour la première fois. Elle se laissait envahir par toutes ces sensations, dans un douloureux désir d'emporter avec elle le plus de souvenirs possible. Peu importaient la durée de son exil et les lieux où elle le passerait. Les souvenirs seraient son lien avec les Angelines.

— Nous devrions rentrer, dit Rebecca.

Elle sentit, à la base de son cou, une tiédeur, palpa l'hippocampe que lui avait offert Andrew. Le soleil avait réchauffé l'or; la lumière rejaillissait en étincelles sur les diamants. Rebecca referma la main sur le pendentif, l'étreignit fortement.

— Il est temps, ajouta-t-elle tout bas.

Ramsey Peet, à son arrivée, eut la surprise de trouver Rebecca qui l'attendait, prête à partir. Aucune explication n'était nécessaire, il le comprit à son visage fermé. A l'aéroport, elle tendit son passeport à un Bones Ainsley silencieux qui les escorta jusqu'à l'avion. En gravissant les marches de la passerelle, Rebecca se retourna pour lever les yeux sur la tour de contrôle. Un instant, à cause d'un jeu de lumière, elle vit Andrew Stoughton derrière la vitre.

Ne t'a-t-il pas suffi de me détruire complètement ? Quand tu me tenais dans tes bras, quand tu me faisais l'amour, était-ce la haine, et non l'amour, qui nourrissait ta passion ? Est-ce toi, Andrew, mon aimé, qui as tenté de me faire tuer, sur cette route de Montego Bay ? Est-ce toi qui as assassiné mon père ?

Mais comment aurais-tu pu le tuer, puisque tu étais avec moi, ce soir-là ? Comment aurais-tu pu le haïr à ce point et risquer ta vie pour l'arracher aux flammes ? Tout comme tu m'aimais et me détestais à la fois...

Rebecca comprit en cet instant pourquoi elle avait permis à Andrew de la traiter comme il l'avait fait. Elle avait grandi dans la sécurité, l'inviolabilité d'un monde créé par son père. Même Briarcrest où, sous la tutelle de Bix, elle avait mûri très vite, était un petit univers autonome. Personne ne lui avait appris ce que c'était que de tomber amoureuse d'un homme, personne ne lui avait enseigné à soupeser la vérité de ses paroles, la sincérité de ses yeux. Si Andrew l'avait si bien trompée, c'était parce qu'elle lui avait offert toute sa confiance, son être tout entier, sans même songer à préserver quelque chose pour mieux se protéger.

Et elle n'était pas la seule victime de sa duplicité.

Avant de disparaître dans la cabine, Rebecca dit à Ainsley :

— Quoi qu'il arrive, je vous en prie, n'oubliez pas Max.

A plus de cent kilomètres de là, vers le nord-ouest, parmi les contreforts de la Chaîne Maya, Dallas Gibson aidait ses travailleurs indiens à charger ce qui restait du matériel du camp sur les péniches qui allaient descendre la rivière.

L'avis de clôture du chantier de fouilles archéologiques de Pusilha était survenu une semaine plus tôt, avec l'arrivée d'un représentant de Tyne & Wear qui avait informé Dallas de la reprise par sa compagnie des Entreprises McHenry. Dallas, qui n'avait rien su des désastres d'Angeline City, était resté abasourdi. Il passa immédiatement un message radio au siège de Tyne & Wear, à Stann Creek Town. On lui apprit que la fondation créée par McHenry pour financer les fouilles avait été liquidée. Non seulement il n'y avait plus d'argent, mais les terrains sur lesquels se trouvaient les excavations appartenaient maintenant à Tyne & Wear, qui ne portait aucun intérêt aux recherches archéologiques.

Pendant qu'on repliait les tentes, qu'on cataloguait et rangeait le matériel, Dallas parcourut du regard le site auquel il avait consacré cinq années de son existence.

Disséminés sur le sol de la jungle, se trouvaient des monolithes et des autels, les uns abattus, fendus, d'autres encore debout, sculptés de figures humaines, d'animaux, d'inscriptions. Ici, un fragment d'escalier émergeait des broussailles; là, se dressait un monument de pierre, sous la forme d'une créature mythique ou de quelque divinité depuis longtemps oubliée.

Dès l'instant où Dallas avait posé les yeux sur Pusilha, il avait été fasciné par sa beauté. Toute une civilisation s'était épanouie en cet endroit, avec des peintres, des sculpteurs, des guerriers et toute une élite gouvernante d'aristocrates et de prêtres, dont un millénaire n'était pas parvenu à détruire l'œuvre. On avait l'impression, avait pensé Dallas, de découvrir un navire antique dépouillé de ses mâts et de son gréement, au nom effacé, à l'équipage disparu, de sorte qu'il n'y avait personne pour dire à qui le vaisseau avait appartenu, quelle avait été sa destination, et ce qui avait causé sa destruction.

Pour Dallas, Pusilha apportait le souffle de la vie à un univers dont il n'avait fait que rêver.

Qui protégera le site après mon départ? se demandait-il, au pied du *cenote* sacrificatoire.

Tyne & Wear, il le savait, n'avait qu'indifférence pour le sort de Pusilha qui représentait une cible tentante et vulnérable pour le premier pillard venu. Dallas fit de son mieux pour protéger les ruines. Il transporta au musée d'Angeline City les vestiges récemment exhumés ainsi que les instruments les plus délicats. Avec ce qu'il lui restait d'argent, il engagea quelques-uns des travailleurs indiens pour veiller sur le site, leur promit de revenir le plus tôt possible.

De retour à Angeline City, il alla voir Bones Ainsley. Celui-ci connaissait la réputation de l'archéologue et les liens qui l'avaient attaché à Max. Il lui conta ce qui était arrivé à Rebecca McHenry. Dallas se montra scandalisé.

— Mais n'a-t-elle aucun recours? Stoughton et Tyne & Wear n'imaginent tout de même pas pouvoir s'en tirer aussi facilement?

— Mais si. Et ils ont réussi, déclara Ainsley.

— Quel enfer elle doit vivre, murmura Dallas.

— Du moins a-t-elle quelqu'un pour s'occuper d'elle, dit le policier. Partir était pour elle la meilleure solution, pour l'instant. Personne, ici, ne pouvait rien pour elle.

Dallas le dévisagea d'un air pensif.

120

– Ce n'est pas tout à fait vrai.

Après avoir confié à Jewel son équipement et ses tenues de jungle, Dallas partit le lendemain matin pour Miami et, de là, pour Washington. En fin d'après-midi, il se prélassait dans la vaste baignoire de son appartement à l'hôtel Hay-Adams, en face de la Maison-Blanche, pendant qu'un tailleur apportait les dernières retouches à son costume neuf. A huit heures du soir, une limousine passa le chercher et l'amena au restaurant du Sénat.

Installé au salon, dans un profond fauteuil de cuir rouge, Dallas dégustait un manhattan, sans se soucier des coups d'œil vaguement curieux que lui lançaient des sénateurs intrigués par son teint fortement bronzé et son visage tanné par les intempéries, ni des regards plus directement intéressés des femmes qui les accompagnaient.

– Le sénateur Gibson, monsieur, annonça un serveur en veste blanche.

Dallas se leva pour accueillir l'homme de haute taille, aux larges épaules, aux cheveux argentés, aux yeux noisette.

– Bonjour, papa. Ça fait plaisir de te revoir.

Le sénateur de Californie serra fermement la main de son fils.

– C'est un plaisir pour moi aussi, garçon. Si j'ai bien compris, tu as un petit problème.

15

Où suis-je ?

Rebecca s'éveilla dans un sursaut, et son regard courut autour de la pièce. L'espace d'un instant, elle ne reconnut pas le papier à fleurs ni les rideaux de dentelle qui masquaient les fenêtres. Ce n'était pas son lit, ni sa chambre. Et pourquoi n'entendait-elle pas Jewel se déplacer dans la cuisine ?

Prise de vertige, la jeune femme, d'un pas chancelant, s'approcha d'une fenêtre, essaya de l'ouvrir. Elle éprouvait le besoin de retrouver le grand air, d'entendre les vagues se briser sur le rivage, de redécouvrir l'espace sans limites de l'océan.

Les fenêtres se refusaient à céder. Elles étaient hermétiquement closes contre le vacarme de New York. Rebecca se rappela alors qu'elle se trouvait dans l'appartement de Lauren et de Ramsey qui dominait de très haut Park Avenue. Et elle se rappela pourquoi.

Elle courut se mettre sous la douche. Elle s'était promis de ne pas pleurer. Le jet cinglant et brûlant de l'eau faillit bien l'aider à tenir sa promesse.

La salle de bains attenante à la chambre d'ami offrait tout ce qu'on pouvait désirer, depuis la brosse à dents jusqu'aux pots et flacons de cristal emplis de poudres délicatement parfumées et de coûteux parfums. Dans la penderie étaient rangés trois tenues toutes neuves et un manteau de printemps. Rebecca choisit une jupe bleu marine, y joignit un pull-over de cachemire jaune et passa dans l'encolure de celui-ci un foulard bordeaux de chez Hermès. Un soupçon de Chanel apporta la touche finale.

Elle se regarda dans le miroir en pied et crut voir une inconnue. Ce fut seulement quand elle passa à son cou l'hippocampe d'or qu'elle se remémora le vol interminable qui l'avait amenée des Angelines, et durant lequel elle était restée plongée dans le silence. A l'aéroport, Lauren, venue les accueillir, Ramsey et elle, l'avait longuement serrée sur son cœur. Elle entendait encore les paroles rassurantes qu'on lui avait murmurées pendant le trajet jusqu'à Manhattan.

– C'est très dur, ma chérie, je le sais, lui avait dit Lauren. Mais je tiens à ce que vous ne vous préoccupiez de rien. Vous êtes ici chez vous, pour tout le temps qu'il vous plaira. Tout s'arrangera, vous verrez.

Oui, tout s'arrangera, se dit la jeune femme. *Et je sais très précisément par où commencer!*

Rebecca fut soulagée en découvrant que Lauren était sortie. Elle but son café dans l'alcôve réservée aux petits déjeuners, devant la ligne grise des toits de la ville. Les nuages étaient si bas qu'on croyait en sentir le poids. Rebecca repensa à cet autre jour. Le ciel, alors, avait été constellé d'étoiles, ce même appartement avait retenti d'éclats de rire... et Andrew lui avait glissé au doigt le diamant taillé en rose.

Il était temps de partir.

Le mois d'avril était entré dans la cité comme un lion rugissant, parmi de glaciales averses qui solidifiaient en masses grisâtres les vestiges de neige et formaient des mares bourbeuses qui défiaient les bottes les mieux imperméabilisées. Après un trajet cahotant au long de Broadway, Rebecca s'enveloppa étroitement dans son manteau de zibeline et s'aventura dans le labyrinthe des rues du quartier de la finance à la recherche de la Banque Walker.

C'était un établissement de commerce, où il n'y avait ni caissiers, ni guichets. Sous une voûte très ornementée, qui aurait plutôt convenu à une cathédrale, se trouvaient des rangées de bureaux en merisier derrière lesquels des hommes d'âge mûr, sobrement vêtus, conversaient à voix basse entre eux ou au téléphone.

– Puis-je vous être utile, mademoiselle?

Le gardien qui venait d'apparaître à son côté était resplendissant dans son uniforme gris aux brillants boutons d'argent.

– Je... j'aimerais voir quelqu'un à propos du compte McHenry, dit Rebecca.

– Je regrette, mais nous ne nous occupons pas de portefeuilles particuliers.

– Les Entreprises McHenry, aux Angelines, précisa-t-elle.

Le gardien haussa des sourcils semblables à deux chenilles.

– Je vois. Si vous voulez bien attendre ici un instant, je vous prie...

Elle le regarda s'approcher de l'un des spectres assis à un bureau, lui murmurer quelques mots. L'homme leva les yeux sur Rebecca, battit des paupières, tendit la main vers le téléphone. Le regard de la jeune femme passa sur les rangées de bureaux, d'autres yeux étaient fixés sur elle.

– Voulez-vous me suivre, mademoiselle? dit le gardien.

Nerveusement, elle se mit en marche derrière lui, non sans remarquer les regards qui la suivaient.

Qu'ont-ils donc? Pourquoi me regardent-ils comme si j'étais une sorte de phénomène?

L'épreuve se poursuivit, une fois franchie une cloison de panneaux de verre et d'acajou. Des femmes d'âge mûr, des reflets bleutés dans leur chevelure de neige, levaient les yeux de leurs registres à son passage.

On se serait cru dans un roman de Dickens!

Le gardien s'arrêta devant une porte soigneusement cirée, frappa par deux fois, ouvrit le battant. Rebecca, qui s'attendait à rencontrer un bicentenaire pour le moins, se trouva devant un jeune homme, debout derrière un vaste bureau, les deux mains dans les poches d'un blazer bleu marine coupé à ravir. Elle lui donna une trentaine d'années. Il avait un visage aux pommettes saillantes, un nez fin et rectiligne, des sourcils noirs et des cheveux noirs et bouclés. Les yeux, d'une surprenante couleur, rappelèrent à la jeune femme la teinte que Monet avait baptisée « bleu cathédrale ».

– Miss McHenry? dit-il en s'avançant vers elle. Je m'appelle Eric Walker. Mon père était Bartholomew Walker. Il a travaillé de longues années avec M. McHenry. Puis-je vous dire que c'est un grand plaisir de faire votre connaissance après tout ce temps?

Déjà, il la guidait vers un fauteuil, lui offrait une tasse de café, qu'elle refusa, et retournait s'asseoir derrière son bureau.

– J'ai été navré d'apprendre la mort de votre père, reprit gravement le banquier. Navré aussi de m'être trouvé dans l'impossibilité d'assister à ses obsèques. Mais mon père était gravement malade à l'époque, et je ne pouvais m'absenter. Il est mort, lui aussi, récemment.

Rebecca murmura ses regrets.

– Je suis également au courant de ce qui s'est passé pour les Entreprises McHenry, poursuivit Eric Walker. C'est là, à mon avis, une situation exécrable. Mais Ramsey Peet, j'en suis sûr, y mettra bon ordre pour vous.

– Monsieur Walker, dit-elle vivement, je réside actuellement à New York. Je suis venue vous trouver pour parler avec vous de la situation des comptes de mon père dans votre banque.

123

– Vous savez que tous les comptes des Entreprises McHenry ont été repris par Tyne & Wear. En fait, ils ont tous été fermés.

– Oui, je suis parfaitement au courant, répondit froidement Rebecca. Ce qui m'intéresse, ce sont les comptes personnels.

Elle s'étonna de le voir d'abord surpris, puis pensif.

– Vous voulez sans doute parler du compte spécial que votre père avait ouvert chez nous du temps où vous étiez en Californie.

Eric Walker ouvrit un dossier.

– Il semble qu'il soit encore en activité.

Elle sentit son cœur s'alléger. Andrew et Tyne & Wear avaient été dans l'incapacité de toucher au compte privé de son père. Cet argent avait pour elle une importance cruciale. Il devait servir à financer sa lutte contre les forbans.

– Combien y a-t-il ? demanda-t-elle d'un ton pressant.

– A ce jour, mille cinq cent vingt et un dollars et trente-sept cents, répondit le banquier en lui tendant un relevé.

– *Mille cinq cents dollars !*

Les chiffres dansaient devant les yeux de Rebecca.

– Mais il s'agissait du compte personnel de mon père !

– Miss McHenry, je suis désolé. Je pensais que vous aviez compris. Ce compte représentait une faveur accordée par la banque à votre père, répondit Eric Walker. Durant le temps où vous étiez à Briarcrest, nous étions autorisés à débiter mensuellement de mille cinq cents dollars le portefeuille de la société, de les passer au compte personnel de M. McHenry et de vous faire parvenir la somme.

Rebecca se rappelait. Max avait insisté sur ce point, en dépit de ses efforts pour le convaincre qu'elle ne pourrait dépenser tant d'argent à Briarcrest. Néanmoins, ce petit pactole avait été le bienvenu pendant les vacances, et lorsqu'elle passait l'été avec Bix.

– Mais mon père devait conserver un crédit à son propre usage ? questionna-t-elle.

– Comme la plupart des hommes très fortunés, votre père n'avait pas besoin d'argent liquide, expliqua Eric Walker. Pour tout ce dont il avait besoin, il pouvait donner sa signature. Il n'avait aucune raison de conserver en liquide des sommes importantes qui pouvaient être investies.

– Et il n'y a rien d'autre ?

Le banquier secoua la tête.

– Pas chez nous, en tout cas.

Rebecca baissa les yeux sur les colonnes de chiffres qu'elle ne voyait pas, finit par refermer le dossier.

– Puis-je avoir cet argent ?

En bonne règle, il n'avait pas le droit de le lui donner. Mais la gêne, la confusion de la jeune femme assise en face de lui l'émouvaient profondément.

– La somme restante aurait dû être tirée par vous en octobre de l'an dernier, dit-il. Nous avons envoyé le chèque à Briarcrest, mais, à l'époque, vous deviez être déjà de retour aux Angelines. Qui sait ce qu'est devenu ce chèque ? Techniquement parlant, je pense pouvoir vous remettre le solde du compte.

Il marqua une pause.

– Voulez-vous attendre pour l'avoir en liquide ou préférez-vous que nous vous fassions un chèque ?

Rebecca se sentait les joues brûlantes.

– Je préfère l'argent liquide, si vous le voulez bien.

Quand Eric Walker fut sorti, elle se laissa aller dans son fauteuil. S'il n'y avait plus d'argent, comment paierait-elle Ramsey Peet pour tous les efforts qu'il devrait faire dans le combat contre Tyne & Wear ? Les frais juridiques – pour ne rien dire des dépenses à rembourser aux enquêteurs – seraient énormes.

Comment vais-je pouvoir me débrouiller ?

– Voici, miss McHenry.

La main tremblante de Rebecca prit l'enveloppe, la fourra dans son sac.

– Si je peux faire autre chose pour vous... commença Eric Walker.

– Non, je ne pense pas, murmura-t-elle.

Dans un silence total, elle dut passer de nouveau entre les rangées de bureaux avant de se retrouver dans le hall. Le seul bruit qu'elle entendit fut le cliquetis de ses talons sur le dallage de marbre, d'abord lent, puis de plus en plus précipité, comme un roulement de tambour. Ce fut en courant qu'elle sortit de la banque.

Rebecca revint à pied jusqu'à Park Avenue, en luttant contre le flot des piétons, en évitant le plus possible le bord des trottoirs pour ne pas être éclaboussée par les taxis. Lorsqu'elle atteignit la Cinquième Avenue, son manteau de zibeline ne parvenait plus à la protéger du vent mordant qui soufflait du nord.

Mais ni le temps détestable ni le vacarme de la circulation n'avaient de prise sur elle. Une seule pensée l'obsédait.

Je n'ai pas d'argent ! Rien d'étonnant si, à la banque, tout le monde me regardait. Ils savaient qui j'étais... et ils savaient précisément que je n'avais aucune valeur !

La pitié qu'elle avait lue dans les yeux d'Eric Walker avait été la pire épreuve.

Tout en continuant obstinément sa route, il lui vint à l'esprit qu'on avait cherché à lui laisser ignorer sa véritable situation.

« Les gens de Tyne & Wear se sont empressés de vider tous les comptes en banque... Je me battrai contre Lambros le plus longtemps possible... Mais les ressources... »

Les ressources, avait voulu dire Ramsey, étaient inexistantes. Tous les capitaux de son père avaient été, d'une façon ou d'une autre, immobilisés dans la société. Il prélevait ce dont il avait besoin, quand il en avait besoin.

Quant à elle, se disait Rebecca, elle n'avait jamais demandé d'où venait l'argent qui lui parvenait chaque mois à Briarcrest. L'argent, pour elle, n'avait jamais eu d'importance.

Elle claquait des dents. Elle finit par héler un taxi pour faire le reste du chemin. Quand elle ouvrit son portefeuille pour régler la course, elle examina de très près les billets de vingt dollars tout neufs. Il aurait tout aussi bien pu s'agir des accessoires d'un jeu de société.

Le taxi parti, Rebecca leva les yeux vers l'appartement en terrasse des Peet, bien reconnaissable à la courbe du toit vitré de son solarium. Elle comprenait maintenant ce que signifiaient vraiment cette chambre d'ami confortable et tout ce qui allait avec : c'était de la charité.

Elle était bien décidée à avoir un entretien avec Ramsey, à se faire expliquer précisément s'il lui restait encore de l'argent, et combien. Malheureusement, l'homme de loi s'était rendu à Baltimore et ne serait pas de retour avant la fin de la semaine.

En attendant, les journées de Rebecca se trouvèrent bien remplies, grâce à Lauren. Celle-ci, sans souffrir de refus, emmena la jeune femme au Metropolitan Museum et l'entraîna ensuite au Carlyle pour déjeuner. Le lendemain, elles visitèrent le musée Guggenheim. Lorsque le temps devint plus clément, elles firent la croisière en bateau autour de Manhattan, parcoururent la Cinquième Avenue pour y choisir des toilettes de printemps. En dépit de ses protestations, Rebecca se retrouva pourvue en lingerie, en pantalons, jupes et chemisiers de chez Bloomingdale. Bergdorf fournit une ravissante robe de cocktail bleu glacier, et Ferragamo les chaussures et les escarpins. Chez Elizabeth Arden, après une délicieuse séance de soins du visage et du corps, toutes sortes de produits de beauté s'ajoutèrent à la note de Lauren.

Rebecca comprenait que Lauren cherchait seulement à l'occuper, pour l'empêcher de s'appesantir sur le passé. Mais, à chaque dollar dépensé pour elle, son humiliation grandissait. L'après-midi du jour où elle devait revoir Ramsey, tout explosa.

Elle ne pouvait l'attendre plus longtemps. Chaque jour qui s'écoulait était un jour perdu. Elle désirait par-dessus tout savoir ce qu'il faisait pour elle, et comment elle pouvait l'aider. Et, surtout, elle avait honte de dépenser son argent.

Lorsqu'elle lui téléphona, le vendredi, Ramsey fut d'accord pour la retrouver dès son arrivée en ville. Il lui suggéra de l'attendre à son club, le Gotham.

Elle y arriva avec une demi-heure d'avance. On la fit entrer dans la Chinoiserie, le salon où les femmes étaient admises. La pièce était décorée d'objets d'art rapportés par des membres du club qui s'étaient rendus en Chine. En suivant le garçon qui la conduisait à la table de Ramsey, Rebecca admira une armure de guerrier médiéval, de précieux tapis de soie, de fragiles vases Ming. Elle se glissa sur une banquette de cuir rouge, derrière un paravent qui s'ornait d'une scène de chasse, et commanda un verre de vin.

En ce milieu d'après-midi, la Chinoiserie était pratiquement déserte. Les voix portaient assez loin, et Rebecca entendit distinctement prononcer son nom.

— Savez-vous que j'ai vu hier la petite McHenry? Elle déjeunait avec la femme de Peet.

— La fille de ce milliardaire qui a été assassiné aux Angelines?

— Précisément.

— C'est une histoire incroyable. Un mois ou deux après la mort du vieux, la voilà qui épouse Andrew Stoughton, et, presque aussitôt, Stoughton vend à son insu la compagnie et tout le fourbi. La pauvre petite n'a plus un sou.

— Que fait-elle à New York?

— Il fallait bien que quelqu'un la recueille. Si mes informations sont exactes, Ramsey s'est montré diablement négligent dans l'administration de ses affaires. Sans doute se jugeait-il assez coupable pour se sentir obligé de s'occuper d'elle.

Il y eut un silence, marqué seulement par le son de cubes de glace entrechoqués, puis la même voix reprit :

— Je ne vous ai pas dit? J'ai pensé qu'il y avait quelque chose de louche dans le brusque départ de Ramsey pour les Angelines. J'ai fait ma petite enquête et découvert que Tyne & Wear était sur le point de faire une grosse opération. J'ai mis la main sur toutes les actions que j'ai pu acheter.

— Vous y avez trouvé votre compte?

— Le lendemain, les actions ont fait un bond de trente points.

— Pour un bénéfice, c'en était un! D'où vient que vous ne m'avez jamais dit...

Horrifiée, Rebecca tendait l'oreille, sans se rendre compte que la conversation s'était brutalement interrompue.

Ils savent... Ils se moquent de moi. Tout le monde est au courant!

Elle attrapait son sac, s'apprêtait à prendre la fuite, quand elle entendit une autre voix, vaguement familière.

— Vous en avez dit plus qu'assez, je crois, messieurs!

Rebecca vit alors Eric Walker, à quelques mètres d'elle. D'où il se tenait, il voyait en même temps la jeune femme et les deux consommateurs anonymes.

— Vous devez des excuses à l'invitée de M. Peet.

Froidement, elle dévisagea les deux hommes, sans répondre à leurs excuses balbutiées. Lorsqu'ils eurent précipitamment battu en retraite, Eric Walker s'assit près d'elle.

— Miss McHenry, je ne saurais vous dire à quel point je suis désolé.

— Tout le monde est-il au courant? interrompit Rebecca.

— Dans les milieux financiers, oui, certainement. Ce qui englobe la plupart des membres du club.

— Et la plupart des membres de votre club ont-ils l'habitude de se vanter des bénéfices qu'ils ont faits aux dépens d'autres personnes? questionna-t-elle avec colère.

— Je ne peux approuver leur comportement, répondit calmement Eric Walker. Mais chaque jour, dans cette ville, des fortunes se font et se perdent. L'insensibilité, je pense, constitue une sorte de protection contre le jour où ils seront eux-mêmes les victimes.

– C'est cruel!

Eric Walker ne trouva rien à répondre. Oui, c'était cruel, et, devant Rebecca McHenry, si vulnérable, si ravissante, il n'éprouvait qu'un désir, la prendre dans ses bras pour la réconforter. Mais elle attendait Ramsey Peet, et, de l'autre côté de la pièce, la jeune femme qui l'avait accompagné devenait plus irritable de minute en minute.

Qu'elle attende, se dit Eric.

– Voulez-vous que je vous tienne compagnie jusqu'à l'arrivée de Ramsey?

Rebecca secoua la tête.

– J'aimerais rester seule, si vous le voulez bien.

Il se leva. Elle ajouta :

– Merci de vous être trouvé là.

– J'aurais préféré vous revoir en d'autres circonstances. Peut-être pourrai-je vous appeler quand vous serez installée.

Elle le regarda. Il était très séduisant, pensa-t-elle. Il dégageait une impression d'assurance réconfortante. Elle se figea à l'idée qu'Andrew avait présenté cette même qualité.

– Je ne crois pas que ce soit souhaitable, dit-elle.

– Si je peux vous être de la moindre assistance, je vous en prie, n'hésitez pas à faire appel à moi, insista-t-il avant de la quitter.

Un véritable gentleman, pensa-t-elle. Tout autre homme aurait parlé de l'aider. Eric avait choisi le terme « assistance ». Elle appréciait la différence... et sa considération.

Malgré elle, elle se répétait mentalement la conversation qu'elle avait surprise. Jamais elle n'avait songé à la souffrance que devait endurer Ramsey à cause de ce qui s'était produit aux Angelines. Il avait reconnu qu'il avait négligé ses affaires, elle s'en souvenait... et elle n'avait rien fait pour le rassurer. Elle s'en voulait.

D'autres faits commençaient aussi à se mettre en place. Depuis une semaine, Lauren lui avait consacré une attention exclusive. Rebecca l'avait entendue annuler au téléphone d'autres rendez-vous. Elle avait pensé que Lauren agissait ainsi par pure bonté. Mais il y avait une autre raison, elle le comprenait à présent. Lauren la protégeait des murmures et des regards appuyés de la société new-yorkaise, du genre de propos qu'elle avait entendus ce jour-là, des regards qu'elle avait endurés à la Banque Walker.

A cause de moi, elle renonce délibérément à sa vie habituelle.

Rebecca vit entrer Ramsey, remarqua le chaud sourire qui illuminait son visage à sa vue. Ce n'était pas de la charité que lui témoignaient Lauren et lui. C'était de la tendresse. Mais le genre de tendresse qu'elle ne pouvait accepter de leur part. Elle leur coûtait trop cher. Rebecca se leva. Elle devait toujours parler à Ramsey – et à Lauren aussi, à présent. Mais pas à la Chinoiserie. Pas à proximité d'oreilles avides, malveillantes, aux aguets, de l'autre côté du paravent.

Durant le trajet jusqu'à Park Avenue, Rebecca se répéta ce qu'elle allait dire. Mais, une fois dans l'appartement des Peet, elle n'en eut pas l'occasion.

– Chère madame, vous avez la première place sur ma liste de salauds!

La voix gutturale, les yeux verts flamboyants, les cheveux roux en désordre firent battre le cœur de Rebecca.

– Bix!

Elles se jetèrent dans les bras l'une de l'autre.

– Si ma seule vue te comble de joie, d'où vient que tu ne m'aies pas appelée plus tôt? questionna Bix.

– Tout s'est passé trop vite, balbutia Rebecca.

– Viens, Ramsey, fit Lauren en riant. Saute sous la douche et emmène-moi dîner. Ces deux-là ont besoin de temps pour refaire connaissance.

Dès que les Peet furent partis, Bix prépara du café, découvrit la réserve de cognac de Peet et se servit dans sa boîte de cigarettes égyptiennes. Quand tout fut à son goût, elle installa Rebecca dans le grand salon.

– Raconte-moi tout! ordonna-t-elle.

Tout en buvant d'innombrables tasses de café, la jeune femme ouvrit son cœur à sa meilleure amie. Bix l'écoutait en fumant, prenant seulement le temps de lancer une épithète désobligeante quand était mentionné le nom d'Andrew.

– Qu'as-tu l'intention de faire, maintenant? s'enquit-elle, quand Rebecca se tut enfin.

Elle était atterrée par les malheurs qui avaient frappé son amie mais elle savait que, pour le moment, Rebecca n'avait surtout pas besoin de consolation. Elle était gravement blessée mais elle devait se remettre sur pied, marcher de nouveau. Vers un but, quel qu'il soit.

– Je n'en sais rien, avoua la jeune femme. Je ne peux pas rester ici. Il faut que je me trouve un logement, du travail...

Brusquement, Rebecca saisit Bix par le bras.

– Mais toi, que fais-tu à New York?

– Moi, j'ai un emploi, déclara Bix d'un air satisfait.

– Où ça?

– Dans une agence spécialisée dans les voyages organisés aux meilleurs prix. Nous sommes en relation avec une bonne douzaine de bureaux de tourisme pour étudiants, dans les collèges. C'est incroyable, la clientèle qu'ils nous procurent.

Bix se tut un moment, puis ajouta :

– Nous cherchons une jeune femme intelligente, versée dans les langues romanes. L'emploi rapporte cent dollars par semaine, et, si la personne en question le désire, elle pourra partager un appartement à Greenwich Village avec ton humble servante. Cent vingt-cinq dollars de loyer mensuel.

129

Rebecca hésitait. C'était bien peu, cent dollars par semaine...
mais elle se rappela que le montant total de ses biens terrestres
s'élevait pour le moment à un peu plus de quinze cents dollars.
– Qu'as-tu à perdre, Becky? demanda doucement Bix. Tu ne
peux pas rester ici, tu le sais bien. Et je ne vais certainement pas te
laisser te vautrer dans le désespoir. C'est exactement ce que sou-
haiterait M. Andrew Stoughton-le-Salaud.
Elle vit l'incertitude de son amie.
– Tu ne peux pas changer du jour au lendemain ce qui s'est
passé, Becky. Il faut laisser à Ramsey le temps de voir ce qu'il peut
faire. Et, de ton côté, tu as besoin de temps pour étudier tes possibilités. Accorde-toi une chance. Je t'en prie...

L'un des moments les plus difficiles de la vie de Rebecca fut
celui où elle dut apprendre à Lauren et à Ramsey qu'elle les quittait.
– Ne croyez surtout pas que je manque de reconnaissance, sup-
plia-t-elle.
Sans même s'en rendre compte, elle se répétait pour la troisième fois.
– Vous avez déjà tant fait pour moi que je ne sais comment
vous rendre...
Ramsey Peet leva la main pour l'interrompre.
– Il n'est pas question de rendre quoi que ce soit, dit-il. Nous
n'avons jamais voulu, ni Lauren, ni moi, vous donner à penser
que nous agissions par pitié ou par charité.
L'homme de loi fit tourner son whisky dans le gobelet de cristal.
– Sans doute aurais-je dû vous parler de la situation financière
personnelle de votre père. Je ne l'ai pas jugé utile pendant que
nous étions encore aux Angelines. J'attendais le bon moment, je
suppose, sans songer qu'il n'y a jamais de bon moment pour ce
genre de révélation.
Il eut un sourire mélancolique.
– J'accumule les erreurs en ce qui vous concerne, semble-t-il,
hein?
– Non, Ramsey, ne dites pas ça!
– Nous espérions, intervint Lauren, que vous accepteriez
d'entrer au collège, à l'automne prochain.
– Non, ce n'est pas ma place, répondit Rebecca. Je dois
commencer à me tirer d'affaire toute seule.
Ramsey perçut dans sa voix une certaine nuance et la dévisagea
plus attentivement.
– Il y a autre chose, n'est-ce pas?
– Andrew et Silas Lambros ont fait de moi une victime. Si je
garde cette image de moi-même, je resterai à jamais une victime.
J'ai l'intention, au contraire, de leur rendre la monnaie de leur
pièce quelque part, d'une façon quelconque et jusqu'au dernier
sou!

– Vous parlez vraiment sérieusement?
– Je vous le jure!
– Alors, peut-être me permettrez-vous de vous faire quelques suggestions, fit-il avec un sourire énigmatique.

16

– Vous avez deux places pour Madrid?
– Terminé pour Madrid. Je peux vous offrir Tanger ou Valence.

L'étudiant dégingandé de Harvard se tourna vers sa petite amie.
– Où diable se trouve Valence?
– Sur la côte est de l'Espagne, lui dit Rebecca. Un charter de la TWA part d'Idlewild le quatorze juin. Si vous voulez faire la Méditerranée, il y a un ferry qui va de Valence à Ibiza et un autre pour Majorque.
– Qui tient à voir Madrid? s'écria la jeune fille avec enthousiasme. Nous prenons Valence!

Rebecca posa les billets sur le comptoir et entreprit de remplir les blancs.
– Il me faut vos passeports.

Elle vérifia la date d'expiration des passeports, nota les numéros des deux cartes d'étudiant.
– Quatre-vingt-dix dollars par personne.

Le garçon lui tendit deux billets de cent dollars. Rebecca lui rendit la monnaie, prit une feuille sur chacune des cinq piles placées sous le comptoir, les glissa dans une enveloppe.
– Tous les renseignements dont vous pouvez avoir besoin sont là, adresses des auberges de jeunesse et du consulat américain, numéros d'appel de l'American Express, formules d'assurance-voyage, horaire des ferries depuis Valence. Bon voyage. Au suivant!

La jeune fille qui se tenait près de Rebecca lui tapa sur l'épaule, désigna la pendule. Midi moins cinq. Rebecca se demanda où était passée la matinée. Elle avait dû, à elle seule, délivrer une cinquantaine de billets. Quatre autres conseillères étaient affectées à ce comptoir, et les étudiants se bousculaient encore dans l'agence.
– La journée va être longue, lui dit la jeune fille. Allez manger un morceau. Bix vous attend à la Buffalo Roadhouse.

Rebecca ne demanda pas son reste. Elle jeta son grand sac sur son épaule et sortit par la porte de derrière. Le soleil de juin sur son visage lui procura un merveilleux sentiment de bien-être.

Au débouché de la ruelle qui donnait sur Blecker Street, elle vit que la file d'attente devant l'agence GoSee, formée d'étudiants de tout le Nord-Est, s'étendait sur un demi-pâté de maisons. En -

attendant le feu vert à l'angle de la Septième Avenue, elle s'entendit rire tout haut. Trois mois plus tôt, elle aurait considéré cela comme un miracle.

– Où sommes-nous ?

Deux jours après son départ de l'appartement des Peet, Bix l'avait emmenée visiter son lieu de travail. Rebecca avait l'impression de se trouver dans le salon particulier du marquis de Sade, à Charenton. Elle voyait devant elle une seule vaste pièce, divisée en deux par un comptoir placé près de l'entrée, et des rangées d'étagères qui séparaient en trois parties l'espace réservé aux employés. Les téléphones sonnaient à tout-va, les gens hurlaient pour s'entendre d'un bureau à un autre, les papiers volaient. Une véritable maison de fous.

– Dans le temps, c'était un atelier de boulangerie où l'on fabriquait des petits pains juifs, dit Bix à son amie, en se frayant un chemin au milieu d'un groupe d'étudiants vociférants.

Elles se retrouvèrent dans la partie centrale de l'espace réservé au personnel.

– Cet endroit, on l'appelle la fosse. On voit encore où se trouvaient les fours. Les étagères et le reste sont d'époque. Torrey a tout rénové et verni.

Rebecca comprenait enfin d'où venait l'odeur aigrelette de pâte fermentée. En regardant autour d'elle, elle se demanda si l'on avait l'impression, en cet endroit, de vivre dans une miche de pain.

Bix l'entraîna vers un bureau en plein centre de la mêlée. Son occupant avait les deux pieds posés sur le meuble, une botte de cow-boy croisée sur l'autre. Son jean délavé, sa chemise à carreaux rouges, dont les manches relevées découvraient des bras couleur de vieux cuir, allaient bien avec sa voix lente à l'accent texan. Sous les cheveux châtains bouclés brillaient les yeux les plus noirs qu'eût jamais vus Rebecca.

– Allons, chérie, tu sais bien que vos gens n'ont rien à faire de ces places-là. Laisse une chance à un pauvre gars du Texas et donne-les-moi.

Il coinça le combiné entre son menton et son épaule, adressa un clin d'œil aux deux jeunes femmes.

– Je savais que je pouvais te faire confiance, chérie, reprit-il. Oui, je viendrai moi-même signer les papiers. A bientôt.

– Incroyable ! gémit Bix. Becky, je te présente Torrey Stewart, président, concierge et bourreau des cœurs en titre de GoSee International. Torrey, voici Becky.

D'un bond, Torrey se retrouva debout pour poser un baiser sur la joue de Rebecca.

– Ne faites pas attention à elle, dit-il. Bix devient jalouse quand j'exagère le charme. Au fait, j'étais avec la Pan Am. Nous venons d'obtenir trois cents places de plus en août.

– Tu as autant de charme qu'un serpent à sonnettes, répliqua Bix.

– Si j'ai bien compris, vous désirez travailler dans ce remarquable établissement, fit Torrey en riant, avec un grand geste qui balayait le chaos. Vous vous y connaissez, en tourisme ?

– Non, dit Rebecca. Mais je parle le français et l'espagnol...

– Parfait ! On va d'abord vous mettre sur ce fatras que nous a envoyé l'Office du tourisme espagnol.

Il guida Rebecca vers les rayonnages qui ployaient sous le poids des dépliants et des brochures.

– Leurs traductions ne valent rien, poursuivit Torrey. Ce que nous avons ici, c'est ce qu'ils éditent pour leurs propres étudiants. Les petits hôtels pas chers, les cartes de chemin de fer à prix réduits, les restaurants avantageux, les plages où on peut se baigner à poil... tout ça. Naturellement, quand on a besoin de traductions, c'est votre serviteur qui s'en charge.

– Vous voulez que je traduise tout intégralement ? demanda Rebecca, horrifiée par les piles compactes de manuels et de brochures.

– Sûrement pas. Lisez, notez les détails pertinents et tirez-en un résumé d'une page ou deux. Quand ça sera fait, je vous montrerai la documentation française. Ça, c'est quelque chose !

Abasourdie, Rebecca regarda Torrey prendre Bix par la taille et l'entraîner. Un long moment, elle considéra l'antique machine à écrire.

Je n'ai rien à perdre, pensa-t-elle. Elle s'empara d'une brochure qui vantait en long et en large les installations sanitaires d'un hôtel près de Barcelone.

Au cours de la première semaine, Rebecca douta sérieusement de pouvoir survivre, et encore moins de fonctionner, à GoSee International. L'atmosphère frénétique de la « fosse » la laissait stupéfiée. L'incessante cacophonie produite par une douzaine de voix qui vociféraient en même temps au téléphone – sans parler de la cohue de l'autre côté du comptoir – lui rendait toute concentration impossible. Les interruptions étaient continuelles. Les conseillers lui braillaient des questions à propos des horaires des trains espagnols, des douanes françaises et... des voyages en chariots à yaks au Népal.

Elle s'émerveillait de voir Bix, à deux bureaux du sien, ignorer totalement le vacarme pour se concentrer sur les réservations à destination des îles de la Méditerranée. De temps à autre, Torrey, évoquant le calme au centre d'un cyclone, passait, jetait un coup d'œil par-dessus son épaule, la gratifiait d'un encouragement.

– Vous vous en tirez très bien. Dans une semaine ou deux, je vous mettrai aux réservations avion.

Rebecca se faisait toute petite.

A six heures, chaque soir, la folie s'apaisait aussi mystérieusement qu'elle s'était déchaînée dix heures plus tôt. Au cours des séances qui se tenaient ensuite à la Buffalo Roadhouse, sur la Septième Avenue, Rebecca apprit à connaître les autres conseillers.

– Nous les appelons « conseillers » parce qu'ils ne sont pas diplômés, lui confia Torrey.

– Toi, tu as un diplôme, murmura Bix.

– Oui. De cinglé.

Les conseillers étaient tous des étudiants, issus pour la plupart de l'université de New York. Ils en étaient à leur deuxième saison avec GoSee et se prenaient pour des vétérans. Un licencié en anthropologie, replet, portant lunettes, possédait un don prodigieux pour dénicher les compagnies aériennes qui avaient des places disponibles sur leurs trajets transatlantiques. Une étudiante de Boston faisait ce qu'elle voulait du directeur de l'Office du tourisme italien. Une élève du Queens College avait des parents parmi le personnel enseignant de l'université de Londres. Par voie de conséquence, GoSee était le premier à bénéficier des places libres dans les foyers.

Torrey Stewart fascinait Rebecca. Fils d'un paysan du Texas, il avait appris très tôt dans son adolescence à piloter les appareils qui arrosaient les champs d'insecticide. Après avoir obtenu une bourse pour l'université de Baylor, il avait pu mettre de côté l'argent qu'il gagnait en travaillant à temps partiel pour un service de protection. Ses économies lui avaient permis de créer GoSee.

– La première génération de voyageurs américains – sur une grande échelle, je veux dire –, expliqua Torrey à Rebecca, a été celle des gars qui sont partis faire la guerre. C'étaient des types de la classe laborieuse ou de la classe moyenne qui n'auraient jamais quitté leur coin sans l'intervention de l'armée. Maintenant, leurs gosses grandissent. Ils seront les plus grands voyageurs de toute l'histoire de l'Amérique. Et je les enverrai partout où ils voudront aller. L'essentiel, c'est de les piquer quand ils sont jeunes.

Les compagnies aériennes et les offices de tourisme étrangers étaient du même avis. Plutôt que de voler avec des sièges vides, la Pan Am, la TWA et les autres ne demandaient pas mieux que de céder des places à prix réduit ou même de louer un appareil entier. Les offices de tourisme étaient trop heureux de fournir des informations sur les beautés de leurs pays respectifs.

Ils ont tous la même perspective, se disait Rebecca. Une fois mordus par la passion du voyage, les étudiants en redemanderont, quand ils gagneront de l'argent et pourront se permettre de voyager dans de meilleures conditions.

– Après un long hiver glacial, rien de mieux qu'une plage bien chaude au bord de la Méditerranée, disait souvent Torrey. Louons le Seigneur pour ce foutu climat !

Rebecca ne pouvait qu'être de son avis. Plus de trois quarts des réservations se faisaient à destination des rivages de l'Espagne, du Portugal, de la France et de l'Italie.

Tout en adorant explorer les petits restaurants du Village, Rebecca se joignait rarement aux autres pour dîner. Durant les quelques premières semaines, elle consacra ses soirées à l'étude.

L'appartement qu'avait déniché Bix appartenait à un professeur de collège et à sa femme. Bix elle-même, par l'intermédiaire de GoSee, avait expédié le couple en France pour quelques mois. L'appartement de Perry Street occupait tout le premier étage d'un immeuble qui en comportait trois. Les deux chambres, séparées par une salle de séjour, une cuisine et une salle de bains modernisée, assuraient une totale intimité à chacune des deux jeunes femmes. Il y avait même, derrière l'immeuble, un petit jardin que se partageaient les occupants.

Pendant que Bix échantillonnait les clubs de jazz et de musique folk qui semblaient pousser dans tout le Village comme les champignons après une averse, Rebecca se plongeait dans les livres. Elle lisait tout ce qui lui tombait sous la main sur l'industrie du tourisme. Les volumes venaient pour la plupart de la bibliothèque de Torrey Stewart, qui les avait accumulés au cours des ans. Rien ne la rebutait, aucun système, aucun règlement, aucune complexité. Elle étudia l'histoire des agences de tourisme, à commencer par les deux plus anciennes, Thomas Cook et l'American Express. En parcourant les numéros de la bible de l'industrie, l'hebdomadaire *Travel World*, elle connut les histoires d'épouvante aussi bien que les succès des agences. On y parlait d'hôtels qui n'honoraient pas les promesses de leur publicité, de certains autres qui n'avaient aucune existence réelle, de groupes de touristes en route pour Lourdes qui se retrouvaient au Maroc.

Plus elle en apprenait sur le sujet et plus elle était fascinée. Sans en avoir eu d'abord l'intention, elle ne tarda pas à se mettre au niveau des autres conseillers de GoSee. Torrey, qui approuvait sa diligence, la fit passer des traductions aux réservations par téléphone sur les lignes aériennes puis au groupe d'organisation des voyages. Chaque fois, elle se montra à la hauteur de sa nouvelle tâche.

La première semaine de juin, au moment où commençait la ruée sur GoSee, Torrey lui dit :

— Félicitations, chérie. Je vous envoie en première ligne.

Rebecca contempla l'océan de corps qui assaillaient le comptoir.

— Et je devrais vous en remercier ? demanda-t-elle.

La Buffalo Roadhouse était un lieu bien connu de Greenwich Village. Devant la porte d'entrée s'élevait une protubérance d'asphalte en forme de cône, haute d'une soixantaine de centimètres, qui bouillonnait et fumait en permanence. Le propriétaire de l'auberge avait découvert que la vapeur était produite par une prise d'air défectueuse. Il édifia le volcan en miniature au-dessus de la fissure pour attirer l'attention des édiles sur la négligence des équipes municipales. Au lieu de quoi, le volcan devint une légende au Village.

Rebecca salua d'un signe le barman, se fraya un chemin vers la table où Bix était installée avec Torrey. Celui-ci se leva, gratifia l'arrivante d'un baiser sur la joue et commanda les consommations.

— Comment ça va, dans les tranchées ? demanda-t-il.

— Nous nous passons fort bien de vous, riposta-t-elle.

Il accepta la repartie avec bonne humeur. Depuis deux semaines, Bix et Rebecca dirigeaient effectivement l'agence, pendant que Torrey avait disparu dans la jungle de l'aéroport de La Guardia.

« Mon entraînement sur les DC6 tire à sa fin, leur avait-il dit. Quand j'aurai ma licence commerciale, nous pourrons songer à nous étendre. »

— Vous ne tarderez pas à être libérée, vous aussi, déclara Torrey, l'œil pétillant.

Il interrogea Bix du regard.

— Dois-je la mettre au courant, ou préfères-tu t'en charger ?

— Loin de moi l'idée de marcher sur tes plates-bandes, dit Bix. Mais Rebecca perçut la surexcitation de son amie.

— Comme l'agitation va s'apaiser en septembre, et comme vous, les filles, vous avez travaillé dur, j'ai pensé que nous pourrions peut-être décamper tous les trois vers le Vieux Monde et jouer quelque temps les touristes.

Rebecca sentit son cœur bondir dans sa poitrine. Bix, elle le savait, ressentait la même émotion. Ce voyage pourrait être celui qu'elles avaient eu envie de faire depuis longtemps sans jamais y parvenir. Toutefois, il y avait une difficulté.

— Fantastique, Torrey. Mais je ne sais pas si je peux me permettre...

— Tout, sauf l'argent de poche, est aux frais de la maison, interrompit Torrey. Bon sang, nous avons fait d'assez bonnes affaires, cette saison, pour mériter un répit.

Il marqua une pause, ajouta avec une feinte gravité :

— D'ailleurs, il est de notre devoir d'aller voir sur place tous les endroits où nous envoyons nos clients.

— Oh, Becky, dis oui, je t'en prie ! s'écria Bix.

Rebecca regarda tour à tour ses deux amis.

— Êtes-vous sûrs que je ne serai pas la cinquième roue du carrosse ?

Ce n'était un secret pour personne, et surtout pas pour Rebecca. Bix et Torrey étaient devenus amants. L'appartement de Perry Street était maintenant celui de Rebecca, même si Bix continuait à payer sa part du loyer.

— Nous désirons que vous nous accompagniez, dit Torrey avec simplicité. Non seulement ça vous fera du bien, mais vous en apprendrez davantage en prenant la route pendant deux semaines qu'en lisant des brochures pendant des mois.

Les yeux de Rebecca brillèrent d'un éclat nouveau.

– Je suis d'accord!

– Bravo! Ce soir, nous irons au Séville et nous nous empiffrerons de paella...

– Je ne peux pas, coupa Rebecca. Je dois voir Ramsey.

Torrey allait tenter de la convaincre, mais Bix lui pressa la jambe.

– Et si tu nous retrouvais ensuite pour boire un verre au Brasilia?

– Vers dix heures?

– Parfait!

Durant tout le déjeuner, ils discutèrent passionnément de différents itinéraires. Quand Rebecca les eut quittés, Torrey dit:

– Qu'y a-t-il entre elle et cet homme de loi? Depuis quelque temps, elle passe presque autant de temps avec lui qu'au bureau.

Bix lui tapota la main.

– Ne te fatigue pas à penser. Becky sait ce qu'elle fait.

Mais elle aurait aimé savoir de quoi il s'agissait.

Rebecca s'arrêta au kiosque à journaux qui se trouvait à l'entrée du métro. Le vieux Noir, qui la connaissait bien, lui composa un assortiment avec le *Times*, le *Wall Street Journal*, *Barron's* et une demi-douzaine de magazines anglais et continentaux.

– Faudra que vous me disiez, un de ces jours, ce que le *Journal* et *The News of the World* ont de commun, fit-il, mi-sérieux miplaisant.

– Dès que j'aurai fait le rapport, vous serez le premier à le savoir, lui promit-elle en glissant les journaux dans son sac-besace.

Tout en assurant son équilibre dans la rame cahotante, Rebecca sortit *Barron's* et en parcourut les pages rapidement. Elle avait graduellement appris à lire très vite, en entraînant son regard à trouver dans un article une douzaine de mots clefs. Elle en découvrit un dans un entrefilet caché en page 36. Elle corna la page, acheva sa lecture et détacha le feuillet.

A sept heures du soir, une certaine activité régnait encore au 12 Wall Street, l'immeuble où le Cabinet Peet, Burroughs & Calhoun avait ses bureaux. Rebecca donna sa signature au service de sécurité, dans le vestibule, et prit l'ascenseur décoré à l'ancienne mode jusqu'au deuxième étage. En traversant la réception et la salle qui lui faisait suite, elle remarqua les jeunes hommes qui, assis à leurs tables, en manches de chemise, murmuraient dans les combinés téléphoniques. Certains d'entre eux ne seraient pas de retour chez eux avant minuit.

Au passage, elle répondait à quelques mots de bienvenue, à un signe de la main. Tout le monde savait maintenant qui elle était. On s'étonnait si on ne la voyait pas au moins trois fois dans la semaine.

Le bureau de Ramsey Peet convenait au fils de l'homme qui

avait créé ce cabinet. Le bois fruitier de la table de travail luisait de cire et d'huile de citron. Près de l'îlot formé par trois vastes canapés se dressait un énorme globe terrestre monté sur un piédestal. Pour Ramsey, c'était sa version personnelle du chapelet des Grecs. Toutes les fois qu'il devait soupeser l'impondérable, l'homme de loi s'installait sur le canapé et faisait machinalement tourner le globe.

La seule caractéristique de ce bureau était la totale absence d'ouvrages juridiques. Ils étaient avantageusement remplacés par des toiles et des statuettes de bronze.

Rebecca s'installa sur les moelleux coussins recouverts de cuir. En attendant Ramsey, elle se remit à parcourir rapidement le reste des journaux et des magazines. Aucun mot clé n'attira son attention. Elle revint à l'article qu'elle avait détaché, le relut soigneusement, nota mentalement le dossier dans lequel il trouverait sa place.

Comme tout bon détective, elle ne laissait pas passer un seul indice, même si, sur le moment, il pouvait paraître absurde ou insignifiant. Au cours des derniers mois, elle avait ainsi rassemblé, à propos de sa proie, un certain nombre de faits singuliers, glanés à des sources disparates, apparemment sans rapport entre elles.

– Vous ne ferez jamais une bonne joueuse de poker, Rebecca. Je devine à votre expression que vous avez déniché une autre pépite.

Ramsey Peet, entré en coup de vent, posa sur la joue de la jeune femme un baiser léger avant de chercher une clé dans son trousseau.

– Vous voulez vos dossiers, je suppose.

– Oui, s'il vous plaît.

Après avoir ouvert la serrure d'un classeur, il en sortit quatre grosses chemises qu'il posa sur la table basse.

– J'ai une ou deux petites choses à terminer à côté, dit-il. Je peux vous laisser seule quelques minutes ?

– Certainement, Ramsey. Allez donc.

Rebecca disposa les dossiers devant elle, regarda les noms inscrits en grosses lettres sur les couvertures :

TYNE & WEAR
SILAS LAMBROS
CELESTE LAMBROS
ANDREW STOUGHTON

Elle ouvrit le premier, y glissa soigneusement la coupure du *Barron's*.

Apprenez à connaître votre adversaire, lui avait conseillé Ramsey. Rassemblez le plus d'informations possible sur son compte. Quels sont ses points forts, ses faiblesses, ses déficiences, ses habitudes ? Suivez ses déplacements à la trace. Cela vous renseignera sur ce qu'il fait et, en même temps, vous donnera une indication sur ce qu'il pense.

L'idée d'ouvrir des dossiers sur Andrew et les autres était venue de Ramsey, mais Rebecca avait insisté pour participer à l'examen et à l'interprétation des résultats de l'enquête qui devait permettre de découvrir comment Andrew s'y était pris pour organiser son escroquerie.

Au début, Ramsey s'était montré hésitant à accepter sa collaboration. La jeune femme ne possédait aucune connaissance dans les domaines concernés.

– Je n'ai pas l'intention de retarder votre travail, lui avait-elle affirmé. Faites-moi simplement savoir quand vous recevez de nouveaux documents, pour que nous les examinions ensemble.

Ils se retrouvèrent d'abord tous les lundis soir. Puis le lundi et le mardi. Ensuite, trois fois par semaine. Et, finalement, les week-ends aussi.

Ramsey Peet s'étonnait de la vivacité d'esprit de Rebecca, des questions qu'elle posait, des suggestions qu'elle faisait. Il en eut l'explication le soir où il entendit les femmes de ménage parler entre elles de la dureté du traitement que Peet, Burroughs et Calhoun faisaient subir à leurs stagiaires. Quand Ramsey réclama des éclaircissements, une brave Noire lui tint tête :

– Et cette pauvre petite que vous faites travailler dans le sous-sol ? Presque tous les soirs, elle est là. Seigneur, quelquefois, quand je m'en vais, je la trouve endormie sur son livre !

Ramsey Peet n'avait pas la moindre idée de ce dont elle parlait. Il descendit aussitôt à la bibliothèque pour voir ce fantôme par lui-même. Il découvrit Rebecca, environnée de volumes sur l'économie, la gestion, la finance internationale, les transactions monétaires.

Les soirées qu'elle ne passait pas à Wall Street, elle les consacrait à d'autres recherches. Dans les antres caverneux de la Bibliothèque publique de New York, elle dénicha des ouvrages rares qui couvraient toute l'histoire des naufrageurs depuis ses débuts. D'autres, plus récents, qui traitaient de l'histoire économique des Caraïbes, lui firent mieux connaître Tyne & Wear. Il n'y avait rien sur la compagnie elle-même, mais Rebecca trouva une foule de renseignements dans des livres qui parlaient du commerce du sucre. Elle fut scandalisée par les pillages, les spoliations, la piraterie pure et simple commis aux Caraïbes par Tyne & Wear et bien d'autres.

Elle ne tarda pas à se rendre compte que les renseignements sur la famille Lambros étaient beaucoup plus rares. Elle en trouva la raison dans plusieurs allusions du *Times* de Londres. Au cours des vingt dernières années, tous les journalistes qui avaient osé écrire un article sur la famille s'étaient vu assigner en justice pour diffamation. Même quand les défendeurs parvenaient à s'assurer le soutien de leurs publications, le verdict était toujours le même. La maison Lambros, qui payait très cher les services des plus grandes canailles du barreau, triomphait infailliblement. Peu importait, semblait-il, que les dommages et intérêts fussent bien inférieurs au coût de l'action en justice. Silas Lambros adressait aux indiscrets un message très clair : la famille ne reculerait devant rien pour protéger son intimité.

Mais il y avait l'autre face de la pièce. Silas Lambros était, dans une certaine mesure, un personnage public. Ses mouvements étaient observés, rapportés par la presse financière. Les conjectures sur les fusions, les rachats, les créations d'entreprises abondaient. En certains cas, Lambros avait même daigné accorder ce qui passait pour « une discussion franche et complète ». Le ton servile de tels articles écœurait Rebecca.

Elle dut s'armer de tout son sang-froid lorsque, remontant la piste du vieux pirate jusqu'au temps présent, elle commença à rencontrer des références à son père. Cependant, parmi les milliers de mots qui avaient été consacrés au rachat des Entreprises McHenry par Tyne & Wear, il n'y avait pas une seule citation directement imputable à Silas Lambros. Le fait qu'il ne publiât pas son triomphe à son de trompe en dit plus à Rebecca sur le caractère du personnage que ne lui en aurait révélé toute une biographie.

Si le chef de la famille évitait toute publicité, on n'en pouvait dire autant de sa petite-fille.

La vie de Celeste Lambros était un livre ouvert. Elle avait été la favorite de la haute société et des rubriques mondaines de Miami à New York. Rebecca n'en finissait pas de trouver des anecdotes sur les escapades de Celeste parmi les grands de ce monde, avant son mariage avec Andrew. *Keyhole*, magazine à scandales notoire, liait son nom à ceux d'innombrables acteurs de cinéma, athlètes et riches célibataires.

Les conquêtes de Celeste ne se limitaient pas aux États-Unis. Les magazines européens montraient des photographies d'elle, dansant avec un comte français, levant une coupe de champagne à bord du yacht d'un armateur grec, prenant un bain de soleil seins nus sur la Riviera italienne.

Les paparazzi ne se montraient pas moins attentifs depuis son mariage. Rebecca ne pouvait s'empêcher de grimacer douloureusement devant des photos du couple sortant d'une première ou entrant dans une boîte de nuit londonienne à la mode. On saluait en Andrew l'enfant prodige de Tyne & Wear qui venait de s'installer à Londres au siège de la compagnie. Les réceptions données par Celeste à leur résidence d'Eaton Square faisaient la grande vogue du moment. Une commère d'un journal britannique s'étendait à loisir sur les rumeurs d'une grossesse.

L'article, tout en relevant clairement du potin de quartier, réveillait brutalement une souffrance latente. Un jour, se disait Rebecca, Celeste Lambros aurait l'enfant qui aurait dû être le sien.

L'idée de ce qu'aurait pu devenir ce fils perdu suffit à Rebecca pour lui faire recouvrer tout son sang-froid avant de concentrer son attention sur son ex-mari.

Par une ironie du sort, l'unique certitude de la jeune femme à propos d'Andrew était le fait qu'il avait engendré son enfant. Des trois personnes sur lesquelles elle enquêtait, il était la plus insaisissable. C'était un homme qui s'était transformé en fantôme.

Le dossier personnel sur Andrew Stoughton, fourni par Ramsey Peet, n'offrait pas de surprises. L'homme était manifestement un brillant agent exécutif, doué du sens de l'organisation, habile à tirer le meilleur des gens placés sous ses ordres. Andrew avait rationalisé les méthodes de travail dans les bureaux des Entreprises McHenry, aux Angelines, et en avait amélioré l'efficacité par l'achat de nouveaux matériels. Loin d'être un gratte-papier toujours rivé à son bureau, il était allé sur le terrain et s'était consciencieusement familiarisé avec les opérations minières. Par la suite, il s'était montré inflexible dans ses négociations avec qui était en affaires avec les Entreprises McHenry.

Ça, je m'en porte garante, pensa Rebecca. Elle se souvenait de l'entrevue d'Andrew avec Wendell Coltraine, le propriétaire des Star Lines, qui avait voulu dénoncer son contrat.

Mais elle devait remonter plus loin encore, elle s'en rendait compte. Elle demanda à Ramsey Peet de se procurer le dossier d'Andrew du temps où il avait travaillé pour le Severn Group et tous les renseignements qu'il pourrait dénicher sur ses années d'études. A ce stade des investigations, la piste s'effaçait.

Le Severn Group avait été mis en sommeil peu de temps après l'entrée d'Andrew aux Entreprises McHenry. Ses différentes compagnies avaient été vendues à des sociétés cachées derrière des numéros ou des plaques de cuivre au Liechtenstein ou au Panama. Impossible d'en retrouver les directeurs.

Les deux années passées par Andrew chez Lloyds s'enveloppaient elles aussi de mystère. Les dossiers du personnel avaient disparu des archives de la compagnie. Les cadres et les chefs de service sous les ordres desquels il avait travaillé n'avaient de lui qu'un vague souvenir. Ceux de ses collègues qui n'avaient pas quitté la société ne se le rappelaient plus.

Les études d'Andrew débouchaient aussi sur une impasse. Le secrétaire du Kings College, à Cambridge, se souvenait d'avoir eu Andrew parmi ses étudiants, mais, apparemment, son dossier s'était égaré. Comme Andrew n'avait pas mené jusqu'au bout son séjour à l'université, on ne s'était guère inquiété de cette disparition.

Il avait parlé à Rebecca de l'école libre qu'il avait fréquentée pendant les années de guerre, mais l'établissement avait été rasé dix ans plus tôt. On en avait retrouvé les archives dans un garde-meubles de Londres, sans toutefois rien découvrir qui concernât Andrew Stoughton.

Qui es-tu ? Pourquoi t'es-tu donné tant de peine pour oblitérer le passé ?

Si l'histoire d'Andrew était à peine plus lumineuse que la pénombre d'une caverne, le présent était presque trop normal. Comme Silas Lambros, Andrew évitait les médias pour tout ce qui concernait Tyne & Wear ou lui-même. Il n'en allait pas de même pour sa vie sociale. Rebecca rassembla de nombreux articles qui faisaient état de ses activités au conseil d'administration de tel ou tel hôpital, de telle ou telle œuvre charitable. On l'avait photographié à la pose de la première pierre d'un nouvel orphelinat, on l'avait remarqué à la première du Royal Ballet. Le cercle de ses fréquentations, composé naturellement en grande partie de chefs d'industrie, comprenait aussi quelques personnages titrés.

Le sentiment que, derrière cette façade irréprochable, Andrew cachait quelque chose continuait à hanter Rebecca...

Ramsey Peet revenait avec un dossier sous le bras.

– Pardonnez-moi de vous avoir abandonnée si longtemps. Nous nous occupons d'une fusion de studios de cinéma sur la Côte Ouest, et se faire une idée claire des avoirs est pratiquement impossible. Ces gens-là seraient capables de vous convaincre qu'*Autant en emporte le vent* n'a jamais fait de bénéfices !

L'homme de loi tira un feuillet du dossier, le posa sur la table basse.

– Voici nos plus récentes informations sur ces sociétés d'ordinateurs et d'électronique, dit-il.

Durant une heure, Ramsey expliqua en détail le réseau compliqué de sociétés fantômes dont Andrew Stoughton avait fait l'acquisition pour le compte des Entreprises McHenry. Les enquêteurs du cabinet d'affaires avaient parcouru le Sud-Ouest et la Californie pour placer sous le microscope chacune d'entre elles. Ils avaient examiné des baux, comparé des signatures. Lorsque les dossiers du service du personnel étaient disponibles, on les saisissait, et l'on recherchait un par un les employés. Sur décision des tribunaux, les banques se voyaient contraintes de présenter les relevés de comptes, dépôts et retraits. Dans chaque État, les déductions d'impôts étaient vérifiées avec les services financiers officiels.

Rebecca écouta attentivement Ramsey lui exposer la façon dont chaque société avait opéré dans les strictes limites de la loi.

– Stoughton a fait en sorte de mettre les points sur les « i », dit-il. Jusqu'à présent, nous n'avons rien découvert qui laisse suggérer que Tyne & Wear ait eu quelque relation avec ces sociétés. Il n'existe pas une seule irrégularité qui puisse évoquer une entente délictueuse.

– Mais qu'en est-il des capitaux qui ont assuré la création de toutes ces sociétés ? demanda Rebecca. Existe-t-il un moyen d'en remonter la piste jusqu'à Tyne & Wear ?

Il secoua la tête.

— Dans chaque cas, nous avons suivi l'argent jusqu'à un refuge étranger. Une fois parvenus aux Bahamas, à Grand Cayman ou en Suisse, nous nous sommes heurtés aux règles de discrétion bancaires. Nous n'avons aucun moyen de prouver que l'argent est venu de Tyne & Wear, ni que Stoughton a contribué de quelque façon à en diriger le flot vers ces sociétés.

Nous ne pourrons donc pas aller plus loin, se dit-elle.

Ramsey avait consacré à ces recherches des centaines d'heures de travail, et les dépenses avaient dû s'élever à des milliers de dollars dont il avait assumé la charge jusqu'au dernier sou. Mais tout ce qu'ils avaient pu glaner les avait seulement amenés dans des culs-de-sac.

— Notre prochaine démarche devrait se faire à Londres, déclarait maintenant Ramsey. Je veux en savoir davantage sur Foster-Swann, prouver peut-être un lien entre cette banque et Stoughton, avant qu'il ait négocié le prêt...

— Non, Ramsey.

Il la dévisagea sans comprendre.

— Que voulez-vous dire ?

— Andrew s'est couvert de tous côtés. Nous nous battons contre des moulins à vent.

Elle eut un instant la fugitive impression qu'il allait soulever une objection. Mais il se détourna, se passa la main dans les cheveux.

— Je ne renoncerai pas, dit-il obstinément.

Mais il ne parvenait pas tout à fait à chasser de sa voix une nuance de résignation.

— Je ne suggère rien de tel, déclara Rebecca. Mais nous ne parviendrons pas à nous introduire chez Tyne & Wear en emportant la place d'assaut.

Intrigué, Peet la regarda.

— Vous avez une alternative ?

Elle tapota les dossiers qu'elle avait composés.

— La réponse se trouve ici, dans le passé. Ce n'est que la partie émergée de l'iceberg, Ramsey. Toutes les bribes d'informations concernant Andrew et Silas Lambros sur lesquelles nous pourrons mettre la main nous seront utiles. Il nous faut trouver leur point faible et l'exploiter.

L'homme de loi secoua la tête.

— Étant donné les personnalités de Lambros et de Stoughton, ce sera très difficile. Rappelez-vous à quel point *nous avons pu* remonter dans le passé d'Andrew.

— C'est notre seul recours, insista-t-elle. Et nous devons le faire avec une telle discrétion qu'ils ne se douteront de rien. Nous devons leur laisser croire que nous avons abandonné, que nous sommes à bout de course.

— Ça pourra nous prendre des années, l'avertit Ramsey.

— Le temps, riposta-t-elle doucement, est la seule ressource dont je dispose en abondance.

Il réfléchit, et la questionna :

– Pourquoi ce changement de tactique ? Pourquoi voulez-vous vous concentrer entièrement sur Andrew et sur Silas Lambros ?

– Quel est le seul événement qui devait se produire pour permettre à Andrew de mener à bien sa machination ? demanda-t-elle à son tour.

– Max devait mourir.

– Et qui sont les deux seuls hommes qui pouvaient assurer cet événement ?

– Stoughton et Lambros. Mais ils avaient l'un et l'autre des alibis blindés au moment de l'incendie.

– J'y ai beaucoup réfléchi, Ramsey, dit lentement Rebecca. J'ai dit à la police, c'est vrai, que j'étais avec Andrew quand on avait mis le feu à Skyscape. Mais je ne me trouvais pas là depuis longtemps, lorsque le bateau de pêche a vu les flammes et a envoyé un message radio. Andrew a prétendu qu'il n'avait pas quitté son bureau de toute la soirée. Ni moi ni personne d'autre n'avait aucune raison de douter de sa parole. Mais si, en vérité, il s'était absenté ? Vous vous souvenez de ce que Bones a dit à propos des traces de bougie sur le parquet ?...

– Où voulez-vous en venir, Rebecca ?

Elle plongea son regard dans les yeux de son compagnon.

– Andrew aurait pu se rendre à Skyscape, déclencher l'incendie et être de retour assez tôt pour que je le trouve à son bureau. Lambros et Andrew, j'en suis convaincue, se sont associés pour tuer Max, et Andrew est celui qui a véritablement commis le meurtre.

– Vous rendez-vous bien compte de ce que vous dites ? murmura Ramsey.

– Plus que vous ne le pensez, répondit-elle en détournant la tête. Si je ne me trompe pas, alors j'ai fait l'amour avec l'assassin de mon père. Je l'ai épousé et je lui ai ensuite permis de tout détruire. Mais cela ne suffisait pas encore à Andrew. Il a fallu qu'il tente de m'assassiner, moi aussi.

Martin Fletcher, expert en questions fiscales internationales, était l'un des associés dans le Cabinet Peet, Burroughs & Calhoun et un ami de Ramsey. Court et replet, il avait un visage rose de chérubin, des lèvres charnues et portait une perruque qui avait tendance à glisser sur son crâne. Lorsqu'il était nerveux, Martin Fletcher transpirait abondamment des paumes. Pour cette raison, Andrew Stoughton ne lui serra pas la main.

Les deux hommes se tenaient au comptoir du Lion d'Or, un bistrot de Dean Street, à Soho. C'était là un quartier de Londres où ne se serait aventurée aucune de leurs relations et connaissances. Et voilà précisément pourquoi ils l'avaient choisi.

Les activités de Martin Fletcher l'amenaient fréquemment à Londres. Après les heures de travail, il était devenu intime avec bon nombre de jeunes gens. Andrew Stoughton détenait des photographies qui montraient jusqu'où allait cette intimité.

144

– Écoutez, je vous l'ai dit, Peet a renoncé, dit Fletcher de sa voix haut perchée.

– Inutile d'attirer l'attention, Martin, fit tranquillement Andrew. Vous en êtes bien sûr ?

– Absolument. Peet a réglé définitivement les cabinets auxquels il s'était adressé ainsi que ses enquêteurs. Bon sang, je suis bien placé pour le savoir, c'est moi qui tiens la comptabilité !

– Et miss McHenry ?

– Je ne l'ai pas revue depuis... oh, un mois ou deux. Je vous le répète, Andrew, ils en ont assez de se cogner la tête contre les murs. Vous n'avez plus rien à craindre.

Andrew réfléchit un moment sans rien dire.

– Savez-vous ce qu'elle fait, maintenant ?

– Elle travaille toujours pour cette agence minable, dans le Village, répondit Fletcher, d'un ton de dérision. Peet m'a dit qu'elle venait en Europe à la mi-septembre, avec un type qui est le patron de GoSee et sa petite amie. Ça devrait suffire à vous convaincre qu'elle a renoncé.

Andrew rangea le renseignement dans sa mémoire et avala la dernière gorgée de son whisky. Fletcher, il le savait, n'avait plus rien à lui apprendre.

– Oh, à propos, Martin, je ne vous ai pas présenté Charles ?

Il s'écarta du bar pour permettre à l'expert financier de bien voir le grand jeune homme blond qui se tenait derrière lui. Un simple coup d'œil à cet Adonis, et Fletcher sentit ses paumes devenir subitement sèches.

– Vous serez très heureux tous les deux, j'en suis sûr, murmura Andrew avant de prendre congé.

Tandis qu'il quittait le bar, une seule pensée l'obsédait.

Pas de danger qu'elle ait renoncé !

17

Le vol de la Pan Am jusqu'à Paris fut une expérience nouvelle pour Rebecca. Entassés dans les trente derniers sièges retenus par Torrey, à l'arrière du DC8, se trouvaient des étudiants venus de tous les coins des États-Unis. De jeunes hommes de San Francisco, qui portaient des blousons tirés des surplus de l'armée et exhibaient des barbes floconneuses, se plongeaient dans des discussions intenses sur la poésie d'Allen Ginsberg avec des jeunes filles de la Côte Ouest, le front ceint de bandeaux indiens, le corps perdu dans des tuniques brodées. Les gars du Midwest, aux cheveux taillés en brosse, échangeaient des histoires obscènes sur leurs conquêtes de l'année, avant de porter leur attention sur des jeunes filles qui serraient contre leur cœur d'énormes guides consacrés aux musées parisiens.

Coincée sur son siège près d'un hublot, Rebecca remercia silencieusement le ciel quand, quelque part au-dessus de l'Atlantique, les alcools hors taxe finirent par noyer les bavardages. Quand les lumières de la cabine s'éteignirent, elle sentit Bix, près d'elle, changer de position pour appuyer sa tête sur la poitrine de Torrey.

– Ça va ? murmura Torrey en caressant les cheveux de Bix.

Rebecca lui répondit d'un signe de tête et d'un sourire, avant de se retourner vers le hublot où le croissant de lune évoquait la lunette d'une guillotine.

Cesse d'être aussi morbide ! se reprit-elle. Mais, quand elle passait en revue les deux derniers mois, elle devait bien reconnaître qu'elle avait peu de motifs d'optimisme.

Ramsey s'était lancé dans une campagne discrète qui consistait à prendre contact avec des amis, des collègues, des relations qui, à un moment ou à un autre, avaient été en affaires avec Silas Lambros. Partant du fait que chacun, dans ce milieu, était au courant du rôle joué par Lambros dans le fiasco de Rebecca McHenry, il adoptait l'attitude d'un homme qui cherchait encore à comprendre ce qui s'était passé. Son expression mélancolique, légèrement déroutée, produisait exactement l'effet désiré ; venaient d'abord des marques de sympathie, puis tous les bruits qui circulaient dans la profession sur Lambros et sur Tyne & Wear. Avec une patience de chercheurs d'or, Ramsey et Rebecca passaient au tamis les anecdotes, les sous-entendus, les rumeurs, en quête de parcelles de vérité.

Le processus était ardu et, dans l'ensemble, peu concluant. Rebecca s'épouvantait des tactiques brutales qu'avait employées Lambros pour s'emparer de compagnies rivales ou pour s'assurer des contrats. Ces tactiques lui rappelaient sans cesse la manière dont lui et Andrew Stoughton avaient fait main basse sur les Entreprises McHenry. Mais, dans toutes ces affaires, Lambros s'était toujours bien gardé de franchir les limites de la légalité.

Devant tous ces actes de piraterie menés à bien, Rebecca désespérait plus ou moins de jamais découvrir, dans les menées de Lambros, la moindre faute qui pût être utilisée comme un levier efficace.

En ce qui concernait Andrew Stoughton, le résultat était encore plus décourageant. Non seulement l'enquête initiale de Ramsey sur son passé s'était révélée vaine, mais Andrew bénéficiait à présent du manteau de discrétion fourni par Tyne & Wear. Du moins Rebecca parvenait-elle à ne pas le perdre de vue, grâce à la perpétuelle histoire d'amour de Celeste avec la presse. Mais, pour tenter de pénétrer la nature foncière de l'homme, elle n'avait d'autre solution que de suivre une ligne de conduite douloureuse.

Elle entreprit de reconstituer sa vie avec Andrew à partir du voyage vers la Californie. La tâche était redoutable, et pas seulement à cause des réminiscences qu'elle soulevait. Tout ce qu'elle avait conservé de cette époque, et particulièrement son journal intime, avait disparu dans l'incendie de Skyscape. Les lettres, les petits cadeaux, les cartes d'anniversaire, les photographies... tout cela aurait pu réveiller sa mémoire, faire revivre le passé.

Néanmoins, elle passait des heures à fouiller ses souvenirs, à tenter de retrouver des noms, des lieux, des choses qu'ils avaient faites ensemble, des promesses tenues, d'autres qui ne l'avaient pas été. Tu as été sa femme! se répétait-elle sans cesse. Quels sont les petits points d'interrogation sur son comportement que tu as préféré ignorer? Quand il parlait en dormant, était-ce la fatigue qui s'exprimait ainsi, ou bien le besoin de se confesser? Essaie de te rappeler les conversations que tu as surprises, les contradictions dans les explications de ses absences... Où était-il allé, sous quel prétexte?

Quand vint septembre, Rebecca était à bout de forces. Elle avait l'impression de vivre deux vies à la fois, l'une dans le New York actuel, l'autre qui appartenait au passé, qu'elle avait peine à reconnaître, en dépit de tous ses efforts pour lui donner un sens. Elle en était déchirée, sans autre résultat que des blessures qui s'étaient rouvertes.

— Je suis heureux que vous partiez demain, lui avait dit Ramsey. Dans le cas contraire, je vous aurais mise moi-même dans le premier avion venu. Donnez-moi votre parole d'honneur que vous n'accorderez même pas une pensée à ce que nous avons essayé de faire.

Elle n'avait eu aucun mal à donner sa parole.

Rebecca jeta un coup d'œil vers Bix, dont la tête se nichait au creux de l'épaule de Torrey. Elle éprouva une petite pointe d'envie. Il y avait de nombreux couples dans l'avion. Même les étudiants qui voyageaient seuls et qui venaient de différents collèges partageaient une certaine camaraderie. Ils avaient chanté les mêmes chants, suivi les mêmes cours, étudié péniblement les mêmes textes. En ce moment, Rebecca se sentait très loin d'eux, comme si, de l'extérieur, elle observait à travers une fenêtre une réunion amicale à laquelle elle ne serait jamais invitée.

Sans pouvoir définir pourquoi elle avait été sensible au charme de Paris, Rebecca tomba instantanément et de tout son cœur amoureuse de la ville.

Pendant que Torrey multipliait les visites au ministère du Tourisme, Rebecca et Bix se consacraient à l'exploration de la cité. Après un petit déjeuner de croissants et de café au lait à la terrasse d'un café de la rue Soufflot, elles suivaient les tortueuses rues pavées du Quartier latin, s'arrêtaient aux vitrines des brocanteurs, des antiquaires, des libraires spécialisés dans les livres anciens. Elles suivaient la rive gauche de la Seine, traversaient le fleuve au pont Alexandre-III, se retrouvaient au cœur de l'élégante Rive droite.

Après un Martini au bar du Ritz, elles faisaient du lèche-vitrines le long de la rue Saint-Honoré, regardaient les femmes fortunées qui descendaient de limousines ou de voitures de sport, et que saluaient avec déférence les portiers de Chanel, de Lanvin et de Balenciaga.

— Un jour, ce sera ton tour, ma petite, disait Bix.

— Je ne pourrais même pas m'acheter un foulard chez ces gens-là! ripostait Rebecca.

— N'oublie pas ce que je te dis...

Rebecca éprouvait une pointe de regret mêlé d'envie. Naguère, elle aurait pu entrer dans l'une de ces boutiques pour y acheter tout ce qui lui aurait plu.

Un jour! se promit-elle.

Les jeunes femmes terminaient généralement la journée à Montmartre. Torrey les y rejoignait, et, depuis le Sacré-Cœur, ils regardaient le soleil se coucher à l'autre bout de Paris. Après quelques heures passées dans les clubs de jazz autour du Moulin-Rouge, ils achevaient la nuit en dégustant des bols de soupe à l'oignon, épaisse et brûlante, dans l'un des cafés des Halles.

Rebecca regretta de quitter Paris, mais elle retrouva tout son enthousiasme quand leur trio descendit du Train Bleu à Marseille pour prendre livraison du camping-car Volkswagen qui allait, au long de la côte baignée de soleil, les emmener vers l'Espagne.

L'itinéraire établi par Torrey comprenait les îles d'Ibiza et de Majorque. Rebecca resta stupéfaite devant les milliers de jeunes gens et jeunes filles qui se doraient sur les plages.

— Ils me font penser à une colonie de phoques! s'écria-t-elle, tandis que tous trois parvenaient à se ménager une petite place sur le sable. Où logent-ils tous?

Les quelques hôtels et pensions qu'elle avait vus à San Antonio, Abad et Tagomago n'auraient pu contenir le dixième de cette foule.

— C'est l'inconvénient de voyager aux moindres frais, lui dit Torrey. Quand on n'a pas les moyens de descendre dans un établissement chic ou quand on n'a pas la chance de trouver une chambre dans un hôtel en ville, on campe sur la plage.

Torrey avait tout à fait raison. A la tombée de la nuit, des centaines de tentes poussèrent sur la plage comme des champignons. Les voix qui s'élevaient autour des feux de camp chantaient en allemand, en français, en suédois, en norvégien, en hollandais.

— Si nous sommes capables d'envoyer des Américains en Europe pendant l'été, pourquoi ne pourrions-nous pas leur offrir le Mexique ou les Caraïbes durant l'hiver, quand ils en ont par-dessus la tête de la neige et du froid?

Rebecca pensait tout haut. Torrey se retourna sur le ventre.

– Il y a un tas de raisons, dit-il. Premièrement, les gosses ne peuvent pas se payer des villégiatures luxueuses comme Acapulco ou Nassau. Deuxièmement, personne, au Mexique ou dans les Îles, n'est équipé pour offrir des vacances à bon marché. N'oublie pas que les étudiants économisent toute l'année pour venir ici en été. Ils ne vont sûrement pas dépenser leur argent pour des vacances de Noël ou de Pâques... même si le vent de nord-est est glacial. Troisièmement, il y a le problème du confort. Quand les gosses viennent en Europe, ils sont disposés à ne pas jouir de toutes leurs aises. Au pis aller, ils mettent tout leur argent en commun et envoient l'un d'entre eux prendre une chambre dans un hôtel convenable. Après ça, il y en a une vingtaine d'autres qui viennent s'y entasser, et la baignoire ne désemplit pas de la nuit. On ne trouve pas ça au Yucatan ou dans les Îles, où les bons hôtels se rencontrent seulement dans les grands centres.

Rebecca revoyait en imagination les kilomètres de plages vierges, si communes aux Angelines et dans les autres îles des Caraïbes. Certaines étaient tellement désertes que, si elle y était revenue une semaine ou deux après une visite, elle n'aurait retrouvé que ses propres empreintes, encore intactes. Bon nombre de ces plages, pourtant, se trouvaient à proximité de sources d'eau douce, et les alizés qui les rafraîchissaient en éloignaient les insectes.

Torrey Stewart, décida-t-elle, était peut-être un expert en ce qui concernait les voyages en Europe mais il avait beaucoup à apprendre sur d'autres lieux.

Après une semaine passée à Ibiza et à Majorque, Rebecca, Bix et Torrey reprirent leur camping-car. Par la route côtière, ils gagnèrent Carthagène, passèrent par Malaga et arrivèrent finalement à Gibraltar. Après une visite au Rocher, ils prendraient l'avion pour Lisbonne et, de là, l'un des derniers charters qui les ramènerait à New York.

Avant son départ de Londres, Rebecca avait communiqué son itinéraire à Lauren et à Ramsey. Tout au long de la route, elle s'arrêtait régulièrement aux bureaux de l'American Express pour recueillir d'éventuels messages, tout en ne s'attendant pas à en trouver.

Pendant que Bix et Torrey prenaient un verre de vin à l'un des cafés installés dans les jardins botaniques de Malaga, Rebecca se rendit à l'agence de voyages. Tandis qu'un employé feuilletait les liasses de télégrammes, elle fit provision de brochures touristiques. C'était devenu chez elle un réflexe. A chaque étape, elle rassemblait toute la documentation possible.

Quand l'employé lui tendit une enveloppe jaune, elle ouvrit de grands yeux.

149

Vivement, elle la décacheta et étouffa un cri à la lecture du télégramme :

JEWEL GRAVEMENT MALADE. REVENEZ URGENCE. RAMSEY.

Le message était là depuis quatre jours.

18

Les paupières rougies par le manque de sommeil, Rebecca, un peu hébétée, descendit d'un pas hésitant du vol Lisbonne-New York de la TWA. Ramsey l'accueillit à la sortie du service des douanes et la conduisit au grand hall du premier étage de l'aéroport d'Idlewild.

— Vous avez battu les records, lui dit-il. Quatorze heures de Malaga à New York.

— J'ai plûtot l'impression d'en avoir passé cent quatorze, gémit la jeune femme, au souvenir de ses efforts désespérés pour attraper les correspondances. Torrey a fait des miracles. Quelque part entre Malaga et Lisbonne, il y a deux passagers furieux de n'avoir pu prendre leur vol.

Quand Ramsey demanda une table à l'hôtesse, Rebecca refusa :

— Restons debout. Si je m'assois, je ne pourrai peut-être plus me relever.

Elle avala son premier ginger ale, en commanda un second, et rassembla ses forces pour demander :

— Y a-t-il eu un changement quelconque dans l'état de Jewel ?

A Malaga, en dépit de l'archaïsme des installations téléphoniques, elle était parvenue à obtenir la communication avec les États-Unis. Sa conversation avec Ramsey, troublée par les parasites et les interruptions d'un autre correspondant, avait duré juste assez longtemps pour lui permettre d'apprendre que Jewel était hospitalisée à Angeline City.

— C'est son cœur, expliqua Ramsey. Il y a cinq jours, elle s'est effondrée dans la rue. Les médecins, m'a dit Bones Ainsley, ont découvert qu'elle souffrait d'une malformation congénitale. Les parois cardiaques ont l'épaisseur d'une feuille de papier. On ne peut rien faire. Elle doit se reposer, se laisser vivre.

Il n'ajouta pas le dernier commentaire des médecins : une nouvelle crise serait probablement fatale.

Rebecca le prit par le bras.

— Je dois aller la rejoindre ! Il doit bien exister un moyen pour retourner aux Angelines !

— J'ai sollicité du gouvernement angélinien un visa temporaire pour des raisons humanitaires, dit Ramsey. Ils ont commencé par me tenir en haleine avec des faux-fuyants, mais, hier, ceci est

150

arrivé pour vous. Des bureaux du sénateur Gibson, pas moins. Vous m'aviez caché que vous aviez des amis aussi haut placés.

Intriguée, Rebecca ouvrit la grande enveloppe. La première chose qui glissa dans sa main était un passeport angelinien vert olive.

Elle en resta abasourdie.

– Est-il... bien vrai?

– Il me paraît parfaitement valide, lui dit Ramsey en souriant. Il ne vous reste qu'à le signer.

– Mais comment...

– Il y a un vol pour Miami dans vingt minutes. Je vous y ai retenu une place, ainsi que sur la correspondance de Carib-Air pour Angeline City.

Dans son trouble, Rebecca fit signe à l'hôtesse de la laisser en paix mais lui fit ses excuses lorsqu'elle comprit que la jeune femme lui demandait simplement d'attacher sa ceinture. Elle se plongea de nouveau dans la lecture des documents posés sur ses genoux, sans vouloir croire encore qu'ils étaient authentiques.

La lettre qui les accompagnait portait le sceau des États-Unis. Au-dessous, se trouvait le nom du sénateur Gibson, gravé en or. Le ton de la missive était cordial mais neutre. Le sénateur offrait ses félicitations pour l'heureuse résolution du malentendu entre le gouvernement des Angelines et Rebecca McHenry. Point final. Ni explications ni fioritures.

La lettre adressée au sénateur Gibson par le ministre de l'Intérieur angelinien était un chef-d'œuvre de tartuferie. Le ministre avait conclu qu'en privant Rebecca McHenry de sa citoyenneté, le gouvernement avait pris une mesure prématurée. Après avoir revu le dossier, le ministre avait remarqué que certaines propriétés, attribuées aux Entreprises McHenry, appartenaient en propre à la succession de Maxwell McHenry. Miss McHenry étant l'unique héritière, elle avait droit, selon les lois de succession, aux revenus de ce domaine, à savoir les cayes de Windemere et de la Tongue, le yacht *Windsong* et la propriété connue sous le nom de Skyscape, sur la partie continentale des Angelines. Comme après réflexion, le ministre ajoutait qu'il joignait à son envoi le passeport de miss McHenry.

Rebecca dut relire la lettre une bonne demi-douzaine de fois avant d'y croire. Il lui semblait presque entendre son auteur grincer des dents en la rédigeant.

Ce n'est pas un rêve. Je rentre chez moi. Je rentre réellement chez moi!

Mais qui peut bien être le sénateur Lewis Gibson, et pourquoi est-il intervenu en ma faveur?

En dépit de sa lassitude, Rebecca était encore pleine d'appréhension en attendant son tour au service des douanes et de l'immigration. Une partie d'elle-même demeurait convaincue qu'il s'agissait là d'une grotesque plaisanterie.

A la vérité, le Noir angelinien qui se trouvait derrière le comptoir examina soigneusement son passeport. Mais, quand il le tamponna, un large sourire éclaira son visage.

– Soyez la bienvenue pour votre retour au pays, miss.

Jamais Rebecca n'avait entendu de mots plus doux.

– Je suis heureux de me joindre à cette déclaration.

Rebecca se retourna d'un bloc.

– Bones ?

Elle se précipita vers lui, lui jeta les bras autour du cou.

– Quand M. Peet m'a informé de votre arrivée, je me suis dit que je ferais bien de venir voir moi-même ce miracle, déclara le gigantesque policier.

– Alors, pourquoi froncez-vous le nez ?

– Parce que vous avez besoin d'un bain !

– Vous savez vraiment parler aux femmes, fit-elle en riant.

– Certaines pourraient en témoigner, répondit-il gravement.

Sans qu'elle le lui eût demandé, Bones Ainsley conduisit Rebecca tout droit à l'hôpital. Assise à l'avant, près de lui, la jeune femme respirait profondément les parfums de l'île. Elle était partie depuis six mois seulement mais elle avait l'impression qu'il s'agissait de toute une vie.

– Je regrette de n'avoir rien à vous dire à propos de votre père, dit doucement Ainsley. J'ai fait tout mon possible...

– Je le sais.

Elle se tourna brusquement vers lui.

– Bones, si elle n'est plus là, je n'aurai plus personne.

Et le policier ne trouva rien à lui répondre.

La chambre d'hôpital reporta Rebecca dans le passé. Elle était identique à celle qu'avait occupée son père et elle ressuscitait des souvenirs qui firent frissonner la jeune femme.

Elle referma sans bruit la porte derrière elle, s'approcha doucement du lit où reposait Jewel. Son large visage était paisible, sa dent en or brillait à chaque inspiration, calme, régulière. Rebecca tendit la main vers celle de sa vieille amie, et leurs doigts s'entrelacèrent.

– Je suis contente que vous soyez revenue, petite.

Jewel parlait sans ouvrir les yeux, mais l'étreinte de sa main se resserra.

– Jewel...

– Chut, chut ! Je ne veux pas de larmes ni de triste figure.

– Je ne pleurerai pas, promit Rebecca.

– Ainsi, ce M. Gibson, il vous a rendue à moi comme il l'avait promis... Ah, c'est un homme très bien... Vous allez rester un moment près de moi...

Rebecca sentit les doigts de Jewel relâcher leur étreinte. La vieille femme s'endormit. Longtemps, la visiteuse demeura ainsi, à son chevet. Elle contemplait Jewel, elle priait Dieu sans être bien certaine de Son existence... elle se souvenait.

Pour Rebecca, Jewel faisait partie d'elle-même. C'était quelqu'un sans qui le monde de son enfance n'aurait pas été complet.

Les six premières années de la vie de Rebecca tournaient autour de Jewel et de l'existence vécue par les indigènes des Angelines. Chaque matin, après sa séance de natation, la petite fille s'habillait et se hissait sur le dos de son âne. Jewel montrant le chemin, tous trois se mettaient en route sur le sentier qui montait en serpentant de la plage jusqu'à la route d'Angeline City.

Rebecca ne se lassait jamais des merveilles qui l'entouraient. Des collines émergeaient les gens des montagnes, dont les bêtes étaient chargées de sacs de charbon de bois, de noix de coco, de cannes à sucre, de souches qui serviraient à la construction des bateaux, de quartiers de viande pris sur des buffles ou des chèvres abattus le matin même. Les ânes saluaient de leurs braiments leurs cousins qui montaient péniblement du rivage, accablés par le poids des poissons, des homards, des algues et des feuilles de palmier destinées à couvrir les huttes.

Quand les deux cortèges se rejoignaient sur la route d'Angeline City, Rebecca voyait des mères dont les petits étaient maintenus par des courroies contre leur poitrine. Elles bavardaient entre elles de leurs voix chantantes, et leurs pieds nus soulevaient la poussière. Les fermiers qui cultivaient les *milpas* – de petits lopins de terre – se joignaient à la procession, des volailles ligotées jetées sur une épaule, un sac de mangues sur l'autre. Des porcelets piailleurs, attachés les uns aux autres, étaient poussés sur la route, suivis par des chèvres capricieuses. Des marchands ambulants portaient des langues de veau enfilées sur une corde, de grands plats de bois où s'empilaient les pains de manioc.

Angeline City fascinait Rebecca. Dans les rues se mêlaient des milliers de voix, troublant amalgame de dialecte indien qui surprenait l'oreille, de patois noir uniquement compréhensible aux initiés, d'espagnol et d'anglais. Jewel enseignait toutes ces langues à la petite fille.

Au marché aux poissons, celle-ci apprit à reconnaître la générosité de la mer. Devant elle, sur des lits de glace, s'étalaient les serrans, les requins, les sérioles, les raies, les tortues, les conques, les épinéphèles. Près des étals de poisson se trouvait le marché aux épices dont les parfums entêtants enveloppaient Rebecca de vertige. Des vieilles ratatinées, dont le rire caquetant effrayait parfois la fillette, marmonnaient des incantations tout en écrasant des racines, des morceaux d'écorce, des fleurs séchées pour en faire des potions qui prolongeaient la vie, apportaient la chance en argent ou en amour, donnaient la puissance sexuelle ou soignaient la stérilité.

A leur retour, Jewel et Rebecca nageaient dans les eaux peu profondes entre les récifs. Ce fut Jewel qui apprit à l'enfant les noms des petits poissons, lui montra les cachettes des crabes, des huîtres de mangrove, des pieuvres timides. Ensemble, elles capturaient des langoustes pour leur déjeuner. Un peu plus tard, Rebecca ramassait des noix de coco, les rapportait à Jewel qui les ouvrait sur un pieu enfoncé dans le sable et en pelait les coques. Celles-ci servaient à faire le feu sur lequel grilleraient les langoustes. La noix, coupée en morceaux à coups de machette, faisait un délicieux dessert.

Par la suite, quand Rebecca fréquenta l'école, Jewel lui conta des histoires sur les Angelines. Elle expliquait comment tous les peuples qui étaient venus dans ce pays y avaient trouvé la paix et l'abondance et y avaient vécu en harmonie. A l'école, la petite fille rencontrait des enfants mennonites blancs, des *mestizos*, des Indiens Kekchi et Mopan, des créoles, des Noirs des Caraïbes. Elle grandissait dans l'orgueil farouche de sa patrie, sans savoir qu'il pût exister un fléau comme le racisme.

Elle devait l'apprendre plus tard...

Rebecca s'éveilla dans un sursaut. Sur le moment, elle fut désorientée par le clair de lune qui baignait la chambre. Mais elle vit Jewel, se rappela où elle était.

J'ai tourné le dos à mon peuple, se dit-elle, au souvenir de son rêve. Quand Celeste m'a humiliée, je n'en ai pas voulu à elle seule mais à l'ensemble des Angelines. Je n'ai pas pris le temps de penser qu'elle n'était qu'une personne parmi toutes les autres. J'ai oublié tous mes amis, tout ce que j'aimais, tout ce qui m'avait vue grandir. Et cela parce que Celeste m'avait donné à croire que je ne la valais pas. C'est moi, moi seule, qui lui ai permis de détruire l'image que je m'étais faite de ma mère... l'image que je m'étais faite de moi-même.

Quand Jewel fut assez rétablie pour quitter l'hôpital, Rebecca la ramena dans la maison de la plage et s'installa dans la seconde chambre. Tout était parfaitement tenu, mais la jeune femme frotta les parquets, épousseta tout ce qui se présentait sous sa main, lava tout le linge. Elle se rendit au marché, en rapporta de quoi soutenir un siège. Quand le médecin qui devait examiner la malade n'arriva pas à l'heure dite, elle appela l'hôpital, pour demander ce qu'il faisait. Elle était encore au téléphone lorsqu'il se présenta à la porte d'entrée.

— Je ne suis pas une pauvre vieille impotente et je ne veux pas être traitée comme telle! protesta Jewel. Dieu soit loué, Bones vient vous chercher aujourd'hui!

— As-tu besoin de quelque chose? demanda Rebecca, toujours inquiète.

— Non, répondit la malade avec force. Il vous emmène à Angeline City.

La route d'Angeline City longeait l'enceinte de Skyscape. Rebecca observait au passage les points de repère familiers. Au dernier moment, elle se tourna vers Ainsley, désigna d'un geste les grilles accrochées de guingois à leurs gonds enfoncés dans les piliers de pierre.

Tous les signes d'abandon étaient là. Les herbes folles, hautes de soixante bons centimètres, poussaient en abondance entre les palmiers et les pins d'Australie qui se dressaient naguère sur un tapis d'émeraude. Les parterres étaient envahis de broussailles, et ce qui restait des fondations se crevassait lentement sous la poussée des herbes et des plantes grimpantes. Certaines poutres carbonisées s'étaient effondrées, d'autres se dressaient encore, pareilles à des dents noires, pourries. Il régnait sur Skyscape un silence étrange, uniquement troublé par le vacarme du ressac au pied de la falaise et les hurlements du vent qui errait dans les ruines.

— J'en ai assez vu, déclara brusquement Rebecca. Allons-nous-en.

Angeline City était à la fois familière et différente. Dès le moment où Rebecca posa le pied dans les rues poussiéreuses, elle ne put se défendre contre une impression de changement.

— Que font tous ces bateaux dans le port? demanda-t-elle à Bones.

Ils suivaient le bord des quais, et l'eau d'Angeline Bay était parsemée de barques de pêche qui auraient dû prendre la mer au point du jour.

— La conserverie de poisson créée par Max a été fermée, lui dit le policier. Lambros et les naufrageurs ont prétendu qu'il n'y avait pas de débouchés. A la vérité, les hommes apportent maintenant leurs prises à l'usine des naufrageurs. Lambros les paye, oui, mais il congèle le poisson en attendant d'en obtenir le prix qu'il demande. Si quelqu'un en apporte plus que Lambros n'en peut garder, le poisson pourrit sur place.

Ils passèrent devant le bureau de placement, sur la place de la ville. Rebecca remarqua des hommes par petits groupes qui fumaient en bavardant. Parmi eux, elle reconnut des mineurs.

— Lambros a fermé la moitié des mines, quand ses administrateurs lui ont signalé que l'extraction du minerai coûtait trop cher, expliqua Bones. A ce qu'on dit, celles qui restent ne vont pas tarder à fermer aussi.

— Mais ça ne tient pas debout! se récria Rebecca. Il pourrait tripler chaque dollar investi. A quoi bon mettre ces hommes au chômage?

— Ceux-ci ont encore de la chance, riposta Ainsley. Chaque matin, ils viennent ici attendre les camions de Lambros qui passent les prendre et les emmènent aux champs de canne à sucre. Le sucre rapporte plus aux naufrageurs que l'or.

– Et que deviennent les mineurs qui n'ont pas pu quitter leurs villages pour venir ici ?

– Ce sont ceux qui n'ont pas de chance.

Rebecca mesurait de plus en plus la différence entre les souvenirs qu'elle gardait des Angelines de son enfance et la triste réalité qui se présentait à elle. Elle sentait dans l'atmosphère une sorte de léthargie, une silencieuse résignation qui touchait au désespoir. Dans les marchés en plein air, où de joyeux marchandages avaient autrefois créé une ambiance de fête, l'humeur était morose. Les femmes choisissaient avec soin parmi les produits offerts; les marchands refusaient de baisser les prix.

Rebecca voyait parfois certains la désigner du doigt, tout en échangeant des commentaires à voix basse.

– M'en veulent-ils de ce qui leur est arrivé ?

– Non, dit Ainsley. Tout le monde sait ce que vous avez perdu. S'ils vous regardent, c'est parce qu'ils se rappellent la générosité de Max à leur égard. Ils se demandent si vous pourrez les aider. Parce que vous êtes une McHenry.

La jeune femme avait profondément honte d'elle-même. Tout ce temps, elle s'était laissé consumer par son chagrin, par ses propres soucis, sans une pensée pour les milliers d'autres êtres qui souffraient. Son peuple, les Angeliniens, payait lui aussi pour le crime commis contre elle par Andrew Stoughton.

– Que s'est-il passé d'autre, Bones ? demanda-t-elle.

La réponse du policier dépeignit en traits nets un tableau de cruautés et de négligences malveillantes. Le versement des fonds aux écoles créées par Max avait été suspendu. L'argent manquant pour payer les enseignants, les cours avaient été réduits à une demi-journée. Dans certains districts, ils avaient été complètement supprimés.

Les cliniques établies près des mines avaient fermé leurs portes. On n'avait plus rien pour payer les médecins, encore moins pour les envoyer aux camps par avion.

Les champs des fermes expérimentales installées par Max étaient en friche. Là où, naguère, un homme obtenait de quoi nourrir sa famille pendant une année, tout en ayant une récolte à vendre, il travaillait maintenant dans les immenses plantations collectives dirigées par les surveillants des naufrageurs.

Plus d'argent non plus pour la fondation qui permettait à des Angeliniens doués de faire des études à l'étranger. Les gens comme Violet Lhuiller n'auraient plus aucune chance de réaliser leurs rêves.

Au souvenir de la gentille infirmière qui avait soigné son père, Rebecca commença à mieux comprendre tout le mal qu'avait engendré l'avidité de Lambros. Personne ne serait jamais en mesure de calculer combien de promesses et d'espoirs avaient été anéantis.

Voilà, pensa-t-elle, la véritable mesure de la cruauté de Lambros.

Comme s'il avait lu dans ses pensées, Bones déclara :

— Vous ne pouvez pas savoir ce qu'étaient les Angelines avant l'arrivée de Max. Mais, si on laisse Lambros prendre le dessus, vous aurez sûrement une chance de le découvrir. Cet homme nous fait régresser.

Ils prirent le petit canot à moteur jaune et blanc d'Ainsley pour rejoindre le *Windsong*.

— Autant vous le montrer dès maintenant, dit Bones. Mais ne vous attendez pas à le revoir tel qu'il était.

Rebecca redouta le pire lorsqu'elle s'aperçut qu'il se dirigeait vers le bassin situé à l'extrémité du port, où les épaves attendaient d'être mises en pièces pour être ensuite vendues à la ferraille.

— Qu'ils aillent en enfer!

Sale, délabré, les flancs couverts d'une couche épaisse de bernacles, le *Windsong* était à peine reconnaissable. Le teck de ses ponts avait blanchi par manque d'huile, les garnitures de cuivre étaient piquetées de vert-de-gris. L'intérieur, exposé aux intempéries, était envahi d'eau de pluie et d'ordures, les tapis, les meubles abîmés sans retour.

— Notre auguste gouverneur général, expliqua amèrement Bones, l'utilisait pour ses réceptions personnelles jusqu'au jour où il a heurté le récif de la Griffe. Il a laissé sur le corail une partie de la coque avant de parvenir à se dégager. C'est miracle que le navire flotte encore.

Rebecca serra les poings.

— Je le ferai réparer! dit-elle. Un jour, il sera de nouveau tel que mon père l'avait construit!

Bones Ainsley prit la direction du large, mit le cap au nord. Vingt minutes plus tard, Rebecca fut en vue des deux cayes que le gouvernement angelinien lui avait si généreusement restituées.

La caye de Windemere avait la forme d'un boomerang, et la large courbe de son rivage s'étendait sur plus de cinq kilomètres. A l'intérieur s'élevaient une série de collines dont la plus haute portait un vieux phare. Tandis que le canot dansait sur les vagues à une trentaine de mètres de la plage, Rebecca percevait les cris des perroquets et des toucans dans le feuillage dense.

Dressée à l'avant de l'embarcation, elle contempla longuement le paysage paradisiaque qui s'étendait sous ses yeux.

— Virez sous le vent, dit-elle enfin, sans se retourner.

Bones Ainsley obéit. Pendant trois heures, il suivit habilement les indications de Rebecca, amena l'embarcation dans les anses peu profondes, suivit le croissant du rivage. Il s'échoua sur le sable argenté et parcourut à pied avec la jeune femme la plage déserte, l'attendit quand, de temps à autre, elle s'enfonçait dans l'épaisse végétation. Il était intrigué tout autant par son silence que par son comportement.

– La mer se retire, annonça-t-il enfin. Nous ferions bien de partir.

Elle se remit en marche à ses côtés, perdue dans ses pensées, telle une somnambule.

Ils reprirent le bateau.

– Voulez-vous voir la caye de la Tongue? demanda-t-il.

– Non, c'est inutile. Retournons à Angeline City.

Rebecca s'installa à l'arrière, regarda Windemere et son paradis de sable et de jungle disparaître au loin. La plage en forme de cimeterre lui rappelait un autre lieu, un autre temps, la côte d'Espagne, avec ses dizaines de milliers de corps serrés les uns contre les autres sur les plages de la Costa del Sol.

A Windemere, il ne manquait que la présence humaine.

En traversant Angeline City, Bones Ainsley s'arrêta devant le magasin de quincaillerie.

– Jewel voulait que je vous montre quelque chose, dit-il en descendant de la voiture.

Intriguée, Rebecca le suivit à l'intérieur. Ainsley salua le propriétaire, Sam Meat Pie, et se dirigea vers le fond du magasin. A sa suite, la jeune femme gravit un escalier qui menait aux bureaux situés à l'étage.

– Bones... commença-t-elle.

Ainsley s'arrêta devant une porte, désigna la pancarte en carton qui y était fixée. A la lecture de l'inscription, Rebecca sentit le souffle lui manquer.

Service d'archéologie, Bureau des travaux
Université de Chicago
Dallas Gibson, directeur

– J'ai trouvé quelqu'un qui vous emmènera le voir demain, dit Bones. Pour l'instant, mieux vaut rentrer, je pense. Jewel vous dira tout sur lui.

19

Le voyage de Rebecca dura près d'une journée. A l'aube, elle embarqua sur une vedette qui se dirigea vers le nord, le long de la côte angelinienne, jusqu'à l'embouchure de la New River. Là, elle passa sur une gabare qui remonta en amont jusqu'à l'endroit où la rivière disparaissait dans une sorte de marécage. Elle passa les deux dernières heures dans une vieille Jeep, sur une route faite de traverses de voie ferrée. Un trajet à se disloquer tous les os.

L'intense chaleur de la forêt produisait un effet de serre. Les insectes se régalaient du sang de la jeune femme. Elle ne s'était pas attendue à subir une telle pénitence. Pourtant, plus elle s'enfonçait dans la jungle, et plus les siècles semblaient fuir derrière elle. Rebecca se remémorait l'époque où, parfois, Max l'emmenait dans certaines de ses expéditions à l'intérieur de la région. Alors aussi, sans être capable de l'exprimer, elle avait eu l'impression de revenir vraiment chez elle.

– Soyez la bienvenue.

Dallas Gibson était exactement tel qu'elle se le rappelait, vêtu d'une tenue de jungle, coiffé de son vieux feutre australien. Son visage était plus basané encore que dans son souvenir. Ses cheveux châtains bouclaient sur le col de sa veste, et ses doux yeux noisette la considéraient pensivement.

Rebecca revoyait la souffrance qui s'était lue dans ces mêmes yeux quand Dallas avait voulu lui expliquer l'accident dont son père avait été victime. Il ne s'était pas défendu quand elle l'avait accablé de sa fureur, l'avait accusé d'être responsable de ce qui était arrivé à Max... Et jamais elle n'avait reconnu ses torts envers lui.

– Vous devez être épuisée, dit Dallas, en l'aidant à descendre de la Jeep. Il ne vous reste plus que deux cents mètres à parcourir sur la piste qui mène aux excavations. Le dîner est servi.

Il prit les devants, d'une démarche rapide et sûre, le long de ce qui devait être un sentier, supposa-t-elle. Rebecca ne distinguait rien et prenait soin de marcher très exactement sur les traces de son guide. Après d'innombrables tours et détours, Dallas s'arrêta brusquement. En arrivant à sa hauteur, elle découvrit une vallée peu profonde qui renfermait les ruines d'un empire.

– Pusilha, dit doucement Dallas. La découverte de votre père. Par la suite, c'est devenu sa vie.

Rebecca se sentait écrasée par la majesté du spectacle qui s'offrait à ses yeux. Aux rayons mourants du soleil, les édifices, dont beaucoup étaient encore partiellement ensevelis sous les lianes et les broussailles, s'élevaient comme des palais étincelants.

– Aimeriez-vous vous promener un peu dans la cité ? demanda Dallas.

Ils commencèrent par le Jeu de Balle. En forme de « I » majuscule, il mesurait quatre-vingt-dix mètres de long, trente de large, et sur les deux plus grands côtés s'élevaient des gradins de pierre. Là s'était joué le jeu traditionnel des Mayas, le pok-a-tok. Deux équipes de jeunes hommes essayaient de faire passer une balle en caoutchouc durci à travers un anneau de pierre couché horizontalement et profondément enfoncé dans les murailles. Dallas montra à Rebecca les petits temples, au sommet des murs, que l'on était en train de dégager de la végétation envahissante. De là, les nobles organisaient les rites complexes qui précédaient les jeux, assistaient aux parties et dirigeaient les cérémonies de clôture.

– A certaines époques de l'histoire maya, ces cérémonies comportaient le sacrifice d'un joueur choisi dans l'équipe perdante, expliqua Dallas. Ces gens-là ne prenaient pas la défaite à la légère.

En traversant la Grand-place, il exposa la signification du Château, une pyramide haute de vingt-six mètres, dédiée à l'adoration de Kukulcan, le Serpent à Plumes.

– Le Château apporte la preuve absolue que les astronomes mayas connaissaient une méthode très sophistiquée pour mesurer le temps. Aux équinoxes de printemps et d'automne, le vingt et un mars et le vingt et un septembre, on voit, sur le côté sombre de l'escalier de quatre-vingt-onze marches, une série de triangles qui forment un serpent onduleux. Il descend en mars et monte en septembre. Ce qui indique la précision avec laquelle les Mayas ont choisi le site de la pyramide avant de la construire.

Dallas emmena Rebecca au Temple des Jaguars et à la Plate-forme des Aigles. Il lui parla de la lenteur et de l'attention indispensables aux excavations archéologiques. Sous une monumentale statue du dieu Chac-Mool couché, il s'enfonça dans un tunnel uniquement éclairé par la lumière jaunâtre d'une série d'ampoules. Rebecca passa devant de grands paniers qui servaient à évacuer la terre et se retrouva dans une suite de salles souterraines.

– C'est la première trouvaille de ce genre, dit Dallas.

Sa voix désincarnée flottait dans la pénombre.

Il projeta le faisceau d'une torche électrique sur les bancs de pierre, les rigoles de drainage et les foyers qui entouraient la cuvette rectangulaire destinée aux bains rituels. Il fit jouer ensuite la lumière sur les parois gravées d'inscriptions en parfait état de conservation.

– J'ai longtemps soupçonné, expliqua-t-il, que certaines cérémonies exigeaient des rites de purification. A présent, j'en suis sûr.

Ils rebroussèrent chemin vers l'extérieur.

– Combien de gens vivaient ici ? demanda Rebecca.

Elle avait peine à croire que Pusilha, qui avait les dimensions d'une petite ville, eût pu subsister au milieu d'une jungle aussi dense.

– Je vais peut-être vous en donner une idée, répondit Dallas, en l'aidant à gravir les marches du Château.

Vers le nord, au milieu d'un espace grand comme la moitié d'un terrain de football, elle découvrit une sorte d'immense cuve encore en cours de dégagement.

– C'était le réservoir central, alimenté par des fosses souterraines en forme de bouteilles, appelées *chultuns*, mais aussi par un système complexe de drainage et d'aqueducs. A en juger par les dimensions du réservoir, nous pensons que la population de Pusilha devait approcher les trente mille habitants.

Les dernières lueurs du jour abandonnaient le ciel quand Dallas guida Rebecca vers l'un des trois baraquements qui s'élevaient sur le pourtour des fouilles.

— C'est assez rudimentaire, comme laboratoire, mais, pour le travail sur le terrain, c'est suffisant.

Dans la pièce souterraine qui servait de laboratoire et de réserve, la jeune femme put admirer les trésors que livrait Pusilha. Il y avait là des masques en mosaïque de jade, qui faisaient partie d'offrandes funéraires; les bouches, les yeux étaient représentés par des incrustations de nacre et de pyrite. Les inscriptions qui se lisaient au flanc d'une jarre de jade fournissaient des indications sur le noble donateur. Un sarcophage de pierre, retrouvé intact, avait livré des bijoux, des vases ornés de scènes de cour et de tableaux mythologiques, ainsi qu'un encensoir de céramique polychrome.

Au contact de chaque objet, Rebecca sentait s'éveiller lentement les fantômes de Pusilha. En passant les doigts sur les inscriptions en relief, elle croyait entendre, au plus secret de son être, les incantations des artisans penchés sur leur travail. Tandis que les singes hurleurs accueillaient de leurs cris perçants l'arrivée de la nuit, elle sentait la présence des hommes et des femmes dont les traits rappelaient ceux de sa mère, et dont le sang coulait dans ses propres veines.

Dallas la conduisit au baraquement voisin et lui présenta les six hommes qui constituaient l'équipe archéologique de l'université de Chicago.

— Je suis parvenu à convaincre l'université qu'il serait sacrilège d'abandonner Pusilha, après tout le travail qui s'y était déjà accompli, expliqua-t-il. Par chance, certains de mes interlocuteurs avaient suivi les efforts de Max. Ils m'ont soutenu. La fondation nous a aidés à engager cinquante Indiens pour aider aux fouilles.

Il emplit de ragoût une assiette d'aluminium, et Rebecca, qui n'avait pas mangé depuis le matin, dévora le tout. Les autres archéologues allèrent se coucher; elle se retrouva seule avec Dallas.

Elle enveloppa de ses deux mains le quart dont l'émail s'écaillait.

— Je suis venue parce que je tenais à vous faire des excuses, dit-elle tout bas. Ce jour-là, à l'hôpital... tout ce que je vous ai dit...

Dallas lui posa la main sur l'épaule.

— C'était un moment affreux pour vous. Je comprends très bien comment vous avez pu croire que j'étais responsable de l'accident.

— Pourquoi êtes-vous venu à mon aide? questionna-t-elle. Pourquoi êtes-vous allé trouver votre père pour lui raconter qu'Andrew Stoughton m'avait tout volé?

Il se leva pour allumer une autre lampe à pétrole.

— Votre père comptait beaucoup pour moi, dit-il lentement. C'était un homme extraordinaire, non pas à cause de sa fortune ni de sa réussite, mais à cause de sa compassion et de sa sensibilité. Ce qui vous est arrivé après son assassinat était une mauvaise farce. Je devais à Max de tenter de vous aider.

– Pourquoi cet endroit avait-il une telle importance pour mon père ? demanda soudain Rebecca.

Il posa sur elle un regard interrogateur.

– Max ne vous avait rien dit de Pusilha ?

Elle secoua la tête.

– Je savais qu'il finançait des fouilles archéologiques dans les Angelines mais je n'ai jamais soupçonné qu'il leur portât un tel intérêt.

– Et pourtant, c'était vrai. Surtout à celles-ci, Rebecca. C'est ici, à Pusilha, que Max a rencontré votre mère, Apho Hel.

Pour la tribu qui vivait dans l'ombre des Monts Mayas, tout à fait au sud de la chaîne, près d'un lieu qu'elle appelait Pusilha, l'avènement de l'année 1944 n'avait aucune signification particulière. Ces purs descendants des Mayas continuaient à mesurer le temps et les saisons comme l'avaient fait leurs ancêtres : ils les divisaient en *tuns, katuns, baktuns* et *pictuns*. Ils ne savaient à peu près rien de l'immense holocauste qui s'était abattu sur le monde, et leur existence restait celle de leurs pères. Ils chassaient le jaguar, l'ours et le serpent dans la jungle, ils pêchaient dans les cours d'eau, ils récoltaient le maïs et commerçaient avec les revendeurs qui emportaient les fourrures et les peaux tirées des forêts de la pluie.

La tribu était un reliquat, un îlot qui allait se rétrécissant au milieu de l'océan envahisseur qu'on appelait progrès. Quelques-uns des jeunes gens avaient reçu la permission de travailler dans les mines ouvertes par un Blanc près de Pusilha. Les conditions de cette autorisation étaient strictes, ils n'avaient pas le droit de vivre au camp et devaient, chaque soir, faire les six kilomètres qui les séparaient du village. Ceux qui abandonnaient celui-ci pour les villes n'avaient plus jamais le droit de revenir. Les femmes qui cédaient aux avances des marchands ou des chasseurs étaient bannies. La tribu veillait jalousement sur son isolement, ne permettait le mariage qu'en son propre sein ou avec les membres d'une demi-douzaine d'autres tribus, éparpillées dans les régions sauvages du Guatemala, du Honduras et des Angelines. C'était l'unique moyen de garantir la survie, de préserver la pureté de la race.

Une seule femme se distinguait à la fois des hommes et des femmes de sa tribu. Elle s'appelait Apho Hel, comme la sœur de Pacal qui avait régné à Palenque entre les années 615 et 683.

Apho Hel était considérée comme une descendante authentique non seulement des Mayas mais des Olmèques qui les avaient précédés. Comme sa mère et toutes les femmes de son sang, elle était la gardienne de l'histoire de son peuple, qui s'était perpétuée oralement de génération en génération. Elle symbolisait la pureté de la tribu, et son sang ne devrait se mêler qu'à celui d'un jeune homme de lignage équivalent, lorsqu'elle atteindrait son dix-septième anniversaire, cette année-là. Elle mettrait des enfants au monde, jusqu'au jour où naîtrait une autre fille, afin que fût maintenu le lien qui unissait le présent au passé et à l'avenir.

Ce n'était pas seulement la tradition et ses responsabilités qui distinguaient Apho Hel des autres femmes. A la différence de la plupart des Mayas, elle était grande. Son esprit audacieux ne montrait aucun signe de la docilité qu'on trouvait chez ses sœurs. Parce qu'elle s'aventurait au-delà des collines, Apho Hel en savait plus que la plupart des hommes sur le monde extérieur au village. Elle parcourait les montagnes et les vallées, voyait chaque année les routes entailler plus profondément ses forêts. Elle voyait aussi les hommes de sa tribu partir vers les camps de mineurs, certains pour abattre des arbres, d'autres pour disparaître dans les puits. Le soir, elle s'asseyait sous un ciel dont les étoiles disparaissaient dans le rougeoiement des hauts fourneaux et des creusets qui changeaient la roche en liquide et le liquide en or.

Mieux que quiconque dans sa tribu, Apho Hel comprenait que les temps de l'isolement tiraient à leur fin. Mémoire vivante de son peuple, elle savait que les tragédies du passé étaient près de se reproduire, sous une forme différente mais avec tout autant de virulence.

Jadis, les Mayas avaient eu pour seule ennemie la nature – les périodes de sécheresse, les cyclones, les épidémies. Son peuple avait supporté ces épreuves, avait persévéré, avait lentement retrouvé la prospérité. Mais les Espagnols étaient arrivés, avec leurs épées, leurs chevaux, leurs prêtres. Les soldats avaient enseigné aux Mayas la signification de l'esclavage, ce que c'était que de perdre sa vie pour produire de l'or. Leurs prêtres profanaient les temples, brûlaient les manuscrits anciens, s'efforçaient de détruire le lien entre le peuple et ses dieux.

Ils y avaient presque réussi. A cause de sa position privilégiée, Apho Hel était seule à savoir où se trouvaient les dernières cités ensevelies. Certains jours de fête, elle s'y rendait en pèlerinage, parcourait un grand nombre de kilomètres pour se tenir devant des autels et des monuments à peine visibles au milieu de la végétation exubérante et y offrir des prières aux dieux de ses ancêtres.

La jungle avait repoussé les envahisseurs. Elle avait fini par recouvrir d'une voûte impénétrable les glorieux vestiges. Mais ni la mère d'Apho Hel ni ses ancêtres n'auraient imaginé qu'un jour, des hommes découvriraient le moyen de pénétrer dans la plus dense des forêts et de marcher, lentement mais inexorablement, vers les derniers vestiges encore intacts de ce qui avait été une civilisation magnifique.

Dès que les routes atteindraient Pusilha, Apho Hel le savait, sa tribu devrait s'enfoncer plus avant encore dans la forêt. Un par un, les hommes devraient renoncer à chasser, à poser des pièges, pour se faire embaucher dans les mines. Privées de leurs compagnons, les femmes se tourneraient vers les Blancs, vers les Noirs, les Indiens, les *mestizos* qui arrivaient pour être ouvriers ou surveillants. Sa tribu, comme toutes celles qui se disséminaient à travers la forêt, était sans défense... contre n'importe qui, contre tout ce qu'on pourrait lui faire subir.

Même en de telles circonstances, la survie aurait pu rester encore possible, pour une génération ou deux. Mais, aussi insidieux que l'agression extérieure, un mal attaquait de l'intérieur la tribu.

Avec la constante diminution du nombre de ses membres, les mariages consanguins se multipliaient. L'effort accompli pour préserver la pureté du sang amenait la naissance d'enfants aveugles, atteints de graves malformations ou qui mouraient en quelques heures. Les prêtres avaient beau prétendre que c'était là la volonté des dieux, Apho Hel avait vu trop d'enfants tragiquement anormaux, nés d'un frère et d'une sœur, d'une fille et de son père, pour croire à ces discours. Elle-même avait été promise à un cousin germain et elle frémissait de dégoût à l'idée de ce que seraient ses fils ou ses filles, s'ils survivaient.

Elle entrait dans sa dix-septième année, et cette peur pesait cruellement sur elle. Elle comprenait que les coutumes du passé ne pouvaient plus les aider, elle et son peuple. Il fallait un miracle.

Apho Hel entendit pour la première fois parler, par les hommes qui travaillaient dans les mines, du Blanc qui se distinguait de tous les autres par sa force et ses capacités. Il travaillait, disait-on, aussi dur que le dernier des mineurs, de l'aube au crépuscule. Il se mêlait aux hommes, au lieu de se placer au-dessus d'eux.

Personne n'était jamais battu dans les mines que dirigeait l'homme nommé Max. Ses travailleurs vivaient dans des huttes bien sèches, ils avaient le ventre plein, les poches alourdies du produit de leur travail. Pourtant, c'était un homme dont les richesses étaient innombrables, qui avait tiré d'un seul filon plus d'or que n'en avait amassé Pacal durant tout son règne.

Intriguée par ces histoires, Apho Hel se glissa tout près des mines pour voir l'homme quitter le camp. Elle le suivit, et son inquiétude grandit. L'homme appelé Max semblait savoir où il allait, il marchait d'un pas rapide au long de pistes qu'elle avait cru être la seule à connaître. Elle fut saisie d'épouvante quand, sans s'être arrêté une seule fois, l'homme atteignit la cité en ruine de Pusilha après trois heures de route.

Apho Hel avait vu ce qu'il advenait des autres grandes cités mayas, à travers le pays. Les explorateurs blancs arrivaient et, avec l'aide de travailleurs indiens, ils écartaient les couches protectrices formées par la jungle, afin de mettre les ruines à nu. On ouvrait les tombes, on les vidait de leurs trésors. Des murs entiers, couverts d'inscriptions et de fresques, étaient détachés des temples, emportés. Des monuments, des statues, des autels étaient arrachés à leurs fondations, emportés eux aussi. Il ne restait plus, finalement, que des trous béants, des crevasses grandes ouvertes, que viendraient peupler les serpents et les scorpions.

Mais cet homme-là n'était pas comme les autres. Apho Hel le regarda se promener lentement parmi les ruines, tailler à grands coups de hache dans les broussailles pour mieux voir une colonne, un obélisque. Il y avait dans ses efforts un respect révérencieux. Apho Hel le sentait dans la façon précautionneuse dont ses mains caressaient la pierre antique, dont ses doigts suivaient le contour des inscriptions dont il ne pouvait déchiffrer le sens.

Apho Hel retourna bien des fois à Pusilha. A chacune de ses visites, elle s'attendait à voir l'homme avec un compagnon. Mais il venait toujours seul.

Elle se remémorait des histoires de l'ancien temps, quand l'une de ses aïeules avait dû trouver le moyen de sauver son peuple de la catastrophe. La prêtresse avait découvert la réponse à son problème en la personne d'un étranger dont l'intervention avait finalement détourné la tragédie. Se pouvait-il que le passé se répétât ?

Apho Hel passa des jours et des jours parmi les temples en ruine, à chercher sa réponse. Lorsqu'elle fut certaine de ce qu'elle devait faire, elle se montra à ce nouvel étranger appelé Max, en l'attendant près du *cenote* sacré où des prêtresses depuis longtemps disparues avaient murmuré leurs incantations au dieu Itzamna.

– A mesure que son empire minier s'enfonçait de plus en plus profondément dans la jungle, continua Dallas Gibson, Max se prit d'une étrange fascination pour les histoires de cités mayas perdues que lui contaient les *mestizos* et les travailleurs indiens. Il se rendit sur les fouilles de Altun Ha, de Tikal, de Chichén Itzá. Il passait des semaines au milieu des monuments, se faisait donner toutes les informations possibles par les archéologues qui travaillaient sur les sites. Il ne tarda pas à découvrir pourquoi si peu de cités avaient été découvertes. Les érudits auraient dû réfléchir à la manière des prospecteurs, se concentrer sur une question précise : D'où étaient venus l'or et les pierres précieuses utilisés pour les temples ? Les villes, il en était convaincu, avaient été édifiées non loin des mines, pour permettre le transport facile des matériaux. Il mit sa théorie en pratique et découvrit Pusilha.

– Et Apho Hel, murmura Rebecca.

Elle se grisait du récit de Dallas. A chaque mot, aurait-on dit, une autre lampe s'allumait, et sa clarté illuminait un autre pan d'un passé mystérieux.

– Savez-vous ce qu'il est advenu d'Apho Hel, après sa rencontre avec mon père ?

Dallas hocha la tête. Consciente de sa gêne, elle lui toucha la main.

– Je vous en prie. Vous devez comprendre combien c'est important pour moi.

– Votre mère était une femme exceptionnelle, reprit Dallas. Elle était de pur sang maya et déjà promise en mariage à un cousin. Mais, elle le savait, les unions consanguines ne feraient que précipiter la destruction de son peuple, dont la vie, les coutumes, l'héritage étaient déjà menacés. Lorsqu'elle rencontra Max, elle reconnut en lui le seul homme capable non seulement de perpétuer son lignage mais aussi de préserver son histoire. Au mépris des coutumes, elle se donna à votre père, afin que leur enfant le liât à elle. Vous représentez le prolongement de sa lignée, de son immortalité, de sa race.

Rebecca était prise de vertige. Pourquoi ? Pourquoi Max ne lui avait-il jamais parlé de tout cela ?

Comme s'il devinait sa question, Dallas poursuivit :

– Quelques semaines après la rencontre de votre père avec Apho Hel, elle disparut. Max était fou d'inquiétude. Il fit tout ce qui était en son pouvoir pour la retrouver, mais son peuple et elle s'étaient évanouis sans laisser de trace. Huit mois plus tard, à Skyscape, Max reçut la visite de deux membres de la tribu d'Apho Hel. Ils lui exprimèrent leur opinion sur sa liaison avec elle. Apho Hel, déclarèrent-ils, avait trahi sa responsabilité envers son peuple. Max ne la reverrait jamais. Avant de repartir, ils lui laissèrent l'enfant, pour eux illégitime, auquel elle avait donné naissance. Max ne parvenait pas à croire à la réalité de ce qui lui arrivait. Il supplia les Mayas de lui dire si la femme qu'il aimait était toujours vivante. Il promit de leur donner tout ce qu'ils désireraient s'ils la lui ramenaient. Il s'entendit répondre qu'il devait oublier jusqu'à l'existence d'Apho Hel.

– Mais il ne l'oublia jamais, murmura Rebecca.

Elle revoyait le portrait de la jeune femme dans le cabinet de travail de son père.

– Pas même quand il a appris sa mort, ajouta-t-elle.

– Sa mort ? Max n'a jamais eu aucune raison...

Dallas s'interrompit, mais il en avait déjà trop dit.

– Aucune raison pour quoi ? questionna Rebecca.

Il secoua la tête.

– Écoutez, peut-être Max ne m'a-t-il jamais parlé de certaines choses...

– *Il n'a jamais eu aucune raison pour quoi ?* répéta-t-elle d'un ton farouche. Dites-le-moi, Dallas !

Il posait sur elle un regard qui quémandait l'indulgence.

– Aucune raison de croire à sa mort, chuchota-t-il.

Les paroles de Dallas s'envolèrent avec les étincelles et la fumée du feu. Quand Rebecca leva les yeux vers le ciel, elle vit des cendres ardentes s'éteindre et disparaître dans la nuit.

Disparues... Comme tout ce à quoi j'ai cru durant tant d'années. Tout ce que Max a voulu me faire croire...

166

L'énormité des révélations de Dallas la laissait plongée dans une totale confusion. Elle ne distinguait plus le vrai du faux... Pourtant, au milieu du chaos, un nouvel espoir naissait. Sa mère vivait peut-être encore quelque part. Elle n'était pas seule.

– Dites-moi tout, Dallas, je vous en prie, demanda-t-elle, avant d'ajouter : Ce n'est pas votre faute, si mon père ne m'a rien dit. Mais si j'en viens à savoir tout ce qu'il vous a confié, peut-être comprendrai-je pourquoi.

– Il n'y a plus grand-chose, fit-il doucement. Max a continué, jusqu'au jour de sa mort, à chercher Apho Hel. Des semaines durant, il disparaissait dans la jungle, sans dire à personne où il allait. Il ne prenait même pas de guides. Jamais il ne renonça à l'espoir de la retrouver. Il était habité par un rêve. Un jour, il la ramènerait chez lui, à leur fille.

Rebecca revoyait l'expression égarée de son père, le jour où, pour la première fois, il lui avait montré le portrait d'Apho Hel. Elle entendait encore sa voix brisée lorsqu'il lui avait dévoilé qui elle était.

Combien y avait-il eu de nuits semblables ? Combien d'heures avait-il passées devant cette image, seul avec ses souvenirs, ses projets, ses espoirs... ? Il devait souffrir, toutes les fois qu'il me regardait, parce qu'il retrouvait le reflet d'Apho Hel. Il m'a dit qu'elle était morte parce qu'il ne voulait pas partager avec moi l'angoisse de l'espoir...

– Une dernière chose, reprit Dallas. La raison qui a conduit Max à dépenser des millions de dollars en fouilles archéologiques. Ce n'était pas seulement par amour des Angelines, par désir de préserver un précieux héritage. Il l'a fait pour Apho Hel. Au temps de leur amour, il lui avait promis que les cités de son peuple ne disparaîtraient jamais, qu'il les protégerait toujours. Il lui avait juré qu'elles seraient à jamais debout sous le soleil.

A ces mots, Rebecca vit la dernière lampe, dans le corridor sombre, clignoter et s'allumer. Son destin, qui était jusqu'alors toujours resté hors de portée, perdu dans l'ombre, lui était enfin révélé.

– J'ai quelque chose à vous montrer, dit Dallas.

Il entra dans l'un des baraquements, revint avec un petit sac en peau de chamois qu'il tendit à la jeune femme.

– Ouvrez-le.

Les cinq pierres de jade coulèrent dans la main de Rebecca, les flammes les illuminèrent. Elle étudia attentivement les inscriptions qui étaient portées sur chacune d'elles.

– Max les portait sur lui quand il est sorti de la jungle... juste avant l'accident, expliqua Dallas. J'ai retrouvé le sac dans le *cenote*, alors que votre père roulait déjà vers l'hôpital. J'aurais dû vous les remettre, je le sais, mais...

– Avez-vous une idée du sens de ces inscriptions ?

Il secoua la tête.

– Je n'ai jamais rien vu de semblable. J'ignore où il a pu trouver ces pierres. En était-il question dans ses papiers personnels?

– Pas que je sache, mais, puisqu'il passait tant de temps à Pusilha, ne proviennent-elles pas d'ici?

Dallas avait repris les pierres et les soupesait.

– Peut-être, dit-il. Si vous le permettez, j'aimerais encore les conserver afin de continuer à travailler sur les inscriptions. Je pourrais découvrir un indice qui m'aiderait à les déchiffrer.

– Je l'espère, appuya Rebecca avec ferveur. Je pense qu'elles avaient pour Max une grande importance. Et je crois savoir pourquoi...

Elle s'interrompit, les yeux fixés sur Dallas.

– Je dois connaître une chose encore. Max a-t-il fait part à quelqu'un d'autre de sa conviction qu'Apho Hel était peut-être encore vivante? Peut-être à Jewel?

– Jewel a pu deviner ce que faisait Max, mais je suis sûr qu'il n'en a jamais rien dit à personne, pas même à elle.

La jeune femme hocha la tête. C'était bien ce qu'elle avait pensé. Jewel avait dû accepter la version selon laquelle la mère de Rebecca était morte. Comme elle-même l'avait acceptée...

Elle contemplait, par-delà les flammes, la cité d'or qui s'étendait sous ses yeux, étincelante dans la lumière des projecteurs.

– Il en sera ainsi! murmura-t-elle.

Dallas se rapprocha.

– Que voulez-vous dire?

– La cité d'Apho Hel. Elle demeurera à jamais debout sous le soleil. Je le promets!

20

Quand Rebecca revint de Pusilha, Jewel ne tarda pas à remarquer le changement qui s'était opéré en elle, un esprit de décision accru, une surexcitation latente. Jewel avait noté les mêmes signes chez Max, toutes les fois qu'il avait rendu visite à Pusilha. Elle se demanda ce qui s'était passé entre Rebecca et Dallas Gibson.

Le lendemain, après souper, la jeune femme dit:

– Parle-moi de cette première découverte d'un gisement qu'a faite Max.

– Seigneur, je vous l'ai racontée des centaines de fois, cette histoire! protesta Jewel.

– Alors, une fois de plus ne peut pas faire de mal?

La Noire se mit à rire. L'histoire représentait la pierre angulaire de la légende de Max McHenry. Après six expéditions dans les régions de l'intérieur, Max n'avait plus le sou. Il restait pourtant convaincu qu'une tentative de plus l'amènerait à cet eldorado dont l'existence était pour lui une certitude. La seule personne qui lui eût fait confiance, qui lui eût avancé l'argent nécessaire au financement de son rêve, avait été Jewel.

Max croyait en lui-même, en son instinct, pensait Rebecca.

— C'est exactement ce que je dois faire, acheva-t-elle tout haut.

— Faire quoi, petite ? demanda Jewel.

La jeune femme lui saisit la main, la serra fortement.

— Avoir le courage de mes convictions, répondit-elle d'un ton énigmatique.

Le lendemain matin, elle écrivit à Ramsey Peet une lettre détaillée qui exposait son plan. Elle terminait en demandant à l'homme de loi de vérifier pour elle certains points de la législation angelinienne. Il n'y aurait là aucune difficulté. Ramsey, par suite de sa longue association avec Max, disposait à New York de tous les textes nécessaires.

Une autre lettre, adressée à Bix et à Torrey, précisait le genre de renseignements que Rebecca souhaitait obtenir.

Elle passa les deux premières semaines d'octobre à faire le va-et-vient entre la maison de Jewel et les cayes de Windemere et de la Tongue. Elle inspecta chaque pouce de terrain, examina le rivage, vérifia la présence de sources d'eau douce, sonda la profondeur des *quebradas* qui passaient entre les colliers de corail des récifs. Elle prit des notes sur la végétation, découvrit des papayers, des bananiers communs et des bananiers du paradis qui poussaient à l'état sauvage. A deux cents mètres du rivage, elle trouva des centaines de colonies de langoustes.

Au Bureau de l'enregistrement d'Angeline City, Rebecca devint une figure familière. Des employés fouillaient dans les archives du ministère des Affaires économiques qui avaient trait à l'enregistrement des négociants et à la promotion du développement industriel. Au ministère des Travaux publics, Rebecca se procura les copies des statuts concernant la planification des îles, l'exploitation des plages, les exigences posées pour les ressources en eau douce, l'évacuation des eaux usées, l'accessibilité. Des documents lui fournirent un inventaire de tous les hôtels et pensions de famille établis aux Angelines, le revenu brut rapporté par le tourisme, l'origine des visiteurs.

Quand Rebecca eut en main toutes les informations nécessaires, elle invita Bones Ainsley à dîner et développa son projet devant lui et Jewel.

— Eh bien, qu'en pensez-vous ? Croyez-vous que ça marchera ?

Ainsley, qui l'avait écoutée attentivement, fit allusion à certaines de ses recherches.

— Vous n'avez pas besoin de vous rafraîchir la mémoire, Bones Ainsley, dit gravement Jewel. Pourquoi ne lui répondez-vous pas directement ?

Rebecca sentit le cœur lui manquer.

– Peut-être n'ai-je pas été assez claire dans les détails... commença-t-elle.

– Vous vous êtes suffisamment expliquée, déclara Jewel. Maintenant, écoutez cet homme.

– Mais ça peut marcher! s'écria Rebecca. La seule chose qui manque, c'est...

– Bien sûr que ça marchera, fit Bones.

Renversé en arrière, il tirait sur son cigare.

Rebecca le dévisagea sans comprendre.

– Qu'avez-vous dit?

– Ça marchera, répéta Bones, avec un lent sourire.

– Ce ne sont pas des paroles en l'air, j'espère? s'enquit-elle d'un air soupçonneux.

Son regard alla de Bones à Jewel. Elle lut la sincérité dans leurs yeux.

– Oh, mon Dieu, vous êtes sérieux!

La veille de son départ pour New York, Rebecca reçut un coup de téléphone de Norris Darling, un avoué angelinien prospère qui exerçait à Stann Creek Town.

– C'est à propos de vos biens, miss McHenry, expliqua-t-il. Particulièrement des deux cayes, Windemere et Tongue, ainsi que du domaine sis en dehors d'Angeline City. Il se trouve qu'un de mes clients serait disposé à les acheter. Vous serait-il possible de me retrouver au Jockey-Club pour en discuter?

– Non, absolument pas, répondit-elle d'un ton bref. Mais je vous verrai au Perchoir, à Angeline City. Treize heures précises.

Quand Rebecca parla de cet appel à Jewel, celle-ci déclara:

– Il est au service des naufrageurs, ce type-là. Je ne sais pas pourquoi il veut vous voir, mais ça ne peut pas être bon pour vous.

– Nous pourrons peut-être retourner la situation, remarqua pensivement la jeune fille.

Norris Darling était un Noir caraïbe, grand et jovial, qui exhibait fièrement les signes de son association avec les naufrageurs – costume trois-pièces, confectionné à Londres, boutons de manchettes, pince de cravate en or, et montre-bracelet ostentatoire. Tout cet équipement ne pouvait cependant dissimuler un tempérament servile et flagorneur qui, songea Rebecca, devait l'avoir bien servi dans son association.

– C'est si aimable à vous d'avoir accepté de me rencontrer ainsi, presque à l'improviste, commença Darling.

– Mon temps est limité, riposta-t-elle.

Légèrement décontenancé, Darling plongea dans ses explications.

– J'ai un client, un véritable reclus, qui recherche un domaine très isolé. Il a vu des photographies aériennes des deux cayes et il pense qu'elles répondraient tout à fait à ses exigences. Il est disposé à faire une offre généreuse.

– Et qui donc est ce client? demanda Rebecca.

– Ah, il tient à rester anonyme, miss McHenry. Je suis néanmoins en mesure de vous assurer de sa rectitude financière. Votre argent sera déposé dans l'établissement bancaire de votre choix.

– Vraiment? Et Skyscape? Pour quelle raison votre client souhaite-t-il l'acquérir?

– A son avis, ce serait le site parfait pour la maison de sa fille, répondit Darling sans se troubler. Elle doit se marier prochainement.

– Quel bonheur. Et de quel montant parlez-vous?

– Je suis autorisé à vous offrir vingt mille dollars, révéla Darling avec onction.

– Monsieur Darling! s'écria la jeune femme. Pareille somme fait certainement la preuve de la rectitude financière de votre client. Vous parlez de dollars américains, je présume?

L'avoué s'humecta les lèvres. Le dollar angelinien valait seulement vingt cents U.S.

– Naturellement.

– Pas question.

Darling battit rapidement des paupières.

– Je vous demande pardon?

– Nous savons l'un et l'autre que ces propriétés valent bien davantage, dit Rebecca avec un haussement d'épaules. A moins que votre client ne soit disposé à aller plus loin...

– Je pourrais le persuader de monter jusqu'à vingt-cinq mille dollars, fit prudemment Darling.

– Ne m'insultez pas! lança la jeune femme. Je sais ce que peut se permettre Silas Lambros.

– M. Lambros n'est pas homme à...

Norris Darling referma brusquement la bouche. Sa servilité se changea en hostilité.

– Il n'est pas homme à... quoi? demanda doucement la jeune femme, sans le quitter des yeux. Dites-moi, monsieur Darling, pourquoi m'a-t-il envoyé un coursier? A-t-il peur de venir me voir lui-même?

– Vous feriez bien d'accepter ce qu'il veut bien vous offrir, siffla Darling.

– Seriez-vous en train de me menacer? articula nettement Rebecca.

Ole, le propriétaire du Perchoir, déplaça jusqu'à leur table la masse de ses trois cents livres.

– Ce type vous embête, miss McHenry? s'enquit-il de sa voix rauque.

– Il s'en va, répondit Rebecca, dont le regard ne quittait pas Darling. Vous pourrez dire à Silas Lambros que rien de ce que j'ai n'est à vendre... ni à lui ni à personne d'autre. Ni maintenant ni jamais!

En regardant Darling battre en retraite sans gloire, Rebecca

171

s'aperçut qu'elle avait la chair de poule. Lambros n'en resterait pas là. Ce n'était que le premier coup de la salve.

Norris Darling ne put faire autrement que de rapporter à son patron le résultat de sa conversation avec Rebecca McHenry. La difficulté de la tâche l'amena à se ronger les ongles jusqu'au sang.

– A votre place, je ne m'inquiéterais pas trop, lui dit Andrew Stoughton, depuis Londres. Je m'y attendais. Vous ne lui avez pas laissé entendre que l'acheteur, c'était moi ?

– Absolument pas, s'empressa d'affirmer Darling. Elle a immédiatement supposé qu'il s'agissait de M. Lambros.

– Vous avez bien fait, Norris. Gardez l'œil sur elle. Dans une semaine ou deux, nous aurons ce que nous voulons.

Après avoir raccroché, Andrew Stoughton écrivit une note dans son calepin. Dans six jours, il enverrait un câble au ministère angelinien du Trésor.

Rebecca, se disait-il, aurait dû accepter la proposition. Il avait donné l'ordre à Darling d'aller jusqu'à cinquante mille dollars. En réalité, il n'avait jamais vraiment cru que Rebecca consentirait à vendre. La proposition avait eu un triple but.

La jeune femme devait s'attendre à une quelconque réaction de la part de Tyne & Wear, après son retour aux Angelines. L'offre de lui acheter tous ses biens représentait le signe que sa présence n'était pas passée inaperçue.

Le stratagème présentait d'autre part l'avantage de détourner l'attention de Rebecca; on lui donnait une fausse impression de sécurité en lui laissant croire que les domaines lui appartenaient en toute propriété.

Finalement, en s'abstenant de nier que Silas Lambros était à l'origine de la proposition, Norris Darling avait transformé, pour Rebecca, une simple présomption en une certitude absolue. Ce qui signifiait qu'elle allait se tenir sur ses gardes vis-à-vis d'un adversaire qui ne serait pas le bon, au moment qui ne serait pas non plus le bon.

Andrew se livra à quelques calculs rapides et parvint à un résultant satisfaisant. A la fin de la semaine suivante, les cayes de Windemere et de la Tongue, ainsi que Skyscape, seraient à lui pour la somme princière de deux cent huit dollars et quarante-sept cents.

Le conseil de guerre se tint le dernier mercredi d'octobre. La date coïncidait avec l'anniversaire de Torrey Stewart, et l'on convint de se retrouver au Rio Grande, un restaurant de la 10e Rue Ouest qui se spécialisait dans la cuisine du Sud-Ouest.

Rebecca était revenue cinq jours plus tôt. Elle logeait de nouveau à Perry Street, tout en partageant son temps entre Bix et Torrey, et Lauren et Ramsey. Devant eux, elle défendit son projet, écouta leurs critiques, prépara des réfutations détaillées. Elle notait soigneusement les suggestions, se hâtait de rassembler des informations complémentaires. Chaque question, chaque défi augmentait sa conviction. Mais alors, pourquoi suis-je là à trembler dans ma peau ? se demandait-elle en regardant ses compagnons dévorer les haricots grillés, le pain de maïs, le piment rouge et la spécialité du Rio Grande, le cochon de lait à la broche. Le point culminant de la soirée fut atteint quand les serveurs apportèrent le gâteau d'anniversaire de Torrey, en forme de bouteille de bière Lone Star, la marque texane par excellence.

— Je tiens à vous remercier tous, dit Torrey, après avoir soufflé les bougies. Ma chère maman elle-même aurait été fière de cette bouffe... Mais nous devons maintenant nous attaquer à un sujet plus important qu'un anniversaire.

Il se tourna vers la jeune femme.

— Rebecca que voilà a passé des jours et des jours à essayer de me convaincre de la valeur de son projet. A la vérité, j'avais quelques doutes. Mais je n'en ai plus. Becky, ma chérie, GoSee et moi, on est avec vous.

Sans laisser à Rebecca le temps de réagir, Bix se pencha vers elle et lui prit la main.

— Moi aussi !

— Lauren et moi, nous en avons longuement parlé, dit à son tour Ramsey. Il reste encore bien des traquenards, mais si quelqu'un peut en venir à bout, c'est bien vous, ma chère petite. Nous vous aiderons de toutes nos forces... à commencer par ceci.

Il tendit une enveloppe à Rebecca en ajoutant avec un clin d'œil :

— Allez-y, ouvrez-la.

Le chèque était de cinquante mille dollars.

— Je ne peux pas accepter, Ramsey, dit Rebecca.

Sans vergogne, elle tamponnait ses yeux pleins de larmes.

— Mais, mon chou, il vous faut bien un fonds de roulement, objecta Lauren.

Le regard de la jeune femme fit le tour des visages.

— Je l'ai, dit-elle. L'ironie de la chose, c'est que, sans le savoir, c'est Andrew Stoughton qui me l'a procuré.

Le lendemain matin, Rebecca arriva un peu en avance pour son rendez-vous dans l'auguste établissement de Creighton & McLean.

Niché sur la Cinquième Avenue entre une boutique à l'enseigne de *La Vieille Russie* et un marchand de timbres, le magasin occupait une position à part parmi les grandes joailleries new-yorkaises. Bien plus petit que Tiffany ou Van Cleef & Arpels, il servait une clientèle pour qui les Deux Grands étaient les fournisseurs du commun des mortels. Les créations de C & M étaient des pièces uniques façonnées à la commande. Contrairement à ses compétiteurs, la firme ne s'intéressait aucunement aux pierres de valeur moyenne. Ses acheteurs couraient le monde pour découvrir les plus beaux – et souvent les plus gros – spécimens de telle ou telle pierre précieuse.

Ariel Creighton, l'un des cofondateurs, accueillit en personne Rebecca. Il s'inclina légèrement.

– C'est un grand plaisir de vous voir, ma chère enfant.

Tout juste haut d'un mètre cinquante, il se déplaçait à la manière d'un pingouin coiffé d'une tignasse blanche. Rebecca, qui le suivait, regardait les vitrines au passage. Chacune contenait seulement trois pierres, dans une explosion de couleurs. Elle ne put s'empêcher de sourire. Bien des années auparavant, quand elle s'était trouvée en ces lieux avec son père, Max et Ariel s'étaient esclaffés devant ce trompe-l'œil; chaque gemme n'était qu'une imitation – parfaitement exécutée – de la pierre véritable, entreposée dans les salles souterraines.

Dans son domaine, aménagé derrière le magasin, Creighton fit asseoir Rebecca dans une bergère habillée de cuir. Les tapis persans anciens, les tableaux de maîtres flamands, les lampes aux pieds de cristal biseauté évoquaient la retraite d'un esthète, plutôt qu'un bureau dans lequel des centaines de milliers de dollars passaient d'une main à l'autre sur l'échange de quelques mots discrets.

– Je dois dire, ma chère enfant, que vous avez une mine exceptionnelle.

Rebecca accepta le compliment en souriant. Creighton, depuis longtemps client de McHenry, avait été l'un des premiers à envoyer ses condoléances quand Max avait été tué. Rebecca était venue le trouver pour deux raisons : sa discrétion et sa vieille amitié pour son père.

– Ariel, j'ai une proposition délicate à vous faire, dit-elle.

Les yeux d'ours en peluche étincelèrent derrière les verres sans monture.

– Vous m'intriguez.

Elle sortit un écrin de son sac, le posa devant le joaillier. Lorsque Creighton souleva le couvercle, l'éclat du diamant taillé en rose, offert par Andrew, se refléta dans les verres de lunettes.

– Un merveilleux spécimen du type Deux A, commenta-t-il.

Sans toucher la pierre, il se perdait dans sa contemplation.

– Je ne crois pas avoir jamais rien vu de semblable, et j'en suis fort surpris.

Creighton referma l'écrin, doucement, comme s'il regrettait d'éteindre un éclat aussi extraordinaire.

– Je désire vendre cette bague, lui dit Rebecca.

Ariel Creighton pinça les lèvres.

– J'ai pu voir, à la monture, que l'or utilisé venait de Max. Êtes-vous sûre de vouloir vous en séparer?

– Le bijou ne me vient pas de mon père.

– Je vois. Néanmoins, il serait très exceptionnel de ma part d'acheter une pierre qui a déjà été vendue une fois. Même aussi tentante que celle-ci.

– Je vous comprends. Mais qui, sinon vous, pourrait lui rendre justice ?

Creighton inclina la tête.

– Vous avez visiblement hérité de Max le don du mot juste. Je suis prêt à vous en donner trente-cinq mille dollars, en liquide, immédiatement. L'offre reste valable pour...

Il leva les yeux vers une pendule Lefarge, derrière lui.

– ... les soixante prochaines secondes.

Rebecca n'en croyait pas ses oreilles.

– Cette bague vaut certainement davantage !

– Oui, sans aucun doute. Mais pas pour moi.

Ariel Creighton suivait la course de l'aiguille.

Rebecca était saisie de vertige. Elle n'avait pas pris la peine de faire estimer la bague et n'en connaissait donc pas la valeur. Elle savait qu'elle avait coûté beaucoup plus à Andrew. Le soir où il la lui avait offerte, chez les Peet, Ramsey avait pris la jeune femme à part pour lui conseiller de veiller à faire assurer le bijou. La Lloyds avait signé une police de cent mille dollars.

– Pourquoi essayez-vous de me tromper ? demanda-t-elle.

– Si tel est votre sentiment, vous êtes parfaitement libre de porter la bague chez quelqu'un d'autre, répondit Creighton. Après tout, ma chère enfant, le proverbe dit vrai, les affaires sont les affaires. Il n'y a là rien de personnel, comprenez-le.

Rebecca fut un instant tentée de le prendre au mot. Mais elle avait besoin d'argent dès maintenant, et rien ne garantissait qu'elle obtiendrait ailleurs un meilleur prix... ni qu'elle le recevrait immédiatement en argent liquide.

Les affaires sont les affaires.

Le visage de Wendell Coltraine se présenta au souvenir de Rebecca. Le patron des Star Lines avait, lui aussi, voulu la flouer en reniant son contrat avec les Entreprises McHenry. Mais, ce jour-là, elle avait eu Andrew à ses côtés. Andrew, qui n'avait pas hésité à user de chantage pour faire revenir Coltraine sur son erreur.

Si je tiens à survivre, je devrai apprendre à reconnaître l'escroc qui se cache sous un costume trois-pièces, des manières impeccables, des années de prétendue amitié.

– Donnez-moi l'argent.

Comme par enchantement, l'écrin disparut de la table de travail et se trouva remplacé par des liasses de billets neufs.

– Signez l'acte de vente, je vous prie.

Dans sa hâte de quitter cet homme, elle griffonna sa signature. Le joaillier attachait sur l'hippocampe un regard de convoitise.

– Vous ne seriez pas disposée à vous séparer de ceci, n'est-ce pas ?

Rebecca fut tentée. Naguère, l'hippocampe avait représenté le souvenir permanent d'Andrew, un talisman qui la protégeait de tout mal. Elle continuait à le porter sans vraiment savoir pourquoi.

175

Elle passa les doigts sur les diamants de l'échine.

C'est différent, pensa-t-elle. *Ce pendentif me rappelle tout ce qui s'est passé, tout ce que je ne permettrai plus.*

– Il n'est pas à vendre, répliqua-t-elle froidement.

Ariel Creighton se permit un rire étouffé.

– Ma chère enfant, *tout* est à vendre, à un moment ou à un autre.

Comme il l'avait promis à Rebecca, Bones Ainsley ne perdait pas de vue Norris Darling. A travers toute la ville, les yeux et les oreilles du policier surveillaient les activités du dandy et, chaque jour, faisaient fidèlement leur rapport. Dès qu'un certain programme se dessina, Ainsley, de son côté, se livra à quelques recherches.

Il s'interrogea plusieurs jours durant sur les fréquentes visites que rendait l'avoué à un service gouvernemental particulier. Il alla s'entretenir avec les employés, mais, à les en croire, tous les renseignements demandés par Darling sur les propriétés de miss McHenry étaient du domaine public. Ainsley aligna devant lui tous les rapports et passa des heures à tenter de découvrir ce que dissimulait le comportement de Darling. Son apparente innocence même le lui rendait suspect.

Un matin de bonne heure, les pièces du puzzle s'assemblèrent enfin. Usant de l'autorité de sa charge, il ordonna à l'opératrice longue distance de libérer une ligne et de le relier à New York. A l'appartement des Peet, la bonne l'informa qu'il n'y avait personne à la maison. La secrétaire de Ramsey Peet lui dit que l'homme de loi était en réunion chez un client.

– Alors, vous feriez bien de me donner le numéro! tonna Ainsley.

Déjà, il s'angoissait à l'idée qu'il pût être trop tard. Étant donné le décalage horaire entre New York et les Angelines, il ne pensait pas qu'il existât pour Rebecca un moyen d'éviter le piège mortel que lui avait tendu Andrew Stoughton.

Norris Darling arriva au Bureau d'enregistrement d'Angeline City à cinq heures moins le quart, quinze minutes avant la fermeture des services. Il aurait pu s'y trouver plus tôt mais, sachant que Rebecca McHenry était toujours hors du pays, il avait pris le temps de déguster un bon déjeuner et de faire ensuite une sieste mémorable en compagnie de sa nouvelle secrétaire.

Si Darling éprouvait le besoin d'apaiser sa conscience, il lui suffisait de se remémorer la teneur du câble expédié par Andrew Stoughton. Un propriétaire angelinien avait jusqu'à cinq heures, ce jour-là, pour verser le montant des arriérés sur tous les impôts immobiliers. Si, l'heure venue, Rebecca McHenry ne s'était pas manifestée, ses biens étaient automatiquement mis aux enchères. Cependant, selon la loi angelinienne, si une tierce personne réglait les impôts dus à l'instant même où expirait le délai, c'était à lui que revenaient les biens. Darling devait, Stoughton l'avait bien précisé, être cette tierce personne.

A cinq heures précises, au moment où l'employé fermait son guichet, Darling s'approcha, glissa ses papiers sous la grille. Il les avait relus par trois fois, pour s'assurer que tout était en ordre dans le moindre détail. La façon dont Andrew Stoughton accueillait l'incompétence était aussi impitoyable qu'elle était légendaire.

— Mais les impôts ont été réglés, dit l'employé.

Norris Darling eut un sourire plein d'assurance.

— Pourquoi ne pas vérifier ? Ils n'ont pas pu être payés.

— Allez donc dire ça à cette dame, là-bas.

Darling, par-dessus son épaule, jeta un coup d'œil à la Noire replète, coiffée d'un madras jaune. Dans son sourire, il vit une dent en or.

Jewel s'avança vers lui, montra le reçu du règlement, au nom de Rebecca McHenry, des taxes afférentes aux cayes de Windemere et de la Tongue, ainsi qu'à Skyscape. Le tampon indiquait quatre heures trente-sept... huit minutes avant l'arrivée de Norris Darling.

— Vous donnerez ça à votre patron, dit aimablement Jewel, en enfonçant un télégramme dans la poche de poitrine de Darling.

Trop abasourdi pour arrêter son geste, il saisit l'enveloppe jaune qui lui était adressée.

PAS POUR CETTE FOIS. R.M.

TROISIÈME PARTIE

NEW YORK
LES ANGELINES
LONDRES
1963-1970

21

La tentative de Norris Darling pour la dépouiller de ses biens avait fait naître chez Rebecca une sensation d'urgence. Certes, il restait encore bien des questions qui devaient trouver des réponses, un grand nombre de détails à vérifier, mais la jeune femme était bien décidée à lancer la première phase de son projet. Le stratagème de Darling était un signal évident. Silas Lambros et son collaborateur, Andrew Stoughton, étaient hostiles à sa présence aux Angelines. Les deux hommes, elle n'en doutait pas, étaient résolus à faire disparaître une fois pour toutes les McHenry de cette partie du monde.

Plus vite mon projet se concrétisera, pensait Rebecca, et plus il leur deviendra malaisé de se mettre en travers de mon chemin!

Le jour suivant la confirmation par Jewel du paiement des taxes, Rebecca prit rendez-vous avec Eric Walker. Elle reçut cette fois un tout autre accueil.

Le portier en uniforme gris avait manifestement été averti de sa visite. Quand il la guida entre les rangées de scribes ratatinés, il n'y eut pas une seule paire d'yeux qui se leva à son passage. Seuls, le chaud sourire d'Eric Walker et l'imperceptible inquiétude sensible dans son attitude n'avaient pas changé.

— J'ai plaisir à vous revoir, Rebecca, lui dit-il, en retenant sa main dans les siennes.un peu plus longtemps que ne l'exigeait la politesse.

— C'est réciproque, répondit-elle.

Elle se rappelait la façon dont il était intervenu en sa faveur, au Gotham Club. Elle se sentait de nouveau enveloppée de la même atmosphère de sollicitude et de protection. Eric Walker, décidat-elle, était un homme à qui l'on pouvait se fier. Elle regrettait d'avoir refusé son invitation à déjeuner.

— Vous pouvez encore changer d'avis, dit-il en passant une main dans ses cheveux noirs et bouclés.

– A quel propos?

– Du déjeuner.

Elle rit et rougit en même temps.

– Peut-être après notre entretien.

Le banquier tendit ses mains ouvertes en un geste de feinte résignation.

– Mes actionnaires vous remercient de ne pas me laisser prendre un moment de répit. En quoi la Banque Walker peut-elle vous être de quelque assistance?

Encore ce mot! Cette courtoisie un peu désuète.

Rebecca ouvrit son sac à main.

– Je désire ouvrir un compte. Avec ceci.

Elle posa sur le bureau une enveloppe épaisse qui portait le logo de Peet, Burroughs & Calhoun. Le banquier fronça les sourcils, soupesa l'enveloppe, remarqua le cachet de cire qui la fermait.

– En argent liquide?

– Oui, en argent liquide.

– Vous n'auriez pas, par hasard, cassé la tirelire de Ramsey?

– Pas tout à fait!

– Votre parole me suffit.

Il pressa un bouton, s'adressa à sa secrétaire :

– Marjorie, voulez-vous m'apporter le formulaire pour l'ouverture d'un compte, je vous prie?

Il se retourna vers Rebecca.

– Je suppose que le compte sera à votre nom?

– Non, à celui des Entreprises McHenry. Ramsey Peet vous communiquera tous les documents nécessaires en fin de journée.

Sans la quitter des yeux, Eric Walker indiqua à sa secrétaire l'intitulé à inscrire sur le formulaire, avant de demander calmement :

– Auriez-vous la bonté de me dire ce que tout cela signifie?

– Je ressuscite les Entreprises McHenry.

Rebecca signa les papiers, remit l'enveloppe à la secrétaire.

– Vous piquez ma curiosité. Que vous proposez-vous de faire?

Elle reprit longuement son souffle et se lança.

Au début, elle avait répugné à confier les détails de son entreprise à d'autres que ses amis les plus proches. Ramsey Peet l'avait fait changer d'avis.

– Un bon banquier est l'un des piliers essentiels de toute affaire, lui avait-il dit. Pour bien faire, ce devrait être un homme avec qui vous avez déjà travaillé, un homme qui possède assez d'influence pour en venir à ses fins mais qui peut vous consacrer un peu de son temps quand vous en avez besoin. Pour l'instant, vous êtes peut-être du menu fretin, mais, si vous réussissez, les services qu'il sera en mesure de vous rendre seront indispensables.

Ramsey dressa la liste d'une demi-douzaine de candidats qui, tous, occupaient des positions importantes dans les principales banques de New York.

Rebecca prit connaissance de cette liste, mais les noms ne lui disaient rien.

– Et la Banque Walker? Max a travaillé avec eux pendant vingt ans. L'établissement n'est sans doute pas aussi important que ceux dont vous parlez, mais il existe au moins un lien dans le passé.

Ramsey Peet réfléchit, donna quelques coups de fil, revint dès le lendemain sur le sujet avec Rebecca.

– Apparemment, Eric a appris ses leçons sur les genoux de son père et les a bien apprises. Il a conservé tous les collaborateurs de premier ordre qu'avait engagés Bartholomew. Un programme de modernisation est en cours, et la banque est en train de prendre une place sur le plan international. Peut-être avez-vous trouvé précisément où vous caser.

Rebecca était, elle aussi, de cet avis. Son projet, par moments, lui paraissait si fragile qu'elle avait l'impression de marcher sur des œufs. Elle avait besoin du pouvoir d'une banque new-yorkaise afin de parer tous les obstacles que la Island Royal Bank de Silas Lambros pourrait mettre sur son chemin. Elle devait pouvoir déplacer de l'argent rapidement, aux jours dits et avec le minimum de formalités. Étant donné la très modeste somme dont elle pouvait disposer, chaque centime comptait. Aucune erreur n'était permise.

Tout en ayant conclu, après réflexion, qu'Eric Walker était l'homme qu'il lui fallait, Rebecca se montra très circonspecte dans son entretien avec lui. Elle ne fournit aucune précision sur la manière dont elle avait acquis les propriétés des Angelines. Elle ne parla pas des longues discussions qu'elle avait eues avec Ramsey, Torrey et Bix à propos de son projet.

– Fondamentalement, l'idée est toute simple, dit-elle, en essayant de modérer son enthousiasme. La plupart des hôtels et des pensions de la partie continentale des Angelines reçoivent des hommes d'affaires. Rien n'est prévu pour le touriste moyen qui voudrait explorer les cayes. Comme l'indiquent ces statistiques publiées par le gouvernement, le nombre des visiteurs qui viennent pour leur plaisir augmente régulièrement. A mon avis, un petit centre de villégiature – huit ou dix *palapas*, qui logeraient de seize à vingt personnes – répondrait parfaitement aux besoins.

Eric Walker l'avait écoutée attentivement. Il feuilleta la documentation qu'elle avait apportée.

– Je présume que les cayes ont assez d'eau douce pour suffire à ce genre de centre et qu'elles sont facilement accessibles depuis le continent? demanda-t-il.

– Tout à fait.

– Et le personnel?

– Il n'y aura aucune difficulté. Il me faut simplement un cuisinier, un barman, deux femmes pour entretenir les *palapas* et s'occuper du blanchissage. Tout en assurant la direction de l'affaire, je pourrai aisément aider là où ce sera nécessaire. En ce qui concerne la pêche au gros, la plongée sous-marine, on peut trouver des sous-traitants.

– Combien de temps vous faudra-t-il pour construire votre centre ?

– De quatre à six mois. Je perdrai un peu de temps à cause de Noël et du Jour de l'An. Janvier est la saison verte, aux Angelines. Les pluies ralentiront les travaux.

Eric Walker, les mains nouées derrière la tête, se renversa dans son fauteuil.

– Je ne vois pas encore très précisément comment la Banque Walker peut vous aider, avoua-t-il. Si j'ai bien compris, votre projet n'a aucun lien avec les États-Unis. N'auriez-vous pas avantage à traiter avec une banque locale...

Il s'interrompit juste à temps.

– Ou avec une branche des multinationales ?

– Je ne traiterai ni avec les unes ni avec les autres, déclara Rebecca d'un ton catégorique. Elles sont soumises aux règlements gouvernementaux... aux ingérences.

– Comment paierez-vous vos employés ?

– Comme le faisait mon père... avec l'aide du vôtre. Quand Max a créé les Entreprises McHenry, lui et la Banque Walker ont passé un accord pour que tous les employés soient payés par chèques tirés sur la Walker de New York. Je vous demande de me concéder le même accord.

Eric Walker abandonna son fauteuil, enfonça les mains dans les poches de son pantalon.

– Un tel accord était valable, pour les deux parties, à cause des sommes considérables impliquées, dit-il, en arpentant le tapis de Boukhara. L'état des salaires de votre père dépassait deux millions de dollars par mois. Ce sont ces chiffres, avant tout, qui ont convaincu les banques angeliniennes d'accepter une association avec la Walker.

– Et ce sont les dépôts de Max qui ont permis à la Walker de devenir une puissance dans le financement aux Caraïbes.

– Bien dit, fit Eric. Ce n'est pas mon propre rôle dans l'affaire qui me tracasse. Je ferai tout mon possible pour vous aider. Mais il me faudra convaincre les banques angeliniennes.

On en était parvenu au moment critique de la discussion. Rebecca était arrivée avec la conviction que, pour bénéficier de la protection qui lui était indispensable, elle devait avoir l'appui de la Banque Walker. Si la Walker ne demandait pas fermement aux banques locales d'honorer ses chèques, la jeune femme se trouverait livrée à leur merci et vulnérable en face de Silas Lambros.

Elle s'efforça de ne rien montrer de son désespoir.

– Eric, il est question de sommes insignifiantes, je le sais bien. Mais qu'avez-vous à perdre ? Je vous laisserai en dépôt les trente-cinq mille dollars...

– Que se passera-t-il quand la somme sera épuisée ? interrompit-il. Nous n'avons pas encore parlé d'une possibilité de crédit qui s'assurerait en nantissement sur la valeur de vos propriétés.

– Jamais je n'hypothèquerai mes biens! déclara Rebecca. Ou bien je me tirerai d'affaire avec ce que je possède, ou bien, quand le dernier centime aura été dépensé, vous pourrez fermer mon compte!

Sa voix, son visage tendu firent comprendre à Eric la profondeur de sa détermination. S'il s'était écouté, il lui aurait donné tout ce qu'elle désirait. Mais il ne pouvait pas plus céder à cette tentation qu'à celle de la prendre dans ses bras.

Pour la première fois de sa vie, il maudissait la discipline et la prudence qui lui avaient été inculquées. Pourtant, il ne pouvait s'en dégager. Quelques coups de téléphone lui suffiraient pour plier les banques angeliniennes à sa volonté. Mais les véritables devises d'un banquier n'étaient pas représentées par de l'argent mais par des obligations. Comment convaincre son conseil d'administration qu'une mise de fonds de trente-cinq mille dollars dans une entreprise hautement spéculative justifiait qu'on demandât des faveurs?

Rebecca était tout à fait consciente de la lutte qui faisait rage derrière les traits impassibles d'Eric. Cette lutte se reflétait dans ses yeux, dans le léger pincement de ses lèvres, dans le geste révélateur de la main qui passait et repassait dans les cheveux sombres. En venant le trouver, elle savait qu'elle devrait le convaincre sans toutefois lui dévoiler son projet dans son intégralité. Eric Walker l'attirait mais elle était incapable de lui accorder toute sa confiance. L'accord se conclurait selon ses conditions à elle, ou pas du tout.

– Pouvez-vous m'accorder un ou deux jours de réflexion? demanda-t-il enfin.

– Bien sûr.

Elle se leva. Ils échangèrent une poignée de main dans un silence gêné. Un instant, leurs regards se croisèrent. Chacun attendait de voir qui suggérerait un déjeuner en tête à tête. L'espace d'un battement de cœur, et l'opportunité s'évanouit.

– Tu m'as entendue?

La voix calme, troublée pourtant d'une nuance d'impatience, flotta à travers la terrasse. La tête d'Andrew Stoughton ne bougea pas d'une ligne, mais ses yeux, dissimulés derrière des lunettes de soleil, abandonnèrent le dossier posé sur ses genoux pour se porter sur sa femme.

Celeste Stoughton, née Lambros, atteignit le bord de la piscine et, d'un saut nonchalant, disparut dans l'eau d'un bleu étincelant, avant de refaire surface et de se mettre à nager dans la direction opposée. La vue de ses fesses et de ses seins bronzés qui chatoyaient dans l'eau excita Andrew. Le rythme parfait de ses jambes qui s'ouvraient et se refermaient était évocateur. Celeste pouvait avoir des défauts mais elle ne manquait jamais d'éveiller son désir.

Il en avait été ainsi depuis leur première rencontre à Londres. Celeste venait d'avoir seize ans. Andrew, de douze ans son aîné et parfaitement conscient de l'effet qu'il produisait sur les femmes, avait reçu un choc en reconnaissant la décharge électrique qui passait entre elle et lui.

Un homme moins expérimenté – et Andrew allait en voir beaucoup au cours de l'année suivante – aurait été réduit à l'état d'un chiot haletant, la langue pendante. Andrew, bien au contraire, lorsqu'il se trouvait en compagnie de Celeste, montrait une expression indifférente, ennuyée, autant pour sa propre protection que pour la mettre en fureur.

Elle réagit précisément comme il s'y attendait. Usant de toute la sensualité éhontée que lui permettaient ses yeux bleus, ses cheveux blonds et ses formes pulpeuses, elle se fraya un chemin à travers une nuée de prétendants pour parvenir jusqu'à lui, tout en s'assurant qu'Andrew était témoin des souffrances de ses victimes.

Voilà ce que j'ai à offrir à un homme, lui disait-elle par tout son comportement. *Et voilà ce qui arrive quand je lui enlève ce qu'il a seulement goûté.*

Andrew accueillait ces messages d'un sourire moqueur, ironique. Il continua de jouer le rôle du prince insaisissable dans le conte de fées érotique de Celeste, jusqu'au jour où il la sentit mûre pour le coup suivant. Un soir, après un dîner chez Silas Lambros, à sa résidence d'Eaton Square, il se laissa prendre.

Il s'était agi d'un dîner intime, dix couples, pas plus. Le plus jeune des hommes, Andrew mis à part, était de vingt ans son aîné. Les femmes, maîtresses discrètes et richement entretenues des gros actionnaires de Tyne & Wear, avaient à peine dépassé vingt ans. Andrew était le seul à être arrivé seul; il avait présenté des excuses voilées, à propos d'une compagne subitement indisposée. Celeste ne manqua pas de mordre à l'hameçon.

Il prit congé aussitôt après le dîner. En regagnant, au volant de son Aston-Martin, son domicile près de Marble Arch, il remarqua les phares qui le suivaient. En entrant dans la maison, il laissa la porte d'entrée entrouverte. Trente secondes plus tard, il l'entendit s'ouvrir et se refermer.

Il n'y eut pas de préliminaires. Andrew attrapa Celeste par le poignet, l'attira brutalement contre lui. Ses mains, ses lèvres étaient partout, l'enflammaient de passion tout en la dénudant. Il l'emporta dans la chambre, la jeta sans façon sur le couvre-lit en fourrure de lynx. Celeste n'eut pas le temps de comprendre ce qui lui arrivait, déjà elle était écartelée, les poignets et les chevilles attachés aux colonnes du lit par des foulards de soie. Un cinquième foulard lui banda les yeux.

Andrew la prit avec une passion glacée qui les laissa l'un et l'autre épuisés.

La séance s'acheva aussi brutalement qu'elle avait commencé. Un par un, Andrew dénoua les foulards et, sans même jeter un regard à sa proie, passa dans la salle de bains. Sous le jet brûlant, il se demanda si le jeu en avait valu la chandelle. Certes, il savait, par Lambros lui-même, que Celeste était une créature dissolue, mais si elle allait conter à son grand-père ce qui s'était passé cette nuit-là, il n'y aurait pas de lendemain pour Andrew Stoughton. En revanche, si elle ne disait rien...

Dix minutes s'écoulèrent. Soudain, la porte de la cabine de douche glissa dans sa rainure. Celeste était là, les bras en croix sur sa poitrine, frissonnante, les cheveux trempés de sueur. Un peu de sang avait coulé et séché sur sa cuisse.

Sans la quitter du regard, Andrew ferma le robinet, sortit de la cabine.

– A genoux, dit-il froidement.

Elle hésita mais, lentement, obéit, les mains agrippées aux fesses de son compagnon. Elle se mit à le caresser, puis accéléra le mouvement, jusqu'au moment où il ferma les yeux, rejeta la tête en arrière.

Le coup avait réussi.

Celeste comprit à certains signes révélateurs à quoi pensait son mari. Elle se blottit contre la chaise longue, sur les dalles chaudes, glissa la main sous l'élastique du slip de bain. Elle aussi se rappelait cette première fois. Mais sous un jour différent. Andrew, elle le savait, croyait encore l'avoir forcée, soumise, subjuguée. Mais il n'avait jamais soupçonné, même après de nombreuses répétitions, à quel point elle y prenait plaisir. En effet, à chaque soumission, elle s'attachait davantage. C'était la prisonnière qui menait véritablement le jeu.

Elle n'ignorait rien des conquêtes londoniennes d'Andrew. Elles l'avaient rendu plus séduisant encore à ses yeux. Mais elle réagissait à quelque chose de plus primitif en lui que sa beauté physique et sa réputation de grand séducteur. Chez Andrew, Celeste reconnaissait une âme sœur dont les appétits érotiques trahissaient une faim plus profonde, celle d'un prédateur. Il était homme à ne laisser rien ni personne se mettre en travers de son chemin. Cette amoralité, jointe à la passion du pouvoir, constituait le véritable aphrodisiaque.

Une année durant, elle travailla avec obstination à faire céder Andrew. Elle affichait ses amants devant lui, sachant bien qu'il se souciait comme d'une guigne de ces garçons mais qu'il ne pouvait se défendre d'une certaine curiosité à l'égard de la jeune fille qui jouait avec leurs émotions. Elle faisait en sorte qu'il vît à quel point son grand-père était fou d'elle, elle faisait la preuve du pouvoir de persuasion qu'elle exerçait sur lui. Impossible de se tromper au sens de ces messages : ensemble, nous pouvons faire de grandes choses... si vous êtes l'homme que je crois.

Celeste frissonnait au souvenir de la nuit où il l'avait prise. Durant ces quelques heures, elle avait joui non seulement de son déchaînement sexuel mais de la délicieuse certitude qu'elle tenait son sort dans le creux de sa main. Quelques mots à son grand-père, et ce serait la fin d'Andrew. Ou alors, elle pouvait se donner à lui et lui offrir en même temps le pouvoir qui ferait d'Andrew une force sans rivale au sein de Tyne & Wear. Elle avait déjà prévu correctement la réaction de son grand-père lorsqu'elle lui annonça qu'Andrew était son amant. Silas Lambros la dévisagea, avant de répondre : « Tu aurais pu faire pis. »

Deux semaines plus tard, ce fut lui qui fit bien pis.

A son retour d'une tournée des couturiers londoniens qui se spécialisaient dans les trousseaux, Celeste trouva Andrew en train de faire ses valises. Il lui dit de quelle mission Silas Lambros l'avait chargé. Celeste, furieuse, fila jusqu'à la grande demeure d'Eaton Square et usa de tous les artifices à sa disposition pour amener son grand-père à changer d'avis. Mais ni les larmes, ni les prières, ni les menaces n'émurent Silas Lambros.

— Il me faut Andrew au cœur des Entreprises McHenry, pour me permettre de détruire une fois pour toutes ce satané prospecteur, dit-il catégoriquement. C'est l'avenir... non, la survie même de Tyne & Wear qui est dans la balance. Tu fais partie des naufrageurs, tu dois comprendre qu'il faut faire des sacrifices.

En ce qui concernait Celeste, les sacrifices étaient bons pour les autres. Mais elle ne parvint pas à ébranler son grand-père. En vérité, plus elle s'y efforçait, plus le vieillard s'endurcissait.

— Tu ne reverras pas Andrew après son départ. Tu ne l'approcheras pas. On ne doit faire aucun lien entre lui et Tyne & Wear. On a consacré trop de temps et d'argent à créer des mensonges que McHenry avalera. Mais ce n'est pas suffisant de tromper McHenry, de l'amener à engager Andrew. La supercherie doit se prolonger aussi longtemps qu'il le faudra. Une seule erreur de la part d'Andrew – ou de la tienne –, et il sera perdu.

Silas Lambros marqua une pause.

— Et cela me déplairait énormément.

Quelques mois plus tard, dans le *Financial Times*, Celeste apprit l'engagement d'Andrew dans les Entreprises McHenry.

Elle aurait pu se conformer à l'avertissement de son grand-père, sans la présence de Rebecca McHenry.

Il était déjà bien assez pénible de savoir Andrew à cinq mille kilomètres d'elle, aux Angelines, pire encore, lorsqu'elle se rendait à Stann Creek Town, de ne pas oser lui donner rendez-vous. Mais elle eut connaissance des rumeurs qui couraient parmi les naufrageurs. Le séduisant Andrew Stoughton, assistant de McHenry, était très lié avec la fille de Max.

Celeste n'épargna ni efforts ni argent pour obtenir confirmation de ces bruits. Andrew, elle s'en rendait compte, n'avait peut-être pas encore couché avec l'héritière de McHenry mais, toujours sous le prétexte de miner les Entreprises McHenry, il travaillait méthodiquement dans cette direction. Celeste se rappela alors le bal du Jockey-Club, où Rebecca avait flirté avec son cavalier. Par la suite, Celeste lui avait fait payer le fait d'avoir marché sur ses brisées. Apparemment, Rebecca avait besoin d'une autre leçon.

Toutes les promesses qu'avait faites Celeste à son grand-père s'envolèrent. Sans souci des risques, elle se mit à appeler Andrew à son bureau, à Angeline City. Pour accepter de cesser son manège, elle exigea de lui qu'il la retrouvât lors de ses nombreux voyages aux États-Unis. Les hôtels internationaux devinrent leurs refuges. Celeste faisait appel à tous les artifices qui lui étaient si familiers. Parfois, elle jouait l'humble mendiante, laissait Andrew la traiter comme il lui plaisait. D'autres fois, elle le faisait volontairement attendre ou ne venait même pas au rendez-vous. C'était là tout à la fois une ruse et une punition.

Elle n'imaginait pas le voir renoncer à ses responsabilités envers Silas Lambros pour le seul plaisir d'être avec elle. S'il avait eu cette faiblesse, elle l'en aurait méprisé. Pourtant, à mesure que les relations d'Andrew avec Rebecca se faisaient plus intimes, Celeste l'amenait à prendre de plus en plus de risques. A chaque occasion où ils volaient ainsi quelques heures, elle exultait ouvertement de l'ignorance de Rebecca. Le jour où Andrew lui confia qu'il avait fait l'amour avec celle-ci, Celeste le quitta.

Andrew se préparait maintenant à jouer sa dernière carte, son mariage avec Rebecca. Celeste alla trouver son grand-père.

– Quand Andrew en aura fini avec cette petite putain, je veux l'épouser... immédiatement!

Silas Lambros acquiesça.

– Le jour même où Andrew me livrera les Entreprises McHenry, son mariage sera annulé. Je te le promets.

Elle le prit au mot. Au cours des deux mois durant lesquels Andrew fut l'époux de Rebecca, Celeste et lui parvinrent à se retrouver par deux fois, mais la jeune femme était au supplice. Pour la première fois, Andrew appartenait réellement à cette fille qu'elle méprisait. Elle connut enfin son plus grand triomphe. Ce ne fut pas le jour où Andrew et elle se présentèrent devant le pasteur. Non, sa véritable victoire, elle l'avait célébrée quelques jours plus tôt, quand, pour la première fois, tous deux s'étaient rencontrés publiquement au Perchoir. Andrew n'avait pas vu Rebecca entrer dans la salle de restaurant; il n'avait pas vu non plus l'horreur qui s'était répandue sur son visage lorsqu'elle avait reconnu la compagne de son mari. Celeste, elle, n'avait rien perdu du spectacle.

Celeste continuait à caresser nonchalamment Andrew. Elle le sentait frissonner.

– Tu n'as pas entendu un mot de ce que je t'ai dit, n'est-ce pas ?

– Pas un seul.

– Il est temps pour nous de regagner Londres, mon chéri. Je manque les meilleurs moments de la saison. Nous sommes ici depuis plus d'un mois, et je m'ennuie à mourir.

Andrew répondit par un grognement. Il savait quel plaisir prenait Celeste à figurer parmi les personnages les plus en vue de la haute société londonienne. Elle n'avait encore que vingt-deux ans mais elle avait été élevée, dès le berceau, pour cette vie mondaine. Andrew admirait et appréciait ses talents dans ce domaine, d'autant qu'il supportait difficilement pour sa part ce genre d'obligations.

– Nous ne pouvons pas partir tout de suite, dit-il.

Brusquement, les caresses s'interrompirent.

– Et pourquoi donc ?

– Parce que je n'en ai pas encore tout à fait terminé ici.

Celeste s'empara du dossier qui reposait sur la poitrine de son mari. Elle n'eut pas besoin de l'ouvrir pour savoir ce qu'il contenait.

– C'est cette garce de McHenry, hein ? Tu n'as pensé à rien d'autre depuis notre arrivée.

Elle arracha les lunettes de soleil de son mari.

– Tu en es obsédé, je crois ! murmura-t-elle. Regarde-moi dans les yeux et dis-moi que je me trompe !

Andrew ne cilla pas.

– Elle n'est rien pour moi.

Sans quitter sa femme du regard, il tendit la main pour reprendre ses lunettes.

– Rien, répéta-t-il, avant de les remettre.

Mais, tout en voyant s'évanouir la colère de Celeste, il se demandait s'il avait dit vrai.

Après l'échec de Norris Darling pour racheter les biens de Rebecca pour le montant des impôts en retard, Andrew avait redoublé sa surveillance discrète. Silas Lambros avait beau être convaincu que la fille de McHenry ne représentait pas une menace, lui-même savait que la jeune femme avait de puissants alliés : Ramsey Peet, le sénateur Gibson de Californie et, aux Angelines, Bones Ainsley. Quand on rassemblait ses alliés, c'était toujours avant de lancer un coup audacieux. Ce matin-là, il avait appris de quoi il s'agissait.

– Si tu t'ennuies tellement de Londres, pourquoi ne pas y retourner ? suggéra-t-il à sa femme. Je t'y rejoindrai dès que je le pourrai.

– Et quand cela ? demanda-t-elle d'un ton sarcastique.

– Je n'en sais trop rien. Une semaine, deux peut-être.

Celeste se leva. Ses seins se balancèrent au niveau des lèvres d'Andrew.

– Tu es sûr que je ne peux pas te faire changer d'avis ?

– Oui.

Il regarda s'éloigner la jeune femme furieuse, puis reprit le dossier. Il relut la note confidentielle qu'avait rédigée Eric Walker pour Ramsey Peet. Walker acceptait d'user de l'influence de sa banque aux Angelines pour faire honorer par les établissements locaux les chèques McHenry tirés sur la Walker de New York. La note se terminait sur l'affirmation que la Banque Walker serait heureuse d'assurer un accord de crédit lorsque le centre de villégiature serait opérationnel.

Elle agit exactement comme l'a fait Max, jadis, songea Andrew. McHenry, il s'en souvenait, avait refusé de passer par les banques angeliniennes et avait payé ses employés par l'intermédiaire de New York.

Le souvenir du vieux prospecteur le mettait mal à l'aise. Silas Lambros avait fait une sottise en refusant de prendre Rebecca au sérieux. Il ne comprenait pas à quel point elle était la fille de son père. Celeste était un peu plus proche de la vérité. Elle reconnaissait en Rebecca une rivale mais, trop aveuglée par la jalousie, elle ne voyait pas la véritable menace.

Tu aurais dû mourir en Jamaïque. Si tu avais rejoint Max dans la tombe, j'aurais été débarrassé de toi.

Mais Rebecca avait survécu à l'accident qu'il avait combiné contre elle. Même après son expulsion des Angelines, elle avait réussi à y revenir. Et elle était maintenant sur le point de s'y assurer une prise.

Elle était désormais beaucoup plus prudente, il s'en rendait compte. Il serait difficile d'organiser un nouvel accident, plus difficile encore d'en assurer le succès. Pourtant, il n'avait pas le choix; il devait la combattre. Il avait fait disparaître McHenry, il s'était emparé de son empire parce qu'une telle démarche répondait non seulement aux désirs de Lambros mais aussi aux siens. Le vieux naufrageur avait été trop heureux de cette victoire pour y reconnaître la salve d'ouverture d'Andrew contre lui, le premier pas vers ce qu'Andrew considérait comme son but final : le contrôle sur Tyne & Wear.

Mais, il le savait, aussi longtemps que Rebecca serait aux Angelines, aussi longtemps qu'elle tirerait parti de la magie du nom de McHenry, il devrait protéger ses arrières. Rebecca cherchait sa vengeance. Certes, elle avait peu de ressources, pour le moment du moins, mais cela n'empêchait pas Andrew de voir en elle une menace. Il avait été une époque où Max McHenry était sans ressources, lui aussi. Andrew se jura de ne pas laisser Rebecca s'interposer entre lui et ce qu'il considérait déjà comme sa plus belle réussite.

Il nota quelques points qu'il désirait mentionner dans son message à Martin Fletcher, l'expert fiscal qui lui avait fourni une copie de la note rédigée au bureau de Peet. Il désirait, entre autres choses, ordonner à Fletcher de découvrir où et comment Rebecca s'était procuré de l'argent.

191

Il devait à tout prix en savoir le plus possible sur les intentions de la jeune femme. Plus il en saurait, et plus chaleureux serait l'accueil qu'il lui réserverait.

22

— Ah, miss McHenry, je suis terriblement désolé, mais les permis que vous avez sollicités pour la construction de votre hôtel ne peuvent vous être accordés.

Rebecca se redressa d'un bond, dominant de toute sa taille le ministre angelinien du Tourisme. L'Honorable Leslie Ball était un mulâtre. Il avait la gorge renflée d'un coq et se pavanait comme lui. Son visage était dominé par un grand nez en forme de bec et par des lunettes dont les verres en cul-de-bouteille lui donnaient l'air d'une tortue atteinte de strabisme. Cette apparence hybride lui avait valu le surnom de « coq-tortue ». Avec lui, les caricaturistes s'en donnaient à cœur joie, ce qui, en public, faisait fulminer Ball mais l'emplissait en secret d'une joie intense.

Rebecca s'appuya des deux mains sur son bureau.

— Qu'entendez-vous par là ? questionna-t-elle. Mon homme de loi, à New York, a reçu de la filiale de son cabinet à Stann Creek Town l'assurance que l'enregistrement s'était effectué sans anicroche.

L'Honorable Leslie Ball s'humecta soigneusement l'index avant de tourner quelques pages d'un dossier intitulé « Les Flots ».

— Si nous passions les documents en revue ? proposa-t-il aimablement.

Rebecca ouvrit son propre dossier.

— Le 13 octobre de cette année, dit-elle, j'ai, par l'intermédiaire de mon homme de loi, sollicité un permis pour la construction d'un centre pavillonnaire sur la caye de Windemere, dont je suis seule propriétaire. En même temps que cette demande, j'en ai fait enregistrer une autre, qui, aux termes de l'Acte d'encouragement à l'hôtellerie, me garantirait le remboursement de tous les droits de douane payés sur les matériaux d'importation destinés à la construction et à l'équipement du centre. Vos services ont examiné le projet en détail et l'ont approuvé.

Sans s'arrêter dans sa lancée, Rebecca fit glisser les feuillets vers le ministre.

— D'autre part, les Entreprises McHenry ont soumis une requête demandant que le centre de villégiature à l'enseigne des Flots soit exempt de toutes taxes immobilières ou autres pendant dix ans, à dater du jour de l'ouverture. Cette demande est, elle aussi, en accord avec l'Acte en question. Qui plus est, nous avons sollicité – et nous nous sommes vu accorder – une exemption de taxes immobilières au-dessus de quinze dollars pour chaque chambre de l'hôtel durant les dix prochaines années d'exploitation. Enfin, ma compagnie a demandé, et reçu, un statut d'exemption d'impôts sur tous les bénéfices de l'hôtel durant les vingt ans qui suivront la date d'ouverture...

Rebecca passait l'un après l'autre au ministre les documents alourdis des énormes cachets de cire apposés par différents services du gouvernement angelinien.

— Je suis prête à poursuivre, monsieur le ministre, dit-elle. L'êtes-vous aussi?

L'Honorable Leslie Ball passait méticuleusement en revue chaque papier, en examinait les sceaux et les signatures d'une distance de cinq centimètres.

— Eh bien, tout ceci est certainement en ordre, annonça-t-il, dans le cliquètement de son dentier. Excepté sur un point mineur.

Les doigts de Rebecca se replièrent sur ses paumes, les ongles s'enfoncèrent dans la chair. Bones Ainsley l'avait mise en garde contre une complication de ce genre : « Peu importe qui a signé les papiers. Si le coq-tortue décide de modifier les règlements, c'est très précisément ce qu'il fera. »

— Et que peut bien être ce point mineur? questionna-t-elle d'une voix tendue.

— Il fut un temps où l'Acte d'encouragement à l'hôtellerie s'appliquait aux petits hôtels du genre de celui que vous proposez; un minimum de dix chambres, ou vingt occupants, déclara l'Honorable Leslie Ball.

— Il fut un temps...?

— La réglementation a été modifiée hier. L'Acte s'applique maintenant exclusivement aux hôtels qui comportent au moins vingt chambres, soit quarante occupants.

— Il n'était question de rien de semblable dans les débats législatifs! protesta-t-elle furieusement.

— L'Acte a été amendé par un décret-loi. Ainsi que vous le savez, miss McHenry, de tels décrets ne sont pas obligatoirement publiés dans la presse.

Il disait vrai, elle devait le reconnaître. Le Premier ministre angelinien, de concert avec son cabinet, avait le pouvoir de modifier ou d'amender à son gré toute décision législative. Par la suite, si le Parlement s'y opposait, le décret-loi pouvait être révoqué. Mais tel ne serait pas le cas cette fois, elle en était convaincue.

— Mais mes demandes ont été acceptées avant que le décret n'ait pris effet, protesta-t-elle.

— Ah, mais les documents n'ont pas été présentés à ma signature avant ce matin, insista l'Honorable Leslie Ball. Dommage, tout ce travail, tout cet argent dépensés en pure perte, à cause d'une simple date.

— Si je dois payer des taxes sur les matériaux dont j'ai besoin pour construire, je ne pourrai pas réaliser mon projet, déclara Rebecca.

– Vous m'en voyez navré, miss McHenry, mais la loi est la loi. Votre projet n'est pas en accord avec nos paramètres d'exemption. Évidemment, on pourrait arguer que la date portée sur les documents est inexacte.

Elle savait ce qui allait venir.

– Jusqu'à quel point faudrait-il se montrer persuasif?

Le coq-tortue griffonna quelque chose sur son bloc, retourna celui-ci vers Rebecca. Lorsqu'elle déchiffra la somme – cinq mille dollars –, elle fut écœurée.

– Mon cousin, Alvin Ball, est un avoué qui a une grande expérience de ce genre d'affaires. Si vous alliez le consulter aujourd'hui, en fin de journée, je crois qu'il vous faciliterait les choses.

Et si je n'en fais rien, je serai bloquée avant même d'avoir commencé!

– Dites à votre cousin qu'il peut compter sur ma visite dans deux heures, je vous prie. Je suppose qu'une lettre de crédit, télexée depuis la Banque Walker, suffira.

– Admirablement, miss McHenry, admirablement. Puis-je vous dire tout mon plaisir de pouvoir accueillir les Entreprises McHenry dans notre grande famille d'entrepreneurs?

Il marqua une pause.

– Nous suivrons vos travaux avec un vif intérêt.

Ça, je n'en doute pas!

En sortant du palais du Gouvernement, Rebecca traversa la rue pour entrer au bureau de poste de Stann Creek Town. Elle demanda la communication avec New York. Après un quart d'heure d'attente, l'opératrice lui annonça que son correspondant était en ligne.

D'une voix brève, Rebecca mit très précisément Eric Walker au courant de ce qui s'était passé et lui dit ce dont elle avait besoin. Le banquier se montra furieux.

– Vous n'allez pas céder à ce genre de chantage! Je vais moi-même appeler Ball et, s'il le faut, je m'adresserai au Premier ministre...

– Eric, vous ne pouvez rien faire. Je vous remercie de votre sollicitude, mais c'est sans issue. Je ne peux pas me permettre d'attendre.

– Êtes-vous absolument certaine que je ne puisse rien faire? insista Eric.

– Envoyez-moi simplement ce télex.

– Cet enfant de salaud l'aura dans l'heure qui suit. Dites-lui que l'argent sera viré à l'établissement qu'il voudra.

– Merci, Eric.

Il y eut un silence sur la ligne.

– Je vous en prie, reprit-il, prenez bien soin de vous, là-bas. Si vous avez besoin de quoi que ce soit, appelez-moi.

194

Sur le ferry qui la ramenait à Angeline City, Rebecca puisa dans les paroles d'Eric un certain réconfort. A l'arrivée, elle avait déjà écarté de son esprit l'Honorable Leslie Ball et le pot-de-vin qu'il avait tiré d'elle.

Va toujours de l'avant. Ne regarde pas en arrière. N'hésite pas. Une fois que tu auras les permis, ils ne pourront plus t'arrêter.

Elle ignorait jusqu'à quel point elle se trompait.

Le lendemain, après avoir reçu les permis, magiquement antidatés de vingt-quatre heures, la jeune femme partit pour la caye de Windemere. Le géomètre expert et l'ingénieur des travaux publics s'y trouvaient depuis une semaine, et leur tâche était presque achevée.

Rebecca examina de très près le rapport du géomètre et se sentit pleine de joie.

— Par suite de l'élévation de la caye et de la formation rocheuse, vous disposez dans le terrain lui-même de plus d'eau qu'il ne vous en faut, expliqua le spécialiste. Néanmoins, j'aimerais suggérer la construction d'un système complémentaire de citernes construites dans la colline pour recueillir l'eau de pluie.

L'ingénieur approuva.

— Avec les citernes, vous disposez d'une alimentation de secours. Si une série de pompes tombe en panne, le système complémentaire intervient automatiquement.

Rebecca regarda leurs devis pour la construction des citernes. Le coût dépassait ses propres estimations, mais l'idée était bonne.

— Incorporez-les dans les plans.

Les deux hommes lui firent faire le tour de la propriété. Ils lui montrèrent à quelle distance du bord de mer les *palapas* devraient être édifiées, à quelle distance du sol la structure devrait être établie, à quelle profondeur on devrait enfoncer, dans du béton armé, les piliers de soutènement. Ils lui expliquèrent où l'on creuserait les tranchées de drainage et de tuyauteries sanitaires. Ils la conseillèrent sur la meilleure installation électrique souterraine et sur le genre de générateur qui lui fournirait le courant.

Au milieu des palmiers, des bananiers, des jasmins-trompettes, la jeune femme avait peine à croire qu'elle parviendrait à introduire une trace de civilisation au sein de toute cette beauté vierge.

— Ce qui vous permettra d'y parvenir, lui dit le géomètre, c'est que les alizés et un drainage naturel tiennent les insectes à l'écart. Sauf ici.

A l'endroit précis où Rebecca projetait de placer sa *palapa* centrale, qui comporterait la salle à manger, le bar, la cuisine et un petit bureau, s'étendait un marécage. Un relent de pourriture montait de l'eau saumâtre; le bourdonnement des mouches et des moustiques couvrait presque les appels des perroquets jaunes, des aras écarlates.

— Comment est-ce arrivé? s'écria Rebecca. J'ai parcouru toute cette caye en long et en large, et ce marécage n'existait pas!

– Les pluies de la saison verte sont plus abondantes que d'habitude, répondit le géomètre. D'une certaine manière, mieux vaut qu'elles soient tombées maintenant; elles nous ont montré où se trouvait le terrain vaseux. Il va falloir drainer cet endroit et le combler avant d'y construire quoi que ce soit. Même si vous changiez d'emplacement pour la *palapa*, vous devriez pulvériser de l'insecticide tous les quinze jours. Sinon, vous iriez droit à un désastre.

Les insectes qui dévoraient la jeune femme en étaient la preuve.

– Je le comblerai, fit-elle énergiquement.

Les deux hommes se regardèrent, d'un air sceptique. Personne, manifestement, ne l'avait informée qu'il n'existait pas de gabare assez grande et assez solide pour transporter un bulldozer d'Angeline City à la caye de Windemere.

– Nous le ferons à la main !

– Êtes-vous folle, petite ? questionna Jewel. Savez-vous combien de temps ça prendrait ?

– Il n'y a pas d'autre moyen, insista Rebecca avec obstination. Je ne peux pas laisser subsister ce marécage.

Les deux femmes se promenaient dans les rues d'Angeline City. Des atomes de poussière dansaient dans les rayons du soleil de novembre.

– J'engagerai plus d'ouvriers, voilà tout, déclara Rebecca d'un ton assuré. Si je mets une douzaine d'hommes au drainage et au comblement, ils en auront fini en une semaine.

– S'ils survivent ! marmonna sombrement Jewel.

– Oh, ils survivront. Prépare seulement une bonne quantité de ta potion.

En face du marché aux poissons, sur la place, se trouvait le bureau de placement. Là se rassemblaient au début de la matinée les chômeurs et les travailleurs à temps partiel, afin d'examiner les listes d'offres d'emploi. Les propositions étaient toujours destinées à des travailleurs manuels, pour les champs de canne à sucre, les bateaux de pêche ou les docks. Au printemps et à l'automne, périodes où, dans le port, étaient effectuées la plupart des réparations, on demandait aussi des charpentiers.

L'agence n'était pas encore ouverte. Une trentaine d'hommes, regroupant aussi bien des adolescents que leurs grands-pères, se tenaient là par petits groupes. Ils s'entretenaient à voix contenue, fumaient, buvaient le café fourni par une baraque proche. Dès que les hommes reconnurent Rebecca, les conversations cessèrent.

Qu'ai-je encore fait ? se demanda-t-elle.

Mais, presque aussitôt, ils l'entourèrent, l'accablèrent de questions en espagnol et en créole. Tous jusqu'au dernier savaient qu'une McHenry était de retour aux Angelines pour y construire un hôtel fabuleux.

Au début, elle s'étonna d'une telle réception mais elle eut tôt fait de se rappeler comment se passaient les choses aux Angelines. A l'instant même où le cousin de l'Honorable Leslie Ball lui avait expédié ses permis, sa secrétaire avait confié la nouvelle à sa cousine, qui, sous le sceau du secret, en avait parlé à son frère, lequel s'en était ouvert à sa femme qui s'était ensuite rendue au marché... Et le bruit s'était ainsi répandu, petit ruisseau devenu rivière torrentielle, que Rebecca McHenry était revenue au pays, pour de bon.

Par malheur, se disait-elle, tout en essayant de répondre au flot de questions qui l'assaillait, la rumeur avait enflé la vérité, et ces malheureux s'imaginaient qu'elle allait bâtir le Táj Mahal. Elle ne leur en était pas moins reconnaissante de leur réaction. Celle-ci avait pour elle beaucoup plus d'importance que le fait de trouver simplement des mains habiles et des dos vigoureux.

Le directeur de l'agence agita la vieille cloche de bateau placée à l'extérieur pour indiquer que le bureau était ouvert. En se dandinant, il traversa la foule, salua aimablement Rebecca et Jewel avant de les escorter à l'intérieur.

— Un instant, je vous prie, dit-il avec un sourire nerveux. J'ai une annonce à faire aux hommes.

Rebecca jeta un coup d'œil à Jewel, elle vit sa propre inquiétude se refléter sur la face lunaire. Elle regarda par la fenêtre. Le directeur s'adressait aux hommes avec de grands gestes. A la vue de Rebecca, ses gesticulations se firent plus frénétiques encore. Les travailleurs, pour leur part, s'étaient renfrognés; certains même avaient l'air furieux.

Le directeur rentra. Il s'épongeait le visage avec un mouchoir rouge de la taille d'une nappe.

— Pardonnez-moi de vous avoir fait attendre, dit-il précipitamment, en espagnol. Des instructions, des ordres à donner...

Il haussa les épaules d'un air résigné.

— Voyons, en quoi puis-je vous être utile, señorita McHenry?

— J'ai besoin de trois douzaines d'hommes, annonça Rebecca. La moitié pour de gros travaux — débroussaillage, comblement d'un marécage. Les autres doivent être des ouvriers expérimentés.

Elle lui tendit une liste détaillée.

— Je leur garantis un emploi pour soixante jours au moins.

Elle nota qu'il faisait seulement semblant de lire la liste. Ce n'étaient pas ses yeux qui remuaient mais seulement ses dents; il se mordait nerveusement la lèvre inférieure.

— J'ai bien peur de ne pouvoir vous être d'aucun secours, señorita, dit-il enfin. Je n'ai personne qui réponde à vos exigences. Les hommes que vous voyez dehors sont tous affectés ailleurs.

— Dans ce cas, que font-ils à attendre?

— Señorita, je vous en prie... bégaya le directeur.

— La vérité, c'est qu'ils ne sont employés nulle part ailleurs, n'est-ce pas? poursuivit-elle.

La colère montait en elle.

Le directeur sursauta.

– Me traiteriez-vous de menteur, señorita?

– Pire encore, je vous traite de lâche! Qui vous a fait peur à ce point? Lambros?

L'homme rassembla les lambeaux de son amour-propre.

– Vous feriez mieux de partir, je crois, señorita. Il n'y a rien pour vous, ici.

Après un silence, il ajouta dans un murmure:

– Je regrette beaucoup.

Quand Rebecca et Jewel sortirent, les hommes se détournèrent, les yeux baissés. Un instant, Rebecca fut tentée de s'adresser à eux, de leur dire que personne n'avait le droit de les empêcher de travailler pour elle.

– Vous feriez plus de mal que de bien, lui dit Jewel. Ce n'est pas de vous qu'ils ont peur.

– Mais j'ai besoin d'eux!

Jewel la prit par le bras et l'entraîna.

Elle ramena la jeune femme chez elle, lui fit promettre de ne pas quitter la maison avant son retour. A la tombée de la nuit, Rebecca entendit le vacarme d'un vieux camion plate-forme qui tressautait sur le chemin. Jewel en descendit, suivie d'une douzaine d'hommes qui avaient fait le trajet debout sur la plate-forme.

– C'est ce que j'ai pu faire de mieux en un seul jour, dit-elle.

Rebecca passa parmi les hommes, serra des mains, remercia.

– Où les as-tu trouvés? demanda-t-elle en étreignant Jewel.

– Il n'y a pas de secret, répondit la Noire avec un large sourire. Je les connaissais tous, du temps qu'ils travaillaient pour Max. Depuis, ils n'ont pas eu d'emploi fixe. Je leur ai dit que vous leur rempliriez l'estomac de riz et de haricots et que vous les paieriez par-dessus le marché.

Jewel baissa la voix.

– Bones va essayer de vous en trouver quelques autres. Quand le bruit s'en répandra, vous pouvez être sûre que Lambros sera fou furieux. Vous feriez bien de les transporter à Windemere le plus tôt possible.

L'un des hommes se détacha du groupe pour s'approcher de Rebecca. Il n'avait pas encore vingt ans et possédait un visage d'un ovale délicat couronné d'une épaisse chevelure brune.

– Pardonnez-moi, señorita, dit-il timidement. J'ai un oncle qui pourrait vous être utile.

– Alors, parlez-lui le plus tôt possible. Nous avons besoin de tous ceux qui sont disposés à travailler.

– Non, señorita, ce n'était pas ce que je voulais dire, se hâta d'expliquer le jeune homme. Mon oncle est contremaître dans une scierie près d'Angeline City. Vous avez besoin de bon bois pour bâtir votre hôtel, *si*?

– *Si.*

– Il me dit qu'il vous aidera comme il pourra. Il s'appelle Eduardo Martinez.

Les yeux de Rebecca étincelaient.

– Et vous, quel est votre nom ?

– Miguel, señorita.

– Miguel, dites à votre oncle que je lui suis très reconnaissante. Je lui donnerai une liste de ce qu'il me faut dès que je le pourrai.

Elle embrassa le jeune homme sur les deux joues.

– Merci !

Ce soir-là, Rebecca s'endormit paisiblement. Elle n'avait encore qu'un tiers de la main-d'œuvre qui lui était nécessaire, mais c'était un début. Elle aurait d'autres hommes le lendemain. Et une source de troncs d'arbres et de planches représentait un don de Dieu. Peut-être – peut-être seulement – avait-elle surmonté les obstacles dressés sur son chemin.

Le lendemain matin, alors que les étoiles et le croissant de lune poursuivaient leur course vers l'horizon, Rebecca largua les amarres de la vedette de Bones Ainsley, le *Mardi-Gras*, et mit le cap sur la *quebrada* qui l'amènerait en pleine mer.

A bord se trouvaient quinze hommes, la douzaine recueillie la veille par Jewel et trois autres qui s'étaient présentés durant la nuit. Assis sur les banquettes, ils buvaient du café brûlant additionné de rhum. Au milieu du pont s'entassaient des caisses d'équipement recouvertes de prélarts. Rebecca avait passé commande à Angeline City ; il y avait des scies électriques et des crics, des poteaux et des crocs, de grandes tentes qui abriteraient les ouvriers, des bouteilles de propane pour les lampes, des poêles portables.

De temps à autre, la jeune femme se retournait vers le pont, fixait dans sa mémoire chaque détail de la scène. La joie, l'espoir produisaient en elle une sorte de douloureux vertige. Elle ne pouvait s'empêcher de se remémorer les histoires que lui avait racontées Jewel sur Max, sur ses efforts désespérés, dans les premiers temps, pour équiper et approvisionner ses expéditions, les épreuves auxquelles il avait dû faire face dans la jungle, les déceptions, les défaites qu'il avait dû endurer avant la découverte de son premier gisement. Rebecca avait l'impression de marcher sur les traces de son père, d'entendre dans le vent sa voix qui l'encourageait, de sentir son regard posé sur elle pour la protéger.

Quand le soleil se leva, tout l'équipement avait été déchargé. Les tentes étaient montées, les couchettes, les ustensiles de cuisine, les conserves rangés. On distribua les pelles, les pioches, les bêches, les cognées. Rebecca reparut en tee-shirt et jean coupé aux genoux. Elle fit rouler un fût de soixante-quinze litres, en enleva le couvercle.

– Vous savez tous, j'en suis sûre, ce qu'il y a là-dedans.

La puanteur qui se dégageait du fût lui coupa le souffle.

Le récipient était empli d'une mixture noire un peu semblable à du goudron dont l'odeur tenait à la fois du bois pourri et du poisson mort. Il s'agissait de la même mixture que Jewel avait préparée pour Max quand il s'était enfoncé dans la jungle. Rebecca se fiait à la parole de la vieille femme : aucun insecte, pas le moindre moustique ne s'approcherait d'une peau qui en serait enduite. L'odeur seule suffirait à les tuer.

Rebecca reprit longuement son souffle, plongea son bras dans cette horreur. Non sans grimacer, elle en enduisit toutes les parties exposées de son corps, ferma étroitement les paupières pour passer le produit sur son visage. Les hommes qui la regardaient se mirent à rire, avant de s'avancer un par un pour l'imiter.

S'attaquer au marécage se révéla une tâche plus redoutable que ne l'avait imaginé Rebecca. Il fallait d'abord creuser des fossés de drainage afin de permettre à la plus grande quantité possible d'eau stagnante de s'écouler pour être absorbée par la terre. Pendant que quatre hommes armés de scies à chaînette ménageaient un couloir à travers les arbres, Rebecca et les autres se mirent à creuser. Lorsque le soleil brilla juste au-dessus de leurs têtes, ils avaient progressé de moins de vingt mètres.

– Ne vous en faites pas, dit Jewel en riant.

Elle emplissait de poisson grillé et de haricots l'assiette de fer-blanc de Rebecca.

– Cette jungle ne repoussera pas plus vite que vous ne la coupez.

Jewel et les épouses de deux hommes étaient arrivées sur un autre bateau dont le patron avait pris en remorque le *Mardis-Gras* de Bones Ainsley pour le ramener au port. Au début, Rebecca s'était fermement opposée à la présence de Jewel à la caye de Windemere. Elle craignait que ces rudes conditions de vie ne vinssent aggraver son état. Jewel se moqua de ses arguments et n'en fit qu'à sa tête. Rebecca se consola en pensant qu'au moins, de cette façon, elle pourrait garder un œil sur elle.

Le déjeuner fut vite expédié. La plupart des Angeliniens observaient l'heure de la sieste, mais Rebecca et ses hommes disparurent dans la jungle. Péniblement, mètre par mètre, la tranchée fut creusée, approfondie, finalement achevée juste avant la tombée de la nuit. La pelle sur l'épaule, les muscles douloureux, Rebecca émergea de la jungle. Elle usa ses dernières forces à se débarrasser de la mixture malodorante et, sur l'instance de Jewel, avala quelques bouchées de son dîner. Autour du feu de joie allumé par les femmes, les hommes mangeaient, bavardaient, se passaient la bouteille de rhum. La jeune femme se demandait où ils puisaient leur énergie. Décidée à ne pas être en reste, elle attrapa la bouteille, but imprudemment une longue rasade. Elle répondit d'un signe aux acclamations, puis s'assit pour participer à une autre tournée. Quand, pour la troisième fois, la bouteille parvint jusqu'à elle, Rebecca se renversa en arrière pour la vider. L'alcool se déversa dans son gosier, et elle aurait pu jurer qu'elle avait entendu une petite explosion. Au moment où elle se penchait en avant pour rendre la bouteille, elle se sentit chavirer. Avant même que sa tête eût touché le sable, elle était inconsciente.

Combler le marécage demanda dix jours d'un travail épuisant. Le seul matin où Rebecca ne participa pas à la tâche, fut celui où elle se rendit à la scierie pour rencontrer Eduardo Martinez. Le robuste contremaître lui promit de lui livrer tout le bois dont elle avait besoin à des prix inférieurs à ceux du marché.

— Mais il faut me payer tout de suite, señorita, fit-il d'un ton d'excuse. Je dois graisser la patte aux hommes pour leur faire couper les arbres supplémentaires.

Rebecca rédigea sur-le-champ un chèque.

— Vous et votre famille serez parmi mes premiers invités, lui dit-elle.

— Vous êtes très bonne, señorita. Ce serait un plaisir.

Quand la dernière pelletée de terre eut été jetée sur le marécage, Rebecca offrit à son équipe un congé bien mérité. Elle et Jewel regagnèrent la maison de la plage, et la jeune femme se détendit longuement dans un bain chaud. Lorsqu'elle se regarda dans la glace, elle ne vit que cals, ampoules et muscles durcis et contractés. Ça en valait la peine! se répéta-t-elle. Si Max a pu le faire, tu le peux aussi!

La seule mauvaise nouvelle lui parvint par l'intermédiaire de Bones Ainsley. Comme l'avait redouté Jewel, Silas Lambros avait usé de son énorme influence pour dissuader d'autres ouvriers de travailler pour elle.

— Il leur a fait comprendre que ceux qui travailleraient pour vous n'obtiendraient jamais un autre emploi, s'il pouvait s'y opposer.

— Dans ce cas, je vais lancer mon propre message, dit Rebecca. Tout homme qui viendra m'aider maintenant pourra choisir un emploi quand Les Flots seront ouverts!

Cette contre-proposition de la jeune femme lui valut seulement sept autres hommes. Même ainsi, elle n'avait pas tout à fait les deux tiers du nombre d'ouvriers dont elle avait besoin.

— Ça ira, dit-elle à Jewel. Le bois d'Eduardo Martinez va nous faire gagner pas mal de temps et d'argent. Dès notre retour à Windemere, nous pourrons entamer la construction des *palapas*.

A son arrivée, elle découvrit que ses hommes avaient construit un débarcadère de fortune qui allait du rivage jusqu'à la partie la plus profonde du lagon. On allait pouvoir décharger directement la gabare qui apporterait le bois, au lieu de transférer la cargaison d'un bateau à un autre. A midi, Eduardo Martinez n'était toujours pas en vue. Rebecca commença de s'inquiéter. Un homme, enfin, poussa un cri, le bras tendu vers un bateau qui approchait. Une demi-heure après, la gabare, où s'empilaient des troncs d'acajou et des planches qui sentaient encore la résine, accostait. Rebecca enfila des bottes, des gants épais et se joignit à la chaîne qui s'était formée pour le déchargement.

Il lui vint un premier soupçon lorsque le patron du bateau largua les amarres, dès que la cargaison fut à terre. Elle avait eu l'intention de l'inviter à partager le repas du soir, mais elle pensa seulement qu'il avait hâte de regagner Angeline City, pour dîner avec sa famille.

Le second signe fut plus révélateur. L'un des ouvriers fit sauter les liens métalliques qui retenaient les planches. Il souleva les premières, les examina de près, les trouva en excellent état. Mais il vit alors ce qui se trouvait au-dessous.

– Señorita!

Rebecca accourut, baissa les yeux sur le paquet de planches. La deuxième couche était criblée de trous de vers. A la lumière du soleil, elle voyait les gros asticots blancs grouiller sur le bois.

– Oh! non!

Elle alla d'un paquet à l'autre, coupant les liens, dispersant les premières planches pour examiner les autres. Tous les paquets étaient identiques.

La jeune femme désigna un tronc d'acajou à l'un des ouvriers.

– Prenez la scie à chaînette et coupez-moi ça en deux, ordonna-t-elle.

Quand la lame dentée, après avoir tranché l'écorce, s'enfonça dans le bois, une odeur fétide s'éleva. Le tronc se rompit en deux parties. Là encore, l'intérieur était rongé par les termites.

– Miguel!

Mais on ne découvrit nulle part le jeune ouvrier au regard innocent, au sourire éblouissant, qui avait recommandé à Rebecca son oncle, le contremaître de la scierie. Personne ne se rappelait l'avoir vu.

– Qu'est-ce qu'on fait, maintenant, señorita? demanda quelqu'un.

Rebecca s'étouffait de rage. Elle pensait à la façon dont Eduardo Martinez l'avait escroquée, à l'argent qu'elle lui avait versé, comme une sotte, sans même demander à vérifier la marchandise. Cet argent devait déjà avoir disparu; les banques angeliniennes avaient ordre d'honorer immédiatement les chèques des Entreprises McHenry.

Rebecca lutta pour retrouver sa voix, pour ne pas y laisser percer son désespoir.

– Demain, nous commencerons à abattre les arbres dont nous avons besoin. Mais, d'abord, nous allons faire ceci!

Elle prit un bidon d'essence, entreprit d'asperger les paquets de planches et les troncs. Elle attrapa une torche, mit le feu au mauvais tour qu'on venait de lui jouer.

Longtemps, elle demeura assise sur le sable, à écouter pétiller et crépiter sa propre folie. Les hommes étaient partis se coucher. Jewel elle-même s'était retirée. La jeune femme était toujours là. Ses doigts jouaient sans cesse avec l'hippocampe d'or que la lumière des flammes faisait étinceler.

A l'aube, quand tout le bois ne fut plus qu'un tas de cendre fumante, Rebecca entra dans l'eau, nagea de toutes ses forces pendant une heure. Elle prenait une douche pour se débarrasser du sel lorsqu'elle entendit au loin le grondement d'un moteur Diesel.

La distance était trop grande pour lui permettre de distinguer le nom du bateau ou d'identifier les hommes qui se tenaient à l'avant. Ils étaient une bonne douzaine. Rebecca était familière avec tout ce qui flottait dans le port d'Angeline City. Pourtant, elle ne reconnaissait pas ce bâtiment.

Sans le quitter des yeux, elle passa à son cou la courroie des jumelles, afin de garder les deux mains libres. Elle se dirigea vers le débarcadère, tout en glissant deux cartouches dans le vieux fusil de Jewel, qu'elle avait pris sous la tente. Parvenue au bout de la jetée, elle épaula l'arme, en pointa le double canon sur les arrivants.

Qu'ils y viennent!

23

Ils étaient quinze hommes, sur le pont du mauvais bateau de pêche dont le moteur crachait, haletait, pour finalement mourir dans un tressaillement prolongé. Tous se ressemblaient. Petits et trapus, le torse fortement musclé, ils avaient des visages ovales au large nez plat et de luxuriantes chevelures d'un noir de jais qui miroitaient aux premières lueurs du jour. C'étaient des Mayas, et, dans leurs yeux sombres, Rebecca discernait des éclairs de surprise et de curiosité.

— Hé, ma brave dame! Rangez-moi ce tromblon! Je viens en paix.

Une voix californienne cascadait du haut de la timonerie. Rebecca leva la tête pour voir Dallas Gibson penché sur la lisse, son feutre australien repoussé en arrière, ses yeux étincelants dans son visage basané.

— Que diable faites-vous ici? cria-t-elle.

— A quoi ça ressemble-t-il? C'est une opération de sauvetage!

— Sérieusement, j'ai entendu dire que vous aviez besoin d'aide. Alors, moi et quelques-uns de mes gars, on a décidé de venir vous prêter main-forte.

Debout côte à côte, Dallas et Rebecca regardaient les Mayas

décharger les outils et les provisions qu'ils avaient apportés. La jeune femme n'était pas encore revenue de sa surprise. Elle n'avait pas revu Dallas, ne lui avait pas parlé depuis sa visite à Pusilha.

— Qui vous a dit que j'étais ici?

— J'ai appris que vous montiez une affaire mais que vous aviez de petits ennuis de main-d'œuvre, fit-il avec un large sourire.

— Dallas!

— Bon, bon! Voici la femme qui m'a forcé la main, confessa-t-il, en serrant dans ses bras Jewel qui s'était approchée de sa démarche dandinante. C'est une vraie sorcière.

Le rire de Rebecca, en voyant Jewel embrasser de bon cœur Dallas sur la joue, dissimulait un certain malaise. Confondue par sa générosité, elle avait en même temps l'impression de devenir de plus en plus son obligée. Il avait persuadé son père d'user de son influence pour faire restituer à la jeune femme sa nationalité angelinienne. C'était lui encore qui lui avait fourni les éléments qui lui manquaient sur la vie de Max... et d'Apho Hel. Et maintenant, comme par magie, Dallas se trouvait là pour l'aider à bâtir Les Flots.

Pourquoi ne cesse-t-il d'apparaître et de disparaître dans ma vie?

— Et les fouilles de Pusilha? lui demanda-t-elle. On n'y a donc pas besoin de vous?

— L'université de Chicago a changé ses priorités. Le service d'archéologie devait entreprendre un chantier très important à Machupicchu, au Pérou. A la dernière minute, le gouvernement péruvien a choisi une équipe de l'université de Santiago. Je me suis arrangé pour convaincre les gens haut placés que Pusilha était beaucoup plus intéressant. Nous avons maintenant là-bas trente hommes. Pusilha est en bonnes mains.

Rebecca s'étonna de découvrir soudain la joie que lui procurait sa présence.

— Le voyage a dû être épuisant. Puis-je vous offrir un peu de café bien chaud?

Il l'enveloppa de son sourire.

— J'en serais ravi.

Rebecca eut tôt fait de constater que l'expérience de Dallas lui était d'un inappréciable secours. Ensemble, ils revirent les plans établis par le géomètre et l'ingénieur. Dallas apporta un certain nombre de suggestions pour la construction des *palapas*. Elle l'écouta jusqu'au bout, avant d'objecter:

— Je ne sais pas si mes moyens me le permettent.

— Il vous faudra plus de matériaux, ce qui augmentera le coût total, reconnut-il. Mais le résultat n'en sera que plus solide, plus fiable.

Elle mit en balance la dépense et le bénéfice, et décida qu'il avait raison.

– Puisque nous allons passer ici un bout de temps, ne vaudrait-il pas mieux mettre un toit au-dessus de nos têtes, au lieu de vivre sous la tente?

Cette fois encore, elle comprenait son point de vue. Pourtant, elle refusa.

– Je ne peux pas me permettre de construire des baraquements.

– Ce ne serait pas une perte de temps et d'argent, insista Dallas, raisonnablement. La vie sera bien plus confortable pour nous tous, et, quand les travaux seront finis, vous pourrez transformer le dortoir en réserve ou même vous en servir pour loger le trop-plein de vos clients.

– Je ne sais pas... commença Rebecca.

– Accordez-moi quarante-huit heures.

– C'est d'accord.

Elle retourna à son propre travail, aussi sale et aussi épuisant que l'avait été le comblement du marécage. Windemere possédait de longues étendues de merveilleuses plages, d'une blancheur de sucre, mais elles étaient morcelées par l'intrusion de palétuviers qui proliféraient, de place en place, dans les eaux peu profondes. Il n'y avait qu'une façon de s'en débarrasser : les abattre au ras de l'eau et les traîner à l'écart, arracher ensuite les racines des bancs de sable où elles s'enfonçaient. Rebecca répartit ses hommes par groupes de trois. L'air résonna bientôt du sifflement des machettes, des craquements du bois.

Plongés dans l'eau jusqu'à la taille, sous un chaud soleil de novembre, les hommes se fatiguaient rapidement et devaient se reposer à intervalles rapprochés. Sur la plage, ils s'examinaient les jambes, en faisaient tomber les sangsues à l'aide de lames de couteau tranchantes comme des rasoirs.

Rebecca n'avait pas soupçonné que l'abattage représenterait la partie la plus facile de la besogne. Pour arracher les racines, il fallait plonger dans l'eau et tirer par saccades pour réussir à les faire céder. Chaque pied carré de terrain défriché était chèrement payé par des poumons douloureux, des mains abîmées, des brûlures de la peau.

Après deux jours de travail, Rebecca sortit de l'eau d'un pas chancelant et se trouva devant un miracle. Au pied de la jungle se dressait une longue *palapa* rectangulaire, achevée jusqu'à la dernière touche.

– Toute prête à être habitée, annonça Dallas.

Rebecca, émerveillée par le spectacle de ce premier bâtiment des Flots, ne remarqua pas qu'il parlait d'un ton sombre.

– Elle est magnifique! s'écria-t-elle, en caressant l'un des piliers de ceiba.

Elle se jeta au cou de son compagnon.

– Faites-la-moi visiter!

Elle sentit alors sur sa joue les larmes de Dallas.

– Qu'y a-t-il? demanda-t-elle.

– La nouvelle vient d'être annoncée à la radio, murmura-t-il. Le président Kennedy a été assassiné...

Le moment s'inscrivit dans la mémoire de Rebecca. Le chagrin de Dallas, sa propre incrédulité, la joie de voir la première construction qui faisait des Flots une réalité, la terrible sensation d'une perte irréparable... toutes ces émotions contradictoires y contribuèrent.

Mais si le monde, sous le coup de la tragédie du Texas, marqua une pause, il ne s'arrêta pas pour autant. Après avoir observé une journée de deuil, dont elle passa la plus grande partie serrée contre Dallas pour écouter les terribles détails sur la radio à ondes courtes, Rebecca ramena ses hommes parmi les palétuviers. Puis vint décembre. On commença à compter les jours qui restaient avant Noël. Les bouquets d'arbres, le long du rivage, disparurent peu à peu. Le vingt-quatre à midi, dernier jour de travail avant une semaine de vacances, plus de la moitié du défrichement avait été accomplie. On mit le feu aux palétuviers qu'on avait entassés sur la plage pour les laisser sécher. Quand le bois eut été réduit à l'état de braises ardentes, le barbecue de Noël commença. Rebecca s'était munie de petits cadeaux pour chacun des hommes. Elle les distribua, pendant que les poulets, parmi les cra-chotements et les pétillements, rôtissaient au-dessus des flammes. On ouvrit un cruchon de rhum qui passa de main en main. On chanta des noëls indigènes. Quand accosta le bateau qui devait ramener sur le continent les travailleurs de Rebecca, personne n'avait envie de partir.

La jeune femme passa la soirée de Noël à Windemere, en compagnie de Jewel, de Bones et des Mayas qui étaient restés sur place. Dallas était parti pour quelques jours en Californie, dans sa famille. Leurs adieux avaient été hésitants, l'air entre eux chargé de silencieuses promesses. Dès l'instant où le vieux bateau dispa-rut, Rebecca se sentit très seule, comme si Dallas avait emporté avec lui sa force et son rire, n'en laissant que l'écho.

Elle choisit de passer la nuit à bord du bateau de Bones. Elle traîna un mince matelas jusqu'au toit de la timonerie, s'allongea sur le dos et contempla un ciel scintillant d'étoiles.

Le léger balancement, le doux bruit des vagues, l'impression-nant spectacle de l'univers qui s'étendait au-dessus d'elle l'emplis-saient d'une paix profonde. A ce moment, toutes les épreuves qu'elle avait connues, toutes celles qu'il lui restait à affronter s'effaçaient. En songeant aux huit semaines qui venaient de s'écouler, elle ne parvenait pas à croire qu'elle avait fait tant de chemin. Mais elle ne pensait pas aux Flots ni à cette unique *palapa* qui en constituait l'ébauche. Ce soir-là, elle évoquait tous les êtres qui lui avaient tendu la main, tous ceux qui avaient donné un peu d'eux-mêmes pour l'aider, et sans qui elle n'aurait rien pu accomplir.

Néanmoins, tout en réfléchissant à sa bonne fortune, elle ne pouvait détacher son esprit du prix qu'elle avait dû payer. Le vent rafraîchissant soudain ses joues, elle réalisa qu'elle pleurait. Elle sonda son âme, y découvrit des replis secrets, déserts. Tandis qu'allait naître le jour de Noël, elle parcourut ces pièces vides, effleura les souvenirs d'un homme qu'elle avait aimé plus qu'aucun autre, sentit remuer l'enfant qui avait été arraché de son sein. En cette sainte nuit, il n'y avait aucune colère en elle, rien qu'un vide douloureux qui lui montrait combien elle était seule, incomplète.

Quand Rebecca s'endormit enfin, elle avait croisé, dans un geste inconscient, les mains sur son ventre, comme pour serrer contre elle l'enfant qui avait naguère grandi en elle.

A son réveil, elle entendit des chants masculins. Elle se retourna sur le ventre, vit les Mayas qui, dans l'eau peu profonde, le long de la plage, s'attaquaient de toutes leurs forces aux palétuviers. Dans un gémissement, elle se leva, les paupières mi-closes sous la lumière aveuglante du soleil.

— Joyeux Noël! lui crièrent du pont Jewel et Bones. Il est temps de vous lever, petite. Le travail vous attend!

Ce travail paraissait sans fin.

Même quand les hommes revinrent, après le Jour de l'An, il fallut encore deux semaines entières pour détruire le reste des palétuviers. Quand le dernier tas de bois eut flambé, Rebecca reporta son attention sur le défrichement de l'espace où s'élèveraient les *palapas*. Elle avait eu l'intention d'abattre les arbres les plus encombrants et de couper les broussailles. Dallas lui proposa une autre solution.

— Si vous abattez les palmiers, expliqua-t-il, vous allez perdre toute cette ombre naturelle. Ne vaudrait-il pas mieux travailler autour des arbres?

Rebecca s'en voulut de ne pas y avoir songé.

— Autre chose, reprit-il. Je ne crois pas que ce soit une bonne idée de couper les broussailles.

— Et pourquoi ça?

— Même si vous coupez au ras du sol, vous laisserez forcément des piquants. Ça pourrait vous créer des difficultés quand vos clients se mettront à courir un peu partout pieds nus.

— Autrement dit, il va falloir tout arracher?

Il lui sourit.

— J'en ai peur.

Il la quitta pour aller surveiller l'abattage des arbres, la laissant réfléchir à la situation.

Le défrichement prit encore un mois, mais Rebecca dut convenir que le résultat en valait la peine. Non seulement les grands palmiers dispensaient de l'ombre mais, quand les *palapas* seraient en place, ils feraient tout naturellement partie du cadre.

Tout en passant la majeure partie de son temps à défricher le site, Rebecca ne manquait pas d'observer Dallas et de profiter de son expérience. Elle suivait ses travailleurs mayas dans l'intérieur, où ils choisissaient et abattaient des pins des Caraïbes. Une fois débarrassés de leurs branches, les troncs étaient traînés jusqu'à la mer, où l'eau salée tuait les insectes. Quand l'écorce était amollie, on l'enlevait par plaques. Le tronc séchait sur la plage, avant d'être traité à l'insecticide, puis avec un produit conservateur. Après deux couches de vernis, il était prêt à l'utilisation.

Rebecca s'étonnait de la rapidité et de l'efficacité avec lesquelles les Mayas travaillaient. Dallas divisa ses hommes en deux équipes, envoya la première dans les collines, pour y construire les citernes, tandis que la seconde continuait à préparer les matériaux pour les *palapas*.

A la mi-février, les ouvriers de Rebecca, de leur côté, avaient déjà reconstruit le débarcadère. Ils en avaient fait une véritable jetée qui s'avançait de cinquante mètres dans la mer. Jour après jour, le *Mardi-Gras* revenait à Windemere pour décharger de grandes feuilles de tôle et des centaines de bottes de bambous. On transportait les tôles jusqu'au site où se dresseraient les *palapas,* les bambous, destinés à tapisser les murs intérieurs des *palapas*, étaient traités, puis tressés. Il fallait un millier de ces roseaux pour obtenir un seul panneau, et les doigts de Rebecca, couverts d'ampoules, portaient le douloureux témoignage de ce labeur.

En mars, les travaux s'accélérèrent, comme si tous les participants avaient hâte de monter les différents éléments qu'ils avaient aidé à préparer. Le jour où Rebecca revint d'Angeline City avec des sacs de ciment, ses hommes s'attelèrent à la tâche. L'un après l'autre, les piliers s'enfoncèrent dans le mortier. Le squelette des bâtiments se dessina. A l'aide de cordes et de poulies, on mit en place les éléments de charpente. Après quoi, on hissa les tôles pour les fixer solidement. Le plancher, fait en bois de fer, fut posé. Des panneaux de bambou recouvrirent les parois de contre-plaqué.

Rebecca prenait grand soin de photographier chaque étape. Le soir venu, elle rédigeait des notes détaillées sur les travaux en cours, cherchait des moyens de gagner du temps, d'améliorer la construction. Le soir elle faisait ses comptes. Ses réserves à la Banque Walker fondaient à vue d'œil, et elle devait lutter pour ne pas se laisser aller à l'affolement. La construction des Flots était en passe de devenir une course, non pas contre la montre mais contre son propre compte en banque.

24

Les pluies d'avril étaient venues et reparties, lavant Londres de la poussière et de la crasse laissées par l'hiver. Dans tous les jardins de la ville, mai était en pleine floraison. Les femmes avaient abandonné les manteaux au profit de robes printanières aux vives couleurs, et les rues même du quartier des finances, habituellement sévères, prenaient un air de gaieté.

Dans le bureau de Silas Lambros, au siège de Tyne & Wear, Andrew Stoughton, debout devant une fenêtre, contemplait le flot des passantes, au-dessous de lui. Il y avait dans la foule un millier de visages différents, mais il n'en voyait qu'un.

— J'ai examiné vos rapports sur la petite entreprise de Rebecca McHenry et je ne comprends toujours pas votre inquiétude.

Andrew se retourna, appuyé des deux mains sur l'entablement de la fenêtre, derrière lui.

— Elle est parvenue à construire son hôtel, Silas, dit-il, en s'efforçant de maintenir un ton uni. En dépit de tous les obstacles.

— Elle possède maintenant une collection de cabanes! répliqua Lambros, méprisant.

Il jeta les photos aériennes sur son sous-main.

— Qui, à votre avis, voudrait séjourner dans un pareil endroit?

— Je n'en sais trop rien. Mais elle doit avoir une idée. Sinon, elle n'aurait pas poursuivi l'aventure.

Avec un soupir, le vieux naufrageur saisit son gendre par l'épaule.

— Andrew, j'ai appuyé votre petit projet pour mettre des bâtons dans les roues à miss McHenry. Vous m'avez demandé d'user de mon influence sur Leslie Ball et les autres, et je l'ai fait. Croyez-moi, je n'ai pas perdu une heure de sommeil à l'idée que miss McHenry n'a pas fait ses paquets et renoncé. Voyez là, en bas, ce mouvement, cet élan. C'est là-dessus, sur cette activité, sur nos affaires que vous devez fixer votre esprit. Pas sur quelque coin perdu des Caraïbes. Vous savez, Andrew, j'ai remarqué que Celeste n'était pas de très bonne humeur, ces derniers temps. Elle est devenue irritable. Je ne l'avais pas connue ainsi depuis le temps où vous travailliez pour McHenry.

Lambros marqua une pause avant d'en arriver au point essentiel de son discours.

— Elle me dit que c'est à cause de votre obsession pour cette petite McHenry. A-t-elle raison, Andrew?

— Il ne s'agit pas d'une obsession, répondit-il froidement. C'est de l'inquiétude. Je m'inquiète de voir qu'après tous nos efforts, nous n'avons pas encore réussi à la chasser des Angelines.

— Andrew, écoutez-moi, conseilla Silas Lambros. Rebecca McHenry n'a aucun moyen de nous nuire. Sauf, évidemment, si nous nous laissons aller à voir des menaces là où il n'y en a aucune. Laissez donc cette petite sotte jouer à monter un hôtel. Vous me l'avez dit vous-même, elle en est à ses quelques derniers milliers de dollars. Et elle n'a même pas encore aménagé son établissement! Le fait d'avoir Eric Walker de son côté ne lui servira à rien quand son compte sera à sec. Elle verra alors avec quelle rapidité disparaîtront ceux qui lui seront venus en aide!

— Je ne peux m'empêcher de sentir qu'elle va réussir, Silas.

— Celeste avait raison, vous savez, fit Lambros durement. Cette femme, vous l'avez dans la peau.

Andrew riposta sur le même ton :

— Je ne veux pas perdre encore cinq années de ma vie à me battre contre un second McHenry.

— Et il me déplaît, à moi, de voir mon bras droit délaisser les affaires de la compagnie afin de poursuivre des fantômes! lança Lambros. Je n'apprécie pas non plus de voir son comportement affecter sa femme!

Voilà, en toute vérité, à quoi rimait cette convocation, pensa Andrew. Silas Lambros se moquait comme d'une guigne de Rebecca McHenry. L'accusation voilée de négligence n'avait pas plus de substance. C'était Celeste, le véritable objet de la discussion – et probablement l'instigatrice de cette entrevue.

— Si vous avez vraiment l'impression que Rebecca McHenry représente pour nous une menace, dites-moi ce que vous avez l'intention de faire d'elle, reprit Lambros, manifestement pour complaire à son gendre.

Andrew avait une solution toute prête. Rapidement, il l'exposa dans tous ses détails.

— Un peu draconien, vous ne trouvez pas? commenta Lambros.

— Ai-je votre permission d'aller de l'avant?

— A une condition. A partir de ce moment, je ne veux plus vous voir accorder une seule pensée à Rebecca McHenry. Si c'est là pour vous le seul moyen de l'exorciser, tant pis pour elle. Mais dorénavant, Andrew, elle n'existe plus pour vous.

Andrew reprit longuement son souffle.

— Merci, Silas.

— Vous pouvez me prouver votre gratitude en emmenant Celeste dîner au Café Royal. Elle se plaint que vous ne sortiez plus jamais ensemble.

— Je n'y manquerai pas, Silas. Ce soir même.

Il eut peine à se contrôler le temps nécessaire pour regagner son propre bureau. Il referma la porte, donna ordre à sa secrétaire de ne lui transmettre aucun appel. Après s'être enfermé à clé dans la salle de bains, il fouilla maladroitement dans la poche de sa veste pour en tirer l'antique tabatière. Ses doigts tremblants rattrapèrent deux des pilules blanches qui s'étaient éparpillées sur le marbre veiné de rose du lavabo. Il rejeta la tête en arrière, et lança les deux pilules au fond de sa gorge. Penché en avant, les deux mains sur le marbre, les bras rigides, il ferma étroitement les paupières, attendit que le puissant tranquillisant eût produit son effet.

Ce remède était l'un des secrets les plus intimes d'Andrew. Celeste n'avait pas la moindre idée qu'il se droguait ainsi. Jamais il n'avait même laissé soupçonner à Silas Lambros qu'à certains moments, il ne pouvait s'en passer.

Andrew avait découvert qu'il était sujet à de graves crises maniaco-dépressives bien des années plus tôt, du temps où il travaillait encore comme médiateur pour la filiale fantôme de Tyne & Wear, le Severn Group. Le médecin qui l'avait traité en Inde s'était montré inquiet, aucun signe n'annonçait le moment où les crises allaient se déclarer. Il avait posé des questions à propos d'évanouissements, de trous de mémoire, de crises de rage. Andrew avait tranquillement menti. Il était presque parvenu à se convaincre que les matins où il se réveillait dans une chambre d'hôtel crasseuse ou dans une ruelle sordide faisaient partie de l'expérience de quelqu'un d'autre.

Il avait grassement payé le médecin de Delhi, non seulement pour son traitement mais pour le nom d'un collègue de Londres. Les pilules contenues dans la tabatière ne venaient pas de Harley Street mais d'un cabinet bien caché à la limite de Golders Green.

Lentement, le tumulte et la rage qui s'étaient emparés de lui s'apaisaient. Dans un minuscule compartiment de son portefeuille, il prit un télex dont les bords se déchiquetaient à force de manipulations. Le message lui avait été envoyé par Martin Fletcher. Celui-ci avait enfin découvert comment Rebecca s'était procuré le capital nécessaire pour entreprendre la construction des Flots.

La garce a vendu la bague que je lui avais offerte!

Il ne l'aurait jamais crue capable d'une telle démarche. A ses yeux, elle avait toujours été une créature impressionnable, gouvernée par ses émotions, qui aurait plutôt donné ou jeté la bague, sur l'impulsion du moment.

Andrew gardait les yeux fixés sur les mots du télex, sans vraiment les voir. Point n'en était besoin. Ils étaient gravés dans son esprit. Ils lui remettaient constamment en mémoire la façon dont on s'était servi de lui, dont on l'avait joué. Peut-être, oui, peut-être aurait-il été capable d'étouffer la rage qu'avait fait monter en lui le comportement de Rebecca. Mais Silas Lambros avait choisi ce moment précis pour le réprimander vertement à propos de Celeste, pour lui rappeler avec quelle facilité il pouvait le faire sauter sur un simple claquement des doigts. Le vase avait débordé...

Andrew attendit que la drogue eût agi. Il essuya son visage couvert de sueur, étudia son reflet dans la glace. Ses yeux sans expression étaient deux morceaux de glace. A cet instant, il ne savait lequel des deux il haïssait le plus : Rebecca, qui avait fait en sorte de l'humilier si complètement, ou Lambros, qui avait forgé de longue date la chaîne d'or qui l'attachait encore à lui.

Andrew Stoughton était né dans la classe laborieuse, à tout un monde de distance d'Eaton Square et de Tyne & Wear. Sa mère, qui l'idolâtrait, l'avait surnommé « Prince Harry ». Son père était grisâtre, comme les registres qu'il tenait si fidèlement pour la Lloyds.

May Stoughton se refusa toujours à reconnaître l'humble position de son mari dans la société. Elle se donnait des airs, vivait dans un rêve où elle était une grande dame, avec un fils pour qui rien n'était assez bon. Andrew apprit trop tard que son père s'était tué au travail, afin de procurer les jouets, les plaisirs qu'un gamin ingrat réclamait constamment, dont il se saisissait avec avidité pour les oublier en moins de quinze jours.

Andrew Stoughton avait fait ses études dans un petit collège privé, Beardsley Hall. C'était là un luxe que la famille pouvait difficilement se permettre. Andrew devait découvrir un jour de quel prix sa mère l'avait payé. Après la guerre, tandis que les petits Londoniens quittaient leurs refuges à la campagne pour regagner la ville, May Stoughton fit des pieds et des mains pour que son fils restât au pensionnat. Les murmures cruels à propos des relations coupables entre sa mère et le directeur poursuivaient Andrew impitoyablement.

George Stoughton mourut alors que son fils faisait sa seconde année à Cambridge – et y connaissait un brillant fiasco. Étudiant pauvre parmi les riches Yankees et les snobs titrés, il eut recours au jeu pour tenir la misère en échec. Avec ses gains, il payait à boire, portait des toasts à ceux dont il avait pris l'argent, sans se douter que, tout en acceptant ses largesses, ils n'avaient pour lui que mépris.

Les perdants, désireux d'obtenir une revanche rapide et facile, répandirent dans toute l'université le bruit qu'Andrew organisait des parties de cartes illicites. La rumeur en parvint à l'administrateur. A la mort de son père, Andrew était sur le point de se voir expulser. Le décès de George Stoughton lui fournit un prétexte pour partir de son plein gré. Il ne sut jamais qu'il était le seul à y croire.

Chez Lloyds, la réalité d'un monde dont sa mère avait si désespérément tenté de le protéger s'abattit sur lui avec violence. Le travail, parmi les registres de la Division maritime, était incroyablement ennuyeux, les gens qui l'entouraient étaient envahis d'une pâleur morne qui leur rongeait l'âme. Au bout de quelques mois, Andrew comprit qu'il devait à tout prix modifier son destin, s'il ne voulait pas s'y abandonner et se laisser réduire en poussière.

Le salut lui vint d'un jeune cadre qu'il rencontra dans un café du quartier. Ce garçon s'était trouvé à Cambridge en même temps qu'Andrew et, au contraire de ses camarades, il avait gagné de l'argent dans les parties nocturnes. Les deux jeunes hommes commencèrent à se retrouver régulièrement pour déjeuner. Bientôt, Andrew fut présenté à d'autres garçons qui étaient passés directement de l'université à des postes de direction dans la compagnie. Il reçut des invitations pour des week-ends à la campagne, des réceptions dans le West End, où les femmes et les vins étaient également recherchés.

A vingt-trois ans, il avait déjà eu sa large part de faveurs sexuelles, mais ce fut seulement lorsque St. John's Wood et Knightsbridge lui ouvrirent leurs portes qu'il mesura le pouvoir dont il disposait. Il découvrit que les filles des médecins de Harley Street, des avocats de Middle Temple en avaient assez des hommes qui n'étaient que des collégiens montés en graine. En peu de temps, le personnel du Claridge apprit à le reconnaître instantanément – sinon ses compagnes, qui changeaient constamment.

Jamais Andrew ne considérait qu'il se servait des femmes. Il conduisait leurs voitures de sport, il buvait le bordeaux de leur père, il acceptait en présents des bijoux, des articles de toilette. Ce qu'il donnait en échange, jamais ces femmes ne l'avaient obtenu d'aucun homme : une oreille compréhensive.

Même lorsqu'il mettait gentiment fin à une liaison, la femme en cause, bien loin de lui en vouloir, continuait à chanter ses louanges. Chacune avait l'impression de lui avoir inspiré un sentiment sincère, ce qui était vrai. Simplement, il se souciait avant tout de lui-même.

Sa réputation avec les femmes lui valut, non sans quelques réticences, le respect et l'admiration des « jeunes Turcs » de la Lloyds. Flatté par leur attention, sachant pertinemment qu'après avoir goûté à la grande vie, il ne pourrait jamais revenir en arrière, Andrew commença à tirer de ses nouveaux amis des informations sur les valeurs boursières et les obligations. Il n'avait pas grand-chose à investir, mais il lui fallait bien commencer à bâtir sa fortune. C'était un jeune homme très pressé.

Au bout d'une année à la Lloyds, l'un des « jeunes Turcs » le pressentit pour participer à une spéculation garantie par le groupe. Comme il ne possédait pas un capital suffisant, le groupe était disposé à financer sa part... à condition qu'il se chargeât de quelques modifications discrètes mais vitales dans certains dossiers maritimes.

En dépit de cette brillante occasion de se faire plus d'argent d'un coup que n'en avait gagné son père en toute une vie, Andrew hésita. Pour la première fois de sa vie, il avait l'impression de s'aventurer dangereusement hors de son terrain. Tout en ayant désespérément envie de se sentir l'égal de ses amis plus fortunés, mieux apparentés, il conservait des antennes de petits bourgeois qui l'avertissaient d'un danger. Sans cesse pressé de se décider, accablé de sarcasmes par certains qui n'avaient pas désiré sa participation, il était torturé par l'indécision. S'il avait lu plus attentivement ses classiques à Cambridge, il aurait peut-être reconnu pour ce qu'elle était la tentation qui se présenta à lui.

Elle s'appelait Teresa, et c'était une vision fugitive et glacée qui passait dans les rubriques mondaines des journaux de Londres. Elle était aussi la sœur de l'un des partenaires éventuels d'Andrew.

Teresa, qui ne lui avait jamais accordé une grande attention, s'abattit sur lui avec tout le pouvoir de sa beauté et de son inaccessibilité. A force d'imperceptibles sourires et de caresses intimes, elle tissa autour d'Andrew un réseau de rêve, fit de lui son compagnon attitré dans la haute société londonienne. En même temps, elle ne lui cacha pas que, tout en l'aimant à la folie, elle n'épouserait jamais un homme sans fortune.

Andrew avala l'appât doré sans même sentir l'hameçon. Des visions d'une grandiose cérémonie de mariage dansaient dans sa tête, et il finit par accepter de glisser certains documents dans les dossiers de la Division maritime.

Le navire marchand grec que le groupe avait ostensiblement « acheté » fut assuré par la Lloyds. Le moment venu, les rapports annonçant que le navire avait chaviré et coulé furent confirmés, et la demande de règlement fut présentée. Mais un enquêteur clairvoyant remarqua certaines contradictions qui, à leur tour, en amenèrent d'autres. On découvrit finalement que le navire en question reposait depuis dix ans au fond de la Méditerranée. Et les documents révélèrent qu'Andrew, sciemment ou non, avait assuré un vaisseau fantôme.

Tout au long de l'interrogatoire qu'il subit à la Lloyds, Andrew s'obstina à affirmer son innocence dans l'affaire, mais ses réponses n'étaient pas convaincantes. Il se refusait à impliquer ses amis. Il jugeait de son devoir de les maintenir en dehors de l'enquête, afin de leur prouver, à eux et à Teresa, qu'il était digne d'appartenir à leur groupe. Néanmoins, quand, après l'avoir menacé de renvoi, on parla de procédure criminelle, il finit par donner leurs noms.

Pas un instant il ne douta du soutien de ses amis. Durant le temps où il fut suspendu de son emploi, il s'efforça de prendre contact avec eux. Mais personne ne répondait à ses appels téléphoniques, et il fut poliment mais fermement éconduit lorsqu'il se présenta chez eux. Le plus dur fut la silencieuse disparition de Teresa.

Quand il fut enfin convoqué devant la commission d'enquête, il fut foudroyé en constatant qu'il était le seul accusé. La commission l'informa que le navire assuré par ses soins était la propriété d'une série de compagnies fictives disséminées de Panama à Hong Kong. Il était impossible de débusquer les véritables propriétaires. Comme sa signature était la seule qui figurait sur les documents, il serait seul, aussi, à être poursuivi pour fraude et extorsion de fonds.

Mis à la porte de la Lloyds, informé qu'il ne devait pas quitter Londres, Andrew regarda s'écrouler cet univers doré qu'il avait pu croire à sa portée. Dans une crise de fureur, il fit irruption dans une grande soirée mondaine du West End. Il y trouva ses amis, qui se moquèrent de lui, et Teresa dans les bras d'un autre. Au bord de la folie, il considérait que c'était elle, et non les autres, qui l'avait trahi. En cet instant, Andrew, qui s'était sincèrement imaginé avoir trouvé l'amour, se prit d'une haine et d'un mépris farouches pour toutes les femmes. Les malheurs qu'il avait semés sur son passage au cours des années étaient loin d'avoir effacé le souvenir indélébile de cette première humiliation.

La drogue faisait maintenant son effet. Il sentait les milliers de burins fouillant son cerveau desserrer peu à peu les anneaux de folie qui lui enserraient l'âme. Andrew jeta un coup d'œil à sa montre. Trois minutes seulement s'étaient écoulées. Pas assez longtemps, sûrement, pour éveiller les soupçons de sa secrétaire. Il emplit le lavabo, plongea son visage dans l'eau froide, et demeura ainsi le plus longuement possible...

Durant près de deux semaines, la Lloyds avait laissé Andrew suspendu au crochet de l'incertitude. Le matin, il s'éveillait malade d'angoisse à l'idée que le dernier acte, inévitable, allait se jouer le jour même. Il avait songé à fuir mais il avait acquis la conviction que c'était précisément ce qu'« ils » espéraient ; il leur fournirait ainsi une preuve supplémentaire de sa culpabilité. Il attendait donc, seul dans son misérable studio, l'oreille tendue vers un bruit de pas dans l'escalier, un coup bref frappé à sa porte.

Le cauchemar eut lieu mais de façon inattendue. A la place de la police, ce fut Silas Lambros qui se présenta. Hébété, Andrew écouta en silence le légendaire patron de Tyne & Wear lui expliquer qu'il avait convaincu la Lloyds de ne pas le poursuivre en justice. En retour, il comptait sur Andrew Stoughton pour entrer, dès le lendemain, comme employé dans les services financiers de sa compagnie. Silas Lambros lui fit clairement comprendre qu'il n'avait pas le choix. S'il faisait quoi que ce fût qui déplût à son nouveau maître, il se retrouverait confié à l'hospitalité de la prison de Wormwood Scrubs.

Ce vieux salaud aurait voulu m'enchaîner à vie, pensa Andrew en s'essuyant le visage. Si je n'avais pas vu cette chance de rédemption pour ce qu'elle était exactement : une prison, aux murs aussi massifs que ceux de Wormwood Scrubs... Mais je ne peux pas régler son compte à Silas, pas encore...

Il vérifia minutieusement son apparence dans la glace. Pas un cheveu dérangé, rien qui évoquât la torture à laquelle il avait survécu. Tout en examinant son reflet, il voyait la figure terrifiée de la ravissante Teresa, ses jointures blanchies sur le volant, les yeux affolés qui allaient sans cesse de la route au conducteur impassible de la voiture qui se maintenait à sa hauteur. Elle hurlait, tournait violemment le volant pour écarter l'homme qui la menaçait, accélérait dans un vain effort pour lui échapper. Soudain, la route disparut, et le cabriolet blanc s'envola au-dessus d'un précipice, près d'un village suisse dont le nom n'était même pas porté sur la carte.

Andrew revoyait le contraste entre les noirs cheveux de Teresa et la blancheur de sa voiture. Rebecca, dans les ultimes secondes, aurait la même expression, impuissante, paralysée, définitivement vaincue. Et, comme Teresa, Rebecca, dans ces dernières secondes, mesurerait le prix à payer pour la petite victoire qu'elle avait remportée.

25

— Je n'arrive pas à y croire!

L'émerveillement qu'exprimait la voix de Rebecca fit à Dallas un vif plaisir. On aurait dit une petite fille qui découvre les cadeaux sous le sapin, le matin de Noël.

Il l'avait surprise à parcourir le site, au crépuscule. Elle regardait autour d'elle comme si elle voyait Les Flots pour la première fois.

Les dix *palapas* étaient construites. Elles formaient un demi-cercle, derrière un rideau de végétation qui les séparait de la plage. Chaque hutte possédait une véranda et était orientée de manière à permettre aux alizés d'entrer par les fenêtres pour rafraîchir l'intérieur. Sur les plates-formes, des tronçons de bois de fer laqués faisaient office de tables basses. Dans les piliers avaient été enfoncées de grosses chevilles où l'on pourrait accrocher des hamacs.

Le mobilier, semblable dans chaque hutte, était en partie complet : un lit encastré, un placard, un meuble à tiroirs, un bureau. De grands ventilateurs étaient suspendus aux poutres faîtières.

— Ça paraît encore bien nu, reconnut Rebecca. Les chaises, la literie et la décoration ajouteront la couleur nécessaire.

Elle alla d'une *palapa* à l'autre pour les examiner en détail. Elle aimait l'odeur pénétrante du bois, l'impression d'espace apportée par le toit pentu, l'atmosphère de paix et d'intimité qui faisait de chacune d'elles un petit univers à part.

— Si je devais venir séjourner ici, dit Dallas, je n'aurais plus envie d'en repartir.

Un peu à l'écart des autres, se dressait la plus grande *palapa*, qui faisait quatre fois leur taille. Le plafond, au plus haut, était à dix mètres du sol. Séparé du reste par une paroi de bambou, le côté gauche était une salle à manger en plein air; par mauvais temps, des stores de roseaux pouvaient être descendus en un instant et solidement fixés. A droite se trouvaient le bar et un espace semi-circulaire qui serait le salon.

La cuisine, encore vide, mis à part les tuyaux et les prises électriques, était située derrière la salle à manger et flanquée d'une office. A gauche du bar, on avait réservé un petit espace qui deviendrait le bureau de Rebecca.

Lentement, la jeune femme parcourut la *palapa*. Elle passait la main sur le bois des surfaces, comme pour se convaincre que tout était bien réel. A l'entrée de la cuisine, elle s'immobilisa pour regarder Dallas, qui, appuyé à la balustrade de la véranda, allumait une cigarette.

Il m'a donné six mois de sa vie sans rien demander en retour. Pourquoi ? Quelle importance tout ceci peut-il avoir pour lui ?

Pas un instant, elle ne s'était attendue à le voir rester si longtemps. Au début, elle avait pensé qu'il la quitterait quand on se serait débarrassé des palétuviers. Par la suite, elle avait cru qu'il s'en irait lorsque le dur travail d'abattage des arbres et de traitement des troncs serait achevé. Quand viendrait le moment de creuser les tranchées et de poser les tuyaux, il remonterait sûrement à bord de son bateau... Mais il n'en avait rien fait.

Les semaines s'écoulant, Dallas Gibson était devenu un élément familier du petit monde fermé de la caye de Windemere. Rebecca trouvait rassurant d'entendre dès le matin sa voix, quand il bavardait avec les hommes qui déjeunaient de pain et de papayes. Le talent d'organisateur de Dallas avait eu tôt fait de lui gagner le respect des ouvriers. En dépit de l'énorme différence qui existait entre l'équipe venue d'Angeline City et les Mayas originaires de l'intérieur, il avait vite réussi à les faire travailler côte à côte. Il savait d'instinct jusqu'à quel point il pouvait faire travailler les hommes.

Toutefois, en dépit de l'influence qu'il exerçait sur eux, jamais il n'avait usurpé l'autorité de Rebecca. Jamais il ne faisait une suggestion en leur présence. Toutes les fois qu'ils étaient d'avis différents, c'était celui de la jeune femme qui prévalait.

Il existait pourtant un tout autre aspect chez cet homme qui aimait jouer aux dominos devant le feu, qui dirigeait l'équipe des Mayas dans une partie de football contre les travailleurs de Rebecca. Celle-ci pressentait parfois cet autre Dallas quand, assis au bord de l'eau avec un Maya, elle le voyait l'écouter attentivement tout en dessinant, avec un morceau de bois, des signes dans le sable. A plusieurs reprises, elle s'était rendue à cet endroit, avant que la marée eût effacé les dessins. Elle les avait longuement examinés, sans parvenir à déchiffrer les inscriptions. Elle ne lui avait jamais demandé de les lui expliquer.

Il y avait aussi le Dallas Gibson qui, au crépuscule, prenait son bateau pour aller pêcher pendant une heure de l'autre côté du récif. A l'aube, quand tout le monde dormait encore, on le voyait descendre la pente de la colline. Pourquoi montait-il là-haut, et qu'y trouvait-il ? Rebecca ne le sut jamais.

Elle le regardait fumer sa cigarette, dans le silence qui les enveloppait tous les deux, et elle aurait aimé mieux connaître cet homme érudit qui semblait tellement indépendant. Parfois, lorsqu'elle avait une conscience aiguë de sa présence, elle se retournait, croisait son regard fixé sur elle. Elle aurait aimé qu'il vînt à elle et la prît dans ses bras, pour lui exprimer toutes les pensées muettes qu'elle voyait passer dans ses yeux noisette.

Il se sent encore responsable de l'accident de Max, se disait-elle. *Les paroles que j'ai prononcées à Pusilha n'ont pas suffi. Peut-être même ne croit-il pas que je lui ai pardonné.*

Elle fit vers lui un pas hésitant. Elle avait beau ressentir à son égard une profonde gratitude et une indéniable attirance physique, elle avait peine à se fier entièrement à lui. Toutes les fois que la solitude menaçait de l'accabler, quand elle éprouvait le désir douloureux d'avoir près d'elle le corps de Dallas, elle baissait toujours les yeux sur son hippocampe. Parfois, la tentation de l'arracher de son cou, de le jeter dans l'océan devenait irrésistible. Mais elle ne pouvait s'y résoudre. Le pendentif lui rappelait la promesse faite à Max de venger un jour sa mort et d'amener le châtiment sur la tête des coupables.

A quelle sorte de vie cette promesse me condamne-t-elle?

Le contact de Dallas, inattendu mais si doux, la fit sursauter.

– Marchons un peu, dit-il.

Il lui passa un bras autour de la taille, comme si c'était la chose la plus naturelle du monde. Sans un mot, elle se laissa entraîner. Du même pas, qui amenait leurs hanches à se toucher légèrement, ils se dirigèrent vers la plage. C'était si bon que Rebecca aurait aimé marcher ainsi éternellement.

Quand Dallas prit la parole, ce fut d'une voix basse, pensive. Il contemplait, droit devant lui, la plage argentée par la lune et parlait comme si les événements qu'il relatait s'étaient déroulés juste devant ses yeux. Il raconta son enfance à San Francisco, son premier voyage à Mérida, au Mexique, où il avait escaladé les ruines mayas avec son père.

– Je ne voulais plus rentrer à la maison, dit-il. J'aurais bien passé là-bas le reste de ma vie.

Sa fascination pour la culture et les connaissances des Mayas trouva son expression naturelle dans l'archéologie. Du collège, Dallas était passé directement à l'université de Chicago, où enseignaient certains des meilleurs spécialistes du pays dans ce domaine. Il obtint sa licence en trois ans, sa maîtrise en dix-huit mois. Il avait travaillé en Égypte, sous la direction du Dr Emil Shulmann, de renommée mondiale. Il était à mi-chemin de ses recherches aux Angelines quand il avait rencontré Max.

– Max a ouvert pour moi l'univers des Mayas. Il en savait plus sur leur civilisation que la plupart des experts. Plus tard seulement, lorsqu'il m'a parlé d'Apho Hel, j'ai compris que je pourrais l'aider.

Dallas étudia toutes les bribes d'information qu'avait rassemblées Max sur la tribu d'Apho Hel. Parce que Pusilha avait manifestement eu une signification particulière pour Apho Hel, il en avait fait sa base. A mesure que se développaient les fouilles, il passait des heures épuisantes à déchiffrer des codes, des inscriptions, à chercher l'indice qui lui permettrait de retrouver la tribu. Sur la plus mince indication, il partait à travers la jungle, plongeait chaque fois plus profond au cœur des forêts, rencontrait des sites dont personne avant lui n'avait même soupçonné l'existence. Ses découvertes faisaient sensation dans l'univers archéologique, mais le destin d'Apho Hel et de son peuple continuait à lui échapper.

— Pusilha est la clé, affirma Dallas. Je sais que, si nous creusons assez profond, nous découvrirons une indication sur sa disparition.

Rebecca lui prit la main, l'obligea à se tourner vers elle.

— Un jour, quand je pourrai prendre la place de Max et vous aider, la retrouverez-vous pour moi ?

Il passa les doigts dans l'épaisse chevelure noire de la jeune fille, attira lentement sa bouche vers la sienne.

— Je vous promets de la retrouver.

Dans ce baiser, Rebecca sentit tout l'amour de Dallas couler en elle. Tout en tremblant à son contact, elle prit conscience d'un sentiment qu'elle n'avait jamais éprouvé avec Andrew : la certitude que l'amour de Dallas s'accompagnait d'une profonde sollicitude à son égard.

Il existe en ce monde quelqu'un pour chacun de nous.

Les mots de Jewel brillaient du même rayonnement qui environnait Rebecca cette nuit-là. Elle ne pouvait se persuader qu'ils n'étaient qu'un mensonge.

— Nous ferions bien de rentrer, dit-elle.

Ils étaient restés debout, immobiles comme des statues, changés en albâtre par la lune. La marée montait, mais ils ne sentaient pas l'eau tiède tourbillonner autour de leurs chevilles. A regret, ils se séparèrent, non sans s'attarder encore à quelques caresses. Lentement, ils se dirigèrent vers les lumières.

— Quand partez-vous pour New York ? demanda Dallas.

— Dans deux jours. Je ne pense pas que personne ait envie de bouger demain.

— Ça, au moins, c'est une certitude, fit-il en riant.

Rebecca avait organisé un formidable dîner pour tout le monde, après la pose du dernier clou. Jewel s'était rendue à Angeline City, en était revenue avec tout le nécessaire pour un magnifique festin dont la pièce de résistance, un cochon entier, rôtissait maintenant dans une fosse creusée dans le sable et recouverte de branches. Elle avait aussi rapporté assez de rhum pour faire couler un navire de guerre.

— Et vous ? questionna Rebecca.

— Les hommes vont retourner à Pusilha. Je les accompagnerai... à moins que vous n'ayez personne pour surveiller les lieux en votre absence.

Elle s'en voulut de n'y avoir pas songé. Elle ne pouvait laisser Les Flots sans protection.

— Je n'en sais rien, dit-elle.

— Permettez-moi de m'arranger avec Bones pour me faire ravitailler, insista-t-il doucement.

Elle lui prit le visage entre ses deux mains.

— Vous avez déjà tant fait pour moi...

Il lui posa un doigt sur les lèvres.

— Alors, permettez-moi de rester jusqu'au bout. Croyez-moi, le pire qui puisse m'arriver, c'est de perdre tout mon argent en jouant au poker avec les Mayas.

— Je serai de retour le plus vite possible, lui promit-elle.

— J'y compte bien.

26

New York en mai, avec ses jours tièdes, parcourus d'un vent doux, et ses nuits agréablement fraîches, agit sur Rebecca à la manière d'un élixir. Elle en ressentit l'effet dès l'instant où elle reconnut Lauren et Ramsey Peet, derrière la barrière de La Guardia.

Lauren, après l'avoir serrée contre elle, la repoussa à bout de bras, pour s'écrier :

— Rebecca, je ne vous reconnais vraiment plus!

La jeune femme lui sourit. Elle prenait tout à coup une conscience aiguë de l'élégance de Lauren, comparée à son propre jean déteint, à son chemisier lavé et relavé, à ses mocassins éculés.

Ramsey savait que sa femme ne faisait pas allusion à la tenue de Rebecca. Celle-ci avait changé, et son aspect extérieur illustrait simplement ce changement : les rides minuscules sur un front naguère lisse, les lignes qui se dessinaient nettement des ailes du nez aux commissures des lèvres, les yeux gris, maintenant plus clairs, mais plus distants aussi. Des yeux au regard circonspect, pénétrant, qui allaient de pair avec une voix assurée, presque autoritaire.

— Vous n'avez rien de prévu pour cet après-midi, n'est-ce pas? demanda Lauren.

Sans attendre de réponse, elle poursuivit :

— Tant mieux. Vous pourrez profiter de mon rendez-vous chez Miro. Je me demande comment vous avez fait pour abîmer cette jolie peau. Et vos cheveux! Dis-le-lui, Ramsey.

— Vous êtes magnifique, déclara Ramsey, avec un petit rire.

Rebecca n'en passa pas moins l'après-midi chez Miro, l'institut de beauté le plus chic de tout New York. Après un récurage consciencieux dans un bain japonais, son corps fut livré à une

Suédoise vigoureuse, dont les doigts en forme de saucisses parvinrent à détendre tous les muscles qui s'étaient contractés en permanence à la caye de Windemere.

— Si j'avais à deviner votre métier, madame, je dirais que vous êtes ou bien une danseuse ou bien un ouvrier du bâtiment, murmura la Suédoise, avec un parfait accent de Brooklyn, tout en raffinant la torture.

Quand Lauren vint chercher Rebecca, elle lui apportait deux nouvelles toilettes, un ensemble-pantalon en soie grège, de chez Balmain, et une aérienne robe printanière, signée Susan Prentiss, de Londres.

— Ah, je retrouve ma Rebecca! constata Lauren, lorsque la maquilleuse en eut fini avec la jeune femme.

Après l'épreuve subie sous les mains de Tina la Terrible, Rebecca avait été tentée d'abandonner. Mais elle ne s'était pas sentie aussi détendue, aussi dorlotée depuis des mois. Au diable la culpabilité! Elle avait bien mérité ce genre de traitement!

Brusquement, elle souhaita de tout son cœur que Dallas pût la voir.

— Où allons-nous, maintenant? demanda-t-elle en s'installant dans la limousine des Peet.

— J'ai pensé que nous pourrions prendre le thé au Plaza avant de rentrer. Nous ne dînerons pas avant neuf heures. Bix et Torrey nous retrouvent à Chinatown. Ils meurent d'envie de vous revoir.

Tandis que le chauffeur se faufilait dans la circulation, Lauren parla du succès que remportait Torrey dans son affaire, décrivit la charmante maison qu'il partageait avec Bix, à Greenwich Village.

— Je m'étais dit que nous inviterions Eric Walker à se joindre à nous. Il est encore temps de l'appeler.

Rebecca la gratifia d'un regard significatif.

— Ne commencez pas à jouer les marieuses. C'est la prérogative de Jewel.

Elle parut ne pas voir la moue exagérée de Lauren.

Les retrouvailles avec Bix furent telles que les avait imaginées Rebecca. Tout en dégustant des mets exotiques, les deux jeunes femmes ne cessèrent de bavarder, contant les événements survenus depuis leur dernière rencontre.

Bix était rayonnante. On aura beau dire, pensa Rebecca en l'observant, toute femme a besoin d'un homme, pour se sentir nécessaire.

La sollicitude de Torrey, son ton gentiment moqueur lorsque Bix se laissait emporter à l'occasion de vives controverses, les caresses, les contacts furtifs en disaient long sur leurs rapports.

Rebecca songeait à tout cela lorsqu'elle entendit Ramsey demander:

— Si j'ai bien compris, vous avez beaucoup vu Dallas Gibson aux Angelines?

La jeune femme rougit.

– Mais oui.

Elle changea aussitôt de sujet, mais le bref silence qui avait suivi sa réponse la persuada qu'ils avaient tous remarqué son ton évasif.

Quand vint minuit, on lui avait soutiré jusqu'au moindre détail de la construction des Flots. Les photos avaient passé de main en main, et l'on avait bu un dernier verre de mai-tai, liqueur chinoise très alcoolisée. Rebecca embrassa Lauren et Ramsey, leur demanda de ne pas l'attendre : Bix et elle allaient probablement passer la nuit à bavarder.

La maison de Perry Street ne ressemblait plus guère aux souvenirs de la jeune femme. Quand l'immeuble avait été vendu en copropriété, Torrey avait acheté l'appartement du premier étage et en avait abandonné à Bix la décoration intérieure. Les vastes canapés recouverts de velours côtelé, les tapis Navajo, les grandes jardinières de cuivre indiennes, les gravures de Warhol et de Roy Lichtenstein donnaient à la salle de séjour une atmosphère chaleureuse, détendue.

– Eh bien, mesdames, je suis sûr que vous avez des tas de choses à vous dire, déclara Torrey. Moi, je vais me pieuter.

– Tu vieillis, murmura Bix, tout en lui rendant passionnément ses baisers.

– Il t'aime profondément, n'est-ce pas ? dit Rebecca.

– Bien sûr, fit Bix d'un ton léger. À quoi bon ne pas aimer ?

Quand elle eut rapporté du café de la cuisine et se fut adossée à un tas de gros coussins, elle ajouta :

– Avec toi, il représente ce qu'il m'est arrivé de meilleur dans la vie.

Elle attendit de voir si Rebecca allait rompre le silence. Il n'en fut rien. Elle reprit :

– Parle-moi, Becky.

Les mots vinrent enfin, hésitants d'abord, comme sortent du bois de timides créatures, puis plus vite. Finalement, Rebecca aurait été incapable de s'arrêter, même si elle l'avait voulu. Elle révéla toutes les craintes secrètes qu'elle avait si soigneusement cachées.

Elle parla à Bix du pot-de-vin qu'elle avait dû verser pour obtenir ses permis, de ses difficultés pour se procurer de la main-d'œuvre, de la façon dont on l'avait escroquée en lui fournissant du bois. Elle décrivit l'état de peur dans lequel elle avait vécu. Elle retraça les heures de travail épuisant, avoua que, bien souvent, elle avait failli renoncer parce que, en dépit de tous ses efforts, le rêve ne cessait de se dérober au lieu de se rapprocher.

Lorsqu'elle se tut, Bix voyait un tableau fait d'aventures passionnantes et d'anecdotes amusantes, bien différent de celui que Rebecca avait brossé pendant le dîner.

– Mais tu as réussi ! ne se lassait-elle pas de répéter. Les Flots

222

ont maintenant une existence réelle. Personne ne pourra te les enlever.

– Le centre est peut-être réel mais il est loin d'être achevé, riposta Rebecca.

Elle détailla tout l'équipement qui lui manquait encore, cita les prix astronomiques qui se pratiquaient aux Caraïbes.

– Je ne peux absolument pas me procurer là-bas ce dont j'ai besoin, même d'occasion.

– As-tu la liste de ce qu'il te faut ?

Bix examina les papiers que lui tendit Rebecca.

– Aucun problème, annonça-t-elle joyeusement.

– Je vois, fit ironiquement son amie. Tu vas me sortir tout ça d'un chapeau.

– Un très grand chapeau. Ne fais aucun projet pour après-demain.

Bix refusa de s'expliquer. Elle changea de sujet.

– Tu ne veux pas me parler de Dallas ?

Rebecca se sentit tentée. La pensée de Dallas n'avait cessé de hanter son esprit depuis son départ des Angelines. Son souvenir la réchauffait, celui de ses baisers faisait battre son cœur un peu plus vite. Mais elle ne savait trop comment elle allait l'introduire dans sa vie – si cela devait se produire. Délibérément, elle s'était contrainte à ne rien attendre, à dissiper les rêves. Ceux-ci pouvaient être dangereux, mortels, comme des créatures dont les tentacules vous réduisent à l'impuissance. Font de vous une victime.

– Alors ? insista Bix.

– Il n'y a rien à en dire.

Son amie posa sur elle un regard pénétrant, puis hocha la tête en disant :

– D'accord. Tu sais, et moi aussi, que je te tirerai la vérité avant ton départ.

Pas cette fois, se dit Rebecca. Elle reprit à son compte la tactique de Bix, en lui demandant gentiment si elle était enceinte ou si elle prenait simplement du poids.

Deux jours plus tard, Bix loua une voiture et emmena Rebecca à Orient Point, sur Long Island. Là, elles prirent le ferry qui, sur les eaux grises de l'Atlantique, assure la liaison entre la pointe et New London, dans le Connecticut.

– New London possède l'une des plus importantes bases de la Marine, déclara Bix à son amie, au moment où elles arrivaient devant les grilles.

– Où as-tu eu ça ? demanda Rebecca.

Elle examinait la carte de visiteur qu'un officier de la Surveillance côtière rendait à Bix.

– Tu oublies que papa est amiral.

Les dimensions des installations de New London laissèrent Rebecca abasourdie. Il y avait des kilomètres de quais, bordés de navires de guerre, de destroyers, d'escorteurs, de ravitailleurs. Bix fut obligée de réduire sa vitesse pour éviter de renverser les marins et les officiers qui circulaient dans les rues étroites. Elle s'arrêta devant un énorme entrepôt, informa les gardes qu'elles étaient toutes deux attendues.

— Voilà, nous y sommes, annonça-t-elle, tandis qu'on les escortait à l'intérieur.

Rebecca, confondue, regardait autour d'elle. Aussi loin qu'elle pouvait voir, des caisses de machines et d'équipement s'empilaient sur plus de dix mètres de hauteur.

— Nous avons tout, ici, des turbines jusqu'aux clous, déclara le sous-officier qui les accompagnait. Peut-être pourriez-vous vous servir de ce plan, il vous indiquera où trouver ce que vous cherchez. Sinon, vous pourriez passer là-dedans une semaine entière et vous y perdre complètement.

Rebecca n'eut aucun mal à le croire.

Pendant que Bix essayait d'actionner le démarreur de la voiturette électrique, elle demanda :

— Bix, qu'est-ce que c'est que cet endroit, et que venons-nous y faire ?

— Ici, ma chérie, c'est le plus grand entrepôt de surplus de toute la Côte Est, et, si nous n'y trouvons pas ce dont tu as besoin pour Les Flots, je ne sais pas où nous pourrions aller. Prends le plan et sers-moi de guide. Accroche-toi.

Tout en filant à vive allure dans les passages ménagés entre les piles de caisses, Bix expliqua que la Marine se retrouvait constamment avec du matériel dont elle n'avait l'usage ni sur ses navires ni dans ses bases côtières. Deux fois par an, elle vendait ses surplus aux enchères.

— La vente de printemps se tiendra la semaine prochaine, cria-t-elle en prenant un virage sur deux roues. Nous avons de l'avance.

Elles passèrent dans l'entrepôt l'après-midi entier, et Rebecca trouva tout ce qu'il lui fallait pour Les Flots, des matelas et de la literie, une cuisine complète, encore en caisses, des générateurs, des lanternes, tout un équipement électrique.

— Combien tout ça va-t-il me coûter ? se demanda-t-elle tout haut, quand elle et Bix furent au bout de leurs recherches.

Il lui restait moins de cinq mille dollars, et il lui fallait un cinquième de cette somme pour approvisionner Les Flots. Elle devait envisager aussi le coût du transport jusqu'aux Angelines.

— Pourquoi ne pas faire une offre ? suggéra négligemment Bix.

Rebecca parcourut la liste des prix. La Marine, découvrit-elle, avait l'intention de fixer la mise à prix du matériel qu'elle voulait au double de la somme qu'elle pouvait y mettre. Par trois fois, elle reprit l'inventaire, opéra des coupes claires là où c'était possible. Finalement, elle dut s'avouer vaincue.

— C'est inutile, dit-elle tristement.

– Donne-moi un chiffre, Rebecca, insista Bix.

Son amie inscrivit une offre. Bix s'en fut trouver le sous-officier. Dix minutes après, elle était de retour.

– Rédige un chèque pour la somme totale, dit-elle à Rebecca.

– Comment ?

– Ne pose pas de questions. Rédige ton chèque !

Sans comprendre, elle obéit, regarda son amie disparaître de nouveau. Bix revint avec un sourire triomphant, brandissant une facture dûment acquittée.

– Avec les compliments de la Marine, Rebecca ! Et maintenant, va botter le cul de Silas Lambros !

Trois mois plus tard, à la fin août, Rebecca se tenait à l'extrémité du plus long appontement du port d'Angeline City. Elle scrutait l'horizon avec anxiété. Il était déjà neuf heures du matin, et le bâtiment qu'elle attendait aurait dû se présenter à l'aube.

Depuis son départ de New York, quatre-vingt-dix jours s'étaient écoulés dans un tourbillon. Dès son retour à la caye de Windemere, la jeune femme avait rappelé six hommes au travail pour apporter les dernières touches au centre de villégiature.

Là où chaque *palapa* avait naguère été séparée des autres par un espace de terre battue, il y avait maintenant un tapis de gazon, souligné par des arbustes et des fleurs aux noms exotiques, trompette des anges, plumbago, sansévérias.

L'intérieur des huttes s'était transformé. Les artisans de Jewel avaient façonné de solides fauteuils de rotin, des tables basses. Chaque chambre s'ornait d'un tableau, aux couleurs vives, au dessin audacieux, peint par un artiste local, et, au-dessus de chaque lit, était accroché un panneau décoratif. Les tapis en paille tissée, avec leurs motifs originaux, apportaient la touche finale.

En même temps, Rebecca s'attela à la réalisation de la dernière étape de son projet. Elle prit des centaines de photos, les examina d'un œil critique, reprenant d'autres clichés quand le résultat ne la satisfaisait pas. Le soir, elle étudiait les brochures fournies par les hôtels et les centres de villégiature des Caraïbes, choisissait celles qui lui paraissaient les plus frappantes, rédigeait ses propres textes. Elle expédiait le tout à Torrey et à Bix. Suggestions et commentaires s'échangeaient d'un côté à l'autre de l'Atlantique, jusqu'au moment où tout le monde se déclarait satisfait. Par la dernière lettre de Bix, Rebecca avait appris que les photos et les textes définitifs étaient partis chez l'imprimeur. Le produit fini l'attendrait à son arrivée à New York, quand tout serait prêt aux Flots.

Si toutefois ce satané bateau finit par arriver ! se dit-elle.

Peu avant le déjeuner, le navire marchand *Baltimore*, concédé à bail à la Marine des États-Unis, vint s'amarrer au quai. Rebecca se précipita à son bord pour voir le capitaine. Elle laissa échapper un long soupir de soulagement en constatant que le manifeste coïncidait avec sa propre liste.

– Dans combien de temps pourrez-vous décharger ? s'enquit-elle. Mes hommes sont prêts pour le transfert.

Le capitaine, en souriant, désigna la grue de son navire qui hissait déjà des palettes de la cale jusqu'au quai.

– Votre chargement sera débarqué le premier... sur demande personnelle de l'amiral Ryan.

Rebecca lui planta un gros baiser sur la joue, avant de redescendre la passerelle en courant.

Son navire avait jeté l'ancre.

27

A la mi-septembre, quand la saison fut passée du vert à l'or et à l'orange brûlé, Rebecca retourna à New York. Elle se retrouva dans les bureaux familiers mais, en cette fin de journée, silencieux de GoSee International, assise sur une caisse d'emballage, dans la réserve.

– Combien en avez-vous fait imprimer ? demanda-t-elle à Torrey.

Elle avait en main une brochure en quadrichromie.

– Dix mille, répondit-il laconiquement.

– Au nom du ciel, que vais-je bien pouvoir faire de dix mille brochures ? Vous rendez-vous compte de la somme que représentera à elle seule l'expédition ?

– Doucement, Becky, dit Bix. D'abord, ça revenait moins cher de faire imprimer cette quantité-là. Ensuite, tu arriveras au bout plus tôt que tu ne penses. Et, finalement, personne n'expédie rien. Nous allons porter ces brochures à domicile.

Rebecca la dévisagea d'un air méfiant.

– Bix, qu'as-tu encore inventé ?

– En fait, c'est un peu le principe qu'appliquait Torrey à ses débuts. Il existe un phénomène bien connu des étudiants depuis des années. Les gens qui déménagent ou qui partent en vacances et qui désirent se servir de leur voiture en Floride ou en Caroline, par exemple, n'y vont pas toujours par la route. Ils confient leur voiture à une agence qui, à son tour, la remet entre les mains de citoyens raisonnablement respectables, comme nous, pour l'amener à destination. L'agence paie les frais d'essence plus une modeste rétribution. Ce qui compte le plus, pour nous, c'est le délai qu'ils accordent pour livrer la voiture à une destination particulière. Une semaine entière, par exemple, de Boston à Miami. Comme nous pourrions couvrir cette distance en trente heures sans escale, imagines-tu le nombre d'endroits où nous pourrions nous arrêter entre-temps ?

– Et, si nous touchons une grosse berline, nous pourrons

emporter tout ce qu'elle sera capable de contenir, dit Rebecca, les yeux brillants.

– Nous n'accepterons rien de plus petit qu'un break, confirma Bix.

– Alors, qu'attendons-nous?

Durant les quatre semaines suivantes, Rebecca et Bix allèrent, au nord, jusqu'à Bangor, dans le Maine, à l'est, jusqu'à Chicago et Green Bay, au sud, jusqu'à Atlanta, et remontèrent toute la côte atlantique. Elles firent même trois incursions au Canada, à Montréal, Ottawa et Toronto.

Munies du guide de Torrey qui donnait la liste de tous les collèges et universités, elles choisissaient soit des villes universitaires, soit celles dans le voisinage desquelles se trouvaient plusieurs collèges. Avec un peu de chance, leur destination finale comportait, elle aussi, une importante population estudiantine.

Quand elles arrivaient sur un campus, Bix se dirigeait tout droit vers le bureau de voyages. Armée d'une lettre d'introduction de Torrey, elle persuadait les directeurs de lui prendre plusieurs centaines de brochures et leur faisait promettre de parler des Flots lorsqu'ils passaient un article dans le journal des étudiants. Elle exposait la meilleure façon de se rendre aux Angelines, laissait les horaires et les tarifs des lignes aériennes. Parfois, elle amadouait le directeur en lui offrant un circuit personnel des Angelines s'il y amenait un groupe.

Rebecca, elle, faisait le tour des dortoirs, accrochait ses brochures à tous les tableaux d'affichage qu'elle rencontrait. Elle ne manquait aucune occasion de s'adresser aux clubs et aux fraternités d'étudiants. Ses armes étaient l'agrafeuse et les punaises, elle s'en servait impitoyablement.

Lorsqu'elles le pouvaient, les deux jeunes femmes passaient la nuit sur le campus ou dans les pensions peu coûteuses qui recevaient des étudiants. Elles prenaient leurs repas dans les cafétérias universitaires et utilisaient les facilités des installations sportives pour prendre une douche rapide et se changer. Après quoi, il fallait reprendre la voiture ou le fourgon et conduire toute la nuit jusqu'à l'étape suivante.

C'était une vie épuisante, mais l'enthousiasme de Rebecca ne languit jamais. D'un campus à l'autre, elle était de plus en plus convaincue que Bix et elle avaient choisi la bonne méthode. Elle restait confondue devant les foules d'étudiants concentrées sur une superficie relativement réduite. On trouvait là une population qui vivait sous un climat froid six mois de l'année, pour qui le sable et le soleil représentaient un rêve lointain, la plupart du temps irréalisable. Eh bien, désormais, ils auraient une solution. Si seulement un demi pour cent de ces jeunes faisaient l'effort de retenir des places à tarif réduit sur un vol de Miami à Angeline City, ils pourraient passer toute une semaine dans son paradis pour la modeste somme de vingt dollars par jour, repas compris. Toutes les consommations étaient affichées à un dollar. Le soleil, la plage, l'océan étaient gratuits.

Mais il faut qu'ils sachent que Les Flots existent!

C'était cette pensée qui soutenait Rebecca, lorsqu'elle croyait ne pas pouvoir conduire une heure de plus sur une autoroute balayée par la pluie, ou supporter un autre repas graillonneux.

En octobre, lorsqu'elles revinrent à New York, Torrey leur montra le système de réservations qu'il avait mis au point. GoSee avait été doté d'un autre numéro de téléphone. Le personnel de Torrey prendrait les réservations, mettrait les acomptes en banque, organiserait les vols. Après avoir envoyé au client une lettre de confirmation et un récépissé, GoSee appellerait Rebecca, qui irait les attendre à Angeline City et transporterait les arrivants jusqu'à Windemere.

Le jour où Rebecca devait reprendre l'avion, Torrey lui demanda, pendant le déjeuner :

– Vous êtes sûre que tout est prêt, de votre côté ?

La délicieuse salade de fruits de mer elle-même ne parvenait pas à tenter la jeune femme, tant elle était nerveuse.

– Tout l'équipement de la cuisine est en place et a été testé. Les installations des salles de bains fonctionnent. Le générateur fournit plus de courant qu'il n'en faut, les citernes sont pleines. Les *palapas* sont prêtes; il ne reste qu'à faire les lits. Je me suis même procuré des cartons de brosses à dents... Il ne manque plus que les occupants, ajouta-t-elle avec un faible sourire.

Torrey sortit de sa poche un chèque rose.

– Eh bien, vous allez en avoir au moins deux. Ceci est arrivé pendant que vous étiez encore sur la route, mesdames.

Lentement, Rebecca lut le nom du bénéficiaire, sur le chèque : GoSee et, entre parenthèses, Les Flots.

L'ouverture des Flots était fixée au dernier jeudi de novembre, premier jour du week-end férié pour la fête de Thanksgiving. Rebecca effeuillait l'éphéméride et devenait de plus en plus invivable. Elle le savait mais n'y pouvait rien.

C'était Jewel qui faisait les frais de son irritabilité. Quand les deux femmes se rendaient à Angeline City pour examiner des candidates cuisinières ou femmes de chambre, Rebecca soumettait chacune d'elles à un véritable flot de questions qui l'amenait souvent au bord des larmes.

– Vous ne cherchez pas un chef pour les cuisines du Premier ministre! souffla Jewel, un jour où une candidate se retirait, totalement abattue.

– Non, répliqua la jeune femme. Je veux mieux encore!

Jewel finit par s'allier avec Dallas Gibson pour retenir Rebecca pendant qu'elle-même se chargeait du recrutement.

Quand vint le moment d'emmagasiner des provisions, la brave

femme dut encore intervenir. Le congélateur n'aurait jamais suffi à contenir tout ce que commandait la jeune femme.

Sans cesse surgissaient des problèmes de dernière minute. Rebecca réveilla une fois Jewel au beau milieu de la nuit.

– Je viens de penser que les verres n'étaient pas arrivés!

– Ils arriveront bien assez tôt, grommela Jewel.

– Et s'ils n'arrivaient pas?

– Dans ce cas-là, les gens boiront leur bière à la bouteille, comme tout le monde, et on achètera des gobelets en plastique.

La jeune femme jugea la solution raisonnable.

– Mais aurons-nous assez de glace?

Si Rebecca avait des problèmes – ou croyait en avoir –, le manque de réservations n'en faisait pas partie. Dès la mi-novembre, tout était retenu, et, selon Bix, on commençait à recevoir des demandes pour les vacances de Noël et du Jour de l'An. Une tourmente précoce, qui avait laissé trente centimètres de neige sur tout le Nord-Est, avait fait merveille pour les affaires. Si les bulletins de confirmation envoyés par GoSee n'étaient pas parvenus à convaincre Rebecca, le relevé de novembre envoyé par la Banque Walker vint la rassurer. Pour la première fois depuis qu'elle avait ouvert un compte au nom des Entreprises McHenry, la rapide dégringolade du solde créditeur s'était arrêtée.

Le vingt-quatre novembre, deux jours avant l'ouverture officielle des Flots, Rebecca se rendit sur le continent. A Angeline City, elle rassembla les employés engagés par Jewel et les ramena à la maison de la plage, afin de passer en revue une dernière fois avec eux leurs responsabilités. Le soir, juste avant la fermeture des marchés, elle surveilla le transfert sur la barge des provisions et des boissons. Tout le monde passerait la nuit chez Jewel. Le lendemain matin, avant l'aube, Rebecca conduirait les femmes jusqu'à la gabare, qui partirait aussitôt. Elle-même resterait à bord du bateau, près de ses provisions, le fusil à sa portée. Si Silas Lambros méditait de lui faire une surprise, ce serait pour lui le moment d'agir.

A la caye de Windemere, Dallas Gibson effectua sa dernière ronde. Il n'y avait pas manqué une seule fois depuis le départ de Rebecca, même s'il savait que lui-même et les trois Mayas restés avec lui étaient les seuls occupants de la caye. Pour Dallas, Les Flots représentaient autre chose qu'un assemblage de *palapas*. C'était un prolongement de la femme qu'il brûlait de tenir à nouveau dans ses bras, et il était bien décidé à assurer aux Flots la même protection que s'il s'était agi de la chair et du sang de cette femme.

Près du feu qui brûlait sur la plage, Dallas prit une tasse de café avec ses hommes, avant de disparaître dans le baraquementdortoir. Un très long moment, il demeura étendu sur le flanc, les yeux fixés, à travers la fenêtre, sur la mer. Enfin, il s'endormit et rêva de Rebecca.

Les trois intrus, en file indienne, émergèrent de la jungle qui couvrait le centre de la caye et, prudemment, s'aventurèrent en terrain découvert. Sur la plage baignée de lune, un feu flambait et projetait sur le sable les ombres vacillantes des trois hommes assis autour de lui, qui bavardaient à voix basse en fumant, près de leurs fusils réunis en faisceau.

Le chef des maraudeurs s'agenouilla près d'un pilier d'une *palapa* pour examiner la scène. Tout était tel qu'on le lui avait dit. De toute évidence, les gardiens ne prévoyaient aucune difficulté. Des semaines de veilles monotones avaient érodé leur méfiance, faisant d'eux des proies faciles.

Le chef murmura quelques mots à ses compagnons. Les instructions de celui qui les avait engagés étaient claires : on ne devait tuer personne. Après avoir vu ses deux attaquants se fondre dans la nuit pour décrire un cercle en direction du feu, le chef enleva le morceau de tissu qui séparait les deux bouteilles accrochées à sa ceinture, les laissa tinter l'une contre l'autre. Au bruit, des oiseaux s'envolèrent des palmiers.

Comme il l'avait prévu, l'un des trois Mayas se leva pour aller voir de quoi il s'agissait. Dès qu'il se fut suffisamment éloigné des deux autres, les attaquants s'élancèrent. Le chef lui-même s'occupa du troisième homme, lui assena un coup violent derrière l'oreille. Quelques minutes plus tard, les trois gardiens inconscients étaient ligotés, bâillonnés, puis attachés au pied d'un palmier.

Le chef s'avança sur la plage pour examiner les *palapas* vides et silencieuses, tandis que ses hommes tiraient d'un sac à dos une douzaine de bouteilles aux goulots bourrés de chiffons. Une odeur d'essence se répandit. Sitôt les mèches allumées, les bombes artisanales se changeraient en mortels projectiles incendiaires.

Lancée à l'intérieur d'une *palapa*, la bouteille exploserait, les flammes se nourrissant du bois sec, des bambous, du chaume. Les Flots deviendraient un gigantesque enfer et brûleraient entièrement en quelques minutes. Personne ne pourrait arrêter la destruction. Et c'était exactement ce qu'avait exigé l'homme qui les avait engagés.

Le chef actionna un vieux briquet, enflamma une mèche. D'un grand geste négligent, il projeta la bouteille dans la *palapa* qui évoquait un baraquement. En l'espace de quelques secondes, des flammes apparurent aux fenêtres.

– Finissons-en, dit-il. J'ai quelque chose de chaud qui m'attend dans mon lit.

Les autres, en riant, s'avancèrent parmi les *palapas*. L'un d'eux, après avoir allumé une mèche, était sur le point de lancer sa bombe dans la salle à manger de la *palapa* centrale lorsqu'il sentit un projectile brûlant s'enfoncer dans son épaule. La bombe parcourut seulement quelques mètres, explosa sans faire de dégâts sur le sable.

– On m'a tiré dessus, gémit l'attaquant.

Le second coup de fusil atteignit l'une des bouteilles alignées près du sac à dos. Dès qu'elle explosa, les autres suivirent.

Le chef s'était aplati au sol. On lui avait affirmé qu'il n'y aurait que trois gardes. D'où était venu le quatrième?

Il vit jaillir l'éclair du canon d'une arme, et visa dans cette direction. Un de ses hommes était abattu, son dispositif incendiaire était anéanti. S'il ne neutralisait pas ce quatrième homme – et vite –, il devrait battre en retraite. Le patron lui avait clairement fait savoir que ni lui ni ses hommes ne devaient se laisser capturer. Il ne pouvait subsister aucun indice sur ceux qui avaient attaqué Les Flots.

Soit! pensa farouchement le chef, tout en tirant sans désemparer sur l'endroit où il avait vu jaillir l'éclair. Je commence par tuer ce *puerco*. Après, je finis le travail.

Il y était poussé par les cinq mille dollars qui lui avaient été promis quand la preuve aurait été faite que Les Flots n'existaient plus. Le chef n'était pas homme à laisser une telle fortune lui filer entre les doigts.

Quand les premières lueurs du jour apparurent, la gabare arrivait tout juste à la *quebrada*, le chenal qui passait entre les récifs parallèles à Windemere. D'autre part, le vent soufflait de la caye. Pour ces deux raisons, Rebecca n'eut pas le moindre soupçon d'un malheur. Ce fut seulement quand l'aube se répandit sur l'horizon qu'elle aperçut la colonne de fumée qui s'élevait lentement de l'intérieur.

– Bones, dites au capitaine de couper les moteurs et de descendre le Zodiac.

Tandis que Bones Ainsley mouillait le canot pneumatique, elle alla chercher le fusil de Jewel. Ses doigts tremblants le chargèrent machinalement. Elle s'efforçait de maîtriser l'affolement qui la déchirait. De retour sur le pont, elle se fraya un passage parmi les hommes et les femmes qu'elle avait amenés et qui, pétrifiés, se massaient maintenant près de la lisse.

– Laissez-moi y aller seul, lui dit Bones. S'il y a encore quelqu'un là-bas...

– Je tiens à voir moi-même de qui il s'agit, interrompit Rebecca. Ne discutez pas, Bones. Pas sur ce sujet.

Elle sauta dans le Zodiac, s'accrocha fermement quand Bones mit en marche le moteur hors-bord et garda les yeux fixés sur le rivage, à l'affût du moindre mouvement.

Pendant que le canot filait vers la plage, le vent changea de direction. L'odeur de bois et de feuillage brûlés fit passer dans tout le corps de Rebecca un frisson de terreur. Elle ne sut jamais qu'elle murmurait sans cesse : « Mon Dieu, fais que rien ne soit détruit ! »

Un poing géant lui étreignit le cœur lorsque le Zodiac vira, et qu'elle entrevit les ruines fumantes parmi les arbres.

— Non, bon sang ! Non, non, non !

Elle sauta du canot dès qu'il atteignit l'eau peu profonde. Le fusil à hauteur de la taille, elle pataugea jusqu'à la plage, se dirigea vers la piste qui menait aux *palapas*. Soudain, elle trébucha.

Elle se retourna d'un bloc, les yeux fixés sur l'obstacle. Horrifiée, elle se laissa choir à genoux, abandonna son arme pour se mettre à creuser furieusement. Quand Bones la rejoignit, elle avait arraché au sable le torse de Dallas Gibson. La tête de celui-ci reposait sur ses genoux. Une horrible blessure encroûtée de sang entaillait la tempe.

Rebecca leva les yeux vers Bones, et le policier tressaillit devant la douleur qui se peignait sur son visage. Mais la tête de la jeune femme retomba en avant. Ses cheveux, comme un linceul, se répandirent sur les traits pétrifiés de Dallas, étouffant ses sanglots.

28

Les obsèques eurent lieu le dernier jour de novembre, dans le cimetière situé au sommet d'une colline qui dominait la baie de San Francisco. Le brouillard d'hiver se répandait parmi l'assemblée comme un pleureur inattendu.

A l'exception de Rebecca, seule la famille était présente. A l'établissement des pompes funèbres, Rebecca avait vu des centaines de personnes, les grands du monde de la politique, du spectacle, des affaires, qui avaient envahi la chapelle pour exprimer leur sympathie. Ils se retrouveraient tous par la suite dans la demeure des Gibson, à Pacific Heights.

La jeune femme se tenait derrière le sénateur Lewis Gibson, flanqué de sa femme et de leurs deux filles. Sur l'écho des derniers mots du pasteur, la mère de Dallas s'avança pour poser sur le cercueil de son fils une unique rose blanche, parfaite.

Rebecca attendit que les proches parents eussent fini de défiler pour présenter leurs condoléances, avant de se manifester à son tour. Après avoir escorté sa femme et ses filles jusqu'à la limousine de tête, le sénateur revint vers elle. La paix de l'après-midi fut rompue par le rugissement des motos de la police qui accompagnaient le cortège hors du cimetière.

— J'ai horreur des veillées funèbres, dit soudain Lewis Gibson, au moment où la deuxième voiture s'éloignait. C'est une coutume barbare que de laisser des étrangers faire intrusion dans votre chagrin, alors que vous aimeriez par-dessus tout rester seul avec lui.

Elle le comprenait. En dépit d'un sentiment de culpabilité, elle n'avait pu se résoudre à assister à la veillée organisée pour Dallas. Sa douleur, qu'elle ne pouvait cacher, était cependant si intime qu'elle la berçait en elle à la manière d'un fragile talisman qui serait anéanti si elle permettait à quiconque de l'entrevoir.

Elle avait connu ce même sentiment lorsqu'elle avait enterré Max.

Elle sentit la main vigoureuse de Lewis Gibson se poser sur la sienne. Ce contact lui rappela celui de Dallas, et elle souhaita pouvoir aider son père.

Le meurtre de Dallas et les événements qui avaient suivi les avaient rapprochés, Lewis Gibson et elle. Elle avait ainsi découvert à quel point le père et le fils s'étaient ressemblés.

– Je suis désolée de ne pouvoir rester, dit-elle avec difficulté.

– Je ne le désire pas. Nous avons tous à retrouver la paix... chacun seul avec lui-même.

Le cortège suivait l'autoroute qui le ramenait en ville. Conformément aux dispositions prises, la voiture qui transportait Rebecca et Lewis Gibson se sépara des autres à la bretelle de sortie de l'aéroport. Deux policiers la suivirent.

– Vous m'avez été d'un grand secours, dit Lewis Gibson. Votre présence m'a fait comprendre pourquoi Dallas était si heureux avec vous, ce que vous représentiez pour lui.

Le sénateur passa à la jeune femme une lettre écrite sur papier pelure bleu.

– La dernière page.

Dans sa dernière lettre, Dallas, pour son père, avait décrit Les Flots en détail. Les phrases débordaient d'énergie et d'enthousiasme. Rebecca vit soudain son propre nom.

« Vous vous inquiétez, maman et toi, je le sais, de me voir encore célibataire. Sans doute, avant d'avoir rencontré Rebecca, n'attachais-je pas une grande importance au mariage. Je n'avais jamais su ce que c'était que d'aimer si totalement une femme. Je n'aurais jamais cru qu'il pouvait exister quelqu'un comme Rebecca – ou, du moins, que je la trouverais jamais. Crois-tu qu'elle accepterait un type qui passe son temps à farfouiller dans l'histoire ? »

– Oh, Dieu, oui, murmura Rebecca.

Elle se remémorait leurs brèves heures sur la plage, la tendresse de ses mains, de ses lèvres, les bras entre lesquels elle s'était sentie aimée sans être possédée, la passion réprimée... Tout cela avait fait partie de la promesse de Dallas de ne pas exiger d'elle ce qu'alors elle était incapable de donner.

Elle refoula ses larmes qu'elle avait crues taries. Dans la vie, les sentiments de Dallas envers elle avaient commencé de combler le puits de solitude au fond duquel elle subsistait à grand-peine. Dans la mort, ils étaient cruels. Non seulement ils lui montraient ce qu'elle avait perdu mais ils lui rappelaient amèrement sa part de responsabilité dans les événements qui s'étaient produits.

— Il a laissé ceci pour vous, reprit Lewis Gibson, en lui donnant un petit sac en peau de chamois fermé par des lacets de cuir.

Rebecca l'ouvrit. Cinq pierres de jade, admirablement polies, se déversèrent dans sa paume.

— Ont-elles un sens pour vous? demanda le sénateur.

— Pas vraiment, non.

Elle regardait les inscriptions gravées sur les pierres. Dallas avait-il jamais interprété ces signes étranges? Elle referma les doigts sur le jade.

— Je n'aurais jamais dû lui permettre de rester à Windemere, murmura-t-elle. Si j'avais réfléchi...

— Vous n'êtes pour rien dans ce qui est arrivé à Dallas, interrompit vivement le sénateur. Dallas se trouvait là parce qu'il avait désiré y être. Personne n'aurait pu prévoir ce qui s'est passé. Je ne veux pas que vous vous fassiez des reproches.

— Je ne suis pas sûre de pouvoir vous le promettre.

— Mais moi, je peux vous promettre une chose, dit Lewis Gibson, d'une voix froide comme la tombe. Je trouverai celui qui a assassiné mon fils.

Elle ne répondit pas. Elle se rappelait l'arrivée en trombe de Lewis Gibson à Angeline City, la terrible scène à la morgue de l'hôpital, où il avait pleuré sur le corps de son fils, le sang-froid glacé dont il avait fait preuve quand Bones Ainsley avait reconstitué les horribles événements.

De l'avis de Bones, il n'avait pu y avoir plus de quatre attaquants.

— Les Mayas m'ont dit qu'ils avaient été surpris l'un après l'autre, expliqua-t-il. Selon moi, Dallas était déjà allé se coucher. Quand la *palapa* où il dormait à pris feu, il a réussi à sortir pour contre-attaquer. A ce moment, il avait pour lui l'élément de surprise. Les assaillants ne s'attendaient plus à la moindre résistance. Il a réussi à en abattre trois avant qu'ils n'aient mis le feu au reste des bâtiments. Le quatrième est parvenu à le blesser, mais Dallas a dû continuer à tirer, afin d'empêcher le dernier survivant de mener à bien la tâche pour laquelle il était venu. Quand le bandit s'est précipité vers le bateau dans lequel ils étaient arrivés, Dallas l'a suivi pour tenter de l'arrêter. Le fait que le bateau était toujours là signifie qu'il les a eus tous les quatre.

Parvenu à ce point de son discours, Bones avait marqué un temps.

— Votre fils a été blessé par trois fois. Il perdait beaucoup de sang mais il a continué à se battre.

Ce récit de l'héroïsme de Dallas était d'un piètre réconfort pour Lewis Gibson. Il ne comprenait pas pourquoi les tueurs n'avaient pas été identifiés. Bones tenta de lui expliquer qu'on n'avait rien trouvé dans leurs vêtements, que personne ne les connaissait, ni à Angeline City, ni à Stann Creek Town. Il gardait peu d'espoir de les voir identifier, d'après leur description, par des habitants de l'intérieur.

Pour Rebecca, cette conclusion réveillait l'horrible souvenir du visage impassible du conducteur qui lui avait fait quitter la route en Jamaïque. Lui non plus n'avait jamais été pris ni même identifié.

Sous l'effet de sa douleur, Lewis Gibson avait forcé la porte du Premier ministre. Il avait exigé qu'on mît en action tous les moyens possibles, il avait menacé de terribles représailles toutes les Angelines. Rebecca avait laissé sa fureur suivre son cours. Lorsque sa violence s'était épuisée, elle l'avait convaincu que punir un pays entier n'était pas le moyen de garantir la justice.

– Usez de votre influence pour aider Bones, lui conseilla-t-elle. C'est en lui que réside notre meilleure chance. S'il se révèle que les tueurs ne venaient pas des Angelines, Bones entreprendra des recherches dans les autres îles. A ce moment, il aura peut-être besoin de vous.

Mais, tandis que la limousine s'arrêtait devant l'aérogare, Rebecca sentait naître en elle une conviction. Même les pouvoirs étendus de Lewis Gibson ne lui apporteraient pas la réponse si désespérément désirée. La cible, cette nuit-là, n'avait pas été Dallas mais Les Flots. Et Rebecca elle-même. Les gens qui cherchaient à l'abattre étaient hors de portée de quiconque, fût-ce le sénateur Gibson.

Je suis la seule qui puisse vous procurer la vengeance. Et j'y parviendrai, pour votre fils et pour moi-même.

– Rebecca, vous vous sentez bien ? questionna-t-il.

– Oui... très bien.

Elle sortit de la voiture, fit effort pour recouvrer son sang-froid.

– Laissez-moi vous accompagner jusqu'à la barrière, insista le sénateur.

– Lewis, tout va bien, je vous assure. Simplement, on ne sait jamais à quel moment l'irrévocabilité de ce qui s'est passé va venir nous frapper...

Dressée sur la pointe des pieds, elle l'embrassa rapidement sur la joue.

– Je n'oublierai pas ce qui s'est passé à Windemere, murmura-t-elle. Je vous le promets.

Suivie d'un porteur, elle se dirigea d'un pas vif vers la gare. Une autre pensée lui vint à l'esprit :

Combien de personnes encore vont souffrir à cause de moi et de ce que je tente de bâtir ?

A cet instant, elle en vint presque à souhaiter que Les Flots eussent entièrement brûlé. Elle aurait pu, alors, céder à la tentation de quitter à jamais les Angelines, afin de se créer une nouvelle vie ailleurs, loin de tous ces deuils. Mais c'était impossible. Les Flots avaient survécu. Un homme, dont elle comprenait à présent seulement la place qu'il avait prise en son cœur, était mort pour protéger son rêve.

La disparition de Dallas représentait une perte douloureuse, mais elle savait maintenant qu'elle avait un autre meurtre à venger. Andrew personnifiait l'ultime menace. Il n'aurait pas de repos avant de la savoir morte, elle aussi. Mais il se cachait derrière Silas Lambros et Tyne & Wear. Pour l'atteindre, elle devrait d'abord régler ses comptes avec le vieux naufrageur.

Et c'est parfait ainsi, songea-t-elle. Parce qu'il détient encore quelque chose qui m'appartient.

La mort de Dallas éteignit chez Rebecca la petite flamme d'amour et de confiance qu'il était parvenu à faire naître. Afin d'atténuer sa souffrance, la jeune femme enterra le souvenir du compagnon aimé, retrouvant le vide familier dans lequel elle avait vécu après la trahison d'Andrew, un vide où il n'y avait pas de rêves. Seuls, Les Flots conservaient une réalité. Seuls, Les Flots, s'ils demeuraient et prospéraient, pourraient lui fournir l'arme dont elle avait besoin. Mais, si l'on voulait les voir survivre, il fallait les protéger.

A peine de retour aux Angelines, Rebecca acheta deux carabines et un fusil de chasse. Les deux agents que Bones avait postés à Windemere ne pourraient y rester indéfiniment. La jeune femme savait que son barman et son homme à tout faire étaient des tireurs accomplis. Elle-même garderait à sa portée le fusil, constamment chargé.

Rebecca parvint à la caye de Windemere avant l'arrivée d'un second groupe de clients. Il n'y avait pas de téléphone sur l'île et elle n'avait aucune idée de la façon dont s'était passée cette première semaine, cruciale.

— Ils jouaient jusqu'à n'importe quelle heure de la nuit, lui conta Jewel. Ils ont épuisé toutes nos provisions, ils ont bu jusqu'à notre dernière bouteille de bière.

La fierté de Jewel, devant le succès des Flots, se teintait de tristesse. Elle avait été écœurée par la violence qui s'était déchaînée sur Windemere et elle avait pleuré Dallas Gibson, qu'elle avait adopté dans sa famille angelinienne.

Dans son minuscule bureau, Rebecca fit le compte de la recette. La caisse débordait de billets fripés, angeliniens et américains. Les réserves de provisions étaient pratiquement épuisées. Les barbecues et les promenades en bateau avaient eu un succès fou, déclara Jewel.

— Ces enfants-là seraient restés ici éternellement, s'ils avaient pu.

En dépit de la joie qui montait en elle, Rebecca se garda de tout optimisme exagéré. S'il fallait se fier à la liste de réservations fournie par Bix, les trois semaines qui restaient avant Noël allaient être creuses.

— Ça nous laisse le temps de nous réapprovisionner et de remettre tout en état, dit la jeune femme. Il n'y aura pas plus de six personnes sur le prochain vol.

Le lendemain matin, Rebecca se rendit à Angeline City. En quelques heures, elle acheta les vivres et les chargea, sur le *Mardi-Gras* de Bones qui se tenait prêt à embarquer les nouveaux arrivants. Rebecca en attendait une demi-douzaine. Lorsqu'elle parvint à l'aéroport, vingt visages très pâles mais très animés guettaient son apparition.

La jeune femme se précipita vers une cabine pour appeler Torrey.

— Où les avez-vous trouvés ? questionna-t-elle. Et qui plus est, pourquoi ne m'avez-vous pas prévenue ?

— Ce sont tous des étudiants qui ont terminé leurs cours et qui préparent leur thèse, répondit-il en riant. Il y en a d'autres en route. Vous croyez pouvoir les recevoir ?

— Et comment !

Durant cette semaine, éreintante pour Rebecca, des changements inattendus mais significatifs intervinrent dans la vie quotidienne des Flots. Elle eut tôt fait de comprendre que si elle voulait maintenir un certain ordre, elle devait tenir ses pensionnaires occupés – autrement dit, leur organiser un emploi du temps. Certains se contentaient de passer leurs journées allongés sur la plage, mais la plupart avaient envie de découvrir ce paradis dans lequel ils avaient été propulsés. La jeune femme combina des expéditions dans l'intérieur de Windemere et engagea des guides pour emmener des groupes faire de la plongée sous-marine. Après avoir remarqué que ses clients avaient tendance à se coucher tard et à se lever non moins tard, elle modifia les horaires des repas. Le dîner, repoussé à neuf heures du soir, devint un barbecue quotidien. Elle trouva quelque part un filet de volley-ball qu'elle installa à une extrémité de la plage. Les après-midi, où le soleil terrassait les sportifs les plus enthousiastes, elle mit à la disposition des vacanciers une collection de livres de poche.

Chaque soir, elle établissait des fiches détaillées sur les goûts de ses pensionnaires, sur ce qui leur semblait normal et ce qui les étonnait, sur ce qui leur était nécessaire et ce dont ils pouvaient se passer. A la fin de la seconde semaine, elle fut ainsi en possession d'une liste d'améliorations qu'elle avait l'intention de mettre en œuvre sans délai.

Le seul véritable souci auquel elle devait faire face était Jewel. Après avoir elle-même mesuré l'atmosphère mouvementée des Flots, elle s'en voulait d'avoir laissé Jewel seule toute cette première semaine.

— Je ne veux pas te voir leur courir après ni passer toutes tes journées dans la cuisine, déclara-t-elle. J'ai besoin de toi à Angeline City, où tu pourras garder un contact direct avec Bix et Torrey et me faire savoir par radio à quoi je dois m'attendre.

Mais Jewel refusa de bouger.

— Le travail fait beaucoup de bien à mon cœur, répliqua-t-elle d'un ton acerbe. Et puis, j'adore ces petits. Avec eux, je me sens jeune.

Malgré tous les efforts de Rebecca, Jewel ne voulut pas céder. Finalement, la jeune femme s'inclina. D'ailleurs, c'était vrai. Les étudiants avaient une grande affection pour Jewel et l'avaient immédiatement considérée comme une sorte de mère adoptive.

Par une ironie du sort, c'était l'argent qui représentait le principal tracas de Rebecca. Il y en avait trop. Quand vint la semaine de Noël, les liasses s'entassèrent dans un coffre de fortune, dans son bureau. Laisser dormir l'argent est un péché, lui avait appris Ramsey.

– Je ne veux pas le mettre en banque aux Angelines, déclara-t-elle à Eric Walker. Personne n'a besoin de savoir que Les Flots font de bonnes affaires.

Eric trouva immédiatement une solution.

– Tous les lundis matin, un vol spécial quitte Stann Creek Town pour Miami. Portez votre argent liquide à l'agence Brinks, à l'aéroport. Ils le compteront, cachetteront le paquet et vous donneront un reçu. Veillez à en conserver suffisamment pour vos dépenses courantes. Je mettrai le reste à votre compte et j'émettrai des billets à ordre à quatre-vingt-dix jours.

La solution paraissait bonne à Rebecca. Elle n'en téléphona pas moins à Ramsey Peet pour lui demander son avis.

– Allez-y, lui conseilla-t-il. Walker vous fait des conditions avantageuses. Lentement, les intérêts grossiront.

Ce lundi-là, Rebecca se rendit, en compagnie de Bones Ainsley, à l'agence Brinks de l'aéroport de Stann Creek Town. Elle regarda l'employé compter l'argent, puis rédiger le reçu. Elle déchiffra celui-ci, fronça les sourcils.

– Quelque chose ne va pas ? demanda l'agent de la sécurité.

– Non, rien.

Une fois dehors avec Bones, elle laissa échapper un cri de joie. Certes, elle avait compté et recompté l'argent, mais c'était maintenant seulement qu'elle prenait pleinement conscience du résultat. Les Flots avaient fait plus de mille dollars de bénéfice par semaine.

C'était incroyable, mais le déluge continuait. Les réservations à elles seules suffisaient à remplir Les Flots, mais des gens qui n'avaient pas réservé se présentaient dans l'espoir d'y trouver de la place. Rebecca finit par diviser en trois pièces la grande *palapa* où elle logeait avec Jewel et conserva seulement la plus petite pour elles deux.

En février, Bix et Torrey vinrent leur rendre visite.

– Vous avez trouvé un filon, dit Torrey, avec sa modération caractéristique.

Il examina d'un œil critique tous les détails de l'opération de Rebecca. Sur ses conseils, elle organisa des excursions à Angeline City. Au lieu de payer à la journée l'usage de la gabare qui amenait ses provisions, elle négocia une location de trois mois, ce qui réduisit ses dépenses. Des contrats signés avec des pêcheurs locaux offrirent à ses clients l'occasion de se livrer aux plaisirs de la pêche en pleine mer.

— Apparemment, un grand nombre de filles sont venues par deux ou par trois... et n'ont pas de compagnons, remarqua Bix. Peut-être pourrais-tu trouver un moyen de faciliter leurs relations avec les garçons ?

Rebecca engagea un trio de musiciens angeliniens, qui vint jouer les vendredi et samedi, et les bénéfices du bar triplèrent. La musique, mélange de rock et de ballades des îles, était tellement appréciée que la jeune femme retint le trio jusqu'au printemps.

— Vous devriez songer à vous développer, dit Torrey.

Déjà, Rebecca voyait plus loin encore.

— Peut-être devriez-vous, de votre côté, envisager l'achat d'un DC-6, pour créer un service de charters entre ici et Miami.

Bien à contrecœur, elle ferma Les Flots à Pâques, début de la saison creuse aux Caraïbes.

— Ne cessez pas de prendre les réservations et les arrhes, dit-elle à Bix, au téléphone. Et faites savoir partout que nous aurons soixante chambres pour la prochaine fête du Travail.

Pour une fois, Bix resta sans voix.

— A quoi veux-tu en venir ? Un palace ? demanda-t-elle enfin.

— Tu verras.

La fin du printemps et l'été furent pour Rebecca une période frénétique. Certes, son compte à la Banque Walker se portait bien, mais les travaux qu'elle voulait entreprendre n'auraient pas été possibles sans le flot d'argent liquide représenté par les arrhes que recevait GoSee.

Fin juin, le nombre des *palapas* des Flots était passé de dix à vingt-cinq. En même temps, les travaux de construction avaient commencé sur la caye de la Tongue, à huit cents mètres vers le sud. Rebecca faisait sans cesse le va-et-vient entre les deux îles. Elle veillait à ce que les matériaux fussent là aux dates prévues, surveillait le défrichement, transportait n'importe quoi, depuis des outils jusqu'au thé glacé destiné aux ouvriers.

En outre, elle avait fait l'acquisition d'un vieux mais solide catamaran, baptisé le *Manatée.* Le bateau, tout en réduisant ses frais, lui offrait un moyen de transporter ses clients entre Windemere et Angeline City et permettait des excursions d'une journée sur le récif.

La troisième semaine d'août, la jeune femme se rendit à New York. Elle alla avec Bix à Long Island City pour y prendre un second tirage des brochures des Flots, ainsi que des affiches qu'elle avait l'intention d'offrir aux campus des universités.

— J'en veux une dans chaque chambre, fixée au mur, juste au-dessus du bureau. Quand un pauvre étudiant en aura assez de se fatiguer les yeux sur des livres d'histoire ou d'économie politique, je veux qu'en levant la tête, il sache à quel point le paradis est proche.

Eric Walker et Ramsey Peet applaudirent l'un et l'autre à cette idée. Néanmoins, les deux hommes s'inquiétaient de la façon dont la jeune femme avait risqué ses premiers bénéfices pour développer son affaire.

– Avec toutes les dépenses supplémentaires, lui dit le banquier, vos réserves vont fondre.

– Ne croyez-vous pas que vous allez un peu vite ? ajouta Ramsey.

– Les Flots seront totalement occupés de la fête du Travail jusqu'à la mi-octobre, leur rappela Rebecca. Nous avons étendu notre publicité aux bulletins d'information des grandes compagnies. Nous avons ainsi touché les secrétaires et les employés de bureau qui ne peuvent s'offrir des villégiatures coûteuses mais sont en mesure de prendre une ou deux semaines de vacances quand il leur plaît. Ils vont représenter une source régulière d'entrées d'argent liquide. D'ailleurs, ajouta-t-elle, c'est ainsi que Max a créé les Entreprises McHenry... en investissant les bénéfices dans le développement.

Elle ne leur dit pas que le souvenir de Dallas Gibson attisait en elle un désir impétueux d'aller toujours plus loin. Plus son rêve prendrait d'ampleur et de réalité, plus il deviendrait difficile à Andrew Stoughton de lui nuire. Et plus vite elle possèderait une arme pour rendre coup pour coup.

Après la fête du Travail, Rebecca et Bix prirent la route, effectuant la tournée éclair de l'année précédente. Cette fois, Rebecca découvrit que les rédacteurs en chef des journaux de campus étaient heureux de l'accueillir. Ils avaient presque tous entendu parler des Flots et ils voulaient non seulement disposer du matériel promotionnel mais aussi interviewer la jeune femme afin de publier un article sur une conception qui n'avait pas de précédent.

– Je n'arrive pas à y croire, dit-elle à Bix, le jour où elles roulaient en direction de Chicago. Nous n'avons couvert que la moitié du territoire et nous manquons déjà de matériel !

– Ne t'en fais pas. J'ai appelé Torrey. Il nous expédie des brochures. Le téléphone a sonné sans discontinuer. Des tas d'appels de la Côte Ouest et du Texas.

– Comment a-t-on pu entendre parler de moi là-bas ?

– Tu disposes de ce qui se fait de mieux en matière de publicité, Becky, le bouche à oreille.

Après une pause, Bix ajouta :

– Évidemment, l'envoi massif que j'ai fait faire par GoSee, avant notre départ, y est peut-être pour quelque chose.

Le temps qui s'écoula entre la fête du Travail et Noël 1965 vit se réaliser les plus folles espérances de Rebecca. A la caye de la Tongue comme à celle de Windemere, les deux hôtels étaient pleins. De temps à autre seulement, une ou deux *palapas* étaient libres pour quelques jours. La jeune femme s'était attendu à un creux entre la fin octobre et le début novembre. Il n'en fut rien. Le bouche à oreille avait porté Les Flots à l'attention de récents diplômés qui avaient entamé leur carrière au printemps précédent et voyaient là l'opportunité de vacances idylliques et peu coûteuses.

Rebecca avait maintenant rationalisé l'exploitation de ses deux centres. Après avoir constaté l'enthousiasme avec lequel ses pensionnaires avaient réagi à l'idée de voir leurs journées organisées, elle veillait à leur fournir assez d'activités pour les occuper en permanence. Les nouveaux arrivants étaient accueillis par un cocktail de bienvenue et recevaient la liste de toutes les distractions que pouvaient leur offrir Les Flots. Rebecca tenait à les voir individuellement. Elle attirait les plus timides hors de leur coquille, présentait les uns aux autres les solitaires, remettait poliment mais fermement à leur place les amateurs de beuveries.

Elle organisait des bals masqués, des soupers exclusivement composés de spécialités des îles, des excursions aux chutes vertigineuses de la Pyramide, situées au cœur de la forêt, non loin d'Angeline City. Comme elle s'y attendait, ses pensionnaires, au bout de quelques jours, formaient souvent des couples. Les idylles et la passion fleurissaient vite, sous l'influence du soleil et de la mer.

Rebecca découvrit, en ce même temps, une différence marquée dans l'attitude des gens envers elle, à Angeline City. Ceux qui, dès le début, avaient défié Lambros en prenant son parti étaient maintenant rejoints par d'autres. Des commerçants, des négociants lui proposaient leurs services, dans l'espoir d'obtenir des contrats lucratifs. Elle ne connaissait plus de difficultés pour se procurer de la main-d'œuvre. Partout où elle allait, elle se voyait chaleureusement accueillie. Il n'y avait plus de porte qui se fermât devant elle, plus de service qu'on lui refusât.

Il avait dû en être ainsi pour Max, se disait-elle en parcourant les marchés, en marchandant avec bonne humeur avant de passer ses commandes.

Mais la fortune avait beau lui sourire, elle ne baissait jamais sa garde. Bones l'avait avertie : Silas Lambros essaierait de placer des espions parmi son personnel, afin d'être tenu au courant de ce qui se passait aux Flots. Pour faire obstacle à de telles infiltrations, le policier suggéra une méthode d'engagement. Tout candidat qui ne serait pas recommandé par des gens en qui Rebecca pouvait avoir confiance, tout candidat dont les références seraient suspectes déclencherait automatiquement une enquête de Bones, qui vérifierait s'il avait des liens avec le vieux naufrageur.

La jeune femme demanda une unique modification à ce plan : les antécédents de ces candidats seraient aussi passés au crible, pour découvrir une relation possible avec Andrew Stoughton.

— Avez-vous parlé de ça à Ramsey ou à Eric Walker ?

Torrey baissa ses lunettes noires pour mieux examiner une jeune étudiante qui se dirigeait lentement vers la plage. Bix le gratifia d'un coup de pied sous la table.

– Concentre-toi sur ton travail.

– Bien sûr, fit Rebecca d'un ton détaché. J'ai pris des options sur ces propriétés.

– Vous voulez dire que Ramsey et Eric vous ont réellement encouragée à faire des versements comptant ? demanda Torrey, incrédule. Becky, la Jamaïque et Cancún ne sont pas les Angelines. Que diable savez-vous de ces endroits-là ? Les gens, les coutumes sont différents. Il y a des millions de lois et de règlements nouveaux à respecter. Les matériaux ne sont pas les mêmes. Et surtout, vous n'aurez pas là-bas de main-d'œuvre pour travailler avec vous.

– Je sais que Les Flots connaîtront la réussite là-bas aussi, déclara la jeune femme. La Jamaïque offre soit des hôtels de luxe, soit des pensions et de petites auberges. La péninsule du Yucatán offre encore moins de choix. C'est le meilleur moment pour s'y installer, avant qu'il se trouve un malin pour décider de copier Les Flots. Nous avons ouvert depuis près d'un an et demi, et il est bien étonnant que personne n'y ait encore songé.

Torrey jeta un coup d'œil sur la documentation que lui avait fournie Rebecca. Il n'était pas convaincu.

– C'est un risque fantastique, dit-il. Ne pourriez-vous vous tailler une autre place ici même, aux Angelines ?

Elle n'osa pas lui avouer qu'elle avait également placé de l'argent sur un terrain en bord de mer, à une cinquantaine de kilomètres d'Angeline City, un endroit qu'elle avait baptisé « l'Anse des Palmiers ».

– Vous allez vous heurter à un véritable problème, en ce qui concerne les correspondances aériennes, reprit-il enfin. Si même vous réussissez à établir vos hôtels, comment y transporterez-vous les clients ?

Les cartes qu'il avait apportées soulignaient bien le manque de liaisons entre Miami, Houston ou La Nouvelle-Orléans et des points situés plus au sud.

– Il n'y aurait pas de problème si GoSee faisait l'achat d'un de ces DC-6 dont vous parlez sans cesse.

Torrey rabaissa ses lunettes sur son nez pour dévisager Rebecca. Il secoua la tête.

– Rien à faire. Je ne veux pas me lancer dans un service de charters.

– Allons, allons, mon chou, roucoula Bix en lui caressant la main. Personne ne veut te contraindre à faire quelque chose qui te déplairait. Mais pourquoi ne pas jeter un coup d'œil sur les réservations pour Les Flots... d'un bout de l'été à l'autre ?

Torrey, qui n'avait pas encore vu les derniers chiffres, en resta sidéré.

— Qui donc, s'il est sain d'esprit, aurait envie de venir ici *en été*? marmonna-t-il.

— Pense à tous ces pourcentages, insinua Bix.

— Et aux bénéfices à tirer d'un service de charters, appuya Rebecca.

Torrey broncha devant cette attaque organisée.

— Non, je ne vais pas vous laisser toutes les deux vous liguer contre moi. Je suis venu ici pour me chauffer les os, pas pour me laisser entraîner dans je ne sais quel projet dément pour convoyer des gosses jusqu'au paradis.

Rebecca et Bix le regardèrent entrer pesamment dans le ressac. Elles échangèrent un regard.

— Il le fera?

— Naturellement, répondit Bix avec assurance. Il l'ignore encore, voilà tout... Tu as *vraiment* parlé de tout ça avec Eric et Ramsey?

— Tu plaisantes, je pense! se récria son amie, d'un air d'horreur bien imité.

— Rebecca, pourquoi ne pas être d'abord venue nous voir?

Ramsey Peet posa la main sur le continent asiatique, fit pivoter le globe qui, hasard ou non, s'immobilisa sur le Mexique.

— J'ai saisi l'occasion aux cheveux, dit-elle.

— Vous avez au moins fait appel à nos associés de Mexico et de Kingston pour préparer les documents, fit-il d'un ton bourru. Si vous voulez user de votre droit d'option, tout sera en ordre. A moins que je ne parvienne à vous dissuader...

— Je ne vous suis pas entièrement, Ramsey, dit lentement Eric Walker.

Il leva les yeux des feuillets posés sur ses genoux, regarda par la fenêtre. Dehors, une giboulée de mars immobilisait Manhattan sous des rafales de grêle. A la gauche du banquier, Rebecca, dont le teint doré resplendissait de chaleur et de vitalité, semblait une créature venue d'une autre planète. La jupe de lainage écossais, le gros pull-over paraissaient déplacés sur elle.

— Les prix m'ont l'air raisonnables, reprit-il. De toute évidence, les ressources sont suffisantes pour l'entreprise que Rebecca se propose de réaliser, main-d'œuvre, matériaux de construction, ravitaillement. Et elle a raison sur un point : il n'existe aucun centre de villégiature de ce genre ni au Mexique ni en Jamaïque.

— Je ne suis pas sûr de la stabilité politique de ces pays, objecta Ramsey. La Jamaïque en particulier.

— Les gens de là-bas ont besoin d'emplois, déclara Rebecca. Je vais leur en fournir. D'autre part, j'ai accompagné Max dans ces pays je ne sais combien de fois. J'y ai encore des relations.

— Gardez l'œil sur les fluctuations monétaires, lui conseilla Eric. En ce moment même, vous bénéficieriez d'un taux de change favorable. Si vous achetez les terrains et si vous signez rapidement les contrats de construction et de fournitures, vous épargnerez un joli paquet.

Elle le gratifia d'un sourire reconnaissant.

– Mais le cash flow, Eric? insista Ramsey. Une telle opération ne va-t-elle pas démunir substantiellement le compte?

– Normalement, je ne conseillerais pas à une cliente de placer une si grande partie de son capital dans un seul projet. Mais Rebecca n'a rien d'une femme d'affaires ordinaire. Nous n'avons pas réussi une première fois à la dissuader de développer Les Flots quand elle courait un véritable risque de tout perdre. Sa position est actuellement beaucoup plus solide.

Ramsey ne voulait pas abandonner son rôle d'avocat du diable.

– Même si tout le reste se passe bien, dit-il, le succès dépend de la possibilité de transporter les gens jusqu'à ces endroits lointains. Vous nous avez parlé d'un accord avec GoSee sur un service de charters, mais je n'ai pas encore vu les documents.

– Torrey s'en occupe, répondit vivement Rebecca. L'appareil a été examiné et approuvé. Dès que la Fédération aura enregistré la demande, je vous ferai parvenir les copies de la licence.

Avec un soupir, Ramsey Peet se tapa sur les cuisses.

– Le diable m'emporte, allons-y! Max non plus ne m'a jamais permis de le faire changer d'avis.

– La Fédération a-t-elle vraiment approuvé l'avion? demanda Eric.

Ils étaient assis face à face au Lutèce. Le décor bleu, blanc et or du célèbre restaurant scintillait sous les feux des lustres, mais, pour ce qui concernait Eric Walker, Rebecca concentrait sur elle toute la lumière de la salle. Elle portait une simple robe couleur de bleuet rehaussée de fils d'argent. Ses bras bronzés étaient entièrement nus. Sa lourde chevelure reposait sur une épaule. Ses yeux, dominés par les arcs audacieux des sourcils, posaient sur son compagnon un regard malicieux.

– Disons seulement que Torrey s'est laissé convaincre de déposer sa demande. Vous savez à quel point il est méticuleux. La certification se fera sans difficulté.

Rebecca avait un peu hésité avant d'accepter l'invitation à dîner d'Eric. Elle était heureuse, à présent, de s'être laissé persuader par Lauren. Eric savait la mettre à l'aise. Il lui avait fait porter des fleurs, il lui avait envoyé sa voiture avec son chauffeur, il lui avait présenté le propriétaire du Lutèce, chacun de ses gestes avait été d'une gentillesse spontanée. Elle sentait toutefois qu'il se mettait en frais, rien que pour elle, et elle lui était reconnaissante de la juger digne d'attentions particulières.

Le moment, pourtant, évoquait des souvenirs qui jetaient une ombre sur l'éclat de la soirée. A l'heure des cocktails, un certain nombre de personnes s'arrêtèrent près de leur table pour présenter leurs hommages et leurs respects. Le pouvoir reconnaissait le pouvoir, se dit la jeune femme. Elle se remémorait de lointaines soirées de Noël où Max avait eu droit à sa bonne part de flatteries. Il y avait eu un autre homme, aussi, auquel il suffisait d'entrer dans une pièce pour la tenir au creux de sa paume. Andrew Stoughton avait possédé ce pouvoir, et ce qu'il en avait fait rendait Rebecca très prudente.

– Vous êtes à des millions de kilomètres d'ici.

Elle releva les yeux d'un air coupable.

– Je vous demande pardon.

Eric lui effleura la main du bout des doigts.

– Ne vous mettez pas en souci pour Torrey et l'avion. Bix, j'en suis sûr, veillera à le faire agir.

Ils se mirent à rire tous les deux.

– Vous ai-je dit que la Walker avait décidé de s'installer aux Angelines? demanda-t-il négligemment.

– Non! Depuis quand?

– Aujourd'hui même, en fait. Le conseil a approuvé à l'unanimité mon projet d'ouvrir une succursale à Angeline City.

– Eric, c'est merveilleux!

– Ça facilitera certainement les choses.

– Mais n'oubliez pas que Silas Lambros tient les Iles.

– Lambros ne sera pas toujours là, dit doucement Eric. Il représente le passé. Vous êtes l'avenir.

Il prit un temps.

– Et j'espère que vous me permettrez de le partager.

Malgré elle, Rebecca eut un imperceptible mouvement de recul. Elle devait se garder d'une telle tentation. Elle n'osait permettre à Eric – ni à personne d'autre – d'entrevoir la femme qui demeurait derrière la façade de succès.

Eric accepta le message que traduisait le silence de Rebecca. Il tendit la main, détacha doucement les doigts qui étreignaient l'hippocampe.

– Peut-être quand vous n'aurez plus besoin de ce bijou, dit-il.

Elle plongea son regard dans les yeux d'un bleu brillant. Jamais elle n'avait dit à Eric qui lui avait offert l'hippocampe, ni ce qu'il symbolisait pour elle. Mais il avait pu l'apprendre de Ramsey, après avoir remarqué à quel point Rebecca était obsédée par ce bijou.

– Peut-être. Mais je n'ai pas le droit de vous demander d'attendre. Je ne peux pas vous faire de promesses.

Parce que j'en ai déjà fait d'autres.

29

Au cours des quelques années qui suivirent, Rebecca connut toute l'importance de savoir saisir le bon moment.

Torrey avait prédit que les jeunes des années 60 seraient les voyageurs les plus aventureux de toute l'histoire américaine. Il ne s'était pas trompé. Le drapeau américain se promenait sur des sacs à dos à travers l'Europe, l'Afrique du Nord, l'Amérique centrale et l'Amérique du Sud, l'Extrême-Orient. Poussés par une insatiable curiosité, aidés par un dollar qui était le roi des monnaies, des millions de jeunes Américains prenaient la route. A un moment ou à un autre de leurs voyages, cette route passait par Les Flots.

Pour Rebecca, la tournée éclair des collèges avait préparé le terrain et rapportait maintenant d'énormes dividendes. Les Flots avaient acquis une réputation bien méritée de havre sûr et peu coûteux où le voyageur fatigué trouvait repos et détente. Avec les progrès de la philosophie de l'amour libre, les motels devinrent plus attirants encore. Les plages de Rebecca faisaient toutes partie de propriétés privées, et l'on pouvait sans restriction s'y baigner nu.

La jeune femme saisissait toutes les opportunités. Dès que le service de charters de Torrey se révéla une réussite, elle s'associa avec lui pour l'achat de deux autres appareils. Au bout de trois ans d'activités, les nouvelles Entreprises McHenry possédaient une flottille de bateaux à fond plat qui emmenaient jusqu'aux récifs les amateurs de pêche et d'exploration sous-marines. Les musiciens du cru se battaient pour obtenir des contrats. De véritables boutiques de cadeaux et de souvenirs avaient remplacé l'unique comptoir des débuts.

Et l'argent continuait d'affluer. Sous la prudente égide de Ramsey Peet et d'Eric Walker, Rebecca investissait et faisait d'énormes bénéfices avec les compagnies dont, justement, Andrew Stoughton lui avait prédit qu'elles étaient les clés de l'avenir : les sociétés d'électronique.

En même temps, la réputation de la jeune femme grandissait dans toutes les Caraïbes. Toutes les fois que s'ouvrait un nouveau motel des Flots, l'économie locale devenait florissante. Voyant quoi, les ministres du Tourisme se mirent à prendre de discrets contacts avec Ramsey Peet. Ils offraient toutes sortes de stimulants, des avantages fiscaux par exemple. En traitant avec eux honnêtement mais sans faiblesse, Rebecca put bloquer d'excellents terrains en bord de mer pour de futurs développements.

Il existait un facteur qui, invariablement, aidait la jeune femme à prendre le dessus sur ses concurrents. A chaque ouverture d'une nouvelle résidence des Flots, elle mettait en œuvre un autre projet, purement altruiste. Sur Grand Cayman, elle créa ainsi une ferme d'élevage de tortues, afin de permettre aux pêcheurs de reconstituer une population en voie de disparition. Sur la péninsule du Yucatán, des milliers de dollars furent consacrés à l'installation de chantiers de fouilles archéologiques. Les Angelines demeuraient naturellement les bénéficiaires favorisés. Rebecca mena un combat long et acharné contre le gouvernement soutenu par les naufrageurs, pour défendre un projet qui lui tenait à cœur. Finalement, le gouvernement autorisa un référendum. Plus des deux tiers des Angeliniens choisirent de faire de Pusilha un parc national, interdit aux promoteurs. Le site porterait le nom de l'homme qui lui avait consacré une part importante de sa vie et de sa science : Dallas Gibson.

Quand le père de Dallas apprit la nouvelle, il créa aussitôt une série de bourses pour les étudiants de l'université de Chicago.

Les naufrageurs continuaient d'ignorer Rebecca, mais la majeure partie des Angeliniens lui portaient maintenant une respectueuse affection. Aucune de ses créations n'avait été aussi bien accueillie que le centre de formation qu'elle avait ouvert à Angeline City. Les Flots avaient sans cesse besoin de personnel. Plutôt que de faire venir d'Europe ou des États-Unis des aides qualifiés, elle préféra former dans toutes les branches ses propres employés. La méthode connut une grande réussite.

– Vous avez bien travaillé. Il est temps de vous occuper de vous.

Rebecca se tourna vers Jewel et lui prit la main.

Elles étaient installées dans le lanai de la maison de Jewel, le seul endroit où Rebecca se sentît parfaitement bien.

– Il est temps de vous trouver un homme, insinua la Noire.

Les années l'avaient obligée à ralentir d'allure, mais elle restait l'âme des Flots, mettait la main à tout. La plupart du temps, Rebecca ne savait même pas où elle était. Cela n'empêchait pas la brave femme de demeurer une maricuse invétérée. Elle avait soigneusement édifié une montagne à partir des fréquentes visites d'Eric Walker, en dépit de l'affirmation de la jeune femme qu'il s'agissait plutôt d'une taupinière.

Rebecca changea de sujet.

– Ma prochaine réalisation sera la restauration du *Windsong*, annonça-t-elle.

Jewel, exaspérée, secoua la tête, puis ferma les yeux. Le fauteuil à bascule craquait doucement.

– Et Skyscape ?

Bones Ainsley avait ôté de sa bouche sa pipe de bruyère et lançait sa question sur un nuage d'âcre fumée bleue.

Rebecca se demanda si la fumée dissimulait la terrible fureur qu'elle sentait briller dans ses yeux. Il ne s'écoulait pas un seul mois sans qu'elle revînt sur ce théâtre de dévastation. Elle voyait toujours Skyscape tel qu'il avait été, mais, l'instant d'après, cette image faisait place au rugissement des flammes.

– Pas encore, dit-elle tout bas. Pas avant que Lambros ait renoncé à garder ce qui m'appartient.

– Vous finirez bien par reprendre ce qu'il vous a volé, déclara Ainsley.

Ah, Bones, vous êtes loin du compte !

Dans son esprit, le grondement des flammes avait été remplacé par le rire froid, cruel, d'Andrew Stoughton.

Elle plongea son regard dans les yeux d'onyx de Bones.

– Parlez-moi de Ramon Fuentes, dit-elle doucement.

En cet instant, Bones Ainsley comprit qu'une seule chose parviendrait jamais à satisfaire Rebecca.

30

Le cauchemar l'assaillait parfois pendant un orage, d'autres fois quand il avait reçu de son père un télex codé. Ce soir-là, le crachin qui avait obscurci Londres s'était transformé en un orage déchaîné. Des heures durant, il était resté assis dans son lit, à regarder les éclairs fulgurants. Chaque coup de tonnerre le faisait tressaillir. Il finit par ne plus pouvoir résister au sommeil, mais son corps tout entier frémissait encore à chaque grondement, et le cauchemar, vieux d'un quart de siècle, se glissa jusqu'à lui.

En ce matin de février, Justin Lambros avait seize ans, huit de moins que son frère Nigel.

Nigel était grand, doté d'une toison blonde et d'un corps bronzé, harmonieusement musclé. Il manœuvrait avec un égal talent les bateaux et les femmes, se montrait gracieux, charmant ou spirituel, selon la situation. C'était le fils favori, qui partageait la passion de Silas Lambros pour tout ce que représentait Tyne & Wear, l'héritier présomptif qui avait déjà démontré qu'il était bien de la race des naufrageurs.

Justin n'avait rien de commun, ni physiquement ni moralement, avec son frère. Il était né tard dans le mariage de ses parents, et sa mère était morte en le mettant au monde. Cette circonstance, Justin l'apprendrait avec les années, faisait partie des nombreuses fautes que son père ne lui pardonnerait jamais, qu'il n'oublierait jamais.

Tous les membres du clan Lambros avaient le teint clair et les cheveux blonds. Justin possédait un teint olivâtre et des cheveux d'un noir de jais qui trahissaient l'intrusion d'un ancêtre espagnol ou portugais. Tous les Lambros étaient des sportifs accomplis, bâtis en athlètes. Même enfant, Justin avait eu tendance à être replet. Son manque d'aptitudes sportives le portait vers des occupations plus tranquilles, telles la musique, la peinture, l'entomologie, que son père et son frère considéraient avec mépris.

Justin, pourtant, les aimait tous les deux passionnément et cherchait désespérément à répondre à leur attente. Mortifié par ses échecs, il redoublait d'efforts, souriait en réponse aux moqueries, aux critiques dont on l'accablait. Ce n'était jamais leur faute, toujours la sienne. Il était celui qui n'était pas comme les autres, qui devait faire ses preuves.

C'était ce besoin qui avait amené Justin à bord du *Bollinger*, cet après-midi de février.

Nigel avait baptisé ainsi le chris-craft qui lui avait été offert pour son vingt-quatrième anniversaire, en souvenir du champagne consommé pour l'occasion. Jamais encore Justin n'avait été autorisé à monter à bord. Pourquoi Nigel y avait-il consenti, ce jour-là? Justin ne le sut jamais. Peut-être Nigel était-il trop occupé de la blonde hôtesse de la Lufthansa qu'il avait ramenée de Nassau. Ou peut-être avait-il trop bu de vin, pendant le déjeuner partagé sur le pont. Toujours est-il que, lorsque Justin était apparu sur le quai avec son nouveau matériel de pêche, son frère lui avait fait signe de monter à bord.

La journée était magnifique, avec un bon vent d'est. Le *Bollinger* volait sur l'eau, et Justin, assis près du pilote, Ramon Fuentes, remarqua à peine que Nigel et la fille avaient disparu à l'intérieur du bateau.

De tous les hommes employés sur le domaine des Lambros, c'était du marin basané que Justin se sentait le plus proche. C'était Fuentes qui, à l'époque où Justin s'initiait à la voile, l'avait pris sous son aile. Il enseigna au garçon l'art de naviguer aux étoiles, la façon dont les phases de la lune influençaient les marées. Sous sa patiente direction, Justin apprit à percevoir un changement dans les vents et les courants, à aligner son bateau sur les éléments, de manière à les faire travailler de concert et jamais les uns contre les autres. Justin lui en avait voué une grande gratitude.

Le *Bollinger* était à mi-chemin des lieux de pêche, au large de la caye de la Chapelle, quand Fuentes, qui, depuis un moment, scrutait l'horizon, tapa sur l'épaule du jeune homme.

— Prenez la barre, dit-il, avant de s'éloigner sans laisser à Justin le temps de protester.

Le léger frémissement du gouvernail effrayait Justin et l'enivrait tout à la fois. Il avait envie de crier.

— Tu t'amuses, petit frère?

La voix de Nigel le fit sursauter. Il allait s'écarter de la barre quand Nigel lui assena une claque dans le dos.

— Ramon affirme que nous sommes bons pour une tempête. Toi, qu'en dis-tu?

Au poids de la main posée sur son épaule, à la voix un peu confuse, Justin comprit que Nigel était ivre.

— Nous devrions rentrer.

— Et moi, je dis qu'on continue.

Nigel balaya d'un geste large le ciel et la mer.

— Rien! Je crois que Ramon s'est piqué le nez!

Il avait tort, Justin le savait. Ramon ne buvait jamais.

— A moins, bien sûr, que tu ne te sentes pas capable de manœuvrer le *Bollinger*?

La fille, ricanante et titubante, vint se cogner à Nigel. Elle avait entendu la question de celui-ci et dévisageait Justin d'un air de défi. Justin leva les yeux vers Ramon qui secoua la tête.

Peut-être se trompe-t-il, pensa le jeune homme. La radio n'a pas prévu de tempête. Le ciel est clair.

Il scrutait la mer, comme pour tenter de deviner ses intentions dans le mouvement des vagues.

– Oh, Jésus! Passe-moi la barre, reprit Nigel. Je te croyais plus de cran!

Justin n'en revint pas de s'entendre répondre :

– Descends donc, va manger un morceau. Je nous amènerai jusqu'aux bancs.

Il fixa fermement son regard sur les bancs, devant lui. Il était très heureux d'avoir pris sa décision mais il n'osait pas se retourner pour rencontrer les yeux de Ramon. Il avait l'impression que sa désapprobation lui brûlait la nuque.

La tempête fut de celles que les marins et les pêcheurs des Caraïbes nomment un « chat ». Elle n'était pas née dans la stratosphère, où le radar pouvait en déceler la formation, mais dans les vents qui rasaient l'eau, qui tourbillonnaient et prenaient de la vitesse. Le premier signe vint de l'allongement des vagues, suivi de la houle crêtée d'écume et des lames toujours plus serrées.

Justin remarqua tous ces symptômes. Ramon lui avait enseigné à les reconnaître, mais il préféra les oublier. C'était son moment de triomphe. Il imaginait déjà les félicitations de Nigel, quand ils seraient de retour à la maison, le prestige qu'il acquerrait aux yeux de son père.

Subitement, il dut lutter pour maîtriser le bateau. Le *Bollinger* roula, plongea dans un creux de lame, se trouva soulevé vertigineusement, tremblant comme un cheval cabré. Épouvanté, Justin chercha du regard Ramon, qui s'approchait de lui à quatre pattes.

– Non, laisse-le faire!

Le garçon se retourna d'un bloc, vit Nigel se diriger vers lui d'un pas chancelant, en traînant derrière lui la fille terrifiée.

– Reste à la barre, nom de Dieu! rugit-il. Voyons un peu de quel bois tu es fait!

– Je ne peux pas la tenir! cria Justin.

Comme pour souligner cette affirmation, le gouvernail lui échappa, et le *Bollinger* fit une embardée violente à tribord. A travers le fracas de la tempête, on entendit l'horrible grincement du corail contre la fibre de verre.

Du coin de l'œil, Justin vit Ramon ramper vers le gouvernail. Le garçon se releva à grand-peine pour ressaisir la barre, mais les poignées de bois claquèrent sur son poignet. Il sentit les os craquer. Une brume rougeâtre passa devant ses yeux. Brusquement, il se sentit détaché de ce qui se passait. Ramon et Nigel, jetés d'un côté et de l'autre comme des billes de flipper, ne parvenaient pas à atteindre le gouvernail. Le *Bollinger*, privé de direction, était à l'entière merci du « chat ».

Désespérément, Justin se fraya un chemin jusqu'à la barre.

C'est ma responsabilité! J'étais à la barre! C'est ma responsabilité!

Une véritable montagne liquide s'abattit sur le bateau, noya les ponts sous des torrents d'eau. Juste avant de perdre connaissance, le jeune homme vit son frère et la fille, enlacés comme pour un simulacre d'amour, passer par-dessus bord. Ils disparurent un instant derrière une muraille de verre glauque. Puis leurs corps furent rejetés aussi négligemment qu'un terrier rejette un rat, retombèrent, brisés et saignants, sur le corail étincelant dont les dents enserraient maintenant étroitement le bateau.

Le cauchemar s'interrompait toujours là. Comme il le faisait toutes les fois, Justin s'éveilla dans un sursaut, passa dans la salle de bains. Le jet brûlant qui lui fouettait cruellement la peau était seul capable de lui apporter l'apaisement.

On ne retrouva jamais le corps de Nigel ni celui de la fille. Pendant que Justin, à la clinique de Stann Creek Town, se remettait de ses blessures, son père s'obstina à fouiller les eaux bien longtemps après que tout espoir se fût évanoui. Les courants, détournés par le « chat », avaient pu emporter les corps dans une bonne douzaine de directions différentes. Les poissons auraient fait le reste.

Silas Lambros n'avait pas rendu visite à Justin, à la clinique, il ne lui avait pas adressé un seul mot jusqu'aux funérailles. Quand la dalle de marbre gravée au nom de Nigel eut pris sa place parmi les pierres usées qui marquaient les lieux de repos de ses ancêtres naufrageurs, le garçon tendit la main vers son père. Silas Lambros eut un geste de recul, comme s'il avait été effleuré par quelque chose de répugnant.

— Tu quitteras les Angelines dès que possible, dit sa voix dure. Tu achèveras tes études en Angleterre, et je te trouverai ensuite un emploi convenable. Tu ne feras aucune tentative pour reprendre contact avec moi. Est-ce clair ?

— Père...

— *Est-ce clair ?*

Chaque mot transperçait Justin comme un coup de poignard. Certes, son univers avait été limité, du fait de sa naissance dans le milieu des naufrageurs. Pourtant, il aimait profondément les Angelines et leur peuple. Il était fier de compter beaucoup de Noirs au nombre de ses amis. Il ne pouvait croire que son père voulût l'exiler loin de tout ce qui lui était cher.

— Il va y avoir une enquête maritime sur... sur l'accident, bredouilla-t-il.

— Je m'occuperai de l'enquête.

— Mais Ramon ? Je dois témoigner en sa faveur, déclarer que ce qui s'est passé n'est pas de sa faute.

— Ce qu'il adviendra de Ramon ne te concerne pas.

La voix de son père contenait une nuance menaçante.

— Père, je vous en prie, ne m'envoyez pas loin d'ici ! murmura Justin. Je ne pourrais pas le supporter...

– Tu le pourras et tu le feras! dit sauvagement Silas Lambros.

– Et Celeste? parvint à articuler le jeune homme.

Il adorait la petite fille de Nigel. A dix-huit ans, Nigel s'était enfui avec la femme d'un banquier des Bermudes. Il s'était lassé d'elle dès la naissance de Celeste, et l'influence des Lambros l'avait sans difficulté débarrassé de la femme.

– Celeste est sous ma responsabilité, répliqua son père d'un ton cassant. Elle deviendra ce qu'était Nigel. Ce que tu ne pourras jamais être.

L'écho de ces derniers mots brûlait encore Justin. Il sortit de la douche, s'essuya rapidement, peigna ses cheveux qui commençaient à se clairsemer et entreprit de s'habiller. Son confortable appartement de Mayfair lui semblait accablant. Il éprouvait le besoin de marcher, d'entendre les oiseaux dans le parc, de voir un autre être humain qui le gratifierait peut-être, par charité, d'un sourire.

Son père avait tenu parole. Justin allait avoir quarante et un ans et il avait passé un quart de siècle en exil, d'abord dans un internat anglais, puis à Cambridge où, pour surmonter la nostalgie qui le rongeait, il s'était mis à peindre. Ses premiers efforts, des aquarelles, avaient été maladroits, mais son travail avait attiré l'attention d'un professeur qui avait su reconnaître un talent à l'état brut dans les paysages des îles aux couleurs éclatantes. Sous son égide, Justin apprit la discipline et la technique. Plus important encore, il prit la mesure de ses propres limites. Il ne serait jamais un autre Gauguin mais il insufflait la vie dans cette part de lui-même qui n'avait jamais quitté les Angelines.

Il était encore très tôt. Dans Mayfair, les seuls bruits étaient les frémissements des oiseaux dans les chênes centenaires et le tintement des bouteilles dans le panier du laitier. Tout en marchant, Justin songeait avec amertume au rôle qu'il jouait désormais dans l'existence de Tyne & Wear, rôle que son père avait longuement mis au point et qu'il lui avait un jour imposé.

A sa sortie de Cambridge, il s'était mêlé au monde artistique de Londres. Il avait eu plusieurs expositions, et les critiques s'étaient montrés sensibles à son travail. Mais Justin ne tirait pas profit de son modeste succès. Il avait adopté le nom de jeune fille de sa mère, Prescott, et avait tiré un voile sur le passé. Il vivait confortablement mais sans extravagance et prenait soin d'éviter les milieux qui connaissaient la famille Lambros. Il ne tenait pas à voir les gens découvrir son identité. S'ils l'apprenaient, ils poseraient des questions. Et les questions finiraient par remettre au jour les remords et l'humiliation qu'il avait enterrés au prix de grands efforts.

Justin n'acceptait plus les propositions d'expositions. Il continuait à peindre, parce que peindre lui était aussi nécessaire que respirer. Mais les toiles restaient dans son atelier, soigneusement cachées à tous les yeux, un univers intime où il se retirait, tard le soir, pour s'abreuver de couleurs et de souvenirs.

Pour rester en contact avec d'autres peintres, il avait ouvert sa propre galerie. Attirés par sa gentillesse et sa compréhension, les artistes s'assemblèrent autour de lui. Doué d'un grand discernement, il cultivait le talent de certains et dissuadait courtoisement les dilettantes. La Galerie Prescott était bientôt devenue l'une des plus courues de Londres.

Justin se retrouvait maintenant devant la façade qui donnait sur une impasse pavée de briques, avec une enseigne en fer forgé au-dessus de la porte. Il se sentait envahi de fierté et même d'amour. Cette galerie avait représenté sa création la plus valable... jusqu'au jour où on la lui avait volée.

Avec les ans, il en était venu à croire que son père ne reprendrait jamais contact avec lui. La pension déposée chaque mois à son compte en banque constituait le seul lien avec l'homme qui l'avait virtuellement renié. Mais un jour, sans avertissement, son père fit une apparition à Londres pour lui dire ce qu'il devait faire.

Justin l'avait écouté en silence, sans pouvoir croire à ce qu'on lui demandait – non, à ce qu'on exigeait de lui. Son père ne toléra aucune discussion. Il ne fit aucune tentative pour panser les blessures infligées dix ans plus tôt. Il se contenta de donner ses instructions. Après quoi, il partit. De ce jour, la Galerie Prescott fut corrompue.

Personne ne savait d'où venait cette corruption, et Justin lui-même s'efforçait de ne pas la voir. Bien au contraire, il travaillait chaque jour à instiller plus de beauté dans la galerie, à en faire le lieu où se réalisaient les rêves de certains, où d'autres trouvaient la paix. Finalement, il avait retrouvé, lui aussi, un peu de cette paix.

Ce fut alors qu'il la vit... ou, plus exactement, qu'il vit son reflet. Elle se tenait devant la vitrine, une hanche un peu de biais, trois doigts posés sur la lèvre inférieure. Elle était restée totalement immobile, comme si elle faisait partie du paysage. En cet instant, elle se retourna, et la noire chevelure miroita sous les rayons du soleil matinal. Les profonds yeux gris croisèrent ceux de Justin, et elle sourit. Il reçut ce sourire comme un présent qui lui était destiné.

31

Le voyage qui avait amené Rebecca à la Galerie Prescott, à Londres, au printemps de 1970, avait débuté six mois plus tôt, à six mille kilomètres de là.

A mesure que grandissaient l'influence et le prestige des Flots, la position de Rebecca aux Angelines s'affirmait. A la fin des années 60, elle se sentait assez sûre d'elle-même et jugeait sa situation financière assez ferme pour élaborer ses manœuvres d'approche contre Andrew Stoughton.

Impossible, elle le savait, de défier Andrew de front. Il avait à sa disposition toutes les ressources de Tyne & Wear, ressources qui dépassaient de beaucoup celles des Flots. S'il soupçonnait Rebecca d'être sur le point de prendre l'offensive, il l'écraserait.

Je dois l'attaquer par son point faible, pensa-t-elle. *L'atteindre à travers Tyne & Wear, affaiblir la compagnie et, du même coup, affaiblir l'outil d'Andrew.*

Par une ironie du sort, ce fut l'avidité insatiable de Silas Lambros qui lui fournit la clé du problème.

Avant même d'avoir annexé les biens des McHenry, Silas Lambros était propriétaire de vastes étendues de terre angelinienne. Par des documents d'archives accessibles au public, Rebecca apprit qu'il avait fait la plupart de ses acquisitions depuis la nomination de sir Geoffrey Smythe au poste de gouverneur général. Elle connaissait fort bien les rumeurs qui circulaient. Sous le vernis de démocratie angelinienne, Lambros avait versé des millions à sir Geoffrey, afin qu'il usât de son influence au Parlement britannique pour faire convertir en terrains communaux des terres qui appartenaient à la Couronne. Ces terrains, Tyne & Wear les avait promptement achetés, par l'intermédiaire de compagnies fantômes enregistrées à Grand Cayman et aux Antilles hollandaises. Il ne s'agissait toutefois que de rumeurs. Grâce à la main de fer sous laquelle Lambros tenait le gouvernement, aucune enquête n'avait jamais été entreprise. Les preuves de collusion entre Lambros et sir Geoffrey, si elles avaient existé, étaient depuis longtemps enterrées ou même détruites une fois pour toutes. Après ses recherches intensives sur Silas Lambros, Rebecca avait l'assurance qu'il avait soigneusement couvert ses traces. Mais, se fiant au souvenir qu'elle conservait de sir Geoffrey, qui s'était montré si hypocrite le jour des funérailles de son père et qui, quelques mois après, avait signé un ordre d'exil, elle doutait qu'un homme aussi arrogant que lui en eût fait autant.

Lors de son premier voyage en Angleterre, ostensiblement destiné à étudier la possibilité d'ouvrir un bureau en Europe, la jeune femme prit une chambre dans un petit hôtel de Knightsbridge et consacra des heures à feuilleter tous les ouvrages consacrés à la noblesse britannique. Les activités mondaines de sir Geoffrey, la liste des clubs dont il était membre lui fournirent une idée de sa personnalité. Elle se rendit alors en voiture à la petite ville de Bury Saint Edmunds, où se trouvait la demeure ancestrale du clan des Smythe, Abbott's Yew.

Là, elle se fit passer pour une étudiante américaine en histoire et passa une semaine dans le village. Charmés par l'intérêt évident qu'elle portait au magnifique château, les villageois, généralement taciturnes, se montrèrent loquaces avec elle. La loyauté envers les Smythe, et envers sir Geoffrey en particulier, restait profondément ancrée. Des générations entières avaient dépendu du château pour gagner leur vie. Avec des sourires polis, des encouragements bien dosés, Rebecca écoutait attentivement tout ce qu'on lui racontait. Manifestement, il y avait un certain aspect de sir Geoffrey que n'avaient jamais vu ces fermiers, ces commerçants innocents.

Un thème principal dominait les conversations, et Rebecca en fit son tremplin suivant. Personne, à Bury Saint Edmunds, ne comprenait très bien comment sir Geoffrey parvenait à entretenir une résidence comme Abbott's Yew, surtout en un temps où d'autres familles nobles et plus fortunées connaissaient des difficultés. Beaucoup avaient dû vendre leur domaine à des étrangers ou, si l'idée leur en était insupportable, les avaient cédés à la Société pour la conservation des sites et monuments, qui transformait les magnifiques demeures en attractions pour les touristes. Comment pouvaient bien faire les Smythe? Cela restait un mystère.

Rebecca aurait aimé s'introduire dans le château mais elle n'osait se joindre aux visites publiques qui avaient lieu chaque semaine, de peur que sir Geoffrey ne la vît et ne la reconnût. Elle avait néanmoins l'impression de le connaître intimement, d'après les descriptions faites par les villageois des quarante pièces grandioses, de la salle de bal où Edouard VIII et Mrs Simpson avaient dansé, de la chapelle qui datait de l'époque de Guillaume le Conquérant. En se promenant à la périphérie du domaine, la jeune femme remarqua les hectares de terres cultivées pour le compte de sir Geoffrey, les paddocks et les écuries peuplés de chevaux de prix, le discret ronronnement d'automobiles de luxe qui circulaient sur des kilomètres de routes privées.

Assise dans le pub du village, Rebecca buvait sa bière chaude et écumeuse et opinait avec ceux qui s'étendaient sur le mystère de la prospérité de sir Geoffrey.

– C'est pas un mystère, intervint une voix, à l'autre bout du bar.

– Allons, Maggie, v's allez pas encore recommencer avec vos bêtises, interrompit le patron.

La grosse femme qui avait le teint rougeaud d'une buveuse invétérée renifla bruyamment.

– J'ai travaillé qué'ques années pour c' vieux sir Geoff, dit-elle d'une forte voix éraillée. J' m'étais prise d'affection pour tous ces jolis tableaux. V'là-t-y pas qu'un beau jour, mon préféré était plus là... pftt!... comme ça! Quand j'ai d'mandé, tout innocente, c' qu'il était d'venu, l' châtelain m'a dit d' me mêler d' mes affaires.

– Et que s'était-il passé, à votre avis? demanda Rebecca.

– Ben, sir Geoff l'avait vendu, pour sûr! Vendu pour éloigner les huissiers.

Un grondement collectif monta des hommes alignés devant le bar.

– Tu sais bien que tout ça n'a pas de sens, Maggie, dit l'un d'eux. On a tous été dans la maison du châtelain. Y a rien qui manque sur ses murs. On se demande même comment ils tiennent debout, avec tout ce qui y est accroché.

– Oh, y'a toujours plein d' tableaux, acquiesça Maggie, avec un hochement de tête sagace. Mais c'est plus les mêmes, v'là tout.

Elle se tourna vers Rebecca, lui adressa un clin d'œil complice.

– Voyez-vous, ma p'tite, le lend'main du jour où mon tableau avait disparu, j' lève la tête et j'en vois un autre, accroché à la même place. Rud'ment laid qu'il était, avec des figures n'importe comment. Je m' suis d'mandé pourquoi sir Geoff avait mis un tableau comme ça chez lui, mais v'là-t-y pas qu'y disparaît, lui aussi. Alors, j' dis comme ça au châtelain : « V's avez bien fait de l' remettre à la cave là où vous gardez tous les aut'. »

Maggie alluma une autre cigarette, secoua la tête.

– Eh ben, j' vous l' dis, ma p'tite, si vous aviez entendu sir Geoff! D'où qu'y v'naient, les tableaux, c'était pas mon affaire, qu'y m'a dit...

– Et c'est comme ça que vous avez été renvoyée d'Abbott's Yew, interrompit le patron, furieux. Vous avez le nez long, Maggie, et vous le fourrez tout le temps où il n'a que faire. Si vous continuez, ma fille, je vais vous demander de partir.

Avec un coup d'œil vers Rebecca, il ajouta :

– Personne n'a besoin d'entendre vos commérages.

La menace d'expulsion suffit à faire taire Maggie.

– Y a rien dans tout ce qu'elle raconte, affirma le patron à la jeune femme. Il se trouve que j' sais, de la bouche de sir Geoffrey lui-même, qu'il prête souvent des tableaux à des musées. C'est ça qui a trompé la vieille Maggie.

La jeune femme acquiesça d'un signe. D'après les renseignements qu'elle avait glanés sur Abbott's Yew, elle savait que la collection de tableaux n'était pas très abondante. Les Smythe s'étaient concentrés sur les meubles anciens et les tapisseries et possédaient quelques-uns des plus beaux spécimens de point de Bayeux.

Non, les sommes dont sir Geoffrey avait besoin chaque année pour régler ses impôts ne pouvaient provenir de la vente d'un préraphaélite de second rang. La seule façon dont l'ancien gouverneur général des Angelines pouvait continuer à mener la vie à grandes guides devait dépendre d'un lien étroit avec quelqu'un de vraiment riche. Quelqu'un comme Silas Lambros, qui était en mesure de payer généreusement les services rendus.

Quelque part, se disait Rebecca, un accord démoniaque avait été conclu. Et, comme Abbott's Yew demandait une constante transfusion de capital, le lien entre les deux hommes devait toujours exister. Elle était décidée à le découvrir à tout prix.

Durant les deux années qui suivirent, en dépit du rythme épuisant que lui imposaient Les Flots, Rebecca consacra ses moindres moments de liberté à étudier la direction générale de Tyne & Wear, ainsi que les sociétés avec lesquelles elle était en contact. Elle lisait tous les journaux professionnels et financiers sur lesquels elle pouvait mettre la main, pour y chercher le nom de Silas Lambros. Elle dressa une liste des hommes avec lesquels son nom était le plus souvent lié et les étudia à leur tour. Elle chercha ensuite à trouver des relations entre eux et sir Geoffrey Smythe.

Elle voulait découvrir le fil conducteur qui devait forcément exister entre Lambros et l'ancien gouverneur général. Un homme en qui le naufrageur et sir Geoffrey auraient l'un et l'autre une absolue confiance, et qui serait chargé de transférer l'argent de Tyne & Wear au compte de sir Geoffrey. Elle crut longtemps que cet homme était Andrew Stoughton. Mais il existait un argument de poids contre cette théorie. Si sir Geoffrey avait reçu des millions de Lambros, le naufrageur se trouvait de ce fait dans une position éventuellement indéfendable. Si les rumeurs venaient à se confirmer, Silas Lambros risquerait de tout perdre. La puissance même de Tyne & Wear ne pourrait lui éviter une enquête du Parlement britannique. L'intermédiaire devait donc être un homme redevable à Lambros, quelqu'un sur qui il exerçait un contrôle absolu, ou qui était lui-même compromis. En dépit de toute la loyauté dont Andrew Stoughton avait fait preuve à l'égard de Lambros, Rebecca ne jugeait pas le vieux naufrageur assez imprudent pour confier à un gendre ambitieux une épée de Damoclès à tenir suspendue au-dessus de sa tête.

Alors, qui ? Plus loin allaient ses recherches, et plus la jeune femme éliminait de candidats.

Si seulement Lambros avait un fils ! Le choix de Lambros se serait sûrement porté sur lui.

Cette idée rappela à Rebecca que la tragédie n'avait pas épargné Silas Lambros lui-même. Elle reprit les articles parus au moment de la mort de Nigel, les relut lentement. Une petite voix, au fond de son esprit, la poussait à continuer, lui suggérait qu'elle ne voyait pas ce qui lui crevait les yeux.

Elle examina les récits de l'accident, les comptes rendus du tribunal maritime. La hâte avec laquelle celui-ci en était arrivé à sa conclusion était presque indécente : en moins de soixante-douze heures, ses membres avaient décidé que l'accident avait été causé par la négligence du pilote, Ramon Fuentes – et cela en dépit des constantes dénégations de ce dernier.

Sa curiosité piquée, Rebecca lut alors les coupures de presse relatives aux suites de l'enquête. Ramon Fuentes avait été reconnu coupable. Sa licence lui avait été retirée, et il allait devoir faire face à une accusation de meurtre quand il disparut subitement. On ne retrouva jamais sa trace.

A la même époque, Justin Lambros, qui s'était trouvé à bord du *Bollinger*, en ce terrible après-midi, mais qui n'avait pas été appelé à témoigner, partit pour l'Angleterre. Pour autant que Rebecca pût en juger, le fils cadet de Silas Lambros n'avait jamais remis les pieds aux Angelines depuis lors.

Elle sentit un léger frisson courir au long de son dos. Il se trouvait donc un fils en Angleterre. Pas seulement un homme lié à Lambros par le sang, mais quelqu'un sur qui Lambros avait un contrôle absolu. En lisant entre les lignes du rapport d'enquête, Rebecca discernait l'influence du naufrageur. Il avait protégé son fils, l'avait tenu à l'écart de la commission d'enquête et l'avait ensuite exilé. Le fait que Justin était son fils ne pouvait rien changer. Rebecca connaissait assez bien Silas Lambros pour croire qu'il était prêt à se servir de n'importe qui, chaque fois qu'il le voulait et comme il le voulait.

Justin représentait-il la clé qu'elle cherchait ? Pour le savoir, il faudrait avancer sur deux fronts. Il fallait retrouver la trace de Ramon Fuentes. Lui seul savait ce qui s'était exactement passé, cet après-midi-là. Mais elle devait aussi dépister Justin Lambros.

Dès que Rebecca en eut l'occasion, sans éveiller les soupçons, elle s'envola pour Londres. En moins de quarante-huit heures, elle rencontra un homme qui lui avait été chaudement recommandé et qui correspondait tout à fait à ses exigences. Une bonne somme d'argent changea de main, l'accord fut conclu, et Rebecca reprit l'avion pour les Caraïbes.

Bien installée dans son siège de première classe, elle s'interrogea sur le meilleur moyen de s'assurer la collaboration de Bones Ainsley. S'il était encore vivant, Ramon Fuentes, elle en était sûre, demeurait quelque part aux Caraïbes. La difficulté pour arriver jusqu'à lui résidait dans le fait que personne ne l'avait vu depuis près de vingt-cinq ans. Il y avait à cela une bonne raison. Il était toujours sous le coup d'un mandat d'arrêt pour meurtre.

– Nous avons eu un peu de mal, madame, et l'opération a pris plus de temps que je ne le pensais. Non pas pour le trouver, bien sûr. Ce fut relativement facile. Mais établir le lien dont vous vouliez vérifier l'existence, ça, ce fut une autre affaire.

Rebecca était assise dans un fauteuil Queen Anne, immobile, le dos bien droit. Elle n'entendait pas la pluie glaciale fouetter la fenêtre et ruisseler sur les vitres biseautées du Connaught Hotel. Elle concentrait toutes les forces de son esprit sur l'homme qui lui faisait face. Près de trois mois s'étaient écoulés depuis son premier voyage à Londres. Depuis, elle n'avait pas eu de nouvelles. Puis, quarante-huit heures plus tôt, le télégramme prudemment rédigé, sur lequel elle avait fondé tous ses espoirs, était arrivé pour l'appeler sur l'autre rivage de l'Atlantique.

L'homme leva les mains, tourna les paumes vers les flammes. Petit et trapu, il avait un visage terreux, ponctué par deux yeux sombres, apparemment sans vie, comme des raisins dans la face d'un bonhomme en pain d'épice. Il était rasé de près, ses cheveux d'un châtain terne étaient soigneusement ramenés sur toute la largeur de son crâne. Il n'avait pas pris la peine d'ouvrir son pardessus bleu marine élimé au col et au bas des manches. Les semelles de ses chaussures étaient usées sur le bord extérieur.

Alan Ballantyne aurait pu être un employé des pompes funèbres, un petit fonctionnaire ou l'un de ces bizarres célibataires d'âge mûr sans moyens d'existence bien définis. Il était à peu près aussi remarquable que le conducteur d'un autobus à impériale. Et c'était là, précisément, l'effet qu'avait soigneusement cultivé Alan Ballantyne, l'un des détectives privés les plus experts – et les plus coûteux – de toute l'Angleterre. Il avait travaillé vingt ans à Scotland Yard et avait terminé sa carrière comme inspecteur principal, avant d'ouvrir sa propre agence.

– Je veux le voir, dit Rebecca d'une voix contenue.

Ballantyne inclina la tête, prit un porte-documents en cuir patiné mais bien entretenu. Il en tira un dossier, et tendit à la jeune femme une photo glacée.

L'impatience de Rebecca était si vive que la photo faillit lui glisser entre les doigts.

Lorsqu'elle regarda le visage du sujet, elle crut à une erreur.

– Ça ne peut pas être lui!

– L'air de famille est peu marqué, concéda Alan Ballantyne.

Au fil des derniers mois, elle avait fait une sorte de portrait-robot de Justin Lambros. Elle lui voyait la mâchoire vigoureuse et le nez imposant de son père, les yeux rieurs mais glacés de son frère et les cheveux rejetés en arrière. L'homme de la photo était l'antithèse absolue de ce portrait. Un double menton s'écrasait sur le col de la chemise. Le nez charnu était encore accentué par des joues pleines. Les yeux disparaissaient presque sous d'épais sourcils noirs.

– Je vous assure, miss McHenry, c'est bien Justin Prescott, dit le détective. Né Justin Lambros, à Stann Creek Town, Angelines, plus jeune fils de Mary et Silas Lambros. Avec votre permission, je vais me dispenser de vous retracer l'histoire de son éducation en Angleterre, qui a commencé à l'âge de seize ans. J'en reviendrai directement à ce qui se rapporte à votre enquête. Vous pourrez peut-être prendre connaissance des détails quand vous en aurez le temps. Tout est dans mon rapport.

Il fit glisser un autre dossier moins épais sur la table basse. Rebecca hocha la tête, sans lever les yeux de la photographie. Ce visage n'offrait aucune ressemblance avec celui du naufrageur, mais c'était tout de même celui d'un Lambros. Elle pourrait facilement apprendre à le haïr.

– Comme je vous le disais, poursuivit le détective, il n'a pas été très difficile de déterminer la véritable identité du sujet et l'endroit où il habitait. Vous m'aviez dit que c'était un Lambros. J'ai pu passer en revue la liste des clients de la Foster-Swann – la banque contrôlée par Tyne & Wear – et, aussi sûr que deux et deux font quatre, je suis tombé sur un Justin Prescott. Prescott, c'était le nom de jeune fille de la mère. J'étais donc certain d'avoir trouvé le bon sujet. J'ai néanmoins vérifié à partir de deux sources indépendantes.

Rebecca posa la photo. Elle se demandait de quel genre de ressources pouvait disposer ce petit homme à l'air inoffensif, pour être en mesure de « passer en revue » la liste des clients d'une banque. Comme s'il lisait dans son esprit, il lui offrit une ombre de réponse.

– Curieux comme les gens qui souhaitent demeurer anonymes se laissent invariablement aller à une ridicule petite manie... déposer de l'argent dans une banque familiale, par exemple.

– Que fait Justin Lambros chez Tyne & Wear? demanda Rebecca. Qu'a-t-il de commun avec sir Geoffrey Smythe?

– Miss McHenry, ai-je dit que M. Lambros était employé par Tyne & Wear?

– Non. Mais il doit bien avoir un lien avec la compagnie...

– Alors, vous en savez plus long que moi. Mon enquête m'a amené à conclure, sans le moindre doute, que Justin Lambros n'avait absolument rien à voir avec Tyne & Wear.

– C'est impossible! s'écria-t-elle. C'est le fils de Lambros! Et si, comme vous le dites, Justin et sir Geoffrey Smythe se connaissent, il doit bien exister une relation!

– Il y en a une, miss McHenry. Mais ce n'est pas celle que vous croyez. Justin Prescott – le nom sous lequel il est connu à Londres – est le propriétaire d'une modeste mais parfaitement honorable galerie de tableaux...

– Attendez un peu!

Rebecca, les poings serrés, bondit hors de son fauteuil. Une galerie de tableaux... L'expression éveillait dans son esprit un lointain écho. Soudain, elle fit le rapport... avec Abbott's Yew. Sir Geoffrey Smythe. Bury Saint Edmunds. Le pub du village. Maggie! La charmante, la merveilleuse Maggie, la femme de ménage qui avait travaillé vingt ans à Abbott's Yew... et qui connaissait tous les tableaux accrochés aux murs. Des œuvres d'art qui, prétendait-elle, étaient là un jour et disparues le lendemain... Vendues pour payer les impôts. Par l'intermédiaire de la galerie de Justin Prescott! Maggie, que tout le monde au village traitait en ivrognesse, était, sans le savoir, tombée bien près de la vérité!

– Monsieur Ballantyne, reprit la jeune femme d'une voix tremblante, ceci est terriblement important. Sir Geoffrey vient-il fréquemment à la galerie?

– Mais oui, miss McHenry, répondit le détective, en lui tendant son rapport. Il semble qu'il y ait une relation étroite entre sir Geoffrey et la galerie. Vous allez, je crois, trouver mon rapport fort intéressant.

M. Ballantyne se trompait. Le rapport n'était pas intéressant mais fascinant. A sa lecture, les pièces du puzzle prirent leur place pour Rebecca. En même temps, l'étape suivante de son plan commença de se dessiner.

Une demi-heure plus tard, elle referma le dossier.

– Nous sommes prêts à poursuivre, monsieur Ballantyne.

– Je suis, comme toujours, à votre service, dit le détective en souriant.

Rebecca avait eu l'intention de s'entretenir, dès son retour à Angeline City, avec Bones Ainsley. Mais à peine était-elle dans son propre bureau que les vannes s'ouvrirent. Durant une bonne demi-heure, elle ne put placer un mot; sa secrétaire débitait une liste de points à régler et qui réclamaient toute son attention. Comme si ce n'était pas suffisant, les directeurs des différentes succursales, ayant appris son retour, se mirent à téléphoner les uns après les autres, tandis que les employés du bureau ne cessaient d'accourir pour lui poser d'urgentes questions...

– Assez!

Rebecca donna ordre au standard de retenir toutes les communications. Elle renvoya les employés à leur travail, dit à sa secrétaire de ne laisser entrer personne – sans exception – pendant une heure.

Quand vint la fin de la journée, elle avait résolu à peu près tous les problèmes. Il était plus de minuit quand elle put enfin fermer boutique.

Le lendemain, elle se présentait à l'appartement de Bones Ainsley, au-dessus du commissariat de police. Bones se levait tôt, mais Rebecca avait fait en sorte d'être là avant son réveil. Comme toujours, sa porte n'était pas fermée. Elle entra, fit chauffer de l'eau pour le café, prépara du jus d'orange et de mangue, mit au four le pain aux raisins. Quelques minutes plus tard, elle entendit le bruit de la douche.

– Un de ces jours, vous serez pour un homme une épouse parfaite, fit Bones en s'élançant vers elle pour la serrer dans ses bras.

– Que prenez-vous pour votre petit déjeuner?

Elle attendit qu'il en fût à sa troisième tasse de café avant de laisser s'éteindre leurs propos superficiels. Le policier se renversa sur sa chaise, les bras croisés, et la regarda gravement.

– Vous voulez tout savoir sur Ramon Fuentes, dit-il carrément.

La première fois qu'elle lui avait posé des questions sur l'infortuné capitaine, Bones n'avait pas cherché à savoir pourquoi elle voulait avoir des renseignements sur lui, même s'il avait des soupçons. Ceux-ci s'étaient précisés quand Rebecca lui avait demandé de retrouver cet homme.

– Vous savez où il est, n'est-ce pas?

Il hocha la tête.

– Maintenant, il faut me dire pourquoi il a une telle importance pour vous.

Elle avait redouté ce moment. Elle avait prié le ciel pour que Bones ne lui demandât pas d'explications.

– Bones, ne pouvez-vous me dire simplement où il se trouve ?

– Je regrette, répondit-il doucement. Ramon est toujours un criminel en fuite. Les gens qui m'ont aidé à le repérer n'ont pas voulu me dire précisément où il était. Je ne tiens pas à le savoir. Si je le savais, je serais obligé, en ma qualité de représentant de la loi, de le ramener pour qu'il passe en jugement. Je le crois innocent, mais, contre Silas Lambros, il n'aurait pas une chance. Le chagrin de Lambros reste profond. Il veillerait à ce que Ramon passe en prison le reste de sa vie.

– Et si je vous disais que je suis en mesure de prouver l'innocence de Ramon... à condition de pouvoir le rencontrer ?

Il posa sur elle un regard pénétrant.

– Que pouvez-vous savoir d'un événement qui s'est produit quand vous étiez toute petite ?

– Plus que vous ne croyez.

– Je suis désolé, Rebecca, déclara le policier. Mais, avant de vous laisser vous impliquer dans une affaire qui pourrait intéresser la justice, je dois savoir pourquoi vous vous préoccupez tellement de Ramon Fuentes.

Il s'en tiendrait à sa position, comprit-elle. Ramon Fuentes constituait un élément essentiel de son plan. Mais si elle en faisait part à Bones, il pourrait essayer de la freiner, dans le désir de la protéger. Pourtant, elle devait courir ce risque. Elle ne pouvait se résoudre à mentir à Bones Ainsley.

– Vous feriez bien de reprendre une tasse de café, dit-elle.

Elle entreprit de retracer précisément ses activités à Londres. Il fuma toute une pipe en l'écoutant. Finalement, il demanda :

– Êtes-vous absolument certaine de vouloir aller jusqu'au bout ?

– Vous avez vu ce que m'a fait Lambros, répondit-elle d'une voix dénuée d'émotion. Je dois continuer. Pas seulement pour moi-même et pour Les Flots, mais pour Max... et pour Dallas.

Il ne pouvait réfuter cet argument. Toutefois, il joua sa dernière carte.

– Vous aurez du mal à vivre avec vous-même, après ça. Vous n'êtes pas faite du même bois que Lambros, Dieu soit loué ! Pensez-y, je vous en prie.

Elle enveloppa de ses deux mains les doigts énormes et murmura :

– Rien ne pourrait être plus difficile par la suite qu'à présent. Et, si je ne fais rien, comment pourrai-je jamais me regarder en face ?

32

Le Honduras britannique était l'un des plus beaux pays de l'Amérique centrale, avec ses luxuriantes forêts, ses chutes d'eau enveloppées d'une brume irisée, ses longues étendues de rivages vierges. Pour le chasseur de jaguars, l'entomologiste, l'ornithologue, le Honduras britannique était un paradis. Mais, comme tous les paradis, il possédait sa face cachée.

Peter Town était un refuge légendaire pour les voleurs, les hommes en fuite et ceux qui désiraient, pour une raison ou pour une autre, disparaître de la surface de la terre. Personne, là-bas, n'avait jamais été livré à la loi. Les proscrits qui avaient trouvé une retraite dans ce pays avaient édicté leurs propres règles de conduite. La première d'entre elles déclarait qu'une fois accepté dans la fraternité, un homme ne serait jamais livré par elle à ceux qui n'en faisaient pas partie.

Peter Town avait été bâti à l'embouchure d'une rivière paresseuse, fangeuse, dépassant à peine d'une quinzaine de centimètres le niveau de la mer. Rebecca, qui suivait la rue poussiéreuse, faillit céder à la nausée sous l'effet de la puanteur qui montait de ce que les habitants appelaient « la parade de neuf heures » : les égouts à ciel ouvert, de simples canaux d'une construction primitive qui bordaient les deux côtés de la rue. A neuf heures, matin et soir, l'eau les envahissait pour chasser jusqu'à la baie les ordures de toutes sortes.

La jeune femme traversa la place limitée par le bureau de poste, une banque et un parc en forme de « L ». Déjà, les sans-abri s'étaient fait leur place dans l'herbe sèche et brune, sous les *ziricotes* dont les feuilles dégouttaient d'un suc épais et laiteux. Rebecca, le regard fixé au sol, prenait grand soin de contourner les corps étendus. Le moindre contact involontaire pouvait faire jaillir un couteau.

De l'autre côté du parc, elle attendit pour laisser passer une Jeep chargée de fusiliers marins britanniques. Les soldats, dont la présence devait protéger le pays dans son incessant conflit de frontières avec le Guatemala, lui accordèrent à peine un regard. Rebecca fut heureuse d'avoir suivi les conseils de Bones sur la façon de s'habiller. Peter Town n'était pas le lieu où faire étalage d'élégance. Avec sa longue jupe et sa large blouse paysanne, Rebecca se fondait dans le décor.

A peine arrivée au port, elle entendit la musique. Là, les rues étaient à peu près plongées dans les ténèbres. Le seul éclairage venait de la lumière que projetaient les portes des tavernes. Cette fois encore, Rebecca prit le milieu de la chaussée pour éviter les ruelles, où les chiens fouillaient dans les ordures, et les entrées obscures entre les néons crachotants des clubs pour matelots. Elle dut parcourir toute la longueur de la rue avant de trouver le Toucan.

L'intérieur répondait assez bien à ce qu'elle avait imaginé : un long bar, devant lequel buvaient une douzaine d'hommes, une collection hétéroclite de tables et de chaises et un très vieux jukebox asthmatique qui dévidait une salsa. L'atmosphère était lourde de fumée, de parfums à bon marché et de ce qu'on avait mélangé à la sciure répandue sur le plancher grossier.

Quand Rebecca s'avança vers l'extrémité du bar, les conversations à voix basse ne cessèrent pas, mais elle sentit tous les yeux se fixer sur elle. Venus des tables, elle entendait les rires de gorge des filles qui échangeaient leurs opinions sur cet agneau égaré qui s'aventurait sur leur territoire. Les hommes suivaient ses mouvements dans la glace qui courait au mur sur toute la longueur du bar. Par deux fois, elle sentit des doigts lui pincer les fesses mais elle fit semblant de ne pas s'en apercevoir, devant les manches de couteaux passés dans les ceintures.

Elle chercha du regard le barman, étouffa un cri lorsqu'il jaillit soudain devant elle comme un diable de sa boîte. Elle remarqua alors l'estrade, derrière le bar, et comprit. L'homme était un nain.

– Que puis-je faire pour votre service, jolie madame? caquetat-il.

Sa tête, de taille normale, était trop grosse pour son corps.

– Je cherche quelqu'un.

– Et c'est pas toi! cria l'un des buveurs, déchaînant ainsi une tempête de rires.

Le nain retroussa les lèvres en une horrible grimace à l'adresse de ses clients, avant de retrouver, comme par magie, un sourire onctueux.

– Mais oui, jolie madame, et qui donc cherchez-vous?

– Ramon Fuentes.

Le nain ne cilla pas.

– Je n'ai jamais entendu parler de lui et, croyez-moi, je connais *tout le monde*.

Rebecca remarqua du coin de l'œil que certains buveurs la dévisageaient maintenant ouvertement.

Dans quoi me suis-je fourrée?

Elle glissa une main dans les plis de sa jupe, et ses doigts cherchèrent le manche du couteau fixé à sa cuisse à l'aide d'une courroie. Elle contrôla le tremblement de sa voix.

– Je vais attendre. Une bière, *por favor*.

Le nain s'éclipsa, alla plonger son bras dans un bac tapissé de blocs de glace, en sortit une bière. Il posa bruyamment la bouteille verte sur le comptoir, sans prendre la peine d'y joindre un verre.

– Qui est cet homme que vous voulez voir? demanda-t-il soudain.

– Ramon Fuentes, dit-elle d'une voix claire.

Il la considéra d'un air grave, avant de rejeter la tête en arrière pour éclater d'un rire tonitruant. Rebecca vit des sourires amusés au long du bar.

– Et que lui voulez-vous, à Ramon Fuentes, *chica*?

Rebecca se trouva devant l'homme le plus laid qu'elle eût jamais vu. Son visage était profondément grêlé par ce qui avait dû être un cas aigu de variole. Le nez cassé était dévié d'un côté. L'épaisse moustache tombante cachait mal un bec-de-lièvre.

Elle eut à peine le temps de voir le mouvement de la main qui lui saisit le poignet entre le pouce et l'index. Elle poussa un cri de douleur.

– Maintenant, *chica*, voulez-vous me dire pourquoi vous cherchez Ramon?

Rebecca sentit ses jambes fléchir. Si elle ne répondait pas, cet homme allait la tuer. Elle le savait à sa voix sans timbre, aux yeux sans âme rivés aux siens.

– Êtes-vous Ramon? parvint-elle à demander.

Aussitôt, l'étreinte sur son poignet s'accentua.

– Bones Ainsley m'a dit où vous trouver! souffla-t-elle.

Son bras, engourdi du bout des doigts jusqu'au coude, retomba à son côté.

– Bones... murmura l'homme. Il y a longtemps que je n'ai pas entendu son nom. Dites-moi, *chica*, pourquoi vous a-t-il envoyée me voir?

– Pour vous dire que vous pouvez enfin revenir au pays, chuchota Rebecca.

Pendant vingt des vingt-cinq dernières années, Ramon Fuentes n'avait pas cessé de fuir. Quelques heures seulement avant le lancement du mandat d'arrêt contre lui, il avait fui les Angelines en se glissant à bord d'un bateau qui se rendait au Panama. Là, il avait réussi à obtenir un poste de troisième maître sur un rafiot qui franchissait le canal.

A trente ans, Ramon avait déjà passé en mer la moitié de sa vie. Mais, brusquement, ses années d'expérience ne comptaient plus pour rien. Recherché par la police, il n'osait pas produire les certificats qui lui auraient permis d'obtenir le poste de capitaine en vue duquel il avait longtemps et durement travaillé. Il se voyait contraint d'accepter le premier emploi qui se présentait, cuisinier, plongeur ou, quand il ne trouvait pas de bateau, travailleur manuel. Son amour-propre s'émoussait un peu plus d'année en année.

Vingt ans durant, Ramon Fuentes connut tous les grands ports du monde et une multitude de trous perdus. A Gladstone, sur la côte est de l'Australie, il regarda le cuivre et le soufre se déverser dans les cales de son minéralier, déchargea la même cargaison à Yokohama. Grutier, il manipula le teck à Bangkok, le riz à Colombo, le coton à Bombay, le matériel de recherche pétrolière à Dubayy. Il parcourut la Méditerranée, affronta les redoutables tempêtes du cap de Bonne-Espérance, passa des mois en mer du Nord, par un froid à vous glacer les os.

A chaque fois, son désespoir devenait plus profond. Arraché à sa terre natale, vivant jour après jour parmi des étrangers, Ramon noya dans l'alcool sa nostalgie et sa colère. Les cicatrices qui couvraient son corps endurci représentaient les souvenirs de mille bagarres dans autant de bistros. Les seuls moments où il laissait ses véritables émotions prendre le dessus, c'était dans la solitude de chambres sordides, dans les minables hôtels des ports. Là, bien éveillé dans l'obscurité, il rêvait aux Angelines et pleurait.

— Un jour, je ne sais plus comment, je me suis retrouvé à Belize. Ici, j'ai finalement cessé de fuir. J'avais réussi à faire quelques économies. J'ai acheté un bateau de pêche. A présent, je possède cette maison et un peu d'argent de côté... pour le cas où je devrais me sauver de nouveau.

Tous deux étaient installés sur la véranda de la petite maison de Ramon, au bord de la mer, à la limite de Peter Town. Des heures s'étaient écoulées depuis le moment où il avait entamé son histoire. Rebecca voyait les premières lueurs de l'aube naître à l'horizon. Ramon avait accueilli la jeune femme comme l'amie de Bones Ainsley et comme la fille de Max McHenry. Pourtant, son regard restait sur le qui-vive, un éclair de soupçon passait parfois dans ses yeux.

— Vous n'aurez plus jamais à fuir, lui promit-elle.

— Ainsi, les McHenry savent encore faire des miracles, hein ? fit-il en riant.

— Selon Bones, dit Rebecca, le délai de prescription, en ce qui concerne l'accusation d'homicide, n'est pas encore écoulé. Si vous revenez au pays, vous devrez affronter un procès pour ce chef d'accusation et pour le délit de fuite.

— Pourquoi ne pas me demander de leur apporter la corde pour me pendre ? demanda Ramon, d'un ton venimeux.

— Parce qu'on ne pendra personne, répondit-elle calmement. J'ai pris connaissance des conclusions de la commission à propos de l'accident survenu sur le *Bollinger*. Je sais que vous n'étiez pas en faute.

Ramon se leva, s'accouda à la balustrade pour contempler sa maîtresse, la mer.

Rebecca insista.

— Vous avez payé de vingt-cinq années de votre vie un accident dans lequel vous n'étiez pour rien. Vous pouvez revenir... si vous le désirez.

Il posa sur elle un regard chargé de tristesse.

— Le seul homme qui puisse m'aider, c'est Justin Lambros, et il a disparu depuis des années.

— Je l'ai retrouvé.

— Re... retrouvé ? Où ça ?

— A Londres. Il y vit sous un autre nom... Il est la clé de votre retour.

266

– Mais voudra-t-il m'aider? Pourquoi se dresserait-il maintenant contre son père, après avoir gardé le silence tout ce temps?

– Je vais l'y contraindre, dit-elle froidement.

Ramon la dévisagea longuement.

– Vous en avez les moyens, hein?

– Avec votre aide.

Il la regarda encore un long moment, comme s'il soupesait les conséquences de ce qu'il allait dire.

– Si, vous, vous m'aidez, je serai à jamais votre débiteur.

– Il n'y a pas de dette entre amis. En outre, j'ai moi-même quelque chose à gagner dans cette affaire. Mais, d'abord, je dois savoir exactement ce qui s'est passé ce jour-là sur le *Bollinger*. La vérité, Ramon. Toute la vérité.

A son retour aux Angelines, Rebecca trouva un message d'Alan Ballantyne. La jeune femme usa deux heures à essayer de se concentrer sur son travail, en attendant qu'il fût sept heures du matin à Londres. Le détective répondit immédiatement au téléphone, comme s'il était debout depuis longtemps déjà.

– Il s'est produit un événement intéressant, il y a quelques jours, annonça-t-il. Sir Geoffrey Smythe a vendu un tableau, un Seurat, par l'intermédiaire d'une galerie de Zurich. Par chance, j'ai pu découvrir que ce tableau faisait partie de sa collection depuis trois mois seulement.

Rebecca se demanda par quels moyens Ballantyne s'était procuré un tel renseignement.

– Sir Geoffrey, semble-t-il, avait acheté le Seurat à la Galerie Prescott, poursuivit le détective. Et pour un prix ridiculement bas, si mes informations sont exactes.

– Vous avez réussi à consulter les registres de la galerie? demanda la jeune femme, incrédule.

– J'ai une photocopie de la facture. Quoi qu'il en soit, sir Geoffrey a revendu la toile pour à peu près dix fois la somme... ce qui correspond beaucoup mieux à sa valeur réelle.

– Savez-vous où la Galerie Prescott s'était procuré ce tableau? questionna Rebecca, le cœur battant.

– Justement, je le sais.

Quand il lui fournit l'information, elle faillit en perdre le souffle. La dernière pièce du puzzle avait été découverte et elle prenait parfaitement sa place.

– La Galerie Prescott ne fait pas commerce de toiles d'un tel prix, en général, n'est-ce pas?

– Non, pas du tout. J'y ai vu quelques Picasso d'un genre mineur et un Miró. Rien de plus remarquable.

– Nous allons voir un autre trésor apparaître mystérieusement, je crois, déclara la jeune femme. Quand cela se produira, je désire que vous m'appeliez aussitôt.

– Ce sera avec plaisir, miss McHenry.

Rebecca était saisie de vertige. Bientôt, très bientôt, le piège allait se déclencher. Venait maintenant la phase la plus délicate : attendre qu'un autre tableau arrivât à la Galerie Prescott. Cela pouvait aisément signifier une attente de quelques mois. Justin Lambros, sir Geoffrey Smythe et le cerveau qui, derrière eux, tirait les ficelles étaient tous des hommes prudents. Mais, si l'ancien gouverneur général avait besoin d'argent, une autre transaction allait être mise en œuvre. Dans l'intervalle, elle devait mettre au point les derniers détails de son plan.

Alan Ballantyne lui-même fut surpris quand sa source d'information, à l'intérieur de la Galerie Prescott, lui apprit qu'un Klee estimé à un demi-milliard de dollars américains devait arriver dans le courant de la semaine. Ou bien, se dit le détective, sir Geoffrey, qui venait de passer un mois à Monte-Carlo, avait été la victime d'une malchance tenace au jeu, ou bien la dernière en date de ses maîtresses lui coûtait extrêmement cher.

Ballantyne attendit d'avoir en main une copie de la police d'assurance consentie par la Lloyds avant d'appeler sa cliente aux Angelines. Après sa conversation avec Rebecca, il appela un autre correspondant auquel il livrait depuis quelque temps tous les renseignements obtenus de la jeune femme.

Toutes les fois qu'il s'entretenait avec ce personnage, Alan Ballantyne avait des nausées. Tout au long de sa carrière, il s'était conduit en homme de principes. Ses états de service à Scotland Yard étaient irréprochables, sa réputation de discrétion légendaire. Lorsqu'il avait quitté l'organisation, cette réputation lui avait été fort utile pour acquérir la notoriété d'un détective exceptionnel. Pourtant, au cœur même de cette réussite se trouvait un gigantesque mensonge.

Dix ans plus tôt, l'épouse d'Alan Ballantyne, une femme ravissante et fragile qu'il adorait, avait été frappée de sclérose. Le détective connaissait trop bien les conditions effroyables qui régnaient dans les institutions où l'on hospitalisait les grands malades chroniques. Il dépensa les économies de toute une vie pour la maintenir dans une clinique privée. Quand cet argent fut épuisé, il vendit leur modeste maison de Paddington et s'installa dans un studio. Six mois plus tard, il contracta un prêt sur ses trois futures années de salaire.

Mais ce n'était pas encore suffisant. Toutes les fois que Ballantyne allait voir sa femme, devenue incontinente, incapable de se nourrir seule et tout juste en mesure de le reconnaître, il priait le ciel de la délivrer de son martyre. Les médecins lui avaient bien parlé à mots couverts d'euthanasie, mais le détective ne pouvait en accepter l'idée.

Alan Ballantyne continua donc à payer. Quand les banques refusèrent tout nouveau financement, l'organisme de crédit de la police lui prêta le montant accumulé sur son plan de retraite. En moins de six mois, cette somme avait disparu à son tour. Ballantyne comprit qu'il lui restait un seul recours. Les criminels qu'il avait contribué avec tant de succès à mettre derrière les barreaux.

L'approche fut extrêmement prudente, l'accord conclu dans la pénombre d'une boîte de nuit de Soho. Le lendemain du jour où une expédition d'héroïne en provenance de Marseille parvint à Londres, Alan Ballantyne reçut trente mille livres – assez, pensa-t-il, pour régler la pension de sa femme jusqu'à sa mort.

Le lendemain, quand il se présenta à la clinique, on lui apprit qu'elle avait succombé durant son sommeil. Le médecin avait essayé de le joindre, mais, à Scotland Yard, personne n'avait pu le trouver.

Les hommes qui lui avaient donné l'argent refusèrent de le reprendre. Ils avaient prise sur lui. Des photos le montraient recevant son dû. L'inspecteur-chef adopta l'unique solution qui lui restait, il démissionna.

Hors de Scotland Yard, il n'avait plus aucune valeur pour la pègre. Il avait presque oublié l'existence des photos... jusqu'au jour où un homme vint le voir à son bureau de Kensington. L'homme avait apporté les photos. Il détruirait la réputation du détective si celui-ci refusait de rendre un service, un seul. Ballantyne avait une nouvelle cliente, Rebecca McHenry. Le visiteur voulait savoir pourquoi elle portait un tel intérêt à sir Geoffrey Smythe. Le détective devrait faire une copie de tous les renseignements transmis aux Angelines et les envoyer à une boîte postale de Londres.

Alan Ballantyne comprit qu'il n'avait pas le choix. Seul un homme qui exerçait un pouvoir phénoménal avait pu persuader le plus important des fournisseurs d'héroïne londoniens de se défaire de ces photos. Un tel homme n'hésiterait pas à le détruire, lui. Le détective fit donc le nécessaire. Toutes les fois qu'il parlait à Rebecca, il mourait d'envie de lui dire qu'elle courait un terrible danger. Mais il n'était pas plus en mesure de la sauver qu'il ne pouvait se sauver lui-même.

33

En s'avançant vers sa galerie, Justin Lambros chercha ses clés dans sa poche. La jeune femme qui se tenait devant la vitrine ne l'avait pas quitté des yeux, et son sourire était toujours aussi éblouissant.

– Bonjour, balbutia Justin en insérant la première clé dans la serrure.

– Bonjour, répondit Rebecca. J'ai de la chance que vous soyez arrivé.

– En fait, nous n'ouvrons pas avant dix heures...

Il manipulait la seconde clé quand le trousseau lui échappa.

– Que je suis maladroit... murmura-t-il en rougissant violemment.

– Ça m'arrive constamment, dit Rebecca.

Justin poussa la porte.

– Puis-je entrer ? demanda la jeune femme.

Il savait qu'il avait commis une erreur. Dès que la clé avait tourné dans la seconde serrure, un signal d'alarme s'était déclenché dans les bureaux d'une société privée de protection. S'il ne transmettait pas par téléphone dans les soixante secondes le mot de code convenu, la société en conclurait à un cambriolage, et tout l'enfer se déchaînerait.

La prudence lui conseillait de demander à la jeune femme d'attendre dehors. Mais, dans ce cas, elle se jugerait offensée et s'en irait. Justin n'avait jamais de chance avec les femmes.

– Mais oui, je vous en prie, répondit-il.

Déjà il se hâtait vers l'arrière-boutique.

– J'en ai pour un instant.

Rebecca pénétra dans la galerie, referma la porte. D'après la description que lui avait faite Alan Ballantyne, elle savait très précisément où était allé Justin et pourquoi.

A l'intérieur, les treize ou quatorze mètres de parois étaient en briques sablées. Des rampes lumineuses et des projecteurs orientables, stratégiquement placés, éclairaient les tableaux. Au milieu de la salle se groupaient des divans et des fauteuils recouverts de velours gris, autour de tables basses. Les meubles étaient modernes mais de lignes simples. Les plantes vertes elles-mêmes avaient été choisies de façon à ne pas détourner des toiles l'attention des clients.

Rebecca parcourut la galerie sur toute sa longueur. Elle ne vit pas le Klee. Elle ne s'était pas attendue à le voir là. Comme le lui avait dit le détective, il devait se trouver dans une pièce à part, adjacente au bureau, dans laquelle elle pénétra.

– Magnifique ! s'exclama-t-elle.

Elle contemplait l'interprétation cubiste d'une Madone à l'Enfant, exposée en retrait sur un chevalet.

Justin Lambros entra précipitamment. Il s'étonna que cette ravissante créature eût découvert cette pièce. Seuls, quelques clients favorisés en connaissaient l'existence.

– Je n'aurais jamais cru que ce tableau pût être mis sur le marché, reprit Rebecca. Combien en demandez-vous ?

– Il est déjà retenu, j'en ai peur, miss...

– Templeton.

Elle avait adopté ce nom de circonstance.

– Vous l'avez donc déjà vendu ?

– Oui, je le crains.

– Il n'y a aucun moyen de vous faire changer d'avis ?

– Aucun, miss Templeton, dit Justin avec un regret sincère. A propos, je m'appelle Justin Prescott. La galerie m'appartient.

Rebecca serra sa main moite, revint au tableau.

– S'il est vraiment retenu, peut-être pourrais-je conclure un arrangement avec le futur propriétaire.

– Nous avons pour règle de ne pas révéler l'identité de nos clients. Néanmoins, si vous vouliez bien me laisser votre nom et votre adresse à Londres, je les transmettrais certainement. Si l'acheteur avait l'intention de le vendre, il prendrait directement contact avec vous.

– Ce serait merveilleux, dit Rebecca. J'ai toujours adoré Klee et, après mon divorce, j'ai l'intention de satisfaire mes goûts. Après tout, je l'ai bien mérité, vous ne croyez pas?

Elle était donc sans attache. Justin sentit ses espoirs s'éveiller.

– J'en suis sûr, proféra-t-il avec conviction. Peut-être pourrais-je vous montrer d'autres...

– Oh, c'est très gentil à vous, dit Rebecca d'un ton d'excuse. Mais ma matinée est complètement prise. Néanmoins, j'aimerais venir à une exposition, si vous en organisez une dans un avenir proche. Vous pouvez prendre contact avec moi au Connaught.

– En fait, un peintre nouveau, exceptionnellement doué, doit exposer la semaine prochaine, déclara précipitamment Justin. Accepteriez-vous d'être mon invitée?

– J'en serais ravie. Et peut-être puis-je solliciter une petite faveur?

– Tout ce qu'il vous plaira.

– Même si le Klee est déjà vendu, croyez-vous que je pourrais le revoir? Je passerais des heures à le contempler.

– Je serais très heureux de vous faire ce plaisir, dit galamment Justin. Quand cela vous conviendrait-il?

– Demain matin?

– Parfait. J'attendrai ce moment avec impatience.

– Moi aussi.

Rebecca n'avait pas douté que Justin Lambros accéderait à sa requête. Sir Geoffrey, lui avait dit Alan Ballantyne, se trouvait encore à l'étranger; on ne l'attendait pas avant dix à quinze jours. Ce délai, se disait-elle, lui donnait tout le temps de mener à bien ce pour quoi elle était venue.

Le lendemain matin, la jeune femme se présenta à l'heure dite à la Galerie Prescott. Elle avait soigneusement choisi sa tenue pour l'occasion : un élégant ensemble – pantalon vert jade de Givenchy, qui accentuait à ravir son teint doré et ses cheveux noirs, un imperméable léger, un sac et des gants de chez Hermès.

Il serait ridicule de dire simplement que Justin Lambros fut heureux de la voir. Il l'accueillit avec effusion, s'empressa auprès d'elle jusqu'au moment où, par bonheur, un client survint. Pendant que Justin s'occupait de lui, Rebecca s'installa dans la petite pièce, tout en regardant le Klee sans vraiment le voir. Elle n'appréciait guère le travail de cet artiste mais elle s'était documentée sur sa vie et sur son influence, afin de confirmer l'image qu'elle avait donnée d'elle. Ses efforts furent récompensés quand Justin, après en avoir fini avec son client, confia la galerie à ses deux assistants et se hâta de venir la rejoindre dans la petite pièce. Une heure durant, elle attendit de le voir rassembler assez de courage pour l'inviter à déjeuner.

Rebecca manipula très habilement Justin Lambros. Elle se savait capable de l'entortiller autour de son petit doigt sans même qu'il s'en rendît compte, mais ce n'était pas là l'effet recherché. Il devait croire qu'il l'avait courtisée et séduite.

Après leur premier déjeuner, Rebecca, à regret mais fermement, refusa une invitation à dîner pour le lendemain soir. Ce même après-midi, un énorme bouquet lui fut livré au Connaught. Elle attendit vingt-quatre heures avant d'appeler Justin pour le remercier et elle accepta de le retrouver au Savoy pour prendre le thé.

Justin prit l'habitude de l'appeler chaque jour. Quand arriva la soirée de l'exposition, la jeune femme, pour la circonstance, choisit une longue robe de soie gris tourterelle qui la moulait étroitement, des escarpins de soie noire et une veste en zibeline de chez Dior. Lorsque Justin passa la chercher dans une Rolls-Royce blanche, son expression ébahie suffit à lui prouver que ses préparatifs n'avaient pas été vains.

Elle s'était attendu à le voir faire parade de sa présence à ses côtés. Elle ne fut pas déçue. Il la présentait à chacun comme une visiteuse venue de San Fransciso et se hâtait de répéter les quelques détails qu'elle lui avait fournis sur un passé inventé de toutes pièces. Elle fut bientôt le centre de l'attention générale. Les hommes la couvraient de regards admiratifs; le peintre, qui avait compté sur cette soirée pour assurer son triomphe, lui jetait des coups d'œil venimeux. Rebecca prit grand soin de n'encourager aucune avance amoureuse. Mis à part quelques visites au vestiaire des dames, elle ne quitta pas Justin.

Les jours s'écoulèrent. Rebecca découvrit que sa vie à Londres se partageait en deux parties bien distinctes. Le jour, elle était la femme d'affaires qui rencontrait des organisateurs de voyages et des propriétaires d'agences touristiques, des agents immobiliers et des banquiers. Le soir, elle se glissait dans son personnage de miss Templeton. Elle tenait à toujours retrouver Justin à la galerie, juste avant la fermeture. Elle insistait pour passer au moins quelques minutes avec le Klee qui, au bout de trois semaines, n'avait pas encore quitté la petite pièce. Le tableau, Rebecca le savait, aurait déjà dû être livré à sir Geoffrey Smythe. S'il était encore là, c'est qu'elle avait réussi à persuader Justin que le Klee la ramènerait toujours vers lui.

Lorsqu'elle avait entamé sa campagne contre Justin, elle n'avait ressenti que mépris à son égard. Ce qu'il avait commis – ou ce qu'il avait permis à son père de commettre – faisait de lui un lâche à ses yeux. Un autre homme, même s'il avait eu au début l'excuse de la jeunesse, aurait pu essayer par la suite de réparer l'injustice qu'il avait aidé à créer. Ni la galanterie de Justin ni son évidente passion ne pouvait apaiser l'indignation de Rebecca.

Ils se voyaient presque tous les jours, dînaient ensemble trois fois au moins par semaine. Elle se laissait conduire au théâtre ou emmener pour des promenades en bateau sur la Tamise, le dimanche après-midi. Ils flânaient dans le marché aux puces de Portobello Road, jouaient les touristes à la Tour de Londres, faisaient de l'aviron dans les petites barques aux couleurs vives de la Serpentine, dans Hyde Park.

Rebecca n'avait rien à craindre de Justin. Sa timidité naturelle l'empêchait de tenter d'emmener la jeune femme chez lui. Il demeurait le parfait gentleman, la raccompagnait jusqu'au foyer du Connaught et, tout au plus, prenait un dernier verre avec elle au bar.

Mais il existait un facteur que Rebecca, en dépit de toute son habileté, n'avait pas prévu et qu'elle n'était pas en mesure de contrôler.

Dès le début, elle avait encouragé Justin à parler de lui-même. D'une part, elle voulait éviter les questions sur son propre passé imaginaire. D'autre part, tout ce que pourrait lui confier Justin lui serait peut-être utile par la suite. Or, elle commençait à regretter d'avoir adopté cette tactique.

Les premiers temps, Justin n'avait rien dit de bien surprenant. Il retraçait sa vie à Londres, les raisons qui l'avaient poussé à ouvrir la galerie. Lorsqu'il parlait des peintres qu'il avait découverts et fait connaître du public, c'était avec une fierté discrète, sans arrogance de propriétaire. Il dépréciait ses propres succès, s'attardait sur ses échecs. En l'écoutant, Rebecca sentait émerger un personnage tout différent de l'homme qu'elle avait imaginé. C'était là un individu plein d'égards envers autrui, qui s'interrogeait sans cesse pour découvrir ce qu'il aurait pu faire de plus.

La jeune femme avait de plus en plus de difficulté à considérer Justin comme un moyen d'atteindre son but. Bien décidée à voir en lui un ennemi, elle était cependant attirée par sa sincérité, sa faculté de compassion, et sa façon de se livrer tout entier.

C'était du moins ce que croyait Rebecca, jusqu'au jour où il lui demanda de venir à la galerie pour lui montrer quelque chose de très particulier.

Rebecca aimait les dimanches à Londres. Le matin, les rues étaient désertes, le grondement de la circulation laissait la place au chant des cloches.

Elle décida donc de faire à pied les trois kilomètres qui séparaient le Connaught de la Galerie Prescott. Elle prenait plaisir à se dégourdir les jambes, s'arrêtait de temps à autre pour regarder une vitrine.

Elle vit Justin à travers la glace de la galerie. Il la fit entrer, et elle ne put retenir un sourire. Il portait ce qu'il considérait comme la tenue de loisirs qui convenait au dimanche : un pantalon de tweed, un pull cachemire jaune sur une chemise rose, des chaussettes écossaises, des mocassins.

Il la guida vers la pièce du fond, en bavardant à bâtons rompus pour cacher sa nervosité. Il ouvrit la porte, et Rebecca, que son invitation avait quelque peu intriguée, demeura pétrifiée. Le Klee n'était plus là. Vingt toiles avaient pris sa place, chacune sur un chevalet. Toutes représentaient des paysages, d'une conception et d'une exécution audacieuses, dont les couleurs éclatantes frappaient le spectateur de plein fouet. La surprise de Rebecca devint de l'angoisse quand elle reconnut les sujets.

— Voici ma vie secrète, dit Justin. Nous avons beaucoup parlé, mais vous ne savez pas d'où je viens, vous ignorez tout de l'endroit où, au fond de mon cœur, je continue à vivre. Ces toiles représentent toutes des paysages des Angelines, le pays qui m'a vu naître.

D'un geste hésitant, il couvrit de sa main celle de la jeune femme.

— J'aimerais vous parler de ce pays, de ce qu'il signifie pour moi, et pourquoi.

Rebecca ne sut jamais combien de temps elle était restée assise dans cette pièce. Ses yeux allaient d'un tableau à l'autre, absorbaient ce reflet de la passion d'un homme. Elle entendait à peine Justin lui conter son enfance aux Angelines, lui parler de la profondeur de son amour pour ce pays, pour ses habitants. Les toiles étaient plus éloquentes que tous les discours.

— Je n'ai pas un grand talent, je le sais, dit-il enfin. Je ne sais peindre que ce que je ressens... Jamais je n'ai montré ces tableaux à quelqu'un d'autre, reprit-il après un bref silence. Je n'ai jamais suffisamment aimé quelqu'un pour lui donner cette preuve de confiance.

— C'est très beau, parvint à murmurer Rebecca.

En voyant la joie qui se répandait sur son visage, elle comprit qu'elle venait de commettre une terrible erreur.

— Je dois partir.

Elle reprit son sac, sortit rapidement de la pièce. Elle entendit Justin l'appeler, d'une voix fêlée par la stupeur et le désespoir. Elle se mit à courir. Elle devait à tout prix échapper à cet homme, l'homme dont elle avait ignoré l'existence. Si elle n'y parvenait pas, jamais elle ne pourrait mettre en œuvre la dernière phase du plan si méticuleusement bâti.

Pendant les trois jours qui suivirent, Rebecca tint Justin Lambros à l'écart de sa vie. Elle demanda au standard de l'hôtel de filtrer ses communications et de ne pas lui passer les appels de Justin.

Elle se jeta avec passion dans son travail, tenta de meubler chaque heure de la journée. Mais, la nuit, lorsqu'elle se tournait et se retournait dans le grand lit, le visage douloureux de Justin continuait à la hanter. Dans ses rêves, elle l'entendait retracer l'existence qu'il avait laissée derrière lui, aux Angelines. La voix triste, lointaine faisait vibrer en elle une corde familière; elle aussi avait connu ce douloureux exil.

Ce n'est pas la même chose! se répétait-elle farouchement. Il n'a pas dit un mot de ce qui l'a contraint à quitter les Angelines. Il aime ce peuple mais, pas une fois, il n'a songé à rompre avec son père.

Néanmoins, tous les raisonnements du monde ne pouvaient changer la vérité. Rebecca voyait maintenant en Justin un homme tout différent de celui qu'elle avait si habilement manipulé. Justin, à sa manière, était une victime, comme elle.

Finalement, quand elle sentit faiblir sa résolution, la jeune femme fit la démarche qui allait l'obliger irrévocablement à aller jusqu'au bout de son plan.

Depuis trois jours, Justin Lambros se comportait comme un possédé. Il avait abandonné à ses assistants la responsabilité entière de la galerie pour ne plus penser qu'à Rebecca. Deux ventes, qui avaient exigé des efforts considérables, échouèrent parce qu'il n'y avait personne pour guider le vendeur et l'acheteur au cours des ultimes et délicates négociations. L'exposition d'un peintre qui avait consenti, après de longues hésitations, à se faire représenter par la Galerie Prescott, se mua en désastre quand Justin négligea d'y assister. Mais la pire épreuve, pour les assistants, fut la fureur de sir Geoffrey Smythe. De retour du Continent, il réclamait son Klee à cor et à cri. Mais on ne put mettre la main ni sur la toile ni sur le propriétaire de la galerie.

Après la terrible scène qui s'était déroulée dans la pièce du fond, Justin s'était cloîtré dans son studio de Southwark, sur la rive droite de la Tamise. Personne ne connaissait ce refuge. Au début, il s'interrogea avec angoisse sur les raisons qui avaient motivé l'incroyable comportement de Rebecca. Sans cesse, il passait en revue ce qu'il avait dit, s'efforçait désespérément de comprendre pourquoi ses paroles avaient amené une telle réaction. Il ne trouvait pas de réponse et perdait de plus en plus la tête. Pour la première fois de sa vie, il avait partagé ses pensées et ses émotions les plus intimes avec un autre être humain. Il avait prié le ciel pour que cette femme, qui avait subitement transformé sa vie, comprît combien ces révélations étaient précieuses pour lui. Mais Rebecca les avait manifestement trouvées repoussantes.

Pourquoi?

Incapable de trouver une réponse, Justin entreprit le siège de Rebecca. Il bombarda d'appels le standard du Connaught, supplia l'opératrice de le mettre en communication avec l'appartement de la jeune femme. Devant l'inflexible politique de l'hôtel, qui tenait à préserver l'intimité de ses clients, il se résigna à laisser des messages.

Rebecca se refusant à répondre à ses appels, il envoya des télégrammes, des fleurs. Finalement, il trouva un service qui se chargeait de transmettre verbalement ses messages. En désespoir de cause, il se mit à hanter Carlos Place, dans l'espoir d'intercepter la jeune femme dans ses allées et venues. Un matin, après une attente de deux heures sur le trottoir, sa patience fut récompensée. Il aperçut Rebecca qui franchissait les portes de verre. Il se précipita. Trop tard. Sans vouloir entendre ses appels, la jeune femme s'engouffra dans la limousine de l'hôtel et disparut, laissant Justin, haletant, devant un portier musclé qui le considérait d'un œil soupçonneux.

Invaincu, il regagna son refuge. Dans le secret de son atelier, il déplia la toile à sac qui protégeait son dernier espoir de jamais revoir cette femme. Quoi qu'il eût pu faire pour éloigner de lui Rebecca, rien, il en était sûr, ne pourrait lui faire oublier le Klee. Pour revoir ce tableau, elle lui reviendrait.

De bonne heure, le matin du quatrième jour, un coup de fil lui prouva qu'il ne s'était pas trompé. Il aurait dû se demander – mais il n'y songea pas – comment Rebecca avait réussi à se procurer le numéro de son atelier, qui était sur la liste rouge.

Assise dans la pénombre de la pièce, elle se présentait de profil à l'arrivant. Justin voyait la ligne gracieuse de son cou, le mouvement régulier de sa poitrine sous l'effet de sa respiration. Elle ne s'était pas donné la peine de lui ouvrir la porte. A la réception, on lui avait dit qu'il était attendu. La porte de l'appartement n'était pas fermée à clé.

– Rebecca...

– Entrez, Justin.

Sa voix lui parut lointaine, comme si elle lui parlait du fond d'un très long couloir. Serrant contre lui le tableau enveloppé de grosse toile, Justin traversa la pièce, se retrouva devant elle. Elle se refusait à lever les yeux sur lui, et il crut s'évanouir.

– Rebecca, je veux savoir ce qui s'est passé.

Elle le regarda enfin. Ses yeux se moquaient de lui.

– Le nom de McHenry vous rappelle-t-il quelque chose, Justin ?

– Max McHenry ?

Mais que signifiait...

– Je suis sa fille.

Elle le vit pâlir, et poursuivit impitoyablement :

– Est-ce là le Klee, Justin ? L'avez-vous apporté pour moi ?

Il hocha la tête avec désespoir.

– Qu'est-ce qui vous fait croire que j'accepterais quelque chose d'un Lambros ?

Il releva brusquement la tête, les yeux élargis d'incrédulité.

— Oh, Justin, fit Rebecca, avec un rire étouffé. Ne comprenez-vous pas que je sais tout de vous ? Tout. Étiez-vous prêt à me vendre ce tableau au lieu de le garder pour sir Geoffrey ? Une telle imprudence n'aurait-elle pas intensément déplu à votre père ? Après tout, votre petite galerie n'est qu'une façade, n'est-ce pas ?

— Non, balbutia-t-il. Ce n'est pas ça du tout. Vous ne comprenez pas.

— Oh, mais si. Au bout de vingt-cinq ans, vous restez prêt à obéir quand votre père vous donne un ordre. Il vous a si totalement corrompu que vous en êtes arrivé à croire à vos propres mensonges.

La voix méprisante le fit tressaillir.

— Je n'avais pas le choix, murmura-t-il.

— De même que vous n'avez pas eu le choix quand il s'agissait de témoigner pour Ramon Fuentes ? demanda-t-elle durement. Votre choix, vous l'avez bel et bien fait. Vous avez causé la perte d'un innocent !

— J'aurais tout changé, si je l'avais pu ! cria-t-il. J'ai essayé de le retrouver ! Je le jure ! Mais je n'ai pas pu... Par la suite, il était trop tard.

Rebecca saisit la main de Justin.

— Non, il n'est pas trop tard. Il n'est jamais trop tard. Voyez, Justin, j'ai retrouvé Ramon à votre place.

Justin Lambros se retourna craintivement. Il laissa échapper un cri étranglé en voyant Ramon Fuentes s'avancer vers lui, pareil à quelque hideuse apparition que la mer aurait finalement vomie.

34

Silas Lambros pressa le bouton de l'interphone pour aboyer à l'adresse de son chauffeur :

— Mettez le chauffage, mon vieux ! Je gèle, dans cette voiture !

Malgré le flot d'air chaud qui se dégagea presque aussitôt, le patron de Tyne & Wear se rencogna plus étroitement dans l'angle du siège et resserra l'écharpe autour de son cou.

Silas Lambros venait de voyager seize heures sans interruption.

La luxueuse voiture traversait maintenant Bury Saint Edmunds, et le naufrageur regarda Abbott's Yew se matérialiser à travers le voile d'une douce pluie de printemps. Une fois de plus, il se répéta mentalement les divagations hystériques de sir Geoffrey, essaya d'y découvrir un indice sur ce qui s'était passé. L'ancien gouverneur des Angelines avait exigé que Lambros vînt immédiatement à Londres. Il était arrivé quelque chose de terrible, quelque chose qui affectait « leurs intérêts communs ». Ils se trouvaient l'un et l'autre en très grand danger.

Silas Lambros savait très précisément à quoi sir Geoffrey faisait allusion. Il s'était efforcé de le calmer, mais son interlocuteur ne voulait pas entendre raison. Ses supplications désespérées prouvaient qu'il n'exerçait plus aucun contrôle sur la situation.

Le naufrageur lui avait intimé l'ordre de se taire, de ne plus rien dire à personne avant son arrivée à Abbott's Yew.

Tandis que la limousine suivait les courbes de l'allée d'accès, Silas Lambros revoyait le jour déjà lointain où lui-même et le noble lord, alors ruiné, avaient conclu leur accord. Tous deux avaient eu conscience du risque qu'ils couraient. Si jamais leur arrangement était découvert, même les gains énormes qu'ils auraient faits ne parviendraient pas à les protéger des poursuites du gouvernement britannique. Néanmoins, leur plan avait été si soigneusement mis au point qu'en dépit de certaines rumeurs, il continuait à fonctionner depuis plus de vingt ans.

Après tout ce temps, qu'avait-il bien pu se passer ? se demandait Silas Lambros.

La question l'avait rongé durant tout le voyage. Et la seule réponse qui lui vînt à l'esprit le fit frissonner.

La bibliothèque d'Abbott's Yew aurait été digne du British Museum ou de n'importe quel club londonien pour gentlemen distingués. Avec sa voûte en berceau et ses fenêtres ogivales aux carreaux cernés de plomb, elle évoquait l'intérieur d'un monastère médiéval. Les murs étaient couverts de rayonnages sur lesquels luisaient les reliures en cuir. Une échelle roulante se trouvait près des vitrines qui abritaient les éditions rares. L'ambiance ascétique était brisée par la présence d'une table de travail et de deux bergères qui lui faisaient face.

Sir Geoffrey Smythe, penché en avant, les coudes sur le sous-main de cuir, soutenait entre ses paumes son visage défait. Les yeux mi-clos, il écoutait la voix de Justin Lambros.

« ... Je tenais la barre du *Bollinger* quand Ramon Fuentes m'a averti de l'approche d'une tempête. C'était à moi de décider si nous devions ou non regagner le port. Je savais que nous aurions dû faire demi-tour, mais Nigel est monté sur le pont... il s'est moqué de moi parce que je voulais rentrer. Je n'aurais pas dû l'écouter. Il avait bu et n'avait pas conscience du danger. Mais je ne supportais pas l'idée de m'humilier devant lui. Je n'ai donc pas changé la route...

« La tempête nous est tombée dessus sans avertissement... comme le fait un " chat "... comme l'avait prévu Ramon. Nigel et son amie étaient sur le pont. Nigel se conduisait comme un fou, il me hurlait ses ordres d'aller de l'avant. Quand la première grosse vague nous a frappés, elle m'a projeté loin de la barre. Je me rappelle m'être brisé le poignet dans ma chute. Ensuite, ma tête a heurté quelque chose, et j'ai perdu connaissance un moment. Ce que je me rappelle ensuite, c'est d'avoir vu Ramon essayer de reprendre le contrôle du *Bollinger*, mais c'était impossible. Une autre vague s'est abattue sur nous, et j'ai vu Nigel et la fille projetés contre la lisse.

« Quand le bateau a plongé, Ramon se battait encore avec le gouvernail. J'ai entendu des hurlements et j'ai vu la fille s'accrocher à Nigel... Il essayait de s'en débarrasser. L'instant d'après, ils avaient disparu. La vague les avait emportés ensemble... Nigel avait tenté d'écarter la fille pour se sauver lui-même... et il n'avait pas réussi. Après ça, je ne me souviens plus de rien.

« Je suis entièrement responsable de ce qui s'est passé ce jour-là à bord du *Bollinger*. Je n'aurais jamais dû me trouver à la barre. Si j'avais écouté Ramon, mon frère et la fille seraient peut-être encore vivants... »

La voix s'éteignit, remplacée par un halètement rauque, comme celui d'un homme qui se noie et cherche l'air.

« ... J'aurais dû témoigner en faveur de Ramon Fuentes devant la commission d'enquête. Mais j'ai gardé le silence... et j'ai ruiné la vie d'un homme qui ne m'avait jamais témoigné que bonté... »

Une pause encore puis la voix monocorde de Justin troubla de nouveau le silence de la bibliothèque.

« ... Après cela, mon père m'a expédié au loin. Il adorait Nigel et il a refusé de croire à ma version de ce qui s'était passé. Il ne voulait pas laisser salir la mémoire de Nigel. Comme un lâche, j'ai cédé.

« Des années plus tard, après avoir aidé sir Geoffrey Smythe à devenir gouverneur général des Angelines, mon père m'a rendu visite à Londres. Mon père et sir Geoffrey avaient conclu un accord pour faire passer au domaine public des terrains de la Couronne, aux Angelines. Dans ce but, sir Geoffrey userait de son influence à la Chambre des lords. Il informerait à l'avance mon père des terrains qui deviendraient ainsi disponibles, ce qui permettrait à Tyne & Wear de les acheter. De son côté, mon père s'engageait à fournir à sir Geoffrey l'argent nécessaire à l'entretien d'Abbott's Yew.

« Ma galerie et moi, nous jouions un rôle important dans cet accord. Le secret le plus absolu étant indispensable, il ne pouvait exister aucun lien entre mon père et sir Geoffrey. Afin de lui procurer l'argent promis, mon père fit en sorte de me faire acheter, par l'intermédiaire de la galerie, certains tableaux de la collection Lambros, à des prix ridiculement bas. Ces chefs-d'œuvre étaient ensuite vendus à sir Geoffrey pour une fraction de leur valeur sur le marché. Personne ne pouvait mettre en doute la légitimité de la transaction. La Galerie Prescott avait un reçu, signé par mon père, pour les tableaux. Sir Geoffrey détenait une facture de la galerie, pour preuve du prix qu'il avait payé.

« La clé de tout le projet résidait dans l'opération suivante. Sir

Geoffrey, après avoir conservé les tableaux durant quelques mois, se rendait à Zurich, où un intermédiaire le présentait à un collectionneur privé qui désirait acquérir une toile particulière. Cette fois, sir Geoffrey la lui vendait au prix du marché. Ce qu'il avait acheté pour quelques milliers de livres lui en rapportait cent fois plus. Et, comme la transaction se faisait en Suisse, il n'avait jamais de taxes à acquitter sur cette bonne fortune... »

Le maître d'Abbott's Yew entendit des pneus crisser sur le gravier et s'arracha à sa rêverie. Il leva les yeux vers les portraits de ses ancêtres, vers ces visages sévères, impitoyables, qui l'observaient par-delà les siècles. Tout ce qu'il avait fait, c'était pour eux, pour préserver l'héritage qu'ils lui avaient transmis. Et maintenant, à cause de la conscience torturée d'un homme, il risquait de perdre non seulement sa demeure et ses terres mais aussi le respect dont le nom de sa famille avait toujours été entouré.

Sir Geoffrey imaginait aisément ce qui allait se passer. Il y aurait des questions posées dans les deux Chambres du Parlement. Le gouvernement, déjà adversaire de la Chambre des lords, serait enchanté de déclencher une grande enquête. La presse se nourrirait du scandale, traînerait dans le ruisseau des siècles de service et de gloire. Il n'aurait plus un endroit où se cacher, ni du mépris public, ni de ces inspecteurs du fisc, avec leurs yeux froids, leur politesse glaciale, qui se présenteraient à Abbott's Yew avec l'autorité nécessaire pour fouiller dans tous les coins et recoins de sa vie.

On ne peut laisser se produire une telle abomination, pensa sir Geoffrey. Mais son destin n'était plus entre ses mains, telle était l'horrible vérité.

Sir Geoffrey Smythe regarda Rebecca McHenry presser le bouton de rebobinage du magnétophone, vit, sans réagir, la bobine qui contenait la terrible confession de Justin Lambros s'estomper dans une brume de vitesse.

Pour la première fois en soixante-quinze ans d'existence, Silas Lambros sentait vraiment le poids de son âge. A son arrivée à Abbott's Yew, il avait espéré se voir conduire à ses appartements. On lui ferait couler un bain, on lui préparerait des vêtements frais. Au lieu de quoi, Plender, le valet de chambre cadavérique de sir Geoffrey, l'avait fait entrer directement dans la bibliothèque.

Silas Lambros eut un sursaut en voyant Rebecca. Un instant, il imagina McHenry, assis dans ce fauteuil. Sa surprise devint de l'appréhension lorsqu'il remarqua le magnétophone. Sa première pensée avait été : Qu'est-ce que cet imbécile a bien pu lui dire ? Maintenant, il avait à son tour écouté la bande et il savait que sir Geoffrey n'avait joué aucun rôle dans le cours des événements. C'était son propre sang qui l'avait trahi. Cela, plus que les conséquences de la confession de son fils, éveillait la colère de Silas Lambros.

Le naufrageur avait demandé à entendre deux fois la bande. C'était une façon de gagner du temps, afin d'examiner toutes les conséquences possibles. De trouver le moyen de passer à l'offensive.

— Connaissez-vous les peines prévues par la loi contre les maîtres chanteurs? demanda-t-il enfin.

— Je ne vous ai rien demandé, répondit froidement Rebecca.

— Allons, il n'est pas nécessaire de recourir aux menaces... intervint sir Geoffrey.

— Taisez-vous, fit Lambros sans même le regarder. Tout ceci est fort intéressant, continua-t-il. Mais qu'avez-vous, en fait? Les divagations d'un homme manifestement au bord d'une dépression nerveuse. Rien de ce que contient cette bande n'est vérifiable. La bande elle-même ne peut servir de preuve...

Cette fois, ce fut Rebecca qui l'interrompit.

— Si je n'avais que la bande, je serais d'accord avec vous. J'en ai fait faire une copie notariée.

Elle jeta vers Lambros une liasse de feuillets.

— Voici votre exemplaire. Vous reconnaîtrez la signature de Justin sur la dernière page. Quant aux preuves formelles de ce que vous avez fait, sir Geoffrey et vous, je possède des photocopies des factures, pour les tableaux que la Galerie Prescott vous a achetés et qu'elle a revendus à sir Geoffrey. Copies notariées, naturellement. J'ai également le nom du courtier de Zurich. Il est prêt à déclarer devant un tribunal qu'il a servi d'intermédiaire entre sir Geoffrey et d'autres acheteurs. Les Suisses, vous le savez, tiennent méticuleusement leurs dossiers.

— Mais, ma chère enfant, protesta suavement Lambros, il est évident que mon fils n'est pas bien du tout. Dieu seul sait ce qui a pu le conduire à inventer cette histoire.

Il marqua un temps, puis sourit largement.

— Peut-être même est-ce vous. Mais je suis sûr de pouvoir trouver des médecins pour conclure à la faiblesse mentale de mon fils. Ce qui, naturellement, ne vous laisse pas d'issue.

— Quelle sorte d'homme êtes-vous donc? s'indigna Rebecca, incrédule. Comment pouvez-vous calmement réfléchir aux moyens de détruire votre propre enfant, à seule fin que la vérité n'éclate pas? Eh bien, cette fois, il n'en sera pas ainsi. Vous avez ruiné la vie de Ramon Fuentes. Vous vous êtes servi de Justin et vous l'avez détruit...

— Et vous, ma chère, êtes-vous donc tellement innocente? Vous-même, vous n'avez pas utilisé Justin à vos propres fins?

Un bref instant, Rebecca hésita. Elle revit le visage horrifié de Justin en reconnaissant Ramon Fuentes. Elle revit ses yeux exorbités lorsqu'il avait compris avec quelle habileté elle l'avait séduit...

Oui, elle s'était servie de Justin, et, finalement, il s'était effondré, incapable de vivre plus longtemps avec la honte à laquelle son père l'avait réduit. La vue de Ramon Fuentes, l'homme qu'il n'avait pas eu le courage de défendre, avait anéanti la fragile illusion qu'il s'était forgée, celle d'un homme injustement exilé loin du pays qu'il aimait. Sous le tir de barrage des questions de Rebecca, Justin avait fini par reconnaître que si Ramon Fuentes ne l'avait pas protégé durant l'enquête, c'était lui qui aurait été accusé de négligence criminelle. Dans ce cas, l'influence même de son père n'aurait pas évité un verdict désastreux.

Rebecca lui expliqua qu'il existait pour lui un seul moyen de réparer ses erreurs passées. Il devait innocenter Ramon Fuentes, afin de permettre à celui-ci de rentrer dans son pays. Quand ce fut fait, la jeune femme révéla à Justin la façon dont Andrew Stoughton et Silas Lambros s'étaient emparés de son patrimoine. Elle décrivit la cruauté de sir Geoffrey Smythe et son propre exil. Elle lui exposa enfin dans tous ses détails l'accord conclu entre Silas Lambros et sir Geoffrey, tout en priant pour que les précisions fournies par Alan Ballantyne fussent exactes. Elles l'étaient. Justin Lambros n'y apporta pas la moindre correction.

— Que voulez-vous que je fasse? demanda-t-il enfin.

— Enregistrez sur bande tout ce que vous savez, répondit-elle, osant à peine respirer. J'en ferai faire ensuite une transcription notariée.

— Qu'en ferez-vous?

Elle le regarda sans ciller.

— Je veux recouvrer ce qui m'appartient. Rien de plus, rien de moins. Je ne veux faire de mal à personne...

Justin la gratifia d'un pauvre sourire.

— Vous en souciez-vous le moins du monde?

Il vit Rebecca hésiter et il ajouta :

— Peu importe. Ça ne fait rien.

Elle voulut lui dire qu'il se trompait, que, en d'autres circonstances...

Elle n'en fit rien. Elle comprenait qu'elle se mentait à elle-même.

Justin l'observait, mais ce n'était pas son visage qu'elle voyait. C'étaient ceux de Dallas et de son père.

— Je vous offrirai ce que vous désirez.

Elle comprit alors ce qu'avait voulu dire Bones lorsqu'il avait parlé de conséquences.

— Pouvez-vous me dire précisément ce qui, à votre avis, vous appartient, miss McHenry? questionna Silas Lambros.

— Les terres et les mines que vous m'avez volées, Andrew Stoughton et vous.

— Vraiment?

— Silas, pour l'amour du ciel, écoutez-la! cria sir Geoffrey. Elle peut nous détruire!

— Ne faites pas l'imbécile! répliqua Lambros d'un ton méprisant.

Mais rien ne pouvait plus arrêter le seigneur d'Abbott's Yew.

– En admettant que vous récupériez ces terres, demanda-t-il à Rebecca, que feriez-vous ensuite ?

– Rien. Les preuves que je détiens resteront dans un coffre. Elles représentent pour moi l'assurance que, ni l'un ni l'autre, vous ne chercherez à me duper... que vous ne chargerez personne de le faire.

– Espérez-vous nous faire avaler ça ? demanda Lambros.

– J'espère vous convaincre que, s'il le faut, je présenterai tous mes documents au secrétaire d'État, au Conseiller juridique de la Couronne et aux journaux. Évidemment, si vous croyez que je bluffe, vous pouvez m'intenter un procès en diffamation. Les médias ne manqueront pas de s'y intéresser, j'en suis sûre.

– Quelle garantie avons-nous que vous tiendrez parole ? intervint vivement sir Geoffrey.

– Rien de plus, ma parole.

– Vous ne vous attendez tout de même pas à obtenir un tel résultat pour prix de votre silence ? dit Lambros.

– Pas le moins du monde, riposta Rebecca en souriant. Nous devons conclure une vente légale, pour éviter toute complication par la suite.

– Et quel chiffre avez-vous en tête ? insista Lambros, pensant que tout n'était peut-être pas perdu.

– Une livre.

Personne n'aurait su dire depuis combien de temps Plender était au service de sir Geoffrey. Le personnel sur lequel il avait la haute main avait depuis longtemps oublié son nom et, comme tout le monde à Bury Saint Edmunds, l'appelait Plender. Il passait aux yeux de tous pour un homme froid, distant, d'âge indéterminé, sans famille, sans existence personnelle en dehors d'Abbott's Yew. C'était précisément l'image que Plender avait cherché à donner.

Plender avait découvert, longtemps auparavant, que sa tâche la plus pénible consistait à dissimuler constamment son mépris à l'égard de son employeur. A ses yeux, sir Geoffrey Smythe n'était qu'une sangsue pompeuse et bouffie. Le jour où il avait exprimé ce sentiment à son petit ami, celui-ci, qui travaillait pour un négociant en vins de Londres, avait conçu un projet qui avait soulagé le dégoût de Plender. Durant le temps où sir Geoffrey représenta Sa Majesté aux Angelines, Plender fut pratiquement le maître à Abbott's Yew. Il avait toute autorité pour entretenir la demeure ancestrale comme l'aurait souhaité son maître. Il n'y manqua pas. Il fit entreprendre d'importantes réparations là où aucune n'était nécessaire, envoya au nettoyage des tapis et des meubles qui n'en avaient aucun besoin, engagea des architectes paysagistes, des géomètres, des décorateurs, pour des projets qui ne furent jamais exécutés. Ses amis ou ceux de son amant accomplissaient ces diverses tâches. Aucun n'éprouvait de scrupules à fournir des duplicata de factures.

En douze ans, Plender était parvenu à amasser plus de deux cent mille livres. Cet argent, déposé dans une banque de Madrid, représentait son pécule. Une partie servirait à acheter une villa à Ibiza, pour lui et son petit ami. Le reste, judicieusement investi, leur procurerait un revenu confortable pour le reste de leur vie.

A eux deux, ils avaient très soigneusement élaboré leur plan. Tout avait été prévu pour leur éviter d'être découverts.

Alors, que s'était-il passé? se demandait pour la énième fois Plender, en quittant la gare de Charing Cross pour se diriger vers le Strand Palace Hotel.

La malédiction de son existence, celui qui pouvait non seulement détruire ses rêves d'Ibiza mais aussi le faire jeter en prison, l'attendait au bar très fréquenté de l'hôtel. Alan Ballantyne salua l'arrivée du majordome en lui commandant un gin rose.

Le détective n'avait jamais dit à Plender comment il avait découvert l'escroquerie. Plender s'était senti mortifié quand Ballantyne lui avait dit dans quelle banque de Madrid était déposé l'argent, et quel en était le montant. Alors seulement, le détective l'avait informé qu'il n'avait pas l'intention de le dénoncer, à condition qu'il s'acquittât pour lui d'une mission. Il devrait lui rapporter toutes les visites de Silas Lambros à Abbott's Yew et la substance de toute conversation qui aurait lieu entre le naufrageur et sir Geoffrey. A cet effet, le détective avait pourvu Plender d'un minuscule magnétophone exceptionnellement sensible. Le domestique devrait, avant chaque arrivée de Silas Lambros, le dissimuler dans la bibliothèque de sir Geoffrey, où se déroulaient les entretiens d'affaires.

Plender avait eu le bon esprit de ne pas demander à cet homme taciturne les « pourquoi » et les « comment ». Il s'était montré fort habile à manipuler l'équipement.

35

Rebecca avait accordé quarante-huit heures à Silas Lambros pour opérer le transfert des titres de propriété des terres qu'il lui avait volées. Elle riait toute seule au souvenir de l'expression abasourdie du naufrageur lorsqu'elle avait énoncé son prix. Ni lui ni sir Geoffrey n'avaient tenté de la retenir quand, après avoir lancé sa bombe, elle était sortie d'Abbott's Yew.

En dépit de cette victoire, la guerre, elle en était convaincue, était loin d'être terminée. Elle avait acculé Silas Lambros, mais il allait utiliser chaque instant de ces deux jours pour tenter de se tirer d'affaire. Elle n'en attendait pas moins de lui. Aussi ne fut-elle pas surprise d'apprendre que Lambros avait pris contact avec le journaliste qu'elle avait l'intention de rencontrer. Rebecca sourit. Le vétéran de Fleet Street n'en dirait pas plus au naufrageur qu'il n'en savait lui-même. Il devait interviewer la présidente des Entreprises McHenry pour écrire un article sur le phénomène que représentaient Les Flots. Évidemment, Lambros comprendrait aussitôt que Rebecca était en mesure de fournir au journaliste des informations beaucoup plus juteuses. En même temps, l'ignorance du reporter le rassurerait : Rebecca tenait parole.

Elle ne fut pas davantage surprise quand le naufrageur s'installa dans l'un des plus beaux appartements du Dorchester, au lieu de se retirer dans sa luxueuse résidence. Durant la période où il fallait satisfaire aux rites du printemps, Celeste régnait en maîtresse sur Eaton Square, où les réceptions se succédaient. Le Dorchester, au contraire, était renommé pour sa discrétion. Tous les appareils téléphoniques des appartements étaient branchés sur des lignes directes, ce qui éliminait toute possibilité d'une écoute au standard. Les clients y disposaient aussi de télex et de messagers disponibles vingt-quatre heures sur vingt-quatre.

La valeur nette de ses terres, avait calculé Rebecca, était maintenant tombée à une centaine de millions de dollars, après l'arrêt de l'exploitation des mines d'or. C'était moins de la moitié de leur valeur du vivant de Max. Même ainsi, Silas Lambros n'oserait pas se présenter devant le conseil d'administration de Tyne & Wear pour expliquer pourquoi, tout à coup, le conglomérat devait vendre soixante pour cent de ses avoirs aux Angelines. On lui poserait trop de questions pour lesquelles il n'avait pas de réponses adéquates. Une seule solution lui restait, étant donné sa position de président de Tyne & Wear : conclure la vente de sa propre autorité et mettre le conseil devant le fait accompli. Cela signifiait qu'il devrait sortir les cent millions de sa propre poche.

Rebecca avait soigneusement dressé l'inventaire de l'actif du naufrageur. En dépit de sa fortune personnelle, Lambros devrait faire rentrer toutes ses créances, se faire rembourser toutes les faveurs.

Et il doit rassembler son capital discrètement, se disait-elle.

Il serait déjà difficile à Lambros d'expliquer au conseil d'administration pourquoi il avait conclu cette vente à leur insu. Si ses membres venaient à apprendre qu'il s'était, pour ce faire, placé au bord de la ruine, le vieux naufrageur serait totalement fini.

Rebecca s'attendait à voir Lambros faire une autre démarche. Elle n'avait pas été déçue. Dès son retour à Londres, Silas Lambros s'était immédiatement rendu à la Galerie Prescott. La jeune femme savait que Lambros tiendrait à voir Justin, à exiger des explications, à déterminer s'il y avait moyen d'utiliser son fils pour arrêter Rebecca. C'était là, se disait-elle, le point le plus dangereux de son plan. Si Lambros exerçait une pression suffisante sur Justin, celui-ci pourrait bien se rétracter entièrement.

En de telles circonstances, évidemment, la publication des aveux enregistrés de Justin suffirait à déclencher un scandale et une enquête officielle. Mais elle devrait alors traîner Justin sur la scène publique pour expliquer pourquoi il avait changé sa version des faits. Cette seule idée écœurait Rebecca. Elle devrait déjà passer le reste de sa vie avec le souvenir de ce qu'elle avait fait à Justin. Elle savait néanmoins qu'elle ne pouvait plus hésiter. Si celui-ci cédait à son père, elle l'obligerait une fois de plus à regarder Ramon Fuentes dans les yeux et le mettrait au défi de rétracter ses premiers aveux. Au fond de son cœur, elle ne pouvait croire qu'il eût la force de rebâtir l'illusion détruite par ses soins.

Un jour s'était écoulé. Rebecca demeurait enfermée dans son appartement du Connaught. Elle ne cessait de penser à l'agitation frénétique de Silas Lambros à travers Londres. Alan Ballantyne lui en faisait fidèlement le rapport.

– Il s'est produit un fait intéressant, lui dit le détective, quand il l'appela juste après minuit. Le sujet – Ballantyne n'appelait jamais Lambros par son nom – a rendu visite à un entrepôt converti en logements, à Southwark. J'ai appris ensuite que l'atelier de Justin Lambros se trouvait là. Il n'y était pas, non plus qu'à la galerie, ainsi que je vous l'avais signalé. En fait, personne ne paraît savoir où il se trouve.

Rebecca répondit à la question sous-entendue.

– Je n'ai eu aucune nouvelle de lui.

– Alors, il est très possible qu'il se terre. Peut-être ne veut-il être découvert par *personne*.

Une impression de malaise naquit en elle, mais elle l'attribua à sa nervosité. Justin Lambros avait dû apprendre l'arrivée de son père à Londres et il avait déguerpi. Devant cette ultime preuve de lâcheté, le peu de sympathie qu'elle avait pu concevoir pour lui s'évanouit.

– Ne vous inquiétez pas pour lui, dit-elle à Ballantyne. Si Lambros ne parvient pas à le trouver, tant mieux. Peu m'importe maintenant ce que peut faire Justin Lambros.

Silas Lambros n'était pas homme à se bercer d'illusions. Il voyait sous leur vrai jour les preuves que son fils avait fournies à Rebecca. Elles étaient accablantes. La façon dont cette femme se les était procurées ne l'intéressait par pour l'instant. Il lui suffisait d'avoir la certitude qu'elle n'hésiterait pas à mettre sa menace à exécution.

Le naufrageur ne perdit pas non plus son temps à maudire sir Geoffrey Smythe. L'ancien gouverneur général avait toujours été un faible, facile à influencer, plus facile encore à corrompre. S'il en avait été autrement, il n'aurait jamais conclu son accord avec le président de Tyne & Wear.

Intelligente, cette garce! pensait Silas Lambros. Elle a d'abord tiré de Justin ce qu'elle voulait. Ensuite, elle est allée trouver

Smythe, qui s'est probablement effondré devant elle. Avec un peu de cran, il aurait pu la tenir en respect jusqu'à mon arrivée.

Au lieu de quoi, Lambros s'était trouvé placé dans une situation inextricable. Justin n'existait déjà plus. Au premier signe d'un scandale public, Smythe craquerait; il avouerait tout dans l'espoir de bénéficier de la clémence du gouvernement. Et lui, Silas Lambros, ferait tous les frais de l'enquête. Ce qui pourrait suffire aux ennemis qu'il avait au conseil d'administration de Tyne & Wear pour réunir leurs forces et se défaire de lui.

L'idée que des étrangers pourraient prendre le contrôle d'une compagnie qu'il considérait comme un bien de famille le torturait. Pour cette seule raison, il avait déjà donné ordre à son banquier suisse de transférer de Zurich à New York, le plus discrètement possible, les cent millions de dollars qui représentaient presque toute sa fortune personnelle.

Une fois prises les dispositions financières, Silas Lambros entreprit de chercher un moyen de contrecarrer les plans de Rebecca McHenry. Il songea à demander son aide à Andrew Stoughton mais rejeta cette idée. Combien de fois Andrew l'avait-il mis en garde contre cette femme? Et combien de fois avait-il fait la sourde oreille à ses avertissements? Quand la « vente » des terres serait rendue publique, Andrew et peut-être d'autres, au conseil, soupçonneraient que tout n'allait pas pour le mieux. Mais, aussi longtemps que les livres montreraient une somme de cent millions au crédit de Tyne & Wear, personne n'oserait poser de questions gênantes. Et Lambros entendait bien que la situation en restât là.

Le seul individu qui pouvait retarder ou même empêcher ce qui allait se passer était Justin. Silas Lambros aurait signé un pacte avec le diable lui-même pour retrouver son fils. Mais ses enquêteurs avaient beau chercher partout, ils avaient beau disposer de primes alléchantes, ils ne parvenaient pas à mettre la main sur Justin.

Quand la pendule sonna la quarante-septième heure, Silas Lambros sentit fondre ses derniers espoirs. Le délai de grâce était pratiquement expiré.

Les termes de l'acte de vente étaient fort simples. Rebecca avait veillé à faire établir le document par le juriste spécialisé en droit international le plus expérimenté de Londres. Elle l'avait revu deux fois avec lui, avait posé des questions sur ce qu'elle ne comprenait pas. Le juriste n'avait pas demandé mieux. D'une part, son compteur tournait. D'autre part, si cette ravissante jeune femme était satisfaite de son travail, elle lui confierait peut-être à l'avenir d'autres affaires. Il avait entendu chuchoter, dans les milieux financiers, que les Entreprises McHenry avaient l'intention de se développer en Méditerranée.

La vente eut lieu dans l'appartement du Dorchester. Juste avant l'arrivée de Rebecca, l'avoué de Silas Lambros acheva de lire l'accord. Il n'en avait pas eu connaissance plus tôt et il cherchait maintenant désespérément à rassembler ses idées.

– Monsieur Lambros... commença-t-il. Je me vois obligé de protester! Ce chiffre de une livre est sûrement erroné. Y a-t-il là un élément que j'ignore? Agissez-vous sous la contrainte, monsieur?

Un seul regard de Silas Lambros suffit à réduire le jeune homme au silence. Le naufrageur avait personnellement tiré du service juridique de Tyne & Wear ce garçon très moyennement intelligent, flagorneur et couvert de dettes. Il l'avait choisi précisément pour toutes ces qualités.

– Suggéreriez-vous que je suis à la fois sénile et incompétent? demanda-t-il froidement.

– Non, monsieur, pas du tout...

– Même avec votre modeste talent juridique, trouvez-vous quelque chose d'irrégulier dans ce document?

– Non, monsieur...

– Moi non plus! Je propose donc que nous poursuivions. Inutile de préciser que si, même en rêve, vous deviez jamais parler de ce qui s'est passé ici aujourd'hui, je vous prendrais les couilles pour m'en faire un serre-livres!

Le jeune homme fit preuve d'un excellent instinct de conservation.

– Dans ce cas, monsieur, dit-il sourdement, nous sommes prêts à poursuivre.

Le fait qu'il eût réussi à se montrer courtois avec Rebecca McHenry, se dit plus tard Silas Lambros, donnait la mesure de sa force de caractère. Il apposa sa signature sur l'acte de vente, regarda les juristes, en leur qualité de témoins, se porter garants de son authenticité, prit même en main le chèque d'un montant d'une livre. Il le contempla un long moment. Les deux témoins, il le sentait, retenaient leur souffle, encore incapables d'en croire leurs yeux. Seule, Rebecca McHenry semblait indifférente.

– Y a-t-il quelque chose qui cloche? l'entendit-il demander.

– Pas du tout, murmura-t-il.

Il plia soigneusement le chèque, fit un mouvement pour sortir, se retourna.

– Vous êtes une personne de parole, n'est-ce pas?

Elle lui rendit regard pour regard.

– Vous aussi, j'espère?

A deux heures du matin, le lendemain, dans son appartement du Connaught, Rebecca était assise devant une table dont le dessus de marbre était couvert de documents, de notes, de registres. Dès son retour du Dorchester, elle s'était déshabillée pour prendre un bain chaud prolongé. Après quoi, enveloppée dans l'ample peignoir de bain offert par l'hôtel, elle s'était mise au travail. Six heures plus tard, elle terminait la première ébauche d'un projet qui prévoyait l'emploi précis qu'elle ferait des terrains brusquement récupérés.

En dépit du vent léger qui soulevait les rideaux, un feu flambait dans la cheminée. Rebecca se versa un cognac, et le goulot de la bouteille heurta le bord du verre. Elle avait espéré s'épuiser au travail. Pourtant, dès qu'elle s'écarta de la table, toute sa concentration s'évanouit.

Je devrais être en train de célébrer l'événement, pensa-t-elle. J'aurais dû appeler Bix, ou Ramsey... leur dire ce qui s'était passé. Mais j'ai seulement envie de rentrer chez moi et d'oublier tout ça.

Elle se répétait qu'elle avait accompli l'impossible. *Par le seul moyen possible.*

Mais était-ce bien vrai ? Avait-elle été réellement obligée de se servir de Justin Lambros... alors même qu'elle avait cessé de le haïr ?

Au sein de l'obscurité, Rebecca éprouvait le désir d'entendre des paroles réconfortantes, de se sentir protégée par des bras vigoureux. D'une façon qu'elle était incapable de définir, elle avait fait en avant un pas irrévocable et, en même temps, elle avait perdu quelque chose d'elle-même.

Dans son appartement du Dorchester, Silas Lambros, bien éveillé dans son lit, passait en revue les démarches qu'il avait mises au point. Le président de la banque de Zurich, resté dans son bureau bien après l'heure habituelle, l'avait informé que les cent millions de dollars avaient été transférés par voie électronique au compte de Tyne & Wear à New York. Lambros avait choisi New York parce que c'était là que Rebecca McHenry avait le compte de sa société. Il était logique, expliquerait-il au conseil d'administration, que l'argent de l'achat passât d'une banque à une autre à Wall Street.

Moins d'une heure après, il avait New York en ligne. Les cent millions avaient été portés au crédit de Tyne & Wear et les références à Zurich détruites. D'autres documents avaient été établis pour relier le transfert à la Banque Walker. Lambros nota mentalement qu'il devrait récompenser le vice-président de la banque, qui s'était occupé de tout.

Et maintenant, se dit-il, il faut récupérer cet argent.

Il n'avait pas encore de plans bien définis. Sa vengeance, il le savait par expérience, demanderait des mois, peut-être même des années. Il avait beaucoup à apprendre sur Les Flots, avant de porter le coup fatal à Rebecca McHenry.

Quinze étages au-dessous du luxueux appartement de Silas Lambros, dans les entrailles de l'hôtel, un homme insignifiant, en trench-coat noir, monta l'escalier de service qui menait au rez-de-chaussée.

Alan Ballantyne s'était introduit dans l'établissement au moment du changement de brigade. En arrivant aux bureaux de l'administration, il trouva ouverte la porte du réduit réservé au directeur de nuit. Le détective entra, vit trois clés sur le bureau. Il posa près d'elles une grosse enveloppe, puis passa dans le couloir. Au bout d'un moment, il rentra dans le bureau. L'enveloppe, qui avait contenu cinq mille dollars en coupures usagées, avait disparu. Les clés étaient toujours là.

Un instant plus tard, il se servait de l'une d'elles pour ouvrir la porte d'acier de la chambre forte. Rapidement, il trouva le coffre dont le numéro correspondait à celui des deux autres clés. Il les inséra toutes les deux, les tourna en même temps. Le lourd panneau s'ouvrit.

Alan Ballantyne retira le coffret placé à l'intérieur, en posa le contenu sur une table, ajusta la lampe de bureau. Il ne lui fallut pas deux minutes pour photographier chaque feuillet de l'acte de vente déposé là, moins de six heures plus tôt, par Silas Lambros en personne.

36

La salle du conseil d'administration de Tyne & Wear était un ensemble de ronce de noyer, de lustres de Lalique, de cristal de Baccarat. Du haut des murs, immortalisés sur des toiles, les visages sévères de naufrageurs depuis longtemps défunts regardaient les huit hommes assis autour de la longue table, comme s'ils se disposaient à prononcer leur jugement sur les discussions et les décisions.

Dans cette salle, Silas Lambros se sentait parfaitement à l'aise. Les hommes qui siégeaient là devant lui représentaient quelques-unes des plus puissantes industries au monde, Rolls-Royce, la Banque de Westminster, la Lloyds, la Continental Fidelity Insurance, entre autres. On leur avait demandé de faire partie du conseil d'administration de Tyne & Wear, et ils avaient accepté avec empressement... à cause de ce que Tyne & Wear pouvait apporter à leurs compagnies. Et vice versa. Mais nul ne pouvait nier que, dans cette salle, Silas Lambros fût *primus inter pares* – le premier parmi ses pairs –, comme il l'avait été durant les quatre dernières décennies.

Au moment où Big Ben sonnait midi, il ouvrit la séance.

– Messieurs, je vous dois des excuses pour l'absence d'Andrew. J'ai tenté de le joindre, sans succès. Afin de ne pas perdre de temps – et d'éviter de contrarier le chef –, je propose que nous commencions.

Il y eut quelques hochements de tête approbateurs, quelques

petits rires. Il était de notoriété publique que les cuisines de la direction de Tyne & Wear servaient les menus les plus raffinés de Londres. Silas Lambros avait soufflé son chef à la célèbre Tour d'Argent de Paris.

– La nouvelle que je vais vous apprendre représente un coup de maître pour la compagnie, poursuivit Lambros. Normalement, une transaction de ce calibre aurait été soumise à l'avis du conseil dans son ensemble. Cette fois, pourtant, j'ai agi seul.

Lambros s'interrompit, le temps de juger de la réaction de ses auditeurs. Habituellement, ces hommes ne se contentaient pas de désapprouver une décision arbitraire, ils la considéraient comme un affront personnel. Mais, en cette occasion, leurs expressions allaient de la neutralité à la curiosité. Le naufrageur comprit qu'il les tenait.

– Ainsi que vous le savez, cette compagnie possède aux Angelines des terrains et des mines désaffectées qui ne produisent aucun revenu. J'ai le plaisir de vous informer qu'après des négociations secrètes, j'ai vendu ces biens d'un intérêt discutable aux Entreprises McHenry...

Lambros se tut, le temps de trois battements de cœur, avant d'introduire la bienheureuse surprise :

– ... pour cent millions de dollars.

À douze pâtés d'immeubles de là, dans l'étroite Fleet Street, Andrew Stoughton s'exaspérait sur le siège arrière de sa Rolls-Royce. Un bus à impériale était entré en collision avec une camionnette de livraison, provoquant un embouteillage inextricable.

Andrew consulta sa montre. La séance du conseil d'administration était déjà commencée. Silas Lambros allait faire sa déclaration dès qu'il le pourrait sans éveiller les soupçons ; il demanderait ensuite un vote de confiance. Andrew calcula qu'il disposait au mieux de vingt minutes. Et il n'avait pas avancé d'un tour de roue dans les cinq dernières.

Il rassembla les journaux posés près de lui et ouvrit la portière. Le chauffeur, surpris, l'appela, mais il courait déjà à travers le chaos de Fleet Street.

– En conclusion, j'aimerais suggérer que cet apport de capital permette à la compagnie de profiter de certaines opportunités dans les domaines de l'aérospatiale et des industries de la défense. J'attends de vous, messieurs, des conseils sur la meilleure manière de procéder.

Silas Lambros fit mine de se rasseoir mais se redressa, comme s'il venait de se rappeler un détail sans grande importance.

– En dépit de l'absence de notre jeune collègue, je demande au conseil une motion de confiance à propos de cette vente.

Il vit les membres du conseil échanger des regards. Une incertitude planait sur la réunion, comme si ces hommes étaient tous au courant d'un fait qu'il ignorait. Il sentit son estomac se nouer.

– Messieurs, reprit-il aimablement, si vous avez des questions à poser...

Au même instant, la porte s'ouvrit à la volée. Andrew Stoughton, haletant, son costume gris taché d'encre fraîche, fit irruption dans la salle. Sans un regard pour le visage stupéfait de son beau-père, il fit le tour de la table pour déposer devant chacun des assistants un exemplaire de l'*Evening Standard*. Il abattit le dernier sous les yeux de Silas Lambros.

– Je ne poserai qu'une question, messieurs, dit-il, le regard plongé dans les yeux incrédules de Lambros. L'exposé de notre auguste président sur la vente – ou plutôt le don gratuit – de nos biens aux Angelines correspond-il aux faits présentés ici, aux yeux du monde entier?

Rebecca n'avait pas trouvé le sommeil avant l'aube. Lorsqu'elle entendit enfin les coups insistants frappés à sa porte, il était une heure de l'après-midi, mais elle avait l'impression de s'être endormie quelques minutes plus tôt.

– Je suis profondément navré de vous déranger, madame, lui dit le directeur adjoint. Ce paquet vient d'être apporté. Le monsieur a bien insisté pour qu'il vous soit remis de toute urgence.

La jeune femme ne reconnaissait pas l'écriture. Elle marmonna des remerciements, jeta le paquet sur le secrétaire et passa dans la salle de bains.

Quelques minutes plus tard, le visage lavé, les dents brossées, l'esprit presque désembrumé, elle coupa les ficelles du cadeau mystérieux.

Le gros titre du journal lui sauta aux yeux :

L'AFFAIRE DU SIÈCLE!
McHENRY ACHÈTE POUR UNE LIVRE
LES BIENS DE TYNE & WEAR AUX CARAÏBES!

Prise de vertige, elle se laissa tomber dans un fauteuil. Délibérément, elle détourna les yeux du titre, se força à lire les premiers paragraphes de l'article. Lorsqu'elle comprit que le journaliste savait précisément ce qui s'était passé, elle poursuivit sa lecture. Elle ne pouvait y croire. Tout était là, jusqu'au dernier détail. On aurait dit que quelqu'un s'était procuré l'original du contrat passé entre elle et Lambros et en avait paraphrasé les clauses. Celle qui avait trait au prix de l'achat était imprimée en gros caractères.

Les encadrés fournissaient des précisions sur elle-même et sur Silas Lambros. On se livrait à toutes les conjectures sur la véritable signification de cette prétendue « vente ». Tyne & Wear ne s'était sûrement pas séparée de propriétés et d'entreprises évaluées approximativement à cent millions de dollars américains sans rien obtenir en retour ? Dans ce cas, quel était l'intérêt des Entreprises McHenry ? Pourquoi, étant donné les termes du contrat, les actionnaires de Tyne & Wear n'avaient-ils pas été mis au courant de l'accord ? Les Entreprises McHenry préparaient-elles un coup sur les actions de Tyne & Wear qui, déjà, s'effondraient sur les marchés boursiers du monde ?

Rebecca secoua la tête comme pour dissiper un cauchemar. La seule question à laquelle ne répondait pas le journaliste concernait ses sources. La jeune femme ne pouvait croire que Lambros fût de mèche dans ces révélations qui représentaient pour lui un désastre. Elle-même avait tenu parole...

Elle décrocha le téléphone, persuada le directeur d'ouvrir immédiatement son coffre personnel. Elle attendit sa réponse tout en relisant l'article pour tenter d'y découvrir un indice. Quand le directeur revint en ligne, ce fut pour lui affirmer que le document enfermé la veille au soir était toujours là. Elle lui demanda de ne lui faire passer aucune communication jusqu'à nouvel ordre.

Elle revint à la une du journal. L'enfer devait déjà se déchaîner. Elle allait être assaillie d'appels et elle n'avait pas la moindre idée de ce qu'elle pourrait dire aux médias. Qui lui avait fait porter ce journal ? Si elle le savait...

C'est alors qu'elle remarqua le feuillet de papier blanc attaché au haut de la page. Ses yeux s'embuèrent de larmes lorsqu'elle lut l'unique question :

Pourquoi avez-vous fait ça ? Justin.

Une demi-heure plus tard, Rebecca traversait d'un pas rapide le foyer du Connaught. Elle s'immobilisa à la vue des journalistes et des photographes agglutinés devant les portes. Avant d'avoir pu réfléchir à une autre issue, elle entendit l'avertisseur d'une voiture de police. Quelques secondes après, une Rover blanche s'arrêtait dans un grincement de freins devant l'hôtel, et deux agents de police costauds entraient d'un pas pesant dans le foyer. Rebecca entendit l'employé de la réception prononcer son nom et le vit la désigner.

— De quoi s'agit-il ? demanda-t-elle aux policiers qui l'encadraient. Que s'est-il passé ?

— Nous avons besoin de votre aide, madame, dit l'un des deux hommes. C'est comme qui dirait une question de vie ou de mort.

— Je ne comprends pas...

— Connaissez-vous un M. Justin Prescott ?

— Oui... En fait, je me rendais à sa galerie...

L'agent lui pressa le bras, comme pour la réconforter.

— Je peux vous garantir qu'il n'y est pas, pour le moment.

Au niveau du sol, le vent était doux, à peine suffisant pour balancer les bourgeons tout neufs, sur les arbres. A cinquante mètres de hauteur, parmi les câbles et les poutres métalliques, il sifflait sauvagement, changeait brutalement de direction, jetait le corps de l'homme de côté et d'autre.

Comme le « chat », pensait Justin. Il changea de position, pour mieux assurer son équilibre, et l'arête dentée du câble s'enfonça plus profondément encore dans ses mains déjà ensanglantées.

Justin se pencha pour regarder entre ses jambes. La circulation, sur le Pont de Londres, s'était immobilisée. Les gens levaient vers lui des visages ahuris. Certains lui criaient de tenir bon. D'autres le suppliaient de descendre. Justin n'entendait pas tout ce qu'ils lui disaient. Le vent emportait leurs paroles. Mais on ne pouvait se tromper au braiment de la sirène de police. Justin reprit longuement son souffle, s'avança un peu plus loin sur la poutrelle.

Jamais il ne serait parvenu jusque-là, sans la présence d'un échafaudage élevé permettant aux ouvriers de passer à l'acide les éléments métalliques. Il avait observé les travaux deux jours durant avant de choisir soigneusement son moment. A midi sonnant, les ouvriers commençaient à descendre de leur perchoir. Le dernier homme ayant atteint le sol, Justin lui avait mis entre les mains un porte-documents, avant de grimper à l'échelle qui menait à une passerelle.

Ils avaient essayé de l'arrêter, naturellement. Mais Justin avait tiré un pistolet de sa poche. Les hommes avaient prudemment battu en retraite, pour appeler la police. Il avait continué à grimper sans se retourner, jusqu'à l'endroit où la travée rejoignait la tour.

De là-haut, il découvrait tout le sud-est de Londres. De l'autre côté du fleuve, à Southwark, montaient des colonnes d'épaisse fumée noire. L'ancien entrepôt, où il avait installé son atelier, où il avait vécu sa vie secrète, était un véritable enfer. Ses tableaux n'étaient plus que cendres, leurs couleurs éclatantes s'étaient fondues dans un noir uniforme. Bientôt, ces mêmes ténèbres recouvriraient sa vie.

Le vent lui balayait les cheveux sur les yeux. Il entendit l'écho métallique d'un mégaphone, la voix autoritaire d'un policier qui lui enjoignait de tenir bon, les secours étaient en chemin.

Il rejeta la tête en arrière pour rire plus à son aise. Peut-être, naguère, aurait-il accepté de l'aide. Mais il avait dépassé ce stade. Si Rebecca était sortie de sa vie aussi inopinément qu'elle y était entrée, il aurait pu se faire à cette idée. Toutes les femmes qu'il avait connues s'étaient liées avec lui pour de mauvaises raisons, son argent, sa galerie, son désir douloureux d'échapper à la solitude. Quand elles avaient ce qu'elles voulaient, elles le quittaient. Jamais il ne s'était laissé aller à en aimer une seule.

Il avait cru que Rebecca était différente. Il avait senti la présence en elle d'une terrible souffrance, et cette vulnérabilité l'avait amené à se confier à elle. Il avait pensé que, s'il partageait avec elle ses espoirs et ses craintes les plus intimes, elle comprendrait qu'elle pouvait lui faire confiance, elle en viendrait peut-être à l'aimer. La perspective d'un tel amour l'avait dépouillé de son armure.

Mais, comme toutes les autres, elle était venue le trouver dans l'unique but de se servir de lui. Si elle avait cherché de l'argent, des faveurs, il s'en serait guéri. Mais Rebecca était venue pour détruire, et ses révélations l'avaient fait saigner. Il lui avait dit tout ce qu'elle désirait savoir, il avait signé les papiers qu'elle avait placés devant lui. Sa cruauté, le pouvoir qu'elle exerçait sur lui résidaient dans la précision avec laquelle elle avait détruit ses illusions sur la galerie, sur lui-même, l'homme qui n'avait jamais cessé de fuir, qui n'avait jamais tenu debout tout seul, qui avait vécu aux frais d'un autre homme.

Lorsqu'elle avait eu ce qu'il lui fallait, elle avait manqué à sa promesse, elle avait dénoncé son père. C'était sa vengeance qu'elle avait recherchée.

Justin regarda au-dessous de lui. Un agent gravissait précautionneusement la passerelle. Au-dessous, au milieu d'un groupe d'uniformes bleus, il y avait une femme.

Quelqu'un s'est donné la peine de lire mes feuillets, pensa Justin. La police, dans l'espoir qu'elle pourrait me faire changer d'avis, l'a amenée jusqu'à moi.

Il était heureux de la présence de Rebecca. Elle serait là pour voir la façon dont il allait la punir.

– Tout ira bien, lui cria le policier.

Il avançait à la manière d'un chat, se rapprochant à chaque pas.

Oui, tout ira bien.

Quand Justin lâcha le câble, il sentit un grand poids tomber de ses épaules. Un instant, le vent parut le soutenir. Puis il se mit à tourbillonner dans l'espace. La terre et le ciel tournoyaient follement devant ses yeux. Le dernier son qu'il entendit, celui qui lui fut le plus doux, ce fut le hurlement de Rebecca.

QUATRIÈME PARTIE

HONG KONG
NEW YORK
LONDRES
CAYOS DE LA FORTUNA
1970-1971

37

Le chantier de construction des frères Choy, situé entre le quai du Star Ferry et le Night-club du Pauvre Homme, ne se trouvait *certainement pas* sur la liste des principales attractions de Hong Kong. Sur une longueur d'un bon kilomètre et demi, les quais de béton tachés de gas-oil, les entrepôts de tôle ondulée, les grues composaient un univers tout différent du site à couper le souffle qui s'étendait au pied de Victoria Peak ou de la sérénité des Tiger Balm Gardens.

Le chauffeur ouvrit la portière de la Rolls-Royce des Choy, et Rebecca McHenry descendit de la voiture pour se heurter à un véritable mur de chaleur étouffante. Novembre 1970 avait battu tous les records de température. Rebecca se demandait si elle n'était pas un peu folle pour être venue en ces lieux à cette époque de l'année. Mais rien n'aurait pu la retenir, quand elle avait reçu le télégramme de Lu Choy.

Elle sentit immédiatement son ensemble beige, de style safari, lui coller au corps comme une seconde peau. Le foulard jaune et rouge, noué en bandeau autour de sa tête, était humide au toucher.

L'hôte de Rebecca, lui, ne paraissait pas ressentir les effets de ce bain de vapeur. Lu Choy se tenait devant les massives portes coulissantes de l'entrepôt. C'était un petit homme rond qui donnait l'impression d'un panda à lunettes, prodigieusement sage, habillé par un grand tailleur. Son visage, où semblaient s'inscrire les caractères d'une antique calligraphie, était sans âge. Les mains même, soigneusement entretenues, ne trahissaient pas le passage des ans.

— Soyez la bienvenue, Wahbecca, murmura Lu Choy.

Il salua, tendit une paume fraîche et sèche.

— Vous me faites honneur par votre accueil, répondit la jeune femme, selon la formule de courtoisie usuelle en Chine.

— C'est vous qui me faites honneu', dit Lu Choy. Pe'mettez-moi, je vous p'ie, de vous fai' visiter mon humble lieu de t'avail.

Ce devait être là la litote de l'année, pensa-t-elle ironiquement.

Depuis le début du siècle, la famille Choy comptait parmi les constructeurs de bateaux les plus marquants au monde. Ils savaient incorporer habilement aux talents anciens chaque innovation qui se présentait. Quand s'ouvrirent les portes de l'immense entrepôt, Rebecca ne découvrit pas moins de sept yachts, chacun long de plus de trente mètres, à des stades de construction variés. Partout régnait une activité intense, chaque ouvrier se concentrant sur sa tâche avec une obstination féroce.

Rebecca suivit le maître constructeur vers la pénombre du fond de l'atelier. Lu Choy fit claquer ses doigts, et des lampes s'allumèrent. Sous une grue géante, le *Windsong* se matérialisa soudain, telle une apparition.

– Magnifique! s'exclama la jeune femme.

L'épave délabrée, transportée jusqu'à Hong Kong dix-huit mois plus tôt, après cinq années d'attente aux Angelines, avait disparu. A sa place se dressait un navire tout neuf. Il conservait les lignes de pur-sang que lui avaient données Lu Choy et Max McHenry, trente années auparavant, mais l'arrière avait été allongé, renforcé, pour soutenir une plate-forme pour hélicoptère et une nouvelle superstructure. Une peinture spéciale, destinée à protéger la coque contre les bernacles, luisait au-dessous de la ligne de flottaison. Partout ailleurs brillaient le bleu, le brun doré, le cramoisi.

– C'est mon chef-d'œuv', déclara fièrement Lu Choy.

– Vous avez fait des miracles, répondit Rebecca.

Elle leva les yeux vers le panneau au-dessus de la timonerie. Le Chinois suivit son regard. C'était l'endroit où, suivant les instructions de sa cliente, on avait inscrit le nom du bateau.

– Wahbecca, je suis cu'ieux, dit-il. Quelle est la signification de ce symbole?

Près du nom, *Windsong*, apparaissait, peinte à la main, la reproduction de l'hippocampe d'or que Rebecca portait au cou. Elle l'examina attentivement, fut satisfaite; il n'y manquait pas le moindre détail.

– C'est un mémento, Lu Choy, dit-elle.

– C'est aussi un symbole de chance, remarqua le Chinois.

– Pas pour tout le monde.

Le 747 de la Pan Am entama une montée rapide dès que ses roues eurent quitté la piste de Kai Tak, l'aéroport de Hong Kong.

Assise près d'un hublot de la cabine de première classe, Rebecca regarda disparaître dans le lointain le Victoria Peak. Elle se pencha pour sortir une chemise de son porte-documents.

– Champagne, miss McHenry?

Elle eut un pâle sourire pour le steward.

– Non, merci.

– Oh, pour l'amour du ciel, ne jouez pas les empêcheuses de danser en rond, la tança Ramsey. Vous venez de lancer un navire de deux millions de dollars. Il faut fêter ça!

Ramsey, qui se trouvait à Hong Kong pour affaires, avait rejoint la jeune femme aux chantiers de Lu Choy. Après quoi, presque de force, il avait entraîné Rebecca au Nefertiti, l'un des restaurants les plus cotés de la ville, puis au Ship of Fools, à Kowloon, où ils avaient dansé jusqu'à cinq heures du matin. Elle en avait encore les muscles douloureux, et la seule idée de boire encore du champagne lui donnait le vertige.

— Précisément parce qu'il s'agit d'un placement de deux millions de dollars, Ramon tient à ce que je passe en revue l'équipage qu'il a choisi, dit-elle à Ramsey.

Dès son retour de Londres aux Angelines, elle avait remis entre les mains de l'avocat général la déclaration notariée de Justin Lambros. En moins d'un mois, Ramon Fuentes avait été totalement disculpé et il était revenu libre dans son pays. Quelques jours plus tard, Rebecca lui offrait le commandement du *Windsong* rénové. Il accepta d'emblée.

Avant le départ de la jeune femme pour Hong Kong, il lui avait apporté une liste de noms qui pourraient éventuellement composer l'équipage. Selon la coutume, le propriétaire et le capitaine avaient l'un et l'autre le pouvoir d'engager et de renvoyer les hommes. En fait, un propriétaire expérimenté suivait toujours les recommandations du capitaine.

Le *Windsong* avait été remis à neuf pour faire office de siège aux entreprises de Rebecca, et son champ d'action avait été augmenté. Il ne lui faudrait donc pas moins de neuf membres d'équipage permanents. D'après le *curriculum vitae* des hommes portés sur la liste, Ramon avait certainement cherché les meilleurs. Il comptait sur Rebecca pour les payer généreusement mais, en retour, il pourrait lui garantir que ces hommes-là ne mesureraient pas leurs efforts. Travailler sur un navire de la taille du *Windsong*, en mer ou au port, n'avait rien d'un emploi de bureau.

— Ramon a la situation bien en main, semble-t-il, dit-elle enfin, en refermant la chemise.

— Vous allez avoir le bateau le plus célèbre de toutes les Caraïbes.

— Le navire, Ramsey. Le *Windsong* est un navire.

— Et ça, qu'est-ce que c'est ?

Il se baissa pour ramasser un papier qui avait glissé du dossier. Les bords froissés, usés, avaient éveillé ses soupçons. La signature du billet les confirma.

— Vous m'aviez dit, je crois, que vous vous étiez débarrassée de ceci, dit-il.

Rebecca tendit la main vers la lettre de Justin, celle qu'il avait sur lui, ce jour-là, au Pont de Londres.

— Non, Rebecca. C'est fini. Je ne veux pas que vous vous torturiez.

Elle laissa échapper un cri quand Ramsey déchira le feuillet en deux. Il fit de même avec les deux moitiés.

– Vous n'êtes pas responsable de ce qu'a fait Justin. Il était peu solide nerveusement, et son père en était la cause.

Comme hypnotisée, elle le regarda réduire systématiquement en petits morceaux la lettre dont elle ne s'était pas séparée depuis six mois. Il l'avait vue une fois, quand elle était allée à New York. Il lui avait fait promettre de la détruire.

Mais je n'ai pas pu. J'ignore pourquoi mais je n'ai pas pu!

Une main refermée sur les fragments de la lettre, Ramsey se leva.

– Excusez-moi un instant. Je vais me défaire de ceci.

Rebecca avait fui Londres le plus rapidement possible, pour échapper à la presse qui la harcelait sans relâche, tout comme sa propre mémoire qui lui faisait constamment revivre le saut mortel de Justin. Elle avait cherché refuge aux Angelines, en vain. L'histoire, indûment révélée, du recouvrement de ses biens était trop savoureuse pour que les médias renoncent à l'exploiter. Afin d'échapper à cette folie, Rebecca s'était rendue à New York, où elle s'était confiée à Ramsey. En dépit de sa compréhension, de son assistance, elle ne se sentait pas lavée de sa responsabilité. Toutes les fois qu'elle tentait de se justifier à ses propres yeux, elle se rappelait la dernière fois qu'elle avait vu Justin, et les liens qu'il avait tissés entre eux se resserraient sur elle.

Quand il se réinstalla près d'elle, Ramsey demanda au steward de leur apporter du champagne.

– J'imaginais qu'avec tout le travail que vous donnaient Les Flots II, vous aviez exorcisé les fantômes. Mais vous vous êtes vautrée dans l'attendrissement sur vous-même.

Elle pâlit, comme s'il l'avait giflée.

– Comment pouvez-vous parler ainsi? murmura-t-elle. Vous n'étiez pas là...

– Vous avez sacrément raison! Si j'avais été là, je me serais mis en paix avec moi-même, je serais allé dire une prière pour une pauvre âme tourmentée et j'aurais repris le fil de mon existence.

– C'est horrible!

– C'est la loi de la survie, Rebecca. Vous m'aviez dit, je m'en souviens, que vous ne seriez plus jamais une victime. Eh bien, regardez-vous. Depuis des mois, vous ne vous êtes pas séparée de cette lettre, vous vous en êtes servie pour vous flageller à toute occasion! Comment qualifiez-vous ce genre de comportement?

Il s'interrompit, ordonna d'un ton bourru:

– Buvez votre champagne.

Elle se surprit à lui obéir. Ramsey se pencha pour prendre la bouteille sur le chariot.

– Vous n'avez pas poussé Justin au suicide, reprit-il. Vous n'êtes pas responsable de sa mort parce que, en réalité, il ne s'est pas tué. Justin Lambros a été assassiné... Buvez!

Elle vida son verre d'un trait. Sans lui laisser le temps de s'en défendre, il le remplit.

– Assassiné ? Comment l'entendez-vous ? demanda-t-elle d'une voix faible.

– Par la personne qui a fait connaître les détails de votre transaction avec Lambros. Ce n'était pas vous et certainement pas Lambros non plus. Reste donc le troisième larron, n'est-ce pas ? L'enfant de salaud qui a tué Max. Celui qui a fait assassiner Dallas. Vous l'avez vous-même désigné.

– Andrew... murmura Rebecca.

– Votre champagne est en train de tiédir !

Elle avala le breuvage avec avidité.

– Voyez plutôt la façon dont il a traité Lambros dès que la nouvelle a été rendue publique, continua Ramsey. Une nouvelle – j'en gagerais jusqu'à mon dernier sou – qu'il avait lui-même ébruitée.

– Mais comment Andrew a-t-il pu connaître les détails de la transaction ?

– Croyez-vous être seule à être assez habile pour retrouver Ramon, puis Justin, et pour agencer ensuite leur confrontation ?

Ils avaient déjà bien entamé la seconde bouteille, mais Rebecca continuait à assaillir de questions son compagnon. Comment Andrew avait-il fait pour accéder au document, soit au Connaught, soit au Dorchester ? Avait-il graissé des pattes dans la direction de l'un ou l'autre hôtel ? Avait-il fait à l'un des deux juristes une offre impossible à refuser ? Comment Andrew avait-il convaincu les sceptiques de Fleet Street de l'authenticité du document ?

Ramsey Peet ne possédait pas les réponses à ces questions, mais il persistait à concentrer sur Andrew Stoughton toute l'attention de Rebecca.

Elle n'avait pas l'habitude de boire. Elle ignorait à quel point l'alcool peut aiguiser l'esprit. Elle voyait Max, impuissant dans son grand lit, à la merci des machines qui le maintenaient en vie. L'image se fondait dans celle de flammes dansantes de l'incendie de Skyscape. Elle entendait ses propres hurlements quand Andrew s'était précipité vers le bâtiment pour sauver Max, la chaleur de l'herbe sous ses pieds... Elle se souvenait de la mer jonchée de fleurs, aux obsèques de Max... elle se revoyait, seule et désespérée, se jeter dans les bras d'Andrew... pour découvrir par la suite que leur idylle à la Jamaïque se changeait en un cauchemar au cours duquel disparaissaient le gentil M. Smith, ainsi que son enfant encore à naître.

Andrew, qui l'avait trahie en dépouillant les Entreprises McHenry et qui avait signé sa trahison en se montrant au Perchoir en compagnie de Celeste... Andrew, qui l'avait fait expulser de son pays natal, qui avait détruit tout ce qu'avait créé Max... Andrew, qui avait perçu la menace représentée par Les Flots et qui avait fait assassiner Dallas parce qu'il avait voulu défendre ce rêve.

Partout où je regarde, c'est toujours lui que je trouve. Quoi que je

*fasse, je ne parviens pas à échapper à son ombre, une ombre qui enté-
nèbre tout ce qu'elle touche.*

Rebecca se mit à pleurer doucement. Elle pleurait sur Justin
qui, tout comme Dallas, n'aurait jamais dû se trouver pris dans
cette folie. Finalement, elle céda au sommeil, bercée par un mot
qui revenait comme un leitmotiv. Vengeance, vengeance...

Rebecca dormit durant presque onze heures de vol, jusqu'à Los
Angeles, ce qui ne l'empêcha pas d'atterrir avec une atroce
migraine. Sans l'aide de Ramsey, elle n'aurait jamais réussi à
prendre la correspondance pour San Diego.

– Je n'ai pas envie de partir, gémit-elle, tandis que l'homme de
loi s'occupait du transfert de ses bagages.

– Tout ira bien, dit-il en lui tapotant la main. Je vous ai retenu
une chambre d'hôtel. Vous disposez de deux heures pour récupérer.

– Je vous donnerai ce que vous voudrez si vous prenez ma
place.

– Voyons, Rebecca, c'est un événement pour les médias. La
presse veut voir la séduisante, l'extraordinaire Rebecca McHenry.
Pas une vieille baderne.

– Une vieille baderne qui s'est arrangée pour faire la fermeture
du Ship of Fools, à Kowloon, marmonna-t-elle.

Au moment de partir, elle lui jeta les bras autour du cou.

– Merci, murmura-t-elle. De m'avoir sermonnée. D'avoir été
là.

– Mettez-les knock-out! dit-il joyeusement.

– Si j'ai la mine que je me sens, c'est eux qui vont me croire
K.O.!

A l'arrivée à San Diego, la jeune femme reprit ses bagages, se fit
conduire en taxi à l'hôtel Howard Johnson, de style hacienda. Elle
avala deux aspirines, prit une douche et, tout en s'habillant, examina sa chambre. Décidément, Les Flots n'auraient rien à gagner
en s'inspirant du style du traditionnel motel américain.

Les bureaux des Flots étaient stratégiquement situés dans une
galerie marchande, entre le campus de l'université de Californie
et les riches faubourgs qui s'étaient construits au nord de la ville.
Au moment où elle pénétrait dans la galerie, Rebecca s'immobilisa brusquement. En travers de l'entrée des bureaux, un grand
calicot annonçait :

NUMÉRO CINQUANTE, ET CE N'EST PAS FINI!

– La voilà!

Avant d'avoir pu comprendre ce qui lui arrivait, la jeune femme
se retrouva au milieu des employés de l'agence, menés par un

jeune directeur barbu dont la veste de sport s'alliait bizarrement avec une queue de cheval.

– Soyez la bienvenue, miss McHenry. C'est formidable que vous ayez pu venir!

Rebecca se sentit rougir quand s'allumèrent les projecteurs brûlants. Elle vit des micros se braquer sur elle, entendit les journalistes lui crier leurs questions.

– Écoutez-moi! lança-t-elle en essayant de couvrir le tumulte. Je vous en prie, écoutez-moi tous. Je... je ne m'attendais pas à une telle réception. Entrez, et je répondrai à toutes vos questions.

Tout en serrant les mains et en échangeant quelques mots avec le personnel, Rebecca monta sur l'estrade préparée par le directeur de l'agence.

Il sourit quand elle lui demanda pourquoi la presse était là.

– Une petite surprise, c'est tout.

D'un geste nerveux, elle lissa la soie caramel de sa veste, et fit face aux journalistes.

– Je tiens d'abord à vous dire que je ne m'attendais pas à ce genre de réception. Je pensais que nous allions célébrer entre nous l'ouverture de la cinquantième agence des Flots. Je n'aurais pu faire plus merveilleuse erreur, ajouta-t-elle. Il ne me reste vraiment plus qu'à souhaiter très bonne chance à mon personnel. Je pensais bien que notre point d'attache à San Diego deviendrait l'un des plus actifs dans la chaîne des Flots. Maintenant, j'en suis sûre.

Elle marqua un temps, sourit.

– Cependant, j'avais l'intention de faire une annonce dans quelques jours, à New York. Étant donné les circonstances, il me semble tout indiqué de la faire dès maintenant ici : Les Flots vont connaître un important programme d'expansion.

Elle attendit la fin des exclamations de surprise.

– Les nouvelles résidences seront connues sous le nom de Flots II. Elles seront complètement différentes des *palapas* que vous connaissez tous. Les Flots II offriront des maisonnettes d'une seule pièce, groupées autour d'une piscine. Tous les aménagements seront compris dans le prix de pension. Ce type de résidence est destiné aux membres des professions libérales, mariés ou non, qui désirent prendre des vacances agréables et confortables, sans le moindre tracas. Ceux d'entre vous qui ont séjourné aux Flots savent que notre réputation s'est établie sur la qualité du personnel. Les Flots II amélioreront encore celle-ci. Nous allons étendre les services de la cuisine et du bar, apporter une attention toute particulière aux activités sportives et offrir des excursions prolongées à ceux qui désireront explorer les environs. Enfin, plusieurs des résidences des Flots II comporteront ce que nous appelons des clubs d'enfants. Elles disposeront de collaborateurs spécialisés pour s'occuper des enfants de deux à douze ans, organiser leurs repas et leurs distractions, veiller à ce qu'à la fin de la journée, ils soient trop las pour avoir même envie de voir leurs parents. De cette manière, les couples mariés pourront se divertir sans se soucier de ce que peuvent faire leurs enfants.

Durant la demi-heure qui suivit, Rebecca répondit aux questions des journalistes, donna une interview de trois minutes pour la télévision, promit de participer à deux émissions sur les radios locales. Elle pensait que cette conférence imprévue allait se terminer quand le directeur de l'agence monta sur l'estrade à ses côtés.

– Mesdames et messieurs, miss McHenry nous a avoué sa surprise devant la réception que nous lui avons réservée. Eh bien, ce n'est qu'un début. Nous ne fêtons pas seulement, aujourd'hui, l'ouverture de la cinquantième agence des Flots, mais aussi celle d'une première agence en Europe!

Il fit signe à deux employés qui poussèrent jusqu'à eux un récepteur de télévision. Le directeur plaça devant Rebecca un appareil téléphonique, et consulta sa montre.

– D'une seconde à l'autre, dit-il.

Intriguée, Rebecca contemplait la surface enneigée de l'écran, en écoutait le sifflement. A l'instant même où l'image apparaissait, le téléphone sonna.

– C'est pour vous, dit le directeur.

– Becky, c'est toi? Tu m'entends?

– Bix! Oui, je t'entends. Je te croyais à Londres.

– Je suis à Londres. Tu ne le vois pas?

La jeune femme se tourna vers l'écran qui montrait maintenant Bix, entourée de visages enthousiastes. La caméra recula, et elle reconnut l'intérieur des bureaux des Flots à Londres. Rebecca faillit lâcher le combiné.

– Comment avez-vous fait? souffla-t-elle.

– Oh, ce n'est qu'un peu de magie par satellite, fit Bix. Sois la bienvenue!

Pendant que Rebecca cherchait ses mots, le directeur intervint pour expliquer aux médias la liaison par satellite entre les deux bureaux des Flots. Il fit exposer par Bix les détails du lancement de l'agence de Londres. A huit mille kilomètres de distance, des bouteilles de champagne furent ouvertes simultanément. Rebecca et Bix se portèrent mutuellement un toast. Toutes deux se sentaient au bord des larmes.

– Et maintenant, le final! annonça Bix.

L'écran devint aveugle, avant de se mettre à clignoter. Un énorme dirigeable apparut lentement, lança un message électronique:

LE MONDE ENTIER VIENT AUX FLOTS!

Des acclamations s'élevèrent. L'écran montra ensuite des images du Londres nocturne, la féerie des néons de Piccadilly Circus, puis la Tamise et ses ponts illuminés. Dans l'euphorie du moment personne ne remarqua que le sourire s'était effacé des lèvres de Rebecca. Personne ne les vit se mouvoir quand, au moment où se dessinait le Pont de Londres, elle se rappela les paroles de Ramsey Peet et fit enfin sa paix avec Justin Lambros.

38

Quand Rebecca arriva à New York, Bix et Torrey insistèrent pour lui offrir l'hospitalité. La jeune femme avait devancé le calendrier prévu en annonçant la création des Flots II. Il y avait énormément à faire. Elle n'avait pas le temps de chercher un appartement.

Au cours de l'été et de l'automne précédents, elle avait visité chacun des quatorzes sites où un centre des Flots II était en construction. A cause de l'envergure des opérations, les obstacles, les retards avaient été plus nombreux que prévu. Néanmoins, après Londres, l'activité incessante fut pour elle un réconfort. Du cap San Lucas, situé à la pointe de la péninsule de Basse-Californie au Mexique, elle se rendit au petit village endormi d'Ixtapa, sur la côte pacifique. Elle y encouragea les équipes d'ouvriers, et apporta quelques modifications.

Les centres, elle le savait, ne seraient pas prêts à recevoir des pensionnaires pour la saison d'hiver. Elle ne s'en inquiétait pas. Bix et elle avaient mis sur pied une campagne qui portait sur un lancement d'été. De l'avis de Rebecca, les latitudes Sud étaient considérées comme des séjours d'hiver. Elle était décidée à modifier cette idée préconçue. Les Flots II ouvriraient leurs portes à la fin du mois de juin, après l'année scolaire.

Pendant que Rebecca travaillait sur le terrain, Bix, à New York, établissait l'infrastructure. Elle avait trouvé des bureaux dans un immeuble d'avant-guerre, situé sur la Cinquième Avenue, les avait rénovés, y avait installé toute l'équipe. Des milliers de lettres avaient été expédiées pour donner l'adresse du nouveau quartier général des Flots. Des télex reliaient entre elles les cinquante agences. La compagnie des téléphones avait accordé un numéro d'appel gratuit dans le pays entier. A son retour à New York, Rebecca n'avait plus qu'à décorer son bureau personnel.

Les jours toujours plus courts de Manhattan se succédaient sur un rythme monotone. La jeune femme s'éveillait le matin dans l'obscurité, faisait péniblement à pied, dans la neige fondue, le trajet jusqu'aux bureaux, ne les quittait pas avant l'heure à laquelle les boîtes de nuit du voisinage commençaient à faire leur plein de clients. Lorsque les heures lui paraissaient trop longues, elle allait contempler, dans la salle de réception, la maquette des Flots II au cap San Lucas. L'architecte avait réussi à faire, de l'hôtel à deux étages, construit en "L", avec sa piscine en forme de lagon, cernée de hauts palmiers, ce qu'il devait être : un monde en soi. Chaque fois, devant la maquette, Rebecca retrouvait la force de son dessein, le désir presque douloureux de transformer son rêve en réalité.

Au cours des semaines qui précédèrent Noël, elle rédigea des textes publicitaires, reçut les artistes, les décorateurs venus lui présenter leurs projets. Elle prenait son petit déjeuner au Regency, avec les grands manitous de l'American Express, grignotait un rapide déjeuner, pendant que les vice-présidents de compagnies de charters se gorgeaient de Martinis et cherchaient à lui faire payer trop cher les blocs-sièges de leurs appareils. Le dîner était toujours consacré aux représentants des grandes sociétés d'agences de voyages, avec leur regard pénétrant et leur costume trois-pièces, qui mangeaient peu, buvaient moins encore et ne disaient pratiquement rien jusqu'au moment de la décision.

Huit jours avant Noël, après avoir obtenu dans la journée deux ou trois succès marquants dans ses négociations, Rebecca se détendit dans son bureau, ôta ses chaussures et pianota du bout des orteils sur le radiateur.

– Hello ! Il y a quelqu'un ?

La jeune femme sursauta. Les ombres du soir et la neige qui glissait derrière les vitres l'avaient insensiblement assoupie. Sa première réaction fut : les voleurs ne s'annoncent pas ainsi.

Eric Walker, ses noirs cheveux bouclés poudrés de neige fondante, passa la tête par la porte entrouverte.

– C'est votre ami banquier qui vient voir si sa cliente préférée n'est pas encore réduite à sa plus simple expression.

Il portait deux sacs en papier. Elle l'en débarrassa, et s'exclama :

– Qu'avez-vous encore inventé ? Ça sent délicieusement bon.

– Si vous ne pouvez vous rendre au Chung King Dynasty, le Dynasty vient jusqu'à vous.

– Mais comment saviez-vous me trouver ici ?

– J'ai appelé votre ligne personnelle, elle était occupée.

Rebecca fit place nette sur la table basse, disposa des assiettes en carton, des fourchettes en plastique et servit des mets chinois fumants.

– Je suis affamée ! gémit-elle en s'attaquant à son repas.

– Rien d'étonnant, avec un tel emploi du temps.

Il n'y avait pas trace de récrimination dans la voix d'Eric, mais elle se sentit coupable. Durant la période où les Flots II étaient passés de la table à dessin au stade de la construction, Eric et elle avaient consacré ensemble des semaines à mettre en place les conditions de financement. Eric avait travaillé au rythme de la jeune femme, jour et nuit quand les circonstances l'exigeaient.

Une fois le résultat obtenu, Rebecca était allée sur le terrain. Toutes les fois qu'elle revenait à New York, et qu'Eric l'appelait pour l'inviter dîner, il y avait toujours un ponte à amadouer, une conférence qui ne pouvait être repoussée.

Après tout ce qu'il a fait pour moi, pensait-elle, j'aurais dû trouver le temps de le voir.

— Avez-vous décidé de ce que vous allez faire pour les fêtes ? demanda-t-il.

— Je n'y ai pas encore vraiment réfléchi. Tout dépend de Bix et de Torrey.

— Eh bien, je vais vous fournir un sujet de réflexion. Je possède un chalet à Stowe. C'est merveilleux, dans les Green Mountains, à cette époque de l'année. J'aimerais que vous veniez tous les trois passer Noël avec moi, là-haut.

Rebecca ne sut que répondre. Elle avait supposé que Bix, Torrey et elle passeraient Noël ensemble, soit aux Angelines, avec Jewel, soit à New York, avec Lauren et Ramsey.

— Je ne compte pas sur une réponse immédiate, reprit doucement Eric. Mais pensez-y, parlez-en avec vos amis et faites-moi savoir ce que vous aurez décidé.

Il se tut un instant, puis ajouta :

— A mon avis, ça vous ferait tout le bien du monde d'échapper un moment à votre travail. Qui sait ? Vous en viendrez peut-être même à aimer la neige autant que vous aimez le soleil.

— Ça ne m'étonnerait pas, répondit-elle à voix basse.

Le chalet d'Eric était en réalité une grande et belle maison nichée à flanc de montagne, d'où l'on avait des vues impressionnantes sur le village de Stowe et le Mont Mansfield. Elle comportait une piscine intérieure de treize mètres, un sauna et une salle de gymnastique bien équipée.

— Tout ceci est scandaleusement délicieux, gémit Bix, en s'étirant dans le bain bouillonnant. Je n'arrive pas à croire que nous sommes ici depuis une grande semaine...

— Durant laquelle tu as passé le plus clair de ton temps dans ce bassin, ajouta Rebecca, moqueuse.

Quelques minutes plus tard, les deux jeunes femmes émergeaient de l'eau, leurs bikinis plaqués sur leur peau délicatement rosée. Eric et Torrey émirent des sifflements flatteurs.

— Tu dois souffrir d'un déséquilibre hormonal, murmura Bix en écartant d'une bonne tape la main de Torrey. Tu as toujours les doigts rêches !

— Je ne t'avais encore jamais entendue t'en plaindre.

Rebecca et Eric se mirent à rire, tandis que le couple s'éloignait en direction de sa chambre.

— Laissez-moi un instant pour me changer, et je vous retrouve sur le balcon, proposa Rebecca.

— Ne changez rien pour moi, protesta Eric, avec un sourire entendu.

— Vous êtes pire que Torrey, lança-t-elle par-dessus son épaule, tout en balançant exagérément les hanches.

Un peu plus tard, assise avec lui sur le balcon, contemplant la vue panoramique qui s'offrait à eux, elle déclara :

– Je ne crois pas avoir jamais été aussi détendue depuis des mois. C'est merveilleux, Eric. Merci.

– Croyez-moi, tout le plaisir est pour moi.

Il disait vrai. Se trouver avec Rebecca hors d'un environnement professionnel, c'était découvrir une tout autre femme. Eric lui avait appris à se servir de raquettes et à faire du ski de fond. Ensemble, ils parcouraient la propriété, découvraient des pistes de lapins, laissaient des petits tas de sel à l'intention des daims. Il cuisinait d'énormes petits déjeuners campagnards et emmenait ensuite ses invités au village de Stowe pour y explorer les boutiques d'artisanat. Les soirées se passaient devant l'immense cheminée, à jouer au trictrac, à écouter le crépitement des bûches, le murmure du vent. Parfois, quand l'envie les en prenait, ils allaient tous les quatre danser à Topnotch, un centre de villégiature très couru, plus haut dans la montagne.

Rebecca referma les deux mains sur la tasse de chocolat brûlant que lui offrait Eric. Silencieuse, elle regardait le soleil incendier la montagne. Elle avait une conscience aiguë de la présence de l'homme assis près d'elle, de son odeur, de son attitude détendue. Du coin de l'œil, elle voyait son visage de profil, la mâchoire vigoureuse, le nez un peu aquilin, un œil mi-clos contre les rayons du soleil couchant et le minuscule éventail de rides au coin des paupières. A cet instant, elle éprouvait le désir de se sentir prisonnière de ses bras, de ses jambes.

– Rebecca, tout va bien ?

Elle attacha sur les prunelles de son compagnon un regard aveugle. Mais elle comprit qu'il lui avait posé une question, elle s'aperçut qu'il avait tendu la main pour prendre la sienne, et qu'elle s'y était accrochée.

– Tout va très bien, mentit-elle. Je pensais à chez moi, c'est tout.

Elle dégagea sa main, chercha désespérément autre chose à dire.

– Allez-vous vous absenter souvent, au début de l'année ?

– Assez pour ne pouvoir profiter de tout ça, répondit Eric, avec un geste qui balayait le panorama.

Elle hocha la tête sans rien dire. Au cours des cinq dernières années, la Banque Walker avait connu un immense développement. Après avoir suivi Les Flots aux Caraïbes, elle était devenue une force internationale, avec des succursales dans les capitales européennes et au Moyen-Orient. Eric avait déclaré un jour en plaisantant qu'il passait plus de temps sur les sièges d'avion que sur celui de son bureau.

– Actuellement, nous étudions sérieusement les possibilités en Amérique du Sud, reprit-il, avant d'ajouter : Ce qui me permettra de passer plus de temps à New York.

Elle ne se trompa pas sur le message caché dans cette déclaration.

– Une réunion de l'Organisation des États américains doit se tenir, fin janvier, sur l'île de Contadora, dit-elle. Vous pourriez envisager d'y assister.

Elle sentit le contact des doigts d'Eric sur sa joue.

– Ma place est déjà retenue.

En dépit du copieux bœuf bourguignon, du bordeaux velouté qui l'avait accompagné et des liqueurs, Rebecca ne trouvait pas le sommeil. Les autres s'étaient depuis longtemps retirés qu'elle rôdait encore dans la maison plongée dans la pénombre. Finalement, elle jeta sur sa chemise de nuit une veste de ski, et s'aventura sur le balcon. Le ciel était magnifique. L'éclat des étoiles lui rappela leur antique description arabe : Les étoiles sont les yeux d'Allah.

Que voyez-vous que je ne voie pas ? Que savez-vous que je ne sache pas ?

Le froid créait autour de sa bouche des nuages ondoyants. Elle se demanda si elle y voyait vraiment des images, comme les ancêtres de sa mère dans la fumée des feux. Elle comprenait soudain combien elle était lasse. Non pas d'une vie astreignante, d'un travail exigeant. Elle était lasse d'être seule, de ne pas avoir près d'elle un autre être humain vers lequel elle pourrait se tourner pour trouver du réconfort, qui la prendrait dans ses bras pour la protéger un moment, afin qu'elle pût dormir en paix. La peur qui ne l'avait pas quittée depuis la trahison d'Andrew l'avait paralysée. Elle l'avait empêchée d'accepter ce que lui offrait Dallas, et, maintenant, lui aussi était mort.

Deux grosses larmes roulèrent le long de ses joues.

Je ne veux pas vivre ainsi ! Je ne veux pas vivre ainsi !

Ce fut seulement lorsqu'elle rentra dans la maison qu'elle prit conscience du froid qui la glaçait. Frissonnante, elle se dirigea rapidement vers la chambre d'Eric. Il était allongé sur le ventre, un bras étendu comme s'il cherchait quelque chose... ou quelqu'un. La veste de ski tomba, suivie de la chemise de nuit. Rebecca écarta le duvet et, sans hésitation, se glissa auprès d'Eric. Il tressaillit au contact glacé de sa peau.

– Ne dites rien, murmura-t-elle. Prenez-moi seulement dans vos bras, réchauffez-moi, laissez-moi dormir près de vous.

Il changea sa position pour lui permettre de se nicher contre lui. Il l'entoura de son bras, et son souffle lui réchauffa la nuque. Elle ne sut jamais à quel moment elle avait cessé de frissonner.

Le lendemain matin, Bix et Torrey durent préparer eux-mêmes leur petit déjeuner.

39

– Je me suis trompé de profession, je crois.

Rebecca tourna la tête vers Eric, qui était étendu sur une chaise longue, les yeux fermés au grand soleil, un sourire nonchalant aux lèvres. Les dix jours passés sur l'île de Contadora, avant la conférence, avaient représenté pour lui une fontaine de jouvence. Le soleil avait effacé la pâleur de Manhattan. La natation et le tennis avaient fait fondre les kilos superflus. Après des débuts frénétiques, leurs relations amoureuses avaient pris un rythme plus sage.

– Que voulez-vous dire, cher monsieur ? demanda-t-elle.

Il changea de position pour tendre le bras vers les quinze étages du Hilton, derrière eux.

– J'aurais dû m'associer avec toi dans l'aventure des Flots.

– Cet hôtel, déclara catégoriquement Rebecca, n'a rien et n'aura jamais rien de commun avec Les Flots. En fait, il présente une remarquable ressemblance avec le Hilton des Bahamas.

– Ou celui de Dubayy, ajouta Eric.

Ils se mirent à rire, et leurs doigts s'entrelacèrent.

– Je t'aime, dit-il.

– Moi aussi, je t'aime.

Toutes les fois qu'elle prononçait ces mots-là, elle les croyait sincères.

Bix et Torrey n'avaient fait aucun commentaire sur le brutal changement intervenu dans les relations entre Eric et Rebecca. Et les nouveaux amants n'avaient offert aucune explication. Ce qui s'était passé semblait naturel, si normal que tous les quatre acceptaient simplement la situation.

Après le Jour de l'An, en dépit des premières hésitations de Torrey, Bix et lui étaient restés à Stowe, tandis qu'Eric et Rebecca reprenaient la route de Manhattan. Là, Rebecca prit contact avec l'agent immobilier d'Eric et passa le reste de la semaine à visiter les appartements dont il lui fournit les adresses. La chance ne l'avait pas abandonnée. Dans la 71ᵉ Rue, près de la Cinquième Avenue, elle trouva un duplex que le tribunal des successions venait d'affranchir. Les héritiers, qui partaient s'installer à Malibu, étaient pressés de vendre. Rebecca conclut l'accord en prenant un verre au Carlyle.

Malgré les protestations d'Eric, elle décida de loger dans ce même hôtel, pendant qu'on remettrait le duplex en état. Elle aimait beaucoup l'élégant appartement de son ami, mais l'idée de s'y installer pour moins d'un mois ne lui souriait pas. Secrètement, elle s'avouait qu'elle ne tenait pas à précipiter ses relations avec Eric. Tous deux indépendants, ils avaient encore beaucoup à apprendre l'un de l'autre. Un jour, elle en était certaine, quand le moment serait venu, ils vivraient ensemble. Mais leur décision serait dictée, non pas par les circonstances, mais par leur amour et une mutuelle compréhension.

L'arrangement fonctionna à merveille. Ils avaient des journées bien remplies mais ils prenaient le temps de se retrouver chaque soir. Rebecca était heureuse de constater qu'Eric ne tenait pas leurs relations pour acquises. Le soir où ils avaient dû se rendre au Lincoln Center pour le concert donné par von Karajan, la limousine de la Banque Walker s'était matérialisée devant le dais du Carlyle. Après le concert, était venu le souper dans un restaurant russe. Durant la semaine, elle ne savait jamais si, quand on frappait à la porte, celle-ci s'ouvrirait sur un client ou sur un commissionnaire apportant des fleurs ou des truffes au chocolat.

Huit jours avant leur départ pour l'île de Contadora, Rebecca reçut un appel personnel du secrétaire général de l'Organisation des États américains. L'Équatorien, qui était en même temps ministre des Affaires étrangères, en vint courtoisement au but de son appel.

— Miss McHenry, comme vous le savez, nous n'avons pas encore annoncé qui serait notre orateur d'honneur.

La jeune femme le savait. Elle avait été surprise de recevoir une invitation. L'Organisation était avant tout un forum politique où les États des deux hémisphères se retrouvaient pour discuter d'intérêts communs – principalement dans les domaines du commerce, de la finance et du tourisme. Elle avait à peine remarqué la ligne qui mentionnait la désignation, un peu plus tard, d'un orateur.

— Je ne suis pas sûr que vous sachiez comment se fait le choix, poursuivit l'Équatorien. Chaque État membre propose un candidat porté sur une liste toute préparée. Dès que l'un des candidats atteint une majorité, nous avons notre orateur. Cette année, cependant, il s'est produit un événement extraordinaire. Vous avez été choisie, avec un nombre de voix remarquable, pour prendre la parole devant la conférence.

— *Je vous demande pardon ?*

Son correspondant s'empressa de répéter sa déclaration.

— Mais j'ignorais même que mon nom fût sur la liste !

— C'est bien là le plus extraordinaire, reconnut l'Équatorien, comme s'il avait peine à y croire lui-même. Votre nom n'était pas sur la liste.

— Tu rentres déjà, mon cœur ?

Rebecca avait ramassé sa lotion, son livre. Elle prit la main d'Eric, en baisa la paume.

— Je dois me faire masser, coiffer et tout le reste, si je veux être à mon avantage ce soir.

— Tu l'es toujours ! murmura-t-il en lui mordillant l'oreille.

– Et toi, tu ne devrais pas commencer quelque chose que nous ne pourrons pas finir! souffla-t-elle avant de se dégager.

– Rebecca!

Elle se retourna vers lui.

– Je suis fier de toi, ma chérie. Tu mérites tout ce qui t'est offert.

La soirée d'ouverture de la conférence se déroula dans un amphithéâtre aux multiples gradins. Les tables, disposées en demi-cercle, étaient éclairées par des bougies placées dans de hauts photophores. La table principale était au cœur de l'édifice. Quand Rebecca levait les yeux, elle avait l'impression de se trouver sur la scène d'un théâtre antique.

Elle était assise entre le ministre des Affaires étrangères du Brésil, président de la conférence, et un ministre du gouvernement chilien, petit homme à la perruque légèrement de travers, aux mains voyageuses. Avant même qu'on eût servi l'entrée, elle avait dû repousser par deux fois ses avances sur sa cuisse.

Tout en participant à la conversation, elle se sentait nerveuse. Au cours du cocktail donné avant le dîner, elle avait pu rencontrer presque tous les délégués qui l'avaient choisie pour faire le discours d'ouverture. Tous l'avaient félicitée. Tous avaient immédiatement déclaré que ce serait merveilleux si Les Flots venaient s'installer dans leur pays. Il y avait eu des allusions subtiles, et d'autres qui l'étaient moins, à des sommes d'argent qui pourraient changer de main sous la table en remerciement d'une faveur.

On verra quand ils auront entendu mon discours, pensait ironiquement Rebecca.

Les convives avaient été placés de façon que les plus importants fussent les plus proches de la table principale. Il y avait là les ministres et leurs maîtresses – Rebecca eut peine à découvrir une femme ayant plus de vingt-cinq ans –, les présidents et les cadres supérieurs des grandes chaînes d'hôtels, les banquiers et les représentants des agences de voyages. Plus loin se trouvaient les cadres de moindre envergure, qui seraient chargés des travaux préliminaires sur les accords qui pourraient être conclus. Sur les derniers gradins, enfin, se tenaient ceux qui avaient mendié, emprunté ou volé une invitation.

Tout en mangeant sans appétit sa « crème brûlée * », Rebecca concentra toute son attention sur Eric, placé à quelques tables de la sienne. En dépit de tous ses efforts, elle ne parvint pas à le distraire de sa conversation avec le président de la Chase Manhattan. Elle détourna les yeux, et son regard tomba soudain sur un visage. L'homme la regardait fixement, avec une insistance qui lui fit peur. Il devait avoir environ trente-cinq ans. Son smoking se tendait sur un torse de champion de natation. Seuls le soleil et la mer avaient pu lui donner ce teint bronzé. Les cheveux

* En français dans le texte.

d'un noir de jais, rejetés en arrière, accentuaient les pommettes saillantes, le nez aquilin, les lèvres minces au pli dur.

Le regard sombre ne se détachait pas de Rebecca. L'homme semblait indifférent aux propos que lui adressaient d'une façon pressante les autres convives assis à la même table. Il était visiblement le centre d'intérêt... et il s'en moquait éperdument.

Qui est-il ?

Rebecca fouillait ses souvenirs pour tenter de mettre un nom sur ce visage. En vain. Elle était certaine de n'avoir jamais rencontré cet homme. Ses traits, pourtant, lui étaient vaguement familiers, comme ceux d'un personnage sur une photo pâlie.

Que veut-il de moi ?

Elle était comme hypnotisée, au point qu'elle faillit ne pas entendre les paroles du Brésilien qui la présentait à l'assistance. Les applaudissements éclatèrent. Elle se leva, chercha un appui dans le regard d'Eric. Mais ses yeux revinrent sur l'inconnu.

Elle ajusta le micro, s'éclaircit la voix. D'abord hésitante, elle ne tarda pas à prendre de l'assurance. Elle déclara aux délégués que le tourisme, au cours des vingt prochaines années, allait devenir dans leurs pays un facteur économique essentiel. Les jets abolissaient les distances. Les voyages devenaient plus abordables. Avec le temps, des millions de gens éprouveraient le désir de visiter les endroits dont ils avaient rêvé.

— C'est à nous qu'il appartient d'apporter aux pays hôtes le bénéfice de cette richesse nouvelle, dit Rebecca à l'assemblée...

Elle parla durant vingt minutes, prit l'exemple des Flots pour illustrer son propos. Lorsqu'elle se tut, un grand silence régna dans l'amphithéâtre.

Oh, Dieu, je les ai tous dressés contre moi !

Le président des American Airlines se leva.

— Jeune femme, déclara-t-il gravement, personne, depuis vingt ans, ne m'a jamais sermonné comme vous venez de le faire. Vous exprimez ce que nous savons tous sans avoir le culot de le dire. Je vous tire mon chapeau !

Il fut le premier à applaudir, au milieu du silence. Alors, l'un après l'autre, table après table, tous les assistants se mirent debout pour faire à la jeune femme une ovation.

— Tu as été spectaculaire ! s'écria Eric.

Non sans mal, il avait réussi à se frayer un passage parmi la foule qui assaillait Rebecca. Il l'escamota, l'entraîna vers la salle de bal, où l'on allait bientôt danser, la guida jusqu'à un couloir désert. Elle avait le souffle court. Était-ce l'effet du baiser d'Eric ou bien le vertige causé par les acclamations ?

— J'étais terrifiée, sur cette estrade, avoua-t-elle.

— Voilà une assemblée que l'Organisation des États américains n'est pas près d'oublier, prédit-il. Tous ces gens-là sont ceux qui prennent les décisions. Tu les as secoués.

– Je l'espère bien!

Elle songea soudain à Silas Lambros, à la façon dont, naguère, Tyne & Wear avait économiquement étranglé les Angelines. La situation s'était bien améliorée, mais il restait encore beaucoup à faire.

Eric vit une ombre passer sur son visage.

– Qu'y a-t-il, ma chérie?

– Rien, mon amour. Je viens de découvrir tout le travail qui m'attend encore.

– Pas ce soir, dit-il fermement, en la prenant par le coude. Je tiens à avoir la première danse.

– Je n'accepterais pas qu'il en fût autrement.

La soirée s'écoula dans un véritable tourbillon. La salle de bal avait été transformée en night-club 1930. Il n'y manquait rien, pas même le spectale offert par des girls tout en jambes, des chanteurs de charme, une musique qui allait des blues du coton à la samba et aux airs les plus connus du répertoire.

Rebecca apprécia chaque instant de cette soirée. Après avoir dansé deux fois avec Eric, elle perdit le compte de ses partenaires. Dans sa surexcitation, elle éclata de rire quand le ministre chilien lui mit la main sur la joue gauche au lieu de la placer au creux de son dos. Elle fit un mouvement pour se dégager, mais le Chilien avait disparu, remplacé par l'homme aux yeux sombres dont le regard pénétrant semblait la transpercer.

– Je m'appelle Anthony Fabrizzi, dit-il tranquillement. Je me suis dit que si je restais poli plus longtemps, je ne parviendrais sans doute jamais à danser avec vous.

Sans lui laisser le temps de placer un mot, il la guida habilement à l'écart de la foule.

– A propos, j'ai apprécié ce que vous avez dit... et la façon dont vous l'avez dit.

– Je vous remercie... monsieur Fabrizzi...

Fabrizzi... Fabrizzi... Rebecca avait déjà entendu ce nom. Mais où?

– Je me fais une règle de ne jamais traiter d'affaires dans cette sorte de circonstances, continua-t-il, comme s'il ne l'avait pas entendue. Toutefois, il y a toujours des exceptions.

Il la dévisageait sans ciller.

– Je regrette d'autant plus de devoir aborder la question en ce moment précis que vous êtes une très jolie femme et que vous m'attirez tout comme je vous attire.

Rebecca s'immobilisa brutalement.

– Je vous en prie... la musique continue, dit-il.

En dépit du choc subi, elle se surprit à suivre les pas de son compagnon.

– Je représente le groupe Polaris. Le nom vous est-il connu?

– Non... Je veux dire... oui.

Rebecca faisait maintenant le rapport. Elle connaissait tous les cadres des grandes chaînes hôtelières et se faisait une règle de suivre leur carrière. Mais Polaris n'était pas une opération ordinaire, et, dans cette industrie, Anthony Fabrizzi représentait un cas à part. A la différence de ses confrères, vendeurs-nés, l'homme qui dirigeait Polaris était un personnage secret, mystérieux. Rebecca ne se rappelait pas avoir jamais vu une photo de lui. Anthony Fabrizzi n'accordait jamais d'interviews, et, si l'on citait ses opinions dans les journaux professionnels, c'était toujours par l'intermédiaire de porte-parole.

– Oui, j'ai entendu parler de Polaris, reprit la jeune femme, plus calmement cette fois. Mais votre arrogance me déplaît...

– Polaris est prêt à faire une offre de cent millions de dollars pour Les Flots.

La fureur de Rebecca explosa.

– Laissez-moi tranquille!

La musique était bruyante, les danseurs étaient absorbés. Personne ne prêta attention à la protestation de Rebecca. Les bras d'Anthony Fabrizzi l'étreignaient toujours avec la même force, et ses efforts pour le repousser étaient vains.

– Je suis heureux que vous m'ayez répondu ainsi, Rebecca, lui dit-il. Pour vous montrer que je ne vous veux pas de mal, je vais vous révéler quelque chose que connaissent seules cinq personnes au monde. L'une d'elles est le président des États-Unis.

– *De quoi parlez-vous?*

Elle se rendit compte que, sans le vouloir, elle avait baissé la voix. Elle sentit sur son oreille le souffle tiède de son compagnon. Les mots qu'il murmura étaient incroyables. Il les prononça pourtant aussi calmement que s'il lui indiquait la route à suivre.

– Ça ne peut pas être vrai, chuchota Rebecca.

Elle sondait les yeux impénétrables.

– Mais si, je vous l'assure. Je compte sur vous pour ne pas divulguer ce que je vous ai dit et pour prendre votre décision. Nous nous reverrons bientôt.

Il écrasa ses lèvres sur les siennes, et disparut, comme l'illusion créée par un magicien. Elle le chercha du regard, s'aperçut qu'elle était seule au milieu de la piste, et que les autres danseurs la considéraient avec curiosité. Elle se contraignit à revenir vers les tables.

– Ma chérie, tu es toute frissonnante! Tout va bien?

Eric était derrière elle. Elle sursauta, le regarda sans comprendre avant de déclarer enfin :

– Je viens de rencontrer Anthony Fabrizzi.

Eric pinça des lèvres.

– Je l'ai vu aussi. Anthony Fabrizzi fait partie de la Mafia, Rebecca. Reste à l'écart de cet homme!

Février et mars s'écoulèrent sans qu'elle s'en aperçût. Après

Contadora, Rebecca fut inondée d'invitations, on sollicitait son intervention lors de conférences régionales. Les ministres du Tourisme d'une douzaine de pays d'Amérique centrale et d'Amérique du Sud lui faisaient une cour insistante. Elle avait l'impression de s'être aventurée dans un champ de mines. Si elle acceptait une invitation, en rejetait une autre, la clameur s'entendrait jusqu'au *Windsong*.

A bord de son yacht ancré à mi-chemin de Palm Cove et d'Angeline City, elle continuait à diriger les progrès des Flots II. Il avait été difficile d'abandonner Eric à New York, mais, comme l'avait expliqué Rebecca à son amant désolé, elle n'avait pas le choix. Depuis le *Windsong*, elle pouvait se retrouver en quelques heures sur n'importe quel site des Flots II. L'hélicoptère était toujours prêt à partir, et le Lear l'attendait à Angeline City.

Mais une autre raison, non moins contraignante, l'avait poussée à quitter New York. Les mots qu'Anthony Fabrizzi lui avait murmurés à l'oreille.

Au début, elle avait essayé de le chasser de son esprit. Il était dangereux, comme l'avait dit Eric. Mais le souvenir de ses bras vigoureux, des yeux sombres et pénétrants, de l'odeur musquée qui l'environnait conspirait contre elle.

Il ne lui avait pas fallu longtemps pour se procurer des informations détaillées sur le groupe Polaris. Enregistrée aux Bahamas, la corporation exploitait un certain nombre d'hôtels-casinos situés dans le monde entier, de Las Vegas à Bangkok. Chacun d'eux était unique dans sa conception et recevait une clientèle triée sur le volet. Le droit d'admission aux tables de jeux s'élevait à cent mille dollars. Les hôtels Polaris étaient aussi éloignés des établissements de quatre sous de Las Vegas que Les Flots II l'étaient des hôtels Howard Johnson.

Et c'était Anthony Fabrizzi qui, après avoir conçu l'idée de cette chaîne, la dirigeait.

A première vue, c'était un citoyen modèle. A la différence d'autres grandes figures du crime, sa vie était un livre ouvert. Il avait fait ses études à Harvard, s'était battu au Viêt-nam, où il s'était distingué. Au bout de deux ans à la tête de Polaris, il avait été salué comme un enfant prodige par l'industrie hôtelière. Tout ce qu'il touchait se changeait en or. Les commissions de surveillance des jeux, dans tous les pays où Polaris avait des intérêts, lui avaient accordé un certificat de parfaite conformité. Aucune autorité compétente n'avait encore décelé le moindre lien entre Polaris et le crime organisé.

Sauf un, se disait Rebecca.

Anthony Fabrizzi était le fils unique de Michele Fabrizzi, seigneur incontesté de la Mafia sur la Côte Est. Le fils était peut-être irréprochable, mais il marcherait toujours dans l'ombre de son père.

Quelle importance puis-je avoir pour lui ?

La question obsédait Rebecca. Elle comprenait maintenant que l'intérêt que lui témoignait Anthony Fabrizzi n'avait rien à voir avec Les Flots. Plus elle pensait à l'offre qu'il lui avait faite, plus elle était sûre qu'il n'avait pas parlé sérieusement.

Comme s'il avait été prêt à avoir piètre opinion de moi si j'avais même accepté d'y réfléchir.

M'a-t-il donc confié le reste parce que j'avais passé une sorte de test ? se demandait-elle.

« *Je vais vous révéler quelque chose que connaissent seules cinq personnes au monde. L'une d'elles est le président des États-Unis...* »

Rebecca ne parvenait pas encore à croire que cette révélation était vraie. Si elle l'était, elle annonçait la décision économique la plus cataclysmique du siècle. Des millions de gens y perdraient, mais un petit nombre, s'ils agissaient à propos, en retireraient des gains énormes.

Au cours des deux derniers mois, elle avait été terriblement tentée de partager l'information avec Eric. Sans en discerner la raison, elle en avait été incapable et elle en souffrait... *Peut-être,* se disait-elle, *Anthony Fabrizzi me connaît-il mieux que je ne le pense. Il m'a fait promettre de ne répéter l'information à personne. Il devait être au courant de mes relations avec Eric. Il voulait savoir ce qui comptait le plus pour moi, mon amour ou ma parole...*

Le fait qu'elle n'eût rien dit à Eric n'avait pas empêché Rebecca de prendre discrètement des renseignements. Elle posa ses questions en termes vagues à Ramsey Peet et à ses amis de la communauté bancaire. Leur réponse fut un « non » sans équivoque. Ses sources à Londres et à Zurich firent chorus. La seule indication qu'il pût y avoir quelque substance de vérité dans les paroles d'Anthony Fabrizzi lui vint de la source la plus improbable. Lors d'un dîner où se trouvait un membre de la famille royale d'Arabie Saoudite, Rebecca mentionna négligemment le sujet. Le prince sourit, répondit d'un ton énigmatique : « Parfois, tout n'est pas la volonté de Dieu. Les hommes aussi peuvent influencer le cours de leur existence. »

Jusqu'à la faillite! pensa-t-elle.

Il ne lui avait pas fallu longtemps pour comprendre pourquoi Anthony Fabrizzi avait cru bon de lui faire cette révélation. De toute évidence, il était bien informé sur ses avoirs.

Et si ce qu'il m'a dit est vrai, je serais ridicule de laisser passer l'occasion!

Elle se livra à des calculs compliqués, découvrit que, si elle devait consacrer des fonds à ce nouveau projet, elle n'aurait pas assez d'argent pour assurer le fonctionnement des Flots II jusqu'au moment où les centres commenceraient à faire des bénéfices. Elle avait beau jongler avec les chiffres, le résultat était toujours le même.

En cette période, Rebecca était heureuse de se trouver isolée à bord du *Windsong*. Elle était debout à toute heure de la nuit, arpentait les ponts, jouait parfois au trictrac jusqu'à l'aube avec le chef de quart. Plus elle s'efforçait d'écarter l'idée de son esprit, plus celle-ci se faisait insistante. Lorsqu'elle échappait à ce combat, elle s'absorbait dans ses calculs et ses estimations – pour le cas où... Au début d'avril 1971, elle dut s'avouer que c'était maintenant ou jamais. Le temps prendrait la décision qu'elle était incapable de prendre par elle-même.

Suis-je vraiment folle? se demanda-t-elle, les yeux fixés sur le calendrier qui indiquait le premier avril, le « Jour des Fous ». *Sur quoi puis-je baser ma décision, sinon les murmures d'un filleul de la Mafia et le sourire ambigu d'un cheik arabe? Je dois être cinglée pour même y songer! J'imagine ce que dirait Ramsey... Et Eric!*

La décision était prise. Calmement, Rebecca décrocha le téléphone et ordonna à Ramon de faire route vers Angeline City...

La nouvelle que les mines d'or des McHenry allaient être remises en exploitation se répandit comme une traînée de poudre d'un bout à l'autre des Angelines. Ceux qui n'y croyaient pas furent réduits au silence quand arrivèrent les ingénieurs et les experts. La rumeur courut que l'on avait besoin de main-d'œuvre pour défricher la jungle autour des mines et pour remettre les routes en état, afin de permettre l'accès des équipes de construction.

Rebecca s'était attendue à un déluge d'appels téléphoniques, dès que la presse serait en possession de la nouvelle. Elle ne fut pas déçue. Ramsey lui demanda si elle avait fait sauter la banque à Monte-Carlo ou si elle avait perdu la tête. Eric, à Londres pour affaires, était terrifié à l'idée qu'elle était victime d'un chantage. Son chef comptable menaçait de se suicider si elle ne renonçait pas à son projet. A chacun, calmement mais fermement, elle fit la même réponse :

– Parler ne coûte rien. Tous mes auditeurs à Contadora semblaient être de cet avis. Eh bien, je place mon argent là où se trouvent mes convictions... dans l'espoir que les Hilton, Sheraton et autres feront de même. Inutile de vous expliquer quelle importance a ce projet, en termes d'économie, pour les gens des Angelines.

– A quoi veux-tu en venir, exactement? demanda Bix, lorsqu'elle appela.

– Si seulement je le savais, fit Rebecca, sans en dire davantage.

Vers la fin du déluge arriva un télégramme qui lui fit plaisir et en même temps la déprima : VOUS AVEZ RAISON D'AGIR AINSI. VOTRE CONFIANCE SIGNIFIE BEAUCOUP POUR MOI. ANTHONY.

Le fait que le seul encouragement lui fût venu d'Anthony Fabrizzi soutint Rebecca. Mais avait-elle eu vraiment raison, ou bien son instinct l'avait-il égarée en la poussant à faire confiance à un inconnu?

En tout cas, j'ai une audience, pensait-elle ironiquement. Le monde entier m'observe.

Elle l'ignorait, mais quelqu'un, quelque part, l'observait avec plus d'attention que les autres.

40

La grande demeure d'Eaton Square ne saluait pas l'arrivée du printemps. Aux étages, les volets restaient clos. En bas, de lourds doubles rideaux drapaient les fenêtres comme des linceuls. Ceux qui devaient pénétrer dans la maison – le facteur, les livreurs, les infirmières – arrivaient et repartaient le plus vite possible. Les habitants des maisons voisines eux-mêmes se tenaient à l'écart et, inconsciemment, gagnaient la chaussée opposée à l'approche de la demeure. Comme s'ils savaient qu'elle renfermait jalousement une tragédie qui, s'ils n'y prenaient garde, pourrait les atteindre, eux aussi.

A l'intérieur, Celeste Lambros se déplaçait rapidement dans le silence. Elle gravit l'aile droite du grand escalier, se hâta vers l'appartement principal, au bout du couloir. Elle était descendue manger une salade préparée par la cuisinière. Elle s'en était acquittée machinalement, sans même sentir le goût de ce qu'elle avalait. Si elle se nourrissait, c'était uniquement parce que, l'année précédente, elle avait perdu du poids avec une alarmante rapidité. Son médecin avait menacé de la faire hospitaliser si elle ne suivait pas le régime prescrit. Celeste savait fort bien que la cuisinière faisait régulièrement son rapport au médecin; il ne la croirait pas si elle prétendait pouvoir subsister de sa seule haine.

L'infirmière achevait tout juste de laver son malade. Celeste se détourna, attendit le moment où son grand-père fut rhabillé, les couvertures ramenées sur son corps frêle. L'infirmière sortit sans un mot.

Celeste s'installa dans le confortable fauteuil placé près du lit.

– Me voici de retour, grand-père, dit-elle gaiement. J'ai tout mangé, comme une bonne petite fille. Le Dr Pritchard n'aura aucune bonne raison pour m'expédier loin d'ici.

Elle marqua une pause. Sa voix monta d'une demi-octave.

– Et j'ai pour toi une nouvelle très intéressante. C'est à propos de Rebecca McHenry. Je crois vraiment qu'elle vient de commettre l'erreur que nous attendions. Tu es prêt?

Elle entreprit de donner des explications. Le regard de Silas Lambros demeurait fixé au plafond. Il ne voyait ni le lustre poussiéreux, ni la tache d'eau qui marquait le plâtre. Il ne voyait pas sa petite-fille, ne l'entendait pas, n'avait même pas conscience de sa présence. Le monde, tel qu'il l'avait connu, avait explosé ce jour-là, dans la salle de réunion de Tyne & Wear, abandonnant le naufrageur, dont les ancêtres avaient attiré tant d'hommes vers la mort.

Le hasard seul avait voulu que Celeste fût témoin de cette horreur. Elle s'était arrêtée en coup de vent devant l'immeuble de Tyne & Wear pour rappeler à son grand-père qu'il devait lui réserver son week-end. Elle s'attendait à l'entendre grogner qu'il était trop occupé, avant de se radoucir. C'était là une petite comédie qu'ils prenaient l'un et l'autre plaisir à jouer chaque année, juste avant l'anniversaire du vieil homme.

Celeste attendait dans le bureau de Silas Lambros, à l'autre extrémité de l'étage, quand la secrétaire de son grand-père, en larmes, fit irruption dans la pièce. De précieuses secondes furent perdues à calmer la malheureuse qui bredouillait des mots sans suite à propos d'une syncope de M. Lambros. Celeste la repoussa, se précipita. Son grand-père était couché sur le sol, replié sur lui-même à la manière d'un bébé, secoué de violents tremblements. Il a l'air si petit, songea Celeste, pétrifiée. Presque insignifiant...

Andrew était à quatre pattes près de lui. Il retourna le malade, et Celeste vit les yeux blancs de son grand-père, les filets de salive qui coulaient de sa bouche.

– Tu es en train de le tuer! hurla-t-elle.

Elle sauta sur Andrew, lui laboura le visage de ses ongles. Il la gifla à toute volée.

– J'essaie de l'empêcher de s'étouffer! hurla-t-il, en arrachant la cravate de Silas et en ouvrant le col de sa chemise.

Celeste n'en crut rien. Elle n'y crut pas davantage quand les autres membres du conseil finirent par l'immobiliser dans un fauteuil, quand arriva l'équipe des secours médicaux d'urgence. Elle n'y crut pas parce qu'elle avait vu les journaux épars sur la table, elle en avait lu les gros titres. Lorsqu'elle surprit la lueur de triomphe dans les yeux d'Andrew, au moment où l'on emportait son grand-père, elle comprit ce qui s'était passé dans cette salle. Elle sut qui en était le responsable.

Après son attaque, Silas Lambros sombra dans une sorte de coma dont il n'allait plus émerger. Celeste, qui ne quitta pas son chevet durant deux semaines, vit son propre univers se crevasser et s'écrouler, quand les médecins et les psychiatres lui annoncèrent que l'état de son grand-père était irréversible. Elle se sentit alors nue, vulnérable. Jamais encore elle n'avait éprouvé cette impression. Dans une vie pourtant agitée, elle avait toujours pu compter sur le refuge offert par son grand-père, se retirer à l'abri des remparts de l'argent, du pouvoir, de l'influence. Tout cela, elle ne tarda pas à l'apprendre, s'était évanoui à la manière d'un mirage.

A peine avait-elle ramené son grand-père de l'hôpital à Eaton Square qu'Andrew apparut. Il monta à l'étage, passa un long moment à contempler, de toute sa hauteur, la coque vide qu'était devenu Silas Lambros. Celeste crut voir s'adoucir son visage sombre. Elle ne pouvait deviner qu'Andrew méditait sur une colossale ironie. Neuf ans plus tôt, il avait regardé un autre homme, apparemment indestructible, devenir l'ombre de lui-même – l'ennemi de Silas Lambros, Max McHenry.

– Il faut que nous parlions, dit-il brusquement, avant de se détourner.

Celeste descendit l'escalier derrière lui et se surprit à regarder le large dos.

A-t-il le moindre attachement pour cette maison où nous nous sommes rencontrés pour la première fois ? A-t-il le moindre attachement pour moi ?

Celeste et Andrew vivaient séparés depuis un an. Les liaisons d'Andrew n'avaient rien à voir avec cette séparation. La jeune femme savait qu'il la trompait avec n'importe qui, effrontément.

Elle l'avait deviné aux murmures de ses amies les plus intimes, elle l'avait lu dans le regard plus brillant d'une autre femme, elle l'avait senti sur la peau de son mari quand, à peine échappé des bras d'une maîtresse, il se glissait dans leur lit auprès d'elle.

Elle aurait pu se battre, corps pour corps, contre son infidélité. Elle était désarmée devant son indifférence. Elle avait compris que, par ses liaisons, Andrew lui disait qu'il ne se souciait plus d'elle. Il n'avait plus besoin de son pouvoir, il s'était servi d'elle et la laissait maintenant derrière lui. Quand vint la séparation, ce ne fut qu'un événement banal.

Pour la première fois depuis qu'il avait été frappé, Celeste était furieuse contre son grand-père. Au fil du temps, il en était venu, sans s'en rendre compte, à s'appuyer sur Andrew. A ses yeux, Andrew était la réincarnation de Nigel, le fils pour lequel il avait édifié son empire. A maintes reprises, elle avait averti son grand-père qu'il perdait le contrôle de ses affaires au profit d'Andrew. Celui-ci formait de nouvelles alliances, à la fois au sein de Tyne & Wear et hors de l'organisation. Avec l'aide des immenses ressources de la compagnie, il bâtissait son propre royaume. Silas Lambros s'était contenté de rire.

– J'en sais assez sur Andrew pour être à même de le détruire du jour au lendemain. Aussi longtemps que je vivrai, il est à moi !

Et maintenant, pensait amèrement Celeste, *tu n'es ni vivant ni mort, mais Andrew est un homme libre. Parce que tu n'as jamais partagé ce que tu savais sur lui.*

La preuve de cette liberté lui avait été assenée quand, trois jours seulement après l'attaque de Silas, l'avoué de Celeste l'avait informée qu'Andrew avait entamé une procédure de divorce.

Ils se trouvaient maintenant dans le grand salon. Andrew tira un cigare d'un étui en cuir.

– Je préférerais que tu t'abstiennes, dit froidement la jeune femme. L'odeur de cigare est tenace. D'ailleurs, tu ne resteras pas assez longtemps pour le finir.

Il inclina la tête.

– Comme tu voudras. Je suis venu te parler de la désignation d'un nouveau président. Il n'y a plus de Lambros survivants...

– A part moi !

– Bien sûr, Celeste. Crois-moi, je ne t'avais pas oubliée. Mais je ne pense pas que tu veuilles diriger Tyne & Wear.

– Et si j'en avais envie ?

– Tu ne disposes pas d'assez de voix au conseil pour y parvenir.

C'était vrai, s'avoua-t-elle. Elle était peut-être la dernière du clan mais elle ignorait tout du fonctionnement de la compagnie que représentait son nom, et tout le monde le savait.

– Et qui, à ton avis, peut se poser en candidat ?

– Moi.

– Jamais !

– Réfléchis, fit Andrew, d'un ton raisonnable. Je connais Tyne & Wear mieux que n'importe qui. Silas y a veillé. En outre, je bénéficie du support unanime du conseil.

– Pas du mien !

Les yeux de Celeste lançaient des éclairs.

– Tu oublies une chose : les parts de fondateur. Grand-père les a transférées à mon nom il y a deux mois. Grâce à elles, je suis en mesure de bloquer toutes vos initiatives, les tiennes et celles du conseil.

Ainsi, voilà où elles sont passées, se disait Andrew. Depuis des semaines, il s'efforçait de découvrir ce qu'étaient devenues les parts de fondateur. Elles représentaient le pouvoir absolu dans la compagnie, trente-cinq pour cent du stock. Celui qui les détenait pouvait soit contrôler la destinée de Tyne & Wear, soit rendre la vie très difficile à ceux qui essaieraient de le faire.

– Les parts de fondateur peuvent être très utiles... à condition d'être employées comme il convient, dit Andrew. Pour le bien de la compagnie, tu devrais t'en servir pour m'aider. Sinon, Celeste, je me battrai contre toi. Avec mes quatorze pour cent et ce que détiennent les autres membres du conseil, nous pouvons t'attaquer efficacement.

En dépit de sa connaissance limitée des affaires, elle savait qu'il disait vrai.

– Écoute, continua Andrew, je n'ai pas l'intention de détruire Tyne & Wear ni de la vendre à quelqu'un d'autre. Je veux poursuivre l'œuvre de Silas. Et j'en suis capable, tu le sais. Ce qui signifie que tu serais en mesure de continuer à mener l'existence à laquelle tu es accoutumée. Sinon, après ce qu'a fait Silas, sa succession ne vaut pas un clou.

Une fois de plus, Celeste devait faire face à la réalité. Quand on lui avait accordé une procuration générale sur les biens de son grand-père, elle s'était rendu compte qu'il restait bien peu d'argent disponible. Pour entretenir Eaton Square et les autres propriétés, pour entourer son grand-père des soins que nécessitait son état, pour vivre comme elle pensait toujours devoir vivre, Celeste n'avait qu'un recours : les parts de fondateur. Si les dividendes devaient chuter, comme ce serait le cas si Andrew l'attaquait, les loups ne tarderaient pas à hurler devant la porte.

– Je m'entretiendrai avec mes hommes de loi, dit-elle. Tu connaîtras ma décision à la fin de la semaine.

Andrew se leva.

– Pas plus tard, Celeste.

– A la fin de la semaine! répéta-t-elle entre ses dents, avant de sonner le majordome pour qu'il raccompagne Andrew jusqu'à la porte.

En quarante-huit heures, les hommes de loi avaient les réponses à ses questions. C'étaient celles qu'elle avait prévues, mais elle fit attendre Andrew jusqu'au vendredi.

– Je tiens à me faire bien comprendre, lui dit-elle au téléphone ce matin-là. Si je découvre qu'on fait quoi que ce soit derrière mon dos, ou que tu orientes Tyne & Wear dans une direction qui ne me convient pas, je t'attaquerai.

– C'est tout naturel, dit-il.

– Je tiens aussi à savoir la date du prochain conseil d'administration.

– Tu as l'intention d'y assister?

– Je suis la seule Lambros dont tu disposes, Andrew. Tu as plus besoin de moi que tu ne le crois!

Elle raccrocha, considéra longuement l'instrument silencieux.

Et j'ai besoin de toi, pensait-elle, *au moins pour un temps. Je finirai par te détruire un jour, mais tu ne seras pas le premier. Cette chère Rebecca McHenry, qui a mené Justin au suicide et détruit grand-père, doit payer pour ce qu'elle a fait. Cette garce saignera et elle me fournira en même temps ce qu'il me faut pour te combattre.*

– Un an s'est écoulé depuis le jour où j'ai fait ce vœu, grand-père, dit rêveusement Celeste. Il y a eu des moments où je ne me sentais pas capable d'aller jusqu'au bout. La garce semblait parfaite, sans la moindre faille. Mais j'ai découvert son point faible, grand-père. J'ai attendu si longtemps qu'elle a fini par commettre cette unique erreur. Bientôt, très bientôt, nous récupérerons ce qui nous appartient!

Elle tendit la main pour caresser le front de son grand-père. La peau avait la sécheresse du papyrus. Elle se pencha, l'embrassa, plongea son regard dans les yeux aveugles. Elle était la dernière d'une race de grands naufrageurs et elle le rendrait fier d'elle.

41

Sans être le mariage le plus extravagant qu'eussent jamais connu les Angelines, il n'eut pas son pareil pour la joie et l'exubérance.

Après avoir délégué ses responsabilités pour Les Flots II, Rebecca se jeta dans les préparatifs. Le *Windsong,* où se déroulerait la cérémonie proprement dite, fut abondamment pavoisé. On installa des ampoules multicolores tout au long des superstructures et l'on déplaça les meubles du grand salon pour faire de la place à l'autel et aux sièges destinés aux invités. Le matin du mariage, d'immenses bouquets, des arrangements floraux furent disposés un peu partout, et le parfum s'en répandit dans le navire tout entier.

Il faisait un temps magnifique, et tout était prêt. Pourtant, Rebecca ne pouvait chasser sa nervosité. Sans cesse, elle appelait la passerelle au téléphone pour avoir un nouveau rapport sur les conditions météo. Les bureaux de la compagnie de charters qui devait amener les invités rassemblés à Miami lui certifièrent que le jet arriverait à l'heure. Rebecca alla même jusqu'à jouer quelques mesures de la *Marche nuptiale,* pour essayer le petit orgue.

Finalement, le trois mai, à deux heures de l'après-midi, la cérémonie commença. Du seuil du salon, Rebecca observait les visages attentifs. L'orgue fit entendre les premiers accords. Elle entendit Bix murmurer : « On y va ! »

Dans sa longue robe blanche, dont deux petites cousines secouées de fou rire tenaient la traîne, Bix s'engagea sur le tapis rouge. L'amiral Ryan, en grand uniforme blanc, lui donnait le bras avec une fierté toute paternelle. Près de l'autel se tenait Torrey, mal à l'aise dans sa jaquette et sa cravate gris perle, les yeux élargis comme ceux d'un enfant le jour de la rentrée des classes. Avant même l'échange des promesses, Rebecca était en larmes.

La cérémonie fut brève, comme l'avaient souhaité Bix et Torrey. Les nouveaux mariés, sitôt après, se dirigèrent vers la porte, en riant sous la pluie de riz et de confetti. Bix aperçut Rebecca et, avec un cri joyeux, lui lança son bouquet. Les fleurs montèrent très haut, et, un instant, on put craindre de les voir tomber à l'eau. Rebecca se sentit heurter à l'épaule. L'instant d'après, le bouquet se retrouvait entre ses mains. Rougissante, elle se tourna vers Eric.

— Ce n'est pas de jeu ! s'exclama-t-elle en riant. Tu t'es arrangé pour que je les attrape !

— En amour, tout est permis, murmura-t-il.

Elle serra le bouquet contre son cœur, se demanda si son destin était écrit.

Le lendemain, parmi les larmes, les étreintes, les embrassades,

Bix et Torrey partirent pour Les Flots II à Ixtapa, où ils devaient passer leur lune de miel. Tout le personnel s'y trouvait déjà, mais l'établissement ne devait pas ouvrir avant dix jours. Bix et Torrey en disposeraient seuls.

En regardant le Lear s'élever au-dessus de la baie d'Angeline, Rebecca se sentit envahie d'une profonde mélancolie. Elle se rappelait toutes les occasions où Bix et elle avaient plaisanté à propos de mariage. En dépit de l'attitude insouciante de Bix vis-à-vis de Torrey, Rebecca savait qu'elle l'aimait sincèrement et qu'elle se montrait farouchement protectrice à son égard. Mais, tout en ayant conscience que le mariage avait été inévitable, la jeune femme ne parvenait pas à en saisir la réalité. Elle se répétait sévèrement qu'elle ne perdait pas son amie. Son cœur, pourtant, lui murmurait qu'un changement essentiel s'était produit, et que, sans pouvoir exprimer de quelle manière, elle avait été laissée en arrière.

Aussitôt après le mariage, le *Windsong* retrouva son aspect habituel. Le lendemain matin, lorsqu'elle pénétra dans le grand salon, l'emploi du temps de la journée avait déjà été placé sur son bureau par sa secrétaire. Mais pourquoi Eric et Ramsey arboraient-ils ces expressions soucieuses ?

– Quelqu'un est mort ? demanda-t-elle d'un ton léger.

En jean bleu foncé, tee-shirt orangé, les pieds nus dans des sandales, elle formait un contraste saisissant avec la tenue de ses conseillers.

– Pas encore, répondit Ramsey. Mais le patient ne va pas bien.

Eric leva les yeux d'un tas de paperasses.

– Je crains qu'il n'ait raison, confirma-t-il.

Rebecca s'installa entre les deux hommes.

– Bon. Où est le problème ?

– C'est tout simple : tu commences à manquer d'argent, répondit Eric. L'exploitation des mines d'or épuise tes réserves plus rapidement que nous ne l'avions prévu. Si tu parviens à extraire du minerai dans deux mois, comme nous l'espérons, il faudra au moins une année pour que les mines soient rentables.

Il secoua la tête.

– Tu ne disposes pas de tout ce temps. A cause des tarifs réduits établis pour Les Flots II, tu vas devoir soutenir les résidences jusqu'en octobre. L'apport des Flots a diminué de cinq pour cent, ce qui signifie que tu ne peux pas compenser de ce côté.

– Et le portefeuille d'investissements ?

– Si vous deviez tout liquider – je dis bien tout –, intervint Ramsey, ce ne serait pas encore suffisant. Et, dans les conditions actuelles du marché, le moment n'est pas favorable à ce genre d'opération.

Rebecca examina les chiffres au bas des colonnes. Elle avait dépassé les limites raisonnables d'expansion. La réorganisation et la réouverture des mines avaient coûté plus cher que prévu, mais elle était allée de l'avant. Elle n'osait pas se dire que son intuition avait été de la folie.

Il me faut encore trois mois! En août, quand les prévisions d'Anthony Fabrizzi se seront réalisées...

– Et si ça ne se produit pas? dit-elle.

– Si quoi ne se produit pas, Rebecca? demanda Eric.

– Pardonne-moi, je pensais tout haut. Dans combien de temps aurons-nous besoin d'un apport de capital?

– Pas plus de trente jours, répondit Ramsey. Mais on ne peut attendre jusque-là. Il faudra plusieurs semaines pour arranger un financement d'attente.

Elle reprit son souffle, regarda ses compagnons.

– Où le trouverons-nous?

– Si tu offres le portefeuille en garantie, nous obtiendrons le tiers environ de la somme nécessaire, dit Eric, visiblement mal à l'aise. Le reste...

– Ou bien vous vous servez de votre stock d'actions des Flots ou bien vous placez des actions dans le public, compléta Ramsey. Désolé, Rebecca, mais je ne vois pas d'autre solution.

Les mots la terrifièrent. La seule idée de voir des inconnus exercer le plus léger contrôle sur son rêve lui répugnait.

– Je ne peux pas faire ça! J'abandonnerais tout ce que je me suis donné tant de mal à gagner.

– Mais non, Rebecca, expliqua doucement Eric. Nous avons calculé, Ramsey et moi, que tu retiendrais aux moins soixante-cinq pour cent des actions. Si nous émettons le stock à un prix entre cinq et six dollars, le marché le poussera immédiatement à vingt-quatre ou vingt-cinq, étant donné ta réputation et surtout la publicité dont tu as bénéficié après Contadora. La Walker te prêtera alors le solde de la somme dont tu as besoin, en se basant sur la valeur boursière de tes soixante-cinq pour cent.

Elle réfléchit un moment à sa proposition.

– Mais si, pour une raison ou une autre, le cours de nos actions baisse, je risque de perdre énormément... presque tout.

– Dès que Les Flots II auront démarré, tu pourras tout racheter, poursuivit Eric.

Elle enroulait une mèche de cheveux autour de son doigt. Elle dit, d'un ton hésitant:

– Je ne sais pas... Tout se passe si vite...

– Si vous attendez plus longtemps, les conséquences pourraient être encore plus graves, lui dit Ramsey. Quelque chose devrait céder, soit Les Flots II, soit les mines. Vous pourriez souffrir terriblement de l'une ou de l'autre solution.

– De combien de temps puis-je disposer?

– Pas plus de quelques jours, répondit Eric. Même ainsi, nous devrons travailler d'arrache-pied pour ne pas laisser le puits se tarir.

Les deux jours qui suivirent, Rebecca dormit à peine. Enfermée dans le grand salon, devant son bureau, elle passa en revue tous les détails de la situation financière des Flots. Ramsey et Eric ne s'étaient pas trompés : c'était sans issue.

La seule voie qu'elle n'avait pas explorée était Anthony Fabrizzi. Elle avait besoin d'être sûre que ce qu'il lui avait révélé allait se produire à la date prévue. Elle finit par appeler le siège du groupe Polaris à New York. Une secrétaire lui répondit qu'Anthony Fabrizzi était à l'étranger. Personne ne devait savoir où ni pour combien de temps.

Qu'il aille au diable! pensa Rebecca. Elle lutta contre le découragement. Elle avait l'impression de s'être aventurée, comme une sotte, dans un courant contraire et d'être emportée par des forces qui la dépassaient. Si seulement, dès le début, elle avait été sincère avec Eric et Ramsey. A eux deux, ils l'auraient fait enfermer plutôt que de la laisser avoir affaire à un Anthony Fabrizzi.

A la veille de son départ pour New York où elle devait annoncer sa décision, Rebecca prit un dîner solitaire sur la passerelle. Ramon et une partie de l'équipage se trouvaient à Angeline City pour une permission bien gagnée. Il ne restait que quelques hommes à bord. L'arrivée de l'hélicoptère fut pour la jeune femme une complète surprise.

Anthony Fabrizzi sauta du siège du copilote et se dirigea rapidement vers elle.

— Il faut que nous parlions.

Pas de salutations, pas d'explications.

Rebecca le fit entrer dans le grand salon, dit d'un ton caustique :

— C'est un plaisir de vous revoir, monsieur Fabrizzi... je crois.

— J'ai entendu dire que vous alliez vous trouver à court d'argent? demanda-t-il.

Il la regardait au fond des yeux, mais son visage restait impassible, comme s'il se défendait de toute émotion.

Elle eut l'impression d'avoir reçu une gifle.

— Est-ce la raison de votre présence? Vous voulez me faire une nouvelle offre pour Les Flots?

En dépit de sa fureur, elle ne pouvait contenir le désespoir qui montait en elle. S'il la savait financièrement acculée, il devait aussi savoir pourquoi. Était-ce ce qui l'avait amené? Voulait-il prendre un plaisir personnel à actionner le piège qu'il lui avait tendu?

— Nous avons beaucoup de choses à nous dire, reprit-il. J'aimerais assez boire un verre.

Sans un mot, elle désigna le bar, dans l'angle de la pièce.

Il ne me prendra rien, se jurait-elle. Je l'enverrai en enfer bien avant!

Comme s'il l'avait devinée, il se retourna, verre en main.

– Il va vous en falloir un, à vous aussi.

Trois heures plus tard, l'équipage eut la surprise d'entendre Rebecca ordonner qu'on ramenât au plus vite Ramon et les autres sur le *Windsong*, qui devrait prendre la mer aussitôt. Il fut encore plus étonné en voyant Rebecca accompagner son mystérieux visiteur jusqu'à l'hélicoptère et, sans un mot, lui tourner brutalement le dos. L'homme se glissa sur son siège, et l'appareil décolla. La jeune femme disparut dans ses appartements en insistant sur le fait qu'elle ne voulait pas être dérangée.

En reprenant sa place au centre de communications, l'officier radio trouva un message à transmettre immédiatement. Adressé à Eric Walker, à New York, il comportait seulement deux mots : ALLEZ-Y.

Rebecca avait l'impression de n'avoir jamais signé autant de formulaires. Elle participait à des réunions avec le conseil d'administration de la Banque Walker, elle passait des heures, jusqu'à l'aube, avec les gurus en législation corporative d'Eric.

Elle sentit les doigts d'Eric dénouer la ceinture du peignoir de bain et faire glisser celui-ci de ses épaules.

– Que fais-tu ?

– Tu es tendue comme un arc, murmura-t-il.

Il s'agenouilla sur le lit, derrière elle, entreprit de masser les muscles noués, entre les omoplates. Elle baissa la tête.

– Ça fait un bien ! s'exclama-t-elle.

Il s'était tenu à ses côtés durant toute l'épreuve de la paperasserie. Il avait été là aux petites heures du matin, quand, incapable de dormir, elle regardait l'aube de printemps naître au-dessus de Central Park. Il semblait savoir très précisément quand elle avait besoin de son contact, et quand la solitude était le seul remède. Il ne protestait pas lorsqu'elle ne venait pas dîner chez lui, lorsqu'elle oubliait qu'il devait venir chez elle. Mais, derrière cette sollicitude, elle sentait une question inexprimée : Voudrait-elle le prendre pour époux ? Rebecca comprenait que c'était la réponse, et non pas la question, qu'il redoutait.

Le jour où les actions des Flots furent proposées à la Bourse de New York, Eric l'emmena dans un restaurant appelé La Souricière, aux limites de Montauk. C'était une sorte de grange, où les tables étaient recouvertes de nappes à carreaux, où l'on servait le vin au litre, et dont la spécialité était le homard. Quand vint la fin de la soirée, Rebecca avait presque réussi à oublier qu'il existait un autre monde, en dehors de La Souricière. Le vacarme de l'Atlantique à l'assaut des rochers au-dessous d'eux lui donnait l'impression de se trouver à bord d'un vaisseau fantôme en route vers une destination mystérieuse.

Elle était restée silencieuse durant tout le repas. Elle regardait les autres couples, dans la salle, leur enviait leurs murmures, l'étreinte de leurs mains sur la nappe, les longs silences rêveurs, les bavardages animés.

Je me demande combien de temps je vais pouvoir continuer ainsi, pensait-elle.

Elle savait pourtant qu'elle n'avait pas le choix. Toutes ses réussites ne pouvaient chasser de son esprit ce qui restait de Skyscape, qui aurait pu, sans ses lignes modernes, passer pour des ruines mayas perdues dans la jungle au sommet de la falaise. Elle ne pouvait davantage oublier Dallas Gibson, qui était mort en essayant de l'aider. Derrière eux, perdu quelque part dans les brumes du passé, se dressait le responsable de ces horreurs. Un homme qu'il lui restait à affronter, un homme qui devrait payer pour qu'elle pût vivre sans peur.

Parce qu'elle lui devait beaucoup, parce qu'elle avait besoin de sa force pour continuer, elle tendit la main vers celle d'Eric.

– Oui, murmura-t-elle, je veux bien t'épouser.

Eric Walker était encore comme hébété lorsqu'il pénétra dans le foyer de son immeuble. Si quelqu'un lui avait posé la question, il aurait été incapable de dire ce qui s'était passé ce soir-là, ce qu'il avait mangé, comment il était rentré chez lui. Seules, les paroles de Rebecca continuaient à résonner dans son esprit. Elles avaient été tellement inattendues, tellement incroyables que, comme un idiot, il lui avait demandé de les répéter. Elle l'avait fait, et il avait compris alors qu'il ne rêvait pas.

Eric avait toujours pris grand soin de ne pas presser Rebecca au sujet du mariage. Il avait fait de transparentes allusions mais, en l'absence de tout encouragement, il avait cru qu'elles étaient tombées sur un terrain pierreux. Et voilà que, ce soir...!

Il se rappelait avoir demandé à plusieurs reprises à Rebecca si elle était bien sûre. Chaque fois, pendant qu'il conduisait, elle lui avait pris le visage entre ses mains pour lui murmurer « oui ». Il avait exprimé ses regrets de ne pas même avoir chez lui une bouteille de champagne pour célébrer l'occasion.

– Ça ne fait rien, mon chéri, lui avait chuchoté Rebecca. Je veux que tu me ramènes chez moi. Nous avons pris ce soir une grande décision, et, à mon avis, mieux vaudrait que nous soyons seuls.

Il n'osa pas s'y opposer.

– Tout va bien, monsieur Walker ? demanda le gardien de nuit, avec inquiétude.

Eric le dévisagea d'un air étrange.

– Mais oui, Charlie, bien sûr. Ça vous plairait d'assister à mon mariage ?

Sans prêter attention à l'expression ahurie du gardien, il pénétra dans l'ascenseur. Lorsqu'il atteignit la porte de son appartement, il se fredonnait un vieil air des Beatles. Il ne s'étonna pas de trouver l'appartement éclairé. Mais il reconnut aussitôt le parfum.

– Eh bien, mon ange, tu as l'air du chat qui vient d'avaler non seulement le canari mais toute la volière, fit Celeste Lambros. Ne me dis pas que tu t'es finalement décidé à poser la question, et que la petite garce a dit oui ?

42

Eric Walker était obsédé par l'ironie de la situation. Si Rebecca n'avait pas connu un tel succès avec Les Flots, la Banque Walker n'aurait jamais cherché une expansion aux Caraïbes. Et, si cela ne s'était pas produit, peut-être n'aurait-il jamais été obligé de trahir la femme qu'il aimait.

Au cours des années 60, Eric avait souhaité un développement de la Walker dans l'arène internationale. Sa pierre d'achoppement avait été le conseil d'administration. Son père, Bartholomew Walker, s'était entouré de conservateurs ancrés dans leurs convictions. Lorsqu'il s'était su atteint d'une maladie mortelle, il leur avait conféré des pouvoirs très étendus sur les opérations de la banque. Certes, Eric avait hérité du titre de président mais il était sévèrement tenu en respect quand il s'agissait de prendre des décisions.

Pendant plusieurs années, il avait rongé son frein. Lorsqu'il voulait placer la banque à l'avant-garde de la technologie, ses propositions étaient repoussées à l'unanimité. Les entreprises qui présentaient le plus léger soupçon de spéculation étaient écartées. C'était seulement le fait que Rebecca McHenry avait déposé à la Walker trente-cinq mille dollars en bon argent qui avait incité les membres du conseil à prêter à regret leur support aux Flots.

Le succès des Flots aurait dû donner à Eric le pouvoir de forcer le conseil à l'écouter. Au lieu de quoi, ses membres le tenaient toujours en laisse. Ses appointements et sa participation aux bénéfices étaient sans rapport avec le volume d'affaires qu'il apportait à la banque. D'autres banquiers de son âge, avec beaucoup moins de mérites, ramassaient trois fois plus d'argent. C'était cette humiliation par rapport à ses pairs qui l'avait finalement amené à franchir certaines limites.

L'arbitrage – l'achat et la vente des devises – constitue l'un des jeux les plus dévastateurs du marché boursier. Le dollar peut ouvrir très fort à Zurich et perdre deux points à Londres une heure après. A l'ouverture à New York, il peut s'être redressé, pour retomber quand Tokyo intervient à son tour. Ceux qui spéculent sur les devises ressemblent à des contrôleurs de l'air qui jongleraient avec une demi-douzaine de vols désireux de se poser sur la même piste au même moment. Contrairement à leurs homologues de la tour, les adeptes de l'arbitrage peuvent se faire beaucoup d'argent en quelques heures. Mais, lorsqu'un appareil s'écrase, ils sont parmi les victimes.

Eric avait toujours été fasciné par l'arbitrage. Il étudiait les marchés financiers et, sans en parler à personne, s'adonnait sans excès à la spéculation avec ses propres fonds. Le plus souvent, il gagnait, reportait ses gains sur un autre tour de la roulette. Il finit par se convaincre de son infaillibilité. Si ce don qui était le sien pouvait changer dix mille dollars en quarante mille, que ne ferait-il pas avec une mise encore plus importante?

Cette question représenta le premier pas d'Eric sur la voie du détournement de fonds.

Dans une banque moderne, il aurait eu plus de difficultés à tripatouiller les comptes des clients. Peut-être même le risque d'être découvert l'aurait-il dissuadé d'essayer. Mais, à la Walker, les procédés désuets de comptabilité, les machines vieilles d'un demi-siècle jouaient en sa faveur. Il avait accès à tous les coins et recoins de la banque et pouvait à loisir choisir ses victimes. Il agissait néanmoins avec une certaine prudence, s'en prenait par exemple aux comptes plus ou moins inactifs, remettait scrupuleusement l'argent en place dès qu'il avait fait son bénéfice.

Vint pourtant le jour où il joua et perdit. Une brusque décision du gouvernement britannique de dévaluer la livre coûta à Eric plusieurs dizaines de milliers de dollars en moins de cinq minutes. Lorsqu'il voulut à tout prix se débarrasser de ces livres dont personne ne voulait, sa perte se chiffra à plusieurs centaines de milliers de dollars.

Peu importait. La boîte à biscuits était toujours là. Sûr de se rattraper, Eric reprit ce qu'il lui fallait, retourna au jeu. En l'espace de trois semaines, il se fit successivement échauder par le franc suisse, le yen japonais, le rial iranien et même le modeste dollar canadien. Il manquait maintenant au compte de la société dans lequel il puisait plus d'un quart de million de dollars. Dès qu'il voulut y toucher de nouveau, l'alarme se mit en branle.

— Ainsi, vous allez vous marier, Rebecca et toi, murmura Celeste, en dégustant chaque mot.

Elle se renversa sur le canapé recouvert de soie blanche, ramena ses jambes sous elle et tapota les coussins.

— Si tu venais t'asseoir ici pour tout me raconter?

La joie des quelques dernières heures s'écoula comme du sable entre les doigts d'Eric.

Jamais il n'avait soupçonné que le dernier compte de société sur lequel il avait opéré des prélèvements était truqué. Il venait d'y prendre l'argent et il partait placer ses ordres d'achat et de vente quand un colosse d'allure décidée l'intercepta et le guida vers une limousine stationnée devant la Walker. Eric reconnut aussitôt Celeste Lambros.

Elle ne lui laissa pas le temps de se demander ce qui lui arrivait. D'une voix brève, dure, elle lui expliqua qu'elle savait tout de ses pertes, des comptes qu'il avait pillés et, plus particulièrement, des sommes qu'il avait escroquées à sa dernière victime. Lorsqu'elle mentionna le nom de l'homme qui se dissimulait derrière la société en question, Eric pâlit.

– Naturellement, poursuivit Celeste, d'une voix tout juste assez haute pour dominer le ronronnement du moteur, tu as le choix. D'abord, tu vas remettre en place l'argent que tu te proposais d'utiliser aujourd'hui. Plus tard, je te donnerai le nécessaire pour rétablir la balance du compte. Et je ne dirai rien à l'homme que tu as tenté de voler. Tu comprends, mon chéri, j'ai besoin que tu restes sans tache.

Comme tout escroc amateur, Eric ne cherchait à savoir ni quand ni comment Celeste avait découvert ses détournements. Il comprenait seulement qu'elle exerçait sur lui un pouvoir de vie ou de mort... et qu'elle lui offrait la vie.

– En retour, je veux que tu me dises tout, absolument tout sur Rebecca McHenry.

– C'est tout ? souffla-t-il.

– Pour le moment, mon chéri, pour le moment.

Cela s'était passé quatre mois plus tôt, juste après le retour d'Eric et de Rebecca du Vermont, à l'époque où il lui avait fait l'amour pour la première fois... Et, naturellement, ce ne fut pas tout. C'était seulement un commencement.

Au cours des quelques semaines qui suivirent, Eric eut l'impression de se trouver sur le chevalet de torture de l'Inquisition. Celeste exigeait de tout savoir de Rebecca McHenry, depuis ses projets les plus vagues jusqu'aux plus infimes détails concernant Les Flots II. Elle questionnait Eric sur la situation financière de la jeune femme, sur ses amis et ses ennemis politiques, sur la position fiscale des agences des Flots et même sur la santé de Rebecca. Au début, Eric avait tenté de se limiter à des généralités. Mais il ne tarda pas à découvrir que Celeste possédait déjà les réponses à bon nombre de ses questions. S'il essayait de tergiverser, elle dégainait aussitôt sa menace de dénonciation.

Après chaque interrogatoire, il se méprisait davantage. Il voulut se convaincre que les renseignements qu'il livrait à Celeste ne pouvaient nuire à Rebecca. Mais elle lui réservait d'autres surprises. Elle se mit à manifester un vif intérêt pour ses relations intimes avec Rebecca. Comment faisaient-ils l'amour ? A quelle fréquence ? Où ? Il brûlait de honte, tout en ne pouvant refuser de répondre. Il croyait encore que le cauchemar aurait une fin.

En tout cas, il connut un répit. A peu près au moment où Rebecca se concentrait sur la réouverture des mines d'or aux Angelines, Celeste disparut subitement. Au début, Eric, loin de s'en réjouir, se méfia. Les semaines passèrent, et il se hasarda à penser qu'elle lui avait peut-être rendu sa liberté. Il profita de l'occasion pour redoubler de ferveur auprès de Rebecca. A ses yeux, ses faiblesses ne diminuaient en rien l'amour qu'il éprouvait pour elle. Mieux encore, s'il pouvait la convaincre qu'ils étaient faits l'un pour l'autre, il serait à jamais délivré de Celeste. Celle-ci y regarderait à deux fois avant de le faire chanter, s'il avait derrière lui la puissance des Flots. Si elle essayait de lancer contre lui des accusations publiques, Eric avait la certitude qu'il pourrait convaincre Rebecca qu'il s'agissait de pures inventions. Après tout, une fois l'argent restitué, on n'y verrait que du feu...

Au moment où il s'avançait vers Celeste, cette dernière pensée changea en colère la peur qu'il avait d'abord ressentie en la trouvant dans son appartement.

– Que veux-tu? demanda-t-il d'un ton bref.

– Oh, Seigneur! La souris se met à rugir. Assieds-toi, chéri. L'arrogance ne te va pas. Voyons, dis-moi, quand est le grand jour?

– Nous n'avons pas encore fixé de date...

– Mais tu me tiendras au courant, n'est-ce pas?

– En quoi cela te concerne-t-il? Tu as eu ce que tu voulais. Tu ne peux plus me menacer.

– *Moi*, peut-être pas, chéri, riposta-t-elle d'un ton glacial. Mais je n'en dirais peut-être pas autant de mon ami.

Eric suivit son regard jusqu'à l'homme qui se tenait un peu à l'écart, les mains jointes devant lui, comme un membre d'un convoi funèbre devant la tombe.

– Ce que vous ignoriez, monsieur Walker, c'est que le dernier compte dans lequel vous avez tenté de puiser appartenait justement à une société dans laquelle j'ai une participation majoritaire, dit Anthony Fabrizzi.

Eric dut avaler la moitié du double scotch que lui avait servi Celeste pour s'arrêter de trembler. Assis sur le canapé, en face de celle qui représentait son châtiment, il posait sur elle un regard incrédule.

– Tu m'avais juré de ne rien dire à personne!

La peur, tout autant que le whisky, lui étranglait la voix.

– Si je te livrais ce que tu voulais, m'avais-tu dit, il ne serait plus question de rien.

– Anthony s'est montré très persuasif, je le crains, fit Celeste.

Il la regarda se frotter la nuque contre les doigts de Fabrizzi. Le geste était ouvertement sensuel. *Comment a-t-elle pu découvrir que je me servais de son compte?* se demandait Eric, affolé. *Quel genre d'accord a-t-elle conclu avec lui?*

– Mais les talents d'Anthony n'ont rien à voir avec ce que nous sommes venus discuter, reprit Celeste. A moins, évidemment, que tu ne te montres obstiné.

Il garda le silence. Il voulait découvrir ce qui se passait, et le meilleur moyen pour cela, c'était de laisser parler Celeste.

– Mais, naturellement, tu n'en feras rien, continua-t-elle en s'approchant de la fenêtre.

Elle désigna d'un grand geste les lumières de Manhattan.

– Regarde, Eric. Voilà ce que tu risques de perdre. Non seulement ce que tu as gagné jusqu'à présent mais tout ce que tu peux
encore acquérir. Penses-y, en écoutant ce que j'ai à te dire...
Vois-tu, je suis très heureuse que tu épouses Rebecca. J'ai ainsi la
preuve de la confiance qu'elle met en toi. C'est très important, la
confiance... Parce que tu veilleras à ce qu'elle donne ses actions
en nantissement du prêt dont elle a besoin. Je ne saurais te dire à
quel point c'est important pour toi... pour nous et pour toi, continua-t-elle. Parce que, lorsque les actions atteindront ce que nous
croyons devoir être leur apogée, il se produira un événement qui
en amènera l'effondrement.

Le verre de cristal ancien fit un bruit sourd en tombant sur le
tapis. Les cubes de glace et le whisky mouillèrent les doigts d'Eric.

– Tu ne parles pas sérieusement! murmura-t-il. Tu n'as pas les
moyens...

Anthony Fabrizzi parla enfin :

– Nous en avons les moyens, monsieur Walker. Croyez-moi,
nous les avons.

Comme si elle ne l'avait pas entendu, Celeste reprenait déjà :

– Dès que le cours dégringolera, tu auras de bonnes raisons,
toi, le banquier prudent, de faire rentrer tes fonds. Quand tu seras
en possession des actions, je ferai savoir au conseil de direction de
la Banque Walker que leur rachat m'intéresse. A choisir entre la
perspective de conserver du papier sans valeur pour eux et celle
de me l'abandonner à cinquante cents pour un dollar, les directeurs choisiront les cinquante cents. Naturellement, dès que
j'annoncerai que j'ai acheté pour le compte de Tyne & Wear et
que j'ai l'intention de liquider, la valeur des actions montera en
flèche.

Le regard d'Eric allait de l'un à l'autre. Il demanda d'un ton
suppliant :

– Mais pourquoi lui faites-vous ça? C'est monstrueux!

– Vraiment? riposta Celeste. Et que penses-tu de ce qu'elle a
fait à ma famille? Espèce d'imbécile! Tu ne sais vraiment rien de
ce que Rebecca a fait à Londres, n'est-ce pas?

Il la dévisageait sans comprendre. Certes, il avait entendu parler
du bizarre suicide d'un homme qui s'était révélé être le fils cadet
de Silas Lambros, et de l'attaque qui avait frappé celui-ci lors du
conseil d'administration de Tyne & Wear. Mais quel rapport pouvait avoir Rebecca avec la mort de Justin Lambros?

Que lui cachait-elle?

Eric lisait la vérité dans la rage froide de Celeste. Rebecca avait
sûrement joué un rôle dans les événements. Si Celeste s'était présentée seule, il aurait pu la considérer simplement comme une
folle. Mais elle avait convaincu Anthony Fabrizzi de l'aider.

Fabrizzi... Que vient-il faire là-dedans? se demandait Eric. Il
cherchait à rassembler ses arguments. L'obsession de la vengeance
fermait Celeste à tout raisonnement. Mais s'il parvenait à faire
comprendre à Fabrizzi à quel point tout cela était délirant...

– Monsieur Fabrizzi, dit-il, j'ignore quel est votre rôle dans cette histoire...

– Mon rôle, monsieur Walker, est directement lié à ce que vous m'avez contraint à faire, répondit Anthony Fabrizzi d'un ton froid. Quel genre d'homme êtes-vous donc pour venir maintenant demander de l'aide à un homme que vous avez escroqué?

Le visage d'Eric était brûlant de honte.

– Monsieur Fabrizzi...

– Ne t'humilie pas davantage, lança Celeste. Rebecca aurait dû réfléchir avant de dire non quand Anthony...

– Assez!

La voix de Fabrizzi claqua comme un coup de fouet, mais il était trop tard. Eric les dévisagea l'un et l'autre. La lumière se faisait enfin.

Contadora... Tout avait commencé ce soir-là, à Contadora. Il revoyait Rebecca quitter la piste de danse en état de choc. Elle lui avait demandé qui était Anthony Fabrizzi, et il le lui avait dit. Un peu plus tard, il l'avait questionnée. Elle lui avait dit que Fabrizzi s'était montré intéressé par le rachat des Flots mais qu'il avait paru accepter son refus. Elle n'avait plus jamais parlé de lui.

– Vous vouliez l'écarter en lui rachetant ses entreprises, n'est-ce pas? dit Eric à Fabrizzi. Cette nuit-là, à Contadora, vous lui avez dit que vous vouliez avoir Les Flots, et elle vous a répondu « non ». Mais vous teniez à les avoir d'une façon ou d'une autre, hein?

Le silence glacial d'Anthony Fabrizzi, le sourire triomphant de Celeste appuyèrent sa conviction.

– En fait, monsieur Walker, vous allez faire exactement ce que nous vous dirons. Évidemment, il vous reste une autre solution: aller trouver Rebecca McHenry pour lui expliquer que vous n'avez pas cessé de la trahir, qu'elle est sur le point d'épouser un escroc et un lâche, un homme qui prétend l'aimer mais qui...

– Assez! cria Eric. Je ne veux plus vous entendre! Je... je ne suis pas ainsi... Je n'ai pas...

Il se plia en deux, la tête entre ses mains.

– Mais non, bien sûr, vous n'êtes pas comme ça, dit impitoyablement Fabrizzi, avant de sortir de la pièce.

43

– Vous n'avez pas dit grand-chose, tout ce temps.

Le soleil couchant des Caraïbes chauffait le visage de Rebecca qui marchait avec Jewel sur la plage déserte de Windemere. Les lieux qui avaient vu la naissance des Flots étaient déserts, mis à part les artisans qui procédaient aux travaux manuels et qui, à cette heure, avaient fini leur journée.

– C'est agréable de se retrouver chez soi, dit Rebecca. Je regrette de ne pas être revenue plus tôt.

– Ça ne fait rien, fit Jewel en lui tapotant le bras.

En dépit – ou peut-être à cause – de tout ce qui se passait autour d'elle, la jeune femme avait subitement cessé toute activité. Elle avait expliqué à Eric qu'elle avait besoin de prendre ses distances. D'autre part, un travail prolongé et opiniâtre avait considérablement épuisé ses forces physiques et morales.

– Tout est en marche, à présent, mon chéri, avait-elle dit à Eric. Cette période d'éloignement m'est nécessaire, et il y a des siècles que je n'ai vu Jewel.

Il avait protesté avec plus de violence qu'elle ne s'y attendait. Lui aussi avait besoin d'elle, avait-il prétendu. Mais il la connaissait, elle ne changerait pas d'avis. Alors, il avait pris le temps de la conduire à l'aéroport. Après le décollage, le steward apporta à Rebecca une bouteille de champagne et un mot d'Eric disant combien elle lui manquait déjà.

Dans les eaux calmes du lagon, la jeune femme sentait la tension, les soucis l'abandonner comme une peau morte. Ses seules décisions importantes étaient le menu de son déjeuner, l'heure de son dîner. Et Jewel était toujours là pour bavarder avec elle.

Au début, mais seulement au début, Rebecca ne l'avait pas trouvée changée. Cependant, le pas de Jewel était un peu plus lent, tout comme son élocution. Parfois, elle s'interrompait au milieu d'une phrase, comme si elle en avait oublié la fin, et, l'instant d'après, elle reprenait le fil de son idée. Elle semblait aussi enveloppée de sérénité, de paix.

– Je ne te laisserai plus jamais aussi longtemps seule. Je te le promets, déclara soudain Rebecca.

– Oh, ma petite, ma petite!

Le rire de Jewel domina les cris des mouettes qui tournoyaient au-dessus de leurs têtes.

– Vous n'êtes jamais loin de moi. Pas dans mon cœur. Et j'ai tellement de gens autour de moi que je ne sais qu'en faire!

Cela, au moins, était vrai, Rebecca le savait. L'année précédente, elle avait fait construire à Windemere un petit bungalow pour Jewel, ce qui lui évitait d'aller et venir si souvent entre la caye et Angeline City. La Noire ne travaillait plus beaucoup aux Flots mais elle aimait toujours se rendre utile çà et là et bavarder avec les jeunes pensionnaires.

Les deux femmes arrivèrent à un énorme tronc de palmier, à demi enfoui dans le sable, et s'y reposèrent. Rebecca contemplait la mer.

– J'ai peine à croire que c'est ici que tout a débuté, dit-elle. Ça paraît si lointain.

– Il y a longtemps, confirma Jewel. Peut-être pas en années, mais en vous-même.

Entre elles, un silence s'établit, seulement troublé par la marée montante, par les sifflements, les crépitements de l'écume.

– Vous êtes venue ici pour vous guérir, reprit Jewel. Mais il y a autre chose. Alors, racontez.

– Tu n'y vas jamais par quatre chemins, hein ? fit Rebecca en souriant.

– Ne manquez pas de respect à vos aînés, riposta sa compagne.

– Très bien. Si tu y tiens... Eric et moi, nous allons nous marier.

Un instant, la jeune femme crut vraiment que Jewel allait s'évanouir. Mais celle-ci murmura, à travers ses larmes :

– Oh, Seigneur, quelle chance ! Quelle chance !

Dès le retour de Rebecca à Manhattan, Bix les invita, Eric et elle, au premier barbecue de la saison.

– Si je l'avais laissé faire, Torrey aurait fait des grillades au beau milieu de l'hiver, fit-elle. Alors, ne me dis pas que vous ne pouvez pas venir. On ne vous a pas vus tous les deux depuis des siècles. Et Lauren et Ramsey seront là aussi.

Quand Rebecca transmit l'invitation à Eric, il fut d'accord avec elle, l'occasion serait tout indiquée pour annoncer la bonne nouvelle à leurs amis.

Le temps n'aurait pu être plus parfait. Les pluies de mai avaient lavé l'atmosphère hivernale, et juin faisait son entrée sous un soleil éclatant. Dans un coin du minuscule jardin de Perry Street, Torrey retournait sur le barbecue des steaks qui, pensa Rebecca, avaient dû être taillés sur un mastodonte. Ramsey, devant le bar improvisé, dosait un peu à l'aveuglette dans un shaker la tequila, le jus de limon et le Triple-sec, pour confectionner des margaritas. Le parfum des fleurs se mêlait à l'odeur de la viande grillée assaisonnée de poivre.

– Vous êtes bien silencieux, tous les deux, cria Torrey au jeune couple.

Rebecca, étendue sur une chaise-longue, le regarda par-dessus ses lunettes de soleil, avant de se tourner vers Eric.

– On le leur dit ? murmura-t-elle.

– Alors ? insista Torrey.

Bix, qui passait près de lui, le gratifia d'un coup de spatule sur les fesses.

– Occupe-toi de ta cuisine, papa !

– Toujours sur mon dos ! marmonna Torrey. Croyez-moi, Eric, rien n'est plus pareil, une fois qu'on est passé devant l'autel !

Eric et Rebecca riaient.

– Tu crois que je vais les informer ? dit Eric. Alors qu'il a eu la gentillesse de me mettre en garde ? Tu plaisantes, je pense !

– Sale bête !

– Ça va, fit Lauren d'un ton ferme. Il y a anguille sous roche, et nous devons tout savoir. Ramsey, apporte les margaritas !

Dès que chacun fut pourvu d'un gobelet au bord frotté de sel, Lauren reprit :

339

– Alors? Nous attendons.

Rebecca poussa du coude Eric qui, timidement, annonça la nouvelle. Aussitôt, le barbecue se transforma en une véritable fête.

Durant tout le repas, Bix et Lauren accablèrent Rebecca de questions. Avait-elle déjà choisi un couturier pour sa robe de mariée? Eric et elle prévoyaient-ils une cérémonie religieuse? Combien de personnes comptaient-ils inviter, et où se tiendrait la réception? Et la date?

– Nous allons attendre le mois d'août, déclara Rebecca.

Bix, qui pensait voir son amie choisir les Angelines pour s'y marier, s'étonna de l'entendre demander à Lauren si elle et Ramsey consentiraient à leur prêter leur propriété de Long Island.

– Non que nous aurons beaucoup de monde, expliqua Rebecca. Nous tenons à une cérémonie intime. Mais c'est si beau, en août, au bord du Sound.

Lauren, qui se tamponnait les paupières, accepta aussitôt.

Pendant ce temps, les hommes offraient à Eric les fruits de leur sagesse masculine.

– Faites comme si vous saviez précisément de quoi elle parle, même si vous n'en avez pas la moindre idée, conseilla gravement Torrey.

– Et tombez d'accord avec elle, ajouta Ramsey. Ce n'est pas cher payer pour préserver la paix.

– Mais ne la laissez pas vous éloigner de vos copains, reprit Torrey. Vous devez garder votre liberté.

L'après-midi s'écoula parmi les rires et les plaisanteries. Tout en éludant les questions sur la destination du voyage de noces et les insinuations à propos d'enfants, Rebecca remarqua que Lauren et Ramsey avaient uni leurs mains. Bix, qui s'était rapprochée de Torrey, avait la tête sur l'épaule de son mari.

La réunion tirait à sa fin quand Rebecca s'éclipsa et rentra dans la maison. Quelques minutes plus tard, Bix, qui arrivait avec un plateau de vaisselle sale, entendit un bruit de verre brisé dans la salle de bains. Inquiète, elle frappa à la porte, appela Rebecca. Elle n'obtint pas de réponse et entra.

Rebecca, la tête baissée, le visage d'une pâleur mortelle, s'appuyait de tout son poids à un placard. Sur le dallage, un flacon de parfum s'était brisé. Une odeur écœurante monta aux narines de Bix.

– Becky...?

– Je me sens mieux, murmura Rebecca.

Elle fit couler l'eau froide, s'en aspergea la figure.

– Es-tu... enceinte? demanda doucement Bix.

Son amie releva la tête. Ses yeux gris étincelèrent.

– Non, ce n'est rien de ce genre...

Dieu soit loué, ajouta-t-elle intérieurement.

– Chéri... chéri, tu ne dors pas ?

Bix se retourna, plaça deux gros oreillers derrière son dos et contempla la chambre que le clair de lune inondait d'une lumière bleue. Près d'elle, Torrey, couché sur le dos, les yeux clos, respirait profondément, régulièrement.

– Je m'inquiète pour Rebecca, reprit Bix. Et pas seulement parce qu'elle a eu ce malaise aujourd'hui.

Elle enroula autour d'un doigt une mèche de cheveux, tira pensivement dessus.

– Elle aime Eric, je le sais. Bon sang, c'est peut-être seulement un effet de mon imagination ! Peut-être s'agit-il seulement de tout le travail, de toute la tension causée par cette fichue offre publique d'actions... Elle était contre, de toute façon.

A l'autre bout de la chambre, une pendule faisait entendre son tic-tac. Son cadran lumineux formait comme une nébuleuse dans la pénombre.

– Eric a changé, lui aussi. Je l'ai rencontré une fois ou deux, pendant l'absence de Rebecca. Il a maigri. Il est trop prompt à sourire. Il ne me regarde pas dans les yeux. Quelque chose le tourmente, et ce n'est pas le mariage. Il y a quelque chose, dirait-on, dans cette affaire des actions des Flots... quelque chose que personne ne sait... ou dont personne ne veut parler.

Perplexe, Bix se mordillait les lèvres. Elle sursauta en entendant la voix de Torrey.

– Tu as raison, mon chou, dit-il tout bas. Eric m'inquiète fichtrement. Je n'arrive pas à définir ce qui le tracasse, mais nous ferions bien, toi et moi, de poser quelques questions discrètes. Je ne tiens pas à voir Rebecca se casser la figure.

Bix se laissa glisser contre lui, l'entoura de son bras.

– Merci, murmura-t-elle. Je croyais être la seule cinglée de la famille.

Sous les caresses de Torrey, elle se sentit plonger dans un sommeil agité. Des images de Rebecca passaient dans son esprit. Et l'homme qui se dressait à l'arrière-plan n'était pas Eric mais Andrew Stoughton.

Un cargo en cueillette à la coque rouillée leva l'ancre, à marée haute, du port de Cartagena, en Colombie. Le capitaine de la *Santa-Maria* gouverna avec prudence le long du chenal. Une fois en haute mer, il prit un cap nord-est qui l'amènerait à contourner la côte du Venezuela, avant de piquer au nord jusqu'aux Caraïbes.

Selon le manifeste, le navire transportait des bananes, de la canne à sucre et du café. Une inspection détaillée de la cargaison l'aurait d'ailleurs confirmé. Le livre de bord prévoyait pour le cargo une demi-douzaine d'escales dans différents ports des Caraïbes où il devait charger des marchandises à destination de Miami. Là encore, rien de louche, apparemment. Les cales à moitié vides contiendraient aisément ces chargements supplémentaires. Si, pour quelque raison, la vedette des garde-côtes interceptait la *Santa-Maria,* les fonctionnaires n'auraient aucun motif valable de monter à bord. Le dossier du bateau, comme celui de son capitaine, était vierge. Le fait qu'il arborât le pavillon panaméen, qu'il fût enregistré au nom d'une compagnie nigérienne qui, à son tour, dépendait d'une société de complaisance luxembourgeoise, était monnaie courante dans le monde tout en clair-obscur du commerce maritime aux Caraïbes. Il fallait avoir une idée précise de ce que l'on cherchait et savoir où le trouver pour comprendre que le cargo était un navire de contrebande. Le capitaine avait l'assurance que personne n'était dans cette situation. S'il y en avait eu, ils étaient morts, à présent. Seuls ses employeurs étaient au courant des secrets de la *Santa-Maria.*

Toutes les banques possèdent des coffres de dépôt. La Swiss Financial Alliance a des cryptes.

Sous sa tour relativement modeste, à l'angle de Park Avenue et de la 48e Rue, se trouvent d'immenses chambres fortes, creusées à même le roc. De conception et de réalisation purement suisses, elles abritent n'importe quoi, depuis d'inestimables toiles, jusqu'à la maquette, en or massif, d'une barque de pharaon égyptien – enlevée, Dieu sait comment, d'un tombeau royal.

Les Suisses ne se préoccupent pas de tels détails. Ils ne se demandent pas non plus pour quelles raisons de tels trésors doivent être soustraits aux regards du monde. Ils se contentent de faire payer au pied carré l'espace de leurs chambres fortes et en prélèvent le loyer annuel sur les comptes de leurs clients.

Les besoins du groupe Polaris n'avaient rien d'extravagant. Les objets de valeur d'Anthony Fabrizzi tenaient aisément dans un coffre de deux pieds carrés. C'étaient les garanties de secret et de sécurité qui lui avaient fait choisir les cryptes de la Swiss Financial Alliance.

Tout client qui avait à faire dans ces cryptes était introduit dans une certaine pièce, au premier étage de la banque. Si ses objets de valeur ne pouvaient être déplacés, un cadre supérieur de la banque et un garde armé l'accompagnaient par l'ascenseur jusqu'au sous-sol. Anthony Fabrizzi remit simplement au directeur, qui rendait souvent visite, sans être joueur, à l'établissement Polaris de Bangkok, la carte magnétique de son coffre et attendit que le garde lui apportât celui-ci.

Fabrizzi se pencha pour allumer la cigarette de Celeste. Il la regarda attentivement secouer, après une seule bouffée, une cendre inexistante dans un cendrier de cristal.

– On étouffe, ici, non? dit-elle en regardant autour d'elle.

Les boiseries étaient de sombre noyer, les meubles, de style gothique, auraient pu provenir d'un château bavarois – et c'était probablement le cas. D'épais doubles rideaux interceptaient la lumière du jour que ne parvenaient pas à égaler les lustres et les lampes.

– C'est possible, acquiesça Anthony Fabrizzi. Mais c'est pour notre sécurité. Derrière ces rideaux, les vitres elles-mêmes ont été traitées de façon qu'on ne puisse nous voir du dehors – ni nous entendre. Dans cette pièce, nous pouvons parler comme il nous plaît sans crainte des conséquences.

Celeste l'observait à travers un nuage de fumée. Dans son costume trois-pièces de coupe classique, il semblait appartenir à ce cadre austère... jusqu'au moment où l'on regardait de plus près les yeux qui paraissaient ne jamais ciller... jusqu'au moment où l'on écoutait la voix où la menace perçait sous ce qui aurait pu passer pour une tranquille autorité. Toucher Anthony Fabrizzi, c'était passer le doigt sur le fil d'un rasoir.

Le garde de sécurité poussa dans la pièce le coffre plombé monté sur roulettes, rendit la carte magnétique et sortit sans bruit. Celeste regarda son compagnon insérer délicatement la carte dans une fente. La porte s'ouvrit. Combien de fois, en imagination, avait-elle senti ces doigts-là passer sur son corps, la caresser, l'explorer? Elle rêvait d'accrocher ses jambes à cette taille mince, d'enfoncer ses ongles dans ce dos musclé... Elle en rêvait en cet instant même, sans savoir que ses narines se gonflaient légèrement, que sa langue pointait entre ses dents.

Elle n'avait certes pas dissimulé ses intentions. Bien au contraire. Elle avait tout fait, sauf se mettre à genoux devant lui. Elle rougissait au souvenir d'un dîner où elle s'était laissée aller à l'une de ses rêveries érotiques. Brusquement, Anthony Fabrizzi lui avait dit : «J'apprécie votre pensée et j'en suis honoré. Malheureusement, je ne mélange jamais les affaires et le plaisir.»

Le comble du charme, se dit-elle. Transformer l'humiliation en flatterie.

Anthony Fabrizzi lui tendit un câble.

– Le navire a levé l'ancre depuis trois heures. Voici ses coordonnées actuelles. Voulez-vous appeler l'opératrice du réseau terre-mer et lui demander de vous mettre en contact?

Il comptait sur elle pour suivre ses instructions, comprit-elle. Lorsqu'ils étaient devenus des associés, il l'avait tenue au courant des moindres détails de l'opération. Il s'attendait à l'entendre poser des questions, discuter ses décisions, et elle ne l'avait pas déçu. Mais ils savaient l'un et l'autre que c'était là la base d'une confiance et d'un respect mutuels.

Celeste s'exécuta. Trois minutes plus tard, elle avait le capitaine en ligne. Elle lui donna aussitôt le mot de code, et il répondit par la formule convenue.

– Apparemment, nous sommes en bonne voie, fit Celeste en souriant. A condition que ce rafiot ne se disloque pas.

– La superstructure est merdeuse, répondit carrément Anthony, mais les moteurs sont flambant neufs. Le navire arrivera à temps là où il va.

Celeste suivait en esprit la route de la *Santa-Maria*. Après avoir contourné la péninsule de Guajira, en Colombie, elle relâcherait à Oranjestad, aux Antilles néerlandaises, sa première escale. De là, elle se dirigerait au nord-est, vers Speightstown, à la Barbade. Elle ferait route ensuite vers Saint John, sur Antigua, et Virgin Gorda, dans les îles Vierges britanniques. Enfin, le navire pourrait faire halte à Kingston, en Jamaïque, avant de se diriger tout droit sur Angeline City, sa destination finale.

À chaque escale, la *Santa-Maria* embarquerait une cargaison parfaitement régulière. Dans chaque port, elle laisserait quelque chose qui n'était pas porté sur le manifeste, un poison qui flétrirait les motels des Flots installés dans chacune de ces régions.

– Avez-vous prévenu vos gens? demanda Anthony Fabrizzi.

– Ils attendront la *Santa-Maria*, répondit-elle.

Elle chercha dans les yeux de son compagnon la moindre trace de doute ou d'inquiétude, n'en trouva aucune. Cette seconde partie du projet qui devait amener la destruction de Rebecca McHenry reposait entièrement entre ses mains.

En apprenant que les potins liaient les noms de Rebecca et d'Eric Walker, Celeste avait aussitôt entrepris la tournée de ses amis new-yorkais pour avoir des détails. À l'heure des cocktails au Waldorf, à l'heure du thé sur les pelouses minutieusement entretenues des grands domaines du Comté de Westchester, elle enfilait les informations comme des perles. L'apparente félicité que partageaient, selon tous les rapports, les deux tourtereaux écœurait Celeste. Elle commençait à regretter de s'en être informée quand, en toute innocence, la femme d'un banquier lâcha une bombe.

– Charlie me dit qu'Eric a subi de lourdes pertes sur le marché monétaire, dit-elle. Il a rudement bien fait de s'attacher à Rebecca. Le pauvre garçon est à deux pas de la débâcle.

Intriguée, Celeste changea de direction, concentra ses recherches sur la situation financière d'Eric. Elle ne tarda pas à se convaincre qu'il se trouvait, en fait, à un cheveu d'une position calamiteuse.

Si c'est le cas, pourquoi joue-t-il toujours sur le marché?

Le fait qu'Eric continuât à jouer – et à perdre – à l'arbitrage amena Celeste à soupçonner que tout n'allait pas pour le mieux à la Walker.

Peut-être n'aurait-elle jamais été en mesure de lever le voile qui couvrait le détournement sans un facteur de première importance. Plusieurs années plus tôt, Silas Lambros avait contribué pour beaucoup à étouffer un scandale qui aurait ruiné la carrière et la réputation d'un homme. Cet homme siégeait maintenant au conseil d'administration de la Walker. Celeste lui rappela le service rendu et lui exposa précisément ce qu'elle cherchait.

– Vous m'en demandez beaucoup, lui dit l'administrateur. De plus, si Eric pille les comptes pour couvrir ses pertes, mon devoir m'oblige à faire un rapport.

– Naturellement, mais seulement à moi.

L'homme secoua la tête.

– Le risque est trop grand. Si jamais l'on apprenait que je n'avais pas informé le contrôleur de la banque, je me retrouverais sur le cul.

Celeste adoucit le breuvage avec une énorme somme d'argent, la majeure partie de ses réserves personnelles. Quand l'administrateur exigea en plus le don de sa propre personne, elle n'hésita pas. Trois mois plus tard, il lui fournissait les preuves des méfaits d'Eric, et elle estima qu'elle n'avait pas payé trop cher.

L'administrateur et elle étaient étendus dans le lit monumental d'une suite au Saint-Regis.

– Si tu ne m'avais pas mis la puce à l'oreille, dit-il, il aurait pu se tirer d'affaire.

Celeste passa les doigts dans la toison grise de sa poitrine.

– Montre-moi tout.

– Je croyais l'avoir déjà fait, dit-il en riant.

Sans relever sa remarque, elle feuilleta les photocopies, étudia les colonnes de dates et de chiffres.

– Qu'est-ce que ça veut dire?

– Pour attraper un voleur, il faut d'abord penser à sa méthode, expliqua l'administrateur. Ces chiffres représentent les dépôts à long terme de la Walker. Ils proviennent pour la plupart de successions laissées à des veuves âgées. Elles sont clientes de la banque depuis des années et ne prennent jamais la peine de regarder leurs relevés. Ceux qui tiennent leurs comptes ne s'inquiéteraient pas d'entrées ou de sorties de fonds. Ils penseraient simplement que ces mouvements proviennent du désir de la banque de chercher les meilleurs taux d'intérêt. Comme tu vois, Eric y a puisé généreusement, et il va y avoir un foin de tous les diables si l'argent n'a pas été remis au moment du bilan.

– Et ça? demanda Celeste, qui faisait courir un ongle démesuré au long d'une colonne plus courte.

– C'est là que notre petit gars court les plus gros ennuis, fit l'administrateur.

Soulevé sur un coude, il caressait un sein de Celeste.

– C'est ce que nous appelons des sociétés fantômes. Elles dépendent de tant de compagnies plus ou moins fictives qu'on ne sait plus qui les contrôle vraiment. Sauf celle-ci, ajouta-t-il, en posant le doigt sur un nom.

– Polaris?

– Eric a commis une grave erreur en se servant dans ce compte-là. Il ignore sans doute qui en a le contrôle.

– Ne me fais pas attendre, je t'en prie.

– Anthony Fabrizzi.

– Fabrizzi? répéta Celeste, intriguée. Pas celui dont parlent les journaux?

– Lui-même, mon ange, dit l'administrateur.

Il gémit quand elle abandonna les papiers pour le gratifier d'une caresse très précise. Comme bien d'autres, il se méprit sur la signification de la lueur qu'il vit briller dans ses yeux.

Ayant préparé les hameçons dont elle allait se servir, Celeste avait attendu le bon moment. Eric lui avait parlé de la proposition d'Anthony Fabrizzi d'acheter Les Flots. Une autre précieuse information venait maintenant de tomber entre ses mains. Eric Walker avait, sans le savoir, pillé le compte d'une société appartenant à Fabrizzi.

Celeste avait compris qu'elle ne pouvait agir seule contre Rebecca. Elle avait à peu près épuisé tout l'argent qu'elle possédait. Même si elle avait eu des fonds disponibles, elle n'avait probablement pas les relations nécessaires pour mettre à exécution la seconde partie de son plan. Anthony Fabrizzi les avait.

Celeste avait pris rendez-vous avec lui pour lui montrer les preuves des détournements d'Eric. Ce moment-là avait constitué le point le plus redoutable de son projet. Anthony Fabrizzi était un loup solitaire. D'un seul coup de fil, il pouvait éliminer Eric Walker de la surface de la terre. Néanmoins, il avait écouté Celeste jusqu'au bout.

— Pourquoi faudrait-il que je le cloue au pilori ? demanda-t-il.

— Parce que, si nous unissons nos forces, nous pourrons obtenir ce que nous désirons tous les deux : Les Flots. D'ailleurs, ne me devez-vous pas quelque chose, pour vous avoir révélé la façon dont Eric vous volait ?

— Qu'avez-vous en tête ?

— Si vous m'aidez à enlever Les Flots à Rebecca McHenry, je pourrai chasser mon ex-mari de Tyne & Wear. Cela fait, vous recevrez quarante-neuf pour cent des actions des Flots.

— Le conseil d'administration de Tyne & Wear ne m'acceptera pas.

— Le conseil n'aura pas à le savoir. L'accord se fera entre nous.

Fabrizzi réfléchit à la proposition.

— Il est possible d'arranger quelque chose, je crois.

L'ironie la plus savoureuse vint du fait que Rebecca elle-même collabora au projet – sans le savoir. Quand Celeste apprit que son ennemie allait rouvrir les mines d'or, ce qui allait lui causer de graves problèmes financiers, elle sut que le moment était venu de frapper.

— Mon grand-père a passé toute sa vie à faire des affaires dans les Caraïbes, déclara-t-elle à Anthony Fabrizzi, lors du rendez-vous suivant. Il n'est pas un officier ou un commissaire de port qui n'ait une dette envers lui. J'ai battu le rappel, Anthony. Mes gens n'attendent plus que votre cocaïne.

— Que se passera-t-il ensuite ? demanda-t-il.

— Ils la tiendront au frais jusqu'au jour où le bateau aura fait sa dernière livraison aux Angelines. A ce moment-là, McHenry sera sur le point de signer la dernière autorisation avant que les actions des Flots soient proposées au public. Tout de suite après, la cocaïne sera introduite dans tous les motels, et les autorités seront prévenues.

— D'où arrestations en série, panique parmi la clientèle, et... rideau.

— Et dégringolade des actions des Flots, ajouta doucement Celeste.

— Selon vous, dès que Tyne & Wear annoncera le rachat des actions, celles-ci connaîtront une remontée spectaculaire, observa Fabrizzi. C'est courir un risque considérable.

— C'est ce qui se produira. Ne vous inquiétez pas.

— Je n'ai pas à m'inquiéter, fit-il. J'aurai une garantie.

Le timbre de la pendule troubla la rêverie de Celeste.

— Si vous n'y voyez pas d'inconvénient, j'aimerais en finir avec cette affaire, dit Fabrizzi.

Elle comprit l'allusion. Elle tira de son sac une grande enveloppe, la poussa vers lui sur la table. Anthony Fabrizzi la décacheta, et les parts de fondateur de Celeste s'éparpillèrent sur le bois.

Celeste serra les dents en le regardant feuilleter les papiers. Elle devait hypothéquer son droit de naissance pour s'assurer l'aide de cet homme. Fabrizzi s'était procuré la cocaïne, il en avait organisé la distribution... le tout, de sa poche.

Lorsqu'il lui avait demandé les parts en garantie, elle s'était rebellée.

— Votre cocaïne ne représente qu'une fraction de leur valeur, avait-elle protesté.

— Naturellement. Mais il faut tenir compte de mes démarches, du temps qu'elles m'ont demandé.

— Même ainsi !

Il ouvrit les mains toutes grandes, haussa légèrement les épaules.

— Si vous avez le million en liquide...

Mais elle ne l'avait pas, ils le savaient l'un et l'autre. Celeste n'avait pas le choix. Les parts de fondateur demeureraient en sécurité dans les cryptes, jusqu'au jour où elle rembourserait Fabrizzi... avec les actions des Flots.

Anthony Fabrizzi enferma les parts dans son coffre, sonna pour faire venir le garde.

— Nous devrions fêter l'occasion, dit-il. Nous pourrions dîner chez moi. J'ai engagé un nouveau chef à l'essai pour l'un de mes hôtels.

— Charmante idée, dit-elle doucement.

— J'ai demandé à Éric de se joindre à nous, continua Fabrizzi.

Quand le bout de la corde est tout proche, un type comme lui a besoin d'être rassuré. Mon chauffeur passera vous chercher l'un et l'autre.

Celeste fit la moue, soupira. Il avait raison, comme d'habitude. Eric avait besoin qu'on lui tînt la main. Mais il y aurait toujours un lendemain.

Le photographe avait acquis sa réputation au service du FBI. Il découvrit bientôt que, sur le marché public, on rétribuait ses talents dix fois plus cher que ne le faisait le Bureau. Et un client comme Anthony Fabrizzi se montrait encore plus généreux. Après avoir reçu des instructions précises, le photographe posta son assistant dans la rue, près de l'entrée du Pierre.

Quand la limousine de Fabrizzi s'arrêta le long du trottoir, l'assistant prit un rapide cliché d'Eric Walker au moment où il aidait Celeste Lambros à descendre de voiture. Le cliché suivant saisit le couple à son passage devant le portier en uniforme.

A l'intérieur, le photographe attendait. A son tour, il prit deux clichés de l'homme penché vers la femme pour lui parler ; sous cet angle, ils semblaient sur le point de s'embrasser. Un autre instantané saisit la main de la femme effleurant son compagnon. Peu importait qu'elle eût simplement voulu enlever une peluche de l'épaule de sa veste. Pour un regard non averti, le geste était indéniablement intime. Quelques autres clichés figèrent le couple à l'instant où il entrait dans l'ascenseur. Qui pourrait savoir que les cabines de cette rangée desservaient exclusivement les clients qui occupaient un appartement dans l'hôtel ?

Le photographe sortit, retrouva son assistant et héla un taxi pour regagner son studio de Greenwich Village. M. Fabrizzi avait exigé les photos pour le soir même. Et il paierait cinq mille dollars à la livraison, ce qui n'était pas un mince encouragement.

44

Chacun pouvait avancer une explication différente, mais, sans aucun doute, la coquille dans laquelle Rebecca s'était enfermée depuis son retour des Angelines avait fini par craquer. Lauren Peet, tout absorbée par les détails du mariage, attribua allégrement le phénomène au trac prénuptial.

— Si vous m'aviez vue, après la demande en mariage de Ramsey, dit-elle à Bix. J'étais une épave !

Selon Eric et Ramsey, Rebecca se tourmentait pour le lancement des Flots II.

— Dès que la première résidence sera ouverte, prédisait Eric, tout ira bien.

Le premier août, Bix arriva à Ixtapa pour l'ouverture solennelle et se trouva devant une femme totalement différente. En dépit du travail acharné que fournissait Rebecca, son amie ne l'avait jamais vue en meilleure forme.

— N'est-ce pas merveilleux? s'écria Rebecca.

Elles se promenaient dans un luxuriant jardin tropical éclairé par de grosses lanternes japonaises. La résidence était occupée non seulement par les premiers clients mais aussi par des invités et des représentants du gouvernement mexicain. Rebecca acceptait les compliments avec grâce, heureuse de voir ses efforts reconnus.

— Es-tu sûre de pouvoir supporter six autres soirées comme celle-ci? demanda-t-elle, d'un ton taquin, à sa meilleure amie.

Les ouvertures des résidences étaient prévues à deux jours d'intervalle, ce qui laissait aux deux jeunes femmes le temps de se déplacer de l'une à l'autre, de s'assurer qu'il n'y avait pas d'anicroches de dernière minute et de se reposer un peu.

— Je crois pouvoir tenir l'allure, riposta Bix, en se servant un autre rhum-coca. Es-tu certaine que tout va bien? ajouta-t-elle plus sérieusement.

— Parfaitement, Bix, crois-moi, murmura Rebecca en la serrant contre elle.

Bix n'en fut pas convaincue pour autant. Ces dernières semaines, durant lesquelles Rebecca avait passé tout son temps sur le terrain, Bix l'avait remplacée au siège de New York. Elle avait profité de toutes les occasions pour rencontrer Eric. Il lui avait paru, comme Rebecca, heureux, ouvert, surexcité par le lancement des Flots II et par la perspective du retour de sa fiancée.

Ou bien tu es le meilleur sacré comédien que je connaisse, ou bien je suis sur une fausse piste, s'était-elle dit. Pourtant, elle ne pouvait chasser de son esprit un inquiétant pressentiment, même si Torrey et elle n'avaient rien découvert sur Eric qui pût étayer leurs soupçons.

D'Ixtapa, les deux jeunes femmes s'envolèrent pour la Guadeloupe, où le préfet donna une réception en leur honneur, et où l'un de ses conseillers fit à Bix une cour éhontée.

— Comme s'il n'avait pas vu mon alliance! dit Bix.

Elles étaient en route vers Saint Kitts-Nevis.

— Pour les Français, ça représente un défi, répondit Rebecca en riant.

Après la dernière soirée d'ouverture aux Angelines, toutes deux se sentirent épuisées.

— Si nous planquions nos fesses pour quelques jours sur ce petit rafiot? proposa Bix dans un soupir.

Elle se prélassait dans la piscine à ciel ouvert du *Windsong*.

— C'est précisément ce que j'avais dans l'idée, acquiesça Rebecca. Mais, avant de me laisser aller, je ferais bien d'appeler Eric.

— Le sacrifice est toujours prévu ? demanda négligemment son amie.

— Le quinze août sera le grand jour.

Moins d'une semaine encore, pensa Bix. Et pas le moindre mot de Torrey...

Andrew Stoughton ne parvenait pas à croire qu'une femme pût être si difficile à trouver... surtout une femme comme Celeste qui, partout où elle allait, laissait derrière elle une traînée de factures et de reçus.

Celeste était à New York, il le savait. Pourtant, il n'avait pu la contacter au Waldorf, sa résidence favorite. Pendant qu'il attendait à Londres les réponses à ses appels, Andrew avait pris contact avec un certain nombre de leurs relations communes. Apparemment, tout le monde ignorait que Celeste se trouvait à Manhattan. Andrew ne savait plus à quel saint se vouer. Il ne pouvait que mijoter dans son jus.

Il négociait depuis trois mois un accord qui devait faire de Tyne & Wear l'unique transporteur par mer de la plus importante société européenne de construction. L'affaire rapporterait des dizaines de millions de dollars. Pourtant, le conseil d'administration y était opposé, sous prétexte que la société en question passait pour être en partie contrôlée par le « milieu » italien.

Andrew avait travaillé dur pour surmonter les objections du conseil. Depuis le jour où Celeste l'avait aidé à devenir président de Tyne & Wear, il s'était juré de laisser sa marque sur la compagnie, d'en accroître l'importance en même temps que la sienne propre, et cela, par tous les moyens. En outre, il avait déjà affirmé à la société de construction que l'accord se ferait. Il était averti des conséquences s'il revenait sur sa promesse.

Aussi longtemps que Celeste, appuyée sur ses parts de fondateur, lui donnerait sa voix, il était sûr de gagner. Jusqu'à présent, elle l'avait toujours fait, par intérêt personnel. Cette fois aussi, elle l'avait assuré de son appui. Mais, à deux reprises, Andrew avait dû remettre une réunion du conseil parce que Celeste lui avait fait savoir qu'elle ne pourrait pas y assister. Si elle n'apparaissait pas cette fois, Andrew était certain de perdre.

Alors, où diable peut-elle être ?

Il regardait les aiguilles de la pendule avancer sans répit vers neuf heures. Les membres du conseil allaient arriver d'un instant à l'autre. Il grinçait des dents à l'idée de leurs sourires triomphants.

Dix minutes plus tard, il commençait d'accueillir ses collègues. Tous refusèrent son offre d'une tasse de thé, repoussèrent sa proposition de commencer la séance par l'étude des questions les moins importantes. Le président de la Continental Fidelity Insurance, chef de l'opposition, déclara ironiquement :

— Une seule affaire nous intéresse vraiment, Andrew. Je vois que Celeste ne nous a pas fait l'honneur de sa présence, ajouta-t-il d'un ton sarcastique.

— Je suis sûr qu'elle ne va plus tarder...

Andrew luttait pour maîtriser sa fureur. Il ignorait même si Celeste se trouvait dans le pays.

La pendule sonna la demie. Il se vit contraint d'ouvrir la séance. Tout en maudissant Celeste, il se jura qu'elle lui paierait sa défection.

— Navrée d'être en retard, mais la circulation était abominable.

Celeste, en tailleur de toile grise, rehaussé par un chemisier d'un rouge éclatant et un large chapeau de la même couleur, faisait son entrée dans la salle comme si de rien n'était.

— Voulez-vous nous excuser un instant, messieurs? dit Andrew.

Il se leva, prit la jeune femme par le coude, l'entraîna sans douceur dans le bureau contigu à la salle du conseil.

— Où diable étais-tu? siffla-t-il entre ses dents.

— J'étais terriblement occupée, chéri.

— Occupée à quoi?

— Ça ne te regarde pas.

— Certainement si, quand tu mets mes plans en danger! explosa Andrew.

— Le vote a déjà eu lieu?

— Pas encore, mais...

— Alors, je te serais reconnaissante de te calmer, dit-elle froidement. Je t'ai promis de te donner ma voix et je suis ici pour le faire. Ne me fais pas changer d'avis.

En présence de Celeste, les hommes assis autour de la table changèrent radicalement d'expression. Leur assurance d'une facile victoire devint de la résignation. Plusieurs d'entre eux s'inclinèrent devant l'inévitable et abandonnèrent la Continental Fidelity pour voter avec Andrew. Implicitement, ils laissaient entendre ainsi qu'ils s'attendaient dans l'avenir à certaines faveurs. Mais le vote de Celeste demeurait d'une importance capitale.

— Je donne mon vote au président, déclara la jeune femme, avec un signe de tête vers Andrew.

— Vous engagerez par là vos parts de fondateur, je suppose, dit le président de la Continental Fidelity.

— Naturellement.

— Vous êtes toujours en possession de ces parts?

La colère de Celeste explosa.

— Que sous-entendez-vous?

Surpris, l'homme battit des paupières.

— Miss Lambros, ma question était une simple formalité. Si vous voulez bien vous le rappeler, nous sommes obligés de vous demander si vous disposez toujours des parts de fondateur.

— Personne d'autre n'en disposera jamais.

— Le voyage a fatigué miss Lambros, je crois, intervint Andrew. De toute manière, la motion est adoptée, je pense?

Il n'y eut pas de protestation. Celeste déclara qu'elle devait partir sans attendre la fin de la séance. Andrew profita de l'occasion pour l'accompagner jusqu'à l'ascenseur, avant de passer dans son bureau pour téléphoner.

Tu ne les as plus ! Bon Dieu, il est arrivé quelque chose, et tu ne les as plus ! Ses doigts tremblaient en composant le numéro.

S'était-il trompé ? Il ne le croyait pas. Il se rappelait les imperceptibles nuances que Celeste ne pouvait contrôler lorsqu'elle mentait ; le très léger changement dans le timbre de sa voix, la façon dont ses yeux passaient d'un objet à un autre, comme de minuscules créatures désireuses de s'échapper.

Et elle a failli perdre son sang-froid. Qu'aurait-elle fait, s'ils avaient décelé son mensonge, s'ils l'avaient contrainte à présenter les parts ?

Alan Ballantyne décrocha à la troisième sonnerie.

– Monsieur Ballantyne, quel genre de relations avez-vous à New York ? demanda Andrew sans préambule.

– Excellentes, monsieur Stoughton. Scotland Yard travaille la main dans la main avec la police de cette ville.

– Mon ex-épouse y a passé pas mal de temps, dernièrement. J'ai des raisons de croire qu'elle y a perdu ou cédé quelque chose qui a pour elle une grande valeur. Je vous serais reconnaissant si vous pouviez me fournir des détails.

– Savez-vous où était descendue miss Lambros ?

– Au Waldorf. Je soupçonne des financiers d'être dans le coup. Un banquier, peut-être. Je n'en suis pas sûr, évidemment, mais ça pourrait vous aider.

– C'est bien possible, répondit le détective. Je pars immédiatement, monsieur Stoughton. Je vous contacterai dès que j'aurai des informations.

– Il pourrait être important de faire vite.

– C'est toujours le cas, monsieur Stoughton, dit doucement Alan Ballantyne.

Rebecca et Bix revinrent à New York le onze août. Alan Ballantyne s'y trouvait déjà depuis plusieurs jours.

A la nouvelle qu'Eric devait se rendre en Californie pour affaires, Rebecca avait joué un instant avec l'idée de l'y rejoindre. Finalement, elle avait décidé de passer ce temps-là au siège des Flots, où le travail s'était accumulé en son absence.

Quand le téléphone sonna, Bix venait tout juste de défaire ses valises et elle souhaita n'être jamais arrivée. C'était Torrey, et il avait quelque chose à lui montrer.

Alan Ballantyne n'avait pas à se plaindre. Dès son arrivée, il s'était rendu tout droit au quartier général de la police new-yorkaise. Un collègue l'y attendait. Le policier britannique et le lieutenant américain, un colosse nommé Martin Essenheimer, avaient naguère travaillé ensemble sur un vol de bijoux d'envergure internationale. Ils étaient devenus amis intimes. Ils partageaient une même passion pour la pêche au saumon et pour les échecs auxquels ils jouaient par correspondance. Essenheimer écouta la requête de Ballantyne, passa quelques coups de fil et donna rendez-vous à son ami à la fin de la journée.

En moins de quarante-huit heures, Alan Ballantyne possédait la liste de tous les endroits que Celeste Lambros avait appelés du Waldorf. Il découvrit alors que la plupart des appels avaient été adressés à Eric Walker, chez lui ou à sa banque, et à Anthony Fabrizzi, à son numéro privé. Il y avait eu aussi une communication pour le groupe financier de la Swiss Financial Alliance.

– Elle a des petits copains intéressants, votre belle dame, grogna Essenheimer. Je me demande quel lien il y a entre elle et eux.

Allan Ballantyne se posait la même question.

– Martin, qu'est-ce qui rapproche généralement un banquier prétendument honorable et un homme de réputation douteuse? demanda-t-il.

Après un moment de réflexion, le lieutenant répondit par une autre question :

– A qui s'adresse, en désespoir de cause, un banquier prétendument honorable – comme s'il en existait – quand il s'est foutu royalement dans la merde ou qu'il a commis une saloperie?

– Précisément ce que je pensais. Avons-nous le moyen de savoir si M. Walker est tombé dans l'une ou l'autre catégorie?

Vingt-quatre heures plus tard, la réponse arriva. Un collègue d'Essenheimer, bien placé dans les services de renseignements de la Federal Reserve, découvrit une pépite d'or.

– Notre gars a pris une raclée sur les marchés monétaires, on dirait, remarqua le lieutenant.

– Mais il s'est débrouillé pour couvrir ses pertes, murmura Ballantyne.

– Grâce à « qui vous savez ». D'après Washington, la Banque Walker a les mains propres. Personne n'a falsifié les livres ni écumé les comptes.

– Quand a eu lieu la dernière vérification?

– Il y a plusieurs semaines.

– Impossible, par conséquent, de dire si l'argent aurait pu être remplacé avant la vérification.

Essenheimer haussa les épaules.

– On ne peut rien prouver.

– Peut-être est-ce sans importance, suggéra Ballantyne. Peut-être miss Lambros et M. Fabrizzi sont-ils les deux principaux personnages de cette comédie.

– Là, je suis en mesure de vous aider, déclara le lieutenant, avec un large sourire.

– Voyons un peu?

– Tous les services sans exception ont mis Fabrizzi sous surveillance et son téléphone sur écoute. Nous, nous avons fait mieux.

Essenheimer baissa la voix.

– Si un seul mot sort d'ici...

– Martin, vous me connaissez, protesta Ballantyne.

– Nous avons réussi à planquer un type dans ce fromage de gruyère de la 48e Rue. Il pourra nous dire ce que la souris et Fabrizzi faisaient là.

– Superbe, dit poliment Ballantyne. Mais qu'est-ce que ça nous fournira de substantiel ?

– Le type possède aussi un double de la carte magnétique qui ouvre le coffre de Fabrizzi.

Cette fois, Ballantyne fut impressionné.

Cinq jours après avoir dépêché Alan Ballantyne à New York, Andrew Stoughton reçut un télex avec une liste de numéros. Il était signé F.S.

Andrew fit prendre dans la chambre forte de Tyne & Wear les numéros de série des parts de fondateur. Il les compara à ceux du télex. Tout concordait.

En moins d'une heure, il était en ligne avec le détective. La substance de leur conversation le convainquit de prendre le premier vol pour New York.

– Je ne peux pas y croire! Que fait ce salaud avec elle ?

Pour une fois, la photo qui illustrait la rubrique des potins du *New York Post* était exceptionnellement nette. On y reconnaissait sans doute possible Eric Walker et Celeste Lambros, qui entraient dans un ascenseur. Près d'eux, un chasseur portait la tunique au blason du Pierre. Comme si ce n'était pas suffisant, le chroniqueur identifiait l'hôtel, dans un commentaire effronté à propos du prochain mariage d'Eric Walker avec Rebecca McHenry et terminait sur une question faussement innocente sur ses relations avec Celeste Lambros.

Torrey poussa le journal à travers la table de la cuisine.

– J'ai trouvé ça dans mon bureau. Un des petits avait dû l'oublier. Rebecca est au courant, tu crois ?

– Elle n'achète jamais le *Post*.

Torrey retourna sa chaise, s'y assit à califourchon, les bras appuyés sur le dossier.

– Qu'as-tu l'intention de faire ? questionna-t-il doucement. On lui montre ça ?

– Jésus! je n'en sais rien, s'écria Bix.

Elle passait les mains dans sa crinière rousse.

– Peut-être est-ce sans importance, suggéra-t-il gauchement. Ils ont pu conclure une affaire à un moment quelconque...

– Tu n'en crois rien, pas plus que moi.

Là-dessus, tu as raison, pensa Torrey.

– Dans deux jours, médita tout haut Bix, Rebecca signe les derniers documents pour l'émission publique des actions des Flots.

Deux jours après, Eric et elle se marient. Alors, que diable fait-il dans un hôtel avec Celeste Lambros?

– Ce n'est pas l'émission qui est en cause, fit Torrey. C'est Ramsey qui s'occupe des papiers. Si Eric tentait une manœuvre louche, il aurait déjà été épinglé.

– Je sais, dit Bix, torturée. Nous devrions peut-être parler à Eric... avant de dire quoi que ce soit à Rebecca. Oh, Torrey, je ne supporterai pas de la voir souffrir une fois de plus! Pas après ce que lui a fait Andrew.

Il était facile, elle devait le reconnaître, de trouver des circonstances qui innocentaient Eric. Le Noël qu'ils avaient passé tous les quatre dans son chalet, par exemple, et les bons moments qu'ils avaient connus, avec Lauren et Ramsey, à l'appartement de Perry Street. Bix avait été émue devant la sollicitude d'Eric à l'égard de Rebecca.

Il n'avait pas pu jouer à ce point la comédie, se disait-elle. Rebecca lui avait conté la façon dont Eric était venu à son secours au club de Ramsey. C'était arrivé avant qu'ils se fussent liés tous les deux. Depuis, Rebecca avait trouvé la joie dans les attentions dont l'entourait Eric, dans les petites choses qui prouvaient à une femme qu'elle était aimée, les fleurs, les appels au téléphone, les visites surprise, les petits cadeaux...

Si je montre la photo à Rebecca, et si Eric peut en fournir une explication parfaitement raisonnable, rien ne sera plus jamais pareil entre nous. Jamais plus elle ne me fera confiance... Il faut pourtant bien que je fasse quelque chose!

Torrey entoura de ses bras sa jeune épouse, la serra contre lui.

– Cette histoire te déchire, et je ne veux pas de ça, dit-il. Nous allons essayer tout de suite de trouver Eric. Si nous n'y parvenons pas, je file vers la Côte et je lui parlerai là-bas.

Bix leva les yeux vers lui.

– Je veux avoir tort. Je t'en prie, dis-moi que j'ai tort.

Finalement, Torrey prit l'avion pour Los Angeles, afin d'essayer d'y trouver Eric. Bix avait utilisé le nom de Rebecca pour arracher à la secrétaire particulière du banquier des précisions sur les tenants et aboutissants de son patron. Mais Eric ne se trouvait jamais au Beverly Hotel et il venait toujours de quitter une réunion quand Bix finissait par entrer en contact avec ses associés. Jamais il ne répondait à ses messages.

– Ça ne me plaît pas, dit-elle, trois jours avant la signature.

– Plus un mot, mon ange, répondit Torrey.

Le soir même, il partait.

En attendant l'appel de Torrey, Bix passa le plus clair de son temps avec Rebecca, au siège des Flots. En l'absence de leurs compagnons, les deux femmes déjeunaient et dînaient ensemble. Devant l'attitude insouciante de Rebecca, Bix était convaincue que son amie n'avait pas vu le numéro du *Post*. Elle posa quelques questions prudentes sur ce que faisait Eric en Californie, reçut de vagues réponses à propos d'une affaire à conclure avec des banques de la Côte Ouest.

Elle ne se doute de rien! pensait Bix. Quand, enfin, Torrey l'appela, il n'y avait pas de quoi se réjouir. Eric avait quitté Los Angeles pour Sacramento, afin de s'y entretenir avec de hauts fonctionnaires. Torrey s'y rendait à son tour, mais il ne comptait pas trop rejoindre Eric avant que celui-ci rentre pour le quatorze août.

Bix ne pouvait rien faire, sinon regarder s'écouler les heures. Finalement, le matin du quatorze, après une nuit sans sommeil, elle décida qu'elle devait parler à quelqu'un. Son ultime espoir était Ramsey Peet.

— Salut, Bix, fit gaiement la réceptionniste. Nous nous demandions où vous étiez. Pourquoi ne pas entrer directement? Je vais sonner la secrétaire de M. Peet pour dire que vous êtes en route.

Bix, perplexe, s'engagea rapidement dans le couloir.

— Vous venez de les manquer, lui dit en souriant la secrétaire de Ramsey.

— J'ai manqué qui?

— Eh bien, Rebecca et Eric. Ils sont partis depuis quelques minutes...

— Où est Ramsey? cria Bix.

La secrétaire eut un mouvement de recul.

— Dans son bureau...

Bix se précipita vers la porte à double battant, entra sans frapper.

— *Qu'est-ce qu'Eric est venu faire ici?*

Ramsey Peet fit mine de se lever.

— Il est rentré de la Côte Ouest plus tôt que prévu, dit-il avec humeur. Les papiers n'attendaient plus que la signature de Rebecca... Elle les a signés. Eric et elle sont probablement allés fêter l'occasion. Mais Bix, qu'est-ce qui vous prend...

— C'est *impossible*, dit-elle. Où sont ces papiers?

— Mais si, Bix, elle a signé, insista Ramsey. Pour l'amour du ciel, je l'ai vue faire. Tout de suite après, un messager spécial les a emportés pour les enfermer dans la chambre forte de la Banque Walker.

— Jésus! hurla Bix, avec une telle fureur que Ramsey tressaillit. Vous rendez-vous compte de ce que nous lui avons laissée faire?

45

— Comment appelles-tu cet endroit?

— Cayos de la Fortuna. En fait, ça fait partie de toutes les petites îles que tu vois là-bas, et qui sont connues sous le nom de Cayos Cochinos.

– Les îles aux cochons?

Rebecca se mit à rire. Elle contemplait les formations coraliennes qui formaient de petites taches sur l'océan autour de la plus grande, Cayos de la Fortuna, en forme de larme.

– À en croire la légende, Cortés et d'autres conquistadores se sont essayés ici à l'agriculture et à l'élevage. Jusqu'à l'arrivée de Morgan, qui en a fait un repaire de pirates.

– Ah! fit Eric, une lueur dans les yeux. Ainsi, nous avons pour compagnie des trésors enfouis et des fantômes de boucaniers. Ces voleurs ont dû connaître une belle réussite pour s'offrir une maison comme celle-ci.

Il désignait d'un grand geste la longue terrasse qui dominait Half Moon Blight et la maison basse, de style hacienda, où Rebecca l'avait amené la veille au soir.

– C'est généralement le cas des voleurs, dit-elle. Pour un temps, du moins.

Le jour précédent, tout de suite après la signature des papiers, elle avait emmené Eric directement de Wall Street à l'aéroport de La Guardia. Quand Eric avait protesté en riant qu'il n'avait même pas un sac de voyage, elle avait répondu qu'il n'avait besoin de rien d'autre que son passeport.

Ils avaient pris le vol du soir pour Miami et, de là, un autre avion qui les avait déposés à La Ceiba, sur la côte du Honduras. Un bateau les y attendait qui les conduisit jusqu'à Cayos de la Fortuna.

– Quelles autres surprises me réserves-tu? avait demandé Eric, tandis que Rebecca lui faisait visiter la maison élégante, construite en pierre du pays et en acajou.

– Tu verras demain, avait-elle répondu...

– A qui appartient cet endroit? questionna-t-il en regardant la jeune femme apporter un plateau de café accompagné de petits pains chauds.

– A un ami.

– Quelqu'un que tu as rencontré à Contadora?

Elle avait mentionné que l'île était une propriété privée. Bon nombre de politiciens d'Amérique centrale et d'Amérique du Sud, Eric le savait, possédaient de petites retraites comme celle-là, financées par la générosité de pauvres contribuables, par l'intermédiaire du trésor national.

Eric, détendu, respirait avec plaisir l'arôme du café frais mêlé au parfum des fleurs qui poussaient à profusion le long de la terrasse. Il était revenu un jour plus tôt de la Côte Ouest à cause de tous les messages laissés à son intention par Bix et par Torrey. Un sixième sens lui disait que ces messages annonçaient de mauvaises nouvelles. Il n'avait pas l'intention de courir de risques. Aussi avait-il pris le premier vol pour New York. Il avait surpris

Rebecca et, à son grand soulagement, il avait pu constater que rien n'avait changé. Elle n'avait pas dit mot lorsqu'il lui avait suggéré de signer immédiatement les papiers.

Il en avait donc été ainsi. Eric, l'âme vide, avait regardé la femme qu'il aimait perdre, en quelques traits de plume – la plume qu'il lui avait lui-même tendue –, tout ce qu'elle possédait. Il s'était imaginé qu'au tout dernier moment, il lui arracherait le stylo, déchirerait les documents. Il s'était vu tout lui avouer, lui faire comprendre qu'il avait été pris au piège et qu'en fin de compte, il avait préféré se sacrifier pour elle... et gagner son pardon.

Mais rien de tout cela n'était arrivé. En regardant Rebecca, se rappelait-il, il n'avait songé qu'à Celeste. Quand laisserait-elle tomber sa bombe, et quelle forme prendrait celle-ci ? Peu importait, en réalité. Il n'abandonnerait pas Rebecca. Dans le maelstrom qui suivrait, quand elle aurait tout perdu, quand elle se retrouverait seule, il serait à ses côtés. Elle aurait perdu son rêve, mais il s'efforcerait, sa vie durant, de lui offrir des compensations. Et jamais elle ne saurait qu'il était responsable de sa chute.

Il prit soudain conscience du regard de Rebecca fixé sur lui, et changea de position dans son fauteuil. Il sourit à la jeune femme, prit sa tasse et remarqua alors qu'elle avait disposé un troisième couvert.

– Nous attendons quelqu'un ?

Elle tendit le bras vers un point, dans le ciel. Eric entendit faiblement le bruit d'un moteur. L'hydravion décrivit une courbe descendante, se posa impeccablement derrière le récif et, prudemment, s'avança vers le bateau qui l'attendait.

– Bix et Torrey ? demanda Eric.

Rebecca secoua la tête.

– Une surprise.

Quelques minutes plus tard, il regardait avec un intérêt modéré un homme sauter sur la jetée et gravir vivement les marches de bois qui menaient de la plage à la maison. Il portait une serviette de cuir, et Eric en conclut qu'il s'agissait d'une sorte de coursier.

– Ne me dis pas que tu t'es fait apporter du travail ! protesta-t-il.

Elle ne répondit pas. Lorsqu'elle accueillit le visiteur, Eric le regarda de plus près. Il lui rappelait quelqu'un... Mais oui ! C'était le messager assermenté de la Walker qui avait transporté les papiers du bureau de Ramsey à la banque.

– Je ne pensais pas vous voir ici, dit Eric en se levant.

L'homme ne parut pas le voir. Il ouvrit les bracelets d'acier qui reliaient son poignet à la serviette. A l'aide d'une seconde clé, il ouvrit la serviette elle-même.

Toute couleur abandonna le visage d'Eric.

– Non, ce n'est pas possible ! s'écria-t-il. Rebecca, que se passe-t-il ?

Elle ne prit même pas la peine de lever les yeux. Elle examinait les documents qu'elle avait signés à New York.

– Que diable faites-vous ici ? questionna-t-il, en se rapprochant du messager.

Une arme apparut dans la main de l'homme.

– S'il vous plaît, monsieur Walker, éloignez-vous de miss McHenry et de la serviette.

Eric obéit immédiatement, avant de s'empourprer de rage.

– Espèce de stupide enfant de salaud ! hurla-t-il. A qui croyez-vous donner des ordres ? Vous êtes à mon service !

– Non, Eric, déclara Rebecca, d'une voix si glaciale, si dépourvue de pitié qu'il en frémit. Il travaille pour le département du Trésor. Nous ferions bien de rentrer, maintenant, je crois. Je tiens à te faire entendre quelque chose.

– Bon Dieu, Tony, il me faut des réponses !

La vedette roulait et tanguait sur une mer agitée, au large de La Ceiba. Celeste, qui avait horreur de l'océan, était en proie à un malaise croissant. Près d'elle, apparemment indifférent à la houle brutale, Anthony Fabrizzi tenait la barre.

– Bientôt, Celeste, très bientôt, je vous le promets.

Celeste se laissa tomber sur la banquette en skaï, s'accrochant à la lisse. Elle était très pâle, et ses cheveux trempés lui collaient au front. Elle tremblait de tout son corps, à la fois de peur et d'épuisement. Mais elle le savait, même si elle avait pu dormir la nuit précédente, elle aurait été dans le même état.

Le cauchemar avait éclaté la veille, en début de soirée, alors que Celeste s'était déjà enfermée dans son appartement du Waldorf. Après avoir commandé un dîner léger, elle s'était installée pour attendre les appels de ses gens, aux Caraïbes. Tout de suite après le coup de téléphone d'Eric Walker, qui lui annonçait que Rebecca avait offert ses actions en garantie du prêt, Celeste, à son tour, avait appelé Anthony Fabrizzi pour lui demander de transférer la cocaïne.

Le premier appel, en provenance des Antilles néerlandaises lui était parvenu à l'heure prévue. Mais le message n'était pas celui que Celeste attendait. L'agent maritime qui servait Tyne & Wear depuis des années était en pleine hystérie. Il appelait du commissariat de police d'Oranjestad et bredouillait qu'il avait été arrêté pour détention de drogue. Il réclamait l'aide de Celeste. Sinon...

A peine avait-elle eu le temps de rassembler ses idées que le téléphone sonnait de nouveau. Il s'agissait cette fois de l'agent d'assurance de Speightstown, à la Barbade. La police, munie d'un ordre de perquisition, s'était introduite dans ses bureaux et avait découvert trois kilos de cocaïne dans son coffre. L'agent était hors de lui. Il avait une femme et des enfants, une réputation à protéger. Qu'allait faire Celeste... ?

Elle raccrocha sans répondre, les nerfs tendus comme les cordes d'un violon. Le téléphone se remit à sonner.

Chaque fois, c'était la même nouvelle. Sur Antigua, sur Virgin Gorda, à Kingston, à Angeline City, ses contacts étaient arrêtés l'un après l'autre, parfois dans les minutes qui suivaient la livraison de la drogue. Elle entendait des appels à l'aide, des demandes d'avocats, d'argent, et même, une fois, des menaces voilées.

Sachant que la police pouvait être à l'écoute, Celeste prenait immédiatement ses distances avec ses correspondants. Ses expressions de surprise et d'effroi étaient sincères, étant donné l'ampleur de la catastrophe. Mais les termes employés suggéraient qu'elle n'avait pas la moindre idée de ce qui se passait. Elle assumait le rôle du bon Samaritain, promettait à chaque correspondant qu'elle allait faire de son mieux pour lui venir en aide. Elle savait qu'elle devait offrir quelque chose, fût-ce un faux espoir, à ces gens désespérés qui, parce qu'ils travaillaient pour Tyne & Wear, comptaient sur elle. Sinon, pensait-elle, ils me vendront pour tenter de sauver leur peau.

Deux heures venaient de sonner, le lendemain matin, quand Celeste s'était sentie assez calme pour appeler Anthony Fabrizzi. Il était déjà au courant de toute l'affaire.

— Je veux que vous vous trouviez à l'aéroport de Newark dans une demi-heure, lui dit-il. Ne posez pas de questions. Soyez là-bas, c'est tout.

La vedette glissait maintenant sur les eaux calmes qui entouraient Cayos de la Fortuna. Celeste se demandait ce qui l'attendait exactement. Dans l'avion qui les avait amenés, Anthony Fabrizzi, en dépit de la colère et des questions pressantes de la jeune femme, n'avait pas dit un mot.

Quand ils furent sur la jetée, elle le saisit par le bras.

— Que faisons-nous ici? lui cria-t-elle. Où sommes-nous?

— Allons, Celeste, venez avec moi.

— Je ne ferai pas un pas de plus si vous ne me dites pas comment vous comptez réparer ce fiasco!

— Comment je compte le réparer? fit-il calmement. Pourquoi ferais-je quoi que ce soit?

— Vous étiez responsable de cette expédition...

— Et je m'en suis tenu à mon rôle. Je vous ai procuré la cocaïne, j'en ai organisé la livraison. Mes gens ont accompli leur tâche, Celeste. Les vôtres se sont fait arrêter.

— Mais ça ne veut rien dire! Vous dirigiez l'opération. Vous en étiez responsable. Non, Anthony, vous ne vous tirerez pas d'affaire comme ça. Vous avez échoué. Je veux récupérer mes parts de fondateur!

— Il n'en est pas question, dit-il avec une tranchante suavité. Je vous le répète, j'ai tenu mon rôle dans l'affaire. Quant à vous, semble-t-il, vous avez joué de malchance. Cela ne veut pas dire que vous devez pour autant récupérer vos parts. Après tout, je les ai acceptées en garantie. Les affaires, c'est ça, ma chère.

Pour la première fois depuis qu'elle avait fait la connaissance d'Anthony Fabrizzi, Celeste comprit pourquoi elle l'avait trouvé si attirant. Tout au fond d'elle-même, il lui faisait peur.

— Ce que j'ai tenté de faire ? Mais quoi ? Rebecca...

Conscient de la présence de l'agent au bout de la terrasse, Eric s'efforçait de modérer sa voix. La mine sévère de Rebecca lui montrait qu'elle ne croyait pas un mot de ce qu'il lui disait.

— Rebecca...

Elle lui mit sous les yeux la photo découpée dans un journal où on le voyait au Pierre avec Celeste.

— Celeste était-elle votre maîtresse, Eric ? Est-ce pour elle que vous avez voulu me ruiner ?

— Mais non, rien de ce genre ! s'écria Eric. Tu ne comprends pas...

— Et vos détournements, ce n'était pas pour elle non plus ? poursuivit-elle impitoyablement. Non. Cela au moins, j'en suis sûre. A ce moment-là, vous étiez déjà dans les ennuis jusqu'au cou.

Brusquement, Rebecca prit entre ses mains le visage d'Eric. Ses yeux brillants de larmes étaient à quelques millimètres des siens.

— Il faut tout me dire, Eric ! Après tout ce que tu m'avais promis, juré... pourquoi ? Quand tu as eu des problèmes, pourquoi n'es-tu pas venu me trouver ? Pourquoi a-t-il fallu que tu voles... avant de courir demander de l'aide à cette femme ?

— Est-ce tellement important ? Ne comprends-tu pas que je t'aurais soutenue...

Elle recula d'un pas, lui jeta à la figure :

— Pas de foutaises ! N'avez-vous donc aucune sensibilité ? Êtes-vous incapable d'imaginer la souffrance avec laquelle j'ai dû vivre tous ces derniers mois ?

Eric en resta bouche bée.

— Des mois...

— Je sais tout depuis le jour où je vous ai donné mes instructions pour l'offre publique des actions. La souffrance date de ce jour-là, Eric... J'ai dû mentir à ceux que j'aimais. J'ai dû inventer des fables, et non seulement ils y ont cru mais ils y ont participé... Et j'ai dû moi-même jouer un rôle, à chaque heure du jour. La souffrance, Eric... Si seulement vous compreniez ce que vous m'avez obligée à faire.

— Toutes les fois que nous faisions l'amour, jouais-tu un rôle, là aussi ? demanda-t-il durement.

— Je vous aimais, dit-elle doucement. J'avais appris à vous aimer à cause de tout ce que nous avions partagé. Parce que je croyais à votre honnêteté comme à votre amour pour moi. Mais vous n'avez pas fait confiance à mon amour. Vous n'avez pas trouvé le courage de m'expliquer dans quelle situation vous étiez, de me dire que vous aviez besoin de mon aide. Vous m'avez trompée et, pour vous sauver vous-même, vous auriez laissé Celeste me détruire. Je n'éprouve plus que de la pitié pour vous.

Eric, détourné, contempla la mer un moment, avant de déclarer à Rebecca, sans la regarder :

– Vous avez encore besoin de moi. Sans moi, Les Flots... tout ce que vous avez édifié... est perdu. A jamais. Vous avez besoin de l'argent de la Walker.

– Que faites-vous du projet de Celeste de faire dégringoler mes actions ?

Eric se raidit, sans pourtant perdre son sang-froid. Il n'était plus question de dissimuler.

– Si quelqu'un peut convaincre Celeste de renoncer à sa folie, c'est moi, moi seul...

– Vous ne le pouvez pas, Eric, et vous le savez !

– Alors, je suis le seul qui puisse vous aider à tout reconstruire, dit-il, sans quitter des yeux l'agent fédéral. Personne ne peut prouver les détournements. Ma position est bien assurée. La vôtre ne l'est pas. Même si vous tentiez de vous décharger des opérations minières, vous n'en tireriez pas assez d'argent pour sauver Les Flots. L'or vous a aveuglée, Rebecca. Tous ces projets altruistes...

– C'est inexact, fit-elle. Vous n'avez pas appris la nouvelle, je pense.

Elle rentra dans la maison, revint avec un magnétophone à piles, y glissa une cassette.

– L'annonce a été diffusée sur les ondes il y a deux heures. Vous ne devriez avoir aucun mal à reconnaître la voix.

Avec une stupeur croissante, Eric Walker écouta le président des États-Unis, Richard Nixon, déclarer que, dès cet instant, l'indexation historique de l'or sur le dollar était rompue. Les investisseurs n'auraient plus la possibilité d'échanger des dollars contre de l'or au taux invariable de trente-cinq dollars l'once. Le président affirmait solennellement que cette décision n'aurait aucun effet sur le système monétaire international créé par la Conférence de Bretton Woods en 1944. En fait, ce serait tout le contraire...

Espèce d'imbécile ! hurlait silencieusement Eric. *Qu'as-tu fait ?*

Mais il connaissait déjà la réponse. Libéré de son lien avec le dollar, l'or allait monter vertigineusement et déprécier le dollar dans son envol. Parmi les millions d'individus qui en souffriraient, il voyait son propre visage, soudain anonyme. Et, de l'autre côté du miroir, se trouvait Rebecca, avec les montagnes d'or que son père avait découvertes, et qui, par la force de quelques mots, étaient tout à coup devenues le rêve d'un Midas.

– Tony, je vous en prie, haleta Celeste. Attendez un peu.

La rude montée vers la maison l'avait épuisée. Appuyée à la balustrade de la terrasse, elle sentait sa tête tourner.

Fabrizzi n'avait pu parler sérieusement en lui annonçant qu'il ne lui rendrait pas ses parts. Elle ne pouvait y croire. Elle luttait contre l'affolement, faisait appel à tous les artifices qui l'avaient si bien servie par le passé. Elle se rapprocha de Tony, passa son bras sous le sien, effleura du bout des doigts les muscles durs. D'une voix lente et sourde, dont le souffle venait caresser l'oreille de son compagnon, elle murmura :

— Chéri, vous me faites peur, et je sais que ce n'est pas votre intention.

Doucement, comme s'il guidait un enfant, Fabrizzi, après s'être dégagé, conduisit Celeste jusqu'à la table. Il s'éloigna ensuite vers l'extrémité opposée de la terrasse.

— Personne ne voulait vous faire de mal, Celeste, dit une voix derrière elle. C'est vous qui avez attiré la foudre sur votre tête.

L'espace d'un instant, le visage de Celeste la trahit. Ses lèvres s'entrouvrirent, ses joues s'affaissèrent, la surprise et la rage agrandirent ses yeux. Mais tous ces signes s'effacèrent, remplacés par l'expression froide et hautaine que lui avaient léguée ses ancêtres naufrageurs. Lentement, Celeste se retourna, fit face à Rebecca.

Les deux femmes, à ce moment, comprirent qu'elles se rappelaient la même scène : le jour où, chez miss Potter, tant d'années plus tôt, l'une des deux avait accablé l'autre d'humiliation. Pour la première fois depuis, elles se retrouvaient face à face.

Celeste regardait Rebecca. Elle commençait à comprendre la situation.

— Tony a toujours été de votre côté, n'est-ce pas ? murmura-t-elle.

— Toujours.

Rebecca vint s'asseoir en face d'elle. La peur, le ressentiment créés par cette femme s'étaient évanouis. Le cauchemar d'adolescente se révélait enfin pour ce qu'il était... Rien.

— Vous n'auriez jamais dû essayer de me détruire, Celeste, dit Rebecca. Vous n'aviez pour ça aucune raison valable, après ce que votre famille et vous m'aviez déjà fait. Mais vous avez été incapable de laisser passer l'occasion, hein ? Vous connaissiez mes relations avec Eric et vous y avez vu le moyen de m'atteindre. Vous avez alors découvert ses détournements, qui vous permettaient de le faire chanter, et vous l'avez contraint à travailler avec vous à ma destruction. Quand vous avez appris qu'à Contadora, j'avais refusé l'offre de Tony d'acheter Les Flots, vous en avez profité. Si vous pouviez le persuader qu'en vous aidant, il obtiendrait une partie des Flots, vous auriez un précieux allié. Vous aviez besoin de ses contacts. Vous l'avez donc corrompu, lui aussi. Du moins l'avez-vous cru... Ce que vous n'avez jamais soupçonné, à cause de la vanité qui vous aveuglait, c'est qu'il pouvait obéir à une loyauté plus grande.

Celeste se tourna vers l'homme qui était revenu se placer aux côtés de Rebecca. Ses yeux, où se lisaient la certitude et l'incrédulité, la haine et la douleur, scrutaient le visage impassible.

— Jamais je n'aurais trahi Rebecca, déclara Anthony Fabrizzi. Si j'ai joué votre jeu, c'était seulement pour la protéger. Pour m'assurer que vous ne lui feriez aucun mal, je devais vous ôter votre seule arme. Voilà pourquoi j'ai exigé ceci...

Il tira de sa veste les parts de fondateur, et les tendit à Rebecca.

– Vous ne pouvez pas faire ça! cria Celeste d'une voix rauque.

Elle tendait la main vers les papiers, mais Rebecca lui saisit le poignet, ramena sa main sur la table.

– Le fait que je détenais les parts fournissait en même temps à Rebecca la preuve de ce que vous prépariez contre elle, poursuivit Fabrizzi. Elle savait, voyez-vous, que jamais vous n'y auriez renoncé, sinon pour vous procurer ce qu'elles seules pouvaient acheter. Autrement dit, sa destruction.

– C'est encore Tony qui est responsable de cette photo qui vous montre, vous et Eric, au Pierre, dit Rebecca. Il l'a fait prendre, puis s'est assuré que le *Post* la publierait. Tout cela pour me convaincre qu'Eric et vous étiez complices...

Rebecca se tut quelques instants avant de reprendre :

– Vous n'allez pas me croire, Celeste, je le sais. Après ce qui était arrivé à votre grand-père et à Justin, je n'avais pas eu l'intention de vous faire plus de mal. Brusquement, tout ce que vous m'aviez fait, particulièrement en ce qui concerne Andrew, n'avait plus d'importance. Les Lambros avaient suffisamment payé pour les souffrances qu'ils m'avaient infligées. Mais, pour vous, ce n'était pas assez, n'est-ce pas? Peut-être ce ne sera jamais assez...

Celeste se mit à rire, d'abord avec modération, puis, nerveusement, à gorge déployée. Lorsqu'elle reprit son souffle, elle secoua la tête à l'adresse d'Anthony Fabrizzi.

– Espèce de salaud! C'est vous qui avez prévenu la police, tout de suite après les livraisons!

– C'est exact, Celeste.

Sa voix n'exprimait ni remords ni excuses.

Celeste jeta sa main en avant, saisit le bras de Rebecca.

– Il faut me rendre les parts, hurla-t-elle. Sans elles, je suis perdue. Mon grand-père... je ne pourrai plus lui donner les soins qu'il réclame.

– Vous trouverez un moyen, riposta paisiblement Rebecca. Vous l'avez toujours fait. Mais jamais vous ne reverrez ces parts. Un jour, vous avez aidé à me dépouiller de ce qui m'appartenait. Aussi longtemps que je détiendrai ces parts de fondateur, personne, jamais, n'essaiera de me faire du mal!

– Vous lui *donnez* les parts? cria Celeste.

– Elles lui appartiennent plus qu'à n'importe qui, répondit Anthony Fabrizzi avec un haussement d'épaules. Y compris vous, Celeste.

Les yeux de celle-ci flamboyaient comme ceux d'un animal pris au piège.

– Vous vous croyez bien malins, tous les deux, ragea-t-elle. Mais vous avez oublié un petit détail. Vous avez reçu l'argent d'Eric. Il peut révoquer ce prêt à tout instant. Je l'y obligerai! Oui, je peux le faire, parce que je sais tout de lui...

Sa voix mourut. Eric venait d'apparaître, en compagnie d'un homme de haute taille à l'air résolu. Un seul coup d'œil à son visage défait suffit à anéantir Celeste. Néanmoins, il parla.

— Tout est fini, Celeste. Il n'y a plus d'issue.

Il se tourna vers Rebecca.

— Qu'allons-nous devenir, Celeste et moi?

— Vous feriez mieux de le demander à ce monsieur.

L'agent fédéral s'éclaircit la voix.

— Monsieur Walker, le département du Trésor a lancé contre vous un mandat d'arrêt fondé sur une plainte déposée par monsieur Fabrizzi, du groupe Polaris. Monsieur Fabrizzi nous a fourni les preuves que vous aviez systématiquement opéré des prélèvements sur le compte de sa compagnie. Notre enquête a révélé des opérations frauduleuses sur d'autres comptes. Désirez-vous entendre dès maintenant les charges relevées contre vous?

— Ce ne sera pas nécessaire.

— Êtes-vous prêt à revenir de votre plein gré à New York ou désirez-vous demander au gouvernement hondurien le droit d'asile contre l'extradition?

— Serait-ce d'une quelconque utilité?

L'agent eut un mince sourire.

— Je ne pense pas, monsieur. Les Honduriens ne tiendraient sans doute pas à se mettre à dos notre gouvernement en vous permettant de rester dans le pays. D'ailleurs, dans le cas contraire, je trouverais le moyen de vous en faire sortir.

— Je vous crois volontiers.

Eric se leva, regarda Rebecca. Il sembla un instant qu'il allait dire quelque chose. Mais, dans un ultime effort pour rester digne, il rejeta les épaules en arrière, passa devant elle sans lui accorder un autre regard.

Anthony Fabrizzi se pencha pour aider Celeste à se lever.

— Je vous reconduis à La Ceiba, dit-il à voix basse. L'avion vous ramènera à New York. Allez retrouver votre grand-père, Celeste. Prenez soin de lui. Surtout, gardez le silence et ne revenez jamais aux Caraïbes. Vous ne pouvez plus rien pour vos collaborateurs... Il ne vous reste qu'à prier pour qu'aucun d'eux ne sorte de prison et ne vous retrouve.

46

Rebecca demeura longtemps sur la terrasse, les yeux fixés sur la mer. Elle regarda la vedette de Tony disparaître en direction de La Ceiba, distingua une heure plus tard à l'horizon sa silhouette qui revenait. Elle ne songeait pas à ce qui s'était passé ce jour-là. Au cours des mois précédents, elle avait eu le temps d'apprendre le scénario par cœur. En fin de compte, la confrontation avec Eric et Celeste avait été sans surprises. Elle appartenait au passé avant même de s'être produite.

Restaient certaines questions sans réponses mais elles ne faisaient pas partie du scénario. Elle s'approcha de la table, feuilleta les parts qui, désormais, lui appartenaient. Du moins était-ce ce qu'avait déclaré Tony. Mais pourquoi lui aurait-il abandonné un bien d'une telle valeur, un bien qu'elle n'aurait pu obtenir sans son aide? Pourquoi les lui laisser, quand il pouvait lui-même en tirer profit? Comptait-il obtenir d'elle un prix encore non défini?

Elle grimaça à cette idée. Tout a son prix, elle était bien placée pour le savoir. Pour tenter de comprendre, elle se reporta à ce jour où, à l'improviste, Tony était arrivé sur le *Windsong*, et elle se remémora ses paroles qui, sur le moment, avaient paru si cruelles.

– Ma situation financière ne vous regarde pas! lançait Rebecca à Anthony Fabrizzi qui venait vers elle, verres en main.

– Prenez ça, fit-il, en lui en tendant un.

Il s'installa sous la reproduction du *Windsong*, leva les yeux vers elle.

– Je suis ici parce que vous avez cru ce que je vous avais confié à Contadora, reprit-il. Sur ma seule parole, vous avez engagé tout ce que vous possédiez.

Le malaise de Rebecca se changea en affolement.

– Voulez-vous dire que vous vous êtes trompé? demanda-t-elle. Que la décision de libérer l'or de son indexation sur le dollar...

– Ce n'est pas ça du tout.

Le soulagement envahit Rebecca.

– Alors, je ne comprends pas.

Il trempa ses lèvres dans le bourbon, reposa son verre.

– Vous devez maintenant avoir pris tous vos renseignements sur moi, dit-il, sans la quitter des yeux.

Elle hocha la tête.

– Le contraire m'aurait étonné, continua-t-il. Ne croyez-vous pas que j'en savais très long sur vous bien avant Contadora?

– Que voulez-vous dire?

Elle avait la chair de poule à l'idée qu'on avait pu l'épier sans qu'elle s'en aperçût.

– Tout a commencé quand Andrew Stoughton vous a dépouillée de tout ce que vous avait laissé votre père, répondit-il. Comme tout le monde, je me demandais comment il s'y était pris.

Rebecca fit la grimace au souvenir de la conversation surprise entre deux membres du Gotham Club.

– Plus tard seulement, je me suis trouvé intéressé – non, fasciné – par la femme qui avait été la victime de Stoughton, ajouta-t-il doucement.

Elle continua de l'écouter, sans trop savoir que penser. De toute évidence, Anthony Fabrizzi l'avait observée discrètement, de loin. Il savait tout de son retour aux Angelines, quand on lui avait restitué une petite part de ses biens, du travail épuisant qu'elle avait accompli à Windemere, des tentatives menées contre elle pour la dissuader, du meurtre de Dallas Gibson qui en avait résulté.

— A ce moment, j'ai failli intervenir mais je savais que vous me diriez d'aller me faire pendre ailleurs. Vous n'auriez accepté l'aide de personne.

— Mais vous ne m'aviez jamais vue, dit Rebecca. Qu'étais-je pour vous?

— Au début, je n'ai pas moi-même trouvé de réponse à cette question, répondit-il tranquillement. J'avais l'impression de vous connaître, de vous avoir toujours connue. Je vous ai regardée refuser de vous laisser battre par le reste du monde et j'ai dû me retenir de vous venir en aide. Je vous ai regardée courir risque après risque et j'ai retenu mon souffle jusqu'au moment où j'étais sûr que vous aviez gagné. J'ai vu ce que vous avez fait à Justin Lambros et j'ai compris que vous sortiez de l'ordinaire, tout comme moi. Nous sommes du même bois, avec une différence, toutefois. Vous viviez en partie sous un charme, comme si vous ne pouviez commettre aucune erreur. L'autre partie de vous, toujours désireuse d'aimer, de faire confiance, restait vulnérable, choisissait invariablement le mauvais chemin,... l'homme qu'il ne fallait pas.

Rebecca baissa les yeux, constata que, sans s'en rendre compte, elle avait vidé son verre. Les paroles d'Anthony Fabrizzi avaient été trop proches de la vérité; elle s'était sentie dénudée devant lui. Elle était un peu effrayée. Comme il avait aisément déchiffré sa vie, tiré des conclusions exactes!

— Tout cela est fort intéressant, monsieur Fabrizzi, dit-elle, tout en maudissant le tremblement de sa voix. Sans doute devrais-je me sentir flattée. Mais je ne vois toujours pas le rapport avec ma situation financière.

— Le rapport existe bel et bien. Avec Eric Walker, aussi.

Elle releva vivement la tête.

— Mes relations avec M. Walker ne vous concernent pas! lança-t-elle.

— Mais les siennes avec Celeste Lambros, si.

Elle étouffa un cri. Délibérément, sans un mot, elle se leva et alla se servir un autre verre.

— Vous feriez bien de vous expliquer, dit-elle, adossée au bar.

Anthony Fabrizzi s'exécuta. D'une voix dénuée d'émotion, il lui conta comment Celeste Lambros était venue le trouver pour lui fournir la preuve qu'Eric Walker avait pillé le compte du groupe Polaris pour couvrir ses pertes à l'arbitrage.

— Ma compagnie n'est pas la seule qu'il ait volée, ajouta-t-il. La liste est fort distinguée.

Il jeta sur la table basse une liasse de papiers.

– Voulez-vous y jeter un coup d'œil?

Rebecca considérait les papiers avec horreur. Elle aurait dû, sans plus attendre, jeter dehors Anthony Fabrizzi et ses mensonges. Pourtant, malgré elle, elle lui faisait confiance. Derrière cette façade de froideur, elle soupçonnait la présence d'un homme qui comprenait combien la vérité pouvait être pénible.

– Non, parvint-elle à dire. Manifestement, vous avez d'autres révélations à me faire.

– Ma première réaction a été d'envoyer Walker au bûcher, reprit-il. Mais j'ai compris que Celeste Lambros ne m'aurait pas révélé ses détournements sans motif. Après tout, nous ne nous étions encore jamais rencontrés. Je ne me trompais pas. Celeste veut se servir de Walker contre vous et elle a besoin de mon aide. Si je la soutiens, Walker sera bien obligé de jouer le jeu.

– Mais que veut-elle donc? s'écria Rebecca.

– Sa vengeance, après ce que vous avez fait, selon elle, à son grand-père. Elle veut que Walker vous persuade d'offrir vos actions en bourse, afin d'en faire dégringoler la valeur et d'obliger Walker à faire rentrer ses fonds. Ainsi, elle vous ruinera.

– Elle ne peut pas faire ça! riposta Rebecca, furieuse. Les Flots sont solides...

– Si je l'aide, c'est très faisable, répliqua Anthony Fabrizzi. Et, pour l'instant, par suite de votre engagement dans l'exploitation des mines d'or, vous n'êtes pas très solide.

Elle frissonna.

– Comment pensez-vous vous y prendre? questionna-t-elle.

Il expliqua le coup de la cocaïne. Elle se sentit malade. Oui, avec son aide, Celeste pouvait triompher.

– Et qu'obtiendrez-vous pour vos services? demanda-t-elle enfin.

– Un morceau des Flots. Un très gros morceau.

– Ce que vous avez désiré dès le début, à Contadora, dit-elle avec amertume.

Elle avala d'un trait le contenu de son verre, eut un haut-le-cœur.

– Très bien. Vous avez dit tout ce que vous étiez venu me dire, je suppose. Maintenant, pourquoi n'allez-vous pas vous faire pendre ailleurs?

– Vous n'avez pas de questions à poser?

– Je ne veux plus vous dire un seul mot!

– Vous ne tenez pas à savoir pourquoi je vous raconte tout ça? acheva-t-il.

Elle avait posé la question. Alors avait commencé une autre histoire qui la laissa plus perplexe que jamais sur le compte d'Anthony Fabrizzi, cet homme énigmatique...

Rebecca perçut le doux ronronnement des moteurs et revint à la balustrade pour regarder Tony amarrer sa vedette à la jetée. Il se redressa, la vit, la salua d'un grand geste.

Je n'ai toujours pas les réponses.

Elle se rappelait le silence qui avait envahi le salon du *Windsong* après qu'elle eut finalement posé la question que Tony attendait.

— Nous allons retourner la situation... contre l'un et l'autre.

Il s'expliqua. Celeste, si elle tenait Eric, ne disposait ni de l'argent ni des relations nécessaires pour acheter la cocaïne et pour l'introduire dans les résidences des Flots.

— Je vais dire à Celeste que je suis prêt à financer l'affaire et à assurer l'expédition de la drogue si elle offre en garantie ses parts de fondateur.

Il exposa ce qu'il comptait faire de ces parts. Rebecca demanda :

— Mais pourquoi me les donneriez-vous ? Je n'aurai rien fait pour ça.

— C'est faux. Pendant les mois qui vont suivre, vous devrez vivre avec un homme tout en sachant qu'il est prêt à vous trahir et, finalement, à vous ruiner pour sauver sa peau. Ni Eric ni Celeste ne devront avoir le plus léger soupçon. Pour moi, ce sera facile. Mais vous devez vous demander si vous serez capable d'aller jusqu'au bout. Quand nous aurons commencé, tout retour en arrière deviendra impossible.

— Comment pouvez-vous être si sûr qu'il est prêt à me trahir ? Pourquoi ne pourrais-je le voir face à face dès maintenant, lui faire avouer ce qu'il a fait et l'aider au lieu de... d'agir comme vous me le conseillez ?

— Parce qu'il vous a déjà trompée en tenant secrets ses rapports avec Celeste. Parce que, si vous découvrez vos batteries, vous ne serez jamais certaine, en votre for intérieur, de ce qu'il est vraiment.

A cet instant, Tony s'était interrompu un instant, avant d'enfoncer le dernier clou.

— Parce que, si vous détenez les parts de fondateur, ni Celeste ni Andrew Stoughton ne pourront plus jamais vous faire de mal.

Dès lors, elle n'avait plus eu le choix. Les graines vénéneuses avaient été semées. Dieu, comme elle avait souhaité les voir pourrir ! Mais Tony les soignait avec sollicitude. Il lui avait appris la capitulation d'Eric devant Celeste le soir même où Rebecca avait accepté d'épouser Eric...

— Rebecca, vous vous sentez bien ?

Les mains de Tony étaient sur ses épaules. Ses doigts glissaient sur la peau tiède, sous la chevelure sombre. Elle se dégagea doucement, s'écarta de lui.

Lorsque Justin était mort, elle s'était juré de ne plus jamais faire de mal à quelqu'un. Mais Tony l'avait fait changer d'avis, avec des photos, des rapports, et elle l'en avait détesté...

Sans se retourner, elle demanda :

– Le gouvernement britannique extradera-t-il Celeste pour qu'elle soit jugée dans les Iles?

– J'en doute fort. Celeste est trop maligne pour avoir couché sur le papier les accords passés avec ses gens. C'est leur parole contre la sienne. Et elle reste une Lambros.

Elle le sentit s'approcher, baissa les paupières sur ses larmes. Soudain, elle se tourna vers lui, les parts de fondateur entre eux.

– Vous me les donnez réellement?

– Mais oui, répondit-il, intrigué.

– Alors, il faut me dire pourquoi, Anthony.

Il croisa les bras sur sa poitrine.

– Il y a eu certains moments où tout aurait pu se terminer différemment. J'ai même prié pour qu'Eric trouve la force d'être franc avec vous. Je savais que vous lui pardonneriez et que, peut-être, vous seriez heureuse avec lui. Mais ça ne s'est pas passé ainsi, et vous me haïssez aujourd'hui plus que vous ne le détestez lui-même.

Il s'interrompit un instant, puis reprit :

– Je n'ai pas à vous dire pourquoi vous avez besoin de ces parts de fondateur. Vous vous retrouvez de nouveau seule, et Andrew Stoughton, un tueur, vous guette. Il ne se tiendra pas pour battu jusqu'au jour où l'un de vous deux dormira avec les poissons. Pour vous défendre, pour avoir une arme contre lui, il vous faut ces papiers. Grâce à eux, vous allez mettre fin au combat, une fois pour toutes. Et c'est votre combat, pas le mien. Si je gardais les parts, si je m'en servais pour vous aider, j'aurais l'air de contrôler votre destinée. Et vous seriez incapable d'aimer un homme qui détiendrait sur vous un tel pouvoir.

Anthony Fabrizzi tendit la main, prit le menton de Rebecca.

– Allez, maintenant. Faites ce que vous avez à faire. Quand il sera temps, vous me le direz.

Elle le regarda s'éloigner, se sentit enveloppée d'une terreur glacée. Elle baissa les yeux sur les parts de fondateur, éprouva une folle envie de les jeter à la mer. Elles faisaient naître en elle un mauvais pressentiment qu'elle ne pouvait ni ignorer ni comprendre.

CINQUIÈME PARTIE

CAYOS DE LA FORTUNA
LONDRES
LES ANGELINES
1971-1972

47

Ce même après-midi, Rebecca quitta Cayos de la Fortuna et la maison de Tony. Ce site magnifique lui semblait enlaidi par ce qui s'y était passé. Certes, elle connaissait depuis des mois la conspiration montée contre elle, mais une part d'elle-même s'était toujours refusée à y croire.

Ce n'est pas l'amour qui meurt le dernier, songeait-elle. *C'est l'espoir.*

De retour à son appartement new-yorkais, elle appela immédiatement Bix. Il lui fallut une demi-heure pour convaincre son amie qu'elle allait bien, et qu'il n'était rien arrivé aux Flots. Elle lui demanda de venir la voir avec Torrey le lendemain matin. Elle téléphona ensuite à Lauren et Ramsey, leur tint le même discours.

Quand ce fut fini, elle avait dépassé le stade de l'épuisement. Une surexcitation qui tenait de la folie la poussait à se promener sans répit dans l'appartement. Ni le bain brûlant ni la douche cinglante ne parvinrent à la calmer. La musique l'exaspérait. Quand elle fermait les yeux, elle sentait les murs et le plafond se refermer sur elle, menacer de l'étouffer. Le plus pénible à supporter n'était pas la souffrance qu'on lui avait infligée. La perspective de ce qui allait suivre l'obsédait, ne la quitta pas de toute cette nuit d'août, jusqu'au moment où l'aurore se répandit à l'horizon.

Ils arrivèrent ensemble. Tout le monde souriait. Bix et Lauren ne tarissaient pas de compliments sur les notes dominantes, bleu, vert et blanc, du décor de l'appartement. Ramsey et Torrey se plaignaient d'avoir à travailler en plein mois d'août, dans un Manhattan désert.

Mais leurs yeux les trahissaient, posaient des questions, scrutaient Rebecca.

Ils sont seulement inquiets pour moi, pensait-elle. *Ils ne souhaitent que m'aider.*

Sur la table basse à dessus de verre, il y avait du jus d'orange frais et du café. La jeune femme conduisit les visiteurs vers le canapé et les fauteuils bleu turquoise et, en silence, les regarda se servir.

– Vous savez pourquoi je vous ai demandé de venir ce matin, commença-t-elle. Les détournements d'Eric, j'en suis sûre, ne sont déjà plus une nouvelle à New York.

Le silence collectif confirma sa certitude. Elle reprit, d'une voix qui se voulait claire et ferme :

– Vous vous êtes tous inquiétés pour moi, je le sais. Je ne saurais assez vous remercier pour l'affection que vous m'avez témoignée. Il m'est d'autant plus difficile maintenant de vous dire ce que je dois vous dire...

Elle leur raconta tout. Comment elle avait été informée par Anthony Fabrizzi de la trahison d'Eric, comment elle avait gardé pour elle seule cette information, trompant ainsi les êtres qu'elle aimait le plus.

– Je craignais, si vous étiez au courant des menées d'Eric, que vous ne puissiez pas jouer la comédie, avoua-t-elle. Aussi longtemps que vous croiriez que tout allait bien, Eric en serait convaincu, lui aussi. Voilà pourquoi j'ai pensé que le mieux était de nous fiancer... Mais cela ne change rien au fait que je ne vous ai pas dit la vérité... ni à ma honte devant vous.

Sans s'arrêter aux protestations, elle poursuivit rapidement, retraça le rôle joué par Celeste, la façon dont elle comptait s'y prendre pour détruire Les Flots. Elle conclut avec l'arrestation d'Eric et le bannissement de Celeste.

– Du moins vous ai-je épargné les frais d'envoi de toutes ces invitations au mariage, Lauren, conclut-elle, d'un ton volontairement léger.

Lauren refoula ses larmes, secoua la tête.

Ils s'empressèrent autour d'elle, pour l'embrasser, la rassurer. Mais le réconfort qu'elle cherchait en eux semblait s'évanouir avant même de l'avoir atteinte, comme une pluie bienfaisante s'évapore avant d'avoir touché la terre altérée. Elle commençait à comprendre la vérité contenue dans la mise en garde de Bones Ainsley; sa double vie, sa lutte secrète contre la trahison d'Eric l'avaient transformée plus qu'elle ne l'eût cru possible. La jeune fille accablée par la mort de son père, effrayée par l'héritage qu'il lui laissait, n'était plus qu'un lointain souvenir.

– C'est à moi, je suppose, qu'il revient de poser la question cruciale, dit Ramsey. Qu'avez-vous maintenant l'intention de faire ?

– Il reste certaines choses en suspens, déclara Rebecca d'une voix glaciale. Je veux enlever de la Walker jusqu'au dernier des dollars qui m'appartiennent.

– Ce sera fait dès demain matin, promit-il. La Walker n'aura pas le temps de voir d'où vient le coup.

Rebecca remarqua l'expression peinée de Bix.

— Qu'y a-t-il ?

— Je sais ce que tu éprouves et je ne te blâme pas de vouloir quitter la Walker, dit son amie. Mais les détournements d'Eric ont déjà fait du tort à la banque. C'était surtout grâce aux Flots qu'elle avait atteint la première place. Si tu l'abandonnes, Becky, les gros clients te suivront sûrement. La Walker pourrait bien ne pas y survivre. Et, si la banque s'effondre, des milliers d'êtres innocents en souffriront.

Elle scrutait le visage impassible de Rebecca.

— Et tu n'auras rien ajouté au châtiment d'Eric, acheva-t-elle. Tu ne peux rendre tout le monde responsable de ses actes.

La jeune femme fut tentée de ne tenir aucun compte des paroles de son amie. Elle ne voulait plus jamais entendre le nom de Walker. Moins encore le retrouver chaque jour sur des chèques, des relevés. Pourtant, Bix avait raison, si elle retirait ses fonds, d'autres finiraient par payer pour les crimes d'Eric.

— Quel est votre avis, Ramsey ?

— Bix n'a pas tort, répondit-il d'un ton bref. Le conseil d'administration de la Walker s'évertue à dire à Wall Street qu'Eric était la seule pomme gâtée du baril. Il insiste sur le fait qu'une vérification fédérale a pu rendre compte de tous les fonds jusqu'au dernier sou. Eric avait dû trouver l'argent et le moyen de le remettre en place avant que vous l'ayez pris au piège. Néanmoins, je comprendrais que vous vous retiriez. La Walker me laisse un mauvais goût dans la bouche, à moi aussi. Par ailleurs, si vous avez un jour besoin d'un financement, je pourrai y obtenir pour vous le taux d'intérêt le plus bas de tout le pays.

Elle réfléchit. Elle revoyait tous les employés qu'elle avait rencontrés lors de ses fréquentes visites à la banque. C'étaient pour la plupart des hommes et des femmes d'un certain âge qui travaillaient là depuis la fondation de l'établissement par le père d'Eric. Les vraies victimes, ce seraient eux et les clients qui leur faisaient confiance.

— Tirez de la Walker les meilleures conditions possibles, Ramsey, dit enfin Rebecca.

— Vous pouvez y compter.

Torrey parla pour la première fois, avec douceur.

— Becky, vous nous cachez quelque chose.

Rebecca vit Bix lancer à son mari un regard mauvais. Elle rit tristement.

— Vous êtes trop malin pour votre bien, Torrey Stewart, mais vous avez raison.

Elle hésita.

— Vous dire à tous la vérité m'a déjà été bien difficile. Je dois maintenant affronter Jewel.

Elle est toute la famille qui me reste...

Ces mots prononcés bien des années auparavant étaient toujours aussi vrais. Quand Rebecca revoyait la joie de Jewel à l'annonce de son prochain mariage, elle n'imaginait pas ce qu'elle pourrait dire d'assez tendre pour expliquer ce qu'elle avait fait.

Mais c'est moi qui dois le lui dire! Je ne peux pas le lui laisser apprendre par quelqu'un d'autre ou par les journaux.

Longtemps après le départ de ses invités, Rebecca se battait encore avec son problème. Une bonne douzaine de fois, elle décrocha le téléphone, pour s'apercevoir qu'elle avait la bouche desséchée, la tête vide de mots.

Non, pas par le téléphone, décida-t-elle enfin.

Une heure plus tard, elle avait pris les dispositions nécessaires. Elle allait sortir quand le téléphone sonna. Elle s'arrêta, marmonna : « Au diable! », et quitta l'appartement.

A son arrivée aux Angelines, elle devait comprendre toute l'insignifiance de sa décision.

– Elle ne s'est rendu compte de rien, Rebecca. Je vous le jure. Elle s'est endormie un soir et elle ne s'est plus réveillée. Je l'ai emmenée à l'hôpital, mais les médecins n'ont rien pu faire. Le lendemain, le cœur a lâché.

Rebecca et Bones Ainsley étaient les seuls à se trouver encore dans le petit cimetière situé hors d'Angeline City, sur les falaises où le vent soufflait de la mer.

– Pourquoi ne pas m'avoir appelée plus tôt?

– Parce que je savais ce que vous enduriez déjà.

– Vous auriez dû me prévenir malgré tout! cria-t-elle. Ce n'était pas bien, Bones...

– Bien pour qui? demanda calmement le policier. Je savais dans quel état vous étiez, après tout ce que vous avait fait subir Eric Walker. Qu'auriez-vous pu apporter à Jewel? Être ici n'aurait fait que vous déchirer davantage.

Il avait raison, se dit-elle. Elle n'aurait pas supporté de regarder mourir Jewel. A cause d'Eric, elle n'était qu'une coquille vide, elle n'avait plus rien à offrir. En réalité, Bones lui avait rendu service. Elle allait pouvoir faire sa paix avec Jewel, à sa manière.

Le policier lui passa un bras autour des épaules, pour l'éloigner de la pierre blanche. Sous un malelucca gigantesque, il tira d'une poche sa pipe de bruyère.

– Nous ferions bien d'attendre un peu, dit-il, avec un geste vers les voitures, les carrioles, les piétons qui encombraient la route étroite.

– Tant de gens l'aimaient, murmura Rebecca en refoulant ses larmes... Vous m'avez bien dit la vérité, Bones? reprit-elle d'un ton hésitant, les yeux levés vers lui. Elle n'a jamais rien su de... d'Eric... de toute cette histoire?

– Vous avez ma parole. Elle était déjà à l'hôpital quand la nouvelle est parvenue aux Angelines.

Elle s'adossa à l'écorce blanchie par les intempéries. Elle avait tout raconté à Bones, tout ce qu'elle avait eu l'intention de dire à Jewel.

— Je ne sais toujours pas si j'en aurais trouvé la force, avoua-t-elle. Je ne voulais à aucun prix la rendre malheureuse.

Brusquement, elle ne put en supporter davantage. Avec un cri étranglé, elle se jeta dans les bras de Bones, se blottit contre le torse massif.

— Oh, Dieu... Bones, sanglota-t-elle. Je n'étais pas avec elle au dernier moment. Je n'étais pas là, et, maintenant, elle est partie...

48

Le salaud se montra gentleman jusqu'à la fin. Celeste dut bien reconnaître cette qualité à Anthony Fabrizzi quand, à sa descente du jet Polaris à Newark, elle trouva une limousine qui l'attendait.

Une fois installée sur le siège arrière, Celeste ouvrit le bar, déboucha une demi-bouteille de champagne. Malgré l'insistance de l'hôtesse, elle n'avait rien bu durant le long vol qui l'avait ramenée de Cayos de la Fortuna.

La rapidité avec laquelle son univers s'était tout entier écroulé avait presque accablé Celeste. Pas tout à fait, pourtant. Son sang était celui de son grand-père, celui des naufrageurs. Au bord de la ruine, au lieu de revenir sur le passé, elle cherchait déjà à atténuer le désastre, à trouver le moyen de survivre. Tandis que l'appareil volait vers le nord-est, elle s'était concentrée sur les solutions possibles. Elle ne tarda pas à découvrir qu'elles étaient très peu nombreuses.

Elle devait l'admettre, bien à contrecœur : elle n'avait aucun espoir de reprendre à Rebecca McHenry ses parts de fondateur — du moins, pas dans un proche avenir. Ce qui restait à son actif rapportait quelques misérables quarante mille livres par an. Les impôts, les frais d'entretien et de personnel en dévoraient la majeure partie. Un petit revenu provenait de domaines en Écosse et en Australie, mais c'était insignifiant. Tout bien considéré, Celeste se voyait maintenant en indigente.

Et ce n'était pas encore le pire. Jusqu'à présent, elle avait eu de la chance. A Tyne & Wear, tout le monde, y compris Andrew, tenait pour acquis qu'elle détenait toujours les parts de fondateur. Mais, tôt ou tard, les circonstances exigeraient qu'elle les présentât. Dès cet instant, Andrew la chasserait du conseil d'administration, la livrerait aux bêtes féroces...

Elle frissonna, remplit vivement sa flûte. Les bêtes féroces... Leurs visages étaient ceux de ses amis, de ses relations, des gens qu'elle avait connus toute sa vie. Ils pouvaient être différents les uns des autres mais ils possédaient une caractéristique commune : ils flaireraient à des kilomètres l'odeur du sang et, d'un instant à l'autre, ils se détourneraient d'elle – où se jetteraient sur elle.

Alors, qu'ai-je à perdre ? pensa-t-elle amèrement.

Le mode de vie qu'elle avait toujours tenu pour normal n'existait plus. Andrew avait entamé le processus en détruisant son grand-père. La société sur laquelle elle avait régné naguère y mettrait la dernière main. Ce qu'il fallait, c'était survivre... et trouver de quoi commencer une nouvelle existence, édifier les bases d'une nouvelle vengeance.

Depuis des générations, les Lambros entretenaient une résidence, luxueuse mais peu connue, dans la ville d'Ouchy, à une discrète distance de Genève. Les Suisses seraient enchantés d'accepter son argent. Et cet argent la garantirait des répercussions qu'amèneraient inévitablement ses projets. Le même argent assurerait les soins nécessaires à son grand-père jusqu'à la fin de sa vie.

Tandis que la limousine abordait Manhattan à vive allure, Celeste prit toutes ses décisions. A Londres, elle connaissait intimement beaucoup d'hommes, jeunes et vieux, tous riches et stupides. Lorsqu'elle reparaîtrait là-bas, elle les alignerait devant elle comme autant de petits canards. En faisant miroiter la perspective d'un projet gigantesque mais convenablement mystérieux, dans lequel elle-même et les parts de fondateur joueraient les rôles principaux, elle s'insinuerait dans leur cupidité, leur pantalon s'il le fallait et, finalement, dans leurs portefeuilles. Le droit d'entrée dans ce jeu sans existence réelle ne serait pas trop élevé. Elle ne voulait pas susciter des soupçons, encore moins une enquête. Mais les sommes qu'elle obtiendrait de chacun finiraient par faire une belle boule de neige d'un million de livres, dont elle pourrait se servir, une fois de retour dans sa forteresse des Alpes.

A condition que cette garce de McHenry ne fasse pas le premier mouvement !

Le fait que Rebecca pût annoncer immédiatement qu'elle tenait Tyne & Wear représentait l'unique cheveu sur la soupe. Néanmoins, ce n'était pas dans la manière de Rebecca.

Au moment où la limousine s'engageait dans Park Avenue, en direction du Waldorf, Celeste décrocha le téléphone pour appeler la BOAC.

– La clé de l'appartement 2 400, demanda Celeste à l'employé de la réception.

Il la lui remit. Elle ajouta :

– Préparez ma note pour demain matin de bonne heure. Et j'aurai besoin d'une voiture à neuf heures, pour me conduire à l'aéroport Kennedy.

– Tiens, on va quelque part ?

Elle fit volte-face, se trouva devant Andrew Stoughton. Sans lui laisser le temps de placer un mot, il la prit par le coude, l'entraîna à travers le hall caverneux jusqu'au bar de l'hôtel. Lorsqu'ils furent assis et qu'ils eurent commandé des consommations, Andrew remarqua :

— Tu as été fort occupée. Je t'attends depuis des jours. Personne ne paraissait savoir où tu étais.

Celeste ignora la question sous-entendue.

— Ça ne regardait personne, répliqua-t-elle. Pas même toi.

Il secoua la tête avec un petit rire. Mais son regard restait froid.

— Un de tes amis a connu une fin plutôt ignominieuse, semble-t-il. Eric Walker.

— Je ne vois pas de quoi tu parles.

— Et Anthony Fabrizzi ? Tu le connais ?

— Non. Et je n'apprécie pas...

— Montre-moi les parts de fondateur, Celeste.

Sous la forme polie se cachait une exigence sans compromis.

— Ne sois pas absurde, Andrew, lui lança Celeste. Je ne les transporte pas sur moi.

Il but une gorgée de Campari-soda.

— Alors, elles doivent être à Londres. Quelle coïncidence que tu prennes le vol de demain ! Moi aussi. Nous pourrons nous rendre directement de l'aéroport à la Banque Coutts.

— A quoi joues-tu exactement ? demanda Celeste.

La pointe de lassitude dans sa voix indiquait clairement qu'il l'ennuyait.

— Tu as toujours été une actrice consommée, dit-il. Mais je te connais trop bien, Celeste. A la dernière réunion, quand on t'a questionnée sur les parts, tu as menti. Tu ne les avais pas. Et tu n'avais pas assisté aux réunions précédentes parce que tu te trouvais ici, à fricoter avec tes nouveaux camarades de jeu.

Il jeta sur la petite table une liasse de papiers.

— Vas-y, regarde...

Il sait tout, se disait Celeste, affolée. Elle feuilletait les listes de ses appels à partir du Waldorf. En regard des numéros s'inscrivaient les noms d'Eric et d'Anthony. Il y avait aussi un rapport dactylographié sur ses déplacements dans New York, y compris la fois où elle s'était rendue à la Swiss Financial Alliance... Du bout de l'ongle, elle repoussa les papiers.

— Tu es vraiment méprisable, Andrew. Je devrais t'attaquer pour violation de ma vie privée.

— Bel effort, fit Andrew en riant. Mais insuffisant. Les parts ne sont pas à Londres, n'est-ce pas ?

Celeste réfléchit rapidement. Si elle s'en tenait à sa version, il ne faudrait pas longtemps à Andrew pour obtenir la certitude qu'elle mentait. Sa qualité de président de Tyne & Wear lui conférait le droit d'exiger d'elle la preuve qu'elle était en possession des parts de fondateur. Elle ne pourrait l'en empêcher.

Mais il y avait peut-être une autre solution.

– Non. Je les ai déposées ailleurs.

– C'est exact, dit-il suavement. Dans le coffre d'Anthony Fabrizzi, à la Swiss Financial Alliance. Ce que je veux savoir, c'est pourquoi ?

En dépit de ses qualités d'actrice, elle ne lui venait pas à la cheville. Une exclamation étouffée la trahit.

– Comment l'as-tu découvert ? demanda-t-elle.

– Peu importe. Dis-moi seulement si, oui ou non, tu as accès à ce coffre. Si oui, bravo. Si non...

Elle saisit les implications. Son esprit travaillait fébrilement, cherchant une parade à ce nouveau désastre qui la menaçait. Une seule direction semblait lui être encore ouverte. Certes, elle courait le risque de tout perdre, instantanément. Mais plus elle attendrait et plus elle paraîtrait vulnérable.

Elle était prise de vertige.

– Je n'ai plus les parts, Andrew, avoua-t-elle.

Devant l'expression abasourdie d'Andrew, elle reprit courage. Manifestement, il redoutait qu'une part aussi importante de Tyne & Wear pût se trouver entre des mains hostiles.

– Qui les a ? demanda-t-il enfin. Fabrizzi ?

– Non, ce n'est pas Tony.

– Alors, qui ?

Elle se rejeta en arrière dans son fauteuil. Ses doigts jouaient avec son collier de perles.

– Ça ne te regarde toujours pas.

– Bon Dieu, Celeste !

Il eut vers elle un mouvement brutal qui renversa les verres. Elle tint bon, et dit ironiquement :

– On fait une scène ? Nous sommes en public, mon chéri.

Andrew lutta pour reprendre son sang-froid, pendant qu'un serveur remettait de l'ordre.

– Très bien, Celeste, dit-il, lorsqu'ils se retrouvèrent seuls. Assez joué. Qui a les parts ?

– Elles ont pour toi une grande valeur, hein ? Après tout, qui les détient peut faire de ta vie un enfer. Peut-être même te disputer le contrôle de la compagnie...

Il gardait un silence de pierre. Elle reprit d'une voix crispée :

– Très bien, Andrew. Pour te révéler qui a les parts, je veux en échange une annuité garantie, ma vie durant, de cinq cent mille livres.

Il resta un moment sans répondre.

– Tu t'es fait avoir, hein ? fit-il. Quelqu'un a percé tes défenses et t'a littéralement tondu le poil sur le dos. Tu as tout perdu... Celeste, je ne t'aurais jamais crue assez stupide.

Elle laissa passer l'insulte.

– Je veux ton accord par écrit.

– Oh, vraiment ? Et pourquoi serais-je d'accord ? Tu n'as plus rien. Tu ne représentes plus une menace pour moi, pas plus que le vieux Silas !

Elle sursauta à cette allusion méprisante, mais elle répondit doucement :

– Mais tu as besoin de savoir qui a les parts, Andrew. Sinon, tu ne sauras jamais à quoi t'attendre. Actuellement, tu es très, très vulnérable, chéri.

– Ne crois-tu pas que j'aurai bientôt des nouvelles de la personne en question ?

– Si, bien sûr. Attends donc qu'on te mette en joue. Pourquoi même ne pas t'ouvrir les veines ?

Pour la première fois, Celeste vit faiblir l'assurance d'Andrew. Elle en profita aussitôt.

– Tu as une seule question à te poser, mon chéri. Vaut-il la peine de mettre en danger tout ce que tu as construit, pour cinq cent mille malheureuses livres par an ? Si tu conserves le contrôle de Tyne & Wear, cette somme est la goutte proverbiale dans l'océan... Considère ça comme une assurance à long terme.

Il vida son verre, fit tourner le glaçon qui restait au fond. Intérieurement, il rageait. Mais Celeste avait raison. Il ne pouvait nier qu'ignorer d'où pourrait venir la menace représentait un énorme désavantage. Peut-être même mortel. Et la menace était bien réelle. Tyne & Wear constituait une cible trop tentante pour quelqu'un qui détenait trente-cinq pour cent des actions.

Il fit signe à un serveur de lui apporter un appareil téléphonique. Sans plus se soucier de Celeste, il s'entretint avec l'un des associés du cabinet juridique qui travaillait pour Tyne & Wear aux États-Unis.

– Nous avons un rendez-vous dans le quartier de Wall Street, annonça-t-il en se levant. Tu auras ton annuité. Mais je te préviens, Celeste, si je découvre que tu m'as menti...

– Jamais, mon chéri, répondit-elle, baissant les paupières d'un air contrit sur un sourire secret.

Une heure et demie plus tard, les documents étaient signés, et elle révélait à Andrew le nom de la personne qui détenait les parts de fondateur. Elle ne put cacher sa satisfaction lorsqu'elle vit son expression passer de l'incrédulité à la rage.

– Veux-tu un verre d'eau ? s'enquit-elle avec sollicitude.

Elle s'attendait à le voir tomber en syncope d'un instant à l'autre.

– Tu devrais apprendre à te ménager davantage, lui conseilla-t-elle avec une fausse inquiétude. Sinon, cette garce sera ta mort.

49

Après les obsèques de Jewel, Rebecca ne regagna pas New York. Du *Windsong*, elle appela Bix et lui demanda de prendre la direction du siège. Elle allait rester aux Caraïbes pour s'occuper personnellement des Flots II. Il lui restait aussi une autre tâche à accomplir.

Le lendemain de l'enterrement, elle se rendit à la petite maison de Jewel, l'endroit qui avait été si longtemps à ses yeux son propre foyer. Elle passa d'une pièce silencieuse à l'autre, effleura les objets familiers, contempla les vieilles photographies dans leurs cadres en bois laqué. Elle poussa de la main le fauteuil à bascule de Jewel, l'écouta craquer. Quand elle eut pris son parti du silence et du vide qui l'entouraient, elle entreprit l'inventaire des affaires de Jewel. Elle mit de côté, pour des œuvres de charité, les vêtements, les meubles, les ustensiles. Elle emballa les albums, les objets personnels, les fit porter à bord du *Windsong*.

Lorque la maison fut vide, elle prit rendez-vous avec le ministre de la Santé et de l'Assistance publique. Au bout de deux heures d'entretien, elle obtint ce qu'elle demandait. La maison de Jewel, rénovée, agrandie, deviendrait la base d'un orphelinat. Ce projet, elle le savait, aurait plu à Jewel.

Durant plusieurs mois, le *Windsong* patrouilla dans la mer des Caraïbes. Les directeurs des résidences des Flots étaient constamment en alerte. Ils ne savaient jamais si, le lendemain matin, ils ne verraient pas l'élégant navire ancré à quelque distance de leur domaine.

A l'automne, le *Windsong* mouilla au large de la frontière entre les Angelines et le Honduras britannique, et Rebecca prit un hélicoptère pour rejoindre les sites des mines d'or. Chacun d'eux avait été converti en une ville miniature, avec des maisonnettes pour les travailleurs, un bar, un cinéma, une bibliothèque, une infirmerie. Les fonds qu'elle avait investis dans des équipements flambant neufs, avant que les industriels eussent forcé leurs prix, se montraient efficaces. Les contremaîtres lui expliquèrent qu'ils étaient en mesure de creuser plus vite, plus profond, et d'extraire plus de minerai que n'importe quelle autre exploitation dans la région.

Rebecca s'envola ensuite pour Pusilha où elle fut stupéfiée par l'avancement des travaux. Elle avait prévu cinq ans au moins pour découvrir l'ensemble de la cité. Elle pouvait maintenant réduire de moitié son estimation.

Elle passait ses journées dans la jungle, à suivre avec des guides les pistes qu'avaient tracées son père et Dallas. C'était là, au sein d'une beauté intacte, qu'elle se sentait le plus proche de l'un et de l'autre. Elle partageait ses soirées avec les archéologues de l'université de Chicago, jeunes hommes et jeunes femmes qui consacraient toutes les ressources de leur intelligence et de leur enthousiasme au déchiffrement des textes mayas. Ils se montrèrent excités et intrigués par les cinq pierres de jade que Rebecca avait apportées avec elle. Une seule se laissa arracher quelques indices sur son origine et son secret. Les autres menèrent les archéologues dans une impasse. Rebecca disparut alors dans la jungle et ne revint pas de plusieurs semaines. A son retour, elle ne révéla pas où elle était allée ni si elle avait trouvé quelque chose. Les Mayas qui l'avaient accompagnée restèrent muets.

En décembre Rebecca apprit par hasard que l'école de miss Potter était en mauvaise passe. Miss Potter, qui avait donné près de quarante-cinq années de sa vie à cette institution, avait vu sa dotation disparaître quand Andrew Stoughton, le nouveau directeur de Tyne & Wear, avait mis fin aux largesses de la compagnie. Comme il s'agissait d'un établissement privé, elle ne pouvait s'attendre à une aide gouvernementale. Si elle ne trouvait pas un bienfaiteur, la nouvelle année sonnerait la mort d'une tradition angelinienne.

Rebecca n'avait certes aucune obligation envers l'école de miss Potter. Mais si elle n'agissait pas, ce seraient les enfants des Angelines qui souffriraient. Elle appela son banquier de Zurich, prit toutes dispositions pour qu'une somme importante fût mise à la disposition de l'établissement. Elle stipula seulement deux conditions : la donatrice resterait anonyme, et l'école triplerait le nombre d'élèves boursières.

On était à quelques semaines de Noël. Le *Windsong* revint au port d'Angeline City. Rebecca trouva son bureau inondé d'invitations, venues du monde entier. Elle envoya ses regrets polis à tous les correspondants, sauf à Bix et à Lauren. Elles s'attendaient à sa présence, elle le savait. Elle allait avoir du mal à expliquer pourquoi elle ne pouvait s'engager, ce qu'elle attendait ou, plus précisément, *qui*.

Tony... Dans sa vie pourtant très occupée, ses pensées revenaient constamment à lui. Parfois, au beau milieu de la nuit, elle sortait du coffre-fort dissimulé dans sa chambre les parts de fondateur de Tyne & Wear. A leur seul contact, elle percevait leur pouvoir, en éprouvait de la joie. Mais, aussitôt, ce même pouvoir se retournait contre elle. Toutes les fois, les mêmes questions se présentaient à son esprit : *Quand réclamera-t-il le prix de son cadeau ? Comment me fera-t-il savoir pour quelle raison il me l'a fait ?* Mais Tony n'avait pas essayé de prendre contact avec elle. Il l'avait oubliée, semblait-il.

A l'approche de Noël, Rebecca se surprit à penser à lui d'une façon différente. les derniers mois avaient été terriblement solitaires. La trahison d'Eric accentuait encore l'impression de vide qu'elle éprouvait. Les larmes qu'elle versait sur Dallas Gibson et la tendresse de son amour en étaient plus amères encore. Inévitablement, elle voyait Tony sous un autre jour, sous l'aspect d'un homme qui était entré par effraction dans sa vie pour l'empêcher de commettre une terrible erreur. Au lieu de faire preuve de gratitude, je l'ai récompensé par des soupçons, se disait-elle. Pourtant, au fond de mon cœur, je sais qu'il m'est attaché. Je l'ai vu dans ses yeux, dans ses gestes, dans la façon dont il a compris que je ne pouvais m'empêcher de le détester d'avoir révélé le crime d'Eric...

Tout à coup, elle eut grande envie de le revoir. Elle écarta sa méfiance et appela le siège de Polaris à New York. Une secrétaire lui répondit qu'Anthony Fabrizzi passait Noël avec des amis et que l'on ne pouvait le joindre.

C'est tout ce que je méritais! pensa-t-elle avec rage. Et elle se résigna à un Noël solitaire.

Les ampoules multicolores qui dessinaient la superstructure du *Windsong* transformaient celui-ci en un navire de conte de fées. En réalité, elles accentuaient seulement le silence qui régnait sur le magnifique bâtiment.

Rebecca avait donné congé à son équipage pour toute la semaine de Noël. Sachant que leur maîtresse serait seule, quelques hommes s'étaient proposés pour rester à bord. Elle n'avait rien voulu entendre. La veille de Noël, dans l'après-midi, elle les avait comblés de cadeaux pour eux et leurs familles et, après quelques toasts, les avait renvoyés chez eux à Angeline City.

Le chef avait laissé un buffet bien garni. Rebecca se servit un repas froid, s'installa dans sa cabine pour appeler quelques amis à travers le monde. Soudain, le système d'alarme se déclencha.

Elle prit le revolver dissimulé sous un panneau derrière son lit et, prudemment, monta sur le pont. L'illumination annihilait toute tentative de dissimulation. Tout de suite, elle repéra l'homme, sur la voûte.

– Identifiez-vous! cria-t-elle.

– Ho, ho, ho!

Elle sentit son cœur bondir en reconnaissant la voix. Elle glissa le revolver sous une toile goudronnée, s'avança vers son visiteur. D'un œil critique, elle examina son smoking.

– Je crains, monsieur Fabrizzi, de me faire une tout autre idée du Père Noël.

Elle leva la tête vers les yeux noirs, sentit leur caresse.

– Que venez-vous faire ici? A votre bureau, on m'a dit que vous étiez parti...

Comme cette fameuse nuit, à Contadora, elle se retrouva entre ses bras. La joue de Tony effleura la sienne, ses doigts encadrèrent le visage de la jeune femme, l'obligèrent à le regarder.

– Avez-vous été bien sage? murmura-t-il.

— Mmm...

Très lentement, il l'embrassa, précisa son baiser. Parcourue d'un frisson exquis, elle se serrait tout contre lui.

Lorsqu'ils se séparèrent enfin, elle murmura :

— Mais, Père Noël, vous n'avez même pas apporté votre sac.

— Je dors nu. Et je reste toujours pour le petit déjeuner...

Noël passa, puis le Jour de l'An. Le *Windsong* était devenu pour eux un havre de paix, le refuge où le reste du monde ne pouvait faire intrusion.

Rebecca ne pouvait le nier, Tony l'attirait physiquement. Elle aimait son torse puissant, ses membres lisses, bien musclés. Elle aimait sa façon de lui faire l'amour, n'importe où, à n'importe quelle heure. A son tour, elle perdait toute fausse honte, le rejoignait volontiers sous la douche pour échanger avec lui des caresses inimaginables.

Mais, tout en assouvissant avec lui les désirs qui s'étaient accumulés en elle, elle savait que leur union n'était pas uniquement faite d'amour physique. Ils étaient comme les deux derniers survivants sur terre, perdus dans un voyage de découverte sans fin. Parfois, elle s'effrayait de la fureur et de la passion de leur liaison. Pourtant, elle en avait conscience, chacun de leurs baisers, chacun de leurs contacts, chacune de leurs étreintes renforçait encore le lien qui s'était noué entre eux. Ils réalisaient ce qui, finalement, devait être leur destinée commune.

Durant ces journées sans égales à bord du *Windsong,* le bureau de Rebecca disparaissait sous les plans et les épures. Tony, qui regardait par-dessus son épaule, remarqua qu'ils dataient tous de près d'un quart de siècle.

— Ils appartenaient à mon père, expliqua-t-elle. Skyscape, notre maison, était la réalisation de son rêve. Les entrepreneurs m'affirment qu'ils pourront tout reproduire, jusqu'au dernier détail.

Elle pressa sa joue contre la main de Tony posée sur son épaule.

— Je veux une maison, Tony, une vraie maison où je me sentirai chez moi, et que personne ne pourra me prendre... Une maison que quelqu'un serait prêt à partager avec moi, ajouta-t-elle, les yeux levés vers lui.

Il comprenait très bien ce qu'elle demandait de lui. Le soir, quand l'équipage se retirait, il la conduisait sur le pont et là, sous la lumière des étoiles, il s'ouvrait à elle. Il lui parlait de son père, Michele Fabrizzi, qui, venant de Naples, était arrivé en Amérique en pleine Dépression. Il s'était forgé un empire qui allait des ports du Nord-Est aux abattoirs du Middle West et aux palais de jeu du Nevada.

— La guerre a amené mon père au sommet. Après l'armistice, il a utilisé ses contacts dans l'armée pour obtenir d'énormes contrats de construction en Europe. De nos jours, si vous voulez faire construire en France, en Allemagne, en Italie, vous devez forcément passer par les Fabrizzi.

Par moments, Rebecca était tentée de poser des questions sur l'autre aspect, plus noir, de l'héritage de Michele Fabrizzi et sur le rôle qu'y jouait Tony. Le père de celui-ci, elle le savait, n'avait jamais été condamné, mais son nom et son organisation avaient été liés à des affaires de trafic de drogue, de prostitution et de pratiques usuraires.

Ai-je vraiment besoin de le savoir ? se demandait-elle. Tony n'a rien à voir avec ce monde-là, qui ne peut nous toucher. Je ne le permettrai pas.

Il lui expliqua comment ses trois frères gouvernaient à présent l'empire fondé par leur père, chacun d'eux étant responsable d'un fief différent.

– Et toi, étant l'aîné, tu as décroché le meilleur morceau : la chaîne hôtelière.

Mais ce n'était pas du tout le cas. Dans les années 50, lui dit-il, il avait observé la croissance explosive de Las Vegas. Il avait prédit que la vogue des machines à sous suivrait le cours de l'économie. En temps de crise, ces joueurs à la petite semaine disparaîtraient. Le truc, c'était d'attirer des joueurs à qui leur fortune et leur finesse en affaires permettraient de résister aux tempêtes économiques.

– J'ai conçu Polaris de manière à en faire le nec plus ultra du luxe et du confort, dit Tony. Certains emploient des architectes d'intérieur. Moi, je suis allé à Hollywood pour y recruter les meilleurs réalisateurs de décors. Dans tous les grands casinos du monde, j'ai des agents qui me renseignent sur les innovations de mes concurrents. Je lis le *Wall Street Journal* comme la Bible, parce que c'est le meilleur moyen de suivre mes clients à la trace. Toutes les fois qu'un bricoleur quelconque invente dans son garage une souricière perfectionnée et prend un brevet, je le sais. S'il touche le gros lot, il est à mes tables le lendemain.

– Et, naturellement, tu mènes tout ça par la seule force de ta personnalité chaleureuse, plaisanta Rebecca.

Elle grimaça lorsqu'il lui prit la main, la serra avec une brutale violence. Ses yeux noirs étaient rivés à ceux de la jeune femme. Lentement, il relâcha l'étreinte, porta les doigts de Rebecca à ses lèvres.

– Je garde et je protège tout ce qui m'appartient. Et je me moque de ce que ça me coûte.

Elle dégagea ses doigts l'un après l'autre.

– Je ne t'appartiens pas, dit-elle froidement. Ne commets jamais cette erreur.

– Sûrement pas. Mais je t'aime, et personne ne te fera plus jamais de mal.

– Tu m'es donc venu en aide par pitié ?

– Non. Parce que je t'aimais. C'est l'unique raison. On agit de la sorte à cause de la nature même de l'amour. On n'attend rien en retour. Mais si l'on est récompensé, c'est qu'on a de la chance, beaucoup de chance.

– Pourtant, à Contadora, tu étais sérieux quand tu m'as proposé d'acheter mes propriétés?

– Oui, répondit-il calmement. L'offre était bien réelle. Ne me demande pas pourquoi je devais te la faire. Il le fallait, c'est tout. Mais j'ai été très heureux que tu refuses.

Elle lui passa les bras autour du cou, l'embrassa passionnément. Elle avait prié pour qu'il ne lui mentît point. Il lui avait dit la vérité, et elle n'avait plus aucun doute à son propos. Maintenant, il était bien à elle.

Les Flots II fonctionnaient sans heurts. Rebecca accepta l'offre de Tony d'aller visiter l'Italie et les pays méditerranéens. Elle n'avait plus fait de séjours prolongés en Europe depuis l'escapade en Volkswagen avec Bix et Torrey et elle était enchantée à l'idée de voir des contrées que Tony connaissait si bien. Elle ne fut pas déçue.

Ils se rendirent d'abord à Venise qui, en hiver, était froide, brumeuse et humide. Enveloppée de lainages et d'un gros manteau, Rebecca, entre les bras de Tony, prenait plaisir à voir les gondoliers conduire leurs barques à col de cygne au long des antiques canaux. Partout où se posaient les yeux, ils contemplaient l'Histoire, depuis la grâce sublime de la Piazza San Marco jusqu'aux mélancoliques synagogues à demi cachées dans le premier ghetto juif du monde, à un simple jet de pierre du Grand Canal.

Elle se grisa de vitesse dans la Ferrari que Tony conduisait à tombeau ouvert sur les *autostradas,* de Bologne à Florence, puis à Rome. Ils visitèrent la Ville Éternelle en amoureux qu'ils étaient, sans se soucier de sa cacophonie, de son agitation.

Lorsqu'ils prirent la route de Naples, l'appréhension envahit Rebecca. Tony avait tenu à rendre visite à la branche de la famille restée en Italie, et la jeune femme s'inquiétait de l'impression qu'elle allait produire. Les gens du Sud, lui avait-il expliqué, étaient plus dévots que leurs cousins du Nord, plus cosmopolites. La famille de Tony, et tout particulièrement sa grand-mère paternelle, ne manquerait pas de constater qu'ils vivaient ensemble sans être mariés.

Je parierais que les premiers mots de la grand-mère seront pour me demander si je suis catholique, se disait Rebecca avec désespoir.

Nònna Fabrizzi n'y manqua point. Devant la réponse négative, elle tapota la main de la jeune femme. Elle connaissait, dit-elle, le prêtre tout indiqué pour amener Rebecca à se convertir avant son mariage avec Tony.

Dans la maison des Fabrizzi, elle découvrit l'atmosphère joyeuse et chaleureuse d'une nombreuse famille étroitement unie. Il y avait là des cousins milanais, des nièces qui se faisaient faire la cour à Rome, de sombres vieillards qui semblaient tout juste descendus des collines où les moutons paissaient à l'ombre du Vésuve. On prenait les repas dans le jardin, à une longue table commune où tout le monde bavardait à cœur joie. Rebecca s'attira l'affection de la *nònna* lorsqu'elle se joignit à la conversation dans un italien hésitant, basé sur sa connaissance approfondie de l'espagnol.

Au moment où Tony et elle allaient rejoindre leurs chambres respectives, elle s'écria :

– Ce sont des gens merveilleux! Je ne savais pas trop à quoi m'attendre. Combien de temps pouvons-nous rester ?

– Si nous devons passer ici un jour de plus, je vais devenir fou ou faire vœu de célibat, déclara-t-il. Je ne supporte pas de ne pas pouvoir coucher avec toi!

Elle l'embrassa chastement sur la joue. Il s'engagea en grommelant dans le couloir.

Les adieux, le lendemain, mêlèrent les larmes aux embrassades. Rebecca promit à *nònna* Fabrizzi de revenir bientôt et fut profondément émue de recevoir des mains de la vieille dame un châle de dentelle fait à la main. En retour, elle invita tous les Fabrizzi à venir séjourner aux Flots quand il leur plairait.

De Naples, Rebecca et Tony se rendirent par avion à Capri, puis à Iglesias en Sardaigne, dans un hôtel Polaris. De là, ils passèrent par Tunis, Tanger, pour atteindre enfin Malaga. Chacun des établissements du groupe Polaris impressionna Rebecca, tant par le service attentif et le cadre brillant que par la clientèle. Les registres des hôtels évoquaient l'édition mondiale du *Who's Who*.

Dès qu'on les vit ensemble dans le domaine de Tony, les inévitables rumeurs commencèrent à circuler. Les échotiers faisaient des allusions à un très prochain mariage, les correspondants financiers s'interrogeaient sur une fusion entre Les Flots et Polaris.

– Je ne serais pas surpris si *nònna* avait lancé ces histoires, grommela Tony. A propos de notre mariage imminent, en tout cas.

– Comment oses-tu dire du mal de cette femme adorable ? le reprit Rebecca.

Un peu plus tard, alors qu'ils savouraient un Castillo Ygay Reserva – un vin blanc espagnol qui se fabrique seulement tous les vingt-cinq ans – tout en regardant le soleil couchant incendier les plaines, la jeune femme exprima l'idée qui la tracassait depuis Capri :

– Tu n'envisages pas d'étendre Polaris aux Caraïbes, j'espère ?

– Il y a déjà bien assez de salles de jeux dans les Caraïbes, répondit Tony. Et pas assez d'argent pour rendre l'opération valable.

– Tant mieux, parce que j'ai un projet.

Elle s'expliqua. Dans dix ans, selon elle, toute une couche de la société gagnerait plus d'argent qu'elle n'en pourrait dépenser.

– Ces gens-là exigeront le meilleur en tout, depuis les montres jusqu'aux chocolats.

– Et alors?

– A mon avis, les seuls lieux où ils pourraient se détendre seraient Les Flots III, où ils trouveraient le summum du luxe, du service, des aménagements. Une retraite à l'abri des indiscrets, où les gens riches et célèbres pourraient s'amuser sans le moindre souci... Des stars du rock, des artistes, des décorateurs, des sorciers de la finance, tous ceux qui auront fait fortune grâce à leur talent, à leur dynamisme, à leur courage. Ces gens vont devenir la nouvelle aristocratie. Ils auront besoin d'un endroit comme Les Flots III.

Elle tendit la main, la posa sur celle de Tony.

– Qu'en penses-tu? Ça marchera?

– C'est bien possible, dit-il lentement.

Elle se trompa sur son hésitation.

– Je ne veux pas rivaliser avec Polaris, affirma-t-elle. Le jeu ne m'intéresse absolument pas. D'ailleurs, ajouta-t-elle avec un sourire malicieux, T.S. Eliot n'a-t-il pas dit que, seuls, les médiocres empruntent, mais que les meilleurs volent?

– Je suis flatté, dit Tony en riant. Mais ne crois-tu pas que tu vas un peu vite? Les Flots II viennent tout juste de démarrer. Tu dois t'occuper de ton exploitation minière. Tu pourrais bien avoir les yeux plus gros que le ventre.

Elle allait répondre sur le ton plaisant mais elle se reprit.

– Il y a autre chose, n'est-ce pas, Tony? dit-elle gravement. Cette idée des Flots III te contrarie.

Il gardait le silence. Elle hasarda une conjecture.

– Est-ce ton père? Y verrait-il une concurrence pour Polaris?

Tony n'avait jamais caché qu'il connaissait les ténébreux secrets du clan. De temps à autre, quand Rebecca était présente lors d'un appel téléphonique, elle percevait dans sa voix la note de dureté commune à tous les Fabrizzi. Mais elle ne posait pas de questions, elle ne cherchait pas à savoir si, dans les cas particulièrement difficiles, Tony faisait appel aux contacts de sa famille. Il n'y manquait pas, certainement. Il n'avait pas hésité à entraîner Celeste Lambros dans une affaire de drogue.

Pourtant, en dépit du pouvoir à sa disposition, Tony n'effrayait pas Rebecca. Elle avait depuis longtemps résolu l'énigme de leurs relations. Ils étaient faits du même bois; deux êtres que leur destin différenciait de tous les autres. Chacun d'eux avait créé un empire fondé sur une vision unique en son genre. Tous deux avaient connu des épreuves mais ils avaient repris leur élan vers de plus grands triomphes. Ils comprenaient que l'un ne pourrait jamais surpasser l'autre.

– C'était ton père qui t'avait suggéré d'acheter Les Flots, n'est-ce pas? demanda doucement Rebecca.

Tony hocha la tête.

– Il a pour toi une admiration phénoménale. Et ce qu'il admire, il le lui faut généralement.

– Et tu lui avais promis de me demander si je voulais vendre?

– Je le lui avais promis, confirma-t-il en souriant. Mais je n'avais dit ni comment ni quand je poserais la question, ni si j'insisterais beaucoup.

– Tu possèdes un charme de tous les diables, fit-elle en riant.

Il se pencha au-dessus de la table. Son visage semblait sculpté dans un bronze doré.

– Tu intriguais mon père. Tu l'intrigues toujours. J'aimerais te le faire rencontrer. *Nònna* a déjà dû lui fournir une appréciation élogieuse. Je crois qu'il serait bon de vous réunir tous les deux.

– Moi aussi.

Tony était tout prêt à quitter Malaga pour regagner New York en passant par les Açores. Mais Rebecca insista pour lui montrer le minuscule village de Zamarramala, construit au sommet d'une colline, à près de quatre-vingt-dix kilomètres de Séville.

– Tu seras séduit, lui répétait-elle. C'est un monde à part. Et j'ai quelque chose à t'y faire voir.

Intrigué, Tony loua une voiture qui les emmena par les routes tortueuses de la campagne.

– Jamais de ma vie je n'ai vu autant de femmes! s'exclama-t-il en descendant, main dans la main avec Rebecca, l'unique rue de Zamarramala. Elles portent toutes la même tenue... Que se passe-t-il? demanda-t-il d'un air soupçonneux.

– Tu vas voir.

Sur un baiser rapide, elle l'entraîna dans une boutique.

Elle acheta le costume traditionnel complet – une longue et large jupe, un corselet brodé, une mantille de dentelle sommée d'un chapeau orné de sequins. Tony resta dérouté devant le dernier article que la vendeuse tendit à Rebecca, une longue épingle, d'aspect inquiétant. Il ressentit une certaine appréhension en entendant la femme appeler l'objet un *matahombres* – un tueur d'hommes – et en la voyant échanger un clin d'œil avec sa cliente.

– A quoi diable ça peut-il servir? demanda-t-il.

– Oh, tu verras bien, répondit-elle avec désinvolture. Ça fait partie du costume.

Il haussa les épaules, oublia son inquiétude en se promenant dans le village. Le seul nombre des femmes, de tous âges, et toutes semblablement vêtues, le fascinait.

– Je me demande qui s'acquitte des travaux ménagers, ici? se demanda-t-il à haute voix.

Devant chaque taverne, des femmes, assises par groupes, bavardaient en ingurgitant des verres de vin du cru et en mangeant des saucisses chaudes très épicées. Tony rougit lorsqu'elles l'assaillirent de commentaires paillards et il fut choqué en voyant trois femmes discuter âprement avec le prêtre du village. Sur la place,

Rebecca se joignit à la danse, passa de partenaire en partenaire – rien que des femmes, naturellement.

Tony s'approcha d'un jeune homme mélancolique qui, comme les autres, s'adossait au mur d'une maison.

– Que se passe-t-il?

Le garçon soulevait la poussière du bout de son espadrille.

– Je tremble comme de la gelée quand elles font leur fiesta, marmonna-t-il.

Je tremble comme de la gelée...

Tony, perplexe, allait poser une autre question, mais sa voix fut couverte par un coup de trompe, immédiatement suivi par un cri de guerre à vous glacer le sang, poussé par les femmes.

– Courez, *amigo*! cria le jeune homme.

Tony jeta un seul coup d'œil sur les femmes qui chargeaient, leurs *matahombres* pointés devant elles comme des lances. Le garçon savait ce qu'il disait, pensa-t-il. Sous les acclamations et les quolibets des spectatrices, il remonta la rue à fond de train. Il entendait des cris de douleur parmi les hommes qui l'entouraient. Il regarda par-dessus son épaule, vit des *matahombres* atteindre leurs cibles.

Elles cherchent à nous tuer!

– Aïe!

Tony fit un bond en avant en sentant l'aiguille transpercer son pantalon de toile blanche pour l'atteindre en plein dans la fesse gauche. Il tourna la tête, aperçut Rebecca, les yeux étincelants. Elle s'apprêtait à le frapper de nouveau.

– Plus vite! lui cria-t-elle. Ne peux-tu mieux faire?

Elle l'eut vite convaincu de forcer l'allure.

Poursuivis par leurs Furies attitrées, les hommes coururent d'une traite jusqu'à l'autre bout du village où, sur un plateau herbu, ils finirent par se laisser tomber. Une à une, les femmes les rejoignirent pour les étreindre, les embrasser.

– C'était amusant, non? souffla Rebecca qui riait aux larmes. Nous devrions faire ça plus souvent!

– Qu'avons-nous... fait... exactement?

A bout de souffle, haletant, Tony se retourna sur le dos. Elle se souleva sur un coude pour repousser les cheveux qui lui retombaient sur le front.

– Nous avons célébré la libération de Segovia. En 1227, la citadelle de Segovia était occupée par les Maures. Les femmes de Zamarramala donnèrent l'assaut pour la reprendre. Chaque année, en signe de gratitude, les hommes du village abandonnent l'autorité aux femmes mariées pendant deux jours. Celles-ci élisent deux mairesses, donnent des ordres au prêtre et au garde champêtre et se laissent servir par les hommes.

– Quand elles n'essaient pas de les embrocher!

Rebecca aida Tony à se relever.

– Viens. Ce n'est pas encore fini.

Il vit alors les longues tables dressées sur l'herbe. Les femmes étaient assises sur les bancs. Les hommes allaient et venaient en courant, avec des cruches de vin, des plats chargés de viandes rôties. Tony gémit en entendant s'élever une acclamation qui saluait la mise à feu d'un mannequin de paille pendu à une potence de fortune.

– Mes ancêtres eux-mêmes n'étaient pas aussi sanguinaires, murmura-t-il.

– Console-toi avec cette pensée, mon ange, dit Rebecca d'un ton insidieux. J'aurai besoin de toi tout à l'heure, pour exécuter mes désirs d'une tout autre manière.

Elle allait rejoindre ses sœurs. Il se souvint soudain d'une phrase qu'elle avait prononcée.

– Je croyais que, seules, les femmes mariées participaient à ces réjouissances barbares, lui cria-t-il.

– Tu tiens à me chicaner là-dessus ? lui lança-t-elle en riant par-dessus son épaule.

Non, se dit-il. *Jamais je ne te chicanerai, aussi longtemps que je verrai du rire dans tes yeux.*

C'était leur deuxième journée à Zamarramala, et Tony était éreinté. Il enfouit son visage dans l'oreiller, s'efforça d'ignorer Rebecca qui le caressait amoureusement.

– Je croyais que nous étions ici pour nous reposer, marmonna-t-il.

– Tu te reposeras tout ton saoul à New York, roucoula-t-elle. En attendant...

La bruyante sonnerie du téléphone l'interrompit. La réception avait pour elle un télégramme urgent et le lui faisait monter immédiatement. Rebecca jeta un peignoir sur ses épaules et sortit. Un instant après, elle rentra dans la chambre, tendit le papier jaune à Tony. Il lut le bref message, puis demanda :

– Veux-tu que je t'accompagne ?

– Non, mon amour. Je dois voir Andrew Stoughton moi-même. Je me demande seulement pourquoi il a mis si longtemps.

50

A Londres, Andrew Stoughton se posait à peu près la même question. Pourquoi Rebecca n'avait-elle encore laissé entendre à personne qu'elle était en possession des parts de fondateur ? Tout le reste provenait de ce mystère-là.

Par les hautes fenêtres de son salon, Andrew découvrait l'architecture élancée de Westminster, mais le spectacle ne lui apportait aucune réponse. Il s'écarta de quelques pas. Son costume gris, de coupe italienne, s'accordait à la perfection avec le décor blanc, noir et gris, souligné par des statues cadavériques de Giacometti, un Munch angoissant, un Dali presque obscène à force d'être inquiétant.

Quelle que soit la raison, je la connaîtrai bien assez tôt. Tout ce qu'elle a gagné, par cette attente, c'est de creuser plus profondément sa propre tombe.

Au cours des six derniers mois, il était parvenu à s'en convaincre.

Tout comme Celeste, Andrew ne s'était pas appesanti sur le passé. Scandalisé, atterré sur le coup par la monumentale stupidité de Celeste, il avait vite compris qu'il était impuissant à en modifier le résultat. Celeste s'était refusée à lui fournir des détails, mais il avait appris l'essentiel sur les rapports d'Anthony Fabrizzi avec son ex-épouse.

Et Fabrizzi ne s'en était pas tenu là. Andrew fut d'abord surpris, puis inquiet, en prenant connaissance des rumeurs à propos des relations entre Rebecca et Anthony Fabrizzi. Certes, celles-ci se concentraient surtout sur les possibilités de développpements romanesques, mais Andrew ne pouvait écarter l'éventualité d'une association financière. Si Rebecca mettait en commun ses ressources avec celles de Fabrizzi, elle pourrait bien représenter une force invincible.

Dès qu'il eut signé les documents qui garantissaient à Celeste sa rente annuelle, il reprit l'avion pour Londres. Il avait beaucoup à faire et il ignorait de combien de temps il disposait. Une seule ligne d'action lui était ouverte, il devait se débarrasser des administrateurs qui lui étaient hostiles et mettre à leur place ses propres créatures. Plus vite il modifierait le jeu en sa faveur, et plus sa position serait forte quand Rebecca romprait enfin le silence. Celeste ne l'inquiétait pas. Dans leur contrat, une clause stipulait que Celeste perdrait tous ses droits si jamais elle soufflait mot de l'abandon de ses parts.

Mois après mois, Andrew avait vécu sous une épée de Damoclès. De jour en jour grandissait sa haine pour Rebecca qui pouvait, en quelques mots, le mettre à genoux. L'image de la jeune femme naissait de la fumée de son cigare quand, la nuit, seul dans son bureau, il combinait l'éviction des hommes qui seraient trop heureux de le détruire s'ils soupçonnaient sa vulnérabilité. Il menait Alan Ballantyne aussi durement que lui-même, exigeait de lui des détails intimes presque impossibles à découvrir sur des hommes qu'il considérait maintenant comme ses ennemis mortels. Il avait pu en acheter quelques-uns, au prix de conséquences presque ruineuses pour ses propres finances. Pour d'autres, il avait exploité un instant d'égarement pour en tirer des lettres de démission « volontaire ». Le plus obstiné de tous, le président de la Continental Fidelity Insurance, avait été victime d'un accident dans les montagnes de Nouvelle-Zélande...

Andrew avait vécu chaque jour de ces six mois comme si ce devait être le dernier. A force de se démener comme un possédé, il avait atteint son but. Mais ces victoires, toutes nécessaires et importantes qu'elles fussent, ne lui suffisaient pas. Rebecca était toujours là.

Il avait décidé de propos délibéré de la recevoir dans son appartement. Il ne voulait pas la voir dans les bureaux de Tyne & Wear; les langues indiscrètes auraient répandu la nouvelle de leur rencontre en moins d'une heure dans toute la City. Il n'était pas question non plus d'un endroit public, comme son club ou un restaurant.

Tout en contemplant la grâce de Westminster, il se surprit à attendre la jeune femme avec anxiété, presque avec impatience. C'était en partie parce qu'il ne pouvait plus rien faire avant de connaître ses intentions. Mais il y avait aussi les souvenirs.

Il avait eu bien des maîtresses mais jamais il n'avait oublié Rebecca. Il revoyait l'adolescente de treize ans, timide et gauche, qui avait eu un béguin pour lui, et la presque femme de dix-huit ans qu'il avait séduite. Rebecca était de ces femmes très rares qui n'ont aucune idée de leur beauté. Naguère, son innocence l'avait rendue vulnérable, facile à manipuler. Mais, au fil des années, les qualités qu'il n'avait pas su voir s'étaient révélées. L'hésitation s'était changée en détermination, la naïveté en une lucidité sans pitié. Le sort de Justin Lambros en était la preuve.

Le vieux Silas avait raison. Elle m'obsède. Mais ce n'est pas pour les raisons qu'il soupçonnait.

Si Rebecca le fascinait, c'était précisément parce qu'elle était devenue une autre femme.

Le portier annonça par l'interphone :

– Il y a là une miss McHenry qui désire vous voir, monsieur.

– Faites-la monter.

Andrew se sentit pris de désir pour cette nouvelle Rebecca, une femme invaincue, qui osait le tenir en otage. D'une façon ou d'une autre, il l'aurait, il l'humilierait, il la briserait. Fini, le genre d'attaques qu'il avait organisées contre elle en Jamaïque ou à la caye de Windemere. Cette fois, elle ne lui échapperait pas.

51

Rebecca accueillit le télégramme d'Andrew par un soupir de soulagement. Elle l'attendait depuis des mois. Le moment, en outre, lui semblait plutôt favorable. Les instants passés avec Tony, particulièrement la visite à sa famille, lui avaient redonné force et chaleur. Sa sollicitude lui avait fourni l'assurance qu'elle n'était pas seule. Leurs ébats amoureux l'avaient emplie d'une joie profonde, avaient fait renaître en elle un goût de la vie, une espérance que la trahison d'Eric et la mort de Jewel avait presque éteints. Elle se sentait prête à rencontrer Andrew Stoughton.

De Zamarramala, Tony et elle gagnèrent par avion Paris, où ils prirent un appartement au Lancaster. Rebecca, qui n'avait aucune tenue qui convînt à un hiver londonien, alla faire des emplettes et mit tout son discernement dans le choix de ses vêtements. A son retour à l'hôtel, elle trouva les documents qu'elle avait fait venir de New York et de Zurich. Quand Tony revint, après avoir rendu visite à des amis, il trouva le bureau du salon couvert de papiers et de rapports.

– Que se passe-t-il ?

– Ce sont toutes les informations que j'ai rassemblées depuis six mois sur Tyne & Wear. Leurs opérations financières, leurs acquisitions récentes, et ainsi de suite.

Elle fronça les sourcils.

– Il semble s'être produit d'importants changements dans la composition du conseil d'administration. Andrew s'est arrangé pour se débarrasser de la majeure partie de la vieille garde.

Il se pencha pour lui poser un baiser sur la tête.

– Ne travaille pas trop dur, murmura-t-il. Rappelle-toi, nous avons une table réservée chez Maxim's.

Sans rien dire, elle lui pressa la main.

Elle passa le reste de l'après-midi et toute la journée du lendemain à étudier les documents. Elle pouvait considérer Tyne & Wear comme une entité sans visage, une corporation sans âme, et bannir ainsi complètement Andrew de son esprit.

D'après les informations sur lesquelles elle travaillait, Tyne & Wear n'était pas dans la meilleure forme possible. Ses entreprises aux Caraïbes étaient mal gérées, utilisaient des procédés désuets. Ses fabriques de textiles aux Philippines, en Corée, à Taiwan subissaient de plus en plus la concurrence d'entrepreneurs américains. Mais, en Europe, la compagnie possédait plusieurs contrats de transport à long terme qui rapportaient des bénéfices. Tyne & Wear avait également armé trois supertankers japonais pour apporter aux États-Unis le pétrole brut d'Arabie.

Le monde évoluait, se disait Rebecca. Andrew, par son désir de consolider son autorité, par son refus de déléguer les pouvoirs, perdait du terrain. Néanmoins, il avait maintenant la haute main sur le conseil, et quatorze pour cent des actions représentaient un facteur important. Jamais, au grand jamais, elle ne devrait commettre l'erreur de le sous-estimer. Forte de cette idée, elle passa plusieurs coups de fil à Londres.

Le dernier soir de leur escale à Paris, Tony déclara :

– J'ai à faire à Londres. Ça ne te ferait rien que je parte avec toi ?

Il leva les deux mains en un geste de capitulation.

– Je ne me mêlerai de rien, promis.

– Je serais ravie de t'avoir là-bas, murmura Rebecca. Bix m'a parlé d'un merveilleux petit restaurant à Kensington.

Mais lorsqu'elle s'endormit, ce ne fut pas de Londres qu'elle rêva. Elle voyait des flammes dansantes dévorer Skyscape; Justin était là, sur le toit, et il tombait, tombait en hurlant, sans jamais atteindre le sol...

En dépit de la promesse qu'elle s'était faite de garder son sang-froid, Rebecca se raidit, sentit les cheveux se hérisser sur sa nuque, dès que la limousine roula dans la ville. Elle n'entendit même pas les paroles d'accueil du directeur du Connaught. Tony dut lui demander par deux fois si elle désirait monter à leur appartement ou si elle gardait la voiture.

– J'y vais tout de suite, mon chéri, dit-elle d'un ton faussement léger. Je te rejoindrai plus tard.

– Chez Bright, à Kensington?

– Oui, bien sûr. Chez Bright...

Quand la Daimler démarra en direction de la City, Rebecca se laissa aller sur les coussins, ferma les yeux.

Reprends-toi! s'ordonna-t-elle farouchement. *S'il te voit dans cet état, il va te piétiner!*

Par un effort de volonté, elle fit le vide dans son esprit. Elle examina d'un œil critique son visage dans un miroir. Ses traits étaient calmes, d'un calme presque effrayant. Ses yeux ne cillaient pas mais ils étaient démesurément agrandis. C'était le seul signe du tumulte qui faisait rage en elle. Sa veste bleu nuit, d'une coupe sévère, mettait parfaitement en valeur son chemisier de soie blanche, fermé d'un camée ancien que lui avait offert Tony. Un long manteau de zibeline l'enveloppait.

Comment vais-je le retrouver? Que va-t-il me dire? Va-t-il me toucher? Que penserai-je en le voyant? De quoi vais-je me souvenir?...

Elle n'avait de réponse qu'à cette dernière question. Les yeux fixés droit devant elle, elle ne voyait pas la grisaille d'un après-midi d'hiver londonien mais l'incendie qui embrasait une nuit moite des Caraïbes.

– Oh, Max, murmura-t-elle, aide-moi, je t'en prie!

– Bonjour, Rebecca. Tu es ravissante, comme toujours.

Elle soutint son regard, imprima son image dans son esprit. Andrew avait vieilli, naturellement. Il y avait des fils d'argent dans la chevelure impeccablement coiffée. Les joues se fripaient un peu. Trois sillons horizontaux creusaient le front. Mais Rebecca ne s'était pas attendue à voir ces yeux rieurs, ce calme sourire qui découvrait des dents éblouissantes.

Elle essayait d'imaginer sur ce visage un masque de rage, entre les doigts soignés l'arme dont il s'était servi pour tuer Violet, l'infirmière de son père. Ces mêmes doigts, qui avaient arraché les tubes de perfusion qui assuraient la vie de Max, qui, un peu plus tard, avaient placé à travers la maison les bougies allumées, avaient versé l'essence...

— Bonjour, Andrew, dit-elle en passant devant lui.

Tout de suite, la pièce lui fit horreur. Elle faisait penser à une caverne, à une tanière. Les monstrueuses œuvres d'art évoquaient pour elle des trophées de cannibales. Elle n'ôta pas son manteau. Andrew avait tendu la main vers la fourrure.

— Tu ne comptes pas rester longtemps? demanda-t-il.

— Juste assez pour entendre ce que tu me veux.

Il reprit son cigare, s'approcha du bar.

— Un verre, peut-être?

— Non, merci.

— Installe-toi au moins confortablement, dit-il en désignant le canapé.

Elle préféra s'asseoir dans un fauteuil.

Andrew se mit à rire.

— Ça, alors! On se tient sur la défensive!

Elle garda le silence. Il s'assit en face d'elle, sur le canapé, croisa les jambes.

— Tu as les parts de fondateur de Celeste, dit-il brusquement.

— Elles m'appartiennent, rectifia Rebecca.

— Exact. Combien en veux-tu?

— Elles ne sont pas à vendre.

Il inclina la tête.

— Parfait. Peut-être pourrions-nous faire un échange. Peut-être as-tu envie – ou besoin – de quelque chose, à Tyne & Wear.

— Je n'ai envie – ni besoin – de rien que tu possèdes.

— Alors, nous sommes dans l'impasse, semble-t-il.

— On est dans l'impasse quand les deux parties ne peuvent se mettre d'accord sur un marché. Je ne suis pas ici pour négocier mais uniquement pour t'écouter.

Andrew se pencha en avant, les coudes sur les genoux, les doigts joints.

— Rebecca, nous sommes tous les deux un peu trop âgés et certainement trop occupés pour faire joujou. Tu as fait des Flots une extraordinaire corporation. De mon côté, je peux prétendre que, sous ma direction, Tyne & Wear ne s'est pas trop mal comportée. Il me semble donc que, l'un comme l'autre, chacun dans son coin, nous nous sommes bien tirés d'affaire.

— Où veux-tu en venir, Andrew? demanda-t-elle calmement.

— A présent, nous sommes sur le point de nous heurter de front, répondit-il. Tu contrôles trente-cinq pour cent de Tyne & Wear. Tu es en excellente posture, je te l'accorde, pour influencer la politique de la compagnie. Toutefois, Tyne & Wear est mon domaine. Je ne me suis jamais mêlé de tes opérations. Je te demande maintenant de me rendre la politesse.

Elle dut lutter pour garder son sang-froid. Elle avait peine à croire à l'arrogance de cet homme, à l'insensibilité qui lui permettait de rejeter le passé.

Et Max ? Et Skyscape ? Et, à la Jamaïque, qui était le responsable quand on a fait sortir ma voiture de la route, quand on a tué M. Smith... et mon enfant à naître ? Espèce de salaud ! Qui a fait assassiner Dallas ?

– J'aurais pu me servir de ces parts de bien des façons, se contraignit-elle à dire. Je n'en ai rien fait.

– Parce que en réalité, tu ne peux rien faire, déclara Andrew. A mon avis, il existe une seule question que tu doives te poser : Pourquoi ai-je envie de m'immiscer dans les affaires de Tyne & Wear ? Je crois aussi que cette question te tourmente depuis six mois, sans grand résultat. En fait, la situation me fait penser au renard, dans les fables d'Ésope. Le pauvre animal était parvenu à passer la patte dans le trou d'un arbre pour s'emparer d'un morceau friand. Mais, lorsqu'il essaya de retirer sa patte, il s'aperçut que le morceau friand ne passait pas par le trou... C'est là ton dilemme, ma belle. Le morceau est dans ta main, mais tu ne le possèdes pas vraiment. Tu n'as pas non plus beaucoup de choix. Ou bien tu t'accroches à ces parts et tu ne bouges pas, ou bien tu y renonces et tu poursuis ta route.

Rebecca parut réfléchir à ses paroles.

– Que proposes-tu ?

Il se leva, se mit à arpenter la pièce.

– Là est le problème, hein ? fit-il en riant. Si tu étais une femme ordinaire, il s'agirait d'une simple question d'argent. Mais tu n'en as pas besoin, tu en as déjà bien assez. Pourtant, c'est la seule possibilité qui me vienne à l'esprit... La question, évidemment, c'est : Combien ?

– Beaucoup, dit-elle doucement. Il ne s'agit pas seulement de la valeur en dollars des parts, Andrew, mais de ce qu'elles valent pour toi. Si tu les possèdes, tu possèdes en même temps Tyne &Wear.

Andrew se rapprocha d'elle, tendit la main, posa le bout de ses doigts sur la joue de Rebecca. Elle tressaillit, comme sous une décharge électrique.

– Qu'avais-tu en tête ? demanda-t-il d'une voix un peu rauque.

Elle percevait les ondes de désir qui émanaient de lui. L'espace d'un instant, le passé surgit, elle revit le moment où Andrew et elle s'étaient enlacés sous la mer, où il l'avait emportée jusqu'à la plage...

Elle dégagea sa main, se leva.

– Nous n'avons plus rien à nous dire, je crois... pour le moment.

– Mais nous nous retrouverons bientôt, fit-il avec un sourire nonchalant.

– Oh, je n'en doute pas le moins du monde.

Sur le seuil, elle se retourna vers Andrew.

– J'attends de tes nouvelles, dit-il.
– Je ne manquerai pas de t'en donner.

Dès qu'elle se retrouva dans la limousine, Rebecca appela le Connaught et demanda au concierge de transmettre un message à Tony, quand il téléphonerait. Elle donna ensuite une adresse au chauffeur, ajouta, en consultant sa montre :
– Pouvons-nous y être en vingt minutes ?
– Certainement, madame.

Durant le trajet, la jeune femme remercia intérieurement son intuition qui l'avait poussée à donner, de Paris, quelques coups de fil. Elle avait dit à Andrew qu'elle lui ferait connaître ses intentions. Il les apprendrait, oui, mais pas de la façon à laquelle il s'attendait. Elle aurait donné cher pour voir l'expression d'Andrew, s'il s'était trouvé là, lorsqu'elle pénétra dans l'immeuble de la BBC. Le producteur de *Business Forum*, l'émission financière la plus suivie en Grande-Bretagne, retransmise également à l'étranger, attendait Rebecca dans le hall de l'immeuble.
– J'ai cru un instant que vous ne seriez pas là à temps, dit-il. Il nous reste un quart d'heure avant le début de l'émission.
– Je vous suis.

A l'entrée de Rebecca sur le plateau, il restait tout juste trente secondes. Elle échangea une poignée de main avec le présentateur, sir Malcolm Beasley, et s'installa dans son fauteuil.

Sir Malcolm avait été naguère conseiller financier pour la Couronne.
– Je regrette que nous n'ayons pas eu le temps de voir ensemble le programme. Mais nous nous en tirerons, j'en suis sûr, dit-il. Vos opérations minières pourraient faire l'objet d'une discussion intéressante...
– J'ai beaucoup mieux à vous proposer, répondit-elle. Une surprise.

Il haussa un sourcil aristocratique mais il n'eut pas le temps de poser une question ; ils étaient sur les ondes.

Après une revue générale de la semaine financière, sir Malcolm présenta Rebecca, et attaqua directement.
– Miss McHenry, avant l'émission, vous avez fait allusion à une surprise. Peut-être aimeriez-vous vous expliquer ?

La jeune femme sourit à la caméra.
– En effet, sir Malcolm, j'ai une annonce à faire. J'ai acquis récemment ce qu'on appelle les parts de fondateur de Tyne & Wear, qui représentent trente-cinq pour cent des actions de cette compagnie. J'ai l'intention de les utiliser pour m'assurer le contrôle total de Tyne & Wear.

Pour la première fois de sa carrière, sir Malcolm resta sans voix. Rebecca reprit aussitôt :
– Le nom de ma nouvelle corporation, qui assurera l'offre publique d'achat sera...

Elle se rappela la référence d'Andrew au renard de la fable d'Ésope.

– La nouvelle corporation s'appellera « Vixen »... La Renarde.

52

La nouvelle électrisa le monde de la finance et créa des ravages dans le cours des actions de Tyne & Wear.

L'annonce de Rebecca avait été faite à quelques minutes seulement de la clôture du Royal Exchange, et la cote de Tyne & Wear sur le marché de Londres demeura inchangée. En revanche, la situation à New York se montra chaotique. À dix heures, le marché considérait le silence de Tyne & Wear devant cette déclaration comme l'aveu de graves difficultés financières. Les ordres de vente affluaient. A une heure de l'après-midi, quand Andrew Stoughton annonça qu'il allait se défendre contre l'offre publique d'achat et reçut le support du consortium de banques de Tyne & Wear, la tendance se renversa. Les analystes avaient déjà calculé qu'une reprise contestée coûterait cher à la Suncorp de Rebecca. Ils avaient par ailleurs conclu que la principale source de revenus viendrait des mines d'or en exploitation. Aussi longtemps que le métal se maintiendrait à un cours élevé, Suncorp avait de bonnes chances de pouvoir financer sa bataille et, éventuellement, d'en sortir victorieux. Au moment où San Francisco entra en ligne, on avait pris en compte la valeur nette des Flots. Les actions de Tyne & Wear, après avoir dégringolé de vingt points, remontèrent. À la fermeture, elles n'étaient plus qu'à cinq points de leur valeur d'ouverture.

Après avoir lâché sa bombe, Rebecca sortit des studios de la BBC par une porte dérobée, laissant sur le plateau un sir Malcolm stupéfait et, dans le hall, une meute de journalistes. Elle ordonna à son chauffeur de la conduire chez Bright, le fameux restaurant de Kensington.

C'était l'un des établissements de Londres où l'on dégustait les meilleurs fruits de mer. Son plafond ovale, où des ondines folâtraient avec un Neptune lubrique, était assez abominable pour faire du lieu l'un des mieux prisés de la ville. Rebecca arriva au moment où partaient les derniers clients venus déjeuner. Le maître d'hôtel l'accueillit comme une parente longtemps perdue de vue, lui assura que la cuisine était à son entière disposition.

Tony se leva d'une table d'angle pour l'embrasser avec fougue.

– Tu ne cesseras jamais de m'étonner, dit-il. Pourquoi diable ne m'avais-tu parlé de rien ?

– Comment diable as-tu appris la nouvelle ? rétorqua Rebecca.

Elle s'empara du Martini-vodka de Tony, le but d'un trait.

– Il se trouve qu'en venant ici, je suis passé chez mon courtier, dit-il. Le malheureux tournait en rond comme un poulet à qui l'on a coupé le cou.

Le serveur apparut avec une bouteille de Montrachet tirée des réserves de Bright.

– Tu veux me raconter ce qui s'est passé? demanda Tony.

La jeune femme but une gorgée de vin. L'alcool commençait à la calmer. Elle parla de l'offre d'Andrew de racheter les parts et de la manière dont elle l'avait amené à croire qu'elle finirait par vendre.

– Tu l'as fait marcher? dit Tony, incrédule. Bon sang, j'espère ne jamais te rendre furieuse contre moi... Mais pourquoi, Rebecca? ajouta-t-il plus gravement. Pourquoi maintenant? As-tu bien réfléchi?

Elle attendit en silence le départ du serveur.

– Tyne & Wear est installée aux Caraïbes depuis des centaines d'années. Ils ont fait la traite des Noirs, ils ont attiré des bateaux sur les récifs pour les piller et, avec le temps, ils ont détruit un bon nombre des îles. Silas Lambros était le dernier d'une lignée de grands pirates, Tony. Il a laissé derrière lui des gens qui étaient – qui sont encore – des esclaves sur leurs propres terres.

Après une pause, elle reprit:

– Et Andrew est aussi mauvais, sinon pire, que Lambros l'a jamais été. Il n'éprouve aucun sentiment pour ces gens. A ses yeux, ils représentent uniquement une source de main-d'œuvre à bon marché. Quand il trouvera avantage à s'adresser ailleurs, il supprimera les entreprises de Tyne & Wear aux Caraïbes, sans une pensée pour les vies détruites qu'il laissera derrière lui... J'ai été témoin de sa malfaisance beaucoup trop longtemps. Je me moque des opérations de Tyne & Wear dans le reste du monde. Si je veux avoir le contrôle de la compagnie, c'est pour changer sa manière d'agir aux Caraïbes.

Tony la regardait dévorer sa sole meunière.

– Est-ce bien le moment de réparer des injustices passées, dit-il, quand tu songes à créer Les Flots III?

Elle posa son couteau et sa fourchette.

– Je possède pour l'instant trente-cinq pour cent de Tyne & Wear. Il ne me manque que quinze points pour avoir la majorité. Penses-y, Tony! Moins de la moitié de ce que je détiens déjà! Le moment ne sera jamais meilleur.

Tony comprit qu'il ne pouvait contrecarrer sa logique. Il se sentait néanmoins en état d'alerte.

Rebecca posa la main sur la sienne.

– Je t'en prie, mon chéri, ne te tourmente pas. Tout ça ne change rien entre nous.

Il lui sourit, dissimula son inquiétude. Il se promit de faire en sorte de lui donner raison.

Rebecca s'était déjà trouvée dans la même situation. A peine elle et Tony étaient-ils de retour à New York que le téléphone se mit à sonner sans relâche. Comme au temps où elle avait annoncé la réouverture des mines d'or McHenry, Ramsey Peet voulait maintenant savoir si, oui ou non, elle avait perdu l'esprit. Son expert-comptable, dévoré d'anxiété, avait laissé partout des messages annonçant qu'il avait ressorti sa promesse de suicide et qu'il mettrait sa menace à exécution si Rebecca ne lui disait pas immédiatement ce qu'elle avait en tête. Quand elle alla voir Ramsey, la jeune femme lui apporta un pull-over en cachemire aux couleurs très vives, acheté à Londres.

– Rien ne peut vous arrêter, hein? fit-il.

Il secouait la tête et tambourinait du bout des doigts sur le globe. Si Ramsey avait été Dieu, pensa Rebecca, il y aurait eu un énorme cratère au beau milieu de l'Australie.

Dans le bureau familier, en compagnie de cet ami, elle se détendait. Une si grande partie de tout ce qui avait modelé et guidé sa vie avait débuté là.

– Vous voulez que je vous raconte tout depuis le début, je suppose? dit-elle.

– La Bible elle-même commence par le commencement.

Elle dit comment elle avait acquis les parts de fondateur, décrivit par le détail son examen méticuleux de la situation financière de Tyne & Wear. Elle produisit la liste des actionnaires qui seraient le plus susceptibles de lui vendre les actions dont elle avait besoin – si le prix était assez élevé.

– Deux questions, dit Ramsey en allumant sa pipe. D'abord, pourquoi avez-vous attendu six mois? Nous aurions pu préparer le terrain, durant ce temps.

– J'en ai eu besoin pour mes recherches. D'ailleurs, si nous avions pris contact avec l'une des personnes portées sur cette liste, une fuite aurait été inévitable. Andrew aurait été mis au courant et il aurait pu rassembler ses défenses.

– C'est là qu'intervient ma seconde question. Ne croyez-vous pas que vous avez déjà laissé de l'avance à Andrew? Il a disposé de six mois et il s'en est servi. Voyez plutôt la façon dont il a modifié le conseil d'administration.

Rebecca haussa les épaules.

– De deux maux, c'était le moindre. Il a consolidé son autorité sur Tyne & Wear. Cela ne signifie pas qu'il ait le support total des actionnaires.

Il le lui accorda, mais elle le sentait encore inquiet.

– Quelque chose vous tracasse, Ramsey, lui dit-elle, et je ne crois pas que ce soit la méthode à employer pour nous procurer les quinze pour cent qui nous manquent.

– J'ai lu les journaux, Rebecca, répondit-il d'un air sombre,... comme pas mal de gens. J'y ai trouvé ce qu'on dit de vous et d'Anthony Fabrizzi.

Elle avait attendu ce moment. Pourtant, son cœur fit une embardée.

– Et alors? dit-elle d'un ton bref.

– Vous savez de quel milieu il est issu. Vous devez savoir aussi ce qu'on pense de lui... à tort ou à raison. On ne peut échapper au fait que son père est un personnage important de la pègre...

– Ramsey, ce n'est pas juste!

– Je n'ai jamais prétendu que ça l'était. Mais ça ne change rien au fait que ce que j'ai dit est vrai.

– Pourquoi me parlez-vous ainsi, en réalité?

– Si vous ne vous dissociez pas de Fabrizzi, vous allez avoir toutes les peines du monde à décrocher ces actions. Il représente une complication totalement superflue... Et Andrew, je vous le garantis, va l'exploiter à fond.

– S'il prononce un seul mot sur mes relations avec Tony, je lui intente le procès en diffamation le plus retentissant de toute l'histoire! déclara-t-elle, les yeux flamboyants.

– C'est possible. Mais je ne pense pas qu'Andrew tombera dans ce piège. Il lui suffira de s'assurer que tous les actionnaires de Tyne & Wear sont au courant et de les laisser tirer leurs propres conclusions.

– Et ma réputation? s'écria-t-elle. Ne compte-t-elle pour rien? Les actionnaires ne comprendraient-ils pas que je suis en mesure de leur rapporter davantage?

Il se pencha, lui prit doucement les deux mains.

– Même si Andrew ne leur dit pas comment vous vous êtes procuré les parts de fondateur, parce qu'il passerait pour un imbécile, incapable de tenir en lisière son ex-femme, les actionnaires se poseront la question que je me suis moi-même posée : Jusqu'à quel point Anthony Fabrizzi exerce-t-il un contrôle sur Les Flots, sur Suncorp... ou sur vous?

La jeune femme était prise de vertige. Elle ne parvenait pas à croire aux insinuations de son conseiller de toujours.

– Tony n'a pas un sou dans Les Flots, déclara-t-elle froidement. Pour l'amour du ciel, Ramsey, sans lui, je n'aurais pas ces parts de fondateur!

– C'est bien pourquoi chacun va supposer une entente secrète. Pourquoi Tony aurait-il tant donné sans rien recevoir en échange?

– Il a obtenu mon amour, murmura-t-elle. Mais je suppose que ça ne compte pas pour grand-chose?

– Je suis désolé, dit Ramsey.

Rebecca arpentait la pièce pour essayer d'éteindre sa colère. Une partie d'elle-même admettait le raisonnement de Ramsey. Ses relations avec Tony seraient montées en épingle. Mais, en même temps, elle se disait avec rage que cela ne regardait personne et, intérieurement, elle réclamait un peu de compréhension, sinon de compassion.

Elle croisa les bras sur sa poitrine.

– Je ne chasserai pas Tony de ma vie, affirma-t-elle. Même si je n'avais pas autant perdu par la faute d'Andrew, je ne le ferais pas. Mais il a tué Max et Dallas. Si je rompais avec Tony, il aurait gagné une fois de plus. Et ça, je ne le permettrai pas.

Ramsey Peet regarda Rebecca, qu'il aimait comme sa propre fille.

— Non, bien sûr.

— Alors, vous me soutiendrez?

— Jusqu'au bout.

Elle courut vers lui, lui jeta les bras autour du cou, l'embrassa sur les deux joues.

— A présent que tout est dit sur le sujet, laissez-moi vous parler de mon nouveau projet, Les Flots III.

Il battit des paupières, avant de secouer la tête et de revenir précipitamment vers son globe qu'il fit tourner furieusement.

A la fin de la semaine, Rebecca constata que, la première surprise passée, Andrew se battait comme un beau diable. Le vendredi, de pleines pages publicitaires parurent dans tous les plus grands journaux du monde. Dans un style vigoureux, direct, Andrew faisait de la tentative de Rebecca pour obtenir une participation majoritaire dans Tyne & Wear un grossier exemple de piratage. Il signalait que les actionnaires avaient déjà vu chuter la valeur de leurs investissements et il prédisait un déclin plus accentué encore. Il déclarait que l'argent nécessaire pour combattre cette prise de participation entamerait les bénéfices et, en même temps, interromprait l'expansion de la compagnie.

Andrew concluait en demandant à tous les actionnaires, même à ceux qui possédaient une seule action, de le soutenir en repoussant toutes les offres d'achat de la Vixen Corporation. Mais ce furent les trois dernières phrases qui mirent Rebecca en fureur.

« Les actionnaires doivent savoir que la présidente de Suncorp, miss Rebecca McHenry, ne possède aucune expérience dans les entreprises auxquelles est liée Tyne & Wear. A moins qu'elle ne fasse appel à l'expertise de son actuel associé, M. Anthony Fabrizzi, fils d'un important personnage de la pègre, Michele Fabrizzi. En ma qualité de président de Tyne & Wear, j'entretiens des doutes graves sur l'efficacité d'une telle association. »

Rebecca lança le journal à travers le bureau de Ramsey.

— Le salaud! s'écria-t-elle. C'est de la diffamation. Ramsey, ne tenons-nous pas là de quoi faire un procès?

— Andrew n'a rien dit qui ne soit déjà du domaine public. Vos relations avec Tony ne sont pas un secret.

— Et la référence au père de Tony? Il a été lavé de toute accusation il y a dix ans!

— Alors, M. Fabrizzi peut décider d'intenter un procès. A mon avis, il n'en fera rien. Il n'a aucun intérêt à ressusciter le passé.

— Vous prétendez donc que vous ne pouvez rien faire? demanda-t-elle, encore blême de rage.

– Dans ce cas, non. Mais vous avez une réponse toute prête, j'espère ? Nous n'en sommes qu'au premier round.

– Je suis prête, affirma-t-elle.

Au cours des deux mois qui suivirent, la bataille pour Tyne & Wear devint la plus féroce et la plus coûteuse de toute l'histoire financière. Les duels se livraient dans les premières pages du *New York Times*, du *Wall Street Journal*, du *Financial Times* de Londres et d'une douzaine d'autres publications prestigieuses. Les spécialistes en relations publiques de Rebecca lui obtenaient des temps d'antenne dans les plus importantes émissions télévisées du monde anglophone. En Europe, ils lui assuraient la présence d'interprètes. Rebecca traversait de long en large le continent européen où se trouvaient la plupart des actionnaires de Tyne & Wear. Au cours de réunions privées, elle s'adressait à des hommes qui dirigeaient de vastes groupements d'assurances et de retraite, les pressait de lui accorder leurs voix. Elle déjeunait avec les hauts personnages des places boursières européennes, leur expliquait les intentions de la Vixen Corporation pour Tyne & Wear, si la prise de contrôle réussissait. Elle rencontrait même des groupes d'individus ordinaires – ménagères, commerçants, employés – qui avaient créé des clubs d'investissement, et dont les portefeuilles contenaient des actions de Tyne & Wear.

Pendant ce temps, le service de renseignements et de sécurité de la Suncorp la tenait au courant des déplacements et des interventions d'Andrew. Ils faisaient partie nulle, du moins pour le moment, conclut-elle.

Le premier jour de mai, Rebecca sortit de l'impasse. Depuis l'annonce faite à la BBC, les actions de Tyne & Wear stagnaient à quelques dollars au-dessous de leur cours du début, soit cent soixante dollars. Rebecca rassembla ses conseillers financiers, et, ensemble, ils se décidèrent pour une offre qui pouvait paraître irrésistible : cent quatre-vingts dollars par action plus une participation à la Vixen.

Rebecca lança la nouvelle le lundi, à temps pour qu'elle fût retransmise de bon matin sur les ondes dans tous les centres financiers. Ce jour-là, les téléphones des courtiers ne cesssèrent de sonner. Les petits investisseurs donnaient ordre d'accepter l'offre, même si on leur disait que Tyne & Wear allait probablement proposer le même prix. La compagnie n'y manqua pas, mais trop tard. En quarante-huit heures, Rebecca avait ramassé neuf points sur les quinze ou seize qui lui étaient nécessaires pour prendre le contrôle de la compagnie. Mais les gros investisseurs n'avaient pas participé à la fête. Ils misaient sur le fait que la jeune femme devrait encore monter ses prix. Ce qui allait se passer dépendait d'une seule question : Lequel des deux géants, Tyne & Wear ou Suncorp, serait le premier à infliger le coup fatal ?

Les collines qui s'élèvent au nord, le long de l'Hudson, forment l'un des plus séduisants paysages qui se puissent trouver dans l'État de New York. Depuis des générations, les gens fortunés s'y retiraient pour passer l'été dans de vastes demeures, loin de la chaleur étouffante de la ville. Une nouvelle génération s'y était installée depuis quelque temps, non loin de l'endroit où s'était trouvé le lieu de pêche favori du président Franklin Roosevelt. L'ancienne ferme de bardeaux, restaurée à grands frais, avec sa véranda qui faisait le tour de la maison, appartenait à Michele Fabrizzi, l'homme qui était arrivé en Amérique avec deux pantalons, trente dollars et un désir féroce de réussite.

– Antonio, ça fait du bien de te voir.

Tony Fabrizzi étreignit son père et sentit l'air s'échapper de ses poumons quand deux bras vigoureux se nouèrent autour de lui. Les deux générations se prirent aux épaules pour mieux s'évaluer.

Il n'a jamais l'air de changer, se disait Tony. Du plus loin qu'il se souvînt, son père lui était toujours apparu aussi fort, aussi imposant. Michele Fabrizzi avait la carrure courte et trapue de la plupart des paysans napolitains. La tignasse blanche gardait la même abondance, le temps n'avait pas terni l'éclat des yeux noirs et mobiles. Alors qu'il pouvait s'offrir tout ce qu'il y avait de mieux, Michele Fabrizzi conservait en héritage des traces de terre dans les plis de ses doigts calleux.

Les deux hommes s'assirent à une table ronde couverte d'une nappe neigeuse, sur laquelle étaient disposées une argenterie luisante et massive et une vaisselle de vieille faïence. Son père, Tony le savait, disposait dans son domaine d'une douzaine de domestiques, sans compter ses gardes du corps. Pourtant, il n'y avait personne d'autre sur la véranda. Le *pater familias* prit une bouteille de Greco di Bianco, la déboucha et emplit deux verres.

– Tu sais comment on fait ce vin ?

Tony faisait rouler le breuvage sur sa langue.

– En plongeant dans l'eau bouillante les raisins fraîchement cueillis, avant de les presser.

– *Bene!* Tu as beau être maintenant une grosse légume de l'hôtellerie, tu sais encore ce qui est important.

Pour Fabrizzi, la famille, l'honneur, l'Amérique et tout ce qui venait d'Italie – dans cet ordre – étaient importants.

Le père et le fils dégustèrent leur vin, tout en contemplant en silence le gazon ras de la pelouse qui descendait jusqu'au mur, au bord du fleuve, et le tapis étincelant que figurait l'Hudson. Michele remplit leurs deux gobelets, avant d'agiter une minuscule clochette de cristal. Tony se leva immédiatement. Une femme maigre et pâle, entièrement vêtue de noir, un plat d'*antipasto* entre les mains, se dirigeait vers eux d'un pas pressé. Tony se pencha pour embrasser sa tante, la vieille fille qui prenait soin du père depuis la mort de sa femme, vingt ans plus tôt.

– Il y a trop longtemps que tu n'es pas venu, Tony, dit Michele Fabrizzi.

Il choisit une grosse olive, l'enveloppa d'une fine tranche de *braciòla*.

– Je sais, papa. Mais j'avais du travail.

Le vieil homme lui jeta un coup d'œil fripon.

– Du travail? Ta *nònna* me dit qu'à son avis tu ne te tuais pas au travail.

– J'étais en Europe, fit Tony en riant. Je me suis arrêté pour présenter mes respects.

– Tu es un bon garçon, déclara gravement son père. C'est important, la famille.

Il se mit à mastiquer le *braciòla*, dans le cliquetis de son dentier.

– La famille, c'est *tout*, corrigea-t-il.

– Je le sais, papa.

– Alors, parle-moi d'elle.

La soupe leur fut servie dans une soupière d'argent abondamment ornée. Tony expliqua quand et comment il avait fait la connaissance de Rebecca, l'importance qu'elle avait prise pour lui.

– Tu aimes cette femme?

– Je l'aime, papa.

– Tu vas l'épouser?

– Je n'en sais rien. Un jour, peut-être.

Michele Fabrizzi posa sa cuillère.

– Tu ne l'épouseras pas, Tony. Elle n'est pas de la famille et n'en sera jamais. Elle n'est même pas catholique!

– Ça ne change rien à mes sentiments, riposta Tony, d'une voix durcie.

Le père attendit que sa sœur eût apporté le plat de palourdes, le *cappe lungue*, au risotto.

– Tu as fait pour elle ce que tu as fait parce que tu l'aimes, reprit-il.

C'était en réalité une question, Tony le comprit. Son père était déjà au courant en grande partie de ce qui s'était passé entre son fils et Celeste. A sa manière détournée, il demandait à Tony de lui fournir sa propre version.

– Ainsi, en fin de compte, tu as donné les parts à cette fille. Trente-cinq pour cent d'une importante compagnie. Tout ça par amour.

– L'homme qui dirige cette compagnie a assassiné son père, dit Tony. Il a essayé de la tuer, elle aussi.

– Ce n'est pas ton affaire, Tony. Si tu ne voulais pas tirer bénéfice de l'opération, tu n'aurais pas dû t'en mêler.

– La décision m'appartenait.

Le vieil homme hocha la tête.

– Mais, maintenant, cette fille est une menace.

– Une menace, papa?

– Les Flots III. Des établissements de luxe. Elle va te voler ta clientèle.

Michele déboucha une bouteille de Barbaresco. La tante servit le veau aux champignons.

— Les Flots III, reprit alors Tony, ne représenteront pas une concurrence pour moi, papa.

— Tu devrais peut-être lui faire une autre offre pour Les Flots. *Molto dolce.* Tout doucement. Dès maintenant, pendant qu'elle se bat contre Tyne & Wear.

— Rebecca ne vendra jamais Les Flots. Elle préférerait mourir. D'ailleurs, je ne vois aucune menace dans sa nouvelle entreprise. Elle n'aime pas le jeu et, même si elle l'aimait, elle comprendrait vite que la concurrence est déjà trop vive aux Caraïbes.

Michele Fabrizzi accepta cette réponse, se concentra sur son repas. Durant une vingtaine de minutes, ils n'échangèrent plus une parole. L'aîné des Fabrizzi usait du silence comme d'une arme ; il mettait ses adversaires si mal à l'aise qu'ils finissaient, sans le vouloir, par se trahir, par révéler leurs intentions. Mais Tony avait appris la technique auprès de son père et y était passé maître, lui aussi.

— Tony, reprit soudain le vieillard, tu me déçois. Tu tenais entre tes mains un atout pour lequel certains hommes tueraient volontiers, le contrôle sur Tyne & Wear. Il était de ton devoir de l'apporter à la famille. Au lieu de ça, tu as choisi une étrangère.

— Pour toi, Rebecca est une étrangère, répondit tranquillement Tony. Et tu tiens à ne rien changer, en évitant même de prononcer son nom. Mais tu es impuissant devant le fait qu'elle est la femme que j'aime... et qui m'aime... Oui, reprit-il après une pause, tu as raison. J'ai fait passer Rebecca avant la famille. Mais elle n'est pas tellement différente de nous, papa. Personne ne lui a fait cadeau de ce qu'elle a. C'est elle qui a tout construit. C'est une femme fière et forte. Toi-même, tu as exprimé ton respect devant sa réussite.

D'un geste de la main, Michele Fabrizzi écarta la parade de son fils. Certes, il avait eu quelques paroles de louange pour cette femme. Mais il l'avait fait d'une façon abstraite, avant qu'elle se fût liée avec son fils.

Il grimaça devant l'infusion de camomille que sa sœur plaçait devant lui, eut un regard de convoitise pour le *cappuccino* de son fils.

— Le docteur m'a défendu la caféine, grogna-t-il.

Il s'empara de la bouteille de Fernet-Branca, la liqueur aux herbes amères qui facilitait sa digestion, en versa dans deux verres.

— Très bien, dit-il. Ce qui est fait est fait. Mais tu le sais, Tony, j'ai toujours pensé que tu me succéderais. Tu possèdes le meilleur cerveau. Ce que tu as fait là jouera contre toi au conseil de famille.

Tony buvait lentement son café, prenait son temps pour élaborer une réponse. Il devait se montrer très, très prudent.

— Papa, dit-il, tu nous enterreras tous.

Le vieux répondit par un grognement.

– Mais, si Dieu a un besoin tellement urgent de tes conseils, je te promets de faire tout mon possible pour protéger et sauvegarder ce que tu as bâti... qui que ce soit qui te succède.

Michele Fabrizzi prit la main de son fils.

– Je le sais, murmura-t-il. Je sais aussi que je suis un vieil entêté, avec des idées bien arrêtées. Mais on peut toujours espérer un changement. Un jour – pas maintenant, mais un jour – tu m'amèneras cette femme. Peut-être réussira-t-elle à me séduire, comme elle t'a ensorcelé, fit-il en riant.

Tony repartit tout de suite après déjeuner. Michele, qui le suivait des yeux, se sentit intrigué par Rebecca McHenry. Tony était un homme fort, le plus fort de tous ses fils. Ou bien cette femme était encore plus forte, ou bien c'était une *strega*, une sorcière.

Oubliant les remontrances de son médecin, Michele Fabrizzi demanda à sa sœur de lui apporter un baba au rhum. Pour compenser cet excès, il se força à boire un autre quart de San Pellegrino.

L'aîné des Fabrizzi passa sur la véranda le reste de l'après-midi, sans même remarquer les allées et venues de sa sœur qui débarrassa la table, avant de disparaître. Personne ne le dérangea quand le téléphone sonna, et les visiteurs qui étaient attendus se virent intimer l'ordre de patienter.

Michele Fabrizzi tourna et retourna le problème dans son esprit, jusqu'au moment où il fut certain d'en avoir étudié toutes les faces. S'il avait été question d'un autre que Tony, il l'aurait traité avec rapidité et décision, comme il l'avait toujours fait quand la famille était en jeu. Mais il s'agissait de Tony, et il ne pouvait s'adresser à la famille, à moins de vouloir diminuer l'héritier présomptif aux yeux de tous. De deux maux, l'autre solution représentait peut-être le moindre, même s'il avait du mal à s'en convaincre. Pour protéger Tony de cette *strega*, il devrait s'adresser au seul homme qui la connût mieux que quiconque. Mais cet homme-là ne faisait pas partie de la famille. Être obligé de se placer dans une position aussi humiliante lui restait sur le cœur. Et la faute en revenait à la *strega*.

Quand Michele Fabrizzi sortit de son immobilité, le soleil avait transformé le fleuve en un flot de mercure. Il tendit la main vers le téléphone et composa un numéro. Lorsqu'il parla, sa voix ne trahit en rien sa répugnance.

Il traça les grandes lignes de son projet, puis demanda :

– Alors, qu'en pensez-vous ?

– Je pense, répondit Andrew Stoughton, que nous nous trouvons devant un véritable problème.

– Venez m'en fournir la solution !

53

Quand Andrew Stoughton avait saisi avec ardeur la main que lui tendait Silas Lambros pour l'aider à éviter la prison, il n'avait pas su qu'il avait attiré en même temps sur lui l'attention d'autres personnes. Il avait ignoré que l'une d'elles en particulier avait gardé l'œil sur lui, même après sa disparition dans les entrailles de Tyne & Wear.

Andrew débuta comme simple gratte-papier dans la division financière de Tyne & Wear qui suivait les investissements de la compagnie. Un autre aurait remercié le ciel et se serait contenté de ses registres et de ses tableaux. Andrew n'était pas fait de ce bois. En moins d'un an, il en savait plus que le vice-président sur le fonctionnement du service. En même temps, au long de soirées passées à examiner des documents poussiéreux, il avait découvert comment celui-ci faisait sa pelote en acceptant des pots-de-vin des fonctionnaires cingalais chargés de l'exportation du thé.

Andrew aurait pu faire part de ces malversations à la direction et en rester là. Mais il réunit assez de preuves contre les coupables cingalais pour les faire jeter en prison par leur gouvernement. Après quoi, il renégocia discrètement les termes de l'accord passé avec Tyne & Wear. Alors seulement, documents en main, il se présenta devant Silas Lambros.

A sa grande surprise, Lambros accepta ses révélations avec sérénité. Il avait su que le vice-président était pourri et il avait délibérément attendu de voir si Andrew s'arrangerait pour profiter lui-même du graissage de patte. Ce dernier avait résolu habilement le problème sans provoquer de scandale et il avait en même temps prouvé sa loyauté envers son bienfaiteur.

Ce singulier talent pour débusquer la corruption prenait sa source dans sa propre nature dépravée, et Silas Lambros sut en tirer parti. Quel meilleur moyen de débarrasser sa maison des serpents mocassins que d'y cacher un cobra ? Lambros récompensa les efforts d'Andrew en le faisant discrètement licencier.

Dès que toute trace de sa présence chez Tyne & Wear eut été effacée, Silas Lambros le prit à part pour lui expliquer ce qu'il attendait de lui. Andrew, stupéfait, se retrouva employé par une obscure compagnie appelée le Severn Group, dont les investissements comprenaient, entre autres, des exploitations minières disséminées dans le monde entier. Mais ce n'était là, lui apprit Lambros, qu'une façade. Le Severn Group était entièrement contrôlé par Tyne & Wear, même si tout lien entre les deux sociétés avait été soigneusement enterré. Le Severn Group avait pour fonction de surveiller en tous lieux les opérations de Tyne & Wear et ses employés. Andrew devrait rapporter directement à Silas Lambros toute irrégularité.

Il fit ainsi le tour du monde à maintes reprises. Il recueillait des renseignements sur les gouvernants étrangers, sur les ministres, sur les banquiers, toutes informations précieuses pour Silas Lambros. Il démasquait des fripouilles à New York, découvrait à Hong Kong des factures en double exemplaire. Il fourrait son nez dans les comptes suisses et dépistait à Rio les coupables de détournements de fonds. Il avait même, une fois, contribué à fomenter une guerre civile dans une nation centre-africaine.

Cependant, en dépit de tous ses succès, de l'intérêt que lui manifestait Silas Lambros, Andrew avait conscience qu'il était et resterait toujours un employé. Assez ironiquement, il aimait son travail, il aimait s'affronter à des hommes qui trahissaient leurs maîtres pour se trahir ensuite les uns les autres, tout en prétendant être les piliers de la société. Mais il avait soif d'autre chose, du pouvoir devenir maître de son destin, maître aussi d'une grande compagnie, avec ses milliers d'individus. Il devait bien exister un moyen de réaliser son rêve. Il se mit donc à la recherche d'un autre protecteur plus puissant.

A l'époque, les circonstances lui parurent accidentelles. Un jeune homme, issu d'une grande famille grecque et employé par Tyne & Wear comme directeur adjoint, avait contracté d'énormes dettes dans les casinos privés qui émaillent la mer Égée. Pour couvrir ses pertes, il accepta d'apporter de légères modifications aux manifestes des navires marchands. Certains clients étaient ainsi facturés doublement, tandis que ceux auxquels il devait de l'argent voyaient leurs expéditions effectuées gratuitement. Andrew était très familier de ce genre d'escroquerie.

Il avait prévu trente secondes pour flanquer le coupable à la porte et une journée entière pour remettre de l'ordre dans ses dossiers. Pour ce faire, il avait choisi un vendredi. Il disposerait ainsi du week-end pour jouir des nombreuses délices, historiques et autres, de la capitale grecque. Mais au lieu de rejoindre le directeur adjoint à son bureau, il se trouva en face d'un inconnu dont le nom ne figurait certainement pas sur les états de salaires de Tyne & Wear : Michele Fabrizzi.

Leur solitude protégée par une phalange des *soldati* de Fabrizzi, les deux hommes passèrent un après-midi paisible à contempler les beautés de l'Acropole. Au cours de leur promenade, l'une des figures du crime les plus puissantes au monde fit à Andrew le plus beau des compliments. Il avait suivi sa carrière, et les résultats l'avaient impressionné. Il savait en outre comment Andrew en était venu à travailler pour Silas Lambros et il connaissait la prise que le naufrageur avait sur lui.

— Il vous tient par les c..., mon jeune ami, dit Fabrizzi. Si vous faites le moindre geste pour lui échapper, ou même pour tenter d'acquérir ce que devrait vous valoir votre talent, il vous mettra à genoux. Ce n'est pas une vie pour un homme comme vous.

Ils continuèrent à marcher sans rien dire. Andrew, lui aussi, avait appris la valeur du silence.

– Je vous propose un marché, reprit enfin Fabrizzi. J'ai de subs-tantiels intérêts aux Caraïbes. Votre Tyne & Wear est la plus importante et la plus ancienne compagnie de cette région. Deve-nez mes yeux et mes oreilles. Dites-moi ce qui va se passer, que ce soit du fait de Tyne & Wear ou de quelqu'un d'autre. Levez le voile et permettez-moi d'entrevoir l'avenir.

Andrew attendait la suite.

– En retour, mon jeune ami, je lèverai le voile sur *votre* avenir. A mon sens, bien des gens n'en reviendront pas de ce qu'ils pren-dront pour votre perspicacité, votre audace, votre habileté, conti-nua Fabrizzi en riant.

– Ça ne résout pas le problème de la manière dont Lambros me tient.

– Non, pas immédiatement. Vous possédez le don du silence. Vous devrez cultiver la vertu de la patience. Un moment viendra où je pourrai vous aider encore...

– Ce moment est venu, je crois, monsieur Fabrizzi, dit Andrew.

Il prit un siège à la table que la vieille fille avait débarrassée et recouverte d'une nappe propre.

Même au bout de tant d'années, il ne s'adressait jamais avec la moindre familiarité au *capo di tutti capi*.

– Puis-je fumer ?

– Mais oui. Vous avez un goût excellent en cigares. Même si je n'ai plus le droit de fumer, l'odeur me rappelle de bons souvenirs.

Fabrizzi regarda Andrew allumer avec soin le Romeo y Julietta.

– Vous dites d'abord que nous avons un problème. Ensuite vous dites que le moment est venu. De quoi parlez-vous exacte-ment ?

– Les deux déclarations sont liées, répondit Andrew. Avec tout le respect que je vous dois, votre fils, en abandonnant à Rebecca McHenry les parts de fondateur, a créé un problème qui se complique maintenant du fait qu'il est visiblement fou d'elle. Le fait que Rebecca soit en possession des parts et s'en serve pour tenter de prendre Tyne & Wear m'a amené à vous rappeler notre accord. Toujours respectueusement, je crois le moment venu pour vous de m'accorder votre soutien pour m'assurer un contrôle absolu sur la compagnie.

– Et que suggérez-vous ?

Andrew haussa les épaules.

– Vous m'avez beaucoup appris, monsieur Fabrizzi. Quand, par exemple, vous m'avez informé de l'implication d'Alan Ballantyne dans un trafic de drogue, vous avez littéralement placé sa vie entre mes mains, et cela a été d'un grand bénéfice, pour vous comme pour moi. Avec Rebecca McHenry, c'est précisément le contraire. Elle représente une menace pour nous deux. Pour vous, par le projet des Flots III. Pour moi... eh bien, c'est très clair. A mon avis, il n'y a qu'une solution. Elle doit mourir.

412

– Vous avez déjà essayé ça, Andrew, dit doucement Fabrizzi, en souriant jusqu'aux oreilles.

– Voilà pourquoi je m'en remets à l'expérience de vos amis. Après tout, nous n'aurions de problème ni l'un ni l'autre si Tony ne s'était pas montré aussi stupide.

Il se fit autour de la table un froid presque palpable. Andrew comprit qu'il avait prononcé une remarque regrettable, peut-être fatale.

– Je vous en prie, Andrew, murmura le vieil homme, dites-moi donc jusqu'à quel point Tony s'est montré stupide. Ça m'intéresse énormément.

Andrew battit très prudemment en retraite.

– Je voulais dire seulement, monsieur Fabrizzi, que Tony aurait dû vous remettre les parts. Après tout, il devait être au courant de notre association...

– Ça ne vous ressemble pas de faire des suppositions.

Un instant, Andrew douta d'avoir bien entendu. Se pouvait-il que Tony eût ignoré l'accord entre son père et le président de Tyne & Wear ? Le *pater familias* lut dans sa pensée.

– Non seulement possible, dit-il. C'était – et c'est encore – un fait.

– Monsieur Fabrizzi, je suis réellement navré, déclara humblement Andrew. Je sais combien vous aimez Tony. Je supposais tout naturellement... J'ai commis une erreur, se reprit-il.

– Je l'aime, oui, dit le vieil homme. Parce que Tony a toujours été différent, sera toujours différent...

Michele se reprit. Jamais il n'avait exprimé au sein de sa famille ses doutes et ses craintes à propos de Tony. Il se serait coupé la langue plutôt que d'en dire un mot à un inconnu.

Chez Tony, il voyait une nouvelle génération de la famille. Lui et ses autres fils étaient de la vieille école. Leurs actes étaient dictés par l'ancien code de l'*omerta* – le silence – qui conférait sa force à la famille. Tony, lui, avait su allier son astuce innée avec les techniques commerciales modernes. Le succès de sa chaîne hôtelière avait démontré que la famille pouvait prospérer dans des entreprises parfaitement légales.

Mais, précisément à cause de ce succès, Fabrizzi redoutait sans le dire que Tony ne prît ses distances avec le reste de la famille. Parmi ses frères et les autres parents qui s'en tenaient aux vieilles méthodes, un certain ressentiment couvait contre lui. Ce ressentiment tournait à l'amertume lorsqu'ils se rappelaient que Tony était le favori de son père, destiné à lui succéder.

Pour Fabrizzi, Tony représentait l'avenir. Mais la méfiance s'était encore accentuée depuis sa liaison avec Rebecca McHenry. Michele pouvait obliger la famille à pardonner à Tony certaines de ses actions. Il ne pouvait pas forcer les siens à accepter cette femme. Lui-même ne comprenait pas l'attirance qui liait son fils à Rebecca. Celle-ci était susceptible de paralyser Tony, de lui faire perdre la position de chef de famille qui lui appartenait de droit. Mais cela, se jura Fabrizzi, la *strega* n'y parviendrait jamais... Même si le père devait faire cruellement souffrir son fils.

– Je vais vous aider à neutraliser Rebecca McHenry, dit enfin Michele Fabrizzi.

Andrew, qui s'était demandé ce que cachait ce long silence, se sentit soulagé.

– Je vous présente mes sincères remerciements, déclara-t-il gravement.

– Mais cette assistance viendra quand je le jugerai bon.

Un signal d'alarme se déclencha dans l'esprit d'Andrew.

– Monsieur Fabrizzi, vous connaissez certainement la position actuelle de Tyne & Wear, protesta-t-il. Nous avons déjà dépensé des millions dans cette bataille. Il suffirait maintenant à Rebecca McHenry d'acquérir six pour cent des actions pour prendre le contrôle de la compagnie. Je ne vois pas comment nous pouvons attendre plus longtemps.

Le vieil homme contemplait l'Hudson paisible.

– Parfois, vous vous inquiétez trop, Andrew, dit-il doucement. Vous oubliez combien Tony est proche de cette femme. Laissons-le se lier encore plus étroitement à elle. Bientôt, il nous procurera une arme dont nous pourrons faire usage contre elle une fois pour toutes.

Andrew parut soupeser ces paroles avant d'acquiescer. Fabrizzi aurait eu des soupçons s'il avait accepté tout de suite. Mais il n'aurait jamais laissé partir Andrew s'il avait pu lire dans son esprit.

54

Il vient un moment, dans ces duels entre sociétés, où, par consentement mutuel tacite, les deux adversaires de force égale se retirent, chacun dans son coin. Ils soignent leurs plaies, estiment le coût de la bataille, font l'inventaire de leurs réserves, cherchent des ressources, des alliés nouveaux.

A la mi-mai, Tyne & Wear et la Vixen prirent ainsi du recul. Rebecca n'avait plus que trois pour cent des actions à acquérir. D'instinct, elle se refusait à battre en retraite. Elle pressentait à quel point Andrew était proche de la défaite.

Des esprits plus lucides prévalurent. Ramsey Peet lui démontra que, si l'on dépensait encore plusieurs millions immédiatement, pour faire passer Andrew par-dessus bord, il faudrait recourir à un financement extérieur. Certes, Les Flots II faisaient déjà des bénéfices, mais le prix de l'or s'était stabilisé.

– Je ne dis pas que l'or ne va pas se relever. Mais nous devons attendre que le marché lui imprime cette poussée.

– Trois pour cent! fit Rebecca qui grinçait des dents. Ils doivent bien se trouver quelque part!

– Mais oui, dit Ramsey d'un ton apaisant. Et nous les trouverons. Croyez-moi, nous sommes en meilleure forme que Tyne & Wear. Leurs bénéfices ont baissé de près de quinze points, ce trimestre.

Il examinait la jeune femme. Depuis quelques mois, elle était pâle, ses joues se creusaient. Ramsey avait appris par Bix qu'elle voyait son médecin chaque semaine. Il avait bien abordé le sujet de sa santé mais n'avait reçu que des réponses évasives.

– Je veux que vous preniez des vacances, reprit-il fermement. Sinon, il ne restera plus rien de vous quand vous obtiendrez la victoire!

– Des vacances? Maintenant? Ramsey, vous êtes cinglé!

– Si vous refusez, je m'adresse à votre médecin. Et ce n'est pas une vaine menace!

– Mais nous sommes si près du but! gémit-elle.

– Je ne dis pas que nous devons nous arrêter totalement. Écoutez, il nous manque trois pour cent. Prenons-les à Andrew luimême... Laissez-moi m'attaquer aux individus et aux petites compagnies qui détiennent ce dont nous avons besoin, expliquat-il. Peut-être avons-nous quelque chose qu'ils convoitent. Ça prendra du temps et de la patience, mais qu'avons-nous à perdre?

Elle réfléchit longuement à sa proposition.

– Ainsi, dit-elle lentement, nous ne renoncerions pas complètement. Nous concentrerions nos ressources.

– Précisément, fit Ramsey avec un large sourire.

– Et vous me tiendrez informée de chaque démarche?

– Vous avez ma parole.

– Vous avez sans doute raison, reconnut-elle. Je suis un peu fatiguée. Peut-être ne serait-ce pas une mauvaise idée de me reposer quelque temps.

Il saisit la balle au bond.

– Je suis content que vous soyez d'accord. Et maintenant, allez faire vos valises.

Tony attendait Rebecca dans l'antichambre.

– Tout va bien? demanda-t-il.

– Je ne veux pas revoir cette femme avant un bon mois, déclara sévèrement Ramsey. Emmenez-la s'il le faut à l'autre bout du monde.

– A condition qu'il y ait un téléphone! fit-elle en riant.

– J'ignore ce qui se passe, dit Tony. Mais à cheval donné, on ne regarde pas à la bride.

Le couple s'éloigna dans le couloir.

– Tu crois qu'il a marché? murmura Rebecca.

– Tu plaisantes? Tu faisais une figure d'enterrement! Même moi, j'y ai cru... Tu aurais dû auditionner pour Broadway, ajouta-t-il en secouant la tête.

– Si Ramsey est convaincu que mon départ est sa propre idée, personne ne soupçonnera rien.

Devant les ascenseurs, elle passa les bras au cou de son compagnon.

– Tony, tu es bien sûr ? Absolument sûr à cent pour cent ?

– Jamais de ma vie je n'ai eu une telle certitude, répondit-il doucement. Jamais je n'ai aimé personne comme je t'aime.

Le premier mois passa si vite qu'il aurait pu ne pas exister, sans ce parfum de santal qui refusait de se dissiper, même lorsqu'ils eurent quitté les îles enchantées.

De New York, Rebecca et Tony s'envolèrent vers Honolulu. Après deux jours de répit, pour se remettre du décalage horaire, ils reprirent un avion pour un vol direct jusqu'à Bangkok. En dépit d'une atmosphère de bain de vapeur, la ville captiva Rebecca.

Après une semaine au Royal Garden Resort, sur le golfe de Siam, où ils étaient les invités de la famille royale thaï, Rebecca et Tony se rendirent aux Seychelles.

De là, ils gagnèrent l'océan Indien, aux Maldives. Une vedette rapide les conduisit à l'archipel de Nika et à son luxueux complexe de seize bungalows. Ils y séjournèrent plus longtemps qu'ils ne l'avaient prévu.

Lorsqu'ils arrivèrent à Hong Kong, juillet tirait à sa fin. Le Peninsula Hotel devint leur quartier général temporaire. Durant la journée, tous deux recevaient des messages des États-Unis, composaient des réponses qui, heure après heure, faisaient bourdonner les télex de l'hôtel. Mais, par consentement mutuel, le travail cessait à cinq heures. Ils se rendaient au bar pour regarder les célèbres *taipans* mener les négociations réellement importantes de la journée. Après quoi, une table les attendait chez Gaddi, le meilleur restaurant, peut-être, de tout l'Extrême-Orient.

Début août, ils étaient à Bali. Rebecca voyageait de plus en plus difficilement.

– Alors, nous rentrons, décida Tony.

– Je ne peux pas te dire combien j'ai été heureuse, ces derniers mois. Ils m'ont apporté tout ce que j'imaginais... et plus encore.

Ils échangèrent un baiser passionné.

– Personne ne pourra nous enlever ce bonheur, murmura-t-elle farouchement. Nous avons dépassé la souffrance.

L'un et l'autre croyaient alors qu'il ne pouvait exister aucune autre vérité.

De leur côté, Ramsey, Bix et Torrey s'étonnèrent de ne pas voir Rebecca et Tony revenir directement à New York, à leur retour d'Extrême-Orient, au lieu d'aller séjourner à Cayos de la Fortuna. Mais, après tout, Rebecca pouvait fort bien se tenir au courant de ce qui se passait avec Tyne & Wear, grâce au système de communications installé à bord du *Windsong*, ancré au large de l'île.

Personne ne devina la véritable raison...

Tony tendit le bras pour attirer Rebecca contre lui, lui caressa doucement les seins et le ventre.

– Tu m'étonneras toujours, murmura-t-il. Tu es un véritable miracle.

Dans les bras l'un de l'autre, ils écoutèrent l'océan clapoter et siffler sur la plage, au-dessous d'eux. Elle chuchota contre la poitrine de Tony :

– Andrew m'inquiète toujours. J'ignore comment Ramsey s'y est pris, mais il est parvenu à rogner encore deux pour cent des actions de Tyne & Wear. Nous sommes tout près du but... et Andrew n'est pas encore passé à l'offensive.

Il la fit taire en lui caressant les cheveux. Mais il devait bien s'avouer qu'il partageait l'inquiétude de Rebecca. Lors d'un bref voyage en Europe et aux États-Unis, il avait pris contact avec Ramsey et, mieux encore, il avait sondé ses propres sources. Tous les signes montraient que, tout en poursuivant sa campagne de presse contre Rebecca, Andrew n'avait entamé aucune démarche décisive.

– Il n'a plus aucune issue, déclara calmement Tony. Ce n'est plus qu'une question de temps pour que Ramsey lui arrache ce qui te manque encore. A ce moment-là, il sera fini.

– J'aimerais pouvoir le croire. Je veux le croire. Mais ce n'est pas le genre d'Andrew de ne rien faire. Il se passe quelque chose que nous ignorons.

– Ailleurs, peut-être. Mais pas à Cayos de la Fortuna. Ici, Andrew ne peut pas nous atteindre.

Tony avait raison, Cayos de la Fortuna était un havre sûr. Mais ce n'était pas une forteresse inexpugnable.

Le tueur avait étudié l'île avec toute la minutie d'un savant qui observe les mouvements d'imperceptibles formes de vie sous son microscope. Les quelques centaines d'habitants du village de La Ceiba, le point de départ, sur le continent, pour Cayos de la Fortuna, parlaient tous en bien du gringo qui était arrivé là cinq ans plus tôt et qui vivait paisiblement parmi eux. Anthony Fabrizzi n'était pas comme les autres, disaient-ils. Il payait généreusement les gens qui entretenaient sa propriété. A la différence des deux autres résidents de l'île, il n'essayait jamais d'attirer chez lui, pour de l'argent, les filles du cru pour leur faire jouer le rôle d' « hôtesses » à ses réceptions. Il avait été le premier à les aider, quelques années plus tôt, quand un cyclone, après avoir traversé le Honduras, avait dévasté La Ceiba. Il avait travaillé sans trêve à décharger les hélicoptères emplis de nourriture et de médicaments. Par la suite seulement, ils avaient appris qu'il avait aidé à organiser les secours et les avait subventionnés de sa poche.

Quelle ironie, pensait Andrew, installé sur le fauteuil de pêche du petit yacht de croisière où il prétendait traquer le poisson-épieu. C'était précisément à cause des instincts de bon Samaritain de Tony qu'il en avait tant appris sur lui. Les gens de La Ceiba lui avaient dit tout ce qu'il désirait savoir, y compris le fait que Tony avait frété un avion qui devait le conduire à Houston, deux jours plus tard. Andrew avait compté là-dessus. Le vingt-neuf août était le jour anniversaire de Michele Fabrizzi. Tony ne manquerait pas cette occasion et il ne pourrait certainement pas emmener Rebecca. C'était le seul moment où Cayos de la Fortuna serait vulnérable.

Le matin du vingt-neuf août, Andrew sortit seul avec le bateau. Il avait passé en mer tous les jours précédents et il avait assez souvent pris la barre pour prouver ses capacités au propriétaire. Un dépôt de garantie d'un montant considérable avait d'ailleurs suffi à apaiser tous les doutes de celui-ci.

Il faisait encore nuit quand Andrew s'engagea lentement dans le chenal. Il devait prendre position en plein devant le soleil, afin de voir Tony sans être vu lorsqu'il le doublerait en filant vers le continent.

En attendant, Andrew se sentait envahi d'un calme profond, comme s'il se mouvait dans un rêve. Un mois plus tôt, Rebecca avait ajouté à son portefeuille deux pour cent des actions de Tyne & Wear. Dès lors, il n'avait plus le choix. Peu importaient l'opinion de Fabrizzi, ses conseils. Peu importaient les risques encourus. Andrew était sur le point de tout perdre, il le savait. La mort de Rebecca seule pouvait encore le sauver.

Il sourit dans l'obscurité, au souvenir de sa lucidité lorsqu'il avait pris sa décision. A partir de ce moment, ce fut comme s'il ne pouvait plus commettre d'erreurs. Tout le monde, autour de lui, lui manifesta de la sympathie, lorsqu'il annonça qu'il avait besoin d'un peu de repos. Il y eut des murmures d'inquiétude à propos de sa santé, et sa secrétaire elle-même se montra visiblement soulagée en prenant pour lui une réservation dans un luxueux établissement de Palm Springs.

Andrew s'était bel et bien rendu en Californie. De fait, il était toujours inscrit aux Nirvana Estates. Si le personnel ne l'avait pas aperçu depuis plus d'une semaine, c'était sans importance. Les clients organisaient souvent des excursions vers la côte ou vers les montagnes. Andrew s'était arrangé pour faire savoir au directeur qu'il allait passer quelques jours à pêcher dans la mer de Cortés en compagnie d'un sénateur du Middle West. Si cela devait s'avérer nécessaire, le sénateur jurerait qu'Andrew n'avait jamais quitté son bateau.

Il n'avait rien à craindre non plus des Honduriens. L'homme qui était arrivé à La Ceiba avait une barbe de trois jours, portait un short dépenaillé et un tee-shirt taché. Il parlait peu, payait comptant, ce qui émoussait la curiosité. Il se faisait appeler Thompson et avait un passeport canadien qui faisait foi de son identité.

Le soleil barrait maintenant l'horizon d'une aveuglante ligne de lumière. Lentement, majestueusement, il s'éleva, chassa l'obscurité. Andrew braqua ses jumelles sur la jetée, à la base de la pente qui menait de la maison jusqu'à l'eau. Rebecca, debout, lui tournait le dos. On ne pouvait se tromper à sa longue chevelure brune. Andrew la vit passer les bras autour du cou de Tony, attirer ses lèvres vers les siennes.

Impassible, le guetteur observa leur étreinte, avant d'écarter lentement les jumelles de ses yeux pour les laisser pendre au bout de leur courroie. Certes, il n'éprouvait aucune honte à avoir surpris un moment aussi intime. Mais quelque chose dans la manière dont Rebecca avait tendu les bras vers Tony éveillait en lui un souvenir presque oublié. A cet instant, il se rappela très précisément ce qu'il avait naguère ressenti au contact de la jeune femme, le goût de sa peau sous ses lèvres, l'ardeur qui s'emparait de son propre corps lorsqu'elle était étendue près de lui. Peut-être, se disait-il, fera-t-elle renaître une dernière fois de tels moments.

Il s'accroupit, ouvrit les coffres. Ils contenaient deux bidons en plastique pleins d'essence, comme en emporte généralement tout navigateur prudent. Il y avait aussi, enveloppées dans une feuille de matière plastique, une vingtaine de bougies. A côté des bougies se trouvait une gaffe à l'aspect inquiétant, dont la pointe recourbée luisait d'huile à moteur.

Andrew se releva en entendant un grondement de moteur déchirer la paix de l'aube. Il regarda le bateau s'éloigner de la jetée, en direction du continent. Un homme était debout à la barre. Andrew souhaita bon voyage à Anthony Fabrizzi, espéra qu'il fêterait agréablement l'anniversaire de son père. Ce serait son dernier moment de bonheur avant bien longtemps.

Il attendit une grande demi-heure avant de se diriger vers la jetée de Cayos de la Fortuna. Il tenait à s'assurer que Tony ne reviendrait pas.

Andrew avait appris à La Ceiba que les femmes de chambre et la cuisinière n'arrivaient pas avant neuf heures. Il s'étonnait encore que Rebecca n'eût pas de personnel à demeure, et que les domestiques ne la vissent jamais. Il avait entendu parler aussi d'un médecin qui venait régulièrement. Il se demanda nonchalamment si Rebecca était malade.

Dans une heure, ça n'aurait plus d'importance.

Lorsqu'il parvint à la jetée, il s'était totalement dissocié de l'horreur qu'il préparait. Il amarra son bateau, débarqua. Dans ses bras, les deux bidons semblaient ne rien peser. La gaffe était serrée sous son aisselle, les bougies cachées sous son blouson. Il gravit les marches sans reprendre haleine.

Comme il l'avait espéré, la maison était largement ouverte. Andrew s'immobilisa sur le large patio circulaire, le parapet de pierre à sa droite. Son regard plongeait, à sa gauche, dans le séjour aux parois revêtues de bois. Il tendit l'oreille. Il lui aurait été bien plus facile de trouver Rebecca s'il l'avait entendue fredonner...

Il posa les bidons d'essence sur le sol, plaça les bougies dessus et attrapa la gaffe par sa courroie de cuir. Lorsqu'il pénétra dans la maison, le crochet se balançait légèrement, et le soleil en fit étinceler la pointe.

D'un pas calme, mesuré, Andrew explora le séjour. Ses mocassins ne faisaient aucun bruit sur le parquet d'acajou. Il passa dans la salle à manger, puis dans la cuisine, où subsistait un délicieux arôme de café. Il entendit alors grincer une chaise.

A la gauche de la cuisine se trouvait une pièce qui devait être la chambre de maître. Les pas d'Andrew avancèrent sur les tuiles mexicaines aux vives couleurs, passèrent devant le lit immense, au-dessus duquel un ventilateur tournait paresseusement. Il vit alors une ombre.

De l'autre côté des vitres coulissantes, il y avait une terrasse. Andrew vit une table blanche, une tasse de café, un journal. Il vit aussi l'ombre de la personne qui était assise près de la table. Il resserra l'étreinte de ses doigts sur la gaffe, amena son arme à hauteur de l'épaule.

Tout aurait pu être si différent pour toi. Pour nous...

L'instant d'après, l'illusion se dissipa. La chaise grinça de nouveau. Le personnage qui l'occupait fit un mouvement, comme pour se lever. L'espace d'une seconde, Andrew se sentit paralysé. Mais il poussa un hurlement de damné, la gaffe décrivit un arc de cercle à travers l'espace, la pointe s'enfonça dans l'objet de sa terreur.

Une brume sanglante aveugla Andrew, qui frappait, frappait encore. Après plusieurs coups, il empoigna la courroie à deux mains, mit tout son poids derrière chaque choc. Il ne sut jamais, même quand il se retrouva à genoux, les poumons en feu, que la brume était bien réelle, créée par le sang jailli d'une artère et qui ruisselait sur les vitres. Ce fut seulement en voyant son propre reflet éclaboussé de sang qu'il comprit la vérité.

55

Rebecca avait essayé de convaincre Tony d'aller fêter l'anniversaire de son père. Il n'avait rien voulu savoir.

— Je ne veux pas te quitter, c'est tout.

— Mais il va être tellement déçu!

— Quand il saura pourquoi, tout sera pardonné.

— Eh bien, moi, je vais lui acheter un cadeau à La Ceiba.

Elle aurait pu appeler Ramon, lui demander d'amener le *Windsong*, tout proche. Mais elle avait appris à connaître le batelier qui servait Tony, et à lui faire confiance.

– On va te voir à La Ceiba pour la première fois depuis des mois, remarqua Tony. Tu vas faire sensation.

La jeune femme avait demandé au batelier de venir la chercher avant l'aube. Elle était enchantée à l'idée de ce petit voyage. Elle aimait le village et ses habitants et elle rêvait de prendre une tasse de café sur les quais, en regardant partir les bateaux de pêche.

En dépit de l'heure matinale et du sommeil qui lui embrumait les yeux, Tony l'accompagna jusqu'à la jetée. Elle faillit un instant changer d'avis, quand elle le sentit tout contre elle, respira l'odeur de sa peau. Mais elle passa sur le bateau, et le batelier, après l'avoir confortablement installée, courut se mettre à la barre. Au moment où ils démarraient, la jeune femme aperçut la silhouette d'un petit yacht à quelque deux kilomètres au large.

La Ceiba était paisible, dans la fraîcheur du petit matin. Rebecca se joignit aux pêcheurs qui descendaient vers le port, accepta une tasse de café mais refusa le rhum, distillé en famille, qui avait la violence de la foudre.

Tout en bavardant avec les hommes, elle ne pouvait se défendre d'un inquiétant pressentiment. Sans cesse, son esprit revenait au bateau qu'elle avait aperçu au large. Ce n'était pas un bateau de pêche, elle en était sûre, et il n'appartenait à aucun des deux autres propriétaires de Cayos de la Fortuna.

Elle demanda aux pêcheurs s'ils le connaissaient. Ils lui répondirent par des haussements d'épaules, jusqu'au moment où l'un des hommes lui dit que c'était probablement le gringo qui avait loué le yacht de Manolo pour tenter sa chance au poisson-épieu. Les autres se mirent à rire. Quelle chance il avait, ce Manolo! Il avait trouvé un gringo qui croyait qu'on trouvait ce poisson-là en août, quand la saison commençait seulement en octobre!...

Le pressentiment poussa finalement Rebecca à agir. Elle se hâta vers le bureau du capitaine du port, l'un des rares endroits où l'on trouvait un téléphone. La gorge sèche, elle composa le numéro et attendit.

Le téléphone sonnait, sonnait. Soudain, la sonnerie s'interrompit.

Rebecca revit le yacht au moment où sa vedette approchait de Cayos de la Fortuna. Elle était assise dans la cabine. Elle vit, par le hublot, le pilote inconnu exécuter un virage parfait contre la houle pour prendre ensuite la direction du continent. La silhouette qui tenait la barre se tourna un instant dans sa direction, mais ils étaient à une centaine de mètres l'un de l'autre, et la vitre couverte de sel rendait toute identification impossible.

Qui êtes-vous? Que faites-vous ici?

Quand le batelier amarra la vedette à la jetée, Rebecca fut tentée de lui demander de prévenir la police de La Ceiba, de lui demander d'intercepter l'inconnu.

Mais pour quelle raison? Une intuition? Tu ne sais même pas qui il est, moins encore s'il a commis un crime.

421

Même s'il avait commis une mauvaise action, un criminel déterminé n'aurait aucun mal à éviter les deux policiers de La Ceiba.

Bon sang, tu vois des fantômes! Tony est probablement déjà dans l'escalier, inquiet à l'idée qu'il a pu t'arriver quelque chose.

Le batelier l'aida à descendre sur la jetée, et Rebecca se dirigea vers l'escalier. Accrochée d'une main à la rampe de métal, elle gravit la première marche, poussa soudain un cri au moment où le pied lui manqua. Elle tomba lourdement sur une hanche, ressentit une douleur aiguë dans le ventre.

Oh, Dieu, je t'en prie, pas comme ça!

La batelier courait déjà vers elle. Le souffle coupé, Rebecca se retourna sur le dos, se redressa sur un bras pour tenter de ressaisir la rampe. Lorsqu'elle baissa les yeux, elle se mit à hurler. Les marches et, maintenant, sa main droite, étaient tachées de sang.

– Allez jusqu'au *Windsong...* Dites à Ramon de venir tout de suite!

La jeune femme s'accrochait au batelier.

– Je vous en prie, murmura-t-elle. Rien par radio. Allez simplement chercher Ramon!

L'homme hésitait. Rebecca rassembla ses dernières forces, lui cria :

– Allez! Tout de suite! Je vous attends ici!

Elle demeura immobile jusqu'au moment où la vedette se trouva assez loin. Cet instant lui donna le temps de reprendre son souffle, de lutter contre la terreur qui montait en elle. Les dents serrées, elle se mit péniblement debout. Accrochée des deux mains à la rampe, elle entama son ascension.

La douleur était incessante. A chaque pas, elle filait au long de ses jambes pour venir la frapper à l'abdomen comme une flèche de métal en fusion. Lorsqu'elle sentait ses genoux fléchir, elle se cramponnait à la rampe. La rouille, les fragments de peinture écaillée se mêlaient au sang sur ses mains, lui brûlaient la peau. Mais elle ne voulait pas s'arrêter. L'horreur s'était abattue sur Cayos de la Fortuna. Quelque chose était venu pour les détruire, elle et Tony.

Lorsqu'elle atteignit le sommet, elle était à bout de souffle. Le vent lui paraissait souffler en tempête.

Tu es étourdie... C'est tout. Repose-toi un instant. Fais le vide dans ton esprit. Respire bien à fond...

Elle se retint des deux mains à la rampe. Le sang grondait dans sa tête qui lui semblait intolérablement pesante.

Maintenant!

Elle rejeta la tête en arrière et, selon la technique que lui avait enseignée son médecin, elle inspira et expira deux fois profondément. Peu à peu, le monde cessa de tournoyer, et elle osa ouvrir les yeux.

Il y avait encore du sang sur la terrasse, quelques gouttes seulement, mais assez pour lui fournir une piste. Lentement, l'oreille tendue au moindre bruit, Rebecca pénétra dans le séjour. Seul, le vent gémissait, à travers une porte ou une fenêtre entrebâillée. Il y eut aussi un cliquetis métallique, quand la jeune femme tira le tisonnier du râtelier placé près de la cheminée.

Cette arme tendue à deux mains, elle la brandit au-dessus de sa tête. Toute peur l'avait abandonnée, remplacée par une haine froide, furieuse. Quelqu'un était venu là, s'y trouvait peut-être encore.

Elle traversa sans bruit la cuisine. Le vent changea subitement de direction, et l'odeur qui lui vint aux narines lui souleva le cœur.

De l'essence!

Le tisonnier tomba bruyamment à ses pieds. Elle avait vu les bougies bien alignées, depuis la porte de la chambre jusqu'au pied du grand lit. Le soleil absorbait presque les flammes murmurantes, mais Rebecca distinguait leur clignotement cruel. Brusquement, elle se sentit les pieds humides, glacés. En même temps, elle éprouvait une sensation de brûlure. L'essence commençait à se glisser entre ses orteils.

Elle ne vit pas Tony avant d'avoir suivi la ligne des bougies et levé la tête. Elle ne put étouffer un cri involontaire. A chacun de ses pas, elle voyait de plus en plus de sang. Elle finit par comprendre que Tony ne pouvait pas entendre ses hurlements...

Éteins les bougies! Si elles continuent à brûler...

— Non! hurla-t-elle.

A quatre pattes, elle traversa le lit, les paupières étroitement closes pour ne plus voir le sang. Elle ouvrit les yeux quand ses doigts trouvèrent le visage de Tony.

— Oh, mon Dieu, qu'est-ce qu'on t'a fait? murmura-t-elle entre ses lèvres fendillées.

Tony était allongé sur le dos, le torse couvert de sang. Un côté de son crâne était curieusement déformé. Sur la nuque, un trou béait, laissant encore échapper une rigole de sang.

— On va y arriver, mon chéri, souffla-t-elle. Je vais d'abord t'emmener sur le balcon. Après ça, les bougies... Oui, il faut que je les éteigne. Nous ne voulons pas voir brûler notre belle maison, hein?

Elle passa par-dessus le corps, attrapa Tony sous les aisselles. Elle poussa un cri quand elle le releva d'une secousse. Après s'être assuré une meilleure prise, elle recula lentement vers le patio.

— Tony... je t'en prie, Tony, aide-moi!

Mais ce n'étaient pas ces supplications qui lui donnaient du courage. Ce n'était pas Tony. Ce n'était pas leur maison. Les souvenirs brûlants de Skyscape et de ce qui avait dû s'y passer cette nuit-là entretenaient sa rage.

Les vapeurs d'essence la faisaient tousser. Elle sanglotait parce qu'elle pensait ne pas pouvoir endurer une seconde de plus la souffrance qui la déchirait. Pourtant, elle traîna Tony sur la terrasse. Elle le lâcha le plus doucement possible mais perçut un horrible craquement quand sa tête toucha le dallage. Incapable de se retenir plus longtemps, elle se détourna pour vomir.

Les poumons en feu, elle revint d'un pas chancelant dans la chambre. Le goût de bile dans sa bouche l'empêchait de perdre conscience. Pourtant, les flammes des bougies se brouillaient, se tordaient, comme pour se moquer d'elle.

Dieu te damne!

Rebecca sentit le froid mortel de l'essence traverser sa robe lorsqu'elle s'étendit sur le côté. Les bougies avaient bien diminué, leurs flammes n'étaient plus qu'à quelques centimètres du sol. La jeune femme rampa vers elles, en s'aidant des pieds et des bras, en prenant bien soin de ne pas poser les doigts dans le liquide. A la première bougie, elle s'humecta de la langue le pouce et l'index, pinça la mèche, sans même sentir la brûlure.

Les autres lumignons lui faisaient signe. Elle avait l'impression de traverser l'enfer. Après la troisième flamme, elle cessa de s'humecter les doigts. La souffrance lui était nécessaire pour neutraliser l'odeur grisante de l'essence.

Encore six... six seulement, et nous sommes sauvés...

Les muscles de ses épaules protestaient douloureusement. Trois... quatre... cinq...

Espèce de monstre! Sale assassin!

Au bout de la rangée se dressait une septième bougie, plus courte que les autres, la flamme presque aussi haute que ce qui restait de stéarine. Rebecca comprit qu'elle ne l'atteindrait jamais à temps. Les yeux rivés sur la flamme, elle entreprit de revenir en arrière, tout en priant pour avoir un délai de quelques secondes. Elle sentit ses jambes toucher les pieds du lit, manœuvra pour les contourner. Elle était si près du balcon qu'elle sentait le vent lui caresser la plante des pieds.

Elle entendit tout à coup un grondement, un bruit métallique. Elle se retourna avec effort, vit l'hélicoptère du *Windsong* prendre un virage serré, hésiter un instant avant de foncer vers la maison.

– Non!

L'avertissement désespéré de Rebecca fut couvert par le gémissement des rotors. L'hélicoptère descendait en trombe. Ses pales créaient un tourbillon qui vint frapper les portes de la terrasse. L'air ainsi propulsé suffit à entraîner la flamme de la dernière bougie jusqu'à la nappe d'essence. Rebecca, chancelante, parvint à franchir les portes et à les refermer brutalement au moment même où la chambre explosait dans une gerbe écarlate.

La jeune femme rejeta la tête en arrière, vit Ramon accroupi dans l'ouverture de l'appareil. Parce que l'hélicoptère du *Windsong* devait souvent voler au-dessus de la mer, le constructeur avait installé un treuil électrique et un dispositif de sauvetage à collier de cheval pour repêcher éventuellement un passager tombé à l'eau. Rebecca regarda Ramon assujettir un harnais autour de sa taille, ajuster le collier sur sa poitrine, s'accrocher au filin du treuil. Le moteur électrique hurla, et Ramon commença de descendre.

A cet instant, l'une des portes de verre explosa. La jeune femme poussa un cri aigu en sentant une centaine d'éclats, tranchants comme des rasoirs, se ficher dans son corps. La force de l'explosion chassa l'air de ses poumons, la projeta contre la balustrade.

Ça va finir ainsi.

Penchée au-dessus de la balustrade, elle voyait la face déchiquetée de la falaise, les arbustes, les arbres rabougris. Trente mètres plus bas, c'était la plage...

Non, pas comme ça!

Elle se rejeta en arrière, se retourna pour faire face à l'enfer. Elle sentit quelque chose lui frôler les cheveux, leva la tête. Ramon, un bras tendu vers elle, criait des mots qu'elle n'entendait pas.

Elle secoua la tête, s'agenouilla, souleva le corps de Tony, le soutint contre elle. Elle passa une main sous le menton du mort, comme pour le sauver de la noyade, tendit l'autre main vers le ciel. Les doigts de Ramon frôlèrent les siens.

La deuxième porte explosa.

Le corps de Tony en fit tous les frais. Rebecca aurait pu jurer l'avoir senti tressaillir, comme sous l'effet d'une intolérable souffrance. Des éclats de verre lui entaillèrent le bras. D'instinct, elle tenta de se protéger. Ce fut alors qu'elle perdit sa prise sur Tony.

Ramon saisit l'occasion. Il se tendit au maximum, parvint à saisir les poignets de la jeune femme. L'appareil fut tout à coup agité d'une secousse. Le regard de Rebecca plongeait dans les yeux affolés de Ramon, dont le visage ruisselait de sueur, dont les muscles se gonflaient démesurément sous l'effort qu'il faisait pour ne pas la lâcher. A travers le hurlement diabolique des rotors, elle l'entendit crier :

– ... pris dans un courant descendant!

Le pilote n'avait pas le choix. S'il attendait encore une fraction de seconde, un autre courant projetterait l'appareil contre la maison, et il plongerait dans le brasier.

Rebecca hurla en sentant ses épaules se désarticuler. Ses pieds quittèrent le sol. Dans un effort désespéré, elle voulut se retourner, mais Ramon la tenait trop solidement.

– Je ne peux pas le laisser là! cria-t-elle.

Il était trop tard. L'hélicopère s'écartait de la maison, descendait sous un angle qui l'amènerait le plus vite possible au-dessus de l'eau. S'il devait lâcher prise, Ramon voulait au moins voir la jeune femme tomber à la mer; elle aurait une chance de survivre. Secousse après secousse, le treuil les remontait tous les deux, en grinçant sous le poids. Ramon s'aida de la vitesse de l'appareil pour se propulser vers la porte. Il referma les doigts sur une poignée de métal. Rebecca hurla une nouvelle fois lorsqu'elle fut projetée contre le flanc de l'hélicoptère. Soudain, elle se retrouva à l'intérieur. Elle roula sur le dos, et la souffrance explosa dans sa tête.

Je ne peux pas perdre conscience maintenant! se répétait-elle. *Je dois raconter ce qui s'est passé, dire ce qu'il faut faire!*

Les visages penchés sur elle s'éloignaient de plus en plus. Les mots qu'on lui adressait semblaient parcourir lentement un long couloir obscur. Ce fut le souvenir du visage maculé de sang de Tony qui la ranima.

– Pas d'hôpital, murmura-t-elle. Le *Windsong*... Personne ne doit savoir ce qui s'est passé... pas tout de suite.

56

Si la nouvelle de la tragédie survenue à Cayos de la Fortuna atteignit si vite l'Amérique du Nord, ce fut grâce au hasard et à l'insistance d'un journaliste.

Dès que le chef de police de La Ceiba apprit par les cris des habitants qu'un incendie faisait rage sur l'île, il appela son supérieur à Tegucigalpa, à deux cents kilomètres vers le sud. La Ceiba n'avait qu'un seul pompier et ne disposait d'aucun équipement. En voyant le panache de fumée noire, le chef de police se signa. Le sort du Señor Fabrizzi et de l'incomparable Señorita McHenry était entre les mains de Dieu. Il n'avait pas besoin, pour en être sûr, d'attendre le retour de l'homme qu'il avait envoyé là-bas pour voir si le propriétaire et sa maîtresse avaient survécu à l'incendie.

En revanche, il lui fallait l'avis de son supérieur sur ce qu'il devrait dire à la presse quand elle se manifesterait. Étant donné l'identité des deux victimes, il aurait préféré voir la Police nationale se charger de l'affaire.

Jimmy Webber était un garçon de vingt-deux ans, tout feu tout flamme, reporter local pour la CBS. Installé depuis trois ans à Tegucigalpa, il se considérait comme un vieux de la vieille, même si aucun de ses reportages n'avait encore trouvé son chemin jusqu'au bureau du grand patron, Walter Cronkite. Durant son séjour dans la capitale, il s'était attiré les bonnes grâces du commissaire de la Police nationale en sortant avec la fille un peu trop replète de celui-ci. Au prix de cet effort, il avait libre accès au quartier général de la police. Il ne regretta plus rien en écoutant au standard la voix surexcitée qui parlait du terrible incendie qui faisait rage à Cayos de la Fortuna et de la mort présumée d'Anthony Fabrizzi et de Rebecca McHenry.

Oubliant qu'il avait invité à déjeuner la belle Juanita, Jimmy

Webber se saisit de son appareil et se précipita vers l'aéroport. Deux cents dollars américains furent suffisants pour une place sur un Cessna et pour le combustible qui devait lui permettre de rallier Cayos de la Fortuna. Cinquante-cinq minutes plus tard, il criait au pilote de voler plus bas, *encore plus bas!* A chaque poussée, il se sentait plus proche d'un poste de choix dans sa compagnie.

Cent dollars supplémentaires convainquirent le pilote qu'il pouvait continuer jusqu'à Kingston, en Jamaïque. Là, il prit la dernière place disponible sur le vol de midi pour New York.

Une heure et demie après l'atterrissage, Jimmy Webber émergeait d'une chambre noire, au siège de la CBS, et deux douzaines d'épreuves en main, se frayait un passage dans le couloir. Dans l'aile réservée à la direction, il passa sans s'arrêter devant une réceptionniste éberluée, souffla un baiser à l'adresse de la secrétaire particulière figée sur son siège et entra sans frapper dans le bureau directorial.

— Walter, mon vieux, j'ai une drôle d'histoire pour vous! clama Jimmy Webber.

Dans son bureau du siège des Flots, sur la Cinquième Avenue, Bix dictait une lettre virulente destinée à un fournisseur qui n'avait pas livré sa commande dans les délais fixés, quand elle entendit annoncer la nouvelle. Elle avait l'habitude de se brancher sur les informations et de les écouter d'une oreille tout en travaillant. Elle entendit Walter Cronkite prononcer d'un ton grave le nom de Cayos de la Fortuna. Aussitôt, elle laissa tomber son micro pour monter le son. Cronkite n'avait pas fini de parler lorsque le téléphone sonna.

— Tu as entendu? demanda Torrey sans préambule.

— J'étais devant l'écran, répondit Bix. Mais que diable racontait-il? Il y a eu un incendie. Apparemment, la maison de Tony a été détruite. Mais il n'a pas dit ce qu'il était advenu de Tony ou de Rebecca.

— Ils sont sains et saufs, j'en suis sûr, dit vivement Torrey. Tu connais les médias!

— Si Rebecca était saine et sauve, j'aurais déjà de ses nouvelles! Torrey ne sut que répondre. Il était du même avis.

— Je vais essayer de contacter la police à La Ceiba, reprit Bix. Torrey, si je n'y parviens pas, demande à ton ami de l'aérodrome de la Marine, s'il peut nous procurer un jet... Et appelle Ramsey, ajouta-t-elle. Il ne sait peut-être encore rien.

— Tu plaisantes? Il est sur l'autre ligne... et il a déjà un appareil à notre disposition.

A Wildwood-on-the-Hudson, Michele Fabrizzi, avant le dîner, se faisait raser pour la seconde fois de la journée quand un assistant vint chuchoter la nouvelle. Le barbier, horrifié, recula.

Fabrizzi demeura un instant immobile et silencieux. Puis il fit signe au barbier.

– Terminez!

Tandis que ses associés entraient les uns après les autres, il fit le vide en lui, retrouvant son impassibilité. Il se leva de son fauteuil, fit face à ses hommes.

– C'est la *strega*, dit-il tout bas. Je savais qu'elle apporterait le malheur sur ma maison.

– Nous n'avons aucune raison de penser que cette femme voulait du mal à Tony, répondit un vénérable *consigliere*. Nous savons tous combien ils s'aimaient.

– Et Tony est peut-être toujours vivant, *padrone*, ajouta un autre d'une voix sourde. On n'a pas retrouvé de corps.

La main droite de Fabrizzi se posa sur son cœur.

– Tony est mort, dit-il comme pour lui-même. Je le sens. Il est mort, et elle est responsable de sa mort. Si elle est innocente, pourquoi n'ai-je pas appris la nouvelle de sa propre bouche?

Le *padrone* fit face à tout le groupe.

– Appelez nos gens à Miami. Dites-leur que, dès mon arrivée, je veux savoir ce qui s'est passé. Et dites-leur de retrouver la *strega*, ajouta-t-il.

Le *Windsong*, au grand large, faisait route au sud-est, vers une position prédéterminée, à près de cent cinquante kilomètres de la côte jamaïquaine.

Le navire s'était arrêté à deux reprises seulement; une fois quand l'hélicoptère avait décollé, une autre fois lorsqu'il était revenu. Ramon Fuentes poussait les machines pour rattraper le temps perdu. Il devait mettre la plus grande distance possible entre le Honduras et lui. Il avait ordonné à l'officier radio de ne répondre à aucune communication. Sa maîtresse lui avait fait promettre que le *Windsong* irait vite et dans un silence total.

En bas, dans l'appartement, Rebecca recevait les soins du médecin amené d'Angeline City grâce à l'hélicoptère. Le jeune Noir, appelé Picot, qui la soignait depuis quelques mois, secoua la tête.

– Vous devriez être à l'hôpital, dit-il.

– Pas d'hôpital, murmura-t-elle.

– Il pourrait se produire des complications. Vous avez subi une terrible épreuve. Le choc vous a affaiblie...

– Tout ira bien, chuchota-t-elle.

Elle ouvrit la bouche pour sucer le gant de toilette mouillé d'eau fraîche que lui tendait Picot.

Le mensonge était évident, et Rebecca savait que personne n'y croyait. Son corps entier lui faisait mal, la brûlait. Picot l'avait lavée. Il avait vidé et rempli la baignoire à plusieurs reprises pour être bien sûr qu'il ne restait plus trace d'essence. Il avait soigneusement extrait les éclats de verre, avait désinfecté et bandé les plaies. Lorsque le médecin avait refusé de la laisser se regarder dans une glace, Rebecca avait passé les doigts sur son visage. Elle avait palpé la peau gonflée, enflammée là où les éclats l'avaient atteinte. Pour la première fois, alors, elle pleura, non pas de crainte d'être défigurée, mais parce qu'elle revoyait Tony et son visage, ce masque ensanglanté et sans vie.

Avant l'arrivée du Dr Picot, elle était sans cesse passée de la conscience à l'inconscience. Son ventre la faisait abominablement souffrir. Quand le praticien eut achevé son examen, les draps étaient trempés de sueur. Malgré la souffrance, elle refusait obstinément tout médicament.

Soudain, son corps s'arqua, elle poussa un hurlement. Elle avait l'impression d'être déchirée.

– On ne peut plus attendre! cria Picot. Elle fait une hémorragie!

La tragédie de Cayos de la Fortuna continua de faire l'une des journaux pendant le reste de la semaine. L'intérêt passionné du public s'accrut encore à l'arrivée à La Ceiba de Michele Fabrizzi, venu chercher le corps de son fils. Les journalistes eurent beau essayer de soutirer un commentaire au *padrone*, ses gardes du corps les tinrent à l'écart. Une fois seulement, un reporter entendit Fabrizzi prononcer un mot unique : *Strega!*

A New York, Ramsey Peet ne négligeait aucun effort pour retrouver Rebecca. Il se rendit à Washington, convainquit le sénateur Lewis Gibson d'user de son influence pour demander la participation aux recherches de la U.S. Coast Guard. Le sénateur l'assura que ce serait fait, et que les navires basés à Miami et à La Nouvelle-Orléans relaieraient immédiatement à son bureau toutes les informations recueillies sur le *Windsong*.

Folle d'inquiétude, incapable de rester en place, Bix fit le voyage jusqu'à Newport pour demander l'aide de son père. L'amiral Ryan ne perdit pas de temps. L'un de ses condisciples d'Annapolis commandait une escadre qui manœuvrait au large de Grand Cayman. Il promit d'envoyer ses avions, ainsi que les pilotes du porte-avions *Kitty-Hawk*, survoler certains secteurs de la mer des Caraïbes.

– Tout ça est très beau, fit Torrey, en montrant à Bix la une du *Times*. Mais si quelqu'un la retrouve, ce seront ces types-là.

La photo aérienne montrait une flottille de petits bateaux qui quittaient le port d'Angeline City. Dans tous les ports des Caraïbes se déroulaient des scènes semblables. Les pêcheurs, les poseurs de casiers à homards, les patrons de yachts de croisière, les plaisanciers prenaient tous la mer pour tenter de repérer Rebecca McHenry. L'annonce que les recherches officielles étaient restées vaines à Cayos de la Fortuna avait fait le tour des îles. Tout le peuple qu'elle avait aimé, pour qui elle avait tant fait était maintenant déterminé à la retrouver...

— Je ne comprends pas, déclara Torrey, qui arpentait le bureau de Ramsey. Cinq jours se sont écoulés, et l'on n'a encore rien signalé. Nous n'avons reçu aucune communication du *Windsong*. Personne ne l'a repéré. Que diable se passe-t-il ? Pourquoi ne nous donne-t-elle pas signe de vie ?

— Peut-être ne le peut-elle pas, dit Ramsey. Peut-être s'est-il produit à Cayos de la Fortuna des faits dont nous ne savons rien. Ou bien en mer.

La patience de Torrey explosa.

— La police a fouillé chaque centimètre carré de l'île ! Les Honduriens ont fait visiter la mer aux alentours. Rien ! Je ne peux pas croire que Rebecca soit morte ! Je ne veux pas le croire !

— Non, elle ne l'est pas, intervint Bix. Je le saurais. Je le sentirais... Mais réfléchissez un peu. Ramon Fuentes est sans doute le meilleur capitaine de toutes les Caraïbes. Dans ces eaux, il est chez lui. S'il ne veut pas qu'on trouve le *Windsong*, nous n'avons pas une chance.

— Autrement dit, Rebecca se cache de nous ? demanda Torrey, incrédule.

— Non, répondit Bix. Elle porte le deuil.

Andrew Stoughton n'aurait jamais songé à assister au service célébré à la mémoire d'Anthony Fabrizzi, à Wildwood-on-the-Hudson. Michele Fabrizzi, de son côté, ne s'attendrait pas à l'y voir, il le savait. Andrew envoya néanmoins une immense couronne, sous le couvert de l'anonymat.

Il était encore vivant. Le *padrone* n'avait donc pas le moindre soupçon du rôle qu'il avait joué dans la mort de Tony. Autrement dit, les représentants de la loi, au Honduras, cherchaient ailleurs des indices et des mobiles.

Pourquoi me soupçonnerait-on ? pensait Andrew. Je n'ai aucun lien avec les Fabrizzi. En ce qui concerne le vieux, il faudrait que je sois fou pour avoir assassiné son fils.

L'idée que Michele Fabrizzi, dans sa douleur, rageait contre des forces qu'il ne pouvait ni voir, ni toucher, ni comprendre apporta une inspiration à Andrew. La disparition de Rebecca figurait elle aussi dans son équation.

Audacieux, se disait Andrew, installé au bord de la piscine à Palm Springs. *Dangereux aussi... Mais, aussi longtemps que Rebecca ne reparaît pas, ça peut marcher.*

La fureur d'avoir manqué son coup à Cayos de la Fortuna, la frénésie qui l'avait poussé à s'acharner sur Anthony Fabrizzi, la folie qui l'avait amené à reproduire l'assassinat de Max McHenry, tout cela s'était maintenant apaisé. Il avait fui Cayos de la Fortuna avec ce qui lui avait paru une bien maigre victoire : la mort d'un homme que Rebecca aimait. Il avait arraché à la jeune femme un morceau de son cœur, et sa haine s'en repaissait. Mais, il le comprenait à présent, il pouvait avoir davantage, bien davantage.

Il ignorait où et pourquoi Rebecca s'était enfuie. Il suivait assi-dûment dans les journaux les comptes rendus des recherches, mais ils ne lui apportaient aucun renseignement valable.

– Reste invisible encore quelque temps, murmura-t-il. Quelque temps seulement...

– Permettez-moi de vous présenter mes sincères condoléances, monsieur Fabrizzi.

Il s'était écoulé deux jours depuis le départ d'Andrew de Palm Springs, douze depuis l'enfer déchaîné à Cayos de la Fortuna. Il était installé, avec le *padrone*, sur la véranda, à la même table qu'ils avaient déjà partagée. La sœur de Fabrizzi, voilée de noir, allait et venait pour leur servir à manger et à boire. Elle semblait, se dit Andrew, plus cadavérique encore que la fois précédente.

La mort de Tony avait aussi laissé des traces sur le *padrone*. Andrew décelait une ombre dans les yeux qui, naguère, avaient brillé d'un froid éclat, une certaine hésitation dans la parole. Des signes qui, estima-t-il, étaient tous à son avantage.

– Je vous remercie de votre bonté, répondit Fabrizzi.

– Je regrette seulement de n'avoir pu assister aux obsèques, reprit Andrew.

– Bien des gens auraient été surpris de vous y voir.

Andrew acquiesça d'un signe, avala une bouchée d'*antipasto*. Fabrizzi, remarqua-t-il, ne touchait pas à son assiette.

– Monsieur Fabrizzi, déclara-t-il, je comprends bien que le moment est mal choisi. Malheureusement, ce que j'ai à vous dire ne peut attendre.

– Certainement. L'une de vos qualités les plus précieuses, c'est que vous ne perdez jamais de temps, ni le vôtre ni celui des autres.

– Je dois aussi préciser que ceci concerne Tony.

Il guettait une réaction mais n'en obtint aucune. Le seul nom de son fils, semblait-il, anesthésiait Fabrizzi. Le *padrone* lui fit signe de continuer.

– Je crois, déclara lentement Andrew, que Rebecca a tué Tony.

Cette fois, il vit Michele Fabrizzi s'agripper aux accoudoirs de son fauteuil.

– Qu'est-ce qui vous fait dire ça ? demanda-t-il d'une voix contenue. Tony m'a dit qu'elle l'aimait. Il en avait l'air convaincu. Il était prêt à faire pour elle de grands sacrifices... sa famille, son honneur, sa réussite...

– Et peut-être a-t-il fini par lui sacrifier sa vie, suggéra Andrew. Réfléchissez, monsieur Fabrizzi. On n'a pas retrouvé le corps de Rebecca McHenry. Tout comme moi-même, le reste du monde la croit vivante. Mais, s'il en est ainsi, pourquoi ne se montre-t-elle pas ? Nous savons, grâce à l'enquête, qu'elle se trouvait à La Ceiba, le matin de l'incendie. Vos propres sources, je n'en doute pas, ont confirmé qu'elle avait quitté précipitamment le village. Personne ne sait pourquoi. Elle revient à Cayos de la Fortuna, et l'incendie se déchaîne brutalement. Ni elle ni son batelier n'ont été revus... Il n'y avait personne d'autre à Cayos de La Fortuna, ce matin-là, monsieur Fabrizzi. Les articles des journaux l'ont confirmé. Ainsi, à moins de croire que Tony avait des ennemis qui ont pu, sans être repérés, investir l'île afin d'assassiner votre fils – et d'épargner cependant un témoin potentiel! –, ça ne vous laisse qu'une seule personne : Rebecca McHenry.

Michele Fabrizzi méditait cette version.

– Vous savez que je n'ai jamais approuvé la liaison de mon fils avec cette femme, dit-il, évitant soigneusement de prononcer le nom de Rebecca. Mais vous comprenez aussi, certainement, que la vengeance ne se prend pas à la légère. C'est une question d'honneur. Je dois être sûr qu'elle est responsable de ce qui est arrivé à Tony. Ce que je ferai ensuite...

Le *padrone* fit un geste significatif, de ses deux mains ouvertes.

– Ma propre opinion est influencée, avoua Andrew. Mais je me demande pourquoi elle s'est enfuie. Pourquoi ne se montre-t-elle pas ? Pourquoi doit-elle se cacher ?

Il s'humecta les lèvres d'une gorgée de vin.

– Vous ne saurez jamais si Rebecca McHenry a tué Tony, à moins de l'avoir en face de vous pour lui poser la question, la regarder au fond des yeux, y lire la réponse.

– Elle ne pourra pas se cacher pour toujours, dit Fabrizzi. Je finirai par la retrouver.

– Avec tout le respect que je vous dois, si toutes les recherches entreprises jusqu'à présent n'ont pas abouti, vous pourriez bien attendre très longtemps.

– Vous avez une autre solution, affirma le *padrone*

– Je propose que nous la forcions à venir vers vous, déclara Andrew.

– Comment comptez-vous y parvenir ?

C'était là le point dangereux de sa proposition, Andrew le savait. Il devait amener Fabrizzi à accepter les deux aspects de son idée. Si l'un ou l'autre était rejeté, il perdrait cette occasion magnifique de se débarrasser une fois pour toutes de Rebecca.

– Si vous le permettez, monsieur Fabrizzi, j'aimerais vous exposer les avantages pour nous deux de ce que j'envisage.

– Je n'en attendais pas moins.

– Si vous décidez que mon projet a quelque mérite, non seulement vous parviendrez à débusquer Rebecca McHenry, mais nous tiendrons, vous et moi, son sort entre nos mains. A nous deux, nous pouvons abattre Les Flots. Dès qu'elle saura sa création menacée, elle devra bien sortir de sa cachette. Mais il sera trop tard. Le dommage sera irréversible, et nous serons en position de reprendre tout son empire. A ce moment-là, je serais tout disposé à vous aider, si c'était nécessaire. J'acquerrais tous ses hôtels et j'userais de toute l'influence dont je dispose pour obtenir les licences nécessaires afin d'en faire des établissements de jeux.

– Et qu'y gagneriez-vous, Andrew ?

– Tyne & Wear. Sans Les Flots, Rebecca ne sera plus une menace pour moi.

– C'est un résultat, acquiesça Michele Fabrizzi. Mais il y a autre chose.

– Ma dette envers vous, monsieur Fabrizzi. Sans votre assistance, je n'aurais jamais connu une telle réussite. Mais il vient un temps où la balance doit être rétablie. Je tiens à être le maître chez moi, sans plus avoir d'obligations envers personne. Si vous acceptez ma proposition, je vous demande de me tenir quitte envers vous.

Le vent d'automne fraîchissait. Michele Fabrizzi penchait légèrement la tête, comme pour écouter le bruissement des feuilles. Il les regardait tomber des arbres dans un torrent de couleurs. Le temps, pensait-il. Trop peu de temps. Trop de questions. Un homme trop vieux...

Le *padrone* se leva.

– Parlez-moi franchement. Si j'accepte, je vous jure qu'il n'y aura plus de dette entre nous.

57

Septembre tirait à sa fin. Les cœurs les plus vaillants commençaient à perdre tout espoir de jamais retrouver le *Windsong*. L'un après l'autre, les gouvernements de différents pays abandonnaient les recherches intensives. Les efforts individuels s'arrêtèrent aussi, à mesure que, dans toutes les Caraïbes, les Iliens acceptaient l'inévitable.

A New York, Bix, Torrey et Ramsey Peet travaillaient sans relâche à maintenir l'empire des Flots sur sa lancée. La disparition de Rebecca McHenry avait jeté un voile de deuil sur tous les établissements. Sans sa vitalité, semblait-il, Les Flots n'avaient plus rien qui les distinguât des autres villégiatures. Bix allait d'un motel à l'autre, pour réconforter le personnel. Tous ses discours s'achevaient sur la même note :

– Rebecca a disparu. Elle n'est pas morte. J'interdis à quiconque de douter de son retour.

Devant les visages attristés, elle mesurait la faiblesse de ses encouragements. Tard le soir, quand elle reposait entre les bras de Torrey, ses propres espoirs lui apparaissaient vides de sens. Mais elle s'y accrochait, comme elle s'accrochait à son mari. Si elle y renonçait, elle perdrait quelque chose d'irremplaçable. La troisième semaine de septembre, deux jours après le retour du Mexique de Bix, Ramsey Peet les convoqua, elle et Torrey.

– Nous devons prendre une décision, annonça-t-il gravement.

Ils s'étaient réunis dans le bureau de Rebecca, et chacun avait conscience du fauteuil vide, derrière l'élégante table de travail.

– D'après les articles de la constitution de la société, nous avons non seulement le droit, à nous trois, de gérer Les Flots mais aussi de décider de leur avenir. Autrement dit, nous devons décider s'il faut ou non poursuivre la bataille pour gagner le dernier point dont a besoin la Vixen pour prendre le contrôle de Tyne & Wear.

Bix regarda Torrey, qui haussa les épaules.

– Quelles sont les dernières nouvelles de Stoughton ? demanda-t-il.

– Tout est calme, répondit Ramsey. Les attaques sont allées en diminuant.

– Pas bête, murmura Torrey. S'il s'en prenait maintenant à Rebecca, il ne ferait qu'aviver la sympathie à son égard.

– Il y a un autre aspect, reprit Ramsey. Sans Rebecca, nous sommes à la dérive. Bien sûr, nous pouvons gérer Les Flots, mais elle en est l'âme. La confiance des investisseurs tend à s'affaiblir quand le président de la compagnie disparaît mystérieusement. Nous pourrions avoir... non, *nous aurons* beaucoup de mal à gagner ce dernier point.

Torrey et lui discutèrent durant un moment, avant de s'apercevoir que Bix gardait le silence. Lorsqu'elle fut sûre d'avoir attiré leur attention, elle dit :

– Je ne sais même pas pourquoi nous abordons la question. En ce qui me concerne, rien n'est changé. Nous devons achever ce qu'avait commencé Rebecca. A moins que vous ne me fournissiez une sacrée bonne raison ! A vous entendre, vous la considérez comme morte ! ajouta-t-elle en s'essuyant les yeux.

Ramsey et Torrey n'eurent pas le temps de répliquer, le secrétaire de Rebecca entrait, haletant.

– Je suis désolé, dit-il, mais ce télex vient d'arriver de Bonaire. J'ai pensé que vous voudriez en prendre connaissance sans tarder.

Bix lut le message, chercha son souffle.

– Il y a eu un incendie au motel des Antilles néerlandaises.

Six heures après, Bix et Torrey se frayaient précautionneusement un chemin parmi les restes carbonisés de ce qui restait de l'aile est des Flots, à Bonaire. Soixante des cent quatre-vingts chambres avaient été détruites par une explosion et par l'incendie qui l'avait suivie. C'était miracle qu'il n'y eût pas de victimes.

– Vos gens me disent que cette aile n'était qu'à moitié pleine, dit à Torrey le commandant des pompiers. La plupart des clients étaient des amateurs de plongée. Ils se trouvaient déjà sur le récif ou finissaient de prendre leur petit déjeuner. L'équipe du ménage a donc commencé par ces chambres. S'ils avaient attendu...

– Sait-on ce qui s'est passé ? demanda Torrey.

Le commandant lui passa une longueur de fil électrique.

– Un court-circuit, peut-être.

– Mais vous avez parlé d'une explosion, objecta Bix.

– Vous utilisez du propane dans vos cuisines. Les bouteilles de réserve se trouvent dans un appentis, non loin de cette aile.

– Et, là aussi, il y a eu un court-circuit? fit Torrey.

– Nous n'en savons encore rien, monsieur Stewart, répondit froidement le commandant. Mais c'est là que tout a commencé. L'appentis a pris feu, les bouteilles ont explosé. Pour le reste, eh bien..., voyez vous-mêmes, ajouta-t-il avec un grand geste.

Le soir tombait. On remit la poursuite des recherches au lendemain. Bix et Torrey s'installèrent dans le bâtiment administratif, prirent les dispositions nécessaires pour reloger les clients qui se trouvaient subitement sans abri. Par chance, d'autres hôtels à Bonaire avaient assez de place pour les accueillir. Bix assura chacun des sinistrés que Les Flots prendraient à leur compte toutes les dépenses et rembourseraient les effets personnels perdus dans le sinistre. Les compagnies d'assurances étaient déjà prévenues.

Il était une heure du matin quand Bix et Torrey purent enfin se mettre au lit. Ils s'étaient entretenus avec les membres du personnel, mais aucun ne savait comment l'explosion avait pu se produire.

– Un malheureux accident, dit Bix, en se préparant pour la nuit. Qu'est-ce que c'est que ça? ajouta-t-elle en se tournant vers Torrey.

Il semblait jouer avec un fil électrique brûlé.

– Non, ce n'était pas un accident, fit-il. J'ai déjà vu ce genre de fil. Sur des chantiers de construction. Ce sont les spécialistes de la démolition qui s'en servent... Il s'agit de sabotage, Bix.

Le lendemain matin, après une nuit sans sommeil, le couple se dirigeait vers le bâtiment administratif quand le jeune professeur de voile les intercepta, tout essoufflé.

– New York est en ligne! M. Peet demande à vous parler tout de suite!

Quelques minutes plus tard, Torrey, penché en avant dans un fauteuil, se tenait la tête.

– Vous êtes absolument sûr, Ramsey?... J'envoie Bix par le Lear immédiatement, dit-il après avoir écouté la réponse.

– Que se passe-t-il? murmura Bix.

– Les Flots, en Jamaïque... Il s'est produit un accident au cours d'une expédition de plongée. Seize personnes sont parties ce matin. D'après ce qu'on a dit à Ramsey, les plongeurs étaient dans l'eau depuis cinq minutes à peine quand ils ont commencé d'étouffer. La plupart se trouvaient à vingt mètres de profondeur ou davantage. Affolés, ils sont remontés trop vite.

Bix était atterrée. Elle plongeait elle-même et connaissait les crampes qui pouvaient être fatales à un plongeur s'il regagnait trop vite la surface.

– Quelle est la cause? questionna-t-elle. Un équipement défectueux?

– On n'a vérifié qu'une seule bouteille, répondit Torrey. Apparemment, l'air était vicié par de l'oxyde de carbone...

Il jeta le fil électrique à travers la pièce.

– Ne vois-tu pas que les deux accidents ont la même source ? Andrew Stoughton n'a pas renoncé. Le salaud passe à l'attaque !

Au cours des trois jours suivants, plusieurs autres accidents se produisirent aux Flots.

Au Mexique, sur la côte du Pacifique, un bus des Flots qui amenait des vacanciers au centre d'Ixtapa fut pris en embuscade par des hommes armés. Les passagers furent dépouillés de leur argent, de leurs objets de valeur. Ceux qui résistaient furent rossés.

Le désastre suivant frappa à Palm Cove, où l'on dut fermer l'établissement quand on découvrit que l'eau potable était contaminée.

Bix et Torrey couraient d'un endroit à l'autre, faisaient de leur mieux pour tout remettre en ordre. Ils ne tardèrent pas à se rendre compte que la bataille était perdue d'avance. Partout, la police se livrait à des enquêtes approfondies. Les membres du personnel perdaient le moral en se sentant soupçonnés. Dans ce climat de peur et de ressentiment, les clients partaient en foule, furieux, déçus, effrayés.

De New York, Ramsey dit à Bix et à Torrey :

– Nous allons droit vers l'enfer. Nous devons déjà faire face à une douzaine de procès, et j'en attends d'autres jour après jour. Jusqu'à présent, deux personnes sont mortes, et l'un des plongeurs est dans un état désespéré. La presse s'en donne à cœur joie.

Un appel à l'agence centrale de réservation confirma les pires craintes de Bix. Les annulations arrivaient en masse. Il n'y avait plus de nouvelles demandes. Les Flots, dont le nom avait été synonyme de confort et de sécurité, étaient maintenant mis à l'index.

– Si nous ne retournons pas la situation, lui dit Ramsey, nous n'aurons pas de saison d'automne, ni d'hiver, ni même de printemps ! Nos assureurs nous accusent de négligence et d'insuffisance dans les mesures de sécurité. Jusqu'à ce que la question soit réglée, nous devrons payer les indemnités de notre poche. Inutile de dire que nous ne pourrons pas y suffire bien longtemps.

Pour tenter d'empêcher la catastrophe totale, Torrey traita avec des agences locales de sécurité pour placer, dans chaque site, des gardes armés. Cela coûtait les yeux de la tête, et la vue des patrouilles ne contribuait pas à rassurer la clientèle ni le personnel. Elles leur rappelaient seulement le danger qui les guettait. L'exode se poursuivit, mais les attaques cessèrent.

– Il nous faut un peu de temps pour respirer, pour découvrir comment Andrew orchestre ces opérations, dit Torrey, qui appelait Ramsey d'Ixtapa. Ou bien il a tiré ses dernières cartouches, ou bien les mesures de sécurité l'ont effarouché.

– J'espère que vous avez raison, répondit Ramsey. Mais Stoughton ne reconnaît rien. Au contraire, il a publié une déclaration proclamant qu'il n'a rien à voir avec ces attaques. Ses attachés de presse ont communiqué aux journaux son itinéraire des dernières semaines, montrant précisément où il est allé et avec qui. Il y a eu aussi une menace à peine voilée de recours à la justice si l'on s'avisait de faire un rapport entre Stoughton et ces attaques.

– Et Tyne & Wear ? questionna Torrey. Personne, au conseil d'administration, ne se montre-t-il un peu surpris de l'à-propos de ces « accidents » ?

– Depuis un an, Stoughton a remodelé tout le conseil. Les nouveaux membres sont aussi dociles que des ours de cirque. La conclusion, c'est que, sans preuve formelle de l'implication de Stoughton, nous ne pouvons rien contre lui. Alors, j'espère que vous avez raison, que l'organisateur de cette campagne a tiré ses dernières cartouches. Nous ne pourrions pas tenir beaucoup plus longtemps.

Leurs espoirs furent déçus. Après trois jours de répit, des maraudeurs détruisirent dix *palapas* à la caye de Windemere, frappant ainsi au cœur des Flots.

58

Les journaux, les magazines étaient répandus sur toute la largeur du lit. À la télévision, un commentateur décrivait avec onction le dernier désastre survenu aux Flots. Rebecca pressa un bouton. L'image et la voix s'éteignirent. Elle ne voulait plus en voir, en entendre davantage.

Elle se redressa sur ses oreillers. En dépit du repos, des sédatifs que le Dr Picot l'obligeait à prendre, elle était encore bien loin de la guérison. Les douleurs abdominales s'étaient apaisées, la plupart des entailles produites par les éclats de verre s'étaient refermées. Son visage et ses bras, qui avaient le plus souffert dans l'explosion, étaient encore enflés. Elle pouvait suivre du doigt les cicatrices sur ses joues et son front.

Mais la souffrance physique ne représentait qu'une part de son tourment. Son sommeil était hanté de cauchemars où Tony mourait, encore et encore. Sans cesse, elle se réveillait trempée de sueur, repliée sur elle-même. Sans doute criait-elle – lorsqu'elle ouvrait les yeux, elle trouvait toujours le médecin à son chevet.

Les images de Tony ne s'estompaient pas. Parfois, en grignotant un plat qu'il avait aimé, en entendant une voix qui évoquait la sienne, elle le revoyait vivant. Elle restait un instant surprise de ne pas le trouver près d'elle. Mais les souvenirs lui revenaient, et l'angoisse la reprenait à l'idée que jamais plus elle ne le verrait, ne l'entendrait, ne le toucherait.

Au cours de ces semaines d'exil volontaire, Rebecca n'éprouvait aucun remords à laisser sans nouvelles ceux qui l'aimaient le plus. Elle restait indifférente aux efforts accomplis pour la retrouver. Andrew Stoughton, elle le savait, après avoir échoué dans sa tentative pour la tuer, essaierait de nouveau. La prochaine fois, elle serait prête.

Lentement, elle se leva, traversa la chambre. Elle avait insisté pour marcher un peu chaque jour. Elle allait d'un bout à l'autre du *Windsong*, pour apprendre à dompter la souffrance. Par degrés, les vertiges se firent moins fréquents. Ses muscles commencèrent à répondre à cet exercice régulier, et elle finit même par pouvoir nager autour du bateau.

Mais je ne peux pas attendre plus longtemps, se disait-elle maintenant. Je dois partir avec le peu de force que j'ai.

La férocité de l'attaque sur Les Flots l'avait laissée abasourdie. Mais, en suivant les nouvelles à la télévision, elle avait décidé qu'elle ne pourrait rien faire, en dehors des mesures que ses amis avaient déjà prises. Après son échec à Cayos de la Fortuna, Andrew avait changé de tactique. Au lieu de la prendre directement pour cible, il se servait de sa disparition, de son silence, pour monter une ultime offensive.

Avec l'aide de qui ?

En dépit de sa haine, Andrew n'aurait pas été capable de monter une attaque avec une telle précision d'horlogerie. Il devait y avoir quelqu'un derrière lui, doté de ressources et d'expérience, quelqu'un pour qui la violence était un mode de vie... ou l'avait été.

La seule supposition qui lui venait à l'esprit lui paraissait non seulement improbable mais folle. Pourtant, à l'examen, les pièces s'emboîtaient parfaitement. Rebecca essayait encore de s'en convaincre quand la radio annonça l'agression contre Windemere. Le temps était écoulé. Si elle attendait encore, il n'y aurait plus rien à sauver. Elle devait jouer son unique carte, en priant pour que ce fût la bonne. Elle passa un cafetan multicolore, se rendit à la cabine du radio. Sa conversation avec Bones Ainsley lui prit tout juste le temps de fournir au policier les coordonnées du *Windsong*.

Dans son esprit, Bones Ainsley avait déjà accepté la mort de Rebecca. Jour après jour, tandis que les bateaux rentraient au port l'un après l'autre sur un nouvel échec, le policier se surprit à passer de plus en plus de temps sur les quais d'Angeline City. Les yeux fixés sur la mer, le policier priait pour qu'elle lui rendît la jeune femme qui était pour lui comme une fille. Mais il connaissait trop bien la mer pour ne pas accepter son verdict. Aussi, quand un opérateur radio hors de lui entra en trombe dans son bureau pour lui annoncer qu'il venait de capter un message émis par le *Windsong*, il pensa d'abord qu'il s'agissait d'une cruelle plaisanterie...

– Pourrez-vous jamais me pardonner, Bones? demanda doucement Rebecca. Je sais combien je vous ai fait souffrir, vous et tous ceux qui m'aimaient. Mais je ne pouvais pas revenir. Pas tout de suite. Comprenez-vous?

Il hocha tristement la tête. Un seul coup d'œil sur Rebecca, lors de son arrivée à bord, lui avait suffi pour imaginer l'enfer qu'elle avait traversé.

– Ce n'est pas encore fini, continua-t-elle. Si je n'arrête pas Andrew, il détruira Les Flots.

– Vous n'êtes pas en état d'arrêter qui que ce soit, fit-il d'un ton bourru. Je ne le laisserai pas vous approcher.

– Vous ne serez pas loin, Bones, je vous le promets. Je vais envoyer un message à Andrew pour lui demander de me rencontrer en un endroit, à un moment fixés. Je désire que vous me l'ameniez.

– Je ne sais pas si je pourrai m'empêcher de lui tomber dessus, gronda Bones.

– Autre chose. J'ai besoin de vous pour aller trouver quelqu'un. Il faut le convaincre de venir ici, sur le *Windsong*, avant l'arrivée d'Andrew.

– Qui ça? Ramsey?

– Non.

Lorsque Rebecca prononça le nom de l'homme, Bones Ainsley frémit.

– Avez-vous perdu le sens, petite? chuchota-t-il.

Elle lui posa la main sur le bras, lui expliqua ce qu'elle devait faire.

– C'est le seul moyen, Bones. Des innocents meurent. D'autres mourront encore si je n'agis pas.

– C'est un risque terrible.

– C'est ma toute dernière chance.

Le message lui parvint sur son télex personnel. Andrew Stoughton le lut avidement, sourit. Sa ruse avait réussi. Il avait forcé Rebecca à se découvrir.

Le message était bref : RAPPELEZ VOS CHIENS. LES PARTS VOUS ATTENDENT. VENEZ SEUL AUX ANGELINES. SUIVEZ LES INSTRUCTIONS À LA LETTRE.

Les instructions l'intriguaient. Il devait se rendre par avion à Stann Creek Town, où l'attendrait Ainsley. Un bateau l'emmènerait plus loin sur la côte.

Plus loin sur la côte, mais où ça?

Il tenta de percer à jour les intentions de Rebecca. Finalement, il expédia au *Windsong* un télex qui réclamait des précisions. Pour toute réponse, il reçut un duplicata du message original. Il renvoya une réponse affirmative. Il n'avait rien à redouter de Rebecca. Elle pouvait être estropiée, peut-être même mourante. D'ailleurs, il avait toujours ses chiens. Il pourrait les lâcher s'il soupçonnait un piège.

Andrew appela Michele Fabrizzi pour lui annoncer la bonne nouvelle et partit, le lendemain après-midi, pour la Jamaïque.

Rebecca suivait avec le plus grand soin l'itinéraire d'Andrew. Bones l'appela de l'aéroport de Stann Creek Town : Andrew se trouvait au service des douanes et de l'immigration. L'appel suivant venait des quais : Andrew était en route.

La jeune femme alla trouver Ramon Fuentes à la barre.

– Il est temps, lui dit-elle. Faites notifier à tous les bateaux que vous repérerez au radar de se tenir à l'écart du nôtre.

Ramon, qui, au cours des semaines écoulées, avait caché le *Windsong* dans des anses et des chenaux innombrables, amena son navire hors de la baie. Majestueusement, le *Windsong* fit route vers le soleil couchant.

Rebecca, debout sur la plage avant, le visage fouetté par le vent, contemplait la mer. Le soleil descendait doucement à l'ouest, et le *Windsong* se hâtait vers son rendez-vous.

Après tout ce temps, tout va enfin se terminer, pensait-elle. *D'une façon ou d'une autre.*

Le navire atteignit le point qu'elle avait fixé. On coupa les moteurs. Le seul bruit provenait de la cabine radio, où l'officier des communications répondait aux voix surexcitées des capitaines qui demandaient s'ils avaient vu un fantôme. Il les avertissait tous de ne pas approcher du *Windsong.*

Rebecca n'eut pas longtemps à attendre. Elle entendit les moteurs avant de voir le bateau. Elle prit ses jumelles, les braqua sur un point rouge et blanc. Inconsciemment, elle resserra les doigts sur l'instrument.

Encore un peu plus près...

Le pilote de l'autre bâtiment suivait précisément ses instructions. Rebecca vit le navire modifier légèrement sa route pour se diriger vers le continent.

– Il est venu, Max, murmura-t-elle. Il est à moi, maintenant.

Au moment où le bateau d'Andrew passait au-dessus de l'endroit où elle avait confié son père à l'océan, Rebecca laissa retomber son bras. Les moteurs rugirent. Le *Windsong* prit lui aussi la direction du continent. Elle était sûre d'y arriver la première.

Au début, Andrew crut à une apparition. Au moment où le bateau approchait du rivage et de la muraille de pierre qui dominait la plage, il aperçut une structure en haut de la falaise. Mais le bateau vira de bord, et il ne vit plus que la jungle.

Il secoua la tête, comme pour effacer l'image. Il souffrait manifestement d'une grande fatigue. Le vol depuis Londres avait été pénible, ponctué de trous d'air. L'appareil avait pris du retard au décollage, et la réception qui avait été réservée à Andrew à son arrivée à Stann Creek Town l'avait exaspéré encore davantage. Pendant le trajet jusqu'aux quais, Bones Ainsley ne lui avait pas adressé un seul mot, et il avait trouvé ce silence menaçant.

Le pilote aborda prudemment ce qui semblait être une jetée toute neuve et fit signe à Andrew de débarquer. Comme Ainsley, il n'avait pas ouvert la bouche.

– Et où diable dois-je aller, maintenant? demanda Andrew, furieux.

En silence, l'homme tendit le bras vers le sommet de la falaise, avant de se mettre en marche arrière, laissant son passager seul sur la jetée. Un sourire moqueur aux lèvres, Andrew rejeta la tête en arrière. Il savait maintenant où il était et pourquoi. En fin de compte, il n'avait pas eu de vision.

Ainsi, cette garce cherche une justice poétique. Eh bien, elle va l'avoir!

Sa veste jetée sur l'épaule, il traversa la plage où Max et lui s'étaient assis pour tracer l'avenir des Entreprises McHenry. Il s'arrêta à l'entrée du sentier empierré qui zigzaguait au flanc de la pente abrupte et secoua le sable de ses chaussures. En entamant l'ascension, il imaginait le spectacle qui l'attendait, les ruines noircies de Skyscape, recouvertes par la jungle. Que cherchait Rebecca? Elle voulait l'effrayer? Évoquer le fantôme de Max McHenry?

Trop tard, pensait-il. Son souffle se faisait court, mais il se refusait à ralentir. Max ne ressuscitera pas des morts. Si elle croit se sauver ainsi...

Il gravit les quelques dernières marches, s'arrêta net. Il se passa la main sur le front pour y essuyer la sueur, battit rapidement des paupières. Mais le mirage ne se dissipait pas. Il était parfait dans tous les détails. Brusquement, il fut secoué de frissons incontrôlables. Le soleil avait disparu, les ombres s'allongeaient rapidement.

D'une fenêtre du premier étage, Rebecca le regardait approcher. Pendant une minute entière, Andrew demeura immobile au pied de l'escalier de la terrasse. Il regardait autour de lui comme s'il cherchait une issue. Mais il ne pouvait fuir, et Rebecca le savait. Elle avait fait renaître pour lui un passé intact et l'y avait attiré. Il était pris, maintenant, aussi sûrement qu'un papillon dans la mortelle étreinte d'une araignée.

Elle ne détachait pas les yeux du visiteur. Elle vit Andrew traverser d'un pas prudent la pelouse verdoyante, fraîchement tondue, comme l'avait toujours aimée Max. Il regarda les parterres fleuris, secoua la tête. Rebecca rit tout bas. Les mêmes fleurs, groupées exactement de la même manière, avaient poussé là, du vivant de son père.

Viens, Andrew, viens...

Et il venait. Il traversait l'allée circulaire couverte de graviers, il s'avançait vers la grande porte noire laissée entrouverte, avec son marteau en tête de lion. Rebecca mesura sa fureur et sa terreur en entendant la porte se refermer bruyamment.

Andrew se déplaçait lentement dans la maison, tel un somnambule qui ne peut ni chasser son cauchemar ni s'en éveiller. Comme tiré par une force invisible, il se dirigea vers la cuisine. Les portes de verre coulissantes étaient ouvertes sur le ciel sombre. Le vent sifflait. Sur la table étaient posés deux bidons d'essence et une poignée de bougies...

— C'est avec ça que tu as tué Violet?

Andrew fit volte-face au son de la voix douce. Il eut à peine le temps de voir Rebecca avant de lever les deux bras. La barre de fer qu'elle avait lancée lui frappa le coude avant de tomber avec bruit. Il retint un cri de douleur et se jeta vers elle en titubant.

— Rebecca!

Son hurlement éveilla des échos dans toute la maison vide. Andrew sortit de la cuisine et se retrouva dans la galerie où les ténèbres étaient uniquement éclairées par une rangée de bougies qui allait jusqu'au pied de l'escalier.

— Viens, Andrew, viens vite! Je suis là-haut.

La voix qui venait du premier étage mettait son courage au défi. Il jura violemment, se jeta dans l'escalier, le gravit quatre à quatre, se précipita vers ce qui avait été naguère la chambre de Max McHenry. Sous son poids, la porte alla heurter le mur.

Là encore, rien n'avait changé. Les meubles, le lit à colonnes orné de sculptures, les machines qui, dix ans plus tôt, avaient entretenu la vie de Max McHenry... Mais, cette fois, c'était Rebecca qui l'attendait dans la chambre, au pied du lit.

— Tout te paraît familier, n'est-ce pas, Andrew? murmura-t-elle.

Il se sentit parcouru d'un frisson.

— Que me veux-tu? demanda-t-il d'une voix rauque.

— Bien des choses, Andrew. Nous les passerons en revue, une à une.

— Ne joue pas avec moi! siffla-t-il. Un seul coup de téléphone, et tes Flots bien-aimés seront de nouveau frappés, encore et encore, aussi longtemps qu'il le faudra pour en finir avec toi!

Elle secoua la tête.

— Non, Andrew, c'est fini, tout ça.

Elle marqua une pause.

— Il y a là une terrible ironie, Andrew, et je devrai vivre avec elle tout le reste de ma vie. Le jour où j'ai décidé de prendre le contrôle de Tyne & Wear, j'ignorais que tu avais déjà fait alliance avec Michele Fabrizzi. Tony n'en savait rien, lui non plus. En continuant à me battre contre toi, je t'ai poussé à rendre coup pour coup... mais c'est Tony que tu as tué à ma place. Mon désir de te dépouiller de tout ce que tu avais jamais possédé a eu pour résultat le meurtre, par toi, du fils de ton associé secret.

Rebecca alla jusqu'aux fenêtres, se retourna pour faire face à Andrew.

– C'était ton bateau que j'ai vu, le matin où je partais pour La Ceiba, n'est-ce pas ? Tu avais appris que Tony devait aller ce jour-là assister à la réception d'anniversaire de son père. Mais tu ignorais un détail. La veille au soir, la tante de Tony avait téléphoné pour dire que je ne serais pas la bienvenue là-bas. Du coup, Tony a refusé de s'y rendre. L'homme que tu as vu embarquer dans la vedette était le pilote. Moi, j'étais déjà dans la cabine. Tu as alors mis ton projet à exécution et tu es devenu fou en constatant que je n'étais pas là. Voilà pourquoi tu as massacré Tony... Et l'essence, les bougies... exactement comme tu avais assassiné Max, n'est-ce pas ? Était-ce la répétition qui te séduisait, Andrew, ou bien les bougies devaient-elles te donner le temps de t'échapper ? Tout comme tu t'étais échappé de Skyscape, cette nuit-là, à temps pour revenir à ton bureau avant que l'incendie se déclarât ? A temps pour que je t'y retrouve, que je te serve d'alibi ?... C'est encore une erreur que je ne pourrai jamais me pardonner. C'est bien ainsi que tu as tué Max, n'est-ce pas ? dit Rebecca, d'une voix dont le diapason montait.

– C'est exactement ainsi que Max est mort, dit-il.

Des éclairs de folie dansaient dans ses yeux.

– Et tu as utilisé la même méthode pour assassiner Tony, n'est-ce pas ? Après quoi, tu es allé trouver Fabrizzi pour le convaincre que j'étais la coupable. Tu savais que, dans sa douleur, le père de Tony te fournirait tout ce qu'il te fallait pour détruire Les Flots.

Andrew émit un ricanement.

– Tu peux dire tout ce que tu voudras, Rebecca. Max est mort. Tony est mort. Personne ne peut rien prouver contre moi, même si je devais te laisser la vie pour te permettre de témoigner devant un tribunal. Mais je vais t'épargner ça, Rebecca. Je vais te tuer. Comme tout le monde te croit morte, je m'en tirerai cette fois encore.

– Pourquoi ne vous demandez-vous pas, mon jeune ami, comment Rebecca a pu être au courant de notre accord ? Si vous ne le lui avez pas dit, qui a bien pu le faire ?

Andrew, qui avait déjà fait deux pas vers Rebecca, se figea sur place. Il ne voulait pas croire qu'il avait entendu cette voix. Mais on ne pouvait s'y tromper : c'était bien Michele Fabrizzi qui franchissait la porte de la pièce voisine, un revolver tenu d'une main ferme, le canon pointé sur Andrew.

– *Padrone*... vous ne croyez tout de même pas...

– Ne me donnez pas mon titre, cracha Michele Fabrizzi, les yeux étincelants. Vous ne faites pas partie de ma famille!

– Mais elle ment! hurla Andrew. Ne le voyez-vous pas? Croyez-vous vraiment que j'aurais osé assassiner Tony?

– Vous êtes fou, murmura le *padrone*. Comme un chien enragé qui mord tout ce qui l'approche, vous détruisez des vies innocentes. Et, comme ce chien, vous serez détruit.

– Il faut me croire! supplia Andrew. Je n'ai pas assassiné Tony. Il n'y a pas de preuves...

– La preuve, je l'ai vue!

Andrew eut un mouvement de recul, comme si Fabrizzi l'avait frappé. A ce moment, Rebecca, qui était passée dans l'autre pièce, revint. Elle portait quelque chose dans ses bras. Andrew perçut comme un gloussement, suivi d'un faible cri.

– Regardez! commanda Fabrizzi.

Andrew se leva, regarda Rebecca écarter le coin d'une couverture. Un bébé était niché dans ses bras. Il avait les yeux immenses de sa mère, le menton volontaire de son père.

– Voici ma preuve... mon petit-fils, dit Michele Fabrizzi, sans pouvoir contenir une fêlure dans sa voix. Vous voudriez me faire croire qu'une femme enceinte, qui portait l'enfant de mon fils, a pu l'assassiner? Quand elle a découvert Tony, elle a essayé de le sauver...

Andrew posait sur l'enfant un regard incrédule.

– Je ne savais pas, balbutia-t-il. Personne ne savait! Personne ne l'avait revue depuis des mois!

Tout lui devenait clair. Il dit à Rebecca :

– Voilà pourquoi tu te cachais à Cayos de la Fortuna...

– Je ne me cachais pas, Andrew. Je suis allée là-bas parce que je ne voulais pas courir de risques. Pas cette fois.

– « Cette fois »? Que veux-tu dire?

– Te rappelles-tu la Jamaïque, Andrew? Le jour où tu as failli me tuer? J'étais enceinte, alors aussi. De ton enfant.

Andrew ferma les yeux, secoua lentement la tête.

– Tu as failli me tuer, à Cayos de la Fortuna, reprit Rebecca. Mais je m'étais juré que tu ne me prendrais pas cet enfant, l'enfant de Tony. J'étais enceinte de plus de huit mois, Andrew. J'ai accouché prématurément sur le *Windsong*. Mais mon fils a survécu. Et moi aussi.

Elle ramena la couverture sur le bébé, sans vouloir voir le bras d'Andrew tendu vers elle en un geste de supplication.

– Faites-le sortir de chez moi! dit-elle à Fabrizzi.

ÉPILOGUE

C'était un jour de décembre pareil à ceux que Rebecca revoyait dans son enfance, un ciel bleu étendu à l'infini au-dessus d'un océan couleur d'aigue-marine. Elle jeta un coup d'œil dans la tente improvisée près de sa couverture et sourit. Son fils dormait paisiblement. Comme si souvent lorsqu'elle se trouvait seule avec lui, les larmes lui vinrent aux yeux. De jour en jour, il semblait qu'Anthony McHenry ressemblât davantage à son père, un homme qu'il ne connaîtrait que par des photos, par les histoires que Rebecca était impatiente de lui conter.

Elle se pencha sur son visage. Ses cheveux vinrent chatouiller le nez du bébé qui le frotta de ses poings minuscules. Elle s'essuya les yeux. S'il s'éveillait, il ne devait pas la voir pleurer. Les larmes devaient finir, comme tant d'autres choses.

Trois jours après avoir vu Michele Fabrizzi emmener Andrew hors de Skyscape, Rebecca avait lu que le corps de celui-ci avait échoué sur le rivage, devant le ghetto doré de Stann Creek Town où Silas Lambros avait jadis régné en maître. Les prédateurs de la mer avaient fait leur œuvre, mais les restes avaient néanmoins permis l'identification du cadavre. Aucun témoin ne s'étant présenté, Bones Ainsley avait fermé le dossier. Andrew Stoughton avait été victime de pirates qui l'avaient tué après l'avoir dépouillé.

Peu de temps après, Rebecca reçut à Skyscape Michele Fabrizzi.

– Vous n'avez pas à vous inquiéter, affirma le vieux *padrone*.

Il avait conscience des soupçons de la jeune femme et de la farouche protection dont elle entourait son fils.

– Je ne suis pas ici pour faire valoir mes droits sur Anthony. Il est la chair de ma chair, mais vous êtes sa mère. Sa place est avec vous.

Il lui prit la main entre les deux siennes.

– Vous êtes une femme redoutable. Même s'il n'existait aucun lien entre nous, je ne souhaiterais pas vous avoir pour ennemie. La pensée que j'ai bien failli vous détruire – et, avec vous, mon petit-fils – est un fardeau avec lequel je devrai vivre le reste de mes jours. Pour rendre ces jours plus supportables, je vous supplie de me pardonner et de me permettre de venir voir Anthony de temps en temps.

Rebecca soupesa longuement les paroles du *padrone*. Mais elle ne voyait qu'un vieil homme fatigué à qui le pouvoir ne pourrait jamais rendre le fils qu'il avait aimé.

– Je veux que vous me juriez que vous n'interviendrez jamais dans la vie d'Anthony ni dans la mienne, dit-elle.

– Vous avez ma parole.

– Je veux aussi votre promesse de ne pas intervenir dans les affaires de Tyne & Wear.

Michele Fabrizzi hocha la tête avec un faible sourire.

La nouvelle que la Vixen Corporation avait enfin pris le contrôle de Tyne & Wear avait fait les gros titres de tous les journaux financiers. Le *padrone*, lui, ne voulait rien avoir à faire avec la compagnie dont le président avait assassiné son fils. Il avait eu sa vengeance et devrait s'en satisfaire.

En dépit des centaines de questions dont l'avaient assaillie Bix, Torrey et Ramsey, Rebecca n'avait pas dit grand-chose de la période qui s'était écoulée entre le jour de son sauvetage à Cayos de la Fortuna et sa confrontation avec Andrew. La naissance d'Anthony avait été difficile, expliqua-t-elle, et rendue plus pénible encore par les horribles circonstances de la mort de Tony.

Ses amis acceptèrent le peu qu'elle voulut bien leur dire et n'en parlèrent plus. Il leur suffisait de la voir vivante et en bonne voie de guérison. Un jour viendrait, ils le savaient, où elle aurait envie de compléter son récit. Ils seraient là pour l'y aider...

Sur un dernier regard d'amour pour Anthony, Rebecca se mit debout, leva les yeux vers Skyscape. Le vent soufflait de la terre, et elle entendait les rires du personnel qui préparait la vaste demeure pour son premier Noël. Tout comme l'avait fait Max, pour eux deux et pour leurs invités, il y avait si longtemps.

Rebecca sourit, au souvenir des paroles de Bix :

– Tu avais tout combiné depuis longtemps, hein ? Tu as entrepris de reconstruire Skyscape parce que tu savais que c'était là qu'aurait lieu la dernière rencontre entre toi et Andrew!

Elle n'avait ni confirmé ni démenti cette supposition. Mais Bix se trompait. Skyscape avait été reconstruit pour une raison toute différente.

Rebecca dénoua les liens du petit sac en peau de chamois attaché à son bikini. Les cinq pierres de jade découvertes par Max, et dont Dallas n'avait pu percer le mystère avant sa mort, coulèrent dans sa main. Elle savait à présent ce qu'elles signifiaient. Elle avait découvert à Pusilha l'indice manquant. Plus tard, lorsqu'elle s'était retrouvée aux Angelines après la trahison d'Andrew, elle avait suivi le message gravé sur les pierres jusqu'au fin fond de la jungle. Il l'avait conduite à Apho Hel, à la tombe de sa mère.

Dès ce moment, elle avait rêvé de ramener sa mère à la maison, de compléter la tâche que Max n'avait pas pu achever. Plongée dans la contemplation des pierres, elle comprit qu'elle ne le ferait jamais. Apho Hel avait été enterrée dans un endroit secret réservé aux prêtresses mayas. C'était une terre sacrée où l'amour lui-même ne pouvait faire intrusion. Elle conserverait son secret et, quand Anthony serait assez âgé, elle l'emmènerait là-bas, lui montrerait son héritage.

Avant de s'en être rendu compte, Rebecca se retrouva mouillée jusqu'au-dessus des chevilles par la mer montante. L'eau tourbillonnait à ses pieds, reculait, revenait. Un mouvement incessant, tumultueux, le reflet de sa propre vie.

De sa vie passée, rectifia-t-elle.

Ses doigts se refermèrent sur l'hippocampe, et, d'une secousse, elle brisa la chaîne. Elle examina attentivement le pendentif. C'était un objet du passé. Il ne lui disait rien de son avenir. C'était à elle de décider de son avenir.

Ainsi soit-il!

Elle ramena le bras en arrière. Tout à coup, l'hippocampe vola au-dessus des eaux. Le soleil fit étinceler l'or, les diamants, les rubis. Durant quelques secondes, le pendentif parut devoir voler éternellement. Mais une vague gigantesque vint rebondir sur la falaise, arrachant le bijou à l'espace. L'hippocampe et le passé se confondirent, disparurent en un clin d'œil. La fureur de la marée s'apaisa. Rebecca n'entendit plus que le rythme régulier d'un cœur tout neuf.

TABLE

Aubin Imprimeur
LIGUGÉ, POITIERS

Achevé d'imprimer en avril 1990
Nº d'édition 16530 / Nº d'impression L 35025
Dépôt légal avril 1990 / Imprimé en France